U0528043

启真馆 出品

托尔斯泰
或
陀思妥耶夫斯基

〔美〕乔治·斯坦纳 —— 著
George Steiner

严忠志 —— 译

**Tolstoy
or
Dostoevsky**

An Essay in the Old Criticism

浙江大学出版社
·杭州·

图书在版编目（CIP）数据

托尔斯泰或陀思妥耶夫斯基 /（美）乔治·斯坦纳著；严忠志译. -- 杭州：浙江大学出版社，2024.8.
ISBN 978-7-308-25312-3
Ⅰ. I512.064
中国国家版本馆CIP数据核字第20240HX167号

Tolstoy or Dostoevsky: An Essay in the Old Criticism
by George Steiner
Copyright © 1959, 1996 by George Steiner
Published by arrangement with Georges Borchardt, Inc.
Simplified Chinese translation copyright © 2024
by Zhejiang University Press Co., Ltd.
All rights reserved.
浙江省版权局著作权合同登记图字：11—2011—23

托尔斯泰或陀思妥耶夫斯基

[美]乔治·斯坦纳 著 严忠志 译

责任编辑	周红聪
责任校对	闻晓红
装帧设计	周伟伟
出版发行	浙江大学出版社
	（杭州天目山路148号 邮政编码310007）
	（网址：http://www.zjupress.com）
排　　版	北京楠竹文化发展有限公司
印　　刷	北京中科印刷有限公司
开　　本	880mm×1230mm 1/32
印　　张	14.25
字　　数	328千
版 印 次	2024年8月第1版 2024年8月第1次印刷
书　　号	ISBN 978-7-308-25312-3
定　　价	82.00元

版权所有　侵权必究　印装差错　负责调换
浙江大学出版社市场运营中心联系方式：（0571）88925591；http://zjdxcbs.tmall.com

谨以此书纪念

汉弗莱·豪斯

第二版序

文学批评和文学阐释的著述往往生命有限，难以长久流传。当然，也有例外的个案，比如，亚里士多德、塞缪尔·约翰逊以及柯勒律治等人撰写的文学批评著作已经跻身文学典籍之列。批评著述若想名垂青史，要么得富于哲理，要么得风格独特，要么得拥有众多读者。在有的情况下，理论性批评论点与想象性创作融为一体（例如，普鲁斯特与圣佩甫的论战，以及 T. S. 艾略特撰写的文章）。不过，此类情形非常少见。大多数文学研究著述属于过眼烟云，学术著作和学术期刊文章尤其如此。在鉴赏情趣、评价标准和使用术语之争辩的历史上，这样的文学研究著述或多或少代表某个具体的时段。不用多久，它们有的在烦冗的脚注中找到葬身之地，有的待在图书馆书架上悄声无息地收集尘埃。

自从《托尔斯泰或陀思妥耶夫斯基》(*Tolstoy or Dostoevsky*)[1] 第一版问

---

[1] 本书涉及的人名、地名、文献作品等，以附加英文的形式整理在书末参考文献与索引中。为保障阅读流畅性，人名、地名类不再于正文随附英文，只对文献作品随附了斯坦纳采用的英文写法。另外，由于原书采纳的文献作品刊印时代不同，一些人名在转写为其他语言后会有不同。以托尔斯泰（Толстой）为例，有如本书一样拼写为 Tolstoy 的，也有如梅列日科夫斯基著作的英译本一样拼写为 Tolstoi 的（见本书第 11 页脚注），并非拼写错误。——编注

世至今，几乎已经过去40年时间。这本书被翻译为多种语言，在当年的苏联出现了经过删改的盗印版本，在西方也一直刊印和发行。看到它不断重印，自己既颇觉惊异，又深怀感激。耶鲁大学出版社为此承担了不小风险。

然而，本书经历了不断更新的复杂过程。如果我的判断无误，这使此项研究（我的处女作）受益匪浅。本书提出了若干问题，表达了特定的信念，这些东西今天再次以生动的方式，一一出现在我的眼前。我在1959年表达的直觉之见经受了历史的验证，当年表示的担忧如今显得更为合适。时间具有经久不衰的讽刺意味。当年，书中的这些朦胧感知和感性反思不过是自己推测的一孔之见；如今，时间可以让它们得到实质性支撑。在20世纪50年代末，我不可能真的具有先知先觉，不可能提出这样的预言：在40年之后，本书采用的基本阅读方法——本书阐述并自行定义为"老式批评"的道德想象方法——将会成为热门话题。

当年的"新批评家"曾是我直接求教的学者，特别是艾伦·泰特和R. P. 布莱克默这两位大师。他们致力于研究抒情诗歌，以及那种让文本脱离历史和传记的恼人困境而散发出的自主性，将批评活动视为对诗歌的一种阐释性模仿（mimesis），认为批评活动本身必须关注语言的细微差别和修辞所构成的复杂性。对我本人，也对我们那一代人来说，他们堪称文学批评者的典范。那一批具有诗人气质的批评家灿若繁星，其中有的人未在大学供职。他们让阐释功能和文学鉴赏重新获得激动人心的独特尊严，获得柯勒律治所说的崇高地位。在他们的巅峰时期，兰塞姆、佩恩·沃伦、伯克、泰特和布莱克默为文学研究和文学欣赏重新注入才智，重获"高度严肃性"（马修·阿诺德语）。

第二版序

曾几何时，从19世纪继承而来的历史主义、实证主义和文献学的例行公事的做法在大学校园里大行其道，将才智和高度严肃性湮没其中。那时，文学批评者追求的目标是在《凯尼恩评论》(*Kenyon Review*)上发表文章，获准进入布莱克默在普林斯顿大学主讲的高斯研究班，在哈佛广场旁边的格罗里埃书店里使用新批评的术语讨论诗歌。

不过，在我看来，那个风潮的意义从一开始便模糊不清。我在法国的国立高校体系中受过教育，即便自己缺乏应用这类知识所需的韧性和技术激情，其实心里也明白，什么是真正的文献学，什么是真正的历史语言学。那时有人认为，诗歌语言脱离历史背景和语言环境，以某种方式"标准化"，变为永恒的东西（I. A. 理查兹如是说）；我觉得这一观点缺乏说服力。同理，我无法摒弃传记批评方法，也无法摒弃以下这个理念：作家生存的时间特性非常重要，认为诗歌、戏剧、小说具有不可思议的匿名性（这一说法还是出自理查兹）的观点带有欺骗性。如果以负责任的态度加以筛选，我们所了解的作者生平——例如，乔叟、狄更斯或者波德莱尔的生平——将会以素朴和间接的方式对其艺术的内容和形式产生影响。我们不可能用研读罗伯特·弗罗斯特诗歌的方式阅读中世纪的诗歌作品。阅读这两种作品时感受的压力多种多样，具有不同特征的环境形成的影响多种多样。这种多样性——这种"信息空间"——必定包括社会、经济、物质等各个方面。英国文学因社会阶层而产生，带有社会阶层的印记（其展现往往就是一些与社会阶层相关的术语）。同理，法国文学受到意识形态的影响，受到宗教冲突和政治冲突的影响。就对经济和意识形态方面的动机和限制所作的诊断而言，但丁提出了非常敏锐的见解，没有谁能够与之比肩。如果有人宣称，科学技术的进步、农业和商业的进步没有对文学形式的发展产生全面影响；如果有人宣称，在印刷术发明之前，或者说在通识教育出现之前创作的表达内心情感的（intimiste）抒情诗歌与后来创作的诗歌（布莱克的作品体现了这种相互影响，是颇具启迪性的例子）没有什么两样——我会认为这几乎是荒诞不经之辞。

撇开肯尼思·伯克这个例外不说，新批评者一般对马克思主义了解不多。但是，一个人如果不熟悉马克思主义的经典著作，不知道萨特提出的派生于马克思主义的介入社会的文学艺术模式，是不可能在法国的思想氛围中成熟起来的。我对黑格尔哲学略知一二，对卢卡奇的著作有所研读。新批评认为，"非物质化"诗学是至关重要的原则，兰塞姆和泰特提出了"田园牧歌体"，倡导使用经过历史化的神话和南北战争之前的题材，其目的正是避开历史。在我看来，那些东西削弱了他们提供的许多解读的力量，实际上使它们漏洞百出。在两次世界大战之后，在不人道行径四处泛滥的世纪之中，那样的做法更为有害。

当时存在着这些困扰，而且新批评只能以浮光掠影的方式，处理戏剧和长篇小说这类在文坛中占主导地位的体裁（例如，伯克对莎士比亚剧作《科利奥兰纳斯》[*Coriolanus*]的研究，布莱克默对托马斯·曼的小说《浮士德》[*Faustus*]的研究）。有鉴于此，我萌生了界定并且示范一种老式批评的想法。我在本书中所说的老式批评是这样一种阐释和批评方式：它综合考虑新批评所强调的形式细节、模糊性和文学模式的自行建构，然而同时又全面恢复意识形态语境和历史语境具有的权威，恢复文学创作的实际经济因素和社会因素的权威，恢复作者的存在身份，尤其是要恢复形成文学经典理念的那些哲学和神学方面的维度。我根据的假定是，即使在顶尖的小说之中，托尔斯泰的《战争与和平》(*War and Peace*)和《安娜·卡列尼娜》(*Anna Karenina*)，陀思妥耶夫斯基的《群魔》(*The Possessed*)和《卡拉马佐夫兄弟》(*The Brothers Karamazov*)也超过其他人的作品，这些作品的优点显而易见，一直被人探索。学者们提出了迥然不同的事实和本质上的差异，这一点使对两位大师的研究更具迷人之处。托尔斯泰刻意让其作品显现"史诗"特征，使人将他与荷马联系起来。在莎士比亚逝世之后，陀思妥耶夫斯基可能是最有建树、作品变化最丰富的戏剧家。托尔斯泰倡导的政治"先验主义"、表现出来的乌托邦式虔诚影响深远，具有社会向善论的特征。在他的笔下，人处于运动之中，不断朝向地球上的正义和仁爱王国迈进。与之相比，陀思妥耶夫斯基创作了《白痴》(*The Idiot*)，刻画了宗教大法官的形象，如今依然是最为严肃的悲剧性的形而上学论者之一。托尔斯泰眼中的上帝与陀思妥耶夫斯基眼中的上帝以非常奇妙的方式，在许多方面处于互相矛盾的状态。

依我所见，只有老式批评可以通过阐释的方式对两位大师的创作方式进行比较。只有继承了黑格尔传统的老式批评的整体观才有可能从具体的形式细节上，展现"小说技巧总是让读者领悟小说家的哲学观念"（萨特语）的方式。反过来说，批评活动中的这一"接受"成分被新批评者忽视，读者产生反应，在托尔斯泰与陀思妥耶夫斯基的作品（或者说，在高乃依与拉辛的作品，布罗克与穆齐尔的作品）之间做出取舍，这要么表明读者所拥有的人生哲学，并且在阅读过程中得到这种人生哲学的帮助，要么说明读者缺乏这样的人生哲学。在里尔克笔下，阿波罗挪动古老的身体，敦促读者"改变人生"。与之类似，托尔斯泰和陀思妥耶夫斯基也要求读者改变人生，但是这两位大师所用的方式经常截然相反。读者对他们之中的哪一位投入更多信任？这样做会形成什么样的结果？依我所见，就对两位大师的评价而言，即便采取不偏不倚的立场并非不可能，但至少并不现实。在这种情况下，如果我们选择其中一位，将会出现什么样的情形呢？一个老生常谈的说法是，在西方人的感情史中，人们要么是柏拉图主义者，要么是亚里士多德主义者。在文学领域里，在本体论层面和心理上存在着一种类似的区分，人们要么是"托尔斯泰主义者"，要么是"陀思妥耶夫斯基主义者"。与两位大师生活在同一时代的人既被他们吸引，又对他们感到恼怒，这一区分在那时就已经显现出来。

我在撰写本书的过程中无法猜测将会出现什么样的情形。这个问题涉及的证据非常复杂，我们身处其中，难以得出全面的结论性观点。但是，从目前的情况看，在某些具有重大影响的观点上，新批评似乎预示了后结构主义和解构主义的出现。道德说教小说以匿名文本形式出现，与"作者死亡"的理念几乎不谋而合。从根本上讲，这个理念起源于马拉美，他认为文学语言具有自指、闭合和偶然性质，一笔勾销外部的真实功能和可证实性，在解构主义中起到核心作用。新批评者提倡诗歌自律性和内射性歧义，在他们的夸大之辞中，我们可以看到它的潜伏魅影。这种做法在新批评中大肆蔓延：以更微妙的方式，自觉或者不自觉地拔高"解码"活动，拔高阐释实践，认为它们的重要性可以与文学作品相提并论（这种傲慢做法带有美学史上记载的拜占庭基调的特征）。它预示了解构主义后来提出的说法：所有文学文本都是供人进行解构的"前文本"。

在《托尔斯泰或陀思妥耶夫斯基》中，我试图说明文学阅读的原则和条件；与1959年的情况相比，这些问题现在看来更为紧迫（而且看来更不时髦，甚至到了近乎孤立的地步）。作者在文学作品中处于核心地位,这被视为不证自明的基本事实。无论文学批评和文学阐释所起的作用有多么巨大,它们都被视为带有派生性质的"次级"活动。托尔斯泰和陀思妥耶夫斯基并不需要乔治·斯坦纳(或者说,就此而言,并不需要 M. 德里达这样才华横溢、催人思考的角色)。另外,在伦理和想象两个层面上,乔治·斯坦纳却一直需要《伊凡·伊里奇之死》(*The Death of Ivan Ilych*)或者《地下室手记》(*Notes from the Underground*)(我必须在此再次表述这样的常识,这不使人感到可怕吗?)。毋庸置疑的一点是,任何非消遣性的诗歌、戏剧、小说作品最终都不可能被缩减为分析性概要,或缩减为确定的解释。读者反应一直处于不断更新的未完成状态,正是这一点决定了伟大艺术具有的地位,决定了伟大艺术具有的"超越时间的奇迹"。但是,下述观点完全是自吹自擂的虚无主义的欺骗之举:任何有意义的解读都是误读;就判断话语的意义或者无意义而言,什么样的解读都行;从本质上说,语言信息的叙述手段都是文字游戏。这些在认识论意义上带有挑衅性的说法,这些"心智的舞蹈"(尼采语),这些由解构主义和"后现代"官方命令演绎出来的搞笑说法晦涩难解,但影响很大,不容忽视。它们迫使人们重新思考意义究竟表示什么,思考虚构作品的本体论地位,思考文字与世界之间必然存在的不确定关系。与此同时,这些说法看来会阻碍人们理解文学作品中经久不衰、不可或缺的东西(根据解构主义的观点,这样的"持久性"和必然性本身就是人们产生的文字幻觉)。绝非偶然的结果是,人们常常发现,当时髦理论被用来解读实际的文学作品时,它们要么显得无能为力,要么与整个作品的意义相去甚远。这些所谓的理论大师意在消解一切,认为《伊利亚特》(*Iliad*)、《神曲》(*Divine Comedy*)或者《李尔王》(*King Lear*)全都没有意义

托尔斯泰或陀思妥耶夫斯基

（在他们眼中，将这类作品列一个清单本身就是精英学术研究所搞的空洞把戏）。

与对语言和意义的神秘性所进行的任何成熟探索类似，这里的核心问题带有神学性质。解构主义完全承认这一真理，坚持认为语义标记只能追求稳定的意义，追求意图性——假如意义和意图性得到某种超验的终极起源或者终极权威的支撑。解构主义、后结构主义和后现代主义都认为，根本不存在这样的再保证。我在《真正的在场》（*Real Presences*，1989 年）一书中提出，在先验事物之上所押的帕斯卡赌注是理解语言、使意义回归的根本基础。再则，这种赌注以含蓄或者明确的方式，概括了主要艺术作品和文学作品的特征，作品涉及的范围从荷马和埃斯库罗斯时代开始，几乎延续到当代。而且，这种赌注本身可以让人们"理解"音乐的意义。从特定意义看，古典作品以及在现代社会中占据主导地位的文学作品都"带有宗教特征"，它们都涉及上帝存在或者不存在这个问题。尽管相关例证（例如，莱奥帕尔迪、马拉美）堪称罕见，逻辑上一致的无神论却可以让人产生很高层面的感悟。我们可以从超验事物"死亡"或缺失的角度，可以——而且在大多数情况下已经——从与上帝存在的可能性对抗的角度，从与上帝"真正的在场"的不同层面对抗的角度，对高雅诗歌和高雅艺术进行解释。有人将带有疑问的想象力和重要形式的力量视为微不足道的东西；在我看来，这种做法旨在将上帝存在与否这个问题贬为语义的荒诞性，贬为不再与人相关的某种低级的语言游戏。

正是在完成《真正的在场》的过程中我才开始意识到，30 年前提出这个论点的做法带有某种必然性。《托尔斯泰或陀思妥耶夫斯基》试图说明，这两位小说家的地位与他们的神学思考密切相关，不可分离。

正如亨利·詹姆斯所说，如果说《安娜·卡列尼娜》是"伟大的作品"，甚至超过了《包法利夫人》(*Madame Bovary*)，如果说《卡拉马佐夫兄弟》大大优于巴尔扎克或者狄更斯的作品，其原因在于：在托尔斯泰和陀思妥耶夫斯基的作品中，关于上帝的问题占据了核心地位。而且，使托尔斯泰与荷马之间的相似性、使陀思妥耶夫斯基与莎士比亚之间的相似性显得合理的原因在于：他们对现实的共同提示——其中包括个人现实和群体现实，心理现实和历史现实——超越了经验所及的层面。D. H. 劳伦斯曾经提出，一个人要成为伟大的艺术家或作家，就必须"以赤裸的身躯，面对上帝的火焰"（或者面对上帝的非存在的火焰）。就这两位俄罗斯大师而言，就后来出现的帕斯捷尔纳克和索尔仁尼琴而言，劳伦斯的这个观点显然是适用的。托尔斯泰常常求助于复活的神秘仪式（mysterium），陀思妥耶夫斯基形象地描绘了具有启示性的虚无主义，这些做法既是无与伦比的叙事和戏剧的表现方式，又是无与伦比的宗教思想的表现方式。本书指出，在这两位俄罗斯人取得的成就与霍桑和梅尔维尔取得的成就之间，存在着深层次的相似性。

今天，我当然会写出与本书不同的著作，这样的著作甚至会更加凸显自己不懂俄语造成的遗憾。即便只是以后记的形式问世，它也会以全面的方式探讨穆齐尔作品中虚构与形而上学之间的相互作用，探讨"超自然"现象的方方面面，探讨对所谓"魔幻现实主义"中无法言说事物的直觉领悟。《日瓦戈医生》(*Doctor Zhivago*)和索尔仁尼琴的小说会对这一观点起到证实作用。我会借助福克纳作品中的托尔斯泰式史诗和陀思妥耶夫斯基式恐惧元素，在新作中进行更加深入的研究。

托尔斯泰或陀思妥耶夫斯基

  本书是否在这样的探索中延续了它的生命？只有读者才能做出判断。耶鲁大学出版社的慷慨之举让我备受瞩目，这令我既深觉宽慰，又颇感不安。在这几十年中，在我撰写的其他著作中，我仅仅跟随了一种内心冲动。我从事的全部研究和教学工作源于《托尔斯泰或陀思妥耶夫斯基》的第一个句子"文学批评应该出自对文学的回报之情"，源于押在神圣事物存在的可能性上的赌注，源于押在赋予这个句子合理性的"他者"存在的可能性上的赌注。

乔治·斯坦纳

1996 年

鸣　谢

在笔者见习期的重要阶段中，蒙艾伦·泰特和阿奇博尔德·麦克利什伸出了援手；在着手此项研究的计划之初，以赛亚·伯林爵士和E. T. 威廉给予了鼓励；本课题研究的大师R. P. 布莱克默常常提供教诲并愿意提携晚辈；L. B. 图尔科维奇夫人就我不了解的俄语问题提供了大力协助；在笔者写作本书的过程中，卢埃林·伍德沃德、亚历山大·科伊雷和哈洛德·切尔尼斯提供了许多帮助；格里菲斯·爱德兹和米歇尔·古里雷维奇曾向我承诺，他们在本书完成后会拨冗阅读；詹姆斯·比林顿耐心校阅了本书，并且就所涉及的俄罗斯历史和俄罗斯文学问题，提出了才思敏捷的判断和知识渊博的建议；特别希望提及的是，J. 罗伯特·奥本海默博士和高级研究院给了我一年半时间，并且为本书的顺利写作提供了良好的工作条件。在此，笔者谨表示由衷的谢意。

在本书的写作过程中，我给包括妻子在内的家人增添了许多烦恼，心中的感谢之情难以言表。

乔治·斯坦纳

托尔斯泰或陀思妥耶夫斯基

关于日期的说明

  本书涉及的托尔斯泰和陀思妥耶夫斯基的创作生平和著作的日期按旧式俄历标注,比西欧人所用历法的日期早 12 天。

乔治·斯坦纳

目　录

第一章　　　　　　　　　　　　　　　　　1

第二章　　　　　　　　　　　　　　　　　50

第三章　　　　　　　　　　　　　　　　　151

第四章　　　　　　　　　　　　　　　　　265

参考文献　　　　　　　　　　　　　　　　402

索引　　　　　　　　　　　　　　　　　　412

第一章

> 书籍只有被理解时才算被发现。
> （Ein Buch wird doch immer erst gefunden, wenn es verstanden wird.）
>
> 歌德致席勒，1797年5月6日

一

文学批评应该出自对文学的回报之情。诗歌、戏剧或者小说作品以明显然而又神秘的方式，激起我们的想象。与开卷之日相比，我们的身心在掩卷之余出现了变化。在此借用来自另外一个领域的意象：一个人真正理解了塞尚画作的真谛之后，就不会再用原来的眼光去看待一个苹果、观察一把椅子了。伟大的艺术品像暴风一般，荡涤我们的心灵，掀开感知之门，用巨大的力量影响并改变我们的信念结构。我们试图记录伟大作品带来的冲击，重塑自己受到震撼的内心信念。我们借助某种进行密切交流的原始本能，试图将自己体验的文学作品的品质和力量传递给他人,希望他们对这样的东西敞开心扉。文学批评可以提供的最真实的洞见正是源于这种劝导性尝试。

4 我这样说的原因是,当代的许多批评显示出完全不同的特点。当代批评华而不实、吹毛求疵,非常在意自身的哲学渊源,非常在意使用复杂工具,常常将文学掩埋其中,而不是发出赞美之辞。如果要维护语言的健康,并保持感性的完整,大量文学作品确实应被埋葬。许多作品不是为了丰富人们的意识,不是为了成为生命的脉动,而是提供种种诱惑,让人投机取巧,流于粗浅,寻求暂时的慰藉。但是,这样的书可供书评写手展现强分优劣的判断技巧,并不适合批评家深思熟虑的艺术再造。伟大作品远远不止 100 部,远远不止 1000 部,然而也并非无穷无尽。批评家的研究对象与书评写手的不同,与文学史家的不同,批评家应该关注杰作。批评家的首要任务不是对作品进行甄别、分出良莠,而是好中选优、百里挑一。

在这一方面,现代人的看法往往缺乏信心。当年,马修·阿诺德在讲座中谈到翻译荷马作品的心得时曾说,"世界上有五六位顶尖诗人";如今,过去确立的文化等级和政治秩序处于风雨飘摇之中,批评家已经失去了让阿诺德做出判断的那份确定无疑的从容。现在,我们已经不会提出诸如此类的评价了。我们已经成为相对论的信奉者,心神不宁地意识到,批评原则是批评家做出的尝试,其目的是将只言片语的控制性咒语,强加于本质上多变的鉴赏情趣之上。欧洲已经衰落,不再是人类历史的核心区域,人们于是心存疑虑:西方古典传统是否依旧卓越?艺术的地平线已经在时间和空间上大大后退,超过了任何人可以看到的限度。我们时代中两部最重要的诗作——《荒原》(*The Waste Land*)和埃兹拉·庞德的《诗章》(*Cantos*)——借鉴了东方思想。在毕加索的绘画作品上，刚果人的面具凝视着观众，展现出带着复仇念头的畸变。在我们的心灵深处，徘徊着20世纪出现的战争和惨绝人寰的杀戮留下的阴影；我们已经对自己的文化遗产产生了戒心。

但是，我们不能一味退让。在大肆泛滥的相对论中，滋生着无政府主义的病菌。文学批评应该让我们回想起自己的伟大文化传承，回想起无与伦比的高雅史诗的传统，它发端于荷马，延续到弥尔顿的诗歌，延续到辉煌的古雅典戏剧、伊丽莎白戏剧和新古典主义戏剧，延续到现代大师们的长篇小说。它确认这一点：如果说荷马、但丁、莎士比亚和拉辛已经不再是代表整个世界的顶尖诗人——世界已经扩张得太大，不再有顶尖——他们却依然是我们的文明从中汲取生命力量并必须捍卫的那个世界的顶尖诗人。历史学家坚信人类事务的无限多样性，强调社会环境和经济条件的作用，他们会要求人们抛弃陈旧的定义，抛弃过去的意义范畴。他们提出，既然在《伊利亚特》和《失乐园》（*Paradise Lost*）之间横亘着长达千年的历史事实，我们怎么能使用同一个说法呢？如果我们使用"悲剧"一词来讨论《安提戈涅》（*Antigone*）、《李尔王》和《费德尔》（*Phèdre*），这个术语究竟能够表示什么意思呢？

我的回答是，古代的鉴赏习惯和理解习惯非常深刻，能够超越时间的严苛考验。新的愚昧时代让人产生混乱，头晕目眩，这是不争的事实；与之类似，在长期的历史发展过程中，有着悠久的传统和内在统一性，这也是不争的事实。如果一种诗意领悟的形式主要涉及历史契机与宗教神话体系，就把它称为史诗吧。如果一种生命感悟的意义原则源于人的性格的孱弱性，源于亨利·詹姆斯所说的"对灾难的想象"，就把它称为悲剧吧。这两个定义都欠缺详尽性和包容性，却足以提醒我们：存在着伟大的传统，存在着精神发展的来龙去脉，它们将荷马、叶芝、埃斯库罗斯和契诃夫联系起来。文学批评必须以谦卑之心,带着经过不断更新的生命感,回归这些传统。

当前,很有必要倡导这种回归。在我们的身边,新文盲四处泛滥,有的人能够阅读简略的文字,阅读充满仇恨和庸俗的文字,但在面对呈现于美丽和真实形式之中的语言时却不得要领。"笔者相信,"当代的一位杰出批评家写道,"有清楚的证据显示,应让受众重拾与艺术作品之间的互动关系;在我们这个社会中,这一需要的迫切性大于以前的任何时期,学者和批评家应该完成这项具体工作,在受众与艺术之间发挥中介作用。"[1] 文学批评的任务既不是品头论足,也不是肢解分割,而是牵线搭桥。文学批评者应对艺术怀抱热爱之情,且经常痛苦地意识到,自己的技艺与作者的技艺之间存在着差距;只有在这种情况下,文学批评者才能起到牵线搭桥的中介作用。这种热爱是通过痛苦的经历显现出来的:文学批评者研究出自具有创造性的天才之手的奇迹,辨析艺术存在的原理,将它呈现给公众;然而,文学批评者深知自己并不染指艺术创作,或者说,自己对艺术创作影响甚微。

这就是本书所说的"老式批评"的宗旨。老式批评在一定意义上与当下流行的夸夸其谈的批评流派——新批评——有所不同。老式批评产生于对艺术品的敬佩之情。在研究作品的过程中,老式批评有时会后退一步,考察其道德目的。老式批评认为,文学并不是孤立存在的,而是在历史和政治力量的作用中占据核心地位。老式批评尤其在讨论范围和表现特征上具有哲学的意味。在大多数情况下,老式批评

---

[1] R. P. 布莱克默,《雄狮与蜂巢》("The Lion and the Honeycomb",参见《雄狮与蜂巢》[*The Lion and the Honeycomb*],纽约,1955 年)。

第一章

依据的是让-保罗·萨特在论及福克纳时表达的一个信念:"小说技巧总是让人回到作家的哲学理念。"艺术品聚集着思想的神话,聚集着人类精神的英勇尝试,希望梳理并且解释混乱的经验。艺术品的哲学内容——艺术品中的信念或者思辨——尽管与审美形式密不可分,但是具有其自身的作用原理。艺术品借助自身主张的理念,促使人们采取行动,接受特定的信念,这样的例子不胜枚举。在当代文学批评领域中,除了马克思主义批评家之外,其他的人经常对此并不关注。

老式批评有自身的偏好,往往认为"世界顶尖诗人"是从神秘的上帝那里得到灵感的艺术家;他们要么默认上帝的神秘性,要么表示对抗;诗人的多样意图和诗歌的力量,是世俗艺术无法获得或者至少说尚未获得的东西。正如马尔罗在《沉默的声音》(*The Voices of Silence*)中断言的,人类被困在自己所处环境的有限性与恒星的无限性之间。只有通过树立理性的丰碑,树立艺术创造的丰碑,人类才能声称自己拥有至高无上的尊严。但是,在这样做的过程中,人类一方面模仿神灵具有的创造力量,另一方面又与它进行竞争。由此可见,在创作活动的核心位置,存在着一种宗教意义上的悖论。与一般的人相比,诗人在天赋上最接近神灵,或者说具有更大可能性去质疑神灵。"我常常觉得,"D. H. 劳伦斯说,"自己赤身裸体地站在那里,让万能的神的火焰穿过自己的身躯。那是一种相当美妙的感觉。一个人要成为艺术家,就必须笃信宗教。"[1] 也许,成为真正的批评家却不必如此。

---

[1] D. H. 劳伦斯致欧内斯特·柯林斯的一封信,1913 年 2 月 24 日(参见《D. H. 劳伦斯书信集》[*The Letters of D. H. Lawrence*],纽约,1932 年)。

这就是我希望在研究托尔斯泰和陀思妥耶夫斯基的过程中体现的一些价值观。他们两位都在最伟大小说家的行列中占有一席之地（在揭示真理的环节上，所有文学批评都具有教条论的特征；老式批评保留这样直截了当地表达观点和使用夸赞之辞的权利）。"没有哪一位英国小说家，"E. M. 福斯特写道，"可与托尔斯泰比肩，这就是说，像托尔斯泰那样对人生进行如此全面的刻画，其中包括人的家庭生活和英雄行为。没有哪一位英国小说家像托尔斯泰那样深入探索人的灵魂。"[1] 福斯特的断言并不仅仅局限于英国文学的范围。它界定了托尔斯泰和陀思妥耶夫斯基与整个小说艺术之间的关系。然而，就其性质而言，这类命题是无法加以说明的。在不可思议但又相当明确的意义上，它涉及的是一个"耳朵"问题。在讨论托尔斯泰和陀思妥耶夫斯基的过程中，我们同样可以使用提到莎士比亚和荷马时的语调。我们可以一口气说出这四部作品：《伊利亚特》与《战争与和平》，《李尔王》与《卡拉马佐夫兄弟》。这既简单又复杂。但是，我再次重申，这样的表述并不受到理性证据的约束。我们想象不出以任何方式来加以说明：将《包法利夫人》置于《安娜·卡列尼娜》之上的观点是错误的，认为《专使》(The Ambassadors) 在权威性和重要性上可与《群魔》媲美的观点是错误的；持这两种观点的人不具备领悟某些根本调性的"耳朵"。但是，人们无法借助逻辑上一致的论证，克服这类"音盲"（尼采对音乐的感悟异常敏锐，但是他认为比才比瓦格纳更优秀；有谁能够让尼采承认，他的观点完全是错误的？）。再则，哀叹文学批评做出的判断具有"非说明性质"是没有什么用处的。也许，因为搞批评的

---

[1] E. M. 福斯特，《小说面面观》(Aspects of the Novel，纽约，1950年）。

人让搞艺术的人日子难过,所以他们注定难逃特洛伊女预言家卡珊德拉曾经面对的那种命运。甚至在看得非常清楚的情况下,他们也没有办法证实自己是正确的,没有办法让人相信自己。但是,卡珊德拉提出的预言的确是不乏道理的。

因此,请允许我确认自己抱有的无悔信念:托尔斯泰和陀思妥耶夫斯基是小说界的领军人物;在视野的全面性和表现力这两个方面,两位大师都有出类拔萃的建树。对于这样的艺术家,朗吉努斯会以非常恰当的方式,使用"崇高"一词来加以概括。他们拥有通过语言来建构"实现"的力量,这样的现实是感性的、具体的,然而渗透着精神的生命力和神秘性。正是这种力量标示出马修·阿诺德所说的"世界顶尖诗人"。两位大师鹤立鸡群,其作品体现出时空的宽阔——请想一想《战争与和平》、《安娜·卡列尼娜》、《复活》(Resurrection)、《罪与罚》(Crime and Punishment)、《白痴》、《群魔》和《卡拉马佐夫兄弟》吧,它们反映了多么广阔的生活!此外,托尔斯泰和陀思妥耶夫斯基也对19世纪俄罗斯小说的发展和兴盛起到了不可或缺的作用。我在本书这一章中将会论及当时的情况。纵观西方文学发展的历史进程,19世纪俄罗斯小说看来代表了三大辉煌时期之一的成果,其余的一个是古雅典和柏拉图时期及其戏剧,另一个是莎士比亚时代及其戏剧。在这三个时期中,西方心智借助诗意直觉,以飞跃的姿态探索黑暗;这些艺术家的作品集中反映了我们拥有的对人性的许多洞见。

关于托尔斯泰和陀思妥耶夫斯基的充满戏剧性的精彩人生,关于他们在小说史和思想史上所起的重要作用,已经完成的著作卷帙浩繁,将要撰写的还会不断问世。随着俄罗斯迈入帝国时代,我们不得不思考托尔斯泰和陀思妥耶夫斯基的思想具有的预言性,思考它对于我们的命运所具有的重要意义。但是,没有必要同时以狭隘和统一的方式进行处理。历史已经过去了足够长的时间,我们可以根据主要的传统,了解托尔斯泰和陀思妥耶夫斯基的伟大建树。托尔斯泰曾经要求人们将他的小说与荷马的史诗进行比较。与乔伊斯的《尤利西斯》(*Ulysses*)相比,《战争与和平》以更准确的方式体现了史诗方式的复活,将弥尔顿之后在西方诗学中日渐衰落的语言风格、叙事方式和表达形式重新引入了文学领域。但是,如果我们要了解其中的原因,如果我们要根据自己的批评思想,证明《战争与和平》是如何以不加区别的直接方式利用荷马史诗的元素的,我们首先需要对这部作品进行精妙而细致的解读。同理,就陀思妥耶夫斯基而言,我们也有必要提出更加准确的观点。人们普遍认为,陀思妥耶夫斯基的天才更富于戏剧性;在许多重要方面,他表现出来的天赋是莎士比亚以来最全面、最自然的戏剧气质(陀思妥耶夫斯基本人曾经暗示过这种比较)。但是,只有在相当数量的创作草稿和笔记——我在本书中将大量使用这些材料——翻译和出版之后,我们才有可能探寻陀思妥耶夫斯基的小说观与戏剧技巧之间的诸多相似之处。正如弗朗西斯·弗格森所说,自从歌德的《浮士德》(*Faust*)问世以来,戏剧效果——就悲剧而言——的理念大大受挫。那个显而易见、血脉相连的戏剧效果的传统——它发端于埃斯库罗斯、索福克勒斯和欧里庇得斯——看来已经断裂。但是,《卡拉马佐夫兄弟》稳固地植根于《李尔王》建构的世界;在陀思妥耶夫斯基的小说中,生命的悲剧感以传统的方式在整体上得到更新。陀思妥耶夫斯基是伟大的悲剧诗人之一。

10　　托尔斯泰和陀思妥耶夫斯基在作品中涉猎了政治理论、神学和历史研究,他们的行为常常被斥为天才的怪异之举,被视为睿智的心智所继承的不可思议的盲视的例证。在它们得到严肃关注的情况下，哲学家与小说家已被区分开来。但是，在成熟的艺术中，技巧和哲学思想是统一体的两个方面。正如人们所设想的，与但丁的作品类似，在托尔斯泰和陀思妥耶夫斯基的作品中，诗歌、哲思、创作冲动、系统认知交替出现，它们全都是对体验所形成的压力的回应，无法加以分割。例如，在托尔斯泰的长篇小说和故事中，他的神学观和世界观中包含的信念经历了同样的严酷考验。《战争与和平》是一部史诗，但是我们可以说，这里的历史是从特定角度观察的，是从托尔斯泰式决定论的特殊朦胧角度观察的。在理解作品的过程中，小说家的诗学以及他所提出的关于人的神话也同样具有相关性。近来，陀思妥耶夫斯基的哲学思想受到人们的密切关注，被视为现代存在主义思潮中具有重大影响的力量。但是，小说家的启示性宗教见解与所用技巧的实际形式相互作用；对于两者之间这一至关重要的互动，人们却极少提及。哲学思考是如何进入文学的？当哲学思考进入文学之后，会出现什么样的情形？本书的最后一章将会以《安娜·卡列尼娜》《复活》《群魔》和《卡拉马佐夫兄弟》为范例，一一探讨这些问题。

然而，本书为什么要以"托尔斯泰或陀思妥耶夫斯基"为题呢？因为我希望研究两位大师取得的文学成就，通过对比，界定他们分别体现的天才的性质。俄罗斯哲学家别尔嘉耶夫写道："在人们的心灵中，我们有可能确定两种模式，两种类型，其中一种侧重托尔斯泰精神，另一种侧重陀思妥耶夫斯基精神。"[1] 经验已经证实了他的论断。读

---

[1] N. A. 别尔嘉耶夫，《陀思妥耶夫斯基的精神》（*L'Esprit de Dostoievski*，内尔维尔译，巴黎，1946年）。

者可以将他们视为两位探讨生活原理的小说大师。这就是说，读者可能在他们的小说中发现对人生的最全面、最具探索精神的描绘。但是，如果我们继续追问该读者，他就会在两位大师之间做出选择。如果这位读者告诉你他喜欢哪一位，告诉你做出这一选择的原因，你就可以深入了解他的内心世界。如果有人在托尔斯泰和陀思妥耶夫斯基之间做出了选择，这就预示出这个人对当代问题的看法，即存在主义所称的积极介入的态度（un engagement），它激发人的想象力，并对人类命运、历史的未来走向以及上帝的神秘性做出种种截然不同的解释。请允许我再次引用别尔嘉耶夫的观点：托尔斯泰和陀思妥耶夫斯基代表了"一个难以解决的争议——两套假设，两种基本的存在观在此相互对抗"。这一对抗涉及西方思想界中某些流行的二元论，它们可以追溯到柏拉图的《对话录》（Dialogues）。可悲的是，这种情况与我们时代的意识形态论战密切相关。苏联的出版机构实际上印刷了数百万本托尔斯泰的小说，然而直到最近才极不情愿地发行了《群魔》。

可是，托尔斯泰和陀思妥耶夫斯基是否真的具有可比性呢？如果我们想象，他们启用心智进行了对话并且意识到对方的情况，这是否会超越批评家建构的寓言呢？这类比较研究遇到了两个重要障碍，其一是缺乏材料，其二是差异巨大。例如，《安吉亚里战役》的画稿已经不复存在，所以我们无法比较米开朗琪罗和莱昂纳多·达·芬奇工作时的情况，无法了解两人在创作过程中实际表现的竞争状态。不过，关于托尔斯泰和陀思妥耶夫斯基的文献非常丰富，我们知道两人是如何看待对方的，知道《安娜·卡列尼娜》对《白痴》的作者意味着什么。此外，依我所见，有一部陀思妥耶夫斯基的小说表现了作者本人与托尔斯泰之间的精神碰撞，为我们提供了一个具有预言意义的寓言。

两人堪称文学巨擘,在地位上并不存在由高低之分形成的冲突。17 世纪晚期的读者认为,莎士比亚与同时代其他剧作家之间根本没有什么真实的可比性。如今,莎士比亚占据了非常突出的地位,备受人们的尊重。在对马洛、约翰逊、韦伯斯特进行评价时,我们戴着有色眼镜加以观察。不过,在对托尔斯泰和陀思妥耶夫斯基进行评价时,情况并非如此。两位大师给思想史家和文学批评家提供了独特的连接,他们就像两颗比邻的行星,大小相当,且受到对方轨道的影响。这一特点对任何进行比较的论者都提出了挑战。

此外,两者之间存在着共同之处。尽管两人勾画的上帝形象、提出的行动建议在终极意义上是不可调和的,他们却使用同一种语言写作,生活在同一个具有决定意义的历史阶段之中。在历史上,两人之间出现过多次几乎碰面的机会,但是由于某种持续存在的预先告诫,他们都避开了对方。梅列日科夫斯基——他反复无常,说话不可靠,然而却是一位不乏启迪性的证人——将托尔斯泰和陀思妥耶夫斯基称为两位对立性最强的作家:"我所说的对立性并不是相距遥远、格格不入,他们就像两个极端,却会交汇,并互相接触。"[1] 本书的许多篇幅会做出区分,试图将两人分别归类为史诗作者与戏剧作者,理性主义者与理想主义者。不过,在托尔斯泰和陀思妥耶夫斯基之间也存在着共同的方面,存在着相似之处,这使两人本性方面的对抗性显得更为突出。以上所述就是我进行讨论的出发点。

---

[1] D. S. 梅列日科夫斯基,《托尔斯泰:生平与艺术,兼论陀思妥耶夫斯基》(*Tolstoi as Man and Artist, with an Essay on Dostoïevski*,伦敦,1902 年)。

二

首先，存在着所谓的"巨大性"，即两位天才思考和创作时在维度上表现出来的广阔性。《战争与和平》《安娜·卡列尼娜》《复活》《白痴》《群魔》和《卡拉马佐夫兄弟》都是小说中的鸿篇巨制。托尔斯泰的《伊凡·伊里奇之死》和陀思妥耶夫斯基的《地下室手记》是篇幅较长的中篇小说，接近于长篇小说这种重要形式。这一事实非常明显，一看就知，人们往往将它视为环境造成的偶然特征。然而，在托尔斯泰和陀思妥耶夫斯基看来，作品的长度对实现自己的创作目的至关重要，能体现出自己作品的视野。

有关长篇作品的问题难以把握。但是，如果对《呼啸山庄》(*Wuthering Heights*)与《白鲸》(*Moby Dick*)进行比较，对《父与子》(*Fathers and Sons*)与《尤利西斯》进行比较，我们就会看到两者之间在长度上的差异确实明显，让我们在讨论和对比技巧之余意识到，这里涉及的还有不同审美观念和文学理想的问题。即使我们仅仅讨论篇幅稍长的小说，也需要对它们加以区分。在托马斯·沃尔夫的长篇小说中，长度反映出作者思路的枝蔓，显示他叙述失控、语言花哨、言之无物。《克拉丽莎》(*Clarissa*)很长，十分冗长，因为理查逊在这部作品中试图以新的精神分析的词汇，诠释流浪汉小说的插曲式松散结构。对比之下，在《白鲸》的宏大结构中，我们看到的不仅有主题与处理手法之间的完美和谐，还有可以追溯到塞万提斯的叙事手法——离开主线、插入长篇话题的艺术。系列长篇小说（roman-fleuve）——例如，巴尔扎克、左拉、普鲁斯特和朱尔·罗曼创作的长篇小说——从两个方面说明了长度的魅力：其一是作为史诗形式的一种暗示，其二是作为传达历史感的一种手法。但是，即使在（带有很强法语特征的）这一体裁之内，我们也必须进一步区分：普鲁斯特的《追忆逝水年华》(À la recherche du temps perdu) 中的作品具有连续性；与之相比，《人间喜剧》(La Comédie humaine) 中各部小说之间的联系表现出不同特点。爱伦·坡在探究长诗与短诗之间差异的过程中发现，前者可以包含节奏缓慢的片段、离开主线的插入性长篇话题、意义不明确的意蕴，却不会除去其基本优点。然而，反过来说，长诗无法获得短小抒情诗的一致强度和紧凑节奏。就小说而言，我们无法应用相同的规则。多斯·帕索斯的失败之处恰恰在于不平衡。与之相比，在普鲁斯特的整个系列中，各个作品之间紧密配合，天衣无缝，与拉法耶特夫人的《克莱芙王妃》(La Princesse de Clèves) 类似，都是文笔精妙的小型作品。

托尔斯泰和陀思妥耶夫斯基的长篇小说属于鸿篇巨制，这一点从一开始便为读者所注意。托尔斯泰的小说插入哲思，擅长道德教化，情节进展明显缓慢，问世之初便备受诟病，批评之声直至近日仍旧不绝于耳。亨利·詹姆斯曾经将它们称为"结构松散、拖泥带水的怪物"。俄罗斯的批评家告诉我们，陀思妥耶夫斯基小说的篇幅较长，主要出于这几个原因：一、他的创作风格具有苦思冥想、层层堆叠的特征；二、他在写作过程中对作品人物持摇摆不定的态度；三、出版商是按照稿件的页数来支付作家稿酬的。《白痴》和《群魔》与英国维多利亚小说类似，反映了连载作品的经济特征。在西方读者眼里，两位大师的长篇大论风格常被解释为俄语固有的特征，解释为俄罗斯的辽阔幅员形成的某种写作方式。这是一种荒诞不经的说法：我们知道，普希金、莱蒙托夫和屠格涅夫是言简意赅的典范。

托尔斯泰或陀思妥耶夫斯基

回过头看，对托尔斯泰和陀思妥耶夫斯基来说，言辞丰富显然是一种基本自由。两位大师的生活、人品和小说艺术观都具有热爱自由这一特征。托尔斯泰在一幅巨大的油画布上创作，它与作家的生存状态相称，暗示了小说的时间结构与历史的时间之流之间的联系。陀思妥耶夫斯基的作品具有的宏大性映射了对细节的忠实，反映了作者对创作之前积累而成的无数具体姿态和思想的全面把握。

随着对两位小说家的深入研究，我们逐步意识到，他们本人和他们的作品都是在同样的巨大规模上造就的。

托尔斯泰具有非常巨大的生命活力，拥有动人心魄的力量和令人经久不忘的本领，每一种生命力量在他身上都显得异常旺盛，这是众所周知的事实。与他同时代的人——例如，高尔基——相比，托尔斯泰是一位以古人的庄严威仪在地球上叱咤风云的巨人。他的年迈身躯带着某种非常离奇、隐约有些亵渎的意味；他活了80多岁，身上依然处处显示出王者风范；他辛勤耕耘，直到生命终点；他英勇斗争，绝不屈服，在自己的天地中自得其乐。托尔斯泰能量巨大，不可能将想象力局限在狭小的空间之内，不可能写出雕虫小技之作。每当他进入一个房间，每当他采用一种文学形式，他传递给人的印象是：一位巨人弯腰进入了一道为常人建造的房门。在他创作的剧本中，有一部是六幕剧。当年，杜霍波尔教派的信徒得到托尔斯泰的《复活》版税的资助，从俄罗斯移民到了加拿大。他们曾经赤身裸体在暴风雪中游行，并愤怒地烧毁了当地的仓库。这一事实倒也给人一种恰如其分感。

在托尔斯泰生活的各个方面，创作冲动形成的力量随时可见，它体现在偶尔出现的豪赌行为中，体现在他年轻时的猎熊活动中，体现在疾风暴雨般的多产婚姻中，体现在他多达90卷之巨的著作中。

T. E. 劳伦斯（他自己就是一个具有超凡能力的人）私下告诉福斯特："托尔斯泰是无法对付的。这个人就像昨日刮过的东风，在你面对它的时候，它催人泪下，同时又让你全身麻木。"[1]《战争与和平》的许多章节七易其稿；托尔斯泰的许多小说迟迟难以收尾，仿佛创作在小说家身心中形成的压力——那种神秘的狂喜状态通过语言产生于创作过程之中——尚未释放完毕。托尔斯泰知道自己的作品场景宽阔，并且对自己热血的澎湃脉动感到自豪。有一次，他沉迷于父权的庄严感觉，甚至对人终有一死这一点表示怀疑。他表示怀疑，死亡——显然表示他自己的肉体的死亡——是否真是不可避免的？他觉得自己身上有用之不竭的资源。世界各地的朝圣者和信徒成群结队，络绎不绝，争相访问亚斯纳亚·波良纳庄园，希望一睹他的尊容。在这种情况下，他为什么应该死去呢？也许，鲁缅采夫博物馆的馆员尼古拉·费奥多罗夫强调的观点是正确的：死者实际上完全复活了。托尔斯泰说，"我并不赞同费奥多罗夫的观点"，但是，费奥多罗夫的话显然引起了托尔斯泰的兴趣。

人们常常将陀思妥耶夫斯基与托尔斯泰进行比较。批评家和传记作者将陀思妥耶夫斯基挑选出来，作为创作性神经官能症的主要例证。人们常常将这一观点与他的人生经历联系起来，并且用这些形象对它加以强化：西伯利亚的监禁、癫痫、赤贫的境况，以及看起来贯穿他所有作品和生活的个人痛苦。托马斯·曼曾经论及歌德和托尔斯泰的长寿，论及尼采和陀思妥耶夫斯基的病态；人们误读了托马斯·曼

---

[1] T. E. 劳伦斯给 E. M. 福斯特的信函，1924 年 1 月 20 日（《T. E. 劳伦斯书信集》[*The Letters of T. E. Lawrence*]，纽约，1939 年）。

提出的观点，这使得对陀思妥耶夫斯基的健康状况的上述看法有了权威性。

其实，陀思妥耶夫斯基天生具有超人的力量和耐受性，具有很大弹性和动物般的韧性。这些特质帮助他穿过个人生活的炼狱，穿过创作过程中想象出来的地狱。约翰·考珀·波伊斯将这一点作为陀思妥耶夫斯基自身人格的核心要素："即便生活中备受痛苦，他仍然以神秘的发自内心的女性方式享受生活。"[1] 他指出，"充盈的生命力量"使这位小说家保持大步向前的创作方式，即便在物质匮乏、身体经历痛苦时也是如此。波伊斯经过细致考察之后发现，甚至在极端痛苦的阶段中，陀思妥耶夫斯基也能得到欢乐；那样的欢乐并不带有受虐狂特征（尽管他的气质中存在受虐狂倾向）。更确切地说，能得到欢乐源于原始的本能愉悦，心智会以自身的韧性接受这种愉悦。这个人在精神白热状态下生活。

他曾面对行刑队实施假枪毙那样的极端经历；实际上，他将那一段恐惧时光变为一种忍受痛苦的护身符，变为一个用之不绝的灵感来源。他熬过了西伯利亚的劳改营（katorga）生活，熬过了在惩罚队里做苦工的艰难时光。他在穷困潦倒、心灵煎熬中写下了卷帙浩繁的长篇小说、故事和论战文章——如果没有顽强的生命力，那样的环境会使人一蹶不振。陀思妥耶夫斯基是这样自我描述的：他拥有猫一般的不屈韧性。在他的九条命的大多数时光中，他活得非常精彩，无论是深夜赌博、战胜病魔，还是乞求借贷时，均是如此。

我们应该从这个角度来看待他罹患的癫痫。它被人称为陀思妥耶

---

[1] 约翰·考珀·波伊斯，《陀思妥耶夫斯基》（*Dostoievsky*，伦敦，1946年）。

夫斯基的"神圣疾病",其病况和起源现在依旧不大清楚。我们对准确的时间知之甚少,这使我们难以接受弗洛伊德的说法:陀思妥耶夫斯基首次发病与他父亲被杀之间存在一种因果联系。小说家本人对癫痫的看法可能有多种解释,并且渗透着宗教方面的含蓄意义:他在其中既看到十分残酷、侮辱人格的考验,又看到神秘的天赋;借助这种天赋,一个人可以获得显现神奇启迪和睿智洞见的瞬间。在《白痴》的梅诗金公爵的评述中,在《群魔》沙托夫与基里洛夫的对话中,癫痫发作被描述为整个体验的实现形式,被描述为最隐秘的核心生命力量的外在突显。在癫痫发作的瞬间,灵魂得以释放,挣脱了五官感觉的限制性控制。陀思妥耶夫斯基从来没有暗示,"白痴"对自己遭受的幻觉性折磨感到后悔。

很可能的情况是,在陀思妥耶夫斯基自己的病情与他超常的神经力量之间,存在着直接联系。癫痫发作可能起到一种释放作用,给躁动不安的内在力量找到一个出口。托马斯·曼在这种病症中发现了"充盈生命力量的产物,发现了大量身体能量的爆发和过剩"。[1] 毫无疑问,这是认识陀思妥耶夫斯基人格的关键:"大量身体能量"将疾病作为一种感知工具。就这一点而言,将陀思妥耶夫斯基与尼采进行比较是有道理的。陀思妥耶夫斯基说明了这类艺术家和思想家的情况:他们用身体的痛苦把自己包围起来,仿佛让自己置身于"一座多彩玻璃构成的穹窿之下"。透过这一层玻璃,他们看到经过强化处理的现实。由此可见,我们也可以将陀思妥耶夫斯基与普鲁斯特进行比较,后者

---

[1] 托马斯·曼,《陀思妥耶夫斯基——节制》(*Dostojewski—Mit Maassen*,参见《新研究》[*Neue Studien*],斯德哥尔摩,1948 年)。

利用哮喘病构筑起一道墙壁，把自己的艺术隐修院保护起来。同理，我们也可以将陀思妥耶夫斯基与乔伊斯进行比较——乔伊斯的盲视使其听力大受裨益，让他能够听到黑暗的声音，仿佛黑暗是一枚海贝。

"这种对立并非相距遥远，并非格格不入。"梅列日科夫斯基如是说。托尔斯泰的健康与陀思妥耶夫斯基的疾病具有异曲同工之妙，带有类似的创造力量的标记。

T. E. 劳伦斯向爱德华·加内特透露：

> 你是否记得我曾经告诉你，我的书架上摆了一批"巨人"著作（那些书的特点是精神伟大，这种伟大被朗吉努斯称为"崇高"）。它们是《卡拉马佐夫兄弟》、《查拉图斯特拉如是说》（*Zarathustra*）、《白鲸》。[1]

5年之后，他扩大了这份清单，把《战争与和平》也包括在内。这些是"巨人"著作，劳伦斯所说的品质既表现在篇幅上，也表现在作者的生平中。

但是，托尔斯泰和陀思妥耶夫斯基的艺术具有的特殊意义在于，构思的整体性随着史诗和悲剧的衰落已经荡然无存，而两位大师的艺术让文学恢复了整体性的构思方式。这种特殊意义无法以孤立方式加以理解。同理，我们也无法将自己的注意力完全集中在这些俄罗斯作家身上，尽管弗吉尼亚·伍尔夫曾经受到诱惑，发出了这一疑问："除

---

[1] T. E. 劳伦斯致爱德华·加内特的信，1922年8月26日（参见《T. E. 劳伦斯书信集》）。

了他们的作品之外，创作其他任何小说是不是在浪费时间？"[1] 在着手研究托尔斯泰和陀思妥耶夫斯基的作品之前，我希望首先谈一谈小说艺术这个一般性的主题，谈一谈 19 世纪俄罗斯小说和美国小说的具体优点。

三

欧洲小说的主要传统产生于曾经让史诗解体、严肃戏剧衰败的那种环境。从果戈理到高尔基，俄罗斯小说家借助与西欧相距遥远形成的单纯性，借助个人天才的反复偶然行为，给自身的媒介注入了巨大能量，灌输了非常极端的见解和带着狂热信念的诗歌。于是，小说作为一种文学形式，在广度上逐渐与史诗和戏剧形成竞争局面（有些论者认为，超过了史诗和戏剧）。小说发展的历史并非一帆风顺，俄罗斯小说取得的成就与流行的欧洲小说明显不同，两者甚至形成了对峙局面。从笛福时代到福楼拜时代，小说这种体裁形成了自身的传统手法；俄罗斯的小说大师们在一定程度上独辟蹊径，采用的手法与霍桑和梅尔维尔的类似，对欧洲的传统技巧进行了大刀阔斧的改造。这里的问题在于，对 18 世纪的现实主义者来说，那些传统手法曾经是力量的源泉，但到了《包法利夫人》的时代，它们已经变为束缚手脚的东西。它们起到了什么作用？是如何出现的呢？

在自然方式下，史诗面向的是联系紧密的听众这个群体；戏

---

[1] 弗吉尼亚·伍尔夫，《现代小说》（参见《普通读者》[*The Common Reader*]，纽约，1925 年）。

剧——当它仍被摆上舞台，而不是仅仅作为一种语言艺术时——旨在面向另一种群体受众，即剧场之中的观众。与之相比，小说面向的是处于私人生活的混乱状态中的单个读者。小说是作者与本质上破碎化的社会之间的一种交流形式，一种"想象性创造"，正如布克哈特所说，"一种在孤立状态下阅读的东西"[1]。待在自己的房间里独自读书，这就是进入一种富于历史意蕴和心理意蕴的状态。这些因素对欧洲小说的发展历史和性质产生了直接影响，使小说与中产阶级的命运，与他们的世界观形成了许多具有决定性意义的联系。如果说荷马史诗和维吉尔史诗是诗人与贵族之间的话语形式，那么，我们可以说，小说是资产阶级时代的主要艺术形式。

  小说作为一种艺术形式应运而生，并不仅仅是供居住在欧洲城市之中的个人私下消遣的东西。从塞万提斯开始，它就是一面镜子，被想象力以理性方式利用，以便观照经验层面上的现实。《堂吉诃德》(*Don Quixote*) 以充满歧义、满怀激情的方式，送别了史诗的世界；《鲁滨孙漂流记》(*Robinson Crusoe*) 标志着现代小说的世界的开始。与笛福笔下的乘船遇险者类似，小说家也在自己的周围竖起了由具体事实构成的栅栏：其中有巴尔扎克描写的美妙绝伦的坚固住宅，有狄更斯描写的布丁气味，有福楼拜描写的药店柜台，有左拉描写的取之不尽的物品存货。当小说家发现留在沙滩上的脚印时，他会得出结论说，这是潜藏在丛林之中的星期五的痕迹，而不是童话故事中的仙女足迹，不是莎士比亚世界中的"安东尼喜爱的赫拉克勒斯"留下的幽

---

[1] 雅各布·布克哈特，《世界历史沉思录》(*Weltgeschichtliche Betrachtungen*，全集，第IV卷，巴瑟尔，1956年)。

灵般的踪迹。

西方小说的主流是散文体——散文一词在此表示它的字面意义,而不是其贬义。在这种体裁中,无论是弥尔顿诗歌中穿越混沌宇宙的撒旦,还是《麦克白》(Macbeth)中奔向阿勒颇的三个女巫实际上都会感到很不自在。风车不再是巨人,而是实实在在的风车。作为交换,小说将会告诉读者制作风车的方式和风车的作用,风车在大风呼啸的夜晚如何发出声响。其原因在于,小说擅长描述、分析、探讨,擅长积累现实和内省的事实。在文学试图提供的所有经验描写中,在用语言表达的所有针对现实的反陈述中,小说使用的描写和陈述最连贯、最全面。笛福、巴尔扎克、狄更斯、特罗洛普、左拉和普鲁斯特的作品记录了人们对过去、对世界的看法。小说是历史最重要的远亲。

当然,有些种类的小说属于例外。在起支配作用的传统的控制之下,已经出现了持久不变的非理性领域和神话领域。大多数哥特小说(在讨论陀思妥耶夫斯基时,我将回过头来阐述这一点)、雪莱夫人创作的《弗兰肯斯坦》(Frankenstein)、《爱丽丝漫游奇境记》(Alice in Wonderland)是奋起对抗占据上风的经验主义的具有代表性的例证。只需看一看艾米莉·勃朗特、E. T. A.霍夫曼和爱伦·坡的作品,人们立刻就会意识到,遭到怀疑的"前科学"时代的魔鬼信仰那时已经死灰复燃。但是,从大体上看,18世纪和19世纪的欧洲小说在外观上是世俗化的,在方法上是理性的,在语境方面是社会的。

随着技术手段的进步,作家日益关注具体的细节,现实主义形成了它的远大抱负:现实主义努力借助语言建立想象的社会,这样的社会堪与在文学作品之外存在的社会媲美。这种努力以低调的方式创作出特罗洛普笔下的巴彻斯特大教堂,以高调的方式呈现了《人间喜剧》

中非常奇妙的梦境。正如巴尔扎克在1845年勾勒的计划所示，这项宏伟计划拟出版137本著作。在这项计划中，人们将会看到法国命运的影子。1844年，巴尔扎克写了一封著名信件，将自己的构思与拿破仑、居维叶、欧康诺的成就相提并论：

> 他们中的第一个人征服了欧洲；他用军队让自己产生免疫力！第二个人在婚姻中接受了地球本身！第三个人体现了一个国家。我将要把整个社会装在我的脑袋里。

巴尔扎克的野心与抱负找到了现代版本——福克纳虚构的约克纳帕塔法郡，它的唯一所有者是威廉·福克纳。

但是，在现实主义小说的理论和实践之中，一开始便存在着矛盾因素。现实主义小说将当代生活纳入作品，这一做法是否符合马修·阿诺德所称的真正伟大的文学具有的"高度严肃性"？沃尔特·司各特爵士选择历史主题，希望通过它们来获得史诗和诗剧特有的崇高性和诗意超脱。相比之下，现实主义要求简·奥斯丁、乔治·艾略特、狄更斯和巴尔扎克说明，现代社会和日常生活能够提供艺术和道德关注的材料，其精彩性与诗人和剧作家从早期宇宙学中吸取的东西不相上下。但是，作家们的作品自身具有的彻底性和力量，给现实主义提出了另外一个——而且最终——更加难以对付的两难困境的问题：观察到的事实多如牛毛，它们是否不会逐步压倒小说家希望实现的艺术目的和形式控制，使其化为乌有？

正如F. R. 利维斯所示，在关注道德标准、考察价值观的过程中，19世纪的成熟小说家能够防止创作素材对文学形式的侵蚀，从而保持形式的完整性。实际上，在那个时期，最敏锐的批评家看到了追求过度真实性可能带来的危险。歌德和赫兹里特指出，在描写整个现代生活的过程中，艺术面临变为新闻写作的风险。例如，歌德在《浮士德》的前言中特别提到，随着报纸的流行，文学读者的感性已经大大降低。看来带有悖论的一点是，在18世纪末和19世纪初，现实自身呈现出高度的渲染性，这迫使常人感觉到它日益增加的生命力。赫兹里特表示怀疑，经过法国大革命和拿破仑战争的人是否能在文学作品虚构的热忱中，得到任何满足感？在流行的情节剧和哥特小说中，赫兹里特和歌德两人看到了对这一质疑的直接的——尽管被人错误设想——回应。

他们的担心具有预示性，但是实际上为时过早。他们看到了福楼拜将要看到的痛苦的征兆，看到了在如实记录的重压之下自然主义小说将要崩溃的征兆。在19世纪60年代之前，面对现实的挑战和质疑，欧洲小说获得了长足发展。请让我回到前面提到的形象：塞尚教人们如何观察现实之中的物体，名副其实地看到光线形成的明暗对比。与之类似，在那个时代中，革命兴起、帝国崛起，这给日常生活平添了神话式人物和辉煌建树。它最终证明这一设想是正确的：在观察自己所生活的时代的过程中，艺术家会以宏大方式发现作品的主题。1789年至1820年，欧洲出现了巨变，赋予人们的当代意识某种新鲜的、释放活力的东西，这类似于后来出现的印象派为人们的物理空间感提供的感觉。法国人攻击自己的历史，法国军队攻击欧洲诸国；从塔古斯河到维斯瓦河，帝国如过眼烟云，昙花一现。所有这些都加快了人们经验的节奏并平添紧迫感，即便对非直接参与者也是如此。孟德斯鸠和吉本在作品中探索的哲学，奥古斯都时期和新古典主义时期诗人面对的源自古代历史的情景和主题,这些东西全都成为浪漫主义者作品之中的日常生活结构。

我们可以编撰一本集子,记录那些活动频繁、充满激情的日子,显示经验节奏本身是如何加快的。它可以从一则轶事开始:有一次,仅仅一次,康德在清晨散步时不禁停下脚步——有人告诉他,巴士底狱被攻占了。接着出现的是华兹华斯在著名的《序曲》(*The Prelude*)中写就的那个片段:诗人听到了罗伯斯庇尔死亡的消息。此外,它还包括歌德描写的新世界在瓦尔密战役中诞生的情景,包括德·昆西对带有启示性的夜行马车的描述:来自伦敦的信函报告了伊比利亚半岛战争的消息。当然,它可以描绘赫兹里特听到拿破仑在滑铁卢失败时几乎自杀的场面,描绘拜伦与意大利革命者一起密谋的场面。这样的集子应该以柏辽兹在传记中的叙述作为结尾:他逃离国立高等美术学院(Ecole des Beaux-Arts),加入1830年暴动者的行列,即兴(extempore)指挥他们高唱《马赛曲》。

19世纪的小说家们继承了经过升华的观念,以便理解他们自己时代具有的戏剧性。那个时代的人知道攻占巴士底狱的丹东,知道奥斯特里茨战役,觉得没有必要求助于神话或者古代历史来为诗歌想象提供素材。不过,这并不意味着有责任感的小说家直接反映当时的事件。实际情形与之相反,他们拥有非常敏感的本能,能够把握艺术的广度,努力反映在人们——他们与历史名人相去甚远——的个人经历中出现的新节奏。还有的小说家,例如,简·奥斯丁,描绘了传统的平静行为方式对现代侵入的抵抗。它有助于理解这一不可思议但又非常重要的事实:在面对拿破仑式主题的明显诱惑时,一流的浪漫主义者和维多利亚小说家并没有随波逐流。正如左拉在评论司汤达的文章中所说,

拿破仑影响了欧洲人的心理,影响了意识的基调和一般倾向,其意义非常深远:

> 我强调这一事实的原因在于,自己尚未见到针对拿破仑给我们的文学带来的巨大冲击的研究。在拿破仑帝国时期,文学创作乏善可陈;但我们无法否认的是,对其同时代的人来说,拿破仑的命运成了当头一击……人人的野心都被放大,所有的行为都显得异常重要。与其他所有领域中出现的情形类似,在文学领域中,所有的梦想都围绕着如何争当统治世界的君王。

巴尔扎克心中统治文字王国的梦想就是这类直接结果之一。

但是,小说家并不希望篡夺记者和史家的地位。在 19 世纪小说中,革命和帝国在背景上扮演了重要角色,然而仅仅局限于背景而已。当革命和帝国所起的作用太靠近核心位置,例如,在狄更斯的《双城记》(*Tale of Two Cities*)和阿纳托尔·法朗士的《诸神渴了》(*Les Dieux ont soif*)中描述的情形,小说本身在成熟性和独特性这两个方面就会出现缺陷。巴尔扎克和司汤达就遇到过这种情况。他们两位都认为,法国大革命和拿破仑给人们的生活带来的情感在某种程度上照亮了现实,并使之变得更加崇高。他们两位都对私人领域和商业领域中的"波拿巴主义"深感兴趣,都试图说明政治动荡释放的能量是如何逐步影响社会结构,影响人们对自身形象的认识的。在《人间喜剧》中,拿破仑传奇在叙事立意和结构中占据了举足轻重的位置。但是,除了为数不多的几部作品之外,皇帝本人在《人间喜剧》中仅仅露过几次面,并没有给人留下深刻印象。司汤达的《帕尔马修道院》

(*Charterhouse of Parma*)和《红与黑》(*The Red and the Black*)都是涉及波拿巴主义主题的变体，探讨在庄严伪装下的极端波拿巴主义遭遇现实时对人的精神结构的作用。但是，很能说明问题的一点是，《帕尔马修道院》的主角仅仅见过拿破仑一次，那个场景转瞬即逝，并没有让人留下什么清晰印象。

在俄罗斯，陀思妥耶夫斯基直接继承了这一传统。俄罗斯诗人和批评家维亚切斯拉夫·伊万诺夫探寻了拿破仑主题的渐变过程：从巴尔扎克笔下的拉斯蒂涅，到司汤达笔下的于连·索雷尔，最后是陀思妥耶夫斯基的《罪与罚》。在拉斯柯尔尼科夫这个人身上，读者看到"拿破仑梦想"最深刻的版本。这种强化了的做法清楚地说明，在从西欧传向俄罗斯的过程中，小说艺术在很大程度上扩展了自身具有的可能性。然而，托尔斯泰另辟蹊径，与以前对帝国题材的处理方式决裂。在《战争与和平》中，拿破仑直接现身，不过并不是在开始时：拿破仑出现在奥斯特里茨战役中。托尔斯泰采取的写法带着司汤达（托尔斯泰对他非常景仰）所用的迂回方式的痕迹。不过，随着小说情节的展开，后面对拿破仑的处理——可以这么说——是全方位的。这种做法所反映的并不仅仅限于叙事技巧的变化，它是托尔斯泰信奉的历史哲学产生的结果，是他熟读英雄史诗形成的结果。而且，它揭示了作家的欲望——这一欲望在托尔斯泰身上表现得尤其强烈；这就是限制行动者，从而控制行动者。

但是，随着 19 世纪头 20 年发生的事件在历史进程中销声匿迹，荣耀也似乎从空中坠落到地上。现实变得越来越灰暗，越来越逼仄，现实主义理论和实践固有的困境逐渐显露出来。早在 1836 年，缪塞就在《一个世纪儿的忏悔》(*La Confession d'un enfant du siècle*) 中提出，那个高度兴奋的时期——法国大革命的自由和拿破仑的英雄主义在空气中振荡、点燃人们想象力的时期——已经渐渐隐去，取而代之的是工业中产阶级的灰色的、谨小慎微的小市民统治。曾经风行一时的魔鬼般的金钱英雄传奇，曾经让巴尔扎克兴奋不已的那些"金融拿破仑"的浪漫故事，已经变为账房里和装配线上的不人道的例行公事。正如埃德蒙·威尔逊在论及狄更斯的文章里所说的，拉尔夫·尼克莱比、亚瑟·格里德和朱泽尔维特夫妇已经被伪君子佩克斯尼夫，更可怕的是，被大卫·科波菲尔的继父默德斯通取代。弥漫在《荒凉山庄》(*Bleak House*)每一页上的浓雾是各种行话的象征，在这样的行话下面，隐藏着19世纪中叶资本主义的无情现实。

狄更斯、海涅、波德莱尔这样的作家以鄙视或者愤慨的态度，试图割开被人掩饰的由语言构成的伪善。但是，资产阶级对这些作家的创造能力深感高兴，且用这一说法将自身保护起来：文学其实与实际生活无关，可以给予文学自由。于是，出现了艺术家与社会分离的形象，这样的形象如今继续困扰并且疏离我们这个时代的文学、绘画和音乐。

然而，我所关心的并不是始于19世纪30年代的经济变迁和社会变迁，不是通过严苛的道德观强加于人的唯利是图的残酷做法。马克思对此提出了经典分析；用威尔逊的话来说，马克思"通过那个世纪中叶的情况说明，那一制度带着在人际关系和整个行话中的鼓励之辞的虚假性，是那个经济结构本身固有的不可救药的特征"[1]。我所讨论的仅仅是这些变迁对欧洲小说主流的影响。价值观和实际生活节奏方面

---

[1] 埃德蒙·威尔逊，《狄更斯——两个吝啬鬼》("Dickens: The Two Scrooges"，参见《文学八论》[*Eight Essays*]，纽约，1954年)。

出现了改变，它将令人痛苦的两难困境摆在现实主义理论面前。在现实已经不再值得重新创造的情况下，小说家是否应该继续履行自己的承诺，再现逼真性和再造现实性？小说本身是否会屈服于其题材带来的单调乏味状态和道德虚假性？

福楼拜的天才被这些问题撕裂。《包法利夫人》是作者在内心冒出无情怒火的状态下创作的，这部作品本身带着现实主义具有的局限性，带有从根本上讲无法解决的悖论。只有在《萨朗波》(*Salammbô*)和《圣安东的诱惑》(*La Tentation de saint Antoine*)中，福楼拜展示了令人眼花缭乱的考古学描述，才让自己暂时逃离悖论。但是，他无法对现实采取听之任之的态度，经过一番自暴自弃的带有强制性的苦思冥想，他力求将现实收集在《布瓦尔和佩库歇》(*Bouvard et Pécuchet*)令人厌恶的百科全书式描述之中。福楼拜认为，19世纪的世界已经毁坏了人类文化的根基；莱昂内尔·特里林一针见血地指出，福楼拜进行的批判已经超越了经济问题和社会问题。《布瓦尔和佩库歇》"排斥文化。人的心智感受到文化的大量积累。有些东西在传统上被视为最辉煌的荣耀，有些东西显然属于不屑一顾之列，人们意识到：所有这些都不会起到什么作用；它们令人厌倦，满足虚荣；对个人来说，人类思想和创造的整个巨大结构是性质相异的"[1]。华兹华斯当年宣称，活着是非常幸福的；自从那一"黎明"时刻之后，19世纪已经走过了漫长道路。

最后，"现实"战胜了小说，小说家隐身，变为新闻记者。在事

---

[1] 莱昂内尔·特里林，《福楼拜的最终遗言》("Flaubert's Last Testament"，参见《对立的自我》[*The Opposing Self*]，纽约，1955年）。

实的重压之下,艺术作品已经分崩离析,这一点在左拉的文学批评著述和小说中能见到最佳佐证。(在这个问题上,我将沿袭我们时代的批评大师之一格奥尔格·卢卡奇在《左拉百年纪念》["The Zola Centenary"]中的观点。)左拉认为,巴尔扎克和司汤达的现实主义受到怀疑的原因在于,他们两人让想象力侵犯自然主义的"科学"原理。左拉对巴尔扎克的这一做法深表遗憾:在应该尽力忠实和"客观"地描述当代生活的时候,巴尔扎克却试图按照自己的想法,重新创造现实。左拉写道:

> 自然主义作家希望创作关于舞台的小说。开始时没有角色、没有资料,他做的第一件事情是收集素材,尽可能找到自己希望描写的这个世界的信息……接着,他采访这个方面的知情人士,收集陈述、轶事和人物肖像。但是,这并不是全部的工作。他还要阅读可以找到的文献。最后,他查看相关现场,在剧院待几天时间,以便熟悉微小的细节;在女演员的更衣室里泡一个晚上,以便尽可能多地感受那里的氛围。当所有这些素材到位之后,小说便会自动成型。小说家要做的就是以逻辑顺序,将那些事实排列起来……他的兴趣不再集中于故事的特殊性上。恰恰相反,故事越普通,越常见,它就越具有典型性。[1]

值得庆幸的是,左拉的天才、他的想象力的强烈色彩,以及在他

---

[1] 埃米尔·左拉,引文见格奥尔格·卢卡奇,《叙述还是描写?》("Erzählen oder Beschreiben?",参见《现实主义的问题》[*Probleme des Realismus*],柏林,1955年)。

自认为最"科学"时进行干预的道德倾向，这三个因素起到相反的作用，消解了那个令人生厌的写作计划。《家常事》(Pot-Bouille)是19世纪的最佳小说之一。亨利·詹姆斯写道："左拉的大师手笔在于，他用浅显和简单的东西，玩出了这种充满激情的游戏。当然，我们看到，当价值不大时，他需要利用许多东西，利用许多组合，才能达到那一总体效果。"[1]

不过，这里的麻烦是，所谓"大师手笔"非常罕见，而"浅显和简单"的东西却比比皆是。在二三流作者手中，自然主义小说沦为新闻记者的技艺，他们给某种"生活切片"涂抹些许颜色，不断复制出来。整体复制工具——例如，广播、摄影、电影以及其终极形式电视——已经变得更加完善、更加流行，其结果是使小说本身的功能大大弱化，小说要么跟在这些工具后面爬行，要么放弃自然主义的准则。

19世纪中叶，在政治和社会领域中出现了资产阶级化，现实主义（自然主义仅仅是现实主义最极端的一个侧面）小说面对的两难困境是否完全是它造成的结果呢？与马克思主义批评者的观点不同，我认为有更深层次的根源。这个问题与作为欧洲小说核心传统基础的那些假设密不可分。在致力于对生活进行世俗化解释的过程中，在致力于对平常经验进行现实主义描述的过程中，18世纪和19世纪的小说已经预先设定了其局限性。这种努力在菲尔丁的艺术中所起的作用与在左拉的艺术中所起的作用不相上下。两者之间的差别在于，菲尔丁让《汤姆·琼斯》(Tom Jones)的现实主义表现出具有讽刺性的勇敢行为

---

[1] 亨利·詹姆斯，《埃米尔·左拉》("Emile Zola"，参见《小说杂记及其他》[Notes on Novelists, with Some Other Notes]，纽约，1914年）。

和激烈冲突；左拉使现实主义成为刻意而为的严格方法——时代精神已经改变，已经不那么容易受到具有讽刺性的勇敢行为和激烈冲突的影响了。

现代小说排斥神话和超自然事物，排斥贺拉斯哲学中那些匪夷所思的东西，从而在这一过程中与史诗和悲剧所持的基本世界观完全决裂。现代小说为自身建构了可称为今世王国的东西——它是一个巨大王国，由借助理性感知的人类心理和社会环境中的人类行为构成。龚古尔兄弟将小说定义为行为伦理学，对现代小说构建的王国进行了勘定。然而，尽管这个王国具有全面性（有的人坚持认为，这是唯一受到人们的理解力支配的王国），它也有边界，这些边界显然起到限制作用。当我们从《荒凉山庄》的世界转向《城堡》（*The Castle*）的世界（我们同时注意到，卡夫卡采用的主要象征与狄更斯笔下的大法官相关）时，我们便跨越了它的边界。当我们从《高老头》（*Le Père Goriot*）——巴尔扎克创作的父女关系之歌——转向《李尔王》时，我们以清楚明白的扩展方式跨越了它的边界。当我们从左拉为小说家制订的计划转向我在前面引用的 D. H. 劳伦斯的这封信件时，我们再次跨越了它的边界：

> 我常常觉得，自己赤身裸体地站在那里，让万能的神的火焰穿过自己的身躯。那是一种相当美妙的感觉。一个人要成为艺术家，就必须笃信宗教。我常常认为，亲爱的圣人劳伦斯在说这番话时被放在了烤架上："兄弟，给我翻一下身吧，这一面已经烤好了。"

"必须笃信宗教"——这个说法中包含着一种革命。其原因在于，现实主义小说的伟大传统意味着，就对世事的成熟、全面的论述而言，宗教情感并不是必然的附属品。

这一革命给人们带来了卡夫卡、托马斯·曼、乔伊斯和劳伦斯本人的小说作品，它始于欧洲，而不是美国或者俄罗斯。劳伦斯宣称："依我所见，现代文学的两大传统看来已经面临真正的边缘，这就是俄罗斯传统和美国传统。"[1] 在那场革命之外的地方，可能还有《白鲸》，有托尔斯泰和陀思妥耶夫斯基的小说。但是，为什么俄罗斯和美国不是其发源地呢？

四

19世纪欧洲小说的历史让我们想起那种向两侧伸展的星云：在它的端点，美国和俄罗斯小说绽放出更加耀眼的白光；当我们从星云的核心部分往外移动时，当我们将亨利·詹姆斯、屠格涅夫和康拉德视为处于中间位置的星束时，现实主义氛围变得越来越弱。采用美国方式和俄罗斯方式的大师们看起来从外部黑暗，从民俗、情节剧和宗教，收集了某种高强度的东西。

欧洲观察者意识到，在传统现实主义之外，还存在其他形式的现实主义，他们不禁感到不安。他们发现，俄罗斯人和美国人的想象力充满怜悯，言辞猛烈，超过了法国的巴尔扎克传统或者英国的狄更斯传统。法国的批评尤其反映出一种古典感性的努力，一种注重分寸和

---

[1] D. H. 劳伦斯，《美国文学经典研究》(*Studies in Classic American Literature*，纽约，1923年）。

平衡的智慧的努力，试图对既异化又崇高的外观形式做出公正的回应。福楼拜认可《战争与和平》，这一事实显示，尊重陌生神灵的尝试有时候带有不可知论或者心灵痛苦的意味。其原因在于，在界定俄罗斯和美国作家取得的文学成就的过程中，欧洲批评家也必须界定他们自己的传统带有的不完善的地方。就连那些竭力让欧洲读者了解东方和西方文学大家——例如，梅里美、波德莱尔、龚古尔兄弟、安德烈·纪德以及瓦莱里·拉尔博——的人也痛心疾首地看到：在1957年进行的一次问卷调查中，巴黎索邦大学的学生将陀思妥耶夫斯基置于所有法国作家之上。

美国小说和俄罗斯小说质量如何呢？19世纪末和20世纪初期的欧洲观察者在回答这个问题的过程中，试图找出霍桑和梅尔维尔时期的美国与十月革命之前的俄罗斯之间的相似之处。冷战让这一观点显得有些过时，甚至还有错误之嫌。但是，这种失真的情况出现在我们一方。在《白鲸》《安娜·卡列尼娜》和《卡拉马佐夫兄弟》问世之后，为什么小说创作变得越来越困难？要理解这一点，我们必须考虑的不是俄罗斯与美国的对比，而是俄美与19世纪欧洲的对比。本书所关注的是俄罗斯人的情况。但是，将俄罗斯人从现实主义的两难困境中解放出来的心理因素和物质因素在美国也同样存在；而且，正是通过美国人的眼睛，或许我们可以很清楚地看到其中的某些因素。

显然，这是一个非常巨大的课题。本书的讨论应被视为研究这一课题的先期准备，其目的在于为更加充分的探讨提供些基础性资料。他们那个时代的四大才子，阿斯托尔夫·屈斯蒂纳、托克维尔、马修·阿诺德以及亨利·亚当斯，研究了这一主题。他们从各自所处的优越位置的特殊角度进行探讨，对两个正在崛起的大国之间的相似之处印象深刻。亨利·亚当斯的探索比其他三位的更为深入,他以超越常人的先见之明进行了预测:当两个巨人在力量减弱的欧洲大陆上碰撞时,将给文明的命运带来十分巨大的影响。

在19世纪的俄罗斯和美国思想界,与欧洲的关系所包含的意义不明然而又不乏决定作用的性质,是一个反复出现的主题。亨利·詹姆斯提出了具有经典意义的见解:"这是一种复杂的命运,身为美国人的责任之一是抗争来自欧洲的迷信评价。"[1]在献给乔治·桑的颂词中,陀思妥耶夫斯基写道:"我们俄罗斯人拥有两个祖国,俄罗斯和欧洲,即便在我们自称亲斯拉夫派时也是如此。"[2]在伊万·卡拉马佐夫对弟弟说的这一番话中,我们也可以清楚地看到这个问题的复杂性和两面性:

> 我希望到欧洲去旅行,阿廖沙,我希望从这里出发。然而,我知道,我只能走向坟场。不过,那是一处最宝贵的坟场。它就是这样的地方!长眠在那里的死者是宝贵的,盖在他们身上的每一块石板都在诉说过去那些热情燃烧的日子,诉说他们的丰功伟绩之中的激情,诉说他们追求的真理,诉说他们进行的斗争和研究的科学。我知道,我将会匍匐在地,亲吻那些石板。然而我心里深知,那地方长期以来仅仅是一处坟场而已。

这是否可被视为美国文学的座右铭?从霍桑的《玉石人像》(The

---

[1] 亨利·詹姆斯,引文见 P. 卢伯克 1872 年初所写的一封信件(参见《亨利·詹姆斯信函集》[*The Letters of Henry James*],纽约,1920 年)。
[2] 陀思妥耶夫斯基,《作家日记》(*The Dairy of a Writer*,鲍里斯·布拉索尔译,纽约,1954 年)。

Marble Faun）到 T. S. 艾略特的《四个四重奏》(*Four Quartets*)，美国文学所表达的不正是这一观点吗？

在这两个国度中，与欧洲的关系表现出了各种各样的复杂形式。屠格涅夫、亨利·詹姆斯，以及后来的艾略特和庞德提供了直接接受并且皈依旧世界的例子；梅尔维尔和托尔斯泰是表示拒绝态度的文学大师。但是，在大多数例子中，反映出来的态度既模糊不清，又不由自主。库柏在 1828 年出版的《欧洲拾零》(*Gleanings in Europe*)中写道："如果说有谁在抛弃自己的国家之后可以得到原谅，那么，只有美国艺术家。"正是在这一点上，俄罗斯知识界中出现了尖锐对立的两大阵营。但是，无论他们接受还是谴责这种可能性，美国和俄罗斯的作家往往对这一点不持异议：在他们的成长过程中，肯定会涉及放逐或者"背叛"的成分。经常出现的情形是，游历欧洲的朝圣者会重新发现并且评价自己的祖国。身居罗马的果戈理"发现"了俄罗斯。但是，在这两个国家的文学中，欧洲之行的主题是自我定义的手法，是形成规范姿态的场所：赫尔岑乘坐的马车越过了波兰边界；詹姆斯的《专使》中的主人公兰伯特·斯特雷瑟到达了切斯特。"要了解任何一个像俄罗斯这样幅员辽阔、大得可怕的国家，"早期的亲斯拉夫派人士基列耶夫斯基写道，"就必须从远处进行观察。"

与欧洲的正面接触给了俄罗斯和美国小说某种具有特别意义和尊严的东西。那时，俄罗斯和美国正在迈入成年的门槛，正在寻找自身的形象（这种寻找过程是亨利·詹姆斯作品的基本寓言）。在这两个国度中，小说有助于给予人们的精神一种场所感。这并非易事。其原因在于，欧洲现实主义者是在由丰富的历史和文学遗产固定下来的参照框架之内进行创作活动的，他们在美国和俄罗斯的同行们要么得

托尔斯泰或陀思妥耶夫斯基

从国外输入这样的连续感,要么得使用能够找到的材料,创造在一定程度上具有欺骗性的自律性。普希金的天才表现在各个方面,具有古典特征,这是俄罗斯文学中罕见的良好福分。普希金的作品本身就构成一种传统。此外,它们还融合了大量来自外国的影响和模式。当年,陀思妥耶夫斯基谈到了普希金具有的普世反响。他所说的就是这一点:

> 即便最伟大的欧洲诗人也绝不可能像普希金那样,在作品中体现那么大的艺术潜力,体现一个异国——也许相邻而居的——民族的天才……在世界诗人之林中,唯有普希金拥有这种能力,在自己的身上淋漓尽致地重新体现一个外国民族的特性。[1]

而在果戈理的作品中,俄罗斯的叙事艺术尽显无遗。作者从一开始便使用了俄语和文学形式具有的主导地位的风格和态度。俄罗斯小说从他的《外套》(The Cloak)中浮现出来。相比之下,美国文学就没有这么幸运。爱伦·坡、霍桑和梅尔维尔的作品在鉴赏情趣上显得摇摆不定,风格上的个人特性更带有晦涩难懂的特征,这些因素直接表明,在相对孤立状态下进行创作的单个天才面临着两难困境。

更有甚者,俄罗斯和美国还缺乏地域稳定性和连贯性,而这一点是欧洲小说家认为理所当然的东西。在这两个国家中,辽阔幅员与对逐渐消失的浪漫疆界的意识结合起来。在美国神话中,边远西部和印第安人扮演主角;对普希金、莱蒙托夫和托尔斯泰来说,高加索以及

---

[1] 陀思妥耶夫斯基,《作家日记》(The Dairy of a Writer,鲍里斯·布拉索尔译,纽约,1954年)。

那里杀戮不断的部落、哥萨克人聚居区、顿河和伏尔加河沿岸的东正教老信徒,这些是不可或缺的元素。在这两个国家的文学中,这样的英雄主题已经成为原型:英雄将城市文明构成的堕落世界抛在身后,将令人萎靡不振的情欲抛在身后,直面边疆具有的危险,直面那里对人产生的道德净化作用。库柏笔下的主人公皮袜子和托尔斯泰的《高加索故事》(*Tales from the Caucasus*)中的英雄非常相似:他们孤独地行走在松林覆盖的峡谷之中,与飞禽走兽为伴,然而却充满热情,寻找"高尚"的对手。

空间的辽阔性让美国人和俄罗斯人有机会接触最宏伟、最猛烈的自然力量;相比之下,只有在勃朗特以及后来的 D. H. 劳伦斯的作品中,欧洲小说才显示出对不受羁绊的大自然的类似意识。在达纳和梅尔维尔的作品中,大海显示出喜怒无常的专制特征;在爱伦·坡的《阿瑟·戈登·皮姆历险记》(*The Narrative of Arthur Gordon Pym*)中,冰雪世界呈现出古老的原始恐惧;在托尔斯泰的《暴风雪》(*Snowstorm*)中,人们暴露出赤裸的形象。这样的自然环境宏伟壮观,肆虐时可以轻而易举地将人毁灭,然而在西欧的现实主义保留剧目中却不见影踪。在 19 世纪,托尔斯泰创作了《一个人需要多少土地》(*How Much Land Dose a Man Need*?)(乔伊斯认为,它是"世界上最伟大的文学作品"),这样的作品只可能出自俄罗斯作家或者美国作家笔下。这个寓言涉及的是地球具有的辽阔性;相比之下,无论在狄更斯具有肯特郡风味的风景中,还是在福楼拜的诺曼底风景中,这样的故事都是完全没有意义的。

但是,空间既具有分割作用,也具有扩展作用。俄罗斯文学和美国文学都有这样的主题:面对过于新潮、过于混乱、过于注重物质需要的文化，艺术家孜孜不倦地寻求自己的身份和读者。在城市中，欧洲意识感知到历史的沉淀和超越变迁；在俄罗斯作家和美国作家的笔下，即使城市也是粗俗下流、无名无姓的。从普希金时代到陀思妥耶夫斯基时代，圣彼得堡在俄罗斯文学中都作为人们随心所欲创造出来的象征，出现在读者的眼帘中——借助残酷的独裁统治者实施的神奇力量，整个城市从沼泽中拔地而起。有时候，大自然像普希金的《青铜骑士》(*Bronze Horseman*)所写的那样，对侵扰者进行报复；有时候，城市像爱伦·坡逝去的巴尔的摩那样，变为乌合之众聚集——与自然灾害不相上下的情况——的地方，让艺术家命归黄泉。

最后，人的意志战胜了辽阔的土地：人们在森林和荒原中开辟出道路，在美国大草原和俄罗斯干草原上建立起聚居地。在俄罗斯文学和美国文学的伟大传统中，人们取得的成就以及在实现成就的过程中意志发挥的重要作用——得到反映。在这两种神话中，巴尔扎克所说的"对绝对事物的追求"凸显了出来。海斯特·白兰、埃哈帕、戈登·皮姆、陀思妥耶夫斯基笔下住在地下室内的人，以及托尔斯泰本人，他们都大力抨击传统道德和自然法则，认为它们带有限制人的意志的壁垒。在为《丽姬娅》(*Ligeia*)所写的题词中，爱伦·坡选择了17世纪英国圣人约瑟夫·格兰威尔的名句："人们并不听信天时，也不完全顺从死亡——只因意志屡弱，人们才不得已而为之。"这就是发自埃哈帕心底的呐喊，这就是托尔斯泰质疑道德需要时心里存在的愿望。正如马修·阿诺德所说，在俄罗斯和美国，生活本身带有年轻人的狂热。

但是，欧洲小说在特定的生活中收集素材，建构传统手法的结构；而美国生活或者俄罗斯生活与之相去甚远。这就是亨利·詹姆斯研究霍桑之后提出的核心观点。霍桑在《玉石人像》的序言中写道：

> 在一个国度中，没有幽灵，没有古代，没有疑案，没有如画风景，没有黑暗冤屈，只有乏善可陈的物质繁荣。这就是我在自己亲爱的祖国中看到的情况。如果未经亲身体验，没有哪位作家可以想象在这里创作浪漫故事的难度。

这番话出自《红字》（*The Scarlet Letter*）和《七个尖角顶的宅第》（*The House of the Seven Gables*）的作者之口，被人们视为表述精妙的讽刺。然而，詹姆斯决定不这样做，而是详细讨论霍桑所说的"难度"。与霍桑的文本一样，詹姆斯的讨论也适于美国的情况。当然，詹姆斯的观点可能提供了最具深度的分析，让我们看到欧洲小说的主要特征。他告诉我们非欧洲人欠缺的东西，同时也告诉我们他们没有遇到的阻碍。依我所见，他的研究既分析了福楼拜与托尔斯泰之间的差异，也指出了福楼拜与霍桑之间的差异，给人启迪至深。

詹姆斯特别提到霍桑创作氛围之中的"浅薄"和"乏味"之处，接着告诉我们：

> 晚些时候，霍桑了解到欧洲场景中更密实、更丰富、更温馨的一面，他后来肯定感到了这一点：要形成小说家所需的创作源泉，需要许许多多东西，需要厚重的历史和习俗的积累，需要了解复杂的行为方式和人物类型。

据此，詹姆斯提出了著名的"高度文明项目"清单。这些项目是

美国生活欠缺的东西,因此也是美国小说家的参照结构和情感结构中欠缺的东西:

> 没有(欧洲人所说意义上的)国家,实际上也几乎没有具体的民族名称。没有君主,没有宫廷,没有个人忠诚感,没有贵族统治,没有教会,没有神职人员,没有军队,没有外交服务,没有乡村绅士,没有宫殿,没有城堡,没有封建领地……没有长满常春藤的废墟……没有牛津大学,没有伊顿公学,没有哈罗公学;没有文学,没有小说,没有博物馆,没有绘画,没有政治社会,没有喜爱运动的阶层——甚至没有爱普森学院和阿斯科特学院!

我们无法确定,是否应该认真对待这份清单上列出的所有东西。在詹姆斯眼中的英格兰,宫廷、军队或者喜欢运动的阶层对艺术家表达的价值观没有多大兴趣。就诗歌天才而言,牛津大学做出的最具戏剧性的决定就是驱逐雪莱。封建领地、长满常春藤的废墟,这些东西是希望取悦附庸风雅的主人的画家和音乐家对自己心中愤怒的宣泄。无论是伊顿公学还是哈罗公学,都不是因为倡导更具绅士风度的美德而闻名于世。不过,詹姆斯开列的这份清单依然不无恰当。它以非常鲜明的微缩形式,表达了欧洲现实主义的世界图景,表达了伯格森所说的艺术的直接材料(données immédiates),它们见于狄更斯、萨克雷、特罗洛普、巴尔扎克、司汤达和福楼拜的作品之中。

而如果进行必要的限定,并且稍微转换角度,这份被剥夺品的索引也适用于19世纪的俄罗斯。当时的俄罗斯也不是"欧洲人所说意义上的"国家;它的宫廷是独裁统治的,带有半亚洲的特色,对文学持敌视态度；在贵族阶层里，大多数人处于封建式野蛮状态之中，只有少数接受过欧洲文化熏陶的人崇尚艺术，赞同思想自由。当年，詹姆斯有时在一些英国圣公会助理牧师和神父家里装修精美的书房和象棋室中度过黄昏时光；与他们相比，俄罗斯的神职人员在文化素养上几乎没有什么共同之处。后者是一帮未受教育的狂热宗教信徒；在他们之中，空想家和圣徒与目不识丁的好色之徒为伍。与美国的情况类似，詹姆斯罗列的其他大多数项目——学术自由的大学、历史悠久的中学、博物馆、政治社会、长满常春藤的废墟和文学传统——在俄罗斯也并不存在。

毫无疑问的是，在这两个国家中，某些项目说明了一个更具普遍性的事实：无论是在俄罗斯还是在美国，都没有出现过"欧洲式"中产阶级的完全进化。正如马克思在他晚年所说，俄罗斯将会提供这样一个例子：在没有政治解放这一过渡阶段的情况下，在没有形成现代资产阶级的情况下，封建制度向着工业化国家迈进。在欧洲小说背后，存在着具有稳定作用、日趋成熟的宪制结构和资本主义结构。在果戈理或者陀思妥耶夫斯基生活的俄罗斯，这些东西并不存在。

詹姆斯承认，对于美国氛围带有的浅薄性，存在着一种"良好补偿"。他所指的是：在美国的更富于表现的氛围中，自然环境具有直接性；作家能够接触更多类型的人物；作家见到无法被归为固定社会阶层的人时，心里会产生"奇妙"和"神秘"的感觉。然而，詹姆斯赶快补充说，这种等级划分的缺失剥夺了艺术家的"思想标准"和判断行为举止的检验标准。非但如此，这种等级划分的缺失还使艺术家产生了"相当令人沮丧和孤立的道德责任感"。

即使我们认为它仅仅适用于霍桑，这种说法也使人感到不安。这很好地解释了为什么成熟的詹姆斯会花费时间和笔墨欣赏奥吉耶、吉普和小仲马的作品。它让人们看到，詹姆斯将《红字》与洛克哈特的《亚当·布莱尔》(*Adam Blair*)进行比较——并非完全旨在贬低后者——时所持的价值观。它使我们清楚地看到，为什么詹姆斯希望美国小说顺着威廉·迪安·豪威尔斯的路子发展，而不是顺着爱伦·坡、梅尔维尔或者霍桑的路子发展；豪威尔斯曾经写出了"《威尼斯生活》(*Venetian Life*)这样令人愉快的作品"，其他三位却在象征主义方面进行"幼稚"实验。最后，它让人看到，为什么詹姆斯在与屠格涅夫同时代的那些人那里没有看到任何有用的东西。

这种"孤立的道德责任感"（与"令人沮丧"相比，算是有点激情的了），这种对尼采所说的"重新评价所有价值"的强制性冲动，让美国小说和俄罗斯小说超越欧洲现实主义赖以创作但日渐干涸的源泉，进入裴廓德号捕鲸船的世界和卡拉马佐夫兄弟的世界。D. H. 劳伦斯评论道：

> 在美国的传统经典作品中，有一种"与众不同的"感觉。这就是从老心态到某种新东西的转换——一种替代。这种替代给人带来的体验是痛苦的。[1]

就美国的情况而言，这种替代表现在空间和文化两个方面——精神从欧洲转移到新世界。在俄罗斯，这种替代表现在历史和革命两个

---

[1] D. H. 劳伦斯，《美国文学经典研究》(*Studies in Classic American Literature*，纽约，1923年)。

方面。两个国家都存在着痛苦和无理性，但是也存在着进行实验的可能性，存在着这一令人振奋的信念：至关重要的不仅仅是对现存社会的描写，不仅仅是提供浪漫主义的娱乐。

诚然，用詹姆斯的标准来判断，霍桑、梅尔维尔、果戈理、托尔斯泰和陀思妥耶夫斯基都是孤立的人。他们的创作活动要么远离占主导地位的文学环境，要么与占主导地位的文学环境呈对立状态。看来，詹姆斯本人和屠格涅夫运气稍好一些；两人都受到尊重，在文明社会中身居高位，感觉自在，没有牺牲自己目的的完整性。但是，最终看来，写出"巨人"著作的正是理想主义者和受到迫害的人。

关于俄罗斯和美国在19世纪的情况，关于俄罗斯小说和美国小说所取得的成就之中可能存在的相似性，关于这两个国家的小说以各自方式脱离欧洲小说发展轨道的情况，我们进行了富于想象的探讨。在此，我们不妨再看一点。欧洲小说反映了后拿破仑时代出现的长期和平。那一段和平时期从滑铁卢战役一直延续到第一次世界大战，只在1854年和1870年出现了不确定的中断。在史诗中，战争是占主导地位的主题，即便战争出现在天国之中也是如此。战争为许多严肃的戏剧性场面提供了语境，从《安提戈涅》《麦克白》一直到克莱斯特的杰作，我们都看到了这样的情况。但是，战争显然不是19世纪欧洲小说关注的首要主题。在《名利场》(*Vanity Fair*)中，我们依稀听到从遥远的地方传来的枪炮声响；在《娜娜》(*Nana*)中，战争的来临给予故事结尾某种讽刺意味和令人难忘的活力。但是，在齐柏林飞艇游弋于巴黎上空之前，在标志着普鲁斯特的世界终结的那个突然发生的灾难性夜晚之前，战争并未重新进入欧洲文学的主流。在福楼拜身上，这些问题以强烈的方式凸显出来，他写下了关于战争的原始的华丽篇章。

但是，他所说的战争已是很久之前的事情，出现在博物馆之中的古代迦太基场景里。不可思议的一点是，我们如今只有在儿童读物中，只有在都德和 G. H. 亨蒂的作品中，才能找到令人信服的描述，一瞥处于交战状态之下的军人的情况。与托尔斯泰的情况类似，在克里米亚的经历也对亨蒂产生了深远影响。即便在成熟时期，欧洲现实主义作家也没有创作出像《战争与和平》或者《红色英勇勋章》(The Red Badge of Courage)这类反映战争的作品。

这一事实强化了更大范围的启示。从简·奥斯丁到普鲁斯特，欧洲小说表现的场所——它的政治环境和自然环境——非常稳定。在这样的环境下，重大灾难出现在个人经历中。巴尔扎克、狄更斯和福楼拜的艺术既不愿意，也没有被人要求去描写那些能够完全打破社会结构、淹没个人生活的力量。那些力量以不可避免的方式聚集起来，迎来革命世纪，迎来全面战争。然而，欧洲的小说家们要么对这些预示持置之不理的态度，要么进行了错误的解读。福楼拜要乔治·桑相信，巴黎公社仅仅是短暂倒退，可能使社会回到中世纪的割据局面。只有两位小说家清楚地看到了欧洲走向解体的冲动，看到了欧洲稳定墙壁内部的裂痕：詹姆斯在《卡萨玛西玛公主》(The Princess Casamassima)中，康拉德在《在西方的注视下》(Under Western Eyes)和《间谍》(The Secret Agent)中看到了这一点。显然具有重要意义的是，两位作家本来都不属于西欧小说传统。

我认为，南北战争对美国氛围的影响，或者不如说南北战争前后那些年代对美国氛围的影响，尚未被人充分评估。哈里·勒文提出，南方即将遭遇的命运的征兆给爱伦·坡的世界观蒙上了一层阴云。我们现在才逐渐意识到，那场战争给亨利·詹姆斯的意识带来了非常巨大的影响。它在某种程度上解释了詹姆斯的小说表现的对魔鬼论和残疾状态的敏感性，这种敏感性对詹姆斯的小说起到深化作用，使其超越了法国和英国现实主义的局限，进入新的空间。但是，我们可以说，从更普遍的情况看，美国社会生活的稳定性、边疆社会情景固有的暴力神话、战争危机所处的核心地位，这三个因素都反映在美国艺术的特征之中。它们有助于构成 D. H. 劳伦斯所说的"极端意识的程度"——他的这一说法是针对爱伦·坡、霍桑和梅尔维尔的作品的，也同样适用于《快乐的一角》(*The Jolly Corner*) 和《金钵记》(*The Golden Bowl*)。

美国小说中的这些因素非常复杂，有时处于边缘状态，然而它们是 19 世纪俄罗斯小说中的基本现实。

五

如果我们除去果戈理的《死魂灵》(*Dead Souls*，1842 年)、冈察洛夫的《奥勃洛莫夫》(*Oblomov*，1859 年)、屠格涅夫的《前夜》(*On the Eve*，1859 年) 这些例外情况，俄罗斯小说的奇迹迭出之年 (anni mirabiles) 从 1861 年的农奴制改革开始，一直延续到 1905 年的第一次革命。因创造力喷发，天才持续涌现。那 44 年时间中成果斐然，完全可以与历史上的创作黄金时期——伯里克利统治之下的古雅典、伊丽莎白和詹姆斯一世时期的英格兰——相提并论。它们都是人类精神取得辉煌成就的岁月。此外，毋庸置疑的是，俄罗斯小说诞生在一个重要的历史时期，当时已经出现了社会动荡的迹象。从《死魂灵》到《复活》(这两部作品的名称并置在一起，包含了那一动荡时期的主要意象），俄罗斯文学反映出即将来临的大灾难：

> 它充满预感和预示，常常受到对慢慢降临的灾难的设想的困扰。19世纪那些伟大的俄罗斯作家深深感到，俄罗斯正处在深渊边缘，它可能坠落下去；他们的作品反映正在发生的革命，反映即将出现的另外一场革命……[1]

请看一看那一时期创作出来的主要长篇小说：《死魂灵》（1842年）、《奥勃洛莫夫》（1859年）、屠格涅夫的《父与子》（1861年）、《罪与罚》（1866年）、《白痴》（1867—1869年）、《群魔》（1871—1872年）、《安娜·卡列尼娜》（1875—1877年）、《卡拉马佐夫兄弟》（1879—1880年），以及《复活》（1899年）。这些作品形成了一个系列。甚至站在主流一侧的《战争与和平》（1867—1869年）在结尾时也暗示了即将出现的危机。19世纪的这一大批作家拥有远见卓识，堪与《旧约全书》中的先知们媲美。他们预感到，那场暴风雨正在酝酿之中，并且发出了准确的预言。正如果戈理和屠格涅夫这两个例子所示，他们是依据自己的政治本能和社会本能发出预言的。但是，他们的想象力被现实的灾难所扼杀。其实，俄罗斯小说是对拉季舍夫在18世纪说出的这句名言的长篇解释："我的灵魂被如此深重的人类苦难所震撼。"

这种持续感和挥之不去的感悟可以通过幻想来进行传递（而且只能通过幻想来传递）。果戈理让他那不乏象征意义的三套车向前猛冲，

---

[1] N.A.别尔嘉耶夫，《俄罗斯共产主义的观念和来源》（*Les Sources et le sens du communisme russe*, A.内尔维尔译，巴黎，1951年）。

穿越死魂灵徘徊的大地。冈察洛夫笔下的英雄意识到，应该唤醒自己，抓住缰绳，掌控生活，却最终放弃，屈服于宿命论。在俄罗斯小说读者熟知的"N. 省"的一座村庄中，屠格涅夫笔下的巴扎罗夫接过了鞭子；在他的身上，未来历历在目，明天遍地杀戮，一切都将毁灭。巴扎罗夫罹患精神失常症，试图将三套车赶入深渊，这构成了《群魔》的主题。在我们的寓言中，《安娜·卡列尼娜》中列文的庄园也许代表一种短暂的踌躇；在此，主人公可以分析问题，理解问题，解决问题。但是，整个旅程已经进入不可返回的路段，读者仓促地走向卡拉马佐夫兄弟的悲剧——那一场悲剧在个人的命运中预示了革命带来的巨大杀戮。最后，读者获得了《复活》，一部非常奇特、并不完美、带着宽恕之心的小说，它超越混乱，看到了天恩的降临。

这一旅程穿过一个完全无序、非常悲惨的世界，超过了欧洲现实主义者可以承载的范围。在1868年12月致梅科夫的一封信（我在后面的讨论中，有时候会回过头来讨论这一封信）中，陀思妥耶夫斯基写道：

> 我的上帝！假如有人能够明确地讲出我们俄罗斯人过去10年中在精神洗礼方面经历的这一切，所有的现实主义者都会发出尖叫：这完全是幻想！然而，这就是纯粹的现实主义！它就是一种真实的深层次的现实主义……

摆在19世纪俄罗斯作家面前的现实的确充满挑战：专制制度惶惶不可终日；教会受到大灾难预兆的困扰；知识阶层才华横溢，但是失去了根基，要么从国外寻求救赎，要么寄希望于愚昧的农民大众；大量的流放者有的手摇《铃铛》（*Bell*，赫尔岑所办刊物的名称），有的从自己又爱又恨的欧洲引来《火种》(Spark,列宁所办的刊物名称);亲斯拉夫派与西化派,民粹主义者与实利主义者,极端保守派与虚无主义者,无神论者与宗教信徒展开了激烈斗争,恰如屠格涅夫生动描写的夏日风暴之一,预示着灾难即将降临。

这种预示在性质和表达方式上呈现出宗教特征。别林斯基曾经指出,上帝存在的问题是俄罗斯人思想中决定一切的终极焦点。正如梅列日科夫斯基所说,上帝以及上帝的本质问题"吸引了所有俄罗斯人的注意力,从15世纪的犹太主义者到现在的人,概莫能外"。[1] 基督形象的图像演变和《启示录》上的末世论给予政治辩论一种怪诞异常、狂热难禁的共鸣效应;世纪末将要到来的阴影遮蔽了整个已被窒息的文化。在所有俄罗斯人的思维中,在恰达耶夫、基列耶夫斯基、涅恰耶夫、特卡乔夫、别林斯基、皮萨列夫、康斯坦丁·列昂季耶夫、索洛维约夫、费奥多罗夫等人的观点中,天国已经非常接近衰败的人的国度。上帝真的在俄罗斯人的头脑中萦绕。

在这种情况下,19世纪的西欧小说与俄罗斯小说之间呈现出巨大差异。巴尔扎克、狄更斯以及福楼拜的传统是世俗化的。托尔斯泰和陀思妥耶夫斯基的艺术是宗教的,源于渗透着宗教体验的氛围,源于这一信仰:俄罗斯命中注定要在即将来临的大灾难中扮演重要角色。与埃斯库罗斯或者弥尔顿类似,托尔斯泰和陀思妥耶夫斯基的天才掌握于生活在人间的上帝的手中。他们的观点与克尔凯郭尔的类似,认为人的命运"非此即彼"。因此,我们不能以理解《米德尔马契》(*Middlemarch*)或者《帕尔马修道院》的方式去解读他们的作品;我

---

[1] D.S.梅列日科夫斯基,参见前面引用的著作。

们面对不同的技巧，不同的形而上学理念。可以这么说，《安娜·卡列尼娜》和《卡拉马佐夫兄弟》是精神小说和精神诗歌，它们的核心目的是别尔嘉耶夫所说的"对人类救赎的追求"。

还有一点需要提及：在本书中，我将通过翻译的方式，讨论托尔斯泰和陀思妥耶夫斯基的作品。这意味着，我的研究对俄语学者，对研究斯拉夫语言和文学的历史学家可能没有什么实际用处。我的研究在每个阶段都受惠于他们的劳动成果；我希望，自己的结论不包含任何他们认为严重错误的东西。但是，本书进行的研究不是面向他们的，也不可能是面向他们的。我可以说，安德烈·纪德、托马斯·曼、约翰·考珀·波伊斯和R. P. 布莱克默撰写的研究俄罗斯小说的著述也不是面向他们的。我提到这些名字不是为了不合时宜地援引先例，而是为了以典型例子说明一个普遍真理：有时候，批评不得不采取一些自由的做法，语文学和文学史会对这样的东西嗤之以鼻，认为它们会在其目的上带来致命危害。翻译在一定程度上是明目张胆的背叛方式。然而，就研究用外国语言写就的作品而言，我们从译著中搜集自己可以得到且必须得到的东西。至少在散文中，人们的收获常常会超越翻译这种背叛行为。在这种困境中形成并且面对这种困境的文学批评价值有限，然而它或多或少还是不乏价值的。

此外，托尔斯泰和陀思妥耶夫斯基构成宏大的主题。正如T. S. 艾略特在谈到但丁时指出的，宏大的主题留下了这种可能性："一个人可能有某种有价值的东西需要讲述出来；就二三流作家而言，只有详细的特殊研究可能说明，撰写关于他们的著述是有道理的。"

第二章

> 诗人颇有伪善之嫌,他们总是为自己的所作所为进行辩护,然而内心深处却因此难得安宁。
>
> (Les poètes ont cela des hypocrites qu'ils dèfendent toujours ce qu'ils font, mais que leur conscience ne les laisse jamais en repos.)
>
> 拉辛致勒瓦瑟,1659年或1660年

一

从历史上看,文学批评追求客观存在的经典,追求同时具有严格和普遍特征的判断原则。但是,如果考虑到文学批评史的多样性,我们就会心存怀疑,这样的追求是否已经——或者说能否——实现?我们心存怀疑,批评理论是否能够超越天才人物的个人鉴赏情趣和感性认识,超越借助陈述之力强加在时代精神之上的一家之言?当艺术作品进入我们的意识,存在于我们心底的某种东西被点燃,我们接着做出的响应是提炼,并将最初的认知上的飞跃表达出来。能干的批评者

可以用理性的眼光，利用人们的模仿感来审视最初形成的愚昧意识和教条意识。这就是马修·阿诺德所说的"试金石"的意思，也是 A. E. 豪斯曼这一名言的意思：真正的诗行会让他的胡须竖立起来。现代的时髦做法是对这类基于直觉和主观判断的说法深表遗憾。但是，这样的说法真的不诚实吗？

有时候，直接反应非常强烈，非常"正确"，让人驻足久思。某些印象借助看似简单的表现，却令人浑身震撼。它们成为人们心灵之中长期存在的神圣陈设；当我们在思辨或者面临混乱时碰到它们，我们就会充分感受到它们的存在。这方面的一个例子是人们普遍接受的一个观点：托尔斯泰的小说在某些方面具有史诗特征。托尔斯泰本人促成了这一观点，它已成为文学批评套话中的常用语。于是，这一说法成为根深蒂固、看似恰当的东西，如今已经难以准确说出它的意思了。然而，当我们说《战争与和平》和《安娜·卡列尼娜》是"散文史诗"时，我们实际上表达什么意思呢？托尔斯泰当年说，自传体三部曲《童年·少年·青年》(*Childhood*, *Boyhood and Youth*) 完全可以与《伊利亚特》媲美，他那时心里想到的是什么呢？

我们不难理解"史诗"一词的这一用法最初是如何出现的。在 18 世纪，史诗一词在风格和神话方面的引申意义已经大大削弱，其边界已经日益模糊，形成宽泛的包容性；人们在谈论音乐时可以说"史诗式全景"或者"史诗般宏伟"。在托尔斯泰那个时代的人眼里，史诗这个理念所强调的感觉是：广袤、严肃、时间的大跨度、英雄主义、淡定平静、叙事的直接性。后来，当批评语言被用于现实主义小说时，它们尚未形成与之相配的适当说法。只有"史诗"一词似乎是明确、全面的，可以概括描述托尔斯泰小说的特征，或者就此而言，概括描述《白鲸》的特征。

然而,那些将托尔斯泰称为"史诗小说家"的人没有意识到,他们的做法意义深远。他们使用这个称号旨在表示宽泛的称赞,说的是托尔斯泰作品的鸿篇巨制,说的是托尔斯泰的个性所具有的旧式气派。其实,这个理念在实质上恰恰与托尔斯泰希望表达的东西相关。《战争与和平》、《安娜·卡列尼娜》、《伊凡·伊里奇之死》、《哥萨克》(*The Cossacks*)让人想起史诗,原因不是在于对其场景和新颖的某种模糊的认知意识,而是在于托尔斯泰试图表现他的艺术与荷马的艺术之间的明确相似性。他的丰富文采打动读者,使得读者很少去考察这些问题:他是如何实现自己的目标的?他是否真的可能探寻相隔近3000年之久、其间经历了无数精神革命的两种艺术形式之间的相似性?此外,很少有人注意到,在托尔斯泰的史诗风格与他的基督教式的无政府主义之间存在的那些一致之处。然而,确实存在这样的一致性。有人说,在托尔斯泰的小说与《伊利亚特》的风格和传统之间,存在许多相似之处;有人引证梅列日科夫斯基的看法,认为托尔斯泰具有"天生非基督教徒"的灵魂。[1] 这两种观点其实考虑到了同一种统一性的两个方面。

理所当然的做法看来是从《战争与和平》开始讨论。在现代小说中,没有哪一本书像《战争与和平》这样让如此之多的读者认为,它的某种精彩表达显然属于史诗传统。《战争与和平》常常被视为俄罗斯的民族史诗,它的许多情节——例如,精妙绝伦的猎狼场景——显然让人将荷马与托尔斯泰进行比较。而且,托尔斯泰在构思这部作品时,

---

[1] D. S. 梅列日科夫斯基,《托尔斯泰:生平与艺术,兼论陀思妥耶夫斯基》(伦敦,1902年)。

显然考虑了荷马的诗歌。1865年3月，他开始反思"小说家的诗歌"这个问题。他在日记中写道，这样的"诗歌"可能有着各种各样的来源。其中之一是"基于历史事件——《奥德赛》(Odyssey)、《伊利亚特》和《1805年》——的发生方式所构成的画面"。然而，《战争与和平》这一个案的情况非常复杂，渗透了反英雄主义的历史哲学。这部著作包含由许多部分组成的宏大场景，历史背景非常清晰，这让读者难以看到其内在的矛盾性。就我的论点而言，《战争与和平》显然非常重要，但是它没有提供最直接的切入点。与之相反，我认为应该通过讨论《安娜·卡列尼娜》和《包法利夫人》，将托尔斯泰"史诗"之中的某些特征和界定性要素分离出来。

这是一种经典做法，它有自身的历史渊源。《安娜·卡列尼娜》问世之初，有人认为，托尔斯泰选择私通和自杀主题，其目的是向福楼拜的杰作《包法利夫人》提出挑战。这一说法恐怕有过度简单化之嫌。托尔斯泰知道《包法利夫人》这部作品；该小说在《巴黎评论》(Revue de Paris)上连载时（1856—1857年），他正好侨居法国。他进入那个文人圈子，对福楼拜的这部作品表现出很大兴趣。但是，我们确实从托尔斯泰的日记中了解到，托尔斯泰早在1851年就考虑了私通和复仇的主题，《安娜·卡列尼娜》的实际创作冲动直到1872年1月才出现——当时，安娜·斯捷潘诺娃·皮罗戈娃在托尔斯泰的庄园附近自杀了。我们可以肯定的只有这一点：托尔斯泰在创作《安娜·卡列尼娜》时，在一定程度上了解《包法利夫人》。

这两部小说是不同种类的杰作。左拉认为，《包法利夫人》是现实主义的巅峰之作，是无与伦比的天才之作，其传统可以追溯到18世纪的现实主义作家，具体来说，可以追溯到巴尔扎克。罗曼·罗兰认为，

托尔斯泰或陀思妥耶夫斯基

在法国小说中，只有这部作品"在传达生命的力量及展示生命本身方面"可与托尔斯泰的媲美。[1] 然而，两部杰作所取得的成就并不相同；《安娜·卡列尼娜》显然更胜一筹：无论在主题的广泛性上，在表现的人性上，还是在技巧应用上。这两部作品在某些主题方面表现出相似性，这只不过增强了人们对它们的不同重要性的认识。

对这两部作品的最早系统性比较见于马修·阿诺德的文章。在他撰写的关于托尔斯泰的文章——托尔斯泰后来对这篇文章表示赞同——中，阿诺德就两者做了区分，这一区分后来广为流传。阿诺德试图概括说明福楼拜在形式方面的严格性，并就其与俄罗斯同行托尔斯泰行文的枝蔓和看似无序的构思进行了对比：

> 实际上，我们不应将《安娜·卡列尼娜》视为艺术作品；我们应该将它视为生活经历……就此而言，他［托尔斯泰］的小说在艺术性方面有所失，在现实性方面有所得。

亨利·詹姆斯从完全不同的前提出发，认为托尔斯泰的小说没能以适当方式表现生活，其原因恰恰在于，托尔斯泰没有获得福楼拜体现的那些形式方面的优点。在为《悲剧缪斯神》(*The Tragic Muse*) 修订版撰写的前言中，亨利·詹姆斯提到了大仲马和托尔斯泰（将两者联系起来的这一做法本身就是一种不负责任的判断）做了这样的说明：

> 这种体积庞大、结构松散的畸形作品带有偶然而为和随心所

---

1 罗曼·罗兰，《回忆和日记片段》(*Mémoires et fragments du journal*，巴黎，1956 年)。

欲的成分，究竟有什么**意义**[1]？我们听到有人坚持认为……这样的东西"高于艺术"；但是，我们根本不理解**这**可能是什么意思……只有生活，生活；浪费仅仅代表被牺牲的生活，因此不在"计算"之内，所以我喜欢有机形式[2]具有的能够深呼吸的简略性。

这两种批判言论都基于彻底错误的理解。阿诺德在区分"艺术作品"与"生活经历"时陷入了排序混乱。詹姆斯不会允许这种毫无意义的区分，却没能看出来，《战争与和平》（他的高见讨论的就是这部作品）正是"有机形式具有的能够深呼吸的简略性"的一个最好例证。"有机"一词带有活力的蕴含意义，是非常重要的术语。它恰恰描述了《安娜·卡列尼娜》比《包法利夫人》高出一头的品质；在前一部作品中，生活进行更深的呼吸。假如我们保留阿诺德所用的带有欺骗性的说法，我们就必须说，托尔斯泰的作品是艺术作品，福楼拜的作品是生活经历——我们注意到了与"经历"一词不可分割的僵死和破碎的弦外之音。

有一则与福楼拜和莫泊桑相关的著名轶事。大师要他的信徒挑选一棵树，然后以严格的方式描述出来，让读者不会将它与临近的其他树木混淆。在这项指令中，我们可以看到自然主义传统固有的缺陷。其原因在于，在这样的过程中，莫泊桑能够实现的事情最多不过是与摄影师决一雌雄。在《战争与和平》中，托尔斯泰描述了一棵树叶枯萎、正在开花的橡树，这是一个形成鲜明对比的例子，它说明经久不

---

1 本书中有若干黑体强调，均为原书所加，下同。——编注
2 "有机形式"指浪漫主义文学中作品的结构源于作者使用的材料和题材。与之相反的是"机械形式"，指作品按人为规则创造。——编注

衰的现实主义是如何通过神奇力量，通过至高的艺术自由来实现的。

福楼拜处理物体的手法在他的视野中起到核心作用。他在物品上不惜笔墨，堆砌了大量辞藻。在这部小说的开头，读者看到对夏尔·包法利所戴帽子的描绘：

> 这是一种组合而成的头饰，包括普通帽子的元素：轻骑兵的毛皮制高帽，长矛轻骑兵的帽子，海豹皮帽子和睡帽。它是一种讨厌的东西，它的无声丑陋暗示未经探索的深度，就像一张白痴的面孔。它呈卵形，用鲸鱼骨头支撑着，上部有三道凸出的条纹，往下是菱状绒毛和兔子皮毛，中间被红色带子隔开，再往下是一个袋状物，最下端是用穗带装饰起来、镶嵌着纸板的多角形。帽子上悬挂着一条细长的绳索，下端是一种金色流苏形成的网状物。这是一顶崭新的帽子，帽舌闪闪发光。[1]

在埃及旅行期间，福楼拜曾在一家名叫 M. 加瓦尔尼的酒店里看到一幅幽默素描，上面有这顶奇形怪状的帽子，于是得到启发。在小说的叙事中，帽子本身并未起到什么重要作用。一些批评家认为，它象征着夏尔·包法利的本性，预示了他的悲剧。这显得有些牵强附会。读者仔细阅读这个段落就会心生疑虑：它没有别的用处，只是小说中不厌其烦的文字抨击的一个例子，针对的是花里胡哨的可见现实——福楼拜希望用语言纽带来抑制生活。我们知道，巴尔扎克在《欧也妮·葛朗台》（*Eugénie Grandet*）中对房门有一段描述，这段著名的描

---

[1] 《包法利夫人》的引文见弗朗西斯·斯蒂格穆勒的译文（纽约，1957年）。

述充满诗意，充满人文关怀，那幢房子是其居住者的生动外观与形象。对比之下，对夏尔·包法利的帽子的描写所起的作用恰恰相反，没有起到什么正面效果。它是通过尖刻的讽刺性文字堆积起来的生活经历，是对艺术作品的一种侵蚀。

但是，在托尔斯泰作品的世界全貌中，找不到任何类似的例子。从福楼拜的描述中，托尔斯泰可能保留的唯一成分是最后的表述："这是一顶崭新的帽子，帽舌闪闪发光。"托尔斯泰的小说描写的物品——例如，安娜·卡列尼娜的服装、别祖霍夫的眼镜、伊凡·伊里奇的床铺——具有存在的理由（raison d'être），真实可感，来自人们的生活现实。就这一点而言，托尔斯泰深刻领悟了荷马史诗的精髓。也许，莱辛是首先指出这一点的人：在《伊利亚特》中，诗人对物品的描述始终充满活力，例如，利剑总是以使用者挥舞的手臂作为衬托，甚至在描写诗中的主要道具阿喀琉斯的盾牌时，诗人也注意到了这一点——读者看到了制作盾牌的过程。黑格尔对这一事实所产生的效果进行过反思，并提出了一个有趣的说法：在语言与物质世界的直接性之间，出现了一种渐进疏离。在荷马史诗中，即使是对一件铜器的详细描述或对一种特殊木筏的描述，也折射着现代文学无法比肩的生命活力。黑格尔怀疑，半工业和工业生产方式是否已使人们与武器和工具脱离开来，与生活用品分离开来？这是一个寓意深刻的假说，卢卡奇曾经敦促人们仔细加以思考。但是，无论历史原因如何，托尔斯泰并没有用直接的密切关系将外在现实包围起来。与荷马史诗类似，在托尔斯泰的世界中，男人帽子的意义以及在艺术作品中描写男人帽子在于这一事实：它们被人戴在头上。

在《包法利夫人》中，引人注目的技巧包括：罕见的技术词汇、比比皆是的形式描述、文字表达中刻意追求的抑扬顿挫、精心编造的结构。在那样的结构中，作者通过叙事吟诵方式描写一件重要道具，例如，一个球。诸如此类的技巧不但与福楼拜的个人天才有密切关系，而且与马修·阿诺德和亨利·詹姆斯评述中蕴含的艺术观有密切关系。借助这些手法，现实主义努力以毫无保留的完整性，记录同时发生的特定生活场景。这类生活场景本身是否具有意义，是否吸引人呢？这一点其实并不重要（请看一看龚古尔兄弟的小说）。重要的只有描述的忠实性。实际上，这一做法让无关紧要的问题通过语言难度来自行推销——我们可以说，左拉独具能力，可以让列车时刻表值得人们反复阅读。但是，就福楼拜的这部作品而言，情况比较难以确定。《包法利夫人》这部小说尽显技巧，尽显作者的良苦用心，却没能让作者心满意足。在其牢固和华丽的结构之内，似乎存在着一个否定和无用的原则。福楼拜告诉读者，他发现这一点时心里深感忧伤：尽管在创作这部作品时，作者"力求尽善尽美，然而，由于其固有的题材方面的局限，写出的作品仅仅算是过关而已，根本谈不上漂亮"。[1] 福楼拜说这番话时显然带有夸张成分。也许，他在无意识的状态下为自己鸣冤叫屈，这本书其实让他经历了极度痛苦的过程。但是，他的看法却被人接受了。在这部沿袭现实主义传统的杰作中，存在一种压抑和不人道的氛围。

马修·阿诺德把该书描述为"僵化感情之作"。他发现，这部作品"没有让人欣喜或者感到慰藉的人物……"他认为，其理由可能在于福

---

[1] 福楼拜致路易丝·科莱，1853年7月12日（参见《居斯塔夫·福楼拜信函》[*Correspondance de Gustave Flaubert*]，第三卷，巴黎，1927年）。

楼拜对艾玛的态度:"他为人残酷,一种带有僵化感情的残酷……他追求她,但是却没有怜悯之心,没有节制,表现出来的只有恶意。"在将该书与《安娜·卡列尼娜》的表现活力和人性进行对比时,马修·阿诺德表达了这一观点。但是,我们不禁要问,阿诺德是否完全理解福楼拜为什么以这种毫无怜悯的方式,对艾玛·包法利大加折磨呢?当众侮辱福楼拜的不是艾玛的道德观,而是她希望过上作者所想象的生活的可怜尝试。现实主义认为,小说家是经验世界的单纯记录者,是相机的镜头,带着冷静的忠实,存在于某种事实的基础之上。在这部作品的这个部分,福楼拜奋起反抗现实主义,反抗具有僵化作用的说法,但是在摧毁艾玛的过程中,他却不惜破坏自己的这一部分天才之举。

甚至对《包法利夫人》佩服有加的亨利·詹姆斯也发现,这部小说中存在着某种不恰当的东西,使作品的完美程度大打折扣。亨利·詹姆斯试图解释作品的"金属"质感(在讨论屠格涅夫的文章中,詹姆斯给福楼拜的全部作品都挂上了这个头衔),认为尽管"艾玛有其本性,艾玛也反映出很多其创作者的特质,但她实在非常渺小"。[1] 詹姆斯的观点可能不无道理,而波德莱尔在讨论这部小说时则发现,这个女主角"堪称伟大女性"。严格说来,这两种观点都有牵强附会之嫌。现实主义的假设是,主题固有的崇高性与精湛的写作技艺没有多大关系。正如瓦莱里在他的文章《(圣人)福楼拜的诱惑》("La Tentation de [saint] Flaubert")中所说的,现实主义的信条是"关注平庸的东西"。

---

[1] 亨利·詹姆斯,《居斯塔夫·福楼拜》("Gustave Flaubert",参见《小说杂记及其他》,纽约,1914年)。

自然主义作家充斥了资料室、博物馆，充斥了考古工作者和统计工作者所作的讲演。"给我们事实吧。"他们与狄更斯的《艰难时世》（*Hard Times*）中的那位校长持相同观点。他们之中的许多人是小说货真价实的敌人。《包法利夫人》出版时，它的副标题是《外省人的举止》（*Mœurs de province*）。这印证了巴尔扎克的著名做法：他在《人间喜剧》中划分了三类场景——巴黎人、外省人和军人的场景。但是，风格已经变化，在这个副标题后面，是福楼拜做出的不懈努力，旨在与社会学家和历史学家一争高下，将小说变为以某种巨大的现实手册形式出现的专著。这种愿望也体现在他的风格的结构中。正如萨特所说的，福楼拜使用的句子"包围对象，夺取对象，使它失去能力，打断它脊梁骨……自然主义小说摧毁生活，用统一的自动反应取而代之"。[1]

假如这一切全是真的，那么《包法利夫人》就不会是天才之作了，而它显然是。但同样也为事实的是，《包法利夫人》中有足够多的内容解释为何它不在某一类文学作品之列——前面已经做过分析——以及为何福楼拜在处理主题时远远不如托尔斯泰。此外，由于福楼拜用如此苛刻的明确态度看待自己，缺乏让二三流艺术家免遭绝望困扰的自我欺骗的才能，《包法利夫人》提供了独特的启迪，让我们看到欧洲小说的不足之处。"这部小说是中等之作。"亨利·詹姆斯说。但是，"中等之作"不正是笛福和菲尔丁为后来者构筑的王国？当福楼拜——在《三故事》（*Trois Contes*）、《萨朗波》和《圣安东的诱惑》中——放弃"中等之作"时，他便与金色传奇中的圣人们待在一起，便与大声嗥叫

---

[1] 让-保罗·萨特，《什么是文学？》（"Qu'est-ce que la littérature?"，参见《境况》[*Situations*]，第二卷，巴黎，1948年）。

的非理性恶魔待在一起了,这一点难道不是很有启迪意义吗?

但是,并不能用阿诺德对于艺术作品和生活片段的区分来解释《包法利夫人》的失败("失败"在此是一个不恰当并且相对的术语)。在《安娜·卡列尼娜》中,我们找不到生活的片段,也找不到这句不详之语所代表的腐朽或是剖析之意。我们找到的是充实和完整的辉煌中的生活本身,这种生活只有艺术作品才能表达。而且,对这种生活的揭示产生于精湛的技术功底,产生于对诗歌形式的精美的控制自如的展开。

二

尽管阿诺德的批评是错误的,却不乏重要的史料价值。它表达了与阿诺德同时代的欧洲人所持的普遍看法,具体说来,是德·沃居埃子爵的看法。沃居埃是让法国和英国读者了解这些俄罗斯小说家的第一人。他们承认,那些俄罗斯作家表现出一定的创造力和新颖性。但是,在他们谨慎的赞赏之辞中,暗含给予阿诺德灵感的这一理论:欧洲小说是精美和可以辨识的技巧的产物,而诸如《战争与和平》这类作品是没有受过培训的天才和无形的活力共同形成的神秘结果。在其最低级的层面上,这一观念从整体上导致布尔热对俄罗斯文学的攻击;在其最微妙的层面上,它给予纪德灵感,促使他在《陀思妥耶夫斯基》(*Dostoïevski*)一书中提出了文采飞扬但又很不稳定的洞见。在欧洲批评界,它不是新的理论,而是历史悠久的古典派反对流行规范之外的文学建树的传统辩词的新版本。阿诺德试图将《安娜·卡列尼娜》具有的活力与福楼拜的作品在审美方面的复杂性进行对比,从而将《安

托尔斯泰或陀思妥耶夫斯基

娜·卡列尼娜》包括在维多利亚时代的批评传统之内。这一做法类似于新古典主义进行的尝试,即对"莎士比亚的自然崇高性"与他们所说的拉辛具有的有序的经典完美性进行区分。

尽管这两种区分都并不恰当,也没有文本依据,但我们现在依然能看到它们。如今,俄罗斯小说对人们的文学价值观产生着受到认可的巨大影响。但是,可以这么说,俄罗斯小说产生影响的方式是从外部而来的。它对欧洲小说的技巧方面的影响一直受限。主要受到陀思妥耶夫斯基模式影响的法国小说作者取得的成就并非一流,例如,爱德华·罗德和夏尔-路易·菲利普。史蒂文森的《马克海姆》(Markheim)、休·沃波尔的一些作品,也许还有福克纳和格雷厄姆·格林的一些作品,都显示出受到陀思妥耶夫斯基影响的痕迹。托尔斯泰对莫尔的《伊夫琳·英尼斯》(Evelyn Innes),以及高尔斯华绥和萧伯纳的影响主要是在观念方面,而不是在技巧方面。[1]在主要作家中,可以说只有纪德和托马斯·曼采用了俄罗斯创作方法中的某些明显的方面,用来为自己的作品服务。这也主要不是语言障碍造成的问题——塞万提斯在欧洲传统中居于核心位置,对无法阅读西班牙语原文的作家产生了深刻影响。

其原因在于阿诺德所揭示的总体方向。一个朦胧但挥之不去的感觉是,托尔斯泰和陀思妥耶夫斯基处于文学批评分析的通常范围之外。他们的"崇高"被人接受,这作为严峻的自然事实,对更仔细的区分

---

[1] 请参见 F. W. J. 亨明斯,《俄罗斯小说在法国,1884—1914年》(*The Russian Novel in France, 1884-1914*,牛津,1950年);T. S. 林德斯特洛姆,《托尔斯泰在法国,1886—1910年》(*Tolstoï en France, 1886-1910*,巴黎,1952年);以及吉尔伯特·费尔普斯,《英国小说中的俄罗斯影响》(*The Russian Novel in English Fiction*,伦敦,1956年)。

没有什么帮助。我们的赞美方式非常晦涩模糊。它给人的感觉是，似乎"艺术作品"可以被人明白地细读，而"生活经历"必须被人以敬畏的态度注视。毫无疑问，这一观点是无稽之谈：伟大小说家的伟大之处必须从实际形式和技巧效果方面加以理解。

就托尔斯泰和陀思妥耶夫斯基的情况而言，技巧效果非常有趣。大错特错的做法是将他们的小说视为"结构松散、拖泥带水的怪物"，视为某种神秘或者偶然自发产生的东西。在《什么是艺术？》（*What Is Art?*）中，托尔斯泰言简意赅地说，出类拔萃的品质是通过细节来实现的，这就是多"一点"还是少"一点"的问题。《安娜·卡列尼娜》和《卡拉马佐夫兄弟》证实了这一判断，《包法利夫人》同样也证实了这一判断。实际上，这两位俄罗斯大师的构思原则非常丰富，非常复杂，超过了我们在福楼拜或者詹姆斯作品中见到的情况。与《白痴》中解决的叙事结构问题和叙事推动力问题相比，《专使》中的技巧（tour de force）非常明显，那种近乎保持单一视觉焦点的手法显得如此肤浅。与《安娜·卡列尼娜》的开篇部分——我将详细讨论这一点——相比，《包法利夫人》的开头显得笨手笨脚。然而，我们知道，福楼拜几乎将他自己的看家本领全都用在了这部作品上。从纯粹技巧的角度看，《罪与罚》是一部写得非常漂亮的小说，几乎没有多少作品可以与之媲美。在研究这部作品的节奏感和实施的紧凑性的过程中，我们会想起劳伦斯的最佳作品，想起康拉德的《诺斯托罗莫》（*Nostromo*）。

这些应该是文学批评中的常见问题和命题，不值得我们进一步强调。但是，它们是常见问题和命题吗？许多"新批评者"讨论了福楼拜、詹姆斯、康拉德、乔伊斯、普鲁斯特、卡夫卡和劳伦斯（这些人构成了官方的万神殿）等人的小说艺术，提供了持续的洞见和证明。

他们探讨了福克纳的作品对隐喻的使用，探讨了《尤利西斯》中诸多情节的产生过程，这样的研究不断增加，态度变得越来越恭敬，内容越来越繁多。在这些批评者和学生当中，许多人很有道理地将这类问题视为对其研究兴趣非常重要的东西。但是，他们对这些俄罗斯大师的了解模糊不清，流于泛泛之谈。也许，他们无意识地效仿了埃兹拉·庞德在《阅读方法》(*How to Read*)中对俄罗斯小说表现出来的完全愚蠢的排斥态度。我撰写本书的目的之一就是反对这种倾向，说明C.P.斯诺在提出这一观点时所持的正确态度："如果说我们要将技巧方面的洞见以任何种类的比例体现出来的话，那么，正是在阅读有魔力的作品时，人们才最需要技巧方面的洞见。"[1]

但是，一旦这一点得以确认，如果我们坚决地看到这一事实，即小说的生命力与使其成为艺术品的精湛技巧是不可分割的，那么，在马修·阿诺德的论点中就依然有真实的一面。他的这一观点是正确的：不能以完全相同的方式来看待《包法利夫人》和《安娜·卡列尼娜》，两者之间的差异并非只是程度问题。这并不仅仅在于，托尔斯泰比福楼拜稍胜一筹，以更深刻、更全面的目光看待人类的状况；这并不仅仅在于，托尔斯泰的天才以可以显示的方式，属于更加宽阔的层面。更确切地说，其原因在于，在阅读《安娜·卡列尼娜》的过程中，我们对文学技巧的认识，对"创作方法"的认识，仅仅有助于形成对作品的初步洞见。这一章主要讨论了形式分析的种类，它们对托尔斯泰世界的渗透作用远远不及对福楼拜世界的渗透作用。托尔斯泰的小

---

[1] C.P.斯诺，《在起作用的狄更斯》("Dickens at Work"，参见《新政治家》[*New Statesman*]，1957年7月27日）。

说表达了对宗教、道德和哲学关注的明显倚重，这样的关注从叙事环境中产生，却独立——或者不如说平行——存在，要求读者加以注意。就托尔斯泰的诗学而言，我们可能提到的东西都是具有价值的，其原因主要在于，这样的东西提供必要途径，让我们了解单个思想家提出的最清晰、最全面的关于经验的理论之一。

这也许能够解释出现这一现象的原因：除了 R. P. 布莱克默这样的著名例外情况，新批评一般都对俄罗斯小说持避而不谈的态度。新批评将注意力集中在单个意象或者语言组合上，对外部证据和作者生平的证据持有偏见，喜欢诗歌而不是散文形式。他们感兴趣的东西与托尔斯泰和陀思妥耶夫斯基小说的主要特点大相径庭。因此，我们需要"老式批评"，这种批评有对阿诺德、圣-伯夫、布拉德利这样的名家广泛的了解与认识。因此，我们也需要用更宽松、更广泛的方式进行学术研究式的文学批评。萧伯纳在《易卜生主义精华》(*Quintessence of Ibsenism*) 中提出，"在易卜生塑造的人物中，没有哪一个不在——用这句老话来说——圣灵殿堂中占有一席之地，没有哪一个不用那种神秘感来打动人"。

在我们试图理解《安娜·卡列尼娜》时，这样的老话可以派上用场。

三

翻开《安娜·卡列尼娜》，第一页就将读者的情感带入一个与福楼拜的作品迥然不同的世界之中。作品引用的保罗的题词"申冤在我，我必报应"带有语义模糊的悲剧性共鸣。托尔斯泰采用了阿诺德所说的"怜悯的宝藏"来审视女主角，谴责将她推入绝境的那个社会。但是，他笔锋一转，引入了道德法律形成的不可阻挡的报应。同样瞩目的是这一事实：作者采用了出自《圣经》的引文，将它作为长篇小说的题词。在19世纪欧洲小说中，我们很难见到出自《圣经》的段落与作品结构融为一体的情况。来自《圣经》的段落文采绚丽，并自带联想的力量，往往会破坏周围文字的实质内容。亨利·詹姆斯设法将两者结合起来，例如，在《专使》情节发展的高潮部分，兰伯特·斯特雷瑟所用的"确然，确然……"另外，《金钵记》也以超乎寻常的手法，援引了巴比伦王国。但是，在《包法利夫人》中，引自《圣经》的语句会给人虚假的感觉，可能会使苦心搭建的散文结构轰然倒塌。就托尔斯泰（和陀思妥耶夫斯基）的作品而言，情况截然不同。例如，大段大段引自《圣经》的文字与《复活》的文字融为一体，与《群魔》的文字融为一体。这样，读者看到的是宗教的艺术观，看到的是终极的严肃层面。一旦超过精湛技巧的处理限度，作品便面对很多危险，十二使徒的语言看来非常贴切，就像小号发出的阴郁声音，对作品的意义起到预示作用。

接着，读者看到小说著名的开头："奥勃隆斯基家里一切都乱了套。"传统的观点是，托尔斯泰从普希金的《别尔金小说集》（Tales of Belkin）中得到了启发。但是，小说的文稿以及托尔斯泰写给斯特拉霍夫的一封信使人们对这一看法产生了怀疑。此外，在托尔斯泰提供的终稿中，这个句子前面有一句简短的格言："幸福的家庭全都彼此相似，不幸的家庭问题各有不同。"无论创作过程的具体细节如何，小说开头这种带有普遍性的冲击力量是清楚明白的，托马斯·曼的这种感觉很可能是正确的：没有哪一部小说像《安娜·卡列尼娜》这样，如此大胆地开篇布局。

正如古典诗学所说的，读者从中间开始（in medias res），从斯捷潘·阿尔卡季耶维奇·奥勃隆斯基（斯季瓦）的无关紧要然而令人痛心的不忠行为开始。托尔斯泰描述了奥勃隆斯基逢场作戏的私通行为，以不动声色的方式陈述了小说的主题。斯捷潘·阿尔卡季耶维奇向他的妹妹安娜·卡列尼娜求助。安娜正在赶往哥哥家的路上，希望恢复哥哥家里的平静。安娜以破裂婚姻修复者的身份出现，这是具有震撼效果的讽刺之笔，与莎士比亚所用的怜悯讽刺手法非常类似，两者颇有异曲同工之妙。斯捷潘·阿尔卡季耶维奇与愤慨不已的妻子多莉之间的交谈尽管不乏喜剧因素，却预示了安娜与阿列克谢·亚历山德罗维奇·卡列宁之间的悲剧冲突。但是，奥勃隆斯基这一情节所起的作用超过了序曲，作品主题以极高的艺术手法陈述出来；它是一个轮子，让由许多部分组成的叙事之轮悄然运转。其原因在于，斯捷潘的家庭事务中形成的大破坏将会带来机会，让安娜邂逅伏伦斯基。

奥勃隆斯基到办公室——他得到这个位置，完全仰仗了自己难以对付的姻弟、小说的真正主人公康斯坦丁·德米特里耶维奇·列文——去，在那里和列文汇合。列文"身强体壮，用一只手可以举起182磅重的东西"。他带着特有的情绪走进办公室。他透露说，他自己已经不再参加县议会的活动了。他取笑说，奥勃隆斯基获得的这个职位薪俸不菲，然而却几乎无事可干，认为它象征着呆板的官僚制度。然后，他承认，他到莫斯科来的原因是他爱上了奥勃隆斯基的小姨妹吉娣·谢尔巴茨卡娅。列文初次露面，读者便推测到他生活中的主要冲动：追求农业经营和乡村改革，排斥城镇文化，充满激情地爱着吉娣。

在接着出现的几个事件中,列文的个性得以进一步明确。他见到了异父兄弟、著名的宣传者谢尔盖·伊万诺维奇·科兹内舍夫,打听到哥哥尼古拉的情况,接着恢复与吉娣的接触。这完全是一个托尔斯泰式的场景:"花园中的老白桦树枝蔓缠绕,覆盖着厚厚的白雪,看上去仿佛刚刚披上了神圣的祭袍。"吉娣和列文一起滑雪,两人沉浸在清新、明亮的光线之中。如果从严格的叙事简略性角度看,列文与科兹内舍夫的交谈应被视为离开主线的插入性长篇话题。但是,其原因在于,在托尔斯泰小说的结构之内,这样的插入起到了特殊作用——我在后面将回到这个问题上来。

列文与奥勃隆斯基会合,两人一起在德安格勒特热酒店用午餐。酒店富丽堂皇,让列文觉得不悦。鞑靼侍者端上精美可口的大餐,他说他更喜欢"白菜汤和麦片粥"。奥勃隆斯基看到午餐后兴高采烈,但是心里仍被苦恼所折磨,问列文对夫妻之间行为不忠持何看法。两人之间这一段对话是叙事文学中的杰作。列文完全不能理解这种情况:一个人吃饱喝足以后,"转身又到面包店里面去偷面包卷"。他的信念带有强烈的一夫一妻制特点,当奥勃隆斯基暗指《圣经》中提到的抹大拉的玛利亚时,列文痛苦地说,基督是不会说这番话的:"假如上帝知道他们将受到伤害……我厌恶堕落女子。"然而,在小说后面的情节中,没有哪个人以更具怜悯的理解态度来对待安娜。接着,列文求助于柏拉图的《会饮篇》(*Symposion*),说出了自己关于爱情唯一性的观点。然而,他突然停下了话头;在他自己的生活中,他做的事情与他的信念背道而驰。在《安娜·卡列尼娜》中,许多问题都集中在这些冲突上:一夫一妻制与性行为自由、个人理想与个人行为、最初从哲学角度解释经验的行为与后来以基督的形象来解释经验的行为。

接着，小说的场景转到吉娣的家里。读者见到了爱情四方舞中的第四个主角，伏伦斯基伯爵。他以吉娣的仰慕者和追求者的身份出现在小说中。这个例子不仅是托尔斯泰的精湛技巧的表现，也是作者反驳读者的习惯反应的手法，与他们在生活中受到反驳的情形非常类似。这是"现实主义"的一种表达方式，是伟大艺术具有的"深呼吸的简略性"的一种表达方式。我们看到，伏伦斯基与吉娣调情；这种行为具有的结构价值和心理价值与罗密欧迷恋罗莎琳的做法如出一辙。其原因在于，罗密欧对朱丽叶的崇拜产生改变一切的效果，伏伦斯基对安娜的激情也有改变一切的效果。这一点只有通过诗意的形式才能实现，只有在与以前的爱情进行对比的状态下才变得合情合理。他们发现，这两种东西迥然不同，一种是以前的爱情经历，另一种是人成熟之后遭遇激情时引起的恶魔般的全身心投入。这一发现驱使双方堕入无理性状态，堕入灾难的深渊。同理，吉娣对伏伦斯基的幼稚迷恋（这类似于《战争与和平》中娜塔莎对博尔孔斯基的爱恋）也是自我认识的序曲。正是通过对比，她意识到了自己对列文的感情的真实性。伏伦斯基给吉娣带来觉醒，这将使她放弃莫斯科的繁华，跟着列文回到庄园去。托尔斯泰以如此微妙然而又如此自然的方式，构成了故事的情节线索。

在一段散漫凌乱的内心独白中，吉娣的母亲谢尔巴茨卡娅公爵夫人对自己女儿的未来进行了反思。通过这一段独白，托尔斯泰说出了他们的家史。在过去，一切都简单得多；读者在此再次接触到《安娜·卡列尼娜》的主题——现代社会中的婚姻问题。列文出现在谢尔巴茨基家里，正式向吉娣求婚：

她呼吸急促，并没有看他。她欣喜若狂，心里洋溢着幸福。她原来怎样也没有料到，他倾诉的爱情会对她产生这么强烈的影响。但是，这只延续了一刹那。她想起了伏伦斯基。她抬起了清澈、诚实的眼睛，望着他那绝望的面孔，仓促回答说：

"这是不可能的……原谅我吧。"

一瞬间之前，她离他那么近，对于他的生活，她是多么重要呀！而现在，她对他多么冷漠，离他多么遥远！

"我早知道，结果一定会这样的。"他说，没有转眼看她。

他鞠了一躬，示意要退出去。

这样的文字具有不可思议的适当性，让任何分析都无法下手。它非常得体，显示出一种不可亵渎的优美。然而，就诚实性而言，就它对灵魂挣扎方式的严酷性而言，这里呈现的感悟是坚定不移的。吉娣其实并不知道，为什么列文的求婚行为会让自己内心幸福荡漾。但是，这个事实本身减轻了这个场合带来的痛苦，保留了对未来发展的朦胧期许。这一插曲不乏张力和真实性，与 D. H. 劳伦斯作品的精彩之笔不相上下。

在下面一章（第十四章）中，托尔斯泰让两个竞争者出场，深化了吉娣的不加选择的爱情这一主题。托尔斯泰的艺术成熟性和影响力散布在作品的每个部分。当诺得斯顿伯爵夫人——一个喋喋不休、爱管闲事的人——使用手腕煽动列文时，吉娣不经意间站在了列文一边，为他进行辩解，而且这是当着伏伦斯基的面发生的。当时，她用不加掩饰的快乐眼光瞟了对方。伏伦斯基处于非常有利的地位，列文不用费力就能感觉到自己对手身上有什么优势，有什么吸引女人的地方。

与简·奥斯丁小说中的一个场景类似,这里的主题表达精妙,十分丰富。对节奏的处理稍有不当或者判断出错,都会让作品氛围转向悲剧或显露出人工雕琢的痕迹。但是,在这些微妙的技巧下面,总是存在着稳定的洞见,存在对事物真实性的荷马式理解。吉娣的两只眼睛不禁显示"我非常开心",而他的两只眼睛只能回答说:"我憎恨所有的人,恨你,恨我自己。"但是,这种意思是以不带感伤、不带矫揉造作的方式流露出来的,他的痛苦本身不乏人性。

这一个夜晚(soirée)在家庭"内部"的环境中结束,这使罗斯托夫和谢尔巴茨基这两家人显得非常"真实"。吉娣的父亲喜欢列文,在本能上感觉吉娣与伏伦斯基的婚姻是不会成功的。伯爵夫人听了丈夫的说明之后,已经不再信心满满了:

> 她回到自己的房间,想到未知的将来,也像吉娣一样,在心里反复念叨:"上帝啊,可怜可怜我们吧;上帝啊,可怜可怜我们吧;上帝啊,可怜可怜我们吧。"

这是一个突然出现的严峻音符,它以贴切的方式标志着朝向主要情节的过渡。

伏伦斯基到火车站去,迎接从圣彼得堡归来的母亲。他遇到了奥勃隆斯基——安娜·卡列尼娜搭乘同一辆列车回家。悲剧在火车站台上开始,将来也在火车站台上结束(可以撰写一篇文章,谈一谈火车站台在托尔斯泰和陀思妥耶夫斯基的生活和小说中所起的作用)。伏伦斯基的母亲和迷人的卡列尼娜夫人坐在一个车厢里旅行;当安娜被介绍给伯爵时,她告诉伯爵:"对啊,伯爵夫人和我在路上一直聊着,我

64 讲我儿子,她说她儿子。"在整部小说中,这番话是最悲情、最打动人的妙笔之一。这是一位年长的妇女对朋友的儿子,对一个实际上与自己不是同一代人的年轻男子做出评论。在这里,预示着安娜与伏伦斯基关系的灾难性结果,存在着这一关系所带有的根本欺骗性。后来发生的悲剧在这里被浓缩成一个短语,托尔斯泰具有使它以艺术方式表现出来的天才。这一神来之笔堪与荷马和莎士比亚的作品媲美。

在伏伦斯基母子二人和安娜以及斯季瓦走向出车口时,发生了意外情况:"一名卫兵要么喝醉了酒,要么在寒冷的霜雪中被冻僵了,他没有听到火车倒车的声音,被轧死在铁道上。"(叙述者以不动声色的方式,提及可供选择的两个原因,这是典型的托尔斯泰手法。)奥勃隆斯基叙述了死者的可怕样子,有人在争论,他是不是经历了许多痛苦。伏伦斯基给了200个卢布,想帮一帮那寡妇。但是,他的这一举动并不纯粹;也许,这另有目的,是想给卡列尼娜夫人留下良好印象。尽管这一意外事故很快就过去了,它却给故事抹上了阴暗的色彩。它的作用颇像歌剧《卡门》序曲中的死亡主题,在幕布升起来许久之后,它似乎依然余音绕梁,不肯散去。一个富有启迪的做法是,将托尔斯泰处理这个主题的手法与福楼拜在《包法利夫人》前几章中对砒霜的暗指进行对比。托尔斯泰的方式稍欠精妙,却更具权威性。

安娜到了奥勃隆斯基家,映入读者眼帘的是温暖、喜剧性的场景,它由多莉的愤慨和逐渐增强的宽恕态度构成。如果有谁对托尔斯泰具有幽默感持怀疑态度,他应看一看小说的这一片段——安娜将心怀忏悔但又深感尴尬的弟弟送到他妻子身边:"斯季瓦,"她一边对他说,一边快乐地挤眉弄眼,走到他前面,瞟了一眼大门,"去吧,让上帝帮助你吧。"安娜和吉娣待在一起,她俩谈到了伏伦斯基。安娜用年长妇女的口气夸奖他,鼓励面前这个恋爱中的年轻姑娘:"不过,她没有告诉吉娣他施舍200卢布的事情。出于某种原因,她想到他给钱的事情,心里就不舒服。她觉得,这与她当时在场有关,这样的事情不应该出现。"当然,她的感觉没错。

在开头的这几章里,对两种材料的处理显示了作家同样的艺术功底,准确把握了个人心理的细微差别和渐变过程。托尔斯泰对心理拼图的处理方式非常接近亨利·詹姆斯和普鲁斯特所用的手法,前者和后者并没有多大差距。与此同时,在托尔斯泰的作品中,生理能量的脉动和姿态更为有力。经验的物质性以强烈方式传达出来,它包围着智性的生活,并且以某种方式进行了人性化处理。这一点在第二十章的结尾中得到最佳展示。安娜与吉娣之间的交谈非常复杂,紧密配合,最后在隐约出现的不适音符中渐渐消失。吉娣觉得,安娜·卡列尼娜对"什么东西感到不快"。这时,有人闯了进来:

"不,我先到!不,是我!"孩子们尖声叫喊,他们刚刚喝了茶,跑到安娜姑姑面前。

"一起来了。"安娜说道,微笑着迎了上去,伸手抱着他们旋转。他们兴奋地尖叫起来。

这里的主题十分明显;托尔斯泰再次将读者的注意力引向安娜的年龄和成熟状态,引向她光彩照人的魅力。但是,我们对作品展现的驾轻就熟的行为转换过程惊叹不已:从前一段对话丰富的内在表现,这时进入带有肢体动作的欢快跳跃。

伏伦斯基路过房间,但是不愿意加入家人的圈子。吉娣觉得,他来这里是为了见她，但是，"他看见时间晚了，而且安娜在这里"，所以不便露面。她心里略感不安，安娜也是如此。以这种微小的影射方式，欺骗的悲剧开始上演：这场悲剧注定会将安娜卷进来，并且将她引向毁灭。

第二十二章将读者带到了舞会现场。在这里，吉娣像另外一个名叫娜塔莎的姑娘一样，希望伏伦斯基伯爵当众宣布自己的意中人是谁。作者使用非常美妙的语言，淋漓尽致地描写了这一场景。这种做法让《包法利夫人》中对在沃毕萨德举行的舞会的描写相形见绌，显得过于刻意。这并不是因为吉娣比艾玛更敏感；在小说的这个阶段，吉娣确实是一个非常普通的女孩。差距完全在于两位作者所用的视角。福楼拜退后一步，离开油画布，带着冷冷的恶意，伸手绘制作品。即使在经过翻译的作品中，我们也能感觉到，他追求的是光线和节奏形成的特别效果：

隔壁房间摆着棋牌桌子，从里面漏出几缕金色的光线；接着，人们又快速地跳起舞来；短号高奏，人们有节奏地跺着脚步，裙摆飞舞，同时落下，人们牵起手来，然后分开；接着，目光与对方相遇之后立刻下移。

具有讽刺意味的距离得以保持，但是，视觉在整体上完全被破坏，变得很不自然。在《安娜·卡列尼娜》中，叙述者是全知全能的，不存在单一视角的问题。舞会分别通过突然感到悲痛的吉娣的眼睛，通过具有迷人魅力的安娜的眼睛，通过带着新生激情的伏伦斯基的眼睛，通过"舞会头号明星"科尔孙斯基的眼睛呈现出来。场景和人物个性不可分割；每个细节的处理——在这一点上，托尔斯泰与福楼拜明显不同——不是为了细节本身，不是为了气氛，而是与剧中的冲突密切相关。通过吉娣极度痛苦的观察角度，读者看到伏伦斯基如何拜倒在卡列尼娜夫人的石榴裙下。这位年轻的女伯爵陷入迷惑不解和羞愧难当的窘态之中，她向读者展现了安娜拥有的迷人魅力。在玛祖卡舞曲声中，安娜望着吉娣，"眼帘低垂"。这是一个小小的细节，但是它以绝对的准确性，集中表现了安娜的狡猾，表达了她性格中潜在的残酷一面。二三流作家会从伏伦斯基的角度来刻画安娜。但是，托尔斯泰借用了荷马采用的手法——后者让一帮老男人异口同声地赞美海伦的绝世美艳。在托尔斯泰和荷马的作品中，艺术家通过迂回的方式，让读者接受了作品旨在表达的寓意。

小说接下来的几章深化了列文这一形象，读者看到他的身影出现在自家庄园里，出现在他熟悉的环境中，出现在黑暗的田野中，出现在白桦林中；他致力于解决农业经营中出现的问题，望着土地静静地深思。与舞会场面的对比被呈现出来，指向这部小说中在主题方面最重要的双重性：一方面是安娜、伏伦斯基和城市的社会生活；另一方面是列文、吉娣和自然的世界。这两大主导旋律将会协调起来，以复杂形式进一步深化。但是，以这种方式展开的序曲已经结束，在第一章的最后五部分中，实际的冲突——悲剧竞争（agon）——开始了。

安娜准备到圣彼得堡去，与她丈夫会合。她进了火车包厢，掏出一本英国小说阅读，渴望成为故事中的女主角。这个片段——和下面一章中另外一个著名片段一起——看来出自托尔斯泰阅读《包法利夫人》时留下的记忆。列车遇到暴风雪，在一个车站停了下来。已经处于经过升华的紧张状态的安娜走出包厢，进入"冰天雪地之中"。伏伦斯基尾随在她后面，表达了自己的激情："这时，在她眼里，可怕的暴风雪好像显得更加壮丽。他说出了她内心深处渴望听到的话语，尽管理性让她对此感到害怕。"寥寥数语，甚至说以老套的形式，托尔斯泰将人的精神分为灵魂与理性两个部分。福楼拜也写出了这样的句子，但是，他的狭隘性存在于他的复杂性之中。

列车驶入圣彼得堡站，安娜一眼看到阿列克谢·亚历山德罗维奇·卡列宁："'啊，上帝！他的耳朵怎么是那样的？'她看见他站在那里，表情僵硬，两只耳朵尤其显得滑稽，似乎支撑着圆形帽子的边缘。"毫无疑问，这是托尔斯泰版本的艾玛式发现——在福楼拜的作品中，艾玛·包法利发现，夏尔在吃东西的时候要发出响声，显然欠缺教养。接着，安娜回到家里，觉得小儿子不像自己想象的那样迷人。这时，她的辨识能力和道德生活习惯已被自己的激情扭曲，然而她自己并没有完全意识到这一点。为了突出表现安娜与她已经回到的家庭环境之间的不协调性，托尔斯泰借助了莉迪亚女伯爵这个角色，卡列宁的油腔滑调和固执己见的朋友之一。但是，正当读者希望安娜袒露自己的想法，明白她的新生活是什么时，激情消退了。她平静了下来，怀疑那一场雪地邂逅是不是一名年轻军官逢场作戏的调情之举。这样的行为本来非常老套，微不足道，为什么自己竟然难以自控呢？

那天晚上，四周寂静无声，卡列宁夫妻两人在一起。阿列克谢以不加修饰的诚实态度承认，他觉得奥勃隆斯基的越轨行为是不可原谅的。他的这一番话就像一道闪电，划过了地平线，但是安娜坦然接受，喜欢他的坦诚。半夜，卡列宁要安娜上床睡觉。那些小小的触摸动作、拖鞋、他手臂下的书本、精确的时间，这些细节告诉读者，在他们的夫妻关系上，单调乏味是主要问题。当安娜走进卧室时，"她内心的烈火似乎已被抑制,藏匿在某个遥远的地方"。这个意象从一开始便获得特别的力量,但是,即使在以最坚决的方式涉及性爱主题时,托尔斯泰的天才仍旧保持了禁欲状态。正如高尔基所说,在托尔斯泰嘴里,即使最下流、最具体的色情语言也会获得自然而然的纯洁性。安娜婚姻生活中存在的不美满被充分揭示出来,但是,在这部小说中却根本没有这样的描写:紧身衣的绳索"就像一条滑动的蛇",在艾玛·包法利的屁股上"咝咝作响"。这一点具有一定的重要意义,其原因在于,正是在以清楚的方式处理肌肤之亲这一方面,托尔斯泰——至少在晚年之前——最接近荷马表现的基调。

小说的第一部在轻松的气氛中结束。伏伦斯基回到圣彼得堡的营地,很快进入帝国时代的年轻军官寻欢作乐、雄心勃勃的生活之中。这无疑是托尔斯泰持反感态度的生活,但是,作为表达手法细腻的艺术家,他在文笔之间显示,这样的生活非常适合伏伦斯基。只有到了最后的几个句子,他让读者回到悲剧主题。伯爵计划"进入社交圈子,这样他就可以邂逅卡列尼娜夫人。他在彼得堡的一贯做法是,一旦走出家门,就不打算在午夜之前回去"。这一评论看似漫不经心,然而却很有预见的准确性。其原因在于,在他前面是一片黑暗。

关于《安娜·卡列尼娜》的第一部,我们本来可以进行更深入的讨论。但是,即便粗略探讨作品的主要主题是如何展现、如何发展的,我们也会使这一虚构神话难以站住脚跟:福楼拜或者亨利·詹姆斯的小说是艺术品,托尔斯泰的小说是生活片段,它们被某种毫无艺术可言的恶魔式巫术变为杰作。R. P. 布莱克默指出,《战争与和平》"没有"詹姆斯提出"有机形式具有的能够深呼吸的简略性"时规定的"任何一种品质"。[1]就《安娜·卡列尼娜》而言,这一点尤其正确;在这部作品中,托尔斯泰的文学天才的完整性并未受到他的哲学思想所提要求的危害。

如果在《安娜·卡列尼娜》开头章节中寻找"有机"这一理念,读者会反复发现,作品与音乐之间存在相似关系。在"奥勃隆斯基序曲"中,两条情节主线的发展中存在对位旋律与和声效果。此外,还有对音乐主题的使用;在小说后来的发展阶段(在车站上发生的意外、伏伦斯基和西尔顿男爵夫人就离婚问题所做的玩笑式讨论、出现在安娜眼前的"耀眼的红色火焰")中,这些主题以逐步扩大的方式反复出现。最重要的是,存在主题多重性的印象,这种多重性被置于宏大构思产生的向前冲动之下。托尔斯泰采用的是复调音乐形式,但是,主要的和声以巨大的直接性和宽阔性渐渐展开。我们无法以任何程度的准确性比较音乐技巧与语言技巧。但是,人们觉得,托尔斯泰的小说是根据某种内在的层次和活力原则发展起来的,二三流作家的小说是勉强粘贴在一起的,我们如何说明这种感觉呢?

但是,由于《安娜·卡列尼娜》这样的小说如此宏大,也由于它对读者的情感产生直接的控制,我们往往没有看到单个细节具有的精妙性和复杂性。在史诗和诗剧中,韵律形式将读者的注意力具体化,使其集中在某个段落上,集中在单个诗行或者反复出现的隐喻上。在阅读长篇散文体作品(特别是以译文形式出现的作品)时,读者注重整体效果。因此,我们相信,俄罗斯小说应该从总体上领悟,如果采

---

[1] R. P. 布莱克默,《亨利·詹姆斯的松散的拖泥带水的怪物》("The Loose and Baggy Monsters of Henry James",参见《雄狮与蜂巢》[*The Lion and the Honeycomb*],纽约,1955年)。

用阅读康拉德或者普鲁斯特作品的那种细读办法,所收获的东西非常有限。

正如托尔斯泰留下的草稿和修改稿所示,作者以非常仔细的注意力,在某些叙事和陈述问题上倾注了大量心血。但是,他从来没有忘记这一点:除了考虑精湛技巧之外,除了考虑要"干得漂亮"之外,重要的事情是完成写作计划。他谴责为艺术而艺术(l'art pour l'art)的理念,将它称为无意义的美学。在托尔斯泰的小说中,存在着宏大的核心世界观、复杂的人性,还有如此清楚的假设:伟大艺术在哲学和宗教两个层面上触及人的经历。正是因为这样,我们难以选出具体的要素、具体的场面或者具体的隐喻,然后宣称"这就代表了技巧大师托尔斯泰的水平"。

在托尔斯泰的作品中,存在着具有强烈效果的片段,例如,《安娜·卡列尼娜》中著名的割草场景,《战争与和平》中猎狼的场景,《复活》中的教堂弥撒。还有使用得体的明喻和隐喻,这与读者在福楼拜的作品中看到的不相上下。例如,请看一看光线与黑暗之间的对峙,它赋予托尔斯泰灵感,让他写出了两部戏剧的名称,它也渗透到《安娜·卡列尼娜》之中。在第七部的最后一个句子中,安娜的看法通过这样一个隐喻传达出来:一盏灯被点燃,放射出一阵光芒,然后永远熄灭。第八部第十一章的最后一个句子描绘了列文感悟到上帝之道,耀眼的光亮使他看不见东西。这一重复是经过深思熟虑的,它解决了作品开头出现的保罗题词中的潜在歧义,让作品的两个主要情节融合起来。与托尔斯泰小说中反复出现的情况一样,技巧方面的策略也是传达哲学理念的手段。《安娜·卡列尼娜》中的所有创新都指向列文从一位老农那里获得的道德真谛:"我们不能为自己而活,我们是为上帝而活的。"

马修·阿诺德没有探讨准确的定义,而是谈到"高度严肃性"。他认为,这一点将为数不多的佳作与其他的大量作品区分开来,例如,他在但丁而不是乔叟的作品中发现了这种品质。也许,这几乎就是我们在对《包法利夫人》与《安娜·卡列尼娜》进行比较研究后所能得出的结果。《包法利夫人》确实是一部非常不错的小说,它通过高超的技巧和详尽无遗地论述主题的方式,打动了读者。然而最终的结果是,在小说主题本身与读者的认同互动之间,依然存在"小小的问题"。在《安娜·卡列尼娜》中,读者借助精湛的技巧,感悟生活本身。这部作品可与荷马式史诗、莎士比亚戏剧和陀思妥耶夫斯基的小说归为一类(而《包法利夫人》不在此列)。

四

胡戈·冯·霍夫曼斯塔尔曾经说过,每当阅读托尔斯泰的《哥萨克》,他总会想起荷马史诗。不仅《哥萨克》的读者,托尔斯泰的其他作品的读者也有这样的体验。根据高尔基的说法,托尔斯泰本人曾经谈及对《战争与和平》的看法:"如果我不故作谦虚,它与《伊利亚特》类似。"在谈到《童年·少年·青年》三部曲时,他也表达了完全相同的观点。此外,在托尔斯泰对自己的性格和创作生涯的看法中,荷马和荷马式氛围看来起到了非常吸引人的作用。在他的姻兄 S. A. 别尔斯的《回忆录》(*Reminiscences*)中,我们看到在萨马拉的托尔斯泰庄园中举行的一次宴会:

第二章

距离为50俄里的越野障碍赛马。奖品已经准备好了:一匹马、一支步枪、一块手表、一件晨袍,诸如此类,不胜枚举。他们选择了一片平坦的地方,弄成了长达4英里[1]的巨大跑马场,上面画出了赛道,竖起了标志竿。整只的烤羊,甚至还有整匹马被烤制出来,招待来宾。当天,出席的人数以千计,其中有乌拉尔哥萨克人、俄罗斯农夫、巴什基尔人、吉尔吉斯人。他们带着帐篷,端着马奶酒锅,甚至还赶着牲口……在一个锥形土坡——当地人管它叫西西卡——上,铺着毯子和毛毡,巴什基尔人两腿盘起,坐在上面,围成圆圈……宴会持续了两天,一片欢声笑语,同时言行也庄重、得体……[2]

这是一个非常奇妙的场面,它跨越了特洛伊平原与19世纪俄罗斯之间的漫长岁月,让《伊利亚特》第二十三卷栩栩如生地出现在读者眼前。里士满·拉铁摩尔的译本是这样的:

> 然而,阿喀琉斯
> 让人们在那里停下脚步,就地坐下,开始大聚会,
> 从自己的船上搬下比赛奖品,大锅和三足鼎,
> 还有马匹和骡子,牲口扬起高昂的头,
> 妇女们穿着漂亮的紧身褡,戴着生铁饰品。

---

[1] 斯坦纳的原始引文即分别使用了俄里与英里两种计量单位。——编注
[2] 引文见梅列日科夫斯基,参见前面引用的著作。

托尔斯泰或陀思妥耶夫斯基

托尔斯泰像阿伽门农一样,高高地坐在山丘上;大草原上到处都搭着帐篷,点燃了篝火;与希腊人一样,巴什基尔人和吉尔吉斯人在4英里的赛道上奔驰,从那位长着络腮胡须的国王手中接过奖品。但是,在托尔斯泰的作品中,见不到卖弄考古知识的痕迹,见不到刻意重构的痕迹。荷马史诗的元素融合在托尔斯泰的作品之中,植根于他的创作天才之内。如果阅读托尔斯泰针对莎士比亚的攻击,读者就会发现,他与《伊利亚特》和《奥德赛》的作者的亲密关系是明显而直接的。托尔斯泰把荷马视为与自己平起平坐的人,两人之间相隔的漫长岁月几乎没有什么影响。

在托尔斯泰对自己早年生活的回忆中,什么东西让他觉得具有特别的荷马特征呢?依我所见,这就是环境和他回忆之中的那种生活。我们以《童年》之中的"狩猎"为例:

一派秋收景象。广袤的田野一片金黄,只有一面被高大、茂密的树木隔断。在我的眼里,那是一个非常遥远、神秘的地方,要么那里就是世界的尽头,要么人迹罕至的国度从那里开始。田野到处都是收割下来的庄稼,到处可见忙碌的农夫……花毛小公马步子轻盈,不停嬉戏,有时把头靠在胸膛上,有时抖动缰绳,有时用尾巴驱赶牛虻和叮在身上的小昆虫。两条伯若猎狗追赶着马蹄,在高高的残梗上跨步飞跃,它们竖起尾巴,摆出镰刀的形状。米尔卡跑在前面,翘起头来,等待猎物。农夫们不停吆喝着,马匹践踏地面,马车咯吱咯吱响,鹌鹑欢快鸣唱,成群的昆虫盘旋,发出嗡嗡叫声。苦艾、麦草与马匹身上的汗水混合起来,飘过一阵阵气味。灼热的阳光洒在黄色的残梗上,映射出不同的色彩和明暗对比。森林是深蓝色的，天空中飘着浅紫色的云朵，白色蜘蛛网飘荡在空气中，悬挂在残梗上。这就是我看到、听到、感觉到的东西。

这里对俄罗斯田野的描写与荷马史诗对古希腊阿尔戈斯平原的描写相映成趣。这里描写的景象与我们所处的现代环境大不相同。这里是狩猎者和农夫组成的父权世界，主人与猎犬之间的纽带、主人与大地之间的纽带是自然而真实的。这里的描写本身将向前的动感与静止的印象结合起来，整体效果与帕特农神殿柱子上雕刻的装饰类似，给人一种充满动感的平衡；在人们熟悉的地平线之外，是神秘的海洋和人迹未至的森林，这与在赫拉克勒斯之柱外的情形非常类似。

托尔斯泰用回忆构筑的世界与荷马笔下的世界一样，充满了感性的能量。触觉、视觉和味觉丰富多彩，具有强度，出现在每一个时刻中。

在走廊里，俄国式茶炊咕嘟咕嘟地沸腾起来，车夫米特卡脸色泛红，正在往里吹气。室外雾气霭霭，湿漉漉的，蒸汽仿佛从没有气味的粪堆里冒出来；阳光带着欢快的光束，照耀着东边的天空，洒在院子四周宽大茅屋挂着晶莹露珠的房顶上。我们的马匹拴在院子里的马槽旁，发出一阵阵咀嚼草料的声音。一只长满粗毛的杂种狗黎明之前在干粪堆上打了一个盹，这时懒懒地伸了伸腿，摇了摇尾巴，开始向院子对面慢慢跑去。一个行动麻利的农妇吱的一声打开门，把睡眼惺忪的母牛赶到街上，那里已经传出牛羊走路和鸣叫的声音……

2700年前,当"玫瑰色黎明"出现在伊萨卡上空时,人们看到的也是这种情景。托尔斯泰认为,如果人类要与大地保持交流,情景就会如此,甚至充满活力的暴风雨也带有世间万物的律动:

> 闪电的范围越来越大,颜色越来越白,在大雨有节奏的声响中,滚滚而过的雷声这时变得不那么令人害怕了……
> ……一片夹杂着榛树和野生樱桃的山杨林,一动不动地矗立在那里,仿佛非常高兴,接着慢吞吞地抖动洗得干干净净的树枝,让亮晶晶的水珠落在去年生长的叶子上。头上长着羽毛的云雀鸣叫着,在空中盘旋,突然轻盈地落下……暴雨过后,春天的树林散发出迷人的气味,有白桦的,紫罗兰的,腐叶的,蘑菇的,还有野樱桃的,令我沉醉……

席勒在《论天真的诗与感伤的诗》(*Über naive und sentimentalische Dichtung*)中写道,诗人要么"是自然的",要么想要"寻求自然"。就此而言,托尔斯泰是自然的;语言处于他与大自然之间,不是作为镜子或者放大镜,而是作为一扇窗户,所有的光线由此进入,被聚集起来,并被赋予永恒的特征。

我们不可能将荷马与托尔斯泰两人之间观点的相似之处,集中在单一的表述或者演示之中。相关之点很多:古老的牧歌式场景、战争和农事诗歌、五官感觉和肢体动作的重要性、四季循环构成的融合一切的清晰背景。除此之外,两人都意识到,能量和活力本身是神圣的;两人都接受生物链条的观点——该链条囊括地上和太空中的一切,人在其中仅仅占据自己分摊的位置。在最深刻的层面上,两人都拥有一种具有本质性的理智,一种追求柯勒律治所称的"高尚生活道路"的决心,而不是追求陀思妥耶夫斯基式天才心目中的那种精神变态的黑暗状态。

在荷马史诗和托尔斯泰小说中,作者与角色之间的关系带有悖论特征。在对《艺术和诗歌中的创作直觉》(Creative Intuition in Art and Poetry)所作的研究中,马里顿就此提供了一个托马斯·阿奎那式类比。他谈到"上帝的超验永恒与自由生灵之间的关系——后者能够自由行动,但是又被其目的所确定"。创造者是全知的,无处不在的,然而他同时又是超脱的,不偏不倚的,而且在看法上完全是客观的。在荷马史诗中,宙斯稳居山上,主宰战争,掌握着命运之秤,但是并不插手干预。也许不如说,他干预的目的完全在于恢复平衡,保证人类生活的可变性,以便让人与超自然的帮助抗衡,与过多的英雄主义抗衡。与神灵享有的超脱地位类似,在荷马和托尔斯泰具有的明确见解中,存在着残酷和怜悯的一面。

他们目光超然、热情、坚定,穿过古希腊雕像头盔上的眼槽,注视着我们读者。他们的见解非常严肃。席勒曾经对荷马的冷静大加赞赏,认为荷马能够以波澜不惊的口吻,传达最悲痛、最恐惧的情感。席勒认为,这种品质——这种质朴(naiveté)——属于过去的时代,是无法在致力于精细分析的近代文学中捕捉到的。从这种品质中,荷马达到了他笔下最强烈的效果。例如,《伊利亚特》第二十二卷是这样描写阿喀琉斯杀死鲁卡昂的场景的:

"那么,你也去死吧,朋友。为什么要这样大惊小怪?
帕特罗克洛斯也死了,他比你可强多了。

难道你不知道我是何人？不知道我力量巨大，门第辉煌？不知道我注定名垂青史？

然而，就连我也要面对死亡，面对强大的命运。

在某个黎明，某个下午，某个黄昏，有人会在战斗中夺走我的生命，他可能使用长矛，可能使用弓箭。"

他刚刚说罢，听话的人心里一沉，两腿发软，放下长矛，摊开两手，坐在地上；

然而，阿喀琉斯拔出利剑，刺中他的颈骨，双刃剑穿过了骨肉。他一头栽倒在地，面孔朝下，

手脚分开，暗红的血液如注涌出，浸透土地。

叙事从容镇定，几乎显得没有人道；但是，恐惧以不加掩饰的方式表达出来，深深打动读者。另外，荷马从不为了情绪的需要而牺牲视野的稳定性。普里阿摩斯和阿喀琉斯相见，表达了各自的悲痛。但是，他们接着想起了酒和肉。我们看到，阿喀琉斯说到了因丧子而悲伤度日的妇女尼俄伯："等她大哭一场之后，她会记住吃饭。"荷马用直截了当的语言表现了对事实的忠实，并拒绝了外在的感动，这种做法传达了他灵魂深处的痛苦。

就这一点而言，托尔斯泰与荷马非常相似，超过了西方传统中的其他任何作家。正如罗曼·罗兰在1887年的一篇日记中写到的："在托尔斯泰的艺术中，一个具体的场景不是从两个视角观察的，而是从一个视角观察的，他采用的是现实主义的手法，而不是别的什么手法。"在《童年》中，托尔斯泰这样讲到母亲临终的情形，"我当时悲痛欲绝，但是无意识地注意到每个细节"，其中包括这一事实：那名护

士长得"非常好看,充满青春活力,相当英俊"。母亲逝世后,故事中的男孩明白自己不会愉快,然而心里却闪过"一种欣喜"。那天晚上,他睡得"很熟,很安稳",人在经历巨大痛苦之后总是这样。次日,他闻到了什么东西分解之后发出的气味:

> 只有这时,我才意识到,那种令人窒息的强烈气味是什么,它与香火的气味混在一起,在整个房间中弥散。我想到,这张面孔几天之前还那么美丽,那么温柔,这张面孔曾经是我在这个世上的最爱,可是现在却使人产生恐惧。这一想法第一次向我揭示了这一痛苦事实,让我的灵魂充满绝望。

"让眼睛一直看着光明,"托尔斯泰说,"这就是我们应该采取的态度。"

但是,荷马和托尔斯泰的态度非常坚定,它包含的东西远远超过了屈从。它包含着欢乐,这样的欢乐也在叶芝的《宝石》(*Lapis Lazuli*)所描写的那些哲人——"灿烂光辉的古人"——的眼睛中燃烧。这是因为,他们热爱和尊重人所拥有的"特征",他们乐于见到血肉之躯所过的生活。他们以冷静的方式感知这样的生活,但是以热情的方式将其叙述出来。此外,他们的本能是要弥合精神与行为之间的差距,将人手与利剑联系起来,将舟楫与海水联系起来,将马车的轮辋与地上吟唱的卵石联系起来。荷马和托尔斯泰在作品中将行为视为整体;他们笔下的人物栩栩如生、充满活力,能够让没有生气的环境大放异彩。阿喀琉斯即将面临末日的命运,他的战马眼泪汪汪;老橡树上的花朵让博尔孔斯基相信,他的心灵将会重获新生。人与环境之间的呼应甚至扩大到物品和草木：夕阳西下，涅斯托在酒杯中寻找智慧；在列文的庄园里，经过暴风雨洗礼的白桦树叶闪闪发光，仿佛是突然展现在人眼前的珠宝。不论心智与客体之间的屏障，还是形而上学哲人们在现实与感知概念中看到的歧义，这些东西无法给荷马或者托尔斯泰造成任何阻碍。

而且，两位大师对此感到欣喜。西蒙娜·韦伊将《伊利亚特》称为"力量诗歌"，认为这部作品评述了战争包含的悲剧性无用特征，她的观点仅仅在一定程度上是有道理的。《伊利亚特》与欧里庇得斯的《特洛亚妇女》(The Trojan Women)相去甚远，后者表现了令人绝望的虚无主义。在荷马的这部史诗中，战争是勇敢之举，从根本上讲会使人变得崇高。甚至在大屠杀的场面中，生命的力量也高高扬起。在帕特罗克洛斯的坟墓四周，希腊将领们摔跤、赛跑、抛掷标枪，尽情展现自己的力量和生气。阿喀琉斯知道，他自己的命数已定，但是仍旧每夜与"面带笑容的布里塞伊斯"共度良宵。在荷马和托尔斯泰创造的世界中，战争与死亡带来浩劫，然而不变的是这一核心意义：它们确认，生命本身是美丽的，人们的活动和岁月值得记录下来；没有什么灾难具有终极性，甚至焚毁特洛伊或者莫斯科的大火也无法毁灭一切。这是因为，在烧焦的高塔之外，在腥风血雨的战场之外，碧蓝的海水依然起伏不息；在著名的奥斯特里茨战役被人遗忘之后，丰收的季节——用蒲柏诗歌采用的意象来说——将会再次"给山坡涂上一抹金黄"。

当马尔菲公爵夫人在万般痛苦中诅咒自然时，波索拉的一番话集中表现了这种整体宇宙观："你看看吧，星星依然闪烁。"寥寥数语，令人不寒而栗，不乏超脱，不乏对这一严酷现实的承认：自然界以冷峻的方式看待人类经受的折磨和苦难。但是，如果读者能够超越它们带来的残酷影响，它们会传达一种保证：生命和星光天长日久，超越人世间的短暂混乱。

《伊利亚特》体现的荷马和托尔斯泰两人之间的相似性还表现在另外一个方面。他们使用的人的形象是被赋予人性的；人是经验的尺度和核心。此外，《伊利亚特》和托尔斯泰小说表现人物的氛围具有深刻的人性特征，有时候甚至堪称具有世俗化特征。重要的是**这个世界之上的王国**，是此时此地的状态。从某种意义上说，这是一个悖论；在特洛伊平原上，人间事务与神灵事务不断地混在一起。但是，神灵降临人间，以不加掩饰的方式带着人世的激情涉足人间的恩怨情仇，这赋予作品具有讽刺意味的弦外之音。在《罗拉》(Rolla)的开头几行中，缪塞叙述了古希腊的情况，展示了这种带有悖论意味的态度。

> 他们是神灵，却让凡人蒙受痛苦；
> 他们杀戮世人珍视的生命；
> 四千神灵个个笃信，虔诚……
> (Où tout était divin, jusqu' aux douleurs humaines;
> Où le monde adorait ce qu' il tue aujourd' hui;
> Où quatre mille dieux n' avaient pas un athée....)

准确地说，四千神灵在人们的争吵中交恶，与血肉之躯的妇女调情，他们的行为方式往往让人间最自由的行为准则蒙羞。在这种情况下，没有宣扬无神论的必要。无神论的出现是与可以信赖的活生生的上帝的观点对峙的，而不是作为对在一定程度上滑稽说笑的神话的回应。在《伊利亚特》中,诸神都具有典型的人类特征。神灵就是经过放大的人,而且常常是以讽刺方式加以放大的。他们受伤时吼叫的声音比人还响亮,坠入爱河时欲望横流,面对刀枪时逃跑的速度超过世上的任何战车。但是,从道德和思想角度看,《伊利亚特》刻画的神灵很像巨大的野蛮人,很像具有超常力量的儿童。在特洛伊战争中,男女神灵的行为提升凡人的形象,其原因在于,在势均力敌时,凡人英雄表现超常,在寡不敌众——正如赫克托耳或者阿喀琉斯这样的角色所显示的——时,神灵们就会大开杀戒。在用凡人的价值来描述神灵的过程中,"第一位"荷马所取得的成就不仅是喜剧效果——尽管这样的效果显然增加了诗歌的新颖感和"寓言"品质。更确切地说,荷马强调了具有英雄气概的凡人表现出来的优秀品质和尊严。这一点正是他作品的主题。

在《奥德赛》中,万神殿里的诸神所起的作用更加微妙,更加令人敬畏;相比之下,《埃涅阿斯记》(Aeneid)这部史诗充满对宗教价值和宗教行为的向往。但是,《伊利亚特》一方面接受超自然的神话,另一方面以讽刺方式对待这一神话,让作品的材料显示出人的特征。信仰真正的核心不在奥林匹斯山上,而是在对命运(Moira)的认识中——这是一种不屈不挠的命运,通过看似盲目的毁灭维持着正义和平衡的终极原则。阿伽门农和赫克托耳笃信宗教,这些理念包括:接受命运,相信某些友好行为的冲动是神圣的;尊重祭拜神灵的时刻或者神圣的场所;以模糊但有效的方式意识到,在运动的星星或者持续的风暴中,存在着魔鬼的力量。除此之外,现实在人的世界和人的五官感觉中时刻存在。我找不到更好的语言来表达《伊利亚特》具有的非超验性和终极物质性。没有哪一首诗歌像《伊利亚特》这样,向这一信念提出挑战:"我们是形成梦境的材料。"

正是在这一点上,《伊利亚特》对托尔斯泰的艺术产生了影响。托尔斯泰的作品也表现了内在的现实主义,表现了一个植根于人的五官感觉真实性的世界。令人不可思议的是,这样的世界中没有上帝。在本书的第四章中,我拟说明,这种缺失不仅可以与托尔斯泰小说的宗教目的保持一致,而且它是托尔斯泰信奉的基督教包含的一种隐秘的自明之理。在此,我只需说,在《伊利亚特》和托尔斯泰使用的文学技巧背后,存在着对人类角色的核心性的类似信念,存在着对自然界中经久不衰之美的类似信念。就《战争与和平》而言,这种相似性甚至显得更加明确;《伊利亚特》援引命运的法则,托尔斯泰阐述了他的历史哲学。在这两部作品中,战斗的混乱个体性代表了人类生命更广泛的随机性。如果说《战争与和平》在真正意义上是一部英雄史诗,这是因为这部作品与《伊利亚特》类似,既描写了战争给人带来的痛苦,又描写了战争的辉煌和令人欢快的猛烈行为。托尔斯泰小说表现的和平主义根本无法抵消年轻的罗斯托夫冲向法军掉队士兵时体验到的那份狂喜。最后,我想指出的一个事实是,《战争与和平》讲述的是两个民族——或者不如说,两个世界——殊死搏斗的故事。这一点本身已经让许多读者,也让托尔斯泰本人将这部作品与《伊利亚特》进行比较。

但无论是讨论军事主题的展现,还是讨论民族命运的刻画,我们都不应忽视这一事实:这部小说传达的哲学理念是反英雄主义的。在这部作品中,托尔斯泰有时着重渲染的一个观点是,战争是血腥的大屠杀,是身居高位的人好大喜功心态和愚蠢之举造成的结果。有时候,托尔斯泰关注的仅仅是如何去发现"真实情况",以便揭露官方史家和

81 神话编造者杜撰的所谓真实。无论潜在的和平主义还是对历史证据的这种关注都无法与荷马所持的态度相提并论。

当作品中的哲学理念非常淡化时,当——用以赛亚·伯林的话来说——狐狸并不忙于成为刺猬时,《战争与和平》才真正与《伊利亚特》具有相似之处。实际上,托尔斯泰与荷马之间的最明显的相似性表现在篇幅较短的作品中,例如,《哥萨克》和《高加索故事》,也表现在反映克里米亚战争的速写中,以及在《伊凡·伊里奇之死》的令人恐惧的节制手法中。

但是,应该强调的是,创作《伊利亚特》的诗人与这位俄罗斯小说家之间的相似性体现在性情和感悟方面;在这方面,托尔斯泰毫无疑问(或者说,尽管仅仅在很少的例子中)模仿了荷马。更确切而言,当托尔斯泰在不惑之年求助于荷马史诗的希腊文原著时,他肯定觉得非常得心应手。

五

到此为止,我们所关注的是带有普遍性的因素,试图在宽泛的意义上说明:当托尔斯泰的作品被描述为"史诗"时,更准确地说,被描述为荷马史诗时,史诗一词表示什么意思。但是,如果这些普遍性具有价值,它们就必须基于细节材料。有些效果和品质让托尔斯泰的作品显现出独特的调性,它们源于多种写作技巧形成的组合效应。我在此将论及其中的一些技巧。

在荷马史诗风格的元素中,广为人知的是固定称谓、反复出现的明喻和重复性暗喻。或许，最初使用它们的原因在于有助于记忆；在口述诗歌中，反复出现的短语可以帮助吟唱者和听众记忆内容，它们所起的作用类似于内心的回声，使人想起英雄传奇中以前出现的事件。但是，类似"玫瑰色黎明""葡萄酒般暗红的海洋"这样的标记和将愤怒比作冲入羊群或者牛群的野性雄狮，其目的并不只是为了记忆。这样的元素构成了日常生活的绣帷，为英雄行为提供了展示背景。它们创造了稳定现实构成的后景，赋予诗歌中的人物丰满性和立体感。其原因在于，在营造田园牧歌的氛围，描述耕种、捕鱼的日常劳作的过程中，荷马表明，特洛伊战争尚未侵蚀所有人的生活。在作品其他部分中，海豚跳跃，牧童在宁静的山间昏昏欲睡。在大屠杀的间歇，在人们的命运快速变化的时刻，这些一成不变的短语表明：黎明会在黑夜之后降临；当特洛伊这个地方成为人们引起争执的回忆时，潮水将会淹没海岛；当涅斯托的后裔迈入耄耋之年时，居住在高山上的雄狮将会袭击牛群和羊群。

　　荷马在简单易懂的明喻和暗喻中将这些元素并置起来，以便达到特殊效果。读者的目光从纷争吵闹的形象移开，随着视角的扩展，正常生活的宁静场面进入读者的关注中心。全副武装的武士图像在赫克托耳眼前渐渐黯然失色，读者看到暴风雨到来之前低垂的绿草。通过并置的手法，这两样事物变得更微妙，以更直接的方式成为我们意识的一部分。弗拉芒画家以高超的方式处理这种效果，请想一想勃鲁盖尔笔下的伊卡鲁斯吧。他骤然落入平静的海水中，海面的前景是扶犁劳作的农夫。也许，你不妨想一想画家笔下的这种场面吧：前景是激情或者屠杀，背景是一片繁荣、冷漠的风景——城墙包围起来的城市、宁静的草地、壮观的阿尔卑斯山脉。在荷马史诗中，这种"双重意识"

也许是表现情绪和平静的基本手法。天命已定的作品主角想到这一点时悲剧意识骤然强烈：秋天的狩猎和收获、家人享受的欢乐，这一切已被他们以无法挽回的方式远远抛在了身后。但是，与此同时，他们的回忆清晰可见，在更稳定的经验层面不断侵入战争的喧嚣，这些东西赋予这部诗歌浓重的宁静感。

在艺术中出现这样的时刻（而且它们常常给人置身于想象巅峰之感）："双重意识"本身被当作形式表现的主题。请考虑一下莫扎特的《唐璜》（*Don Giovanni*）最后一幕中费加罗的曲调，或者在济慈的《圣亚尼节前夕》（*The Eve of St.Agnes*）中对《冷酷的妖女》（*La Belle Dame sans Merci*）的暗指。荷马史诗也有这样的情况。在《奥德赛》第八部中，德摩多克斯吟唱了特洛伊英雄传奇的一段，奥德修斯听后不禁潸然泪下。在这个令人痛苦的插曲中，两个层面的现实——暗喻中的两项——被颠倒了。特洛伊这时是遥远的回忆，奥德修斯再次回到正常的世界之中。

与荷马的做法类似，托尔斯泰也使用固定称谓和反复出现的短语，其目的有两个：其一是帮助读者记住较长的叙事片段，其二是创造双重视觉体验。《战争与和平》和《安娜·卡列尼娜》这样的作品篇幅巨大、结构复杂，而且是在较长时段中以连载方式刊登出来的，带来的问题与口述诗歌的类似。在《战争与和平》的开头章节中，托尔斯泰试图帮助读者清楚地记住书中的众多人物。玛丽亚公爵小姐每次露脸都步履"沉重"，皮埃尔这个角色总是与他戴的眼镜联系在一起。娜塔莎在读者心目中凸显出来之前，作者着力描写了她轻盈的步态和充满活力的动作。与之类似，一名当代诗人是这样描写另一位性格完全不同的年轻女子的：

第二章

> 她身材娇小，动作迅速，
> 步伐轻快……

托尔斯泰引入了丹尼索夫所用语言的缺陷，其目的既是表现言辞的诙谐，也在于立刻将皮埃尔与其他军官区分开来。而且，在这部小说的后面部分，托尔斯泰依然使用这种方式。拿破仑的双手是作者经常暗指的东西；正如梅列日科夫斯基所说，韦列夏金出场时间不长，给人可怜巴巴的感觉，但是作者五次特别提到他的"干瘦脖子"。

托尔斯泰的创作天才的一个重要元素是，他在逐渐复杂化描绘手法时，却不抹去人物的大体线条。尽管读者对娜塔莎有了深入了解，超过了自己在日常生活中遇到的人，但是，她最初那种行动敏捷、性情中人的形象，一直存留在读者心间。实际上，读者难以相信托尔斯泰在第一版后记中所说的话：娜塔莎"放弃了她的所有巫术"，变得"更坚定，更直爽"。假如荷马告诉读者，奥德修斯已经变得愚笨，我们会相信他的话吗？

更重要的一点是，托尔斯泰使用了意象和暗喻，以便将他最关注的两个层面——即，农村和城市——的经验联系起来，进行对比。在这一点上，我们触及的可能是他的艺术核心。其原因在于，乡村生活与城市生活之间的区别具有启迪性；对托尔斯泰来说，这是善良与邪恶的根本区分，是非自然和不人道的城市生活准则与田园生活的黄金时代的区分。这种基本的二元论是托尔斯泰在小说中形成双重或三重结构的动机之一，并且最终在托尔斯泰的伦理体系中得以定型。其原因在于，如果说苏格拉底、孔子、释迦牟尼对他的思想有所影响，卢梭的田园风格的影子在作品中也随处可见。

与在荷马作品中见到的情况类似，我们在托尔斯泰作品中也发现了使用并置手法的例子，托尔斯泰借此将直接场景与对乡村印象的回忆联系起来。就批评和说明而言，保持不变、具有终极意义的经验层面是放在转瞬即逝的情节后面的。在《童年·少年·青年》三部曲中，有一个使用这一技巧的范例。小主人公希望跳玛祖卡舞，但是没能如愿，心情非常沮丧，带着羞辱退下来：

"……噢，糟透了！假如妈妈在，她是不会为她的尼古拉脸红的……"在那之后，我的想象力把我带向远方。我回想起房子前面的草地，想起花园里面高大的酸橙树，想起燕子环绕飞翔的清澈池塘，想起白云点缀的碧蓝天空，想起刚刚割下的散发着清香的牧草堆；我浮想联翩时，许多充满宁静和快乐的回忆——展露出来。

这样，叙事者重新回归一种和谐感，达到了亨利·詹姆斯在《一位女士的画像》(The Portrait of a Lady) 中提到的"更深层次的生命律动"。

有时候，技巧与作者的形而上学观念不可分离。这样的例子出现在杰出的速写集《舞会以后》(After the Ball，在托尔斯泰的词汇中，舞会具有模糊不清的言外之意；它既是展现优美和高雅的场所，又是典型的人之为物的象征）之中。在这个篇幅不长的故事中，叙事者坠入爱河，彻夜跳舞之后无法入眠。黎明时分，他漫步穿过村庄，希望借此放松一下自己快乐的紧张感觉："那是常见的狂欢天气——雾霭朦胧，路上覆盖着湿漉漉的白雪；雪正在融化，水滴顺着屋檐落下来。"

他碰巧见到一个令人震惊的场面：一名逃兵当众遭到鞭笞。士兵所爱的那个姑娘的父亲监督实施惩罚，做派迂腐，表现野蛮。就在一小时之前的舞会上，这位父亲还举止得体，充满感情，堪称典范。究竟哪一个是他的本来面目呢？鞭刑在室外实施，周围的村庄宁静如常，正在苏醒，这一切凸显了鞭刑实施者的兽性。

在《战争与和平》的第四部中，有两个很好的例子显示了托尔斯泰采用的双重意识手法。这部分的第三章描写了巴格拉季昂举行的庆祝宴会，地点是在莫斯科的英格兰俱乐部，时间是1806年3月。伊利亚·罗斯托夫伯爵操办那场盛大宴会，把他家里初见端倪的财务问题搁置一旁。托尔斯泰以精湛的笔触，刻画了赶前忙后的仆人、俱乐部的成员，以及初次参战归来的年轻英雄们。托尔斯泰被这个场景提供的艺术"机遇"吸引，知道自己可以充当优秀的编年史家，记录上流社会的生活。但是，读者可以感受到作家心中的不满情绪。奢华的场面，巨大的浪费，主人与奴仆之间的不平等关系，这一切如鲠在喉，堵在托尔斯泰的心里。

一名男仆匆匆进来，满脸恐惧，大声通报宴会的主要嘉宾已经到了："钟声齐鸣，仆人们蜂拥上前，本来分散在各个房间的客人们这时——仿佛是铲子里被晃成一团的黑麦——聚合起来，把舞厅门外宽敞的会客室挤得水泄不通。"这里使用的明喻所起的作用体现在三个方面：第一，它准确地描绘了客人们的行为；第二，它派生出的体验层面与眼前的情景完全不同，从而促使想象力进入敏锐状态；第三，它就整个事件的价值提出了微妙但不失清晰的评论。英格兰俱乐部的成员被视为以胡乱方式晃成一团的黑麦；通过这一做法，托尔斯泰让这帮人显得机械、呆板，颇为滑稽可笑。这个明喻的打击方向直指这帮人琐碎举动的核心。此外，在可以回到田园生活的做法中，这一明喻将英格兰俱乐部的世界——"虚伪的"社会层面——与土地构成的世界，与收获周期构成的世界进行了对比。

就在这一部的第六章中，读者发现，皮埃尔正处于进入新生活的边缘。他已与多洛霍夫进行了决斗，也对自己的妻子海伦女伯爵不抱什么幻想了。他思考了自己的婚姻带来的堕落，开始寻找体面的经历，以便改变自己的灵魂。海伦走进来，脸上带着"不可扰动的镇定"，嘲笑皮埃尔的嫉妒行为。他"从眼镜上方怯生生地"看她一眼，然后故作镇静地继续看书——"仿佛是一只被猎犬追赶的兔子，垂下耳朵，蜷缩在危险面前，身体一动不动……"读者再次看到一种比较，它将读者引向各不相同的矛盾方向。这一段文字给人的直接印象是怜悯，不过这种怜悯是与逗乐交织起来的。从形象化的角度看，皮埃尔的鼻子上架着眼镜，耳朵下垂，这种描写产生的效果既是引起怜悯的因素，同时也带有喜剧色彩。但是，就实际情景而言，这个明喻具有讽刺意味：海伦才是较为虚弱的人物，尽管她恬不知耻地出言攻击。皮埃尔很快突然爆发，向读者展现自己的完整形象，差一点端起大理石桌面杀死她——兔子也会转过身来驱赶猎人。在这里，读者再次看到取自乡村生活的意象。在令人身心疲惫的沉闷城市生活场景中，它恰如一阵疾风，横扫而过；它恰如一道阳光，灿烂辉煌。但是，蜷伏的兔子这一画面打碎了社会得体性的表面，清楚地告诉读者，出现在眼前的是本能欲望带来的结果。上流社会成群猎食。

我援引的例子以小见大，体现了托尔斯泰作品的主要构思。两种生活方式，两个从根本上完全不同的经验形式，以对比方式呈现出来。这种双重性并非总是善与恶的简单象征：《战争与和平》展现了城市生活中某些最终吸引人的色彩;《黑暗的力量》(The Power of Darkness) 描绘了可能在乡村土地上流行的兽性。但是,大体上看,托尔斯泰是从道德和审美这两个方面来审视经验的。一方面,城市生活带有诸多问题,社会不公,两性行为规范矫揉造作,有人以残酷的方式炫耀财富,城市的力量将人与生命活力的基本模式分离开来;另一方面,乡村的田野和森林中充满生气,让人身心和谐,将两性行为视为神圣而有创造性的,乡村生活的本能是构成存在的链条,将月亮的圆缺与人们的观念发展的阶段联系起来,将农事中的播种与灵魂的复活联系起来。正如卢卡奇所说,在托尔斯泰看来,大自然是"这种有效保证:在传统手法性构成的世界之外,存在'真正的'生活"。[1]

从一开始,这种双重意识就是托尔斯泰思想和美学的概括性特征。在他后来提出的理论中,并无显著特点的偏好出现了渐变,形成协调一致的哲学和社会学说。这并不是突然变化的结果,而是在少年时最早陈述的观念的逐渐成熟过程。早在 1847 年,那名年轻的土地所有者就试图改善自己庄园里面的农奴的境遇,并且在 1849 年为农奴子弟创建了一所学校。1855 年,正是这位托尔斯泰产生了理性和基督教基要主义的"绝妙念头",最终决定放弃不完美的世俗生活,并在 1910 年 10 月逃离自己的家园。他并没有突然皈依,并没有突然放弃艺术,以便追求更高层面的善良。与每个年轻人类似,托尔斯泰曾经跪倒在妓女面前痛哭,并且在日记中写道,世事之道就是毁灭之道。这一信念总是在他内心燃烧,他的文学作品具有的持续力量反映了这个事实:每部作品都是他的创作天赋战胜这令人痛苦的信念的胜利——如果

---

[1] 格奥尔格·卢卡奇,《小说理论》(Die Theorie des Romans,伯林,1920 年)。

托尔斯泰或陀思妥耶夫斯基

一个人失去灵魂，获得高度艺术名望不会带来什么益处。即使在他最富于想象力的著作中，托尔斯泰也反映出这种内心的挣扎，并且以反复出现的主题的形式表现出来：从城市到乡村的变化，从道德短视到自我发现和自我救赎。

这一主题最明确的形式是，主人公或者主要人物离开圣彼得堡和莫斯科，前往自己的庄园或者俄国的某个边远省份。托尔斯泰和陀思妥耶夫斯基两人都实际经历过这种带有象征意识的出走：1851年4月，托尔斯泰离开圣彼得堡前往高加索；1849年圣诞节夜晚，陀思妥耶夫斯基戴着镣铐被人押送出城，踏上前往鄂木斯克服刑的艰辛旅程。我们可能觉得，人生难以遭遇这样极度痛苦的时刻。然而，恰恰相反：

> 我的心里颤动异常，这仿佛是一剂麻药，减轻了内心的痛苦。不过，吹来一阵阵清新的空气；在经历新东西之前，人们通常会意识到一种不可思议的生命力和急迫感，所以我的内心深处相当平静。我望着彼得堡城里那些装饰着节日灯火的房屋，向它们一一道别。他们驱赶着我们，路过你们的住处。在克雷耶夫斯基的家里，窗户灯火通明。你曾经跟我说过，他要举行圣诞节聚会，要装饰圣诞树，你的孩子们要到他家去，同行的还有艾米莉·费奥多尔罗芙娜。经过那幢房子时，我的感觉确实非常糟糕……关押了8个月之后，坐在雪橇上赶了60俄里路，让人食欲大振。时至今日，我想到那时的情景，心里也觉得愉快。我当时的心情

第二章

不错。[1]

这是一段绝妙的回忆。面对个人境遇中的暴行，在两种生活方式——一边是日常生活、家人的挚爱和优裕的环境，另一边是长期贬黜之后可能到来的死亡——转换之时，陀思妥耶夫斯基体验到一种生理上的解放感，拉斯柯尔尼科夫在类似境遇中也有这样的感觉。人们在夜里寻欢作乐的声音在他身后渐渐变弱，他似乎已经获得了某种洞见，看到了炼狱般刑期之后将要到来的复活。与《战争与和平》中别祖霍夫的遭遇类似，即使这段旅程通向死亡之屋，通向法军行刑队的枪口，从城市转向广袤大地这一事实本身也赋予旅程一种快乐的因素。

早在1852年，托尔斯泰可能就已经着手探索这一主题了——当时，他开始翻译斯特恩的著作《感伤之旅》(Sentimental Journey)。但是，正是在同年晚些时候动笔创作《哥萨克》的过程中，托尔斯泰完全意识到并且掌握了表现这种情景的手法，使它成为他的哲学思想的一个反复出现的寓言。我们看到，奥列宁夜晚在醉意中与朋友道别之后，踏上当兵服役的旅程，到遥远的高加索去，征服战乱之中的部落。他留在身后的不仅有尚未还清的赌债，还有对上流社会无所事事时寻欢作乐所浪费的时光的陈旧回忆。尽管夜晚寒冷，大雪纷飞，

> 出发的人觉得温暖，甚至发现裘皮衣服里还有点发热。他坐

---

[1] 陀思妥耶夫斯基1854年写给弟弟米哈伊尔的信件（参见《费奥多尔·米哈伊洛维奇·陀思妥耶夫斯基的信函》[Letters of Fyodor Michailovitch Dostoevsky]，E. C. 梅恩译，伦敦，1914年）。

在雪橇中间,伸了伸胳膊;长满粗毛的辕马一路飞奔,从一条黑暗的街道转入另外一条,掠过他从未见过的房屋。奥列宁觉得,只有离开这里的人才会穿过这些街道。周围一片黑暗,人们默默无言,心情忧郁;但是,他的灵魂里充满回忆、爱意、悔意,喜悦的眼泪几乎让他觉得窒息。

不过,他很快出了城,凝望大雪覆盖的田野,心中泛起一阵阵欣喜。曾经困扰他精神的世俗担心渐渐淡去,变得毫无意义。"奥列宁离俄罗斯中心越远,他的记忆似乎也随之越淡;离高加索地区越近,他的内心越觉得高兴。"最后,他来到高加索山脉的脚下,"辽阔的天空下,它们的轮廓线非常漂亮,各个山峰高耸入云,非常壮观"。他的新生活已经开始了。

在《战争与和平》中,皮埃尔数次过早离开,例如,他放弃富有的年轻贵族的虚假生存方式,追求同样虚假的共济会避难所。他与其他囚徒一起,被人押送着,离开化为焦土的莫斯科,踏上穿越冻土地带的残酷旅程。他的炼狱过程这时才真正开始。与陀思妥耶夫斯基的经历类似,皮埃尔也面对过行刑队的枪口,然后突然获得缓刑。但是,"他对宇宙的正确秩序,对人类、自己的灵魂和上帝的信念已被悉数摧毁"。不久之后,他遇到了普拉东·卡拉塔耶夫,那个"自然的人"。卡拉塔耶夫给了他一块烤土豆。这是一个微不足道的举动,十分随意;但是,皮埃尔借此开始了自己的心路历程,开始了自己的苦行之旅。正如托尔斯泰所强调的,卡拉塔耶夫具有的力量,他对生活——即便在生活显示出很大破坏性时——的默从态度派生于这个事实:不剃自己的络腮胡须(这个象征充满《圣经》联想),"他似乎已经摒弃了一切强加于他的东西——一切带着军旅的印迹、与他格格不入的东西,已经重拾自己以前的农民习惯"。因此,在皮埃尔眼里,他已经成为"俭朴和真实精神的活生生的永恒体现",成为一位新的维吉尔式人物,他将会引导自己走出那座已被烧毁的城市构成的地狱。

托尔斯泰暗示,出现在莫斯科的那场大火已经打破了莫斯科与辽阔乡村之间的障碍。皮埃尔看到,"白霜覆盖在尘土飞扬的草上,覆盖在麻雀山上;河流蜿蜒而过,消失在紫色的远方,两岸的树林上也覆盖着白霜"。皮埃尔听到母牛的叫唤,感觉到"新的快乐和生命的力量,这样的感觉他以前从来没有想到过"。而且,随着他所经历的艰辛逐步加重,这种感觉越发强烈。正如娜塔莎后来评述的,他从囚禁生活中获得了新生,就像经历了一次"道德洗礼"。皮埃尔清除自己身上以前存在的罪恶,发现了托尔斯泰宣扬的根本信条:"有生命就有幸福。"

在《战争与和平》第一版后记中,托尔斯泰再次证实了这种将乡村生活与"美好生活"等同起来的观念。让读者觉得有趣的讽刺之笔是,小说最后有几处提到童山,其中的一处让读者看到,玛丽亚伯爵夫人的孩子们坐在用椅子拼成的马车中,假装他们"正在前往莫斯科的路上"。

在《安娜·卡列尼娜》中,城市与乡村的对比相当突出,是小说的道德结构和技巧结构得以建立起来的轴心。列文获得的整个救赎在这一情节中预示出来。读者看到,在向吉娣求婚失败之后,列文回到了乡间:

> 但是,他到站之后下车,一眼看到独眼车夫伊格纳特;在车

托尔斯泰或陀思妥耶夫斯基

站炉火照射的昏暗光线下,他看见伊格纳特竖起的衣领,旁边是雪橇和马。马尾巴被捆绑起来,挽具上挂着铃铛,装饰着流苏。伊格纳特一边搬运行李,一边告诉他村里的新闻:承包商已经到了,帕瓦产下了牛犊。列文觉得,杂乱的心境慢慢平静,耻辱和不满逐步淡化并一一消退。

在乡村,甚至已经面临解体的安娜与伏伦斯基之间的关系也获得圣洁的田园诗品质。(除了 D. H. 劳伦斯的《白孔雀》[The White Peacock]之外)没有哪一部小说使用这样的语言来细致描写农村生活的现实情景,描写铺满白霜的夜晚牛栏冒出的甜甜的气味,描写狐狸穿过草丛发出的唰唰声。

在创作《复活》的过程中,托尔斯泰身上的教师和先知气质让他的艺术大打折扣。在以前的作品中,平衡感和构思占据支配地位;在《复活》中,它们却让位于作者急于进行修辞性表达的愿望。在这部小说中,这两种生活方式被并置起来,从虚假到救赎的心路历程主题被陈述出来,作者所用语言抽象,味同嚼蜡,仿佛是在撰写论文。不过,《复活》显示,托尔斯泰终于实现了他在最初作品中宣布的那些主题。这部作品中的聂赫留朵夫是早期没有完成的作品《一个地主的早晨》(A Morning of a Landed Proprietor)之中的那个聂赫留朵夫公爵。两部作品相隔 37 年,作家的思想和创作能力出现了巨大变化;但是,《一个地主的早晨》的片段以可以辨识的形式,包含了《复活》中的许多元素。聂赫留朵夫也是另外一篇离奇的短篇小说《卢塞恩》(Lucerne)的主角——托尔斯泰在 1857 年创作了《卢塞恩》。实际上,对托尔斯泰而言,这个角色看来起到了一种自画像的作用,小说家会根据自己阅历的深化充实这幅画像。

此外，在《复活》中，回到土地这一主题被视为一种物质上的关联物，它让灵魂得到重生，被作者以优美的方式呈现出来。在跟随玛丝洛娃到西伯利亚之前，聂赫留朵夫决定视察自己的领地，把庄园出售给那里的农民。在那里，他疲惫的五官感觉恢复了活力，他觉得自己回到了"堕落"之前的状态。阳光照耀在河面上，闪闪发光，小马驹嗅着空气，这样的田园景象增强了聂赫留朵夫的感觉：城市生活的不道德是建筑在不公正基础之上的。其原因在于，根据托尔斯泰的辩证思考，乡村生活使人的精神得到康复，这一点的实现不仅在于乡村具有使人宁静的美丽，而且还在于乡村生活使人视野开阔，看到阶级社会固有的剥削特征和琐碎现实。在《复活》的草稿中，这一点清晰可见：

> 在城市中，我们无法完全理解，为什么裁缝、车夫和面包师要为别人工作。但是，在乡村，我们可以清楚地看到，为什么获得收益分成的佃农在温室和园子里干活，为什么他们收获麦子，脱粒，把劳动果实的一半交给地主。

对托尔斯泰笔下的主人公而言，土地不但起到唤醒的作用，而且让自己得到回报。

我已经比较详细地讨论过这个话题，但是即使如此，我们也难以充分阐述它对理解托尔斯泰作品的重要性，难以充分阐述它对理解我们所谈的一般主题的重要性。在托尔斯泰的作品中，城市生活与农村生活之间的对比渗透到主要归类方式和构思中，渗透到他所用的风格的具体来源中。此外，正是这一元素起到整合作用，将托尔斯泰表现在文学、道德和宗教这三个方面的天才纳入基本的整体之中。早在 1852 年，当初困扰聂赫留朵夫的两难困境也使安德烈公爵、皮埃尔、列文和伊凡·伊里奇感到困扰，使《克莱采奏鸣曲》(The Kreutzer Sonata)的叙事者感到困扰。作者提出的问题——托尔斯泰将它用作一篇论文的标题——总是相同的："我们应该做什么？"(What Then Must We Do?)在此可以说的一点是，画像最后超越了画家，抓住了画家的灵魂。聂赫留朵夫抛弃了自己在尘世的全部家当，借助托尔斯泰的伪装，踏上了最后的心路历程。

　　如果要对托尔斯泰和陀思妥耶夫斯基进行比较研究，城市与乡村之间的两极对立是主要问题之一。为了追求救赎而出走，这一主题是两位大师共有的生活经历和想象活动；从许多方面看，《复活》就是《罪与罚》的后记。但是，在陀思妥耶夫斯基的作品中，我们实际上没有看到作者所说的乐土（一个例外是拉斯柯尔尼科夫短暂一瞥的西伯利亚）。陀思妥耶夫斯基眼中的地狱是出现在 19 世纪与 20 世纪之交的大都市(grosstadt)——现代大城市，更具体地说是"白夜"状态下的彼得堡。作品中描写了起到炼狱作用的出走。在托尔斯泰的笔下，主人公在乡村找到了和谐和优雅；对比之下，陀思妥耶夫斯基笔下的"大罪人"只有在天国才能找到这样的东西。与托尔斯泰的观点恰恰相反，对陀思妥耶夫斯基来说，这样的王国不属于——而且不可能属于——这个世界。我们必须在此语境中认真考虑这个常常被人特别提到的事实：陀思妥耶夫斯基擅长描述城市生活，几乎从未尝试描写农村风景或广袤乡村。

　　在托尔斯泰的小说中，这两个层面的体验是主要特征之一，它使我们得以将荷马与托尔斯泰进行比较，进而获得启迪。在《伊利亚特》和《奥德赛》（我们现在可以精准参考后一部著作）中，视角就像源于线条极深的浮雕。正如埃里希·奥尔巴赫在《摹仿论》(*Mimesis*)中所指出的,在荷马的叙事中,活动显示出同一时期的特征,这带给读者一种叙事"扁平"的感觉。但是,在其表面之下——并且透过表面闪闪发光的——是海洋世界和田园世界的大视野。正是从这样的背景中,荷马史诗获得了暗示深度和情绪的力量。依我所见,只有从这个角度,读者才能理解这个问题:为什么荷马和托尔斯泰作品中的某些场景在结构和效果上具有不可思议的相似性?托马斯·曼认为,列文与农民一起割草的场景具有原型特征,揭示了托尔斯泰的哲学观念和文学技巧。我也有此同感。许多线索在此交织起来:列文如愿返回自己喜欢的生活方式;列文与土地和耕种者之间的没有说出的和谐;列文在与农民共处的过程中验证他的体力,身体的疲惫给心智注入新的活力,将过去的经历以经过净化的、表现宽恕的回忆形式排列起来。用托马斯·曼的话来说,这些都是典型的托尔斯泰式(echt tolstoisch)处理方法。与之类似,在《奥德赛》第十八部的结尾,我们发现一个类似之处:奥德修斯穿着乞丐衣装,坐在自家的炉边,没有被人认出来,所以遭到珀涅罗珀的女仆们的鄙视,遭到欧律马科斯的嘲笑。奥德修斯回答说(这是 T. E. 劳伦斯的译文):

啊,欧律马科斯,要是我们两人能在晚春时来一场比赛该有多好!那时的白天较长,也许,我们可以在草场上比赛。我用一把弯镰,你也用一把弯镰,不吃不喝,比一整天,直到暮色苍茫。也许,我们可以用最好的耕牛犁地,用两头年龄相仿、力量相当、膘肥体壮的耕牛,比一比谁干得更好。那么,你可以看到我脚下笔直的犁沟。

这番话是奥德修斯在面对强夺、深感悲痛的状态下说出来的,唤起了他对20年前自己还未前往特洛伊的那些岁月的回忆。但是,这一段文字产生的令人痛苦的效果也源于读者所了解的情况:那些追求者根本不会再次在暮色中操镰割草了。

请将这两个段落放在一起,比较一下它们的语气,以及它们表达的世界意象。我们可能难以找到与之类似的东西。从这样的比较中,我们可以领会这一理念的强大支撑力量:《战争与和平》和《安娜·卡列尼娜》在某些至关重要的方面具有荷马史诗的特征。

托尔斯泰的作品显示出两个特征,其一是以身体复活或精神复活为目标的旅程主题,其二是两个世界的感觉;人们往往会想到,它们何尝不是这类史诗的典型特征呢?我们由此提出了一个十分有趣但难以解决的问题。从实际和寓言两个方面看,《奥德赛》《埃涅阿斯记》和《神曲》都描写了航程。在许多重要史诗中——最著名的是《失乐园》和《复乐园》(*Paradise Regained*)——我们看到快乐王国的主题,田园理想的主题,以及理想国度亚特兰蒂斯的主题。这些例子种类繁多,难以概括。但是,某种类似航程和分离世界的理念是这一事实存在的理由:当人们想到"史诗小说"这个说法时,最容易想到的是《堂吉诃德》、《天路历程》(*Pilgrim's Progress*)或者《白鲸》。

六

托尔斯泰的小说提出了文学形式理论中的一个古老问题——多重情节或分离中心。在这个问题上,技巧再次将人们的注意力引向作品在形而上学或者至少说哲学层面上的隐含意义。尽管许多批评托尔斯泰的人和恼怒的读者对此表示异议,托尔斯泰小说的双重情节或者三重情节确实是其艺术的基本要素,而不是风格混乱或自我放纵的表现。在1877年写给托尔斯泰的信函中,斯特拉霍夫以鄙视的笔触谈及"这样的批评者……他认为,你应该仅仅展现安娜·卡列尼娜这一个人物,难以理解你为什么要刻画列文这样的角色"。斯特拉霍夫所说的这位批评者可能对这部作品不甚了了,但是托尔斯泰采用这种方式的理由并不像斯特拉霍夫想象的这么清楚。

从一开始,托尔斯泰就试图将《安娜·卡列尼娜》的叙事分量分散在两个主要情节上;我们看到,在他对小说名称的选择过程中,存在着意味深长的双重性。托尔斯泰先后考虑了《两桩婚事》(*Two Marriages*)和《两对伉俪》(*Two Couples*),这两个书名的意思反映在早期草稿中——安娜离婚之后嫁给了伏伦斯基,反映在从两个对比角度探索婚姻性质这个基本目的上。最初,托尔斯泰并不明确知道,应该如何以最佳方式将第二情节与安娜的故事有机结合起来。在最初的构思中,列文(这个角色先后以奥尔登采夫和列宁这两个名字出现)是伏伦斯基的朋友。后来,通过对素材的探究(我们可以在草稿中见到相关的有趣细节),托尔斯泰逐步发现了情景,发现了读者认为具有有机整体性和必然性的情节线索。另外,在创作《安娜·卡列尼娜》的过程中,托尔斯泰还探讨了大众教育问题。有一段时期,写这部小说的工作使他心生反感。

正如燕卜荪和其他批评家已经指出的,双重情节是一种复杂的手法,能够以若干方式产生作用。作家可以用它来概括特定的理念,通过给人反复出现或者具有普遍性的感觉强化某种见解——观众或者读者可能回避这样的见解，认为它只适用于一个超乎寻常的情况。我们在《李尔王》中可以见到这样的情形，剧中使用的双重情节传达了恐惧、淫乱行为和背叛这样的普遍性。它阻止读者在心理上反对李尔面对的命运的独特性。这部戏剧中有些因素显示，莎士比亚对双重情节的处理并非驾轻就熟，但是内心有一种强制性冲动，重复表达自己的令人敬畏的感悟，使自己的主张获得双重强化的效果。

双重情节是艺术家用来表达讽刺的传统手段。莎士比亚的《亨利四世》(Henry IV)说明了这两种用法：它对素材进行概括，以便形成拼图效果，构成整个国家和历史时期的图像；两个主要情节以反讽方式被并置起来；剧中的人物和优点在以不同角度放置的两面镜子中反映出来；英雄主义出现在舒兹伯利与盖兹山这两个场景之间。

此外，双重情节或者多重情节有助于强化场景气氛，有助于再现现实的盘根错节的复杂性。在《尤利西斯》中，读者看到一个深奥、微妙的例子：对叙事焦点和意识的划分传达出现代大都会一天之内出现的生活的密集性和多样性。

在《安娜·卡列尼娜》中，双重情节在各个方面发挥作用。这部小说是一部深入探讨婚姻生理学（Physiologie du mariage）的著作，其力度超过了巴尔扎克的作品。托尔斯泰处理题材的权威性源于这一事实：他分别描写了三桩婚姻；假如他像巴尔扎克那样，仅仅详细讨论一个家庭的婚姻，所提论点的成熟性就会大打折扣。《安娜·卡列尼娜》阐述了托尔斯泰关于教育的某些理论；斯特拉霍夫使他确信，即便最开明的教师也会发现，涉及安娜儿子的那些章节展示了"教育理论的重要提示"。多重情节使这部小说得以承载论战和抽象化的重负。相比之下，狄更斯的某些"标题"小说给人卖弄辞藻、平淡无味的印象，

第二章

正是因为这些作品的虚构部分受到太多限制，就无法吸收社会论战的精华，无法对它们进行戏剧化处理。

安娜和伏伦斯基、吉娣和列文这两对夫妇之间的矛盾是托尔斯泰传达意义所借助的主要手段。两对夫妇之间的对比，两个故事的并置，这两个因素浓缩了作品的道德观。这里采用了贺加斯[1]式平行展现的版画手法，对比了有道德的婚姻与放肆不羁的婚姻或职业生涯。但是，作家以更加微妙的方式控制了明暗之间的比例：安娜高尚的心灵是不可破坏的；在小说结尾，列文走上了一条非常艰难的道路。这正是讽刺与反讽之间的区别。托尔斯泰并非意在讽刺；与之相比，正如《布瓦尔和佩库歇》所显示的，福楼拜几乎止步于此。

再则，双重情节——或者多重情节——的第三个作用是，通过使作品构思复杂密实、参差不齐，从而提示作品的真实性，这一点在托尔斯泰小说中达到的效果最为突出。人们常常说，与狄更斯、巴尔扎克或者陀思妥耶夫斯基相比，托尔斯泰是一位更具"古典特征"的作家。其原因在于，托尔斯泰并不像前三位那样，依赖情节机制，依赖意外邂逅，依赖丢失的信件或者突然降临的暴风雨。在托尔斯泰小说的叙事中，事件顺理成章地出现，并不借助19世纪其他小说作者坦然依赖的那类巧合。不过，这种说法仅仅在某种程度上是正确的。与陀思妥耶夫斯基或者狄更斯相比，托尔斯泰受到当时流行的情节剧技巧的影响要小许多。与巴尔扎克或者亨利·詹姆斯相比，在托尔斯泰的故事中，复杂性所起的作用在一定程度上要小一些。可是，就情节而言，事实上托尔斯泰作品中的未知和偶然因素与其他作者笔下的不相

---

[1] 威廉·贺加斯（1697—1764），英国画家和雕刻家。——译注

上下。与大仲马或者欧仁·苏类似，托尔斯泰也往往喜欢使用不大可能出现的偶然事件来编造重大场景。在《战争与和平》和《安娜·卡列尼娜》这两部作品中，偶然邂逅、及时出走和牵强巧合起到了重要作用。整部《复活》全都基于纯粹的偶然因素——聂赫留朵夫认出了玛丝洛娃，他碰巧成为玛丝洛娃一案的陪审团成员。在1877年秋季，圣彼得堡有一个名叫A. F.孔尼的官员给托尔斯泰讲述了这件事情，不幸的女主角名叫罗莎莉·奥尼。尽管如此，"确有其事"这一事实并不改变这部小说带有的奇异荒谬和情节剧性质。

托尔斯泰使用了詹姆斯所说的小说手段（ficelle），这见于主要情景，见于情节的插曲时段。安德烈公爵在暴风雨中突然重新现身童山，此时他妻子正在分娩；他与娜塔莎在莫斯科大撤退中重逢；罗斯托夫碰巧去了博古恰罗沃，结果遇到了玛丽亚公爵小姐；当着安娜和她丈夫的面，伏伦斯基跌了一跤。这些情节都略显牵强附会，类似于二三流作家使用的活动天窗或者偷听到的谈话这类手法。那么，两者之间的差别是什么？托尔斯泰的叙事手法是否给人内在协调一致的自然感觉呢？这个问题的答案在于多重情节的效果，在于托尔斯泰刻意回避形式简洁性这一做法。

在《战争与和平》和《安娜·卡列尼娜》中存在着许多叙事线索，它们常常互相交织，形成一张密集的筛网。在这样的结构中，小说必须使用的偶然巧合和人为设计都会失去棱角，最后被视为可能出现的东西。关于太阳系起源的某些理论假定，太空中的物质具有"必然密度"，从而使创造性碰撞成为可能。托尔斯泰使用的分离情节产生了这样的密度，小说家借助它表达了令人惊叹不已的生活幻觉和处于不断摩擦状态之中的现实幻觉。因此，托尔斯泰的小说情节跌宕起伏，各色人物出现在变化多端的情景中,而且时间跨度非常大。他们肯定会偶然相遇,会相互作用,会经历那些在现实中不大可能出现的碰撞。如果这样的事情出现在其他艺术媒介中,受众可能觉得难以接受。

在《战争与和平》中,读者可以看到几十处偶然冲突。它们肯定是小说家使用的情节构成方法的组成部分,但是托尔斯泰的"太空"中不乏生活的真实,读者可以接受它们。例如,在恐慌中逃离博罗金诺时,皮埃尔来到跨越科洛恰河的大桥上,愤怒的士兵命令他不要进入交火区域:"皮埃尔跑向右侧,出人意料地遇到了拉耶夫斯基手下他认识的一名副官。"读者接受这一事实的原因在于,读者已经与皮埃尔相处了很长时间,在许多场合都见过皮埃尔,觉得自己在小说前面的章节中见过这名副官。不久,安德烈公爵受伤,被送到手术帐篷中,旁边的一名男子接受了腿部截肢手术,他正是阿纳托利·库拉金。有人可能会提出质疑,在整个后防线上,当时有成千上万人涌进帐篷,接受手术,怎么就这么凑巧呢?托尔斯泰把这种不可能性转化为叙事的某种元素,这既是故事发展必不可少的组成部分,本身又具有令人信服的地方:

"对,是他。没错,不知何故,我遭遇痛苦时总是看到他。"安德烈公爵心里说,尚未完全理解出现在自己眼前的情景。"这个人与我的童年,与我的生活究竟有什么联系?"他问自己,却没有找到答案。突然,他的脑海里冒出一段全新的、出人意料的回忆,它来自充满爱意的纯真童年王国。他想起了与娜塔莎在1810年那次舞会上初次见面的情形……他想起了自己与这名男子之间的联系。这名男子两眼肿胀,泪珠滚落,注视着自己。那时的情景——浮现出来，他心里非常高兴，不禁涌起对这名男子的无限怜悯和爱意。

在安德烈公爵的脑海里逐渐出现了一个回忆过程，这在读者的脑海里引起类似的反响。这里提到和娜塔莎初次参加舞会的情景，将读者带到小说的前面部分，把各种各样的主题汇入一种协调一致的记忆之中。首先进入安德烈公爵的意识的联想不是库拉金所干的坏事，而是娜塔莎的美貌。这一回忆让安德烈公爵感动不已，因此产生了对库拉金的爱怜之意，产生了对上帝之道的认识，并获得了自己内心的平静。

这种心理层面的描述具有很大说服力和重要意义，它让读者忘记了小说实际情景带有的不大可能出现的情节剧特征。

在托尔斯泰的小说中，情节平行发展，互相交织，形成筛网结构，这就需要刻画众多人物，有的人物所起的作用肯定是次要的，出现的时间是短暂的。然而，即使最微不足道的角色也不乏明显的人性特征。读者难以完全忘记《战争与和平》中的任何一个人物，甚至地位最卑微的仆人也不例外。谁能忘记玛丽亚·德米特里耶芙娜的"大个子男仆"加布里埃尔？谁能忘记老米哈伊尔？谁能忘记普罗科菲耶夫——那个"力大无比，能够从后面举起马车"的人？谁能忘记那个在尼古拉·罗斯托夫战后回家时坐在大厅里做拖鞋的人？在作品中，托尔斯泰从来不会以匿名或者孤立的方式提及任何角色。角色无论大小，全都拥有历史的崇高性。在为巴格拉季昂准备宴席的过程中，伊利亚·罗斯托夫伯爵说："去看一看拉斯古尔亚——伊帕特卡认识的那个车夫——然后找吉卜赛人伊柳什卡。在沃洛夫伯爵举行的舞会上，那个人穿着白色哥萨克式上衣跳舞,你记得吗?"如果这个句子没有提及伊柳什卡,就会失去托尔斯泰特有的那种笔触——这里提到的那个吉卜赛人仅仅在小说中以间接方式出现,而且是轻轻地一笔带过。但是,这个角色在作品中也拥有完整的生命,读者意识到,他穿着白色哥萨克式上衣在其他舞会上露过面。

给予小角色专有名称,对他们在小说中露面之前的生活有所介绍,这种技巧看似非常简单,取得的效果却不可小觑。托尔斯泰的艺术富于人文主义特征,它没有把人变为动物,变为寓言、讽刺、喜剧或者自然主义小说为了实现自身目的而提及的呆滞对象。托尔斯泰尊重人的完整性,不愿让它沦为纯粹的工具,甚至在虚构中也是如此。普鲁斯特采用的方式提供了一个具有启迪性的对比:在普鲁斯特的世界中,小人物常常无名无姓,他们在字面和隐喻两个层面上都被用作工具。例如,在《女逃亡者》(*Albertine disparue*)中,叙事者召了两名洗衣女工进入妓院(maison de passe),要她们做爱,详细观察她们的每个反应,以便以想象方式重现女同性恋者阿尔贝蒂娜过去的生活。据我所知,在现代文学中很少有这种残酷无情的例子。但是,令人觉得恐怖的不是在于两个姑娘的反应,而是在于叙事者表现出来的窥淫癖(voyeurisme),这体现在让两个妇女无名无姓的方式上,体现在让她们变为被剥夺了隐私和内在价值的玩物的做法上。这部小说的叙事者非常冷漠。他评论说,这两个东西"无法——顺便说一句——为我提供任何信息;她们并不知道阿尔贝蒂娜是谁"。托尔斯泰不可能写出这样的句子,这一点足以凸显他的高明之处。

从根本上讲,托尔斯泰采用的方式更加具有说服力。读者相信并且乐意看到活生生的伊利亚·罗斯托夫伯爵、他的车夫、沃洛夫伯爵和吉卜赛舞者伊柳什卡。与之相比，《女逃亡者》中的两名洗衣女工显得空洞，人格遭到贬低，作者用令人恐怖的冷漠笔触影响了整个场景。读者面临被带入发笑状态或者怀疑状态的危险中。与《圣经》里的亚当类似，托尔斯泰对见到的东西——命名，他的想象力不可能让它们死气沉沉，它们在读者眼中是鲜活的。

托尔斯泰的小说表现了活力，这一点不仅是通过各种情节相互交织的密实结构来实现的，而且还在于作者并不刻意追求结构修饰和简洁的做法。在托尔斯泰的主要作品中，"结尾"方式自有独到之处，与《傲慢与偏见》(*Pride and Prejudice*)、《荒凉山庄》或者《包法利夫人》迥然不同。我们不应将它视为一根慢慢散开的线条，而应看作一条奔腾向前、消失在我们视线之外的河流。托尔斯泰是小说作者之中的智者赫拉克利特。

《安娜·卡列尼娜》应以什么方式结尾呢？这个问题让托尔斯泰的同时代人深感兴趣。这部小说最早的提纲和草稿说明，在安娜自杀之后，作者本来还要写类似后记的东西。但是，当托尔斯泰完成小说第七部时，俄土战争于1877年4月爆发，这给予作者灵感，让他写出了读者现在看到的小说结尾。在初稿中，第八部不仅严厉谴责了俄国在那次战争中的态度、慷慨给予塞尔维亚人和黑山人的虚假感伤言行，而且谴责了独裁统治政权旨在提高战争热情而散布的谎言以及富人捐资购买子弹或者把人送到大肆吹嘘的事业中屠杀他人的假基督教精神。托尔斯泰将这种时代潮流（陀思妥耶夫斯基强烈鄙视这种潮流）编织进了他的小说。

读者再次在一个火车站台上见到伏伦斯基，但是他这次正要奔赴前线。列文正在他的庄园里痛苦探索，寻觅走向新生（vita nuova）之

第二章

路,对生活有了新的理解。于是,小说的争论主题和心理主题发生碰撞。列文、科兹内舍夫和卡塔瓦索夫三人就时事进行了争论。列文阐述了托尔斯泰的论点:战争是一种骗局,是独裁统治者强加在无知民众头上的东西。就辩论而言,他弟弟的演说技巧稍胜一筹。这只不过使他确信,他必须找到自己的道德准则,寻求自己的心路历程,不去理会他可能在知识阶层和上流社会人士中引起的讥讽和嘲笑。这时,暴风雨就要来临,列文和他的客人们急忙往家里跑去。暴风雨开始了,列文发现吉娣和她的儿子还在室外。("偶发事件,"巴尔扎克说,"是世上最高明的小说家。")他冲了出去,发现母子俩在酸橙树下躲避,平安无事。恐惧和宽慰让他从诡辩式争论中解脱出来,重归自然和家人关爱的世界。这部小说在田园牧歌的氛围中结束,使人茅塞顿开,初见启示。但这仅仅是开始而已,其原因在于,对列文在凝视平静的夜色过程中给自己提出的问题,列文或者托尔斯泰那时都不知道适当的答案。与歌德的《浮士德》的结尾类似,在《安娜·卡列尼娜》中,救赎全在于个人进行的尝试。

当时,《安娜·卡列尼娜》第八部的反战言论给人们留下了非常强烈的印象。尽管托尔斯泰在后来的两个版本中淡化了初稿中的反战色彩,卡特科夫还是拒绝在连载该小说的《俄罗斯信使》(*Russian Messenger*)上刊发它们。结果,他仅仅写了一则简略的编者手记介绍故事情节。

在小说中,有两个情节表达了托尔斯泰的和平主义观点,一个是关于"绅士志愿者"的表述,另一个是在庄园中进行的上述争论,它们是作者对沙皇统治进行批判的较早见解,一直引起人们的较大兴趣。不过,更有意思的是,小说最后几章给读者带来启迪,帮助人们理解小说整体的结构。将宏大的整体主题引入私人生活圈子的做法——司 104

汤达将它称为"音乐会上射出的子弹"——并不仅仅用在《安娜·卡列尼娜》这一部作品之中，类似的例子还有《娜娜》的结尾，以及《魔山》(The Magic Mountain)的后记。读者在《魔山》中发现，汉斯·卡斯托普出现在西线战场。值得注意的是这一事实：当托尔斯泰创作这部小说的结尾时，该作品的八分之七已经写就并且刊登出来了。某些批评家认为这样做肯定是败笔，觉得《安娜·卡列尼娜》的最后一部表明，作为改良者和小册子撰写人的托尔斯泰战胜了作为艺术家的托尔斯泰。

我认为，情况并非如此。想象出来的角色是否具有活力？角色是否超越作品，超越其创作者的道德观，在外部世界以神秘方式获得自己的生命？对这一点的最严格的检测在于，角色能否随着时间的变化不断成长，在变化的场景中保留自身协调一致的个性特征。如果我们将奥德修斯放在但丁笔下的地狱，或者放在乔伊斯笔下的都柏林，我们将会看到，尽管奥德修斯脱离了我们称为神话的对文明的想象活动和回忆，他依旧保持自己原来的基本性格。作家是如何将这种生命力的萌芽植入所创造的人物的？这是一个谜。但是，伏伦斯基和列文显然具有这种生命力。他们既属于所在的时代，又超越所在的时代。

伏伦斯基走向战场，这是某种英雄主义和自我牺牲行为。但是，它表达了托尔斯泰对俄土战争的观点。伏伦斯基的行为给读者留下的印象是，这是又一个冲动之举，本质上是欠缺思考的。这种屈服于内心冲动的行为正是小说展现的主要悲剧。对列文来说，那场战争是促使他进行自我审视的刺激物之一，推动他明确地抛弃流行的道德准则，从而为接受托尔斯泰式基督教做好准备。

由此可见，《安娜·卡列尼娜》的第八部带有事先没有预谋的争论和论战意图,并不是依附于小说主要结构的附件。它扩展和厘清了小说的主要结构。小说中的人物对这种新氛围做出回应,他们的做法类似于人们面对"真实生活"中环境变化时所采用的方式。在托尔斯泰的大厦中有许许多多宅第,在这些宅第中同样可以见到作为小说家和说教者的托尔斯泰的身影。出现这种现象的唯一原因是,托尔斯泰不断巩固自己的至上地位,并不理会形式特征更强的构思准则。他并没有尝试去获得彻底的对称性,而这样的对称性以奇妙的方式贯穿于亨利·詹姆斯的《专使》,贯穿于具有自行闭合特征的《包法利夫人》——在这样的对称性中,任何添加或删减都会起到损毁作用。托尔斯泰完全可以写出《安娜·卡列尼娜》的第九部,描述伏伦斯基如何努力寻找,以便为婚姻赎罪,或者描述列文如何开始自己的新生活。实际上,从情节上看,托尔斯泰在1878年秋天动笔写作的《忏悔录》(*Confession*)正是从《安娜·卡列尼娜》的结尾开始的,或者更准确地说,正是从《安娜·卡列尼娜》的中断处开始的。

《复活》的最后一段是更明确的例子,它很好地显示了托尔斯泰小说所欠缺的大幕闭合。这样做所获得的效果是提供一种具有生命力的延续性,单独叙事标记出一个短暂、人为的切片:

> 对聂赫留朵夫来说,那个夜晚是新的存在的开始。这并不是因为他采纳了不同的生活方式,而是因为从那之后,他遇到的一切对他来说具有完全不同的意义。未来会显示,他生活之中的这个新阶段将如何结束。

托尔斯泰在1899年12月16日写下了这些文字。不久,他开始撰写《我们时代的奴隶制》(The Slavery of Our Times)。从非常真实的意义上说,聂赫留朵夫的故事得以延续。

在创作《战争与和平》的过程中,托尔斯泰不断改变构思、重点和意图,这一点已经广为人知。法国学者皮埃尔·帕斯卡是这样评价这部作品的:

> 它首先是一部构筑在战争框架之内的家庭小说,其次是一部历史小说,最后是一首具有哲学倾向的诗歌。这部作品首先描绘了贵族的生活,然后展现了一部民族史诗。它在长达四至五年的时间中以连载形式刊载,作者在其间进行了多次微调和重大改动,然而并不十分确定这样的重大改动是否必要。后来,作品恢复了原稿的风貌,但是却没有小说家的直接参与。总的说来,这部作品其实没有完成。[1]

无论从是否为最终版本,还是从是否详尽无遗地论述主题的角度看,这部作品都没有完成。这部作品有两个内容丰富的后记和一个附录,这一点给人的印象是,托尔斯泰的创作能量非常巨大,甚至《战争与和平》这样的鸿篇巨制也不足以包容它们。他在附录中宣称:"这不是小说,甚至不是诗歌,更不是编年史。《战争与和平》是作者希望看到的东西,能够以它现有的形式进行表达。如果它是作者预先假定的,如果没有这样的先例,这种宣言可能漠视了艺术创作的传统手法形式,可能显得冒昧。"据此,托尔斯泰列举了《死魂灵》和《死屋手

---

[1]《〈战争与和平〉序》(H. 蒙古尔特译, 巴黎七星出版社, 1944 年)。

记》(House of the Dead)，将它们作为无法被严格划归为小说的例子。托尔斯泰认为，果戈理的作品仅仅作为片段留存于世，陀思妥耶夫斯基的作品其实是自传。尽管他提供的辩词稍欠诚实，他提出的断言却显然是有道理的。《战争与和平》具有经久不衰的神奇魅力，这一点主要在于作品具有的宏大规模，在于它"漠视艺术创作的传统手法形式"。它包括一组小说、一本历史著作、一种教条式哲学、一本关于战争性质的专著。最后，想象生活形成的压力释放出来，素材的活力得以展现，它们的强大力量使《战争与和平》这部作品得以扩展，形成作为一部新小说开头的第一则后记，形成旨在构成托尔斯泰的历史哲学的第二则后记，形成读来就像自传序言的附录。

  这些后记在托尔斯泰的小说创作实践中起到什么作用？对这个问题的探讨尚嫌不足。以赛亚·伯林以精彩的语言指出，托尔斯泰在第二则后记中思考了历史必然性的原因和意义。他谈到了托尔斯泰的文学观与哲学体系之间的内在矛盾，对理解这部作品的整体架构提供了具有启迪意义的洞见。在描写战争场面时，托尔斯泰采用了"马赛克"技巧，借助细节的碎片形成整体构图，其做法与这一信念保持一致：军事行动是单个动作累积而成的东西，这种集合体无法量度、无法控制。此外，我们还看到，这部小说如何以直接的方式，被构思为对官方历史记载的一种反驳。

  然而，我在这里直接关注的东西与此不同。《战争与和平》看似结构松散，更准确地说，看似缺乏肯定的结尾，但这种做法以强有力的方式，有利于读者形成这一感觉：自己看到的这本书尽管是虚构的，但确实体现了丰富的生活，它像最强烈的个人经历一样，逐步形成自己的回忆。从这个角度看，第一篇后记所起的作用最为重要。

托尔斯泰或陀思妥耶夫斯基

许多读者已经发现,这一篇后记令人沮丧,甚至使人反感。它的最初几章是关于拿破仑时代的历史性质的论文。实际使用的"7 年已经过去了"这个句子可能是后来添加的,其目的旨在将历史分析与小说中的事件联系起来。托尔斯泰一直希望在《战争与和平》的结尾明确表达他对"欧洲人大规模从西到东然后从东到西的迁徙"的看法,表达他对历史哲学领域中"偶发事件"和"天才"所起作用的看法。但是,在第四章之后,他中断了这一做法,恢复了虚构性叙事。关于正史的论点放到了第二篇后记之中。这是为什么呢?是否出于某种追求逼真性的冲动?是否出于在文学人物生活中发挥时间作用的愿望?托尔斯泰是否不愿意与他创作的人物分开,不愿意与对他的精神产生巨大吸引力的角色分开?对于这些问题,我们只能猜测。1869 年 5 月,托尔斯泰在写给诗人费特的信件中提到,《战争与和平》的后记并不是"信手拈来的杜撰",而是"自己的肺腑之言"。我们可以证明的一点是,他在后记中倾注了大量精力,花费了大量思考。这些局部意义上的结尾起到了很好的效果,类似于贝多芬交响音乐作品中较长的乐章结尾部,是针对沉寂的反抗之举。

在这部小说的主要部分的结尾处,响起了复活的音符,甚至莫斯科大火之后的废墟也因为"美丽"而让皮埃尔感动不已。车夫、"正在建造新居的木匠"、店铺老板,还有沿街叫卖的小贩,他们"全都打量着他,闪着愉快的目光"。在结尾处,娜塔莎与玛丽亚公爵小姐两人之间有一段近乎完美的对话,谈到了小说情节发展已经清楚预示的两桩婚姻。"想一想吧,我将成为他［皮埃尔］的妻子,你将嫁给尼古拉,这是多么令人开心的事情!"娜塔莎兴奋地大声说,显得非常高兴。

然而,在第一篇后记中,"空气中的欢快气氛荡然无存"。1813 年春天的那种快适感和氛围完全消失。第五章开门见山地定下了基调:"在老罗斯托夫家中,1813年举行的娜塔莎和别祖霍夫的婚礼是最后一件令人高兴的事情。"老伯爵撒手人寰,留下了巨大债务,总值接近他的所有财产的两倍。出于子女对父亲的虔诚,出于家庭的荣誉感,尼古拉承担了这一重负。"他没有什么指望,没有什么希望,内心深处感受到令人沮丧的极端不满,对自己面临的职责表现出绝不让步的忍受态度。"这种冷峻的正直带有不宽容和自负的色彩,凸显了尼古拉的性格,甚至在他与玛丽亚公爵小姐结婚,通过辛劳付出重获财富之后也依然不变。

1820年,罗斯托夫和别祖霍夫这两家人相聚童山。娜塔莎"越发肥胖,越发壮实","脸上很少显露出原来的恩怨"。而且,"除了衣冠不整和不修边幅……这些老缺陷之外,她还养成了吝啬的毛病"。她的嫉妒感非常强烈,在问及皮埃尔的圣彼得堡之行时,记起了那场破坏蜜月旅行的争吵。托尔斯泰写道:"她的两眼冒出冷冷的目光,一副想要报复的样子。"当读者最后一次见到娜塔莎时,"她两眼中闪现过一丝疑问,脸上显露出友好但又带有无赖气息的表情"。托尔斯泰的批判态度严酷无情,他笔下的每个角色逐一受到鞭笞。读者看到,女伯爵已经衰老不堪:"她面孔枯萎,上嘴唇耷拉着,两眼昏暗无神。"她已是一个可怜巴巴的老太婆,高声说话时"像小孩一样,不得不擤一下鼻涕"。索尼娅坐在那里,"身体疲倦,呆呆地望着俄国式茶壶",打发枯燥无味的时光,不时引起玛丽亚公爵小姐的嫉妒之火,这让尼古拉想起过去的无辜者。

最令人感到悲哀的变化出现在皮埃尔身上。他和娜塔莎结婚之后经历了重大变化,生活状态既说不上丰富,也说不上奇怪:

> 皮埃尔的屈从在于这一事实：他不仅不敢与任何别的女人调情，甚至不敢笑着和任何别的女人说话。他不敢闲暇时在俱乐部用餐，不敢心血来潮地随意花钱。除了正事之外，他也不敢离家过久——他妻子尽管对他的思想追求完全不懂，却觉得非常重要，所以将它放在正事之列。

这样的描写可能出自巴尔扎克对婚姻生理学进行的更严峻、更玩世不恭的探究。皮埃尔充满热情，无拘无束，始终保持年轻人的状态，娜塔莎对此无法理解，这就是悲剧。她因此受到两人之间关系固有的琐碎性的惩罚，也受到专制家庭生活的惩罚。皮埃尔屈从于她提出的要求："他生活的每一分钟"都应该属于她，应该属于家庭。托尔斯泰以入木三分的方式告诉读者，她提出的严格要求使他感到满意。这就是在普拉东·卡拉塔耶夫的引导下度过 1812 年的地狱般生活的那个皮埃尔。

托尔斯泰采用过分诚实的手法，给读者心目中的角色形象涂上一层阴影。这样做获得的效果几乎是令人感到恐怖的，它类似于西班牙的那些祭坛装饰品（retablo），通过一点一点地分解，展示出人物从辉煌变为尘土的每个细节。在这十一章中，小说家的幻想面对个人的记忆，面对改良者的信仰，节节退却。这里的叙事读起来就像托尔斯泰在 1902—1908 年写就的《回忆录》（*Recollections*）的初稿。尼古拉·罗斯托夫接受了伊利亚伯爵的债务，这一情节类似在托尔斯泰父亲生活中出现的情况。托尔斯泰的父亲也面对"习惯于奢侈生活的年迈母亲，面对妹妹和一个亲戚"度过了艰难的岁月。托尔斯泰在传记中谈到了祖父：他"坐在长沙发椅上，玩着扑克牌，不时拿起黄金鼻烟盒嗅一嗅"。在这篇后记的第十三章中,扑克牌和"盖子上画着伯爵肖像的"鼻烟盒重新出现。孩子们在童山所玩的游戏让读者直接想起在亚斯纳亚·波良纳庄园里所玩的"旅行者游戏"。在《战争与和平》的正文中,托尔斯泰以富于创新的优美手法利用了自己的家史;在第一篇后记中,托尔斯泰向家庭表示敬意。

再则,与托尔斯泰创作的其他所有小说类似,理论元素也发挥了作用。在对尼古拉管理童山的叙述中,在玛丽亚公爵小姐的日记中,在对皮埃尔和娜塔莎婚姻的描述中,托尔斯泰将关于农业经营学、教育学和良好夫妻关系的论题进行了戏剧化处理。因此,读者发现,他从意义不明确的角度审视了新的娜塔莎。他以诗人具有的严厉讽刺口吻,特别提到她对人吝啬,不修边幅,爱发牢骚,嫉妒心强;但是,小说通过这个人物宣扬了托尔斯泰的基本信条。读者将会赞同娜塔莎完全漠视优雅和文雅(galanteries)的做法,而上层社会中循规蹈矩的妇女常常将这样的东西带入婚姻生活。读者赞同她严守的一夫一妻的标准,赞同她专心关注育儿和家庭生活细节的做法。托尔斯泰宣称:"如果婚姻的目的是家庭,希望拥有许多妻子或者丈夫的人也许可能得到许多乐趣,但是却不会得到家庭。"这篇后记之中的娜塔莎具体体现了这个信念,对童山的整个描写是美好的家庭生活情景的研究之一。在《安娜·卡列尼娜》和后来的许多著述中,托尔斯泰详述了这样的美好生活。

但是,第一篇后记中带有自传和道德准则的元素,尽管它们解释了后记的特征,却无法说明这一特征的存在,无法说明它带来的整个结果。在这种结果背后,存在着以形式作为代价、对真实性的刻意追求。《战争与和平》的两篇后记和附录表达了托尔斯泰的这一信念:生活是连续和破碎的,处于不断更新的状态之中;落幕或者结束的传统手法以干净利落的方式使所有线索得以解开,但这种做法与现实不符。第一篇后记模仿了时间创伤。只有在童话故事的结尾,才会出现想象的永恒青春和永恒激情。通过模糊读者对皮埃尔和娜塔莎的清晰回忆,通过让读者身临其境地感受在童山中出现的"连续的日常生活"的气息和单调乏味,托尔斯泰生动地展现了他倡导的现实主义。从根本上看,有的小说完全服从对称准则和起到控制作用的维度。人物的行为以规整的方式结束。例如,《名利场》的最后一个段落——当萨克雷将他的木偶放回箱子时——实现的就是这样的构思。出于不可避免的原因,戏剧家必须采用形式上的结束方式,必须告诉观众,"我的故事现在结束了"。但是,托尔斯泰并不这样做。他笔下的人物会变老,变得忧郁,随后的日子过得并不开心。他心里显然清楚,即使篇幅最长的小说也有最后一章;不过,他在必然性中看到了一种扭曲,于是试图淡化这一点,采用的方式是在结尾引出下一部作品的序曲。在每一幅图画的画面之内,在每一尊塑像的静态之中,在每一本书的封面里,都存在着某种挫败,体现了对这一观念的承认态度:在模仿生活的过程中,我们将生活打成碎片。但是,在托尔斯泰的作品中,我们对这一事实的意识并不那么强烈,也许,其他任何小说家都不能给读者这样的感觉。

在《战争与和平》的最后章节中,我们可以追寻《安娜·卡列尼娜》的开头。尼古拉在童山的生活,他与玛丽亚公爵小姐的关系,这两个方面元素形成最初的速写,后来发展成列文和吉娣的肖像。将要出现的主题已经有了粗线条的注释:玛丽亚公爵小姐困惑不解,不知道尼古拉为什么如此"充满活力,如此高兴。他天一亮就起床,上午要么待在田里,要么待在打谷场上。他播种或者割草之后,才回来和她一起喝茶"。此外,托尔斯泰特意抹去了年龄较大者身上的新鲜感,所以读者在第一篇后记中见到的那些孩子给人耳目一新的感觉。尼古拉 3 岁大的女儿娜塔莎是读者曾经看到的那个娜塔莎的再生。她长着一双黑色的眼睛,性格活泼,步履轻快。还出现了灵魂转世;10 年之后,第二个娜塔莎将会带着《战争与和平》的女主角特有的光焰四射的狂热,进入男人们的生活之中。同理,尼古拉·博尔孔斯基也是一个让新小说获得力量的角色。读者看到,他难以处理与尼古拉·罗斯托夫的关系,看到他对皮埃尔的关爱。通过他,安德烈公爵重新进入小说中,正是年轻的尼古拉让小说看来出现了结尾。

在一个场景中,罗斯托夫、皮埃尔和丹尼索夫就政治问题进行了争吵,这类似于《安娜·卡列尼娜》最后一节描写的那场火药味十足的争论。但是,从主题角度上看,这一插曲就像一座桥梁,跨越托尔斯泰作品中的一个漫长时段。这一插曲暗指了十二月党人起义,在动笔创作《战争与和平》之前,托尔斯泰已经打算写一部关于十二月党人起义的长篇小说。不过,我猜想,这一章体现了托尔斯泰创作关于彼得大帝时代的历史政治小说的最初冲动。1869 年,《战争与和平》的创作结束;1873 年,《安娜·卡列尼娜》的创作开始;在其间的 4 年中,托尔斯泰一直在构思那部小说。

由此可见,我们可以从两个方面来考虑这一后记。它以辛辣的笔触描述了罗斯托夫和别祖霍夫两人的婚姻,这表达了托尔斯泰几乎病态的现实主义,表达了他对时间进程的关注,表达了他对法国人称为文学(de la littérature)的叙事优美和含糊其词所持的讨厌态度。但是,第一篇后记也宣扬了托尔斯泰的这一信念:叙事形式必须努力与实际经验的有限性——实际上与未完成性——进行竞争。在《战争与和平》

最后的虚构部分中,最后一个句子是不完整的。想到已经死去的父亲,尼古拉·博尔孔斯基告诉自己:"对,我将有所作为,甚至会让他觉得满意……"这里的省略号非常贴切。一部能够充分反映现实的流动和多样性的小说不可能以句号结束。

俄国文学史家普林斯·米尔斯基评述说,在这一点上,《战争与和平》与《伊利亚特》的比较给人启迪。其原因在于,与史诗中的情况类似,在这部小说中,"没有什么是完成的,生活的溪流继续向前"。所以,讨论荷马史诗的"结尾"是一件非常困难的事情。[1] 古希腊天文学家阿里斯塔克斯坚持认为,《奥德赛》在二十三卷的第 296 行结束;许多现代学者一致认为,其余的诗行在一定程度上是后人妄自添加的。与之类似,关于我们现在看到的《伊利亚特》的结尾,也有许多人表示怀疑。本人才疏学浅,不便卷入这些具有高度技术性的争论;但是,作品的情节没有完成,由此引起的某些隐含意义和效果显而易见。卢卡奇如是说:

> 荷马史诗采用了"从中间开始"的方式,采用了"非结束性"的结尾,促成这种做法的是真正史诗气质的淡定,其目的在于形成组织结构;性质相异的材料带来的侵扰不会损害〔真正史诗具有的〕平衡性。其原因在于,在史诗中,一切皆有各自的生命,都会依据自身的整体意义创造各自的适当"终点"和完整性。[2]

---

[1] 关于这个争论不休的问题,最清晰的讨论之一可见德尼斯·佩奇,《荷马式奥德赛》(*The Homeric Odyssey*,牛津,1955 年)。

[2] 格奥尔格·卢卡奇,见前面引用的书中。

这种不完整在读者的头脑中回响，形成一种从作品向外运动的能量感。正如 E. M. 福斯特在讨论《战争与和平》时准确指出的，这种能量感形成的结果具有音乐性："这部作品如此凌乱。然而，在阅读过程中，难道我们没有听到伟大的和音在自己身后响起吗？读完之后，难道我们没有发现，每个字句——甚至包括所用策略构成的目录——指向很大范围的存在，超越了当时的历史条件？"[1]

很可能的情况是，《奥德赛》中最神秘的是这一段落：读者在此知道，奥德修斯命中注定，必须完成前往一个内陆国度的航程，那里的人们对大海一无所知，从来没有尝过海盐的味道。占卜者忒瑞西阿斯谈到死亡，从而预示了最后这一艘大船。奥德修斯在与珀涅罗珀团圆之后不久，甚至在他们同床共寝之前，就向她透露了这一点。有的论者认为，从文本角度看，这一透露是后人伪造的；有的认为，它包含明显的证据，说明了 T. E. 劳伦斯的指摘：奥德修斯的自大狂性格既缺乏想象力，又非常冷酷。依我所见，这个例子显示了荷马那种默从命运的典型性格，它显示出作者甚至在极度悲怆的时刻，也控制着诗歌的感悟水平。这一主题本身具有古老魔法的味道。迄今为止，学者们尚不能阐明其来源和准确意义。加布里埃尔·热尔曼提出，荷马式主题体现了一个关于超自然内陆王国的亚洲神话的记忆。但是，无论它的起源是什么，无论它在诗歌的整个结构中的准确位置是什么，这一段落形成的影响是清楚明白的。它将奥德修斯的宫殿大门朝着图上没有标明的大海敞开，将诗歌的结尾从童话故事的结尾转变为英雄传奇的结尾，而读者仅仅听到这一英雄传奇的一个部分。与之类似，在贝

---

[1] E. M. 福斯特，《小说面面观》(*Aspects of Novel*，纽约，1950 年)。

多芬的交响乐协奏曲《皇帝》的第二乐章结尾处，我们突然听到以朦胧和遥远形式出现的急剧上升的回旋曲主题。因此，我们可以说，在《奥德赛》的结尾处，歌者的声音逐渐变弱，形成一个新的开始。奥德修斯完成最后的航程，与波塞冬神秘和解，这个故事在数百年中被人重复，借助伪荷马文学和古罗马人塞涅卡的作品最终影响了但丁的创作。如果《奥德赛》有结尾，我们可以在经过赫拉克勒斯之柱的那段悲剧性航程中看到它，《地狱》(Inferno)第二十六章描述了这一点。

正如一般读者所知，《伊利亚特》和《奥德赛》的情节发展戛然而止。在特洛伊人对赫克托耳的死亡表示悲痛之后，战争重新开始。在第二十四卷结束时，观察兵被派了出来，以便防止突然袭击。《奥德赛》是以让人难以信服的神祇搭救式介入(deus ex machina)方式结束的，奥德修斯的人与替追求者们报仇的人实现了休战。这可能不是"真正的"结尾，但是，我们可以得到的所有证据确实显示，每一首史诗或者每一个史诗系列都应被理解为更大规模的英雄传奇的构成元素。对古希腊诗人和托尔斯泰来说，影响角色结局的命运很可能超出了艺术家的知识范围和预测能力。这是一个带有神秘性的看法，然而它具有很大的真实性。在荷马史诗和托尔斯泰的小说中，以粗线条形式勾勒出来的轮廓同样很有说服力。

由此可见，在托尔斯泰的艺术中，所有这些元素共同作用，有利于削减语言世界的现实性与事实世界的现实性之间的障碍。对许多读者来说，这一点使托尔斯泰的成就超越了其他任何小说家。休·沃波尔在撰写的《战争与和平》世纪版的著名引言中写道：

> 皮埃尔和安德烈公爵、尼古拉和娜塔莎，这四个人物让我入迷，使我进入他们所生活的小说世界，进入一个比我生活的不安

定的世界更为真实的世界……从最终意义上说，不可言传的秘密正是这种现实性……

也正是这种现实性让济慈着迷，让他想象自己在战壕中和阿喀琉斯一起发出战斗的呼喊。

七

托尔斯泰在他后来撰写的关于艺术的著述中，在那些态度倔强、自我毁灭然而又非常感人的文章中，将荷马视为护身符。结果，荷马史诗处于托尔斯泰的作品与彻底的反对偶像崇拜的做法之间。具体来说，他试图区分对现实的错误描绘与对现实的正确反映，认为前者见于莎士比亚的作品中，后者见于《伊利亚特》和《奥德赛》中，对此托尔斯泰很有把握，态度严肃，并非骄傲自大之举，暗示自己在小说史上的地位可与莎士比亚在戏剧史上的地位相提并论，在史诗领域的地位可与荷马相提并论。他试图证明，莎士比亚配不上这样的地位，但是，他猛烈的攻击性言辞表明，决斗者对实力相当的对手持尊敬的态度。

托尔斯泰在自己撰写的《莎士比亚与戏剧》(*Shakespeare and the Drama*)中，将莎士比亚与荷马进行了对比。这是一篇相当著名的作品，读过的人很多，但理解其意的人较少。[1]在为数不多的严肃研

---

1 我在乔治·吉比安的著作《托尔斯泰与莎士比亚》(*Tolstoy and Shakespeare*，海牙，1957 年) 出版前读了书稿。

究中,一个例子是 G. 威尔逊·奈特的演讲《莎士比亚与托尔斯泰》("Shakespeare and Tolstoy"),另一个是乔治·奥威尔的文章《李尔、托尔斯泰和傻瓜》("Lear, Tolstoy and the Fool")。这两篇文章并不完全令人满意。奈特的演讲不乏尖锐性,所依赖的是他对莎士比亚作品的意义和象征手法的带有强烈个人色彩的解释。其实,他并不真正关心托尔斯泰的创作动机,并未提及荷马史诗在托尔斯泰所提论点中所起的作用。另外,奥威尔将整个问题过分简单化,以便为他的社会论战服务。

在托尔斯泰的这部作品中,核心问题是他提出的主张:"当人们将莎士比亚与荷马进行比较时……无限的距离以特别生动的方式,将真正的诗歌与模仿之作区分开来。"这一表述包含了托尔斯泰的长期偏见和感受,直接影响了他对自己的成就的看法。我们如果没有看到这一点,就无法对其做出评价。在我看来,这个句子言简意赅,以浓缩的方式表达了托尔斯泰的小说艺术与陀思妥耶夫斯基的小说艺术之间的内在对抗性。

首先,我们必须理解托尔斯泰对待艺术的态度,这一态度带有清教主义的特征。托尔斯泰在剧场的物质结构中看到了一种明显的象征,它揭示了城市上层阶级人际关系中的趋炎附势和轻浮雅致的现象。更为激进的是,托尔斯泰发现,在作为戏剧表演的核心部分的假装做法中,存在着对人们区分真实与虚假、幻觉与现实的能力的刻意扭曲。他在《瓦伦卡:儿童故事》(*Varenka, a Tale for Children*)中提出,儿童——他们天生真实,尚未遭到社会的腐蚀——发现,戏剧荒唐、可笑、不合情理。但是,尽管谴责戏剧表演,他却对其深感兴趣。在1864年冬季写给妻子的若干信件中,他道出了自己的困惑:"我去

第二章

看戏,进剧场时第二幕已快结束。我刚从乡下到城里,戏剧给我的感觉一直是古怪、牵强、虚假的,不过,逐渐习惯之后,还是蛮有意思的。"在另外一封信中,他提到了观看戏剧的情形:"这里的两件事情给了我许多愉悦:一是听到伴奏的音乐,二是看到不同观众中形形色色的男人和女人,觉得他们没有什么个性可言。"

然而,在他的全部小说中,托尔斯泰的观点非常清楚:戏剧是与道德感知的丧失联系在一起的。在《战争与和平》和《安娜·卡列尼娜》中,剧场作为场景,所起的作用只有一个:展现女主角生活中遇到的道德危机和心理危机。正是在剧场包厢这样的场景里,作者展现了娜塔莎和安娜(与包法利夫人类似)引起纷争的矛盾一面。在托尔斯泰进行的分析中,危险来自这一事实:观众忘记了戏剧表演不自然的人为性质,将自己的生活拱手交给舞台表演形成的虚假情感和华而不实的东西。在《战争与和平》第八部中,对娜塔莎看戏这一场景的描述是一幕微型讽刺剧:

> 舞台上铺着光滑的地板,两侧摆放着画有树木图案的纸板,后面是一块铺开的布。在舞台中央,坐着几个身穿红色上衣、白色裙子的姑娘。一个身着白色丝绸服装的胖姑娘坐在旁边的矮凳子上,后面粘着一块绿色纸板。她们齐声唱着歌。唱完之后,穿着白色衣服的那个姑娘走到提词台前,一个身穿紧身丝绸裤的男子一手握着一根长羽毛,一手抓着一把短剑,挪动粗壮的两腿,走到她面前,一边挥舞双手,一边唱了起来。

作者希望表达的讽刺意味非常明显,给人的感觉是一个白痴在叙述无声影片。娜塔莎首先做出的反应是"正确的":"她知道这是什么意思,然而它明摆着是虚假的,不自然的。她心里先为那些演员感到羞愧,接着便被逗乐了。"但是,戏剧的黑色魔法诱使她"进入一种陶醉状态……她不知道自己是谁,身在何处,不知道眼前看到的是否真实"。这时,阿纳托利·库拉金出现了,"他的佩剑和靴刺碰撞,发出叮叮当当的声音,漂亮的络腮胡须高高地翘起,身上散发着香水的气味"。在舞台上,荒唐可笑的角色"开始拽着那个刚才身穿白色服装的姑娘,她身上的服装这时变成了淡蓝色"。于是,歌剧的情节滑稽地模仿阿纳托利试图劫持娜塔莎的行为。后来,观众看到一段独舞,一名男子"高高跃起,赤裸的两腿快速舞动(他的名字叫杜波特,这个动作每年给他赚六万卢布)"。这么高的费用,这种不真实的表演,让托尔斯泰深感愤怒。但是,娜塔莎"已经不再觉得奇怪,兴奋地四下观望,脸上露出快乐的笑容"。在表演接近尾声时,她的判断力已经遭到彻底损害:

> 这时,眼前出现的一切已经显得相当自然了,以前那些关于未婚夫的想法,关于玛丽亚公爵小姐的想法,关于乡村生活的想法,全都忘到了九霄云外……

在这里,"自然"一词至关重要。娜塔莎已经无法将真正的自然,将"乡村生活"和乡村生活所蕴含的道德健全性与舞台上展现的虚假自然区分开来。她头脑失灵,这一状态与她开始向库拉金让步的行为同时出现。

娜塔莎悲剧的第二幕也与歌剧艺术联系起来。在海伦的家里举行的一次社交聚会上，阿纳托利展开了追求。聚会是为著名悲剧女角乔治小姐举行的。乔治小姐背诵了"几首法语诗歌，描述了她与自己儿子之间的不伦之恋"。这里表现的对拉辛的《费德尔》暗指欠缺准确性，但是其意味非常明显。在托尔斯泰看来，《费德尔》具有程式化的形式，表现乱伦的主题，在深层次上是"不自然的"。但是，娜塔莎听了之后，完全"进入这个奇怪的失去感觉的世界……已经无法辨别好坏……"戏剧幻觉破坏了人们的道德判定。

在《安娜·卡列尼娜》中，情况完全不同。安娜支持帕蒂，从而对建筑在最神圣基础之上的社会提出挑战。伏伦斯基不赞同她的做法，读者第一次注意到，他的爱已经失去了原有的新鲜感，失去了神秘性。实际上，他是通过流行的传统的眼镜看待她的，而她试图挑战的正是这样的东西。安娜遭受卡尔塔索娃的无情冷落；尽管那个夜晚两个恋人最终和好了，这一插曲显然预示了具有悲剧性质的未来。插曲带有的强烈讽刺意味源于这一场景；社会谴责安娜·卡列尼娜的原因恰恰在于，世人在这样的场所最轻浮，最爱自我炫示，并且深陷幻觉之中。

戏剧让托尔斯泰着迷的正是幻觉元素。托尔斯泰进行了若干尝试，试图弄清这个问题，关于《莎士比亚与戏剧》是其中之一。他试图理解戏剧幻觉的来源和性质，试图区分各种层面的幻觉。他还希望确定，戏剧模仿的力量应该致力于形成真实、道德、从根本上讲符合宗教信条的生活图像。关于这个题目，他的许多论述枯燥无味，语言辛辣；但是，托尔斯泰的论述有助于我们理解托尔斯泰自己的小说，有助于我们理解史诗气质与戏剧气质之间的对比。

在批判的第一部分中，托尔斯泰旨在说明，莎士比亚的剧作充满荒诞的东西，悍然不顾理性和正确判断，与"艺术或诗歌绝对没有任何共同之处"。托尔斯泰的逻辑论证依赖于什么是"自然的"这一理念。莎士比亚的戏剧是"不自然的",剧中人物使用的是"不自然的语言,这样的语言既不可能出自角色之口,也不可能出自任何地方的真实人物之口"。莎剧人物所处的场景"完全是作者臆想的地方,很不自然,读者或观众无法对他们的遭遇表示同情,甚至不可能对自己读到或者看到的东西表示任何兴趣"。所有这一切得到这一事实的证明:莎剧角色的"生活、思考、说话和行为方式完全没有特定的时期特征或地方特征"。为了证实他的论点,托尔斯泰表明,《奥赛罗》中的埃古这个角色缺乏协调一致的动机。接着,他对《李尔王》进行了详尽分析。

托尔斯泰为什么挑选《李尔王》呢?原因无疑有两点:其一,这部悲剧的实际情节是莎剧中最离奇的;其二,这部作品中的某些插曲让人难以置信,例如,从多弗尔悬崖飞跃而下的一跳。但除此之外,还有其他理由,让我们可以细看托尔斯泰天才中最私密、最晦涩难解的成分。在《致达朗贝尔论演剧的信》(*Lettre a M. D'Alembert sur les spectacles*)中,卢梭对莫里哀的《愤世嫉俗》(*Le Misanthrope*)进行了最为猛烈的攻击。其原因恰恰在于,在阿尔采斯特这个角色中,卢梭看到了与他珍视的自我形象非常类似的东西。在托尔斯泰与李尔这个角色之间,看来也存在类似的密切关系。这一点的影响很大,甚至波及他对遥远过去的回忆。在《少年》的第二章中有一段对暴风雨的描述,当时狂风大作:

突然出现了一个人的身影,衬衣肮脏、破旧,面部浮肿,表情木然,脑袋摇晃着,头发剪得很短,显得光光的,两腿干瘦、

第二章

弯曲,从衣袖里冒出的一截泛红的肢体伸向马车。

"老——爷。看在基督的分上,可怜可怜我这个残疾人吧。"他的声音让人觉得痛苦,他的身体随着每个单词弯曲,脑袋快要碰到腰部了。

……

但是,我们刚要动身,一道闪电猛然划过天空,刺眼的亮光刹那间填满整个洼地,马匹停下脚步。接着,响起一阵震耳欲聋的炸雷,让人觉得,整个天穹似乎要垮塌下来。

在这一场景与回忆之间,我们看到了《李尔王》的第三幕。

奥威尔注意到,托尔斯泰在信件中多次提到李尔,从而增强了这种关联感。在真实的历史中,没有谁像托尔斯泰那样如此接近李尔的世界:他挪动老迈的身躯,义无反顾地离开家园,踏入漫漫黑夜,只求寻找正义。因此,我不禁产生这样的印象:在托尔斯泰对《李尔王》的攻击中,存在着一种朦胧的原始愤怒,即一个男人通过某种黑色的预见,发现自己的影子被展示出来,所以愤怒不已。在表现姿态和自我定义的过程中,托尔斯泰觉得,自己被李尔这个角色吸引了。他发现,在自己的镜子里出现了一位能与自己竞争的天才,他——作为一位想象生活的巨匠——肯定深受困扰。这类似于安菲特律翁发现自己生活的某个基本部分——受到神灵左右——处于自己的控制之外,于是深感困惑不解,不禁怒火中烧。

无论其动机究竟是什么,托尔斯泰确实反复强调了这一点:《李尔王》中存在着十分荒谬甚至无法解释的事件。假如威尔逊坚持这一思路,他这样说可能是有道理的:小说家"深受清晰思考之害"。但是，托尔斯泰否定莎剧的理由并非仅仅在于它是"不自然的"。作为作家，托尔斯泰非常高明，也非常敏感，不可能没有看到莎士比亚的视野超越了常识意义上的现实主义。托尔斯泰提出的重要指摘是，莎士比亚"无法给读者提供构成艺术的主要条件的幻觉"。这里所说的"幻觉"一词的意思并不明确，所以托尔斯泰的表述语焉不详。这种模糊性的背后，是18世纪和19世纪在美学史上出现的一个非常复杂的阶段。就连休谟、席勒、谢林、柯勒律治和德·昆西这样思维敏捷、博学多才的人也曾苦苦思索戏剧幻觉的起源和性质。托尔斯泰在《什么是艺术？》中提到，许多言辞夸张的美学家试图确定某些"规律"；他们认为，这些规律支配着人们对戏剧的心理反应。结果，他们没有提出什么有价值的见解；尽管现代心理学进行了种种尝试，旨在探索游戏和幻想问题，但是取得的进展并不太大。究竟是什么东西让人们"相信"莎剧的现实性？当观众第十次观看《俄狄浦斯王》(*Oedipus Rex*) 或者《哈姆雷特》(*Hamlet*) 之后，依然像初次观看时那样，觉得表演令人激动，这究竟是什么原因呢？在没有发生出人意料的情节的情形下，依然会产生悬念，这究竟是什么原因？我们不得而知。托尔斯泰求助于某种没有经过定义的"真正的幻觉"理念，其实却背离了他自己提出的论证。

其结果是，《莎士比亚与戏剧》的整个论述反倒形成了悖论。对托尔斯泰来说，他可以证明莎剧是荒诞的，不道德的。然而，它们具有诱惑性是一个不争的事实，托尔斯泰自己提出的猛烈抗争言辞证明了这种诱惑性的存在。于是，他不得不假定两种不同的幻觉：一种是虚假的幻觉，例如，使娜塔莎的价值观变得模糊的那种幻觉；另一种是"真正的幻觉"。正是后者"构成了艺术的主要条件"。我们如何区分这两种幻觉呢？是通过确定艺术家的"真诚性"，也通过艺术家对其作品中呈现的行为和思想所抱有的信念之强烈程度。显而易见，托尔斯泰探讨的正是现代批评家所说的"意图谬见"。他拒绝将艺术家与创作分离开来，拒绝将创作与意图分离开来。托尔斯泰抨击莎剧的原因在于，他在莎剧中看到一位在道德层面上保持中立的创作天才。

与马修·阿诺德的做法类似，托尔斯泰强调，伟大艺术的独特品质是"高度严肃性"，是对伦理价值得以反映或者戏剧化的氛围的提升。但是，阿诺德倾向于将他的判断限制在自己看到的实际作品上；与之相比，托尔斯泰试图判断作者所持的信念。在托尔斯泰看来，文学批评是一种道德判断活动，涉及艺术家、艺术品以及艺术品给公众带来的影响。在文学批评者或者鉴赏史家看来，托尔斯泰希望得到的结果常常是稀奇古怪的，完全站不住脚。但是，如果我们将他关于莎士比亚的论述视为他的创作理论的一种表述，视为对形成《战争与和平》或者《安娜·卡列尼娜》这类作品的个人气质的一种反映，那么，它依然给人启迪。我们不能将它仅仅视为这位年迈老者反对偶像崇拜的严厉言辞的又一例证，因而采取排斥的态度。托尔斯泰对莎士比亚的愤恨态度可以一直追溯到1855年。那时，自己作品的邪恶感给晚年的托尔斯泰带来很大困扰，它使这篇文章的写作背景变得复杂，但是，这篇文章在总体上体现了作者整个创作生涯的本能，体现了作者的反思。

文章的中心段落将荷马与莎士比亚进行了对比：

无论荷马在时间上与我们距离多远，我们不用费力就能进入他所描写的生活。其原因主要在于，不管荷马描写的活动显得多么陌生，他都相信自己所说的事情，以严肃的态度讨论自己描述的东西。因此，他从不夸大其词，一直保持分寸感。于是，我们看到的是，即使不说是阿喀琉斯、赫克托耳、普里阿摩斯、奥德修斯这样形象逼真的鲜活人物，即使不说是赫克托耳的最后道别、普里阿摩斯的官邸、奥德修斯的归来这类场景具有的永恒感染力，《伊利亚特》和《奥德赛》的整体效果自然而然地贴近我们的生活，仿佛我们活在作品描写的时代，活在神灵和英雄中间。但是，莎士比亚的作品却不是如此……作品让人立刻觉得，莎士比亚并不相信自己所说的事情，他没有必要这样说，他只是编造了那些事情……因此，我们既不相信那些事情，也不相信那些活动，不相信角色遭受的苦难。如果我们将莎士比亚与荷马比较，我们就会清楚地看到，莎士比亚的作品缺乏审美感受。

这一论证充满偏见和显而易见的盲目性。与莎士比亚相比，荷马笔下的事件在哪些方面没有那么明显的牵强痕迹？就对莎士比亚的信念和"真诚性"而言，托尔斯泰知道些什么呢？但是，根据理性或者历史证据来讨论托尔斯泰的这篇文章是劳而无功的。在《莎士比亚与戏剧》的模糊宣言中，我们看到托尔斯泰对他自己的天才的一个集中反映的看法。我们必须保留的是它的正面因素——对托尔斯泰与荷马亲密关系的证实。

如果我们像卢卡奇一样，认为托尔斯泰的精神气质"具有真正的史诗性，这种气质与小说的形式性质相异"[1]，那么，这就是要假设，对托尔斯泰拥有的创造性想象力的种类和结构的认识将会大大超过我们

---

[1] 格奥尔格·卢卡奇，参见前面引用的著作。

实际了解的情况。亚里士多德的《诗学》(Poetics) 间接表明，尽管古希腊理论认为，史诗与戏剧之间存在若干实际区别，但它并未假设史诗作者与戏剧作者在心智方面有什么根本不同之处。第一个提出明确区分的人是黑格尔。他提出，在史诗世界中存在"对象的整体性"，在戏剧世界中存在"行为的整体性"。这是一个非常微妙、蕴意丰富的批评理念。它提供了许多信息，说明了许多混合形式——例如，荷尔德林的诗剧《恩培多克勒之死》(Der Tod des Empedokles)，哈代的史诗剧《列王》(The Dynasts)——没有取得成功的原因，解释了维克多·雨果拥有的戏剧才能是如何不断侵蚀这位自诩的史诗作者的。除此之外，这一理念并未提出其他根据。

我们可以指出的是，在思考自己的艺术的过程中，托尔斯泰引入了自己的艺术与史诗的比较，尤其是与荷马史诗的比较。他的小说——在本质上与陀思妥耶夫斯基的小说形成鲜明对比——跨越了很长的时段。通过某种不可思议的视觉方面的幻觉，人们将时间跨度与史诗联系起来。就实际情况而言，在荷马史诗或者《神曲》中出现的活动得以浓缩，在几天或者几个星期的短暂时段中表现出来。由此可见，恰恰是叙事方式——而不是所包括的时段——使人们觉得，托尔斯泰在小说中所用的手法与史诗方式之间存在相似性。两位大师都沿着一个核心叙事轴线观察行为；围绕着这条类似螺旋形状的轴线，既有回忆段落，又有向前飞跃的预言，还有离开主线的插入性长篇话题。尽管细节安排错综复杂，在《伊利亚特》中，在《奥德赛》中，在《战争与和平》中，不断变化的形式是简单的，它们在很大程度上依赖读者对现实、对向前运动的时间的无意识信念。

荷马和托尔斯泰都是全知全能的叙事者，既不像陀思妥耶夫斯基

125 或者康拉德那样，使用独立于自己和读者的叙事声音，也不像成熟时期的亨利·詹姆斯，使用经过刻意限制的"视角"。托尔斯泰的主要作品（《克莱采奏鸣曲》这一重要作品除外）使用的都是古老的第三人称讲故事的方式。显然，托尔斯泰认为，他自己与作品人物之间的关系是全知全能的创造者与被造生灵之间的关系：

> 在写作过程中，我本人会突然对某个角色心生怜悯。在这种情况下，我会赋予这个角色某种良好的品性，会从其他某个角色身上减少良好品性。这样，与其他角色比较，这个角色可能不会显得过于苍白。[1]

不过，在托尔斯泰的艺术中，绝对不会出现萨克雷笔下那种木偶式人物，也不会出现木偶戏那样的情节。莎士比亚或者托尔斯泰笔下的人物拥有脱离其创作者的"生活"。娜塔莎"充满了生命力"，不亚于哈姆雷特——不亚于，然而在方式上并不相同。娜塔莎显得更接近我们对托尔斯泰的认识，超过了那位丹麦王子让我们对莎士比亚的了解程度。依我所见，这里的差异并不在于我们对这位俄罗斯作家的了解超过了对这位伊丽莎白时代的戏剧家的理解；更确切地说，这里的差异在于他们各自的文学形式具有不同的性质，使用了不同的传统手法。不过，无论文学批评还是心理学理论都不可能完整地说明这一点。

用黑格尔的语言来说，与在主要史诗作品中的情况类似，在托尔

---

[1] 托尔斯泰致高尔基，参见高尔基，《回忆托尔斯泰、契诃夫和安德烈耶夫》（*Reminiscences of Tolstoy, Chekhov and Andreev*，凯瑟琳·曼斯菲尔德、S. S. 科特利安斯基和莱昂纳德·伍尔夫译，伦敦，1934 年）。

斯泰的小说中，也有"客体的整体性"。戏剧——以及陀思妥耶夫斯基的小说——将人物分隔开来，使其显现根本的纯粹性；房间里没有家具，这样一来，就没有什么东西可以减弱行为之间的碰撞。但是，在史诗体裁中，日常生活中的东西，工具、房屋和食品，都起到重要作用；因此，读者发现，弥尔顿笔下的天堂具有近乎喜剧性质的具体性，大炮看得见、摸得着，还有供天使享用的各种食物。托尔斯泰展现的画面充满大量细节，尤其是亨利·詹姆斯所说的由心智的某种失误造成的应该叫这本书为《和平与战争》的细节。整个社会和整个时代都被描绘出来，其方式不亚于但丁采用的植根于时间的感悟。托尔斯泰和但丁都显示了人们时常强调然而不甚了了的悖论：有的艺术品恰恰通过固定在具体历史时期中这一方式，获得了超越时间的品质。

但是，在我们试图将托尔斯泰的小说与史诗——主要是荷马史诗——联系起来时，这一方法遇到了两个非常现实的难题。第一个难题在于，无论托尔斯泰的思想在小说中形成什么结果，他的一生都在热情地追随基督的形象和基督教的价值观。他在1906年写道，在与荷马史诗多神论中的"神灵和英雄们"共处时，他觉得非常自在，超过了在莎士比亚的世界之中的感觉。我们知道，莎士比亚的作品尽管在宗教方面持中立态度，其实不乏使用基督教象征和基督教意识的例子。托尔斯泰怎么表达这样的感觉呢？这里涉及一个复杂的问题，梅列日科夫斯基在我前面引用的评论中曾经有所触及：托尔斯泰"具有天生的非基督徒的灵魂"。在本书最后一章中，我将回过头来讨论这一点。

第二个难题更加明显。鉴于托尔斯泰对戏剧的价值持深度怀疑的态度和他对莎士比亚作品的猛烈抨击，还有他的小说与史诗明显的相似性，我们应如何看待作为戏剧作者的托尔斯泰呢？使之更为复杂的是这一事实：托尔斯泰的例子几乎举世无双。除了歌德和维克多·雨果，我们难以找到另外一个在小说和戏剧两个领域均写出杰作的作家。严格说来，歌德和雨果都无法与托尔斯泰相提并论。歌德小说的兴趣所在主要通过其哲学内容展现出来，雨果的作品虽然灿烂辉煌，但难以引起成年人的兴趣。我们认为，《悲惨世界》(Les Misérablés) 和《巴黎圣母院》(Notre-Dame de Paris) 无法与《包法利夫人》或者《儿子与情人》(Sons and Lovers) 相提并论。托尔斯泰属于例外，作者自己的文学理论和伦理学说使这一例外令人迷惑不解。

首先，我们需要强调这一点：假如托尔斯泰仅仅创作戏剧，他也可以在文学史上占有一席之地。托尔斯泰的剧作并不是从他的小说中生长出来的怪异分枝，它们与巴尔扎克和福楼拜的剧作不同，与乔伊斯的《流亡者》(Exiles) 也不同。这一事实被两个因素掩盖：其一，他的小说具有极高的知名度；其二，《黑暗的力量》和《行尸走肉》(The Living Corpse) 这样的剧作与整个自然主义运动关系密切。当我们考虑托尔斯泰创作的剧作种类时，我们往往先想到豪普特曼、易卜生、高尔斯华绥、高尔基和萧伯纳。有鉴于此，托尔斯泰剧作的意义似乎主要在于其题材，在于其对"低层"的展现，在于其表达的强烈的社会抗议之声。但是，托尔斯泰剧作的关注点大大超越了自然主义的论战，带有真正的实验性，与易卜生后期的作品相似。正如萧伯纳在1921年所说的，"在人们使用更好的术语来加以描述之前"，我们不妨将托尔斯泰"视为悲喜剧作家"。[1]

就托尔斯泰的戏剧研究而言，令人满意的成果屈指可数。最全面

---

[1] 乔治·萧伯纳，《托尔斯泰：悲剧家还是喜剧家？》("Tolstoy: Tragedian or Comedian", 参见《萧伯纳文集》[The Works of Bernard Shaw]，第29卷，伦敦，1930—1938年）。

的可能是苏联批评家 K. N. 罗穆洛夫最近发表的一项研究。篇幅所限，我在此仅能简要地提及其中的主要观点。托尔斯泰对戏剧的兴趣见于其创作生涯的大多数时间。1863 年，结婚不久的托尔斯泰就写出了两部戏剧，在他死后出版的文章中，我们也可见到创作更多戏剧作品的计划。就学习戏剧技巧而言，托尔斯泰对莎士比亚的态度非常正面，与我们在上文中提到的情况截然不同。托尔斯泰仔细研究了戏剧大师们的手法，其中包括莎士比亚、歌德、普希金、果戈理和莫里哀。他在 1870 年 2 月写给费特的信中说："我很希望谈一谈莎士比亚和歌德的剧作，谈一谈普遍意义上的戏剧创作。我整个冬天都在研读的只有戏剧……"

《黑暗的力量》创作完成时，托尔斯泰已经 60 岁了，艺术与道德观的冲突在他的头脑中已经白热化。在他的所有剧作中，这部戏剧可能最为著名。1886 年，《黑暗的力量》在巴黎首演，左拉在筹划演出的过程中起到了很大的作用。左拉认为，这部戏剧标志着新戏剧取得的胜利，证明"社会现实主义"可能取得高调悲剧的效果。此外，不可思议的是，这部戏剧恰恰作为亚里士多德所定义的悲剧，给人浪漫主义作品的印象，其效果类似于阿瑟·西蒙兹的作品所带来的。《黑暗的力量》是一部巨著，托尔斯泰在这部作品中采用了尼采的方法，"着力进行哲理化"。它是托尔斯泰拥有的大量具体化手法的典型例子，显示了作者通过积累准确观察的方式来感染观众的力道。该剧反映的真正主角是俄罗斯农民。"在俄罗斯，你这样的人成千上万，简直是鼠目寸光，一无所知。"兽性产生于无知。该剧的五幕层层推进，具有类似起诉书的强力逻辑，其艺术性在于氛围的统一性。据我所知，西方文学中没有哪一部作品以如此具有权威性的方式对乡村生活进行再现。

托尔斯泰把这部作品读给农民们听,他们却没有意识到它反映的是自己的生活。托尔斯泰见此情景,不禁心生悲痛,非常失望。然而,正如一些马克思主义批评者指出的,假如那些农民在这部作品中发现了自己的影子,革命爆发的日子就会更近一些了。

该剧的高潮超越了现实主义,形成一种悲剧仪式氛围。在剧中,尼基塔与米特里奇之间的场景怪诞可笑,然而却不乏抒情意味(萧伯纳对此大加赞赏),让观众在心理上做好准备,面对赎罪时刻。与《罪与罚》中的拉斯柯尔尼科夫类似,尼基塔匍匐在地,承认自己的罪行,"以基督的名义"向感到震惊的旁观者乞求宽恕。只有他的父亲阿基姆知道这一举动的真实意图:"上帝显灵……"他以托尔斯泰特有的睿智之见乞求警官站到一旁,让真正的法则在心灵上留下烙印。

为了找到与《黑暗的力量》媲美的艺术,我们必须看一看辛格的作品。《启蒙的果实》(*The Fruits of Enlightenment*)比《黑暗的力量》晚3年问世,是为在亚斯纳亚·波良纳庄园举行的庆典创作的。它说明,托尔斯泰受到莫里哀、果戈理,也许还有博马舍的影响。它是托尔斯泰版的《纽伦堡的名歌手》,是作者对喜剧所做的重大探索。该剧人物众多,情节复杂,富于舞台技巧,以快乐的方式讽刺了唯灵论,可以与出自奥斯特洛夫斯基或者萧伯纳之手的纯喜剧归为一类。根据艾尔默·莫德的看法,托尔斯泰希望以严肃的方式展现农民的角色,但是该剧引起的笑声颇为强烈,淹没了真理追求者的声音。与莎士比亚的《第十二夜》(*Twelfth Night*)类似,《启蒙的果实》反映了人们在收获季节中的欢乐,感觉它是为一小批观众创作的。在托尔斯泰庄园首演之后,《启蒙的果实》一炮走红,由一批贵族人士组成的剧团曾为沙皇本人举行过精彩演出。

第二章

我本来应该以更详尽的方式讨论一下《行尸走肉》。它与托尔斯泰和陀思妥耶夫斯基的许多作品类似，引人入胜，是根据一桩真实的案子编写的。萧伯纳这样评价托尔斯泰："如果他希望破坏，没有哪个剧作家拥有他那种强力笔触……"在《行尸走肉》中，我们清楚地看到了萧伯纳这番话的意思。该剧的氛围甚至包括技巧都带有斯特林堡剧作的特征。但是，如果我们希望详尽地讨论这部作品，就得另外撰写一部关于作为剧作家的托尔斯泰的著作。

最后，让我们看一看篇幅很长的片段《照亮黑暗的灯光》(The Light That Shines in Darkness)。据说，莫里哀在《无病呻吟》(Le Malade imaginaire)中讽刺了自己罹患的疾病，用一种令人感到恐怖的反讽方式混合了事实和幻想，以此戏仿距离他自己越来越近的死亡。托尔斯泰的做法更加残酷：在这部没有完成的最后剧作中，他将自己最真实的信念摆在公众面前，听任人们大加讽刺和讥笑。用萧伯纳的话来说，托尔斯泰"以自杀的方式，将致命笔触投向他自己"。在试图实现托尔斯泰式基督教和无政府计划的过程中，尼古拉·伊万诺维奇·萨林采夫毁掉了自己的生活，毁掉了最爱他的人的生活。在托尔斯泰的笔下，萨林采夫也不是殉教的圣徒。托尔斯泰非常真实地展现了这个人的盲目性、自我中心的行为方式和残酷无情的心态——这样的东西可能给相信自己能够获得神示的预言者带来灵感。托尔斯泰肯定是在痛苦之中写下某些片段的。切列姆尚诺夫公爵夫人的儿子听信了萨林采夫的和平主义和非暴力说教，面临鞭笞的惩罚，于是公爵夫人要求萨林采夫出手挽救她的儿子：

公爵夫人：我希望做的只有一点。他们要送他到惩戒营去，这是我无法忍受的。正是你把他弄成这样的，是你，是你，就是你。

萨林采夫：不是我呀——是上帝。上帝知道我是多么同情你。不要违背上帝的旨意。他在考验你。以卑微之心对待吧。

公爵夫人：我无法以卑微之心对待。我的儿子是我的命根子，是你夺走了他，毁掉了他。我不可能忍气吞声。

最后，公爵夫人杀了萨林采夫。这位改革人士临死时也无法确定，上帝是否真的希望自己成为他的仆人。

托尔斯泰表现出公平的态度，赋予这部剧作感人的强烈力量。他以不可思议的说服力，为我们提供了一个反托尔斯泰的个案。在萨林采夫与妻子的对话（这段对话似乎逐字逐句地效仿了身为剧作家的托尔斯泰与身为伯爵的托尔斯泰之间的类似争论）中，玛丽的观点更具有说服力。不过，托尔斯泰的信条正是要借助这种荒诞性来加以理解。与观众在伦勃朗晚年的自画像中见到的情况类似，在《照亮黑暗的灯光》中，我们看到艺术家试图以完全真实的方式来面对自己。这使我们看到最真实的托尔斯泰。

但是，托尔斯泰作为剧作家所取得的成就如何与史诗的形象，与从根本上看具有反戏剧特征的小说家的形象保持一致呢？这个问题没有完全令人满意的明确答案。但是，在《莎士比亚与戏剧》提出的含混不清的观点中，我们可以找到某种暗示。在这篇晚年写成的文章中，托尔斯泰宣称，戏剧"是最重要的艺术领域"。这一主张很可能反映了托尔斯泰对自己的小说家生涯所持的否定态度，当然我们无法确认这一点。为了与这一高贵地位相适应,戏剧"应该起到阐明宗教意识的作用",应该重申自身的古希腊和中世纪起源。在托尔斯泰看来,戏剧的"本质"是"宗教的"。如果我们对宗教一词加以引申,使其包括对更好生活的倡导,包括更真实的道德观,我们就会发现,这个界定更符合托尔斯泰本人的实践。其原因在于,托尔斯泰将他的剧作视为对宗教和社会计划的不加掩饰的表达方式。在托尔斯泰的小说中,这个计划是隐性的,隐匿在艺术之中。在剧作中,"寓意"被大张旗鼓地向世人宣布,这类似于托尔斯泰的继承人之一布莱希特的做法:他在剧中使用标语牌和告示牌来装饰舞台。

正如奥威尔所说,这里涉及的不是"宗教生活观与人文主义生活观之间的冲突"[1],而是托尔斯泰的成熟理论与他对自己过去作品所持的观点之间的冲突。他否认自己的小说,认为道德说教必须被置于高于一切的位置。但是他知道,《战争与和平》《安娜·卡列尼娜》以及其他故事会在世上继续流传下去。于是,托尔斯泰心安理得地宣扬自己主要剧作的明显道德品质,进而提出这个观点:莎士比亚歪曲和背离了戏剧的恰当功能。为什么提供道德观和"生活指南"应该成为剧作家的特殊责任呢?对于这个问题,托尔斯泰不愿进行探讨。他以倔强的态度,努力将统一原则强加在自己的生活上,认为他一直起到刺猬的作用,这样的做法涉及许多问题。

但是,我们不要落入他设下的陷阱。对托尔斯泰的天才进行的任何剖析都无法让这两个方面协调起来:一方面,托尔斯泰讨厌莎士比

---

1 乔治·奥威尔,《李尔、托尔斯泰和傻瓜》("Lear, Tolstoy, and the Fool",参见《论战》[Polemic],第七卷,伦敦,1947年)。

亚戏剧，将剧场视为堕落之地；另一方面，托尔斯泰创作了一部才华横溢的喜剧，至少两部一流悲剧——这些作品显示，他对戏剧技巧进行了非常深入的研究。我们可以说的是，在选择荷马、反对莎士比亚的过程中，托尔斯泰确实表达了在自己生活和艺术中占支配地位的精神。

　　陀思妥耶夫斯基从戏剧中受益匪浅，但是没有创作戏剧（只是年轻时写了若干诗剧片段）；托尔斯泰与之不同，他创作了剧本和小说，但是严格区分这两种体裁。然而，托尔斯泰进行了迄今为止最精妙、最全面的尝试，试图将史诗元素引进散文体小说之中。在他晚年撰写的文章中，荷马与莎士比亚被置于互相对立的位置上，这既是对托尔斯泰小说的一种卫护之举，又是这样一位具有魔力的老者发出的咒语：他试图监控自己的救赎，同时祛除自己无可匹敌的咒符在过去形成的魔力。

第三章

它应该到达剧场（Il faut en venir au théâtre....）

巴尔扎克致汉斯卡夫人，1835年8月23日至24日

一

在音乐领域中，19世纪的艺术家实现了自己的梦想，创造的悲剧形式在崇高性和融贯性两个方面可与古典戏剧和文艺复兴戏剧媲美。它们见于贝多芬的弦乐四重奏显现的仪式和表达的悲痛，见于舒伯特的C大调五重奏，见于威尔第的《奥赛罗》，在瓦格纳的《特里斯坦与伊索尔德》中达到顶峰。"复兴"诗歌悲剧的雄心显然是浪漫主义者们心中挥之不去的愿望，最终却没能实现。随着易卜生和契诃夫作品的问世，戏剧获得新生，原来的英雄主义模式以无法弥补的方式做了彻底的改变。然而，那个世纪造就了伟大的悲剧大师陀思妥耶夫斯基。我们的思考顺着时间先后，从《李尔王》和《费德尔》开始探索，只有在《白痴》《群魔》和《卡拉马佐夫兄弟》中才停留下来。正如维亚

切斯拉夫·伊万诺夫在探寻具有界定作用形象的过程中所说的,陀思妥耶夫斯基是"俄罗斯的莎士比亚"。

19世纪的艺术家尽管在抒情诗和小说这两个领域建树卓著,但是将最高的地位赋予了戏剧。这一观点的形成有两个历史原因。在英国,柯勒律治、赫兹里特、兰姆和济慈以戏剧的名义表述了浪漫主义的准则。在法国,以维尼和维克多·雨果为代表的浪漫主义者将莎士比亚视为名义上的圣人,将戏剧作为与新古典主义抗争的主要战场。在德国,从莱辛到克莱斯特的浪漫主义的理论和实践围绕着这一信念:索福克勒斯和莎士比亚的悲剧可被化为一种新的整体形式。浪漫主义者认为,戏剧文学的状态是一种试金石,可以用来检测语言和政体是否健康。雪莱在《诗辩》(*Defense of Poetry*)中写道:

> 无可争辩的是,人类社会的最完美状态与戏剧取得的卓越成就保持一致;在一个国家中,戏剧从繁荣走向衰落或者消亡是行为举止败坏的标志,是曾经支撑社会生活的灵魂的能量枯竭的标志。

在19世纪末的瓦格纳的文章中,在拜罗伊特剧院的构思中,我们都可发现对这个理念的表达。

在文学社会学和文学经济学中,这些历史信条和哲学信条也被反映出来。诗人和小说家都将剧场视为获得尊敬和物质收益的主要渠道。1819年9月,济慈在写给弟弟的信函中提到剧本《奥托大帝》(*Otho the Great*):

第三章

在高芬花园，这部作品很可能遭遇噩运。假如它在那里获得成功，它就会帮助我走出困境。我的意思是，不良名声带来的困境是我一直在面对的尴尬局面。在文学名流中，我的地位非常低下——在他们眼里，我仅仅是一个会编故事的小人物。一部悲剧可以让我摆脱这种困局。其实，就自己的经济情况而言，这确实是困局。[1]

从时间上看，英国浪漫主义者距离伊丽莎白时代的戏剧典范太近，完全无法创造具有生命力的戏剧形式。雪莱的诗剧《倩契》(The Cenci)和拜伦创作的威尼斯式悲剧幸存下来，以不完美的方式见证了当时的顽强努力。在法国，从雨果的《欧那尼》(Hernani)取得的成功到《老顽固》(Les Burgraves)的惨败，其间仅仅过了13年。在德国，戏剧突然取得了成功，到歌德逝世之后便戛然而止。1830年之后，戏剧与纯文学分道扬镳，两者之间的鸿沟越来越深。麦克雷迪上演了勃朗宁的戏剧，缪塞慢慢打入了法兰西喜剧院(Comédie Française)，毕希纳单打独斗，展现了自己的天才；尽管如此，两者之间的鸿沟还是直到易卜生时代才被跨越。

它们带来的结果影响深远。戏剧原则包括：对话和手势处于首要地位，冲突策略在非常极端的瞬间揭示出角色，必须使用悲剧性冲突的理念。这些原则被人改造为文学形式，这并不是为了剧场演出。在浪漫主义诗歌发展的历史过程中，许多是对抒情方式进行戏剧化的历史（勃朗宁的戏剧独白只是最明显的例子）。与之类似，戏剧

---

[1]《约翰·济慈书信集》(The Letters of John Keats, M. B. 福尔曼编，牛津，1947年)。

的价值和技巧在小说的发展过程中起到重大作用。巴尔扎克提出，小说存活下来这一事实本身就依赖于小说作者能否掌握"戏剧要素"；亨利·詹姆斯在剧情发展的"神圣原则"中发现了展现技巧的关键要点。

戏剧性涵盖的范围很广，其中的内容差别很大，小说以各种方式从中吸取营养。巴尔扎克和狄更斯是使用戏剧明暗变化的大师，他们以情节剧的方式刺激人们的神经。另外，《未成熟的少年时代》(*The Awkward Age*)和《专使》是"精心创作的戏剧"，只是受到复杂叙事节律的阻碍而已。它们可追溯到小仲马、奥吉耶以及整个法兰西喜剧院的传统，而詹姆斯当年是该传统的勤奋学生。

不过，对19世纪的炼金术士来说，悲剧是难以对付的金子。在许多诗人和哲学家中，我们发现表达清晰的悲剧观。波德莱尔和尼采是两个明显的例子。但是，依我所见，人们仅仅两度通过文学形式——"形成具体的方式"——形成了对生活的成熟、明确的解读。在这两种情况下，我们面对的都是小说作者。他们是梅尔维尔和陀思妥耶夫斯基。我们应该随即补充一点，我们必须根据方法——梅尔维尔仅仅在超乎寻常的情况下才是戏剧作者——和中心性，对这两位艺术家进行区分。梅尔维尔以非常极端的方式刻画了人的状态，根据自己的目的逐步改变了象征性对应物和场景，像他这样的作家非常少见。但是，他的悲剧观是异乎寻常的，与一般的存在潮流分离开来，比如，一艘船与陆地分离开来，在海上航行长达3年之久。在梅尔维尔的宇宙学中，人几乎就是岛屿，就是驶向岛屿的船只。陀思妥耶夫斯基涉及的范围更广一些，它不仅包含人类事务的群岛——无理性的极端状态和孤独——而且包含大陆。《白鲸》和《卡拉马佐夫兄弟》以语言方式为人们提供了绝妙的悲剧镜子,超过了创作于19世纪的任何作品。但是,聚集的光亮在数量和质量上迥然不同,这类似于人们在区分韦伯斯特与莎士比亚两人的成就时涉及的不同种类。

在本章中,我希望陈述陀思妥耶夫斯基天才的某些侧面,它们使我们得以在《罪与罚》《白痴》《群魔》和《卡拉马佐夫兄弟》中,发现戏剧性结构和实质。就此而言,与托尔斯泰式史诗的情况类似,通过直接并且合理的方式探索作品的技巧,形成了对作家的形而上学观念的讨论。

在陀思妥耶夫斯基的早期作品中,看起来存在两部戏剧,或者说戏剧片段。据我所知,这两部戏剧没有留存下来。但是我们知道,在1841年,他写过两个剧本,一个题为《鲍里斯·戈东诺夫》(*Boris Godounov*),一个题为《玛丽·斯图尔特》(*Mary Stuart*)。鲍里斯主题是俄罗斯戏剧文学中的一个主要题材,陀思妥耶夫斯基无疑知道亚历山大·苏马罗科夫的《觊觎者德米特里厄斯》(*Demetrius the Pretender*),知道普希金的《鲍里斯·戈东诺夫》(*Boris Godounov*)。但是,将鲍里斯与苏格兰女王并置的做法表明,陀思妥耶夫斯基受到了席勒的影响。后者是陀思妥耶夫斯基的天才的"守护神灵"之一;陀思妥耶夫斯基曾经向他弟弟吐露了这一秘密:席勒这个名字本身就是"一个可爱、熟悉的口令,它唤醒无数回忆和梦想"。毋庸置疑,他知道《玛丽亚·斯图尔特》(*Maria Stuart*),知道未完成的《德米特里厄斯》(*Demetrius*)——一个写得非常漂亮的片段,它完全有可能成为席勒的杰作。我们无法确定,在尝试对沙皇和觊觎者的故事进行戏剧化处理的过程中,陀思妥耶夫斯基究竟下了多少研究功夫。但是,在《群魔》中,我们听到了席勒和德米特里厄斯主题的回声。

托尔斯泰或陀思妥耶夫斯基

陀思妥耶夫斯基继续考虑如何利用戏剧,事实上可能已经完成类似手稿的东西,这一点在他1844年9月30日写给弟弟的信中得到了证实:"你说我的救赎存在于我的剧作之中。但是,这部戏要等很久之后才能上演。我要从剧作上演中受益,等待的时间可能就更长了。"此外,那时陀思妥耶夫斯基已经完成了巴尔扎克的《欧也妮·葛朗台》的翻译工作,《穷人》(*Poor Folk*)一书的写作也接近收尾。但是,他对舞台的兴趣从来没有完全中断:有人听说,他计划在1859年冬季创作一部悲剧和一部喜剧;在创作生涯即将结束时,他在1880年夏季还在创作《卡拉马佐夫兄弟》的第十一部,他当时考虑的问题是,可否将该小说的一个主要插曲改编为剧本?

陀思妥耶夫斯基对戏剧文学十分熟悉,涉猎广泛。他在研读莎士比亚和席勒作品方面造诣甚深,两位都是浪漫主义万神殿中历史悠久的人物。但是,陀思妥耶夫斯基了解并且评价过17世纪的法国戏剧。1840年1月,他给弟弟写了一封让人深受启发的信:

但是,请一定告诉我,在讨论形式的过程中,你怎么可能提出这个论点:拉辛和高乃依采用的形式不行,所以他们两人都无法给人带来愉悦。你这个可怜的家伙。接着,你竟然还厚颜无耻地补充说:"在这种情况下,你是否认为,他们的诗歌写得不好?"你说拉辛根本不是诗人,对吧?拉辛,那位热情洋溢、激情四射、充满理想的拉辛不是诗人?你怎么敢提出这样的问题?你读过他写的《安德洛玛刻》(*Andromaque*)吗?读过他的《伊菲姬尼在奥利德》(*Iphigénie en Aulide*)吗?你读后是否还坚持认为,它不是一部美妙无比的作品?你难道不觉得,拉辛笔下的阿喀琉斯完全可以与荷马史诗中的人物媲美？我承认你的说法，拉辛偷窃了荷马的艺术，但是拉辛采用的方式何等高明！他塑造的女性形象何等美妙！一定要努力去理解拉辛的艺术……弟弟，如果你认为，《费德尔》并不是最优秀、最纯粹的诗歌，我不知道应该对你说什么才好。怎么说呢，如果他所用的材料不是大理石，而是巴黎的灰泥，他的作品之中一定包含着一种莎士比亚式力量。

下面，让我说一说高乃依的作品吧……怎么说呢，你难道不知道，高乃依创作了顶天立地的人物，具有浪漫主义情怀，地位直追莎士比亚？你这个可怜的家伙！在笨拙、可怜的若代勒（他是令人作呕的《被俘的克里奥佩特拉》[Cléopâtre captive]的作者）和龙萨——他先于我们俄罗斯的特列季亚科夫斯基——逝世50年之后，高乃依才被世人所知，他与作品索然无味的打油诗人马莱伯几乎生活在同一时代，这一点你知道吗？你怎么会在形式方面对他提出要求呢？这无异于要求他借鉴塞涅卡作品的形式。你读过《辛纳》(Cinna)吗？在神一般的人物奥古斯都之前，卡尔·莫尔的境况如何？菲耶斯科如何？泰尔如何？唐·卡洛斯如何？那部作品本来可能向莎士比亚表达敬意……你读过《熙德》(Le Cid)吗？去读一读吧，那个不幸的人，他在高乃依之前就作古了。你已经对他很不恭敬了。无论如何，还是读一读吧。如果浪漫主义没有在《熙德》中达到顶峰，它会代表什么呢？[1]

---

[1] 《费奥多尔·米哈伊洛维奇·陀思妥耶夫斯基的信函》(Letters of Fyodor Michailovitch Dostoevsky, E. C. 梅恩译，伦敦，1914年)。

在此提醒一句：这是非常重要的文件，写信人是拜伦和霍夫曼的狂热崇拜者。请注意他为拉辛选择的几个形容词："热情洋溢""激情四射""充满理想"。写信人对《费德尔》给予了极高评价，这显然是有道理的（这个剧本的译者是席勒，这一事实可能增加了陀思妥耶夫斯基的自信）。关于高乃依的这段话揭示的东西甚至更多。陀思妥耶夫斯基知道若代勒的《被俘的克里奥佩特拉》，这一点本身就足以让人感到震惊；给人印象更为深刻的是，他提到这部作品的目的在于，他要为高乃依所用技巧中的不成熟的过时要素辩护。此外，他还认为，高乃依的早期作品更接近罗马悲剧作家塞涅卡的风格，而不是接近雅典悲剧，这使人可以将高乃依与莎士比亚进行比较。最令人感兴趣的一点是，陀思妥耶夫斯基将高乃依，特别是将《熙德》与浪漫主义的理念联系起来。这一观点与现代人——例如，布拉西亚——对高乃依的解读一致，与当代人的这一观点一致：在英雄诗体中，在西班牙式绘画色调中，在法国前古典主义的华丽辞藻中，存在着"浪漫主义"气质。

尽管陀思妥耶夫斯基一直对拉辛赞赏有加——《赌徒》(*The Gambler*) 主人公说，"无论我们是否能够进入伟大诗人之列，拉辛的地位都是不可动摇的"——但是对他影响最深的还是高乃依。例如，在《卡拉马佐夫兄弟》的草稿和简短的备忘录中，我们发现了下面这些文字："格鲁申卡·斯维特洛娃。卡佳：罗马，我愤恨的唯一对象 (Rome unique objet de mon ressentiment)。"当然，这里所指的是高乃依的《贺拉斯》(*Horace*) 中的人物卡米尔诅咒罗马的头一句。也许，围绕这个短语，陀思妥耶夫斯基构建了格鲁申卡和卡佳在德米特里的牢房里见面的情景。引自《贺拉斯》的这一行文字点出了小说中描写的

第三章

严酷无情的氛围：

> 卡佳快速走向牢门，但是在格鲁申卡面前突然停下脚步，脸色发白，低声呻吟，几乎是在耳语："原谅我吧。"
>
> 格鲁申卡看着她，一时无语，随后用带有恶意的辩白口气回应说："我们充满仇恨，姑娘，就是你我。我们两人都充满仇恨。我们也许可以互相原谅。去救他吧，我一辈子都会崇拜你的。"
>
> "你不原谅我！"米佳高声说，声音中带着指责的口气。

但是，也可能出现的情况是，陀思妥耶夫斯基的这一密码式注释所指的是卡佳突然出现的报复冲动，指的是她在审判庭上的指责性证言。在两个例子中，小说家利用自己对高乃依作品的记忆，形成并记录了自己创作活动的一个阶段。这里所说的高乃依作品的文本已经融入陀思妥耶夫斯基的心智结构中。

让我们将此作为许多具体例子之一，以便论证这个主要观点：与地位类似的小说家相比，也许陀思妥耶夫斯基在感性、想象方式和语言策略方面受到了更多来自戏剧的影响。就核心性和复杂性而言，戏剧对陀思妥耶夫斯基的影响类似史诗对托尔斯泰的影响。这种影响见于他的创作活动，与托尔斯泰的情况形成强烈对比。与狄更斯的习惯类似，陀思妥耶夫斯基在写作过程中以戏剧形式模仿角色，这是戏剧作者气质的一种外在姿态。他驾轻就熟地使用悲剧基调和"悲剧哲学"，这体现了作者具有的丰富感性，从而以戏剧方式体验并且转换素材。这一点对陀思妥耶夫斯基的整个生活来说都是正确和适当的。从青年时期开始，他在《死屋手记》中描述了戏剧表演，后来在《卡拉马佐夫兄弟》中以详细的方式刻意利用了莎士比亚的《哈姆雷特》和席勒的《强盗》(*Die Räuber*)，很好地控制了小说的动态。托马斯·曼在谈到陀思妥耶夫斯基的小说时说，它们是"规模宏大的戏剧，场景特征几乎见于整个结构之中；在他的小说中，情节让人物的灵魂深处错位，常常集中在数天时间之内，以超现实主义和狂热的对话形式表现出来……"[1] 人们很早就注意到，这些"规模宏大的戏剧"可被改编为舞台表演；早在1910年，根据《罪与罚》改编的同名戏剧就在伦敦上演。纪德在谈及《卡拉马佐夫兄弟》时说："在历史上所有想象性作品和主角中，《卡拉马佐夫兄弟》最适合以舞台形式展现出来。"[2]

随着时间的推移，从陀思妥耶夫斯基小说改编的戏剧越来越多。仅以1956年冬季为例，单在莫斯科一地就上演了9部"陀思妥耶夫斯基话剧"。许多歌剧采用了由陀思妥耶夫斯基作品改编而来的歌词，例如，普罗科菲耶夫的《赌徒》、奥塔卡·耶雷米亚什的《卡拉马佐夫兄弟》、雅纳切克创作的怪诞异常又非常感人的《死屋手记》。

在阅读陀思妥耶夫斯基作品的过程中，兴趣各异的读者——例如，苏亚雷斯、别尔嘉耶夫、舍斯托夫和斯特凡·茨威格——都求助于戏剧语汇。不过，只有在陀思妥耶夫斯基档案资料出版（和部分翻译）之后，一般读者才能看到陀思妥耶夫斯基在创作中常常使用的戏剧元素。我们现在可以详细说明，《罪与罚》《白痴》《群魔》和《卡拉马佐夫兄弟》都是根据亨利·詹姆斯所说的"剧情原则"创作的，它们就是R. F. 利维斯在讨论"作为戏剧的小说"时所说的那种视觉例证。在

---

[1] 托马斯·曼，《陀思妥耶夫斯基》(《新研究》，斯德哥尔摩，1948年)。

[2] 安德烈·纪德，《陀思妥耶夫斯基》(巴黎，1923年)。

第三章

考察这位作家的创作调整和准备过程时，人们常常得到的印象是，陀思妥耶夫斯基先创作剧本，保留对话的基本结构，然后扩展舞台指令（在草稿中可以清楚地看到这些指令），才形成我们现在看到的叙事文本。在他所用的小说技巧暴露出不足之处的片段中，我们通常可以发现，所用素材类型或背景类型是在戏剧中难以处理的东西。

这并不是说，我们应该根据在本质上属于个人行为的创作准备情况，对最终出版问世的作品进行评判。这类证据与理解有关，与评价无关。肯尼思·伯克说："批评的主要任务旨在使用现存可供使用的东西。"[1]

二

陀思妥耶夫斯基对题材的选择总是体现出他对戏剧的偏好。屠格涅夫的创作是从一个角色的形象或者一小组人物的形象开始，相关情节从这类人物的形象和冲突中产生出来。与之相反，陀思妥耶夫斯基首先看到的是情节。在他的创作基础材料中，我们可以看到冲突，看到具有戏剧性的活动。他开始时总是展现短暂的突变或者冲突，日常事物在这样的变化中出现错位，形成所谓的"紧要关头"。陀思妥耶夫斯基的四部主要作品要么围绕着谋杀展开，要么以谋杀作为故事情节的高潮。

人们会想到自古以来存在的谋杀与悲剧形式之间的持久不变的联系，这显然受到《俄瑞斯忒亚》(*Oresteia*)、《俄狄浦斯王》、《哈姆雷特》

142

---

[1] 肯尼思·伯克，《文学形式的哲学》(*The Philosophy of Literary Form*，纽约，1957年)。

的启发。正如人类学家们所认为的，在戏剧的起源中，也许存在人们对献祭仪式的隐蔽但难以去除的回忆。也许，从谋杀到报应的律动以独特的方式，象征着一种走向平衡状态的发展过程，从无序行为到重归于好。人们将它与悲剧理念本身联系起来。此外，谋杀给私密性画上了句号。根据悲剧的定义，杀手的房门随时可能被人强行打开。杀手面对的是只有三面墙壁的房间；换言之，他的生活带有"戏剧方式"。

在创作小说的过程中，陀思妥耶夫斯基并不是将历史上或者传奇中的谋杀戏剧化。他的素材来自当时出现的罪案，来自司汤达得到创作《红与黑》灵感的那种车祸、凶杀等社会新闻（fait divers），甚至包括其中提到的细节。陀思妥耶夫斯基非常喜欢阅读报纸，他在通信中常常提到侨居国外时难以看到俄罗斯报纸。历史学家的手法在托尔斯泰的创作中起到重要作用；与之类似，新闻技巧在陀思妥耶夫斯基的创作活动中也起到重要作用。通过阅读报纸，陀思妥耶夫斯基确认了自己眼中扭曲的现实。在一封1869年写给斯特拉霍夫的信中，他这样说道：

在随手翻阅的任何一份报纸中，你都可以看到让你感到异乎寻常然而完全基于事实的新闻报道。作家将它们视为想入非非的产物，但它们是事实，因而是真实的东西。然而，谁会去劳神费力地观察、记录、描述它们呢？

《罪与罚》和现实之间的联系具有悖论性质，令人敬畏。看来，陀思妥耶夫斯基是在西伯利亚服刑期间想到这部小说的主题的。这部小说以分期连载方式问世，第一部分于1866年1月刊登在报纸《俄罗斯

《信使》上。过了几天,莫斯科的一名大学生杀死了一个高利贷放债人及其仆人,罪案现场与陀思妥耶夫斯基想象的情况显然非常相似。现实从来没有以如此迅速、准确的方式模仿艺术。

1867年3月,一个名叫马祖林的年轻人暗杀一个名叫卡尔梅科夫的珠宝商人,这为《白痴》中罗果仁杀害娜斯塔霞提供了创作素材。陀思妥耶夫斯基在这部作品中使用了几个著名的细节,例如,油布、消毒剂、围绕娜斯塔霞尸体嗡嗡飞动的苍蝇,它们与当时报纸刊登的犯罪现场的情况完全相同。不过,这并不意味着批评家艾伦·泰特对这些细节的象征功能的探索是没有理由的。其原因还是在于,残忍的现实问题与艺术品之间的联系非常复杂,具有不可思议的交错性。在《罪与罚》中,拉斯柯尔尼科夫在梦里看到一只嗡嗡飞动的苍蝇;当他醒来之后,一只身体肥大的苍蝇真的正在撞击窗户玻璃。换言之,卡尔梅科夫的真实处境与陀思妥耶夫斯基以前想象的东西不谋而合。与拉斯柯尔尼科夫的梦境类似,那只嗡嗡飞动的苍蝇同时出现在小说的"外部现实"和象征结构之中。普希金在《先知》(The Prophet,陀思妥耶夫斯基频频提及的一首诗歌)中赞扬了这种偶然法则,陀思妥耶夫斯基在研究癫痫与异常的洞察力之间的联系的过程中,想到了这类相似性。读者还会想到,在《战争与和平》第十一部中,一只苍蝇在安德烈公爵头上嗡嗡盘旋,它让濒临死亡的人产生了一种现实感。

在《群魔》创作过程中,来自现实的素材甚至更为多样。正如我们所知,这部小说的结构体现了两方面因素之间的某种不稳定的平衡:其一是计划之中的《一个伟大罪人的一生》(The Life of a Great Sinner)系列的片段,其一是对政治罪案的戏剧化处理。1866年4月,卡拉科佐夫刺杀沙皇未遂,这一事件形成了创作《群魔》的最初想法。但是,

144

形成小说叙事焦点的却是发生在 1869 年 11 月 21 日的谋杀案：有人在虚无主义者头目涅恰耶夫的授意下，杀害了一个名叫伊万诺夫的学生。在德累斯顿逗留期间，陀思妥耶夫斯基仔细阅读了所有能够找到的俄罗斯报纸，密切跟踪有关涅恰耶夫的报道。他再次产生了非常奇妙的感觉，预先知道了罪案的情况，凭直觉依赖他信奉的政治哲学，预感到虚无主义将会导致谋杀。在《群魔》手稿的大量篇幅中，彼得·斯捷潘诺维奇·韦尔霍文斯基最初就名叫"涅恰耶夫"。在 1870 年 10 月写给卡特科夫的信中，陀思妥耶夫斯基强调，他并未照搬那起案件的实际情况，他想象的角色可能与那位头脑精明、手段残酷的虚无主义者有所不同。但是，我们见到的笔记和初稿清楚地显示，陀思妥耶夫斯基根据伊万诺夫的死亡事件思考了涅恰耶夫臭名昭著的哲学，构想并且发展了这部小说的主题。此外，在这部书的写作过程中，实际发生的事情增添了另外一个重大主题：在 1871 年 5 月巴黎公社运动期间发生了纵火案件，这使陀思妥耶夫斯基内心大为震动，让他回想起 1862 年的圣彼得堡大火。因此，在小说中出现了一场大火，它毁灭了城市的一个区域，最终导致丽莎的死亡。

涅恰耶夫案件的庭审开始于 1871 年 7 月，陀思妥耶夫斯基根据法庭的记录，形成了《群魔》最后章节的重要细节。甚至在这部小说写作的最后阶段，陀思妥耶夫斯基也能将来自外部、从根本上说具有偶然性的材料融进叙事之中。例如，在小说中，维尔金斯基知道沙托夫被害之后，发出了那句著名的强烈抗议与呐喊："这不对，不对，完全不对！"现存的草稿显示，它出自保守的时事评论家 T. I. 菲利波夫所写的一封信件。实际上，就《群魔》的结构而言，有人提出了这样的批评：这部作品带有过多"开放性"，同时期出现的事情的影响过于明显。一方面,这使陀思妥耶夫斯基对整体结构的看法变得支离破碎,小说的叙事轮廓变得模糊不清;另一方面,预言家的担心和直觉很少以戏剧性的形式在预言家眼前实现,但是,在《群魔》中,我们却看到了这样的情形。

如果说《群魔》中存在着预言倾向,那么《卡拉马佐夫兄弟》中则存在着回忆的萌芽。陀思妥耶夫斯基的父亲被三个农奴杀害,有的批评家和心理学家认为,当时的情况与《卡拉马佐夫兄弟》中描写的非常类似。但是,在陀思妥耶夫斯基对弑父题材的处理方式中,我们可以看到作者在创作过程中想到的哲学因素和实际因素。与屠格涅夫和托尔斯泰——后者的《两个骠骑兵》(*Two Hussars*)的最初书名是《父亲与儿子》(*Father and Son*)——的观点类似,陀思妥耶夫斯基认为,这一主题在俄罗斯占据了主导地位:两代人之间的矛盾,即19世纪40年代的自由主义者与激进的继承者之间的矛盾。在那场斗争中,弑父行为象征着绝对之物。此外,在创作这部小说的过程中,陀思妥耶夫斯基重新看到《死屋手记》记录的一则社会新闻。有一个囚徒名叫伊林斯基,出身贵族,被指控在托博尔斯克城里杀害了自己的父亲。在被关押了20余年之后,伊林斯基被判无罪。在为这部小说准备的早期笔记中,陀思妥耶夫斯基屡屡提到托博尔斯克。

当时的两桩罪案也被陀思妥耶夫斯基用于费奥多尔·巴甫洛维奇·卡拉马佐夫的谋杀情节中。小说初稿反复提到这一罪案:在1869年,一个犯罪团伙暗杀了一个名叫冯·佐恩的男子。1878年3月,陀思妥耶夫斯基出席了维拉·查苏利奇的审判会,被告试图杀害臭名昭著的警察厅厅长特列波夫。陀思妥耶夫斯基从该案获得素材,用以描述对德米特里·卡拉马佐夫的审判。在他看来,这两者之间存在着精神方面的联系：其一是弑父行为，其二是以恐怖的方式刺杀作为父亲的沙皇或者沙皇选定的代表的行为。在这部小说中，另一个具有重要意义的主题涉及针对幼小儿童的犯罪行为——这是对弑父行为的一种象征性颠倒。我将详细追溯与这一主题相关的文学渊源和内在意义，然而首先值得特别提及的是，在伊万·卡拉马佐夫提出的上帝的谴责中，他列举的许多兽性行为都取自当时的报纸和司法档案。陀思妥耶夫斯基首先在《作家日记》里提到其中一些例子，在《卡拉马佐夫兄弟》部分脱稿之后，开始关注另外一些。这里有两个具体得令人发指的案件，一个是克罗贝内格案，另一个是 1897 年 3 月在哈尔科夫审理的布伦斯特案。这两个案件给陀思妥耶夫斯基提供了最令人痛心的细节。在陀思妥耶夫斯基最初的写作提纲中，并没有小说的第九部《预审》("The Preliminary Investigation")。增添这一部分的原因是作者与 A. F. 孔尼的一次会面，它细化和深化了陀思妥耶夫斯基对司法程序的认识。这是发生在托尔斯泰与陀思妥耶夫斯基两人之间的不可思议的偶然事件之一——正是孔尼在 1887 年秋天就《复活》的情节向托尔斯泰提出了一些建议。

简而言之，在陀思妥耶夫斯基的主要作品的创作过程中，当时社会上出现的这些实际情况起到了重大作用。它们表明一个显而易见的寓意：陀思妥耶夫斯基的想象力围绕着一种暴力行为发挥出来，这些行为在性质和风格潜力两个方面非常类似。借助具有干预和探索性质的侦探语言，从犯罪到惩罚的主题转变中可以看出，他以内在方式包含了戏剧形式——这一点见于《俄狄浦斯王》《哈姆雷特》和《卡拉马佐夫兄弟》。与托尔斯泰选取的素材和使用的方式相比，陀思妥耶夫斯基的情况是完全不同的，这一点对人不乏启迪意义。

第三章

陀思妥耶夫斯基采用了特殊的技巧，创作方式独具一格，这源于戏剧形式提出的要求：对话在动作中达到顶点；多余的叙事被全部剔除，以便使人物之间的冲突以毫无掩饰的方式凸显出来；使用的创作法则是最大能量法则。陀思妥耶夫斯基的小说以极好的方式，体现了黑格尔的戏剧定义中所说的"运动整体性"。毫无疑问，陀思妥耶夫斯基的草稿和笔记显示，他以戏剧方式想象并且创作小说。例如，我们可以看一看《群魔》创作笔记中的两个片段：

> 对丽莎与沙托夫之间关系的解释——
> 和以赫列斯塔科夫风格
> 和戏剧方式出现的
> 涅恰耶夫的幽灵——
> 以及用单个连接方式互相连接起来的
> 通过不同场景方式呈现的开头。

这里提到的赫列斯塔科夫是果戈理的《钦差大臣》（*The Inspector General*）中的主角，它具有明显的意义。在梳理材料、形成初步写作提纲的过程中，陀思妥耶夫斯基构思了角色和情景，仿佛他们一一出现在舞台上。通过共鸣，形成了涅恰耶夫和韦尔霍文斯基之间的恰当关系——果戈理的喜剧在此起到音叉的作用。或者，让我们看一看下面这一段笔记吧。在这里，陀思妥耶夫斯基的做法与亨利·詹姆斯的类似，与自己进行了一段对话：

> 这里的问题是否出在叙事方式上？在"做好描写德罗兹多夫

托尔斯泰或陀思妥耶夫斯基

和丽莎的准备"之后,我是否应该以**戏剧方式**继续写下去呢?

在叙事性散文的范围之内,这恰恰是陀思妥耶夫斯基继续做的事情。

正如我们在以下详细讨论中将会看到的,陀思妥耶夫斯基小说中的叙事者以清楚明白的语调和表现手法,暗示了戏剧作者的气质。叙事者以直接方式讲话,例如,在可以算最具陀思妥耶夫斯基特色的小说《地下室手记》中,"我"与读者之间的关系用戏剧语言表达了出来。歌德在1797年12月写给席勒的信中说,书信体小说在性质上"具有戏剧特征"。就陀思妥耶夫斯基的第一部作品而言,这种说法非常适当。《穷人》采用信件的叙述形式,可能代表了作者从最初希望创作戏剧到后来转向小说的过渡阶段。在同一封信中,歌德试图对不同体裁进行细微区分:"不能容忍混杂着对话的叙事小说"(他这里所说的是戏剧对话)。《罪与罚》《白痴》《群魔》和《卡拉马佐夫兄弟》证明,这个说法是错误的。这些作品其实是对戏剧表演的"模仿"。在它们当中,对话被赋予非常重要的意义,成为R. P. 布莱克默所说的"作为动作的语言"。连接对话的文字充实剧情结构,但并不完全遮蔽剧情结构——更确切地说,它起到某种舞台指令的作用,强调内在的因素。

在陀思妥耶夫斯基的所有重要作品中,对文本进行这种解读的证据比比皆是。但是,没有哪一部作品像《白痴》的开头几章这样,集中体现这样的证据,使叙事完全与戏剧的传统手法和价值融为一体。我们不要忘记,这些章节的时间跨度只有24小时。

三

在文学作品中，时间问题错综复杂。史诗表达很长的时间跨度。实际上，《伊利亚特》和《奥德赛》描述的情节只有50天左右。尽管有关论者对《神曲》描述的精确时间莫衷一是，但相当清楚的是，这部作品包含的时间不会超过一个星期。然而，史诗采用了传统的延缓手法，例如，形式传说或形式叙述被结合在重要叙事之中；使用括号来记录某个物品或人物的前史；描写梦境或者进入地狱的旅程。这样的传统手法暂时中止情节向前运动。用歌德的话来说，这类主题的"情节发展与其目的分离开来"，古希腊理论已经将其视为史诗具有的本质特征。它们概括说明了以回忆和预言为主要工具的这一文学体裁。

戏剧的情况恰恰相反。但是，在文艺复兴和新古典主义理论时期，有人对亚里士多德提出的关于"时间一致律"的著名论述进行了解释，影响了人们对这一点的认识。在《诗学》中，实际的表述是这样的："悲剧尽可能在太阳的一个循环或者与之相近的时间中完成。"正如汉弗莱·豪斯在他提出的评论中所强调的，这一说法旨在强化"两种不同的作品在时间长度上的基本比较，史诗长达数千行，而悲剧大都不超过1600行"。[1] 与某些新古典主义理论所提出的观点相反，古希腊戏剧实践并没提示说，悲剧表演所用的时间与想象活动的时间相等。在《欧墨尼德斯》（Eumenides）和欧里庇得斯的《请愿的妇女》（The Suppliants）中，而且很可能也在《俄狄浦斯在科罗诺斯》（Oedipus at Colonus）中，两个事件之间存在较长的时间间隙。亚里士多德所说的

---

[1] 汉弗莱·豪斯，《亚里士多德的〈诗学〉》（Aristotle's Poetics，伦敦，1956年）。

"情节一致律"的意思是要人们认识到这一点：从散漫的日常经验中，戏剧集中、压缩并且确定经过严格定义的人为"集权主义式"冲突。曼佐尼当年排斥源于卡斯特尔维屈罗对亚里士多德论述的解释，显然看到了这一点。曼佐尼在《致 M. C. 的信函——悲剧中时间与地点的统一》(Lettre à M. C. ——sur l'unité de temps et de lieu dans la tragédie)中指出，"三一律"表示一种陈述方式，它的意思是说，戏剧提炼并且强化现实的时空坐标，有时甚至到了扭曲的程度，其目的是实现整体效果。戏剧将本来包含毫不相关的元素的非连续性活动改造成沿直线运动的情节。戏剧作者使用的是奥卡姆剃刀，只保留具有严格必然性和相关性的东西（李尔的夫人在哪里？）。正如约翰逊博士在《莎士比亚戏剧集序言》(Preface to Shakespeare)中提出的："只有情节一致律才是寓言必不可少的东西。"如果情节一致律得以维持，即使出现时间空白也不会损害戏剧幻觉。实际上，莎士比亚的历史剧表示，如果将情节中描述的时间长度与戏剧演出所需的时间长度并置起来，往往会带来非常丰富的戏剧效果。

　　小说继承了这些复杂性和误解，为此我们可以区分出两类作家：一类在时间感的驱使下，倾向于采用史诗的传统手法；另一类以戏剧方式来感知时间。其原因在于，尽管小说是用来阅读而不是背诵或者表演的，但正如约翰逊博士所说，"供人阅读的剧本也会像表演出来的戏剧一样，给心灵带来影响"。而供人阅读的小说与表演出来的内容一样，也会给人的心灵带来影响。因此，与戏剧作者的情况类似，对小说作者而言，他们一直都得面对如何处理真实时间和想象时间的关系这个问题。经过深思熟虑的最具创新意义的做法见于《尤利西斯》这部作品。作者将具有戏剧性的一天时间这一模式，置于结构和联想两个方面显然带有史诗性质的素材之上。

陀思妥耶夫斯基从戏剧家的角度来看待时间。他在《罪与罚》的笔记中提出了这个问题:"时间是什么?"接着,他回答说:"时间并不存在。时间是一系列数字,时间是现存之物与不存在之物之间的关系。"他的本能做法是将缠结起来的多维度行为集中起来,放在具有合理性的最短暂的时段之中。这种集中表现的做法明显有助于形成梦魇感,形成动作感和语言感,有助于去除所有起到软化和延迟作用的因素。托尔斯泰小说中的叙事如同渐渐涨起的潮水;陀思妥耶夫斯基则让时间变形,使其变得狭窄和扭曲,去除了可能表现品质或进行协调的闲暇时段。他刻意让黑夜中出现频繁的活动,如同白昼一般,以免睡眠抑制愤怒,或是化解角色冲突形成的仇恨。陀思妥耶夫斯基笔下的时间经过浓缩,带有幻觉特征,是圣彼得堡的"白夜",而不是托尔斯泰笔下安德烈公爵在奥斯特里茨安睡的中午,不是列文找到的平静的遥远星空。

《白痴》的大部分情节在24小时之内展开,《群魔》的大部分事件集中出现在48小时之内,《卡拉马佐夫兄弟》的情节——审判除外——浓缩在5天之内。就体现作者的想象、表达作者的意图而言,这些做法起到了核心作用,与《俄狄浦斯王》中那段令人感到恐怖的短暂时间有异曲同工之妙:身为国王的俄狄浦斯转眼之间便沦为无家可归的乞丐。有时候,陀思妥耶夫斯基的写作活动进展神速,《白痴》的第一部分仅用23天便大功告成,这仿佛对应了作品中快速变化的情节律动。

《白痴》的第一句以明确方式确定了作品的节奏:"11月接近尾声,冰雪融化,一天早上9点,一辆从华沙开往彼得堡的列车正在全速驶向终点。"对陀思妥耶夫斯基的构思而言，这些巧合必不可少。就是借助这样的巧合，梅诗金公爵和罗果仁面对面坐在了三等列车的同一节车厢里。这一巧合具有明确的接近性，其原因在于，这两个角色原本体现了一个复杂人物的不同侧面。与陀思妥耶夫斯基早期创作的霍夫曼式故事《双重人格》(Goliadkin)相比，这里使用的"替身"更为复杂，然而他们两个仍然是替身。在这部小说的草稿中，通过连续的不确定阶段，将梅诗金与罗果仁分离开来。在初稿中，梅诗金是一个意义明确的拜伦式角色，是《群魔》中的斯塔夫罗金的一个速写形象。（与在陀思妥耶夫斯基哲学的核心部分的情况类似）在这个角色身上，善与恶以无法分离的方式互相交织，诸如"谋杀""强奸""自杀""乱伦"这样的字眼常常与他的名字联系起来。在《白痴》写作提纲的第七稿中，陀思妥耶夫斯基实际上提出了这个问题："他是谁？究竟是令人恐惧的恶棍，还是神秘理想的化身？"后来，这一页上出现了作者睿智的闪光："他是一位**公爵**。"几行之后又接了一句："公爵，（对如何与儿童打交道）一无所知？！"[1] 这一点看来具有重大意义。然而，斯塔夫罗金和阿廖沙·卡拉马佐夫的例子说明，在陀思妥耶夫斯基使用的语言中，公爵这个称号带有的弦外之音非常模糊，可能有多种解释。

　　梅诗金是一个包含多重意义的角色，我们在他身上看到了耶稣、堂吉诃德、匹克威克以及东正教传统中圣徒式愚人的影子。但是，梅诗金与罗果仁的关系是明确的。罗果仁就是梅诗金的原罪。梅诗金公

---

[1] 七星出版社推出了陀思妥耶夫斯基的创作手记。该书编辑认为，"公爵"一词的笔迹显示，作家发现自己已经触及这部小说的一个重要主题。但是，公爵这个称号那时与梅诗金没有什么关系；更确切地说，在小说的最初构思中，它看来属于另外一个次要角色。陀思妥耶夫斯基在写作过程中逐步意识到，公爵正是"白痴"本人。

爵是人，因而摆脱不了《圣经》中所说的人类堕落；就此而言，这两个角色是不可分割的伙伴。他们一起进入小说，后来一起离开，走向共同的末途。罗果仁谋杀梅诗金的行为带有强烈的自杀性痛苦。他们之间具有无法言说的近似性，它是陀思妥耶夫斯基试图表达的一种寓言，暗示在知识之门中必然存在着邪恶。当罗果仁离开他时，公爵再度陷入白痴状态。假如没有黑暗，我们如何理解光明的性质呢？

在这节车厢里，还有"一个穿着褴褛、大约40来岁的男子，看上去像是做文案工作的，鼻子发红，满脸污痕"。列别杰夫是小说中怪诞可笑、个性分明的次要角色之一，陀思妥耶夫斯基在主角身边安排了许多这样的人物。他们遍布城市的各个角落，嗅到暴力或者丑闻的气味便蜂拥而至，时而冷眼旁观，时而火上浇油。列别杰夫类似果戈理《外套》中那名可怜的小官员，类似狄更斯笔下的那位麦考伯先生——一个对陀思妥耶夫斯基产生深远影响的角色。与《罪与罚》中的马尔梅拉多夫、《群魔》中的列比亚德金和《卡拉马佐夫兄弟》中的斯涅戈尔约夫（他们的名字让人想到大量卑微的言行）类似，列别杰夫每天赶前忙后，按照有权有势者的吩咐，计算所得所失——他和他所属的群体就像依附雄狮鬃毛的寄生虫。

列别杰夫的唯一财产是大量流言蜚语。在《白痴》开头的几个情节中，列别杰夫口气急促，滔滔不绝地大肆散布这样的东西，让人想到火车运行时发出的单调声音。他要读者了解与梅诗金沾亲带故的叶班钦一家的情况。他从梅诗金那里得到暗示，公爵家世古老，嫡出名门（我认为，这暗指耶稣的高贵出身）。列别杰夫知道这一事实：罗果仁继承了一大笔财产，于是放出了关于漂亮的娜斯塔霞·菲利波夫娜的流言。他甚至知道菲利波夫娜与托茨基的关系，知道托茨基与叶班钦将军的关系。罗果仁对这个小人物的轻率言行深感恼怒,表露了自己对娜斯塔霞的强烈激情。这一场对话速度很快,言辞激烈,让读者看到了本质上相当粗俗的表达方式,实际上迫使读者接受戏剧采用的基本传统手法——通过涉及私密信息和情感的对话,把相关情节"公之于众"。

列车到达圣彼得堡时,列别杰夫与罗果仁的门徒混在一起了,那帮乌合之众包括小丑、丧家犬和恶棍,他们全都仰仗主子的魔力和赏赐度日。列别杰夫除此之外便无所事事,梅诗金最后无家可归,几乎一文不名,这样的刻画方式体现了陀思妥耶夫斯基作品的典型特征。莱昂内尔·特里林曾经认为:"在陀思妥耶夫斯基的作品中,每个场景无论在精神方面的寓意如何,开始时都带有一定的社会地位和财富的痕迹。"[1] 这种说法可能形成误解,因为它暗示我们常常在巴尔扎克小说中看到的那种具有决定性质的经济核心和稳定的社会关系。拉斯柯尔尼科夫非常需要得到一些财富,德米特里·卡拉马佐夫也是如此;毋庸置疑,罗果仁的财富在《白痴》中起到了非常重要的作用。但是,这里涉及的金钱肯定不是以任何可以明确界定的方式赚取的;它并不需要消磨人性的职业例行公事,不需要巴尔扎克笔下的金融家费心经营的高利贷业务。陀思妥耶夫斯基作品中的角色——即便是手头最为拮据的人——总是有闲心面对社会混乱,不假思索地置身其中。无论白天还是黑夜,人们都可以见到他们,根本无须把他们从工厂或是正正当当的公司中找出来。最重要的是,他们使用金钱的行为带有奇特

---

[1] 莱昂内尔·特里林,《习俗、道德与小说》("Manners, Morals, and the Novel",参见《自由主义的想象》[*The Liberal Imagination*],纽约,1950 年)。

的象征性和间接性,与君王的做法非常类似。他们有时候挥金如土,有时候却爱财如命。

荷马和托尔斯泰利用"客体的整体性",利用日常追求和习惯性经验的全面传统手法来界定笔下的角色。陀思妥耶夫斯基则将笔下的角色还原为不加掩饰的绝对事物,其原因在于,在戏剧中,不加掩饰的人物面对不加掩饰的人物。"从戏剧的角度看,"卢卡奇写道,"如果任何角色——或者角色的任何心理特征——在严格意义上不是形成冲突动力的必要条件,它们就都被判定为多余的。"[1]这一原则支配了陀思妥耶夫斯基的写作技巧。我们看到,梅诗金和罗果仁在车站握手告别,各奔前程。但是,"冲突动力"将会驱使他们沿着狭窄的轨道运行,在最后的结局中碰撞和结合。

"大约11点",梅诗金到达叶班钦将军的府邸。反复出现的时间参照值得我们特别注意,小说家通过它们对叙事的幻觉速度实施了某种程度的控制。在会客室,公爵——他这时开始展现其智慧带有的单纯性——向一名感到震惊的男仆倾诉自己内心深处的感受。如果说存在一种氛围使喜剧让读者感受到无以言表的悲伤,然而依旧保持喜剧的特征,那么,陀思妥耶夫斯基在这个场景中显示了创造这种氛围的杰出才能。梅诗金拥有天使般的感知直接性。在他的眼前,人们在生活中使用的工具——沉默寡言、慢慢默从,这些起到延迟和遮掩作用的话语策略——全被置之脑后。经过公爵之手的东西不是变为金子,而是变为透明之物。

后来,将军的秘书加夫里拉·阿尔达里昂诺维奇——人称"加尼

---

[1] 格奥尔格·卢卡奇,《小说理论》(伯林,1920年)。

亚"——把公爵领到叶班钦将军面前。通过另一个戏剧方式中的固有巧合所安排的是,这一天正好是娜斯塔霞的25岁生日,她已经许诺要在这一天宣布自己是否打算嫁给加尼亚。出于自己的考虑,将军对这桩婚事持赞成态度。娜斯塔霞已把自己的一张大照片送给了加尼亚,加尼亚把照片带到了主人家里。这张照片——在《少年》(*Raw Youth*)中,作者采用同样的手法让卡捷琳娜·尼古拉耶芙娜出现在读者面前——是一件"道具",将令人迷惑不解的多向叙事线索连接起来,从而赋予它们连贯性。

梅诗金凝视着照片,发现它"非常漂亮"。在照片上,他似乎看到了许多认识这位贵妇人的人并不了解的东西。在主人质询时,梅诗金回忆起当天在列车上听到的罗果仁讲述的情况。读者再次看到,陀思妥耶夫斯基进行的说明框架明显露出刻意而为的痕迹;但是,作品中的对话富于张力,作者不断利用戏剧智性来处理素材,在相当大的程度上吸引了读者,有助于淡化读者认为作品刻意而为的印象。

加尼亚的内心对这桩婚事持矛盾态度。他知道,这是由托茨基和将军一手策划的,用心险恶,令人反感。但是,他对娜斯塔霞将会从她的监护人那里得到的大笔财富垂涎三尺。12点半刚过,叶班钦离开了房间。他曾经做出承诺,要帮助梅诗金在社交圈子里安身立命,曾经要求梅诗金在加尼亚家中住下来。这时,秘书和"白痴"面对这张照片:

"这是一张傲气的脸,很有傲气!我无法说,她是不是好,是否善良。哦,只要她善良就行。那样一切都好。"

"那么,你会娶这样的女人吗?"加尼亚继续说,充满激动的眼睛一直没有离开公爵的脸庞。

"我根本不可能结婚,"公爵回答说,"我是残疾人。"

"你觉得,罗果仁会娶她吗?"

"为什么不呢?我觉得,他肯定会的。他明天就会娶她!明天娶她,一个星期之内杀她!"

公爵的这番话还未落音,加尼亚感到害怕,不寒而栗,而公爵几乎叫喊起来。

整个《白痴》中都隐含着这样的交锋。梅诗金已经看到娜斯塔霞的病态和自寻烦恼的骄傲,正在设法揭开她美貌背后的神秘东西。如果她"善良"(我们在此必须从神学整体性意义上来理解这个词语),"一切"确实会好起来的;正是娜斯塔霞的道德品质最终决定了其他角色的命运。加尼亚已经感觉到,公爵对她的同情之心具有巨大的超传统力量;加尼亚总是觉得,单纯会与不受限制的直接性同时出现,结果会带来激进的解决方法。梅诗金和娜斯塔霞的婚事像一团阴云,飘浮在他的脑海里。公爵已经明确表示,他不可能结婚。但是,这仅仅是物质层面的实情,是来自事实世界的一种偶然性,他不应受到它的约束。让加尼亚不寒而栗的不是对娜斯塔霞性命的担心,而是这一事实:公爵以非常轻松的预测方式看到了最终的明确结果。这个"白痴"已经感悟到在性格和情景两个方面的现实性,因而预示娜斯塔霞将会遭到谋杀。与之相比,相当聪明的加尼亚要么没有看到这些东西,要么将它们埋藏在受到惊吓的意识之中。他的唯一举动——"不寒而栗"——让读者看到非常明确和具体的反应,这说明了这段对话获得的戏剧效果。

接着,叙事者讲述了娜斯塔霞的童年,讲述了她早年与托茨基的关系。请允许我再次啰唆一句:这种表达复杂"背景知识"的做法给戏剧方式带来了很大困难。在《白痴》中,这类说明手法导致的两难困境非常突出,正如泰特所说,其原因恰恰在于"情节发展几乎完全属于'场景式的'"。[1]

托茨基计划娶叶班钦的女儿,娜斯塔霞与加尼亚的婚事将会促成这一计划的实现。此外,当时出现了"奇怪的说法":叶班钦将军本人对娜斯塔霞很感兴趣,他指望自己的秘书会彬彬有礼地处理好这一点。带着这个暗示,读者拥有结构紧密甚至具有戏剧特征的情景中的几乎全部要素。

临近午餐时,梅诗金见到了叶班钦夫人和她的三个女儿——亚历山德拉、阿黛拉伊达、阿格拉雅。他的单纯显露无遗,把几个女人全都迷住了。在回答她们的问题时,公爵——在小说的单薄面纱下——讲述了令人痛苦不堪的著名故事:1849年12月22日,陀思妥耶夫斯基经历了一场假处决。在陀思妥耶夫斯基创作的一些其他小说和故事中都插入了类似的叙述。它似乎起到一种标识的作用,在特定环节中赋予陀思妥耶夫斯基写作风格某种必要的元素。在《阿伽门农》(*Agamemnon*)中,特洛伊女预言家卡珊德拉发出了动物般的叫喊;与之类似,这种插入性叙事向读者宣示,在作品的核心部分存在一个已经被人体验的可怕真理。在梅诗金的叙事临近尾声时,阿格拉雅质问道:"你干吗要给我们讲这些?"这个问题提得很有道理,产生铺垫作

---

[1] 艾伦·泰特,《盘旋的苍蝇》("The Hovering Fly",参见《现代世界的作家》[*The Man of Letters in the Modern World*],纽约,1955年)。

用，引出她后来攻击他的"心地单纯"神话的行为。

但是，公爵避而不答这个问题，接着又讲了两个故事。他谈到了一次死刑（在叶班钦家的门厅里，他已经给男仆——因而也给读者——讲了这个故事）给他留下的印象。最后，他讲了一个狄更斯式诱惑和原谅的故事，并且声称在瑞士时曾经参加该剧的演出。陀思妥耶夫斯基为什么要讲述这一连串故事？我们对他的动机不太清楚。可以说，堕落女人的主题和儿童获得洞见与关爱的主题使读者将梅诗金这个角色与耶稣联系起来，这样可以更好地理解梅诗金对娜斯塔霞的特殊认识。但是，阿格拉雅强调（我认为她这样做不无道理），公爵这样做并且选择这样的主题是出于某种特别"动机"。尽管陀思妥耶夫斯基没有表达这一点，但我们不禁觉得，这三个"具有强烈效果的片段"在修辞上体现了紧迫性，这并不是角色所为，而是源于作者的考虑。如果我们记得，梅诗金触及的这些主题在很大程度上都与陀思妥耶夫斯基的个人回忆和心理困扰相关，那么，这一点就变得更有道理了。

公爵望着阿格拉雅，赞美她"简直可以与娜斯塔霞·菲利波夫娜媲美"。他将两个女人的名字进行带有危险性的对比，后来被迫告诉叶班钦夫人关于照片的事情。这种欠缺考虑的做法让加尼亚发狂，"白痴"这个叫法第一次从他嘴里冒出来。这使读者恍然大悟，完全是通过戏剧语境揭示出来的：加尼亚内心备受煎熬，这不仅是因为他对家人不屑一顾的娜斯塔霞抱有朦胧的情感，而且是因为他对阿格拉雅产生了爱意。加尼亚让梅诗金把一张便条交给阿格拉雅。在这张便条中，他恳求得到某种鼓励。如果阿格拉雅仅仅对他有意，他愿意拒绝娜斯塔霞，放弃他对财富的狂热期待。阿格拉雅很快让梅诗金看到了便条，当着梅诗金的面大肆羞辱这位秘书。这一行为暗示她对"白痴"萌生的兴趣,暗示她性格中涌动的歇斯底里的残酷倾向。

加尼亚羞愧不已,勃然大怒,把矛头指向公爵,对所称的白痴行为恶言相向。但是,当梅诗金很有礼貌地指责他时,加尼亚的怒火渐渐熄灭,邀请公爵到他家里做客。两人之间的对话包含陀思妥耶夫斯基喜欢使用的那种直接逆转。陀思妥耶夫斯基往往略去叙事的过渡部分,直接从仇恨转向爱意,从真实转向掩饰。这是因为他以戏剧方式写作,看到了人物的面部表情和肢体动作,仿佛他们是在舞台上念台词。当两人一道走出去时,加尼亚以野蛮的目光扫视梅诗金。他的友善邀请旨在争取时间;也许,他可以利用这个"白痴"。围绕着语言,读者看到两人之间的实际互动。我们必须一直带着视觉想象来阅读陀思妥耶夫斯基这样的小说家的作品。

这时已是下午。加尼亚的住所是陀思妥耶夫斯基笔下的那种巴别塔:小说中的大量人物从塔里的潮湿房间中涌出来,就像受到侵扰的蝙蝠。酪酊大醉的文职人员、一文不名的学生、饥肠辘辘的女缝衣工、品德优良但身处险境的女仆、目瞪口呆的儿童,这些都是读者熟悉的面孔。他们是小耐儿的后代,是狄更斯笔下那些人物的后代。他们是欧洲小说和俄罗斯小说中常常见到的角色,从《雾都孤儿》(*Oliver Twist*)到高尔基的作品,读者经常可以见到他们的身影。他们睡在"铺着烂毯子的破旧沙发上",依赖稀粥果腹度日,生活在房东或者当铺老板带来的恐惧之中,靠洗衣服或者抄写法律文书来获得微薄收入,在拥挤不堪的黑暗环境中拖儿带女,抚养一大家子人。他们是被打入大城市地狱的配角;通过这样的角色,狄更斯和欧仁·苏赢得了自己的追随者。陀思妥耶夫斯基对这一传统做出的新贡献是相当残忍的喜剧,它源于这一理念:与《圣经》的情况类似,小说中的儿童讲出了最朴素的真理。

梅诗金被放在一大群新角色之中:加尼亚的母亲,妹妹瓦尔瓦拉,弟弟科利亚(陀思妥耶夫斯基笔下感知能力超强的年轻人之一),普季岑(瓦尔瓦拉的追求者),一个叫菲尔季先科的人(与麦考伯类似的醉鬼),以及加尼亚的父亲伊沃尔京将军。在《白痴》中,伊沃尔京将军是最有人情味的角色,刻画得非常丰满。他在自我介绍时说"已经退休,时运不济",让读者领会到嘲笑英雄的意味。他将自己的回忆讲述给大家听,其中包括各式各样的内容,既有纯粹的杜撰之言,也有前一天的报纸新闻。当有人发现这样的情况,认为他说的与事实不符时,这个住在廉价公寓中的福斯塔夫式角色可怜兮兮地提到卡尔斯围困,提到自己胸部中弹的情形。梅诗金的出现起到了催化剂的作用,使各种各样的人物发出耀眼光彩。伊沃尔京将军的性格——这完全是经过戏剧化处理的魔法——受到各种因素的影响,受到公爵与其他人物之间关系的影响。然而,它也具有不可亵渎的明确特性。

加尼亚和他的家人就与娜斯塔霞结婚的问题爆发争论。梅诗金离开房间时听到了门铃声:

> 公爵取下铁链,把门打开,吃惊地往后一退——站在门口的是娜斯塔霞·菲利波夫娜。他见过她的照片,所以一眼认出她来。她满眼怒火,恨恨地盯着他。

陀思妥耶夫斯基将角色们聚在一起,来了一个"大亮相"(请比较一下《群魔》中在斯塔夫罗金家举行的聚会,以及《卡拉马佐夫兄弟》中相关角色在佐西马神父监房中见面的情形)。他们的对话仅仅被这一简短的舞台指令打断:"加尼亚满脸恐怖,一动不动";瓦尔瓦拉与娜塔斯霞交换了一下"寓意奇怪的眼色"。

加尼亚觉得厌恶和尴尬。他父亲穿着晚礼服走进房间,开始讲述报上刊登出来的一则冒险奇遇,仿佛那是他自己的经历。加尼亚听后,心里的痛苦顿时爆发出来。娜斯塔霞逗引他父亲继续讲述,以便揭露欺人之谈。与阿格拉雅类似,娜斯塔霞受到内心中的歇斯底里症和不安感的驱使,喜欢揭露男人灵魂中的拙劣之点。"这时,大门口传来砰的一声,几乎要把大门敲倒。"接着,出现了第二个主要人物。罗果仁大步走了进来,后面跟着十几个恶棍和随从——陀思妥耶夫斯基把他们称为"合唱队员"。罗果仁叫加尼亚"犹大"(我们心里应该牢记与梅诗金相关的象征价值)。罗果仁到此是为了利用加尼亚的贪婪,以便把娜斯塔霞从他手中"买回来"。这里有一处微妙的情节处理:如果加尼亚"出卖"娜斯塔霞,以便换取罗果仁的金钱,他就会背叛梅诗金。应该特别提到的是,读者首次阅读时难以察觉到各个层面的情节,其难度不亚于在剧院里初次听到一段复杂的戏剧对话。

罗果仁说话的口气在不断变化,时而带着动物般的傲气,时而露出某种感性的谦卑。"噢,娜斯塔霞·菲利波夫娜!不要让我为难!"娜斯塔霞让他放心,"脸上露出傲慢和带有讽刺意味的表情",表示她无意嫁给加尼亚。不过,她唆使他为自己开出10万卢布的价格。加尼亚的妹妹见到这种"拍卖"行为非常震惊,痛斥娜斯塔霞"不知羞耻"。加尼亚失去了理智,准备攻击瓦尔瓦拉(瓦利亚):

但是,另外一只手突然抓住了他——公爵站在他与瓦利亚中间。

第三章

"够了，够了！"公爵大声说，口气坚决，激动得浑身颤抖。

"你总是要挡我的道，该死的。"加尼亚说，松开本来拉着瓦利亚的那只手，用尽全身力气，给了公爵一耳光。

三个人都恐惧地叫喊起来。公爵面色苍白，如同死人，直愣愣地盯着加尼亚的眼睛，两眼冒出带着指责、奇怪而疯狂的目光，嘴唇颤抖着，但是没有发出声音来，嘴巴抽搐，露出一丝不协调的笑意。

"很好，这不关我的事。但是，我是不会让你打她的！"他后来低声说。接着，他忍不住了，突然转向墙壁，低哼一声："哼，你会为此感到羞耻的！"

在《白痴》中，其实也是在小说史中，这是最经典的段落之一。但是，与一首诗歌或者一部音乐作品类似，当段落的具体效果取决于整个作品时，应该如何进行解读呢？

带着饱受折磨的动物的本能，加尼亚看到，他的真正对手是这个"白痴"，而不是罗果仁。他们之间的冲突所涉及的不是娜斯塔霞，而是阿格拉雅，不过加尼亚和梅诗金可能并未完全意识到这一点。公爵以耶稣的方式默默忍受了加尼亚的耳光，罗果仁后来叫他"绵羊"，将这个象征性动作的意义凸显出来。然而，公爵尽管宽恕了加尼亚的行为，却无法接受自己与加尼亚蒙受的痛苦和羞辱相关这一事实。其原因在于，通过他自己对阿格拉雅的了解，他被牵涉进来。他知道这么多真相，这仿佛让他犯下罪孽。读者再次注意到，与罗果仁的密切关系如何让梅诗金获得了深刻认识。让他转向墙壁的痛苦以微妙方式构成，其中既包括他所预见的自己未来的心灵挣扎，也包括他对加尼亚

162

的情感。同理,读者也不应该忘记他那"奇怪而疯狂的目光",不应该忘记颤抖的嘴唇所暗示的癫痫。

娜斯塔霞目睹了这一事件,内心被"新感觉"占据(陀思妥耶夫斯基在此是否要读者接触另外的东西?)。她想到公爵的样子,不禁感言:"真的,我觉得在什么地方肯定见过他。"这一神来之笔说明,眼前这个"白痴"与娜斯塔霞在那幅画像上看到的另外一位公爵具有神秘的相似性。梅诗金曾经问她是否真是她自称的那种女人,娜斯塔霞低声回答说不是,然后转身离去。在那一刹那,她也许道出了实情。罗果仁知道其余的情况——在他与梅诗金的辩证关系中,必然正确的一点是,他们两人分别获得相互对立的睿智之见。他知道在娜斯塔霞身上存在的另外一面,并且为此定下了10万卢布的高价。他带着奴仆,气势汹汹地去取得这笔钱财。

读者如果记得,作者在创作《白痴》的第一部时感到了紧迫性和压力,那么肯定就会对陀思妥耶夫斯基处理题材所用的确定的精确方式惊叹不已。在小说中,突然出现的动作,例如,加尼亚扇公爵耳光,沙托夫扇斯塔夫罗金耳光,佐西马给德米特里·卡拉马佐夫鞠躬,这些都是无法挽回的表达方式。在这样的动作之后会出现片刻沉默;当对话恢复时,叙事者的口气以及读者对角色之间关系的理解已经出现了改变。言行之间的张力非常巨大,总是存在这样的危险:语言将会超越自身,进入行为,变为击打、亲吻或者诱发癫痫发作。对话赋予场景能量和潜在暴力。这些肢体动作使人惊讶,它们在语言中回响,使人觉得,它们不是从一定距离之外讲述出来的现实情形,而是由句法(我在此使用的句法一词具有很多隐含意义)力量释放出来的爆炸性意象或者隐喻。因此,陀思妥耶夫斯基对肢体动作的处理方式带有

第三章

模棱两可的幻觉氛围。读者见到的究竟是讲述出来的东西,还是表演出来的动作?对这一问题,我们难以立刻做出回答,它证实了一点:陀思妥耶夫斯基以戏剧方式处理对话,使对话变得具体可感。对话应该推动情节,动作应该表达意义,这正是戏剧的本质。

我在此忽略与加尼亚家庭相关的其他事件和隐含意义。在当天晚上快到 9 点半时,梅诗金公爵出现在为娜斯塔霞举行的聚会上。他不请自来,被卷入了这个大旋涡之中。叶班钦将军、托茨基、加尼亚、菲尔季先科和其他客人心情紧张,等待娜斯塔霞宣布订婚决定。在城市的另外一个地方,罗果仁正在仔细寻觅,兜揽生意,企望发一笔小财。娜斯塔霞的住所显示出陀思妥耶夫斯基文笔的特征,很像"舞台":它似乎只有三面墙壁,确实受到罗果仁的狂野攻击,还有公爵的无声入侵。为了熬过这一段难挨的时间,菲尔季先科建议大家玩"非常愉快的新游戏"(其实,这种游戏在 19 世纪 60 年代偶尔有人玩过):每个参与者轮流讲述生活之中"最糟糕的行为"。托茨基机敏地注意到,这个稀奇古怪的念头——陀思妥耶夫斯基在他创作的哥特式小说《噼噼啪啪》(*Bobok*)中再次使用了它——"不过是一种自我吹嘘的新方式"。菲尔季先科第一个抽签,回忆起一名模样漂亮的女窃贼,他后来让一个不幸的女仆代她受过。这是陀思妥耶夫斯基小说中一个挥之不去的主题,例如,它在《群魔》中以更加令人作呕的方式重新出现。娜斯塔霞许诺说,她将透露自己生活之中的"某件事情";叶班钦听后非常激动,开始讲述自己的故事。这一情节显然派生于普希金的《黑桃皇后》(*The Queen of Spades*)——陀思妥耶夫斯基的前一部小说《赌徒》受到普希金这部作品的影响。接着,托茨基承认,自己讲述的一个残酷的笑话间接导致一个年轻人命归黄泉。

这三个故事使非常坦诚的氛围变得凝重起来,这样一来,陀思妥耶夫斯基就可以让即将出现的高潮获得可信度。它们是微型寓言和推测,涉及整个小说对善恶的处理,而且,它们也必然填补了没有动作的紧张时段。但是,当托茨基讲完之后,娜斯塔霞没有按照顺序讲述自己的故事,而是直截了当地质问梅诗金:

"我该不该结婚呢?你决定吧,你说了算。"托茨基脸色像纸一样苍白。将军目瞪口呆。在场的所有人惴惴不安地听着。加尼亚稳稳坐在椅子上,身体一动不动。

质问之后的叙述文字是一种速写式场景描述,固定了相关角色的位置。正如梅列日科夫斯基所说:"故事并不是完整的文本,而是——可以这么说——括号之中的速记,是关于戏剧的笔记……角色出现在舞台上,开口说话时,剧情才得以展开。这是交代场景的方式,是戏剧演出必不可少的道具。"[1]

"跟谁结婚?"公爵问道,声音很低。
"加夫里拉·阿尔达里昂诺维奇·伊沃尔京。"娜斯塔霞说,口气确定,声音平静。他们沉默了几秒钟,一言不发。公爵想要说点什么,却找不到字眼——他的胸膛上仿佛压着一个巨大的重物,使他感到窒息。
"嗯,不!不要和他结婚!"他后来低声说,吃力地喘气。

---

[1] D. S. 梅列日科夫斯基,《托尔斯泰:生平与艺术,兼论陀思妥耶夫斯基》(伦敦,1902年)。

第三章

娜斯塔霞解释说，她把自己的命运交给这个"白痴"，因为他是她遇到的第一个"具有真实精神的"男人。尽管她的决定对于展示小说的悖论——单纯与智慧之间的平衡——具有至关重要的意义，但其实是不公正的。罗果仁的正直与梅诗金的非常相似，几乎是绝对的东西。他的教名帕芬的意思是"纯洁的"。听到公爵的命令之后，娜斯塔霞摆脱了束缚。她不会接受托茨基的金钱，不会接受叶班钦的珍珠——让他把它们送给他的妻子吧！明天，她开始全新的生活：

> 这时，门口传来一阵急促的铃声，然后是响亮的敲击声——与当天下午加尼亚家让众人大为惊讶的情景似乎一模一样。"哈，哈，高潮终于出现了，在12点半终于出现了。"娜斯塔霞·菲利波夫娜高声叫喊，"坐下吧，先生们，请就座。好戏即将登场。"

那天上午开始的事件这时正在走向情节剧式的结尾。接着出现的（它需要读者再次仔细阅读）是现代小说中最具戏剧性的片段之一。

罗果仁走进来，"举止古怪"，"满脸茫然"。他带来10万卢布，但是在娜斯塔霞面前举止畏缩，"仿佛是等候判决的罪犯"。在娜斯塔霞看来，罗果仁的粗俗举止不乏真诚。托茨基和叶班钦就是按照这样的行为准则行事的，但是他们两人却用温文尔雅的行为举止进行掩饰。罗果仁的行为将它赤裸裸地表达出来了。在此，陀思妥耶夫斯基的社会批判以含蓄的方式出现，反而更具感染力。娜斯塔霞转身看着加尼亚。他坐在椅子上，一动不动，仿佛瘫痪一般，掩饰了他屈从的态度。她看到后怒火中烧。为了让加尼亚对这桩婚事的默许显得更卑微，她把自己称为"罗果仁的情人"。"为什么连菲尔季先科也不会要我！"

她大声说。但是,那位米考伯[1]式人物具有锐利的目光。他不动声色地告诉她,梅诗金要她。他的判断是正确的。公爵提出:

"……我觉得,那样做是你抬举我了,我可不敢高攀。我没有什么才能。你经历了苦难,走过了地狱,以纯洁之身出来,做到这一点很不容易。"

娜斯塔霞反驳说,这样的想法只有在"小说中才看得到",梅诗金需要的是"保姆,而不是妻子"。这一点言之准确,一针见血。但是,在不断加剧的吵闹声中,她的话未被注意。为了坐实公爵的提议,陀思妥耶夫斯基求助于在当时流行的情节剧中已显陈旧的一种手法。"白痴"——他当天上午还不得不向叶班钦一家借了25卢布——从衣服口袋里掏出一封信,当众宣布自己是一笔巨大遗产的继承人。这一神来之笔在主题和合理性两个方面都站不住脚,但是它所在的语境极具强度,可以将它"容下"。当时的氛围非常极端,混乱场面已经接近行为的限度,所以读者接受乞丐变为王子的说法,就像接受旋转舞台上出现了一个新场景。

娜斯塔霞哈哈大笑起来,带着骄傲和歇斯底里的意味——对感觉之间的细微差别的区分一直得到了维持。眼见自己就要成为公爵夫人,可以向托茨基报复,可以与叶班钦将军平起平坐,她显然兴奋不已,难以自禁了。陀思妥耶夫斯基最擅长使用这种谵妄性的内心独白;在这样的独白过程中,角色围绕着自己的灵魂手舞足蹈。最后,罗果仁明白了,他的欲望十分真诚且清晰:

---

[1] 狄更斯的小说《大卫·科波菲尔》中的一个人物。——编注

第三章

他紧握双手，一阵呻吟从灵魂深处冒了出来。"把她交出来，看在上帝的分上！"他对公爵说。

梅诗金知道，罗果仁对娜斯塔霞的情感比自己的更强烈，从生理角度看也更真实。但是，他还是告诉娜斯塔霞："你很骄傲，娜斯塔霞·菲利波夫娜，也许你真的受过许多苦难，你觉得自己是愧疚缠身的女人。"

但也许不是。她的可怜感似乎言过其实。公爵怀疑自傲是否并不能在自责中获得最明确的快感，这触及了陀思妥耶夫斯基心理中的主导旋律之一。他的评论冷静、清晰，使娜斯塔霞从极度无理性中解脱出来。读者看到，她从沙发里蹦起来。

"……你觉得，我应该接受这个乖小孩的要求，动手毁了他，对吧？"她大叫道，"那是托茨基的方式，我可不这样干。他喜欢孩子。"

她带着残忍的恶意点明了这个事实：在她的豆蔻年华，托茨基曾经色眯眯地对待她。娜斯塔霞宣称，自己这时已经没有什么羞愧感，自己已是"托茨基的姘妇"，要求公爵与阿格拉雅结婚。陀思妥耶夫斯基并未告诉读者，她是如何想到这个主意的。她是否在盲目理解的情况下，屈服于自己心理上对加尼亚的憎恨？她是否听到了关于"白痴"给叶班钦一家留下的印象？读者不得而知，然而却在此接受了这个事实：在针锋相对的道白中，小说中的角色获得了完全的洞见。语言本身泄露了自身的秘密。

罗果仁确信，他已经取得了胜利，于是围着身心疲惫的"女王"踱起方步。梅诗金眼泪汪汪，娜斯塔霞通过夸张的方式表现自己的肮脏行为，试图给他些许安慰。但是，她还没有与加尼亚和加尼亚的资助人了结。在这个夜晚，她在精神上经历了如此肮脏的东西，她必须迫使另外一个人亲身感受类似的东西。她要把罗果仁的10万卢布扔进炉火中。如果加尼亚伸手把它们抢出来，这些钱就是他的了。

陀思妥耶夫斯基想象出了终极的黑暗力量，这一场景让人读后产生恐怖的感觉。也许，这一场景的萌芽见于席勒的民谣《手套》(The Glove)。不可思议的一点是，这一场景与19世纪60年代发生在巴黎一家妓院中的一件事情具有相似之处。那名妓女接待了一个自己鄙视的顾客，于是要求他用1000法郎纸币围一个圈，接着把它点燃，声称和他做爱的时间长短以火焰熄灭为限。

娜斯塔霞的这一举动让客人们着迷。列别杰夫情不自禁，不惜亲身一试。他大声说："我妻子对我百依百顺，十三个孩子规规矩矩。我父亲上周被活活饿死。"他说的全是谎话，但是声音呜咽，仿佛出自一个死囚之口。加尼亚站在那里一动不动，"死人般苍白的嘴唇上"挂着愚蠢的笑意。只有罗果仁一人感到欢欣鼓舞；在这种痛苦行为中，他看到了娜斯塔霞狂野、古怪个性的证据。菲尔季先科主动提出，自己可以用牙齿把那些纸币从火里衔出来。通过这种带着强烈兽性的暗示，娜斯塔霞的提议强化了这一场景在道德和心理两个层面上的野蛮性。菲尔季先科试图将加尼亚拉向炉火，加尼亚一把将他推开，转身离开房间。刚刚走了几步，他便晕倒在地。娜斯塔霞伸手抓出一把卢布，宣布它们属于加尼亚。这一幕和这场冲突（我们的戏剧理论是以表演和痛苦这两个词语固有的相似性为基础发展起来的）就此结束。娜斯塔霞大声说:"我们走吧,罗果仁!再见吧,公爵。我活了一辈子,今天第一次看到了男人。"

我引用此用语旨在质疑我自己的目的。在这部小说中,对此用语的翻译显得最欠妥当。康斯坦斯·加内特翻译的英语译本和穆塞、施勒策与吕诺翻译的法语译本是这样的:"我活了一辈子,今天第一次看到了**一个男人**。"这个句子提供了令人满意的意义:娜斯塔霞在此向梅诗金公爵致意;与他相比,其他人给她留下的印象是心地残忍、人格不全。对这个句子的另一种理解(这是一位俄罗斯学者向我建议的)提供了更丰富、更贴切的含义。在那个可怕的夜晚,娜斯塔霞确实第一次看到了**男人**。她看到了高尚和堕落的极端例子,人性之中包含的潜在可能性在她面前清清楚楚地凸显出来。

娜斯塔霞和罗果仁冲出房间,身后响起一阵吵吵嚷嚷的祝福声。梅诗金快步跟在他们身后出去,纵身跳上雪橇,开始追那辆飞驰而去的三套车。诡计多端的叶班钦这时开始考虑公爵的健康,考虑娜斯塔霞做出的他应该与阿格拉雅结婚的傲慢暗示,没有拦住梅诗金的去路。刚才的那一阵吵闹和混乱过去了。小说的那些后记带有浪漫的舞台艺术的早期特征;在其中的一篇中,托茨基和普季岑晃荡着回家,在路上谈起娜斯塔霞的放肆行为。在大幕落下时,加尼亚躺在地板上,身边堆放着经过烟熏火燎的卢布。剧中的三个主角在通往叶卡捷琳霍夫的路上相互追逐,那辆三套车的铃声消失在远方。

这就是梅诗金在圣彼得堡度过的最初24小时。我想补充的一点是,尽管无须判断是否相关,但有一个事实是,在创作《白痴》的这个部分时,陀思妥耶夫斯基经历了两次癫痫的大发作。

即便只是粗略地研究这部小说的文本,我们也会看到,陀思妥耶夫斯基认为，戏剧方式最适合表现人类状况的现实性。据此，我将说明他如何借助情节剧策略和传统手法，实现了他的悲剧观念，从而进一步明确陀思妥耶夫斯基的这一假定。但是，在《白痴》的开头部分，读者可以清楚看到小说作者的主要宗旨。对话的重要性得以确立。"插曲性高潮"（艾伦·泰特语）也得以形成：在加尼亚的住处和娜斯塔霞的社交聚会上，情节元素和修辞元素以完全相同的方式得以定向。我们看到一支歌队、两次主要人物的进场、一个形成高潮的动作——扇耳光和焚烧纸币的考验——以及旨在用最终目的性来抑制戏剧势头的一次人物出场。在这样的能量直接性和完整性（正如俄罗斯评论家要我们记住的，这一点与语言优雅并不是一码事）中，陀思妥耶夫斯基采用的对话完全符合戏剧的感性和传统。"有时候，"梅列日科夫斯基指出，"陀思妥耶夫斯基没有创作悲剧似乎不仅在于史诗叙事的外在形式——小说的外在形式——恰巧在他那个时代的文学领域中流行，而且在于没有适合他的悲剧舞台，在于没有适合他的观众。"[1] 我对"史诗叙事"这个术语持不同看法。

陀思妥耶夫斯基掌握了戏剧手法并且加以灵活运用，让人们将他所具有的天才同莎士比亚的进行对比。这是一种困难的比较，其得以维持的前提是，我们从效果开始倒回去考察，在开始时承认具体媒介之中的巨大差异。我所赞同的一个隐含意义是，陀思妥耶夫斯基借助对戏剧方式的特殊处理，获得了具体的悲剧情景，获得了对人的动机的睿智洞见，这让我们想起莎士比亚在戏剧中取得的效果，而不是其他小说家取得的效果。其次，莎士比亚使用的是诗体，陀思妥耶夫斯

---

[1] D. S. 梅列日科夫斯基，《托尔斯泰：生平与艺术，兼论陀思妥耶夫斯基》（伦敦，1902年）。

基使用的是散文体。如果聚焦两者之间严格说来的不可比性，我们可以坚持认为，对这两位作家来说，对话是实现艺术效果的基本媒介。与莎士比亚之间的比较是陀思妥耶夫斯基可能看重的东西。在《群魔》的一则创作笔记中，陀思妥耶夫斯基写道，莎士比亚采用的"现实主义"——与他自己采用的类似——并不局限于对日常生活的模仿："莎士比亚是一位预言家，上帝派他来向我们展示人的神秘性和人的灵魂的神秘性。"毋庸置疑，这一判断暗示了陀思妥耶夫斯基对自己的形象的定位。这与托尔斯泰对莎士比亚大加谴责的做法形成鲜明对比，在许多方面给人至深的启迪。

同理，我们也可看到陀思妥耶夫斯基与拉辛之间的相似性。这两位作家都通过戏剧性情节和戏剧性修辞，表达了对意识的细微变化和多样性的敏锐洞见。拉辛和陀思妥耶夫斯基以具体的戏剧方式体现了他们独到的心灵观念，能够通过理性与论证之间的碰撞，展现他们对无意识的面具的看法。

这样的比较欠缺完善的权威性，其原因在于，陀思妥耶夫斯基的小说中存在着特殊的价值观、构想和情节推进类型；在伊丽莎白式悲剧和新古典主义悲剧之后，这样的东西已在西方文学中衰落了。陀思妥耶夫斯基可被视为秉承该传统的"戏剧家"。他拥有对戏剧主题的可靠直觉。他牺牲了不那么重要的逼真性的要求，以便实现情节一致律。他特立独行，漠视情节剧的荒诞、巧合和粗俗手法。在他看来，最重要的是以激烈冲突的方式表达人们经验的真实和光彩。直接话语、精神之间的冲突、灵魂与自我之间的冲突是他常常采用的手段。

四

从结构上看,《白痴》是陀思妥耶夫斯基创作的最简单的小说。从序幕开始,这部作品以图解方式展开,情节脉络清晰,从梅诗金对厄运的预言一直推进到谋杀的实际发生。小说以典型的直接性陈述了悲剧主角的古老难题。公爵既心地单纯,又深怀内疚。他向叶夫根尼·巴甫洛维奇坦露心迹:"我心怀内疚,这我知道,这我知道。也许,全是我的错。我并不知道这究竟是怎么一回事,不过肯定是我的错。"梅诗金的"罪行"是对爱抱有太多激情,这是因为,不仅存在盲目的爱(见《李尔王》),也存在盲目的怜悯。公爵同时爱上了阿格拉雅和娜斯塔霞,然而他无法在情感上左右这两个人。爱情在三人之间分散开来,这一主题象征着事物的悲剧性不定性质,深深地吸引了陀思妥耶夫斯基。这一点见于《被侮辱与被损害的人》(The Insulted and Injured),这部作品的许多方面是《白痴》的序曲),在《永恒的丈夫》(The Eternal Husband)、《群魔》和《卡拉马佐夫兄弟》中进行了更详尽的探讨。陀思妥耶夫斯基相信,一个人可能在感情上进行巨大投入,同时去爱两个人,并不排斥其中任何一方。在这样的关系中,他看到的不是变态心理,而是对爱情能力的升华。但是,如果说广泛应用怜悯并不影响怜悯的品质,广泛应用爱情却会影响爱情的品质。

这样的问题以戏剧形式展现出来,在这样的形式中,直接对话和肢体动作是唯一的手段,这造成了显而易见的困难。在试图具体化梅诗金的爱情性质的过程中,在为这样的爱情安排适当的戏剧展现的过程中,陀思妥耶夫斯基将这种爱情与物质基础分割开来。这个"白痴"是爱情的化身,然而爱情在他身上却没有实质性内容。在小说的若干章节中,陀思妥耶夫斯基几乎要直截了当地告诉读者,梅诗金是一个性无能者,无法以常人的方式表现爱的激情。然而,作者却让这样的暗示从读者的意识中滑落出去,从其他角色的意识中滑落出去。阿格拉雅和娜斯塔霞在若干场合中都意识到了公爵的这一缺陷,但是她们有时候却没有认识到这一点,觉得与他结婚是一个不证自明的选择。梅诗金与耶稣的联系使这种模糊性显得更为复杂。在这一联系中,纯洁受胎说是必不可少的因素。但是,假如这一点完全实现,读者就无法保持对情节所持的相信态度。正如亨利·特罗亚在《陀思妥耶夫斯基》中所说的,公爵的性无能不是通过具体的性爱暗示表现出来的,而是通过无所作为这一总体特征来刻画的:"当他试图采取行动时,他会出现问题……他不知道如何让自己适应世人的状况。他无法顺利地成为真正的男人。"

172

  这一情景在技巧和形式两个方面都造成了问题,《白痴》并没有完全解决它们。塞万提斯在作品中提出的解决方法具有可信性:堂吉诃德的柏拉图式爱情的性质提供了一个例子,它不是个人的,而是带有实际行动的优点。"非现实性"贯穿于堂吉诃德与其他角色关系之中,是寓言的具有积极意义的媒介,而不是——如《白痴》所示——可以随时进入小说结构的神秘原则。在《卡拉马佐夫兄弟》中,陀思妥耶夫斯基本人再次面对了这样的挑战:阿廖沙脱离修道士生活之后还俗,这一举动体现了他所经历的心理变化;他从禁欲状态转向可能出现的情感缠绵。他有过修道士和普通男人的经历,向读者展现了完整的人的形象。

  陀思妥耶夫斯基在很长时间里都无法给《白痴》设计出一个适当的结局。在第一个构思中,娜斯塔霞与梅诗金结婚;在第二个构思中,

托尔斯泰或陀思妥耶夫斯基

娜斯塔霞在婚礼前夕离家出走,逃到一家妓院;在第三个构思中,娜斯塔霞与罗果仁结为夫妻;在另外一个构思中,娜斯塔霞与阿格拉雅重归于好,帮助她与公爵结为百年之好。创作手稿显示,陀思妥耶夫斯基甚至探索了让阿格拉雅成为梅诗金的情人的可能性。这些没有实现的决定说明,陀思妥耶夫斯基具有极为丰富的想象力。托尔斯泰完全掌控了他笔下的人物,体现了上帝对人的统治;与之相比,陀思妥耶夫斯基与其他真正的戏剧作家类似,似乎具有内在的耳朵,可以感悟情节所具有的独立和不可预测的动力。在陀思妥耶夫斯基留下的创作笔记中,我们可以追溯他的心路历程,看到他如何根据对话和冲突自身的内在规律和潜在可能性,让它们一一展现出来。米开朗琪罗在讨论雕塑时曾经说过,他所做的不过是将形式从它本身以完美方式存在的大理石中解放出来。在米开朗琪罗的创作过程中,物质的纹理和看不见的结构是需要处理的东西;同理,在陀思妥耶夫斯基的创作过程中,戏剧性角色身上潜在的能量和证明是需要揭示的东西。有时候,力量之间的作用非常自由,读者体会到,在意图层面上存在着某种模糊性(在美第奇家族礼拜堂里,人们看到尚未完成的半躺着的人物的背影,它们是男人还是女人的形象?)。与看一出重新排演的耳熟能详的剧作类似,在重读陀思妥耶夫斯基小说的过程中,出人意料的感觉不断自行更新。

由此可见,陀思妥耶夫斯基式场景之中的紧张状态源于这一事实:可供选择的结局和这些结局之间的互相作用实际上包围了文本。小说之中的角色似乎完全不受创作者意志的控制,不受读者预见的控制。在娜斯塔霞家里出现的这一插曲中,小说的四位"主角"悉数到场。下面,让我们看一看这一场景,然后将它与亨利·詹姆斯的《金钵记》

第三章

高潮中出现的弦乐四重奏进行比较。

在对《金钵记》的著名解读中，马里厄斯·比利说明了玛吉与夏洛特在花园相遇这一场景的明确的戏剧结构。他引证了该场景杰出的简略处理方式，列举了正式的仪式带有的潜在含义。詹姆斯通过暗指在另外一个花园中出现的背叛耶稣的行为，深化了这种仪式。在这里，可以与《白痴》做些有趣的比较。在这两个例子中，两个女人都参与了决斗，决斗的结果实质上将会决定她们的生活。在这两个场景中，两个相关男人的影响巨大，然而却无所作为。他们确定了进行决斗的场所，就像全副武装的决斗助手，无可奈何地身陷其中，但是却暂时保持中立。这两位小说家都对舞台进行了非常用心的布置。詹姆斯将玛吉的心理状态描绘为"一名疲惫不堪的女角"的感觉；他将这些人物称为"正在排练某一戏剧的角色"。他让这两个女人在一扇灯火通明的窗户外边见面，在那里可以观察到那两个男人，从而赋予这个场景某种模仿强度。小说的这一章是围绕着光明与黑暗之间的双重性构建起来的；夏洛特的举动——"这个浑身发光、身体柔软的动物出了笼子"——的突出特征是从光亮处到阴影带之间的转变。陀思妥耶夫斯基暗示了同样的极性：阿格拉雅身穿"鲜艳的披风"，娜斯塔霞身上却是一袭黑衣。(梅尔维尔的《皮埃尔》[Pierre]中，"乌鸦"与"金发女郎"之间的类似对比定义了高潮中出现的冲突。在这里，我们也看到以至关重要的并置形式出现的四个角色。) 詹姆斯评论说：

在这些令人眩晕的瞬间中，出现了非常怪异的东西，出现了完全由可能的情景形成的诱惑。我们常常通过它的突然爆裂来寻觅它的踪迹；否则，它会继续存在下去，显现没有解释的退避和

托尔斯泰或陀思妥耶夫斯基

反应。

但是,玛吉"完全"没有任何真诚的表露,从而避免了"非常怪异的东西";与之相比,娜斯塔霞和阿格拉雅却屈服于"完全由可能的情景形成的诱惑"。她们半真半假地互相奚落,这样的言语中没有退避,只有灾难。

在这个场景中,娜斯塔霞情绪波动,喜怒无常,时而刻薄、时而逗乐,时而可怜兮兮、时而勃然大怒。陀思妥耶夫斯基传达了这次相遇中潜在的大量可能性。读者逐渐发现,这些可能性展现的方向也是迥然不同的,形成结局的修辞暴力有可能在最后的变动之前达成和解。在能量的复杂变化之中,对话起到主导作用;但是,读者在对话周围看到陀思妥耶夫斯基在不断修改的草稿中展现出来的其他意义。而且,小说人物在自己不可或缺的自由中继续表达了这样的意义(我们在此谈到的不是所谓的"有生命的文本"吗?)。

阿格拉雅找到娜斯塔霞,并且告诉她,梅诗金与娜斯塔霞之间的关系完全出于怜悯:

> 当我问他对你的感觉时,他告诉我,他早就不爱你了,想到你就让他痛苦万分。不过,他可怜你。他一想到你,就觉得心里刺痛。我应该告诉你,我这一辈子从来没有遇到像他这样好的男人,善良、纯朴,值得信赖。我猜想,任何喜欢他的人都可能欺骗他。但是,他会很快原谅欺骗自己的人。正是因为这一点,我慢慢爱上了他。

第三章

在叶班钦家里，公爵的癫痫发作了，当时阿格拉雅表现出了对公爵的爱慕。但是，这是她第一次正式公开坦露她的感觉。陀思妥耶夫斯基在此刻意模仿了奥赛罗给元老院议员所讲的那番话；在草稿中，作者记下了这样的笔记：阿格拉雅的陈述应该传达那个摩尔人特有的从容和质朴。但是，在这两个例子中，质朴几乎到了盲目的程度。梅诗金在更大程度上被自己欺骗，而不是被别人欺骗；他对爱与怜悯的区分很不稳定，难以支持阿格拉雅对他的清晰描绘。娜斯塔霞是一名更为成熟的女性，对此心知肚明，所以会以高明手段加以利用。因此，她会坚持说，阿格拉雅应该继续讲下去。她凭直觉推测，面前这个年轻姑娘真的会"不停说话"，让她自己进入一种迷迷糊糊的狂热状态。阿格拉雅落入了娜斯塔霞用沉默方式给她设下的陷阱。她攻击了娜斯塔霞的个人生活，指责她成天无所事事。这种毫不相关的抨击仿佛是击剑过程中出现的突然闪失，给娜斯塔霞提供了复仇的机会。娜斯塔霞反唇相讥："难道你不是无所事事吗？"

这一点让《白痴》中潜在的但是没有展开的社会批评浮出水面。娜斯塔霞间接表明，阿格拉雅的纯洁依赖于她所拥有的财富和社会地位。她暗示，她自己的堕落是生活境遇所迫。阿格拉雅觉得，自己心中的怒火越烧越旺，自己也已经不再处于稳固的地位，于是将托茨基的名字投向对手。娜斯塔霞顿时勃然大怒，然而她发怒是有道理的，而且她很快掌控了争论的局面。阿格拉雅大声叫道："假如你想过让自己做一个诚实的女人，你早就应该出去当洗衣妇了。"在俄语口语中，在陀思妥耶夫斯基的创作笔记显示的用法中，"洗衣妇"这个词的弦外之音暗示，阿格拉雅的攻击是具体而野蛮的。她似乎在暗示卖淫的意思；假如娜斯塔霞是诚实的，她就应该充分扮演她自己的卖笑角色。如果读者能够回忆起来，娜斯塔霞自己曾经预测说，在与罗果仁寻欢作乐的过程中，她可能变为"洗衣妇"，那么，这个说法的攻击力就更加犀利了。

但是，阿格拉雅已经超越了这一点。梅诗金在极度痛苦中叫喊："阿格拉雅，不要这样！这不公平。"他的呼声标志着娜斯塔霞取得的胜利。对"洗衣妇"一词含义的了解总是让读者不禁充满敬畏，陀思妥耶夫斯基接着在下一个句子中补充说："这时，罗果仁脸上的笑容消失了；他坐在那里，抱着两只胳膊，嘴唇紧闭，听她们的对话。"在阿格拉雅的刺激之下，娜斯塔霞就要取得她自己没有预料到甚至可能没有期望的胜利了。她将把梅诗金从叶班钦将军之女的手里夺走。在这样做的过程中，她在自己的死刑判决书上签下了名字。在这里，悲剧性经验哲学再次取得支配地位：在悲剧性的大决斗中，没有什么胜利者可言，只有不同层面的失败者。

娜斯塔霞出手进攻。她告诉阿格拉雅出现这种忍无可忍的场面的原因：

"你希望得到满足，亲眼看一看他最爱的是哪一个，是我还是你，因为你的嫉妒心太强烈了。"

"他已经跟我说过，他讨厌你。"阿格拉雅哼了一句，声音很低，几乎让人听不见。

"也许，也许吧。我配不上他。我知道。但是，我觉得你一直都在说谎。他**不可能**恨我，他不可能这样说的。"

她说的没错，正是阿格拉雅的虚假态度（这种态度中包含的弱点显而易见）促使娜斯塔霞展示自己的力量。接着，她要阿格拉雅带着梅诗金离开。但是，复仇的欲望和某种绝望的奇怪想法占据了上风。她要求公爵在她们两人之间做出选择：

  娜斯塔霞和阿格拉雅站在那里等待，好像抱着期待，两眼盯着公爵，仿佛是两个疯女人。
  但是，他似乎没有意识到这个挑战的全部力量；实际上，他肯定没有料到。他看到的只有眼前这张可怜巴巴、充满绝望的面孔，正如他刚才对阿格拉雅所说的，这张面孔"让他觉得心里刺痛"。他再也无法承受了，脸上露出夹杂着责备意思的恳求神色，用手指着娜斯塔霞对阿格拉雅说：
  "你怎么能这样呢？"他低声说，"她**这么伤心**。"
  然而，他的话语还没有落，阿格拉雅射来的凶狠眼光使他立刻变成了哑巴。那目光带着令人觉得非常可怕的痛苦，非常致命的仇恨，他不禁大叫一声，纵身朝她扑去，可是太晚了。

  就危机的尖锐性和结局的整体性而言，我们难以在詹姆斯和陀思妥耶夫斯基之间做出选择。但是，这两个场景取得的效果非常不同。玛吉和夏洛特回到光亮处，与两个男人会和——詹姆斯拒绝以情节剧方式处理题材，这一做法给予读者具有说服力的现实感。在详尽分析过程中积累起来的压力通过最狭窄的渠道释放出来，读者屏住呼吸，生怕这两个女人会——即便在很短的时间里——转向詹姆斯叙事方式规定的确定范围之外的任何言辞或构思方式。还好，这样的情形没有出现，读者的反应具有一种类似音乐或者建筑结构的特征，一系列和

托尔斯泰或陀思妥耶夫斯基

谐的模式已经在形式严格规定的范围之内形成,所预期的幅度界定了一个在空间和亮度两个方面形成的区域。

相比之下,陀思妥耶夫斯基完全顺从情节剧带来的诱惑。在最后一刻到来之前,读者不知道娜斯塔霞是否会将公爵拱手交给自己的对手,不知道罗果仁是否会从中干预,不知道公爵是否会在两个女人之间做出选择。从人物性格来看,每一种选择都有其合理性。在这种情况下,我认为,作者要读者在阅读文本的过程中记住所有这些可能性。在《金钵记》中,作品的效果取决于排除任何离题的东西,读者的满意感源于这一意识:"情况不可能以其他方式发展。"与之相比,在《白痴》中,高潮部分是给人带来震惊结果的时段。作品中的角色已被预先确定(他们仅仅存在于已经写下的语言媒介中),却传递了自发的生活感,而这一点正是戏剧带来的特别的奇迹。

这个场景中最后出现的情况是纯粹的戏剧性效果。娜斯塔霞被单独留下来:

> "我的,我的!"她大声叫喊,"那个得意忘形的女人走了吗?哈!哈!哈!"她狂笑起来。"我已经把他送给她了!为什么呢,我为什么要这样做呢?滚开,罗果仁!哈!哈!哈!"

阿格拉雅已经逃走,罗果仁也一言不发地离去,只剩下公爵和他的"堕落天使",他们两人处于忐忑不安的愉悦之中。他抚摸着娜斯塔霞的脸庞和头发,似乎在他怀里的只是"一个小孩子"。这个形象是经过颠倒的圣母怜子雕塑。娜斯塔霞是意志和智慧的化身,这时却躺在那里,语无伦次,而这个"白痴"带着无声的睿智看着她。与悲剧中常常见到的情况类似,在使灾难变得不可避免的事件与悲剧性结尾之间,出现了和平的间歇时段。于是我们看到,李尔和考狄利娅高兴地坐在一起,身边围着杀人成性的敌人。在小说中,没有哪个场景像《白痴》这样,在以非常具有艺术性的方式表达了愤怒之后,出现了具有过渡性的平静感。也许,我们还应该补充一点:陀思妥耶夫斯基对《白痴》喜爱有加,超过了他创作的其他任何一部作品。

五

对这部小说的创作笔记和草稿所进行的研究使我们深受启迪。在这些文献中,我们可以寻觅记忆和想象力最早发生的细微变化。我们可以看到角色名字和场景的清单,看起来,这位小说家将它们用作具体化的公式,以便想象出最初的角色形象。我们可以看见错误的方向,了解尚不成熟的解决方法,发现睿智出现之前的苦思冥想的过程。在亨利·詹姆斯留下的创作笔记中,自我和批判意识之间出现了令人深感兴趣的对话,但是这样的对话已经显示出艺术特征和文笔的优美。在苏联图书馆和档案馆出版的论文、笔记和片段中,创作素材经受着严酷考验。与济慈的信函和草稿的作用类似,或者说与经过更正的校对稿的作用类似,陀思妥耶夫斯基留下的这些文件使我们能够进一步探索文学创作的奥秘。

《白痴》的草稿在许多方面给人启迪。陀思妥耶夫斯基处于抽象与创作生命的喷发——在此借用 D. H. 劳伦斯的说法——之间,碰巧发现了具有超常力量的箴言。在塑造带有替身性质的角色梅诗金和斯塔夫罗金的初稿中，我们发现了这一令人不易忘怀的评论："魔鬼们有信仰，但是他们颤抖。"正是在这一初稿中，或者说正是在"耶稣不懂女人"（引自《群魔》创作笔记）这个箴言式陈述中，我们看到了将陀思妥耶夫斯基与尼采进行比较的最恰当的切入点。有时候，陀思妥耶夫斯基在草稿空白处记下对信仰的确认："在这个世界上，只有一种重要的东西，这就是直接表达的怜悯。正义处于次要地位。"《白痴》的创作笔记常常提醒我们，陀思妥耶夫斯基小说的母题和主题是反复出现的（普鲁斯特坚持认为，陀思妥耶夫斯基的全部小说都可冠以《罪与罚》之名）。在最初的构思中，"白痴"这个人物不仅具有斯塔夫罗金的许多品质，而且还秘密结婚，当众受辱，遭遇与《群魔》中的完全相同。即便在后来几稿中，梅诗金身边也有"很多"孩子围着。这些小孩在情节发展中起到重要作用，最终使他露出自己的真实本性。这是《卡拉马佐夫兄弟》后记中讲述的阿廖沙的故事。在创作论和自然界中，看来存在着物质不灭定律。

尤其重要的一点是，这些创作笔记让我们有幸看到，文学写作中会出现无意识或者半无意识阶段。例如，我们发现，陀思妥耶夫斯基反复写下"犹太人之王"或者"犹太之王"这样的字眼。我们知道，身为1848—1849年俄罗斯小说家圈子中的核心人物的彼得拉舍夫斯基曾经将詹姆斯·德·罗斯柴尔德推为"犹太人之王"，《少年》的主人公的明确抱负是要成为一个"德·罗斯柴尔德式人物"。从《白痴》的早期草稿的语境看，这一称谓的意思看来是与加尼亚打交道的那些高利贷者。在小说中，这一称谓加尼亚仅仅使用过一次，用以表达他在财富方面的追求。但是，这个称谓在陀思妥耶夫斯基笔下反复出现，可能在一定的潜意识程度上让作者接触了耶稣这个母题。

其次，正是借助这些草稿，我们能够理解"独立角色"这个带有悖论意味的说法。布莱克默写道：

> 角色，是想象写作的最终产物和客观形式，它们的出现依赖人们根深蒂固的信念。信念这样的东西具有人的特征，所以错误百出；它们出自天才的头脑，所以具有不同寻常的真理性。[1]

这种最终产物以及它的客观性是具有极大复杂性的创作活动形成的结果。在最后定稿中出现的文字"具有不同寻常的真理性"，是探索和回应过程的产物，这涉及作者的天才，涉及素材形成的新生自由或者"抵抗"。《白痴》的创作灵感来自1867年发生的奥尔迦·乌梅茨卡娅罪案，其最初构思与后来的文稿完全不同。而且，即使是这一作品开始在卡特科夫的《俄罗斯信使》上连载之后，小说的重心也在继续变化。变化似乎来自作者的内心。实际上，陀思妥耶夫斯基在心理上对阿格拉雅所起的作用没有准备，其间几易其稿，反复斟酌，试图改变罗果仁所犯罪案的致命性质。

萨特在《什么是文学？》中排斥了这一看法：作家想象出来的人物——在任何理性的意义上——拥有"自己的生命"：

> 因此，除了**自己**的知识、**自己**的意志、**自己**的计划之外，总之，除了自己本人之外，作家什么东西也没有面对；他把握的只

1　R. P. 布莱克默，《持久的尝试》("The Everlasting Effort"，参见《雄狮与蜂巢》，纽约，1955年）。

有自己的主观性……普鲁斯特根本没有"发现"夏勒斯的同性恋，他在动手创作这部作品之前早已决定如何处理这一点。

我们从想象力的作用方式中得到的证据并不证实萨特说这番话的逻辑性。诚然，作品中的角色的确是作家主观性的产物，作家展现的看来是自我之中自己缺乏完全了解的部分。萨特在此的意思是，问题的表述——未知项的代数方程——必然表示解决方法和该问题的性质。但是，过程仍然是创造性的，"答案"的发现在理想意义上仅仅是一种同义反复。"我们周围的一切事物，我们看到的一切活动，"柯勒律治在《政治家手册》(The Statesman's Manual) 附录中写道，"只有一种终极成因，即，意识以特定的方式增加，无论增加以后的意识发现人的本性中未知领域（terra incognita）的什么部分，人的意志都可能征服它，将它置于理性的至上地位的控制之下。"堂吉诃德、福斯塔夫和艾玛·包法利代表这样的意识发现；在创造这类角色的过程中，在所创造事物的发展与创作行为之间相互说明的过程中，塞万提斯、莎士比亚和福楼拜事实上逐步发现了自己身上以前没有意识到的某些"部分"。德国剧作家黑贝尔提出了这个问题：诗人创造的人物在哪个程度上可被视为"客观的"？他自己的回答是："在人与上帝的关系是自由的程度上。"

在这些草稿中，我们可以看到梅诗金的客观性的程度，看到梅诗金抵抗陀思妥耶夫斯基的整体控制的程度。公爵的性无能是陀思妥耶夫斯基没有明显感知到的问题。我们发现，陀思妥耶夫斯基在创作笔记中提出了这样的疑问，阿格拉雅是不是"白痴"的情人呢？在手稿的一个修改处，小说家提出了涉及他本人的问题，但是，在另外一个同样合理的改动处,他对自己所用的素材表示怀疑。对梅诗金这一人物的处理方式朦胧不清,这表明了作家所用的戏剧方式的必然局限性——剧作家对自己塑造的人物的理解"仅限于此"。

亨利·詹姆斯在讨论托尔斯泰时说,角色被"大量丰富多彩的生活"包围。生活反映并且吸收角色的活力,减少了"很可能出现的事物"的侵袭。剧作家创作时周围没有这种环境因素,剧作家淡化氛围,让现实体现在冲突之中,使语言和肢体动作变为发挥主导作用的因素。物质的形态变为无关紧要的因素:在卡拉马佐夫兄弟面前,障碍变得非常低矮,可以一跃而过;在彼得面前,围板非常稀疏,可以在干坏事的过程中轻易穿过。在戏剧中,将情节的首要性与对角色的细致、有说服力的刻画结合起来是一个很大的难题(我们知道,艾略特在谈及《哈姆雷特》时,曾经使用"艺术失败"一语来总结这一难题)。在小说叙述这种媒介——无论如何对其进行"戏剧化处理"——中,将两者结合起来的难度甚至更大。小说常常提供更多自由,读者在阅读一部小说时,可以带着任何一种情绪将它放置一旁,并在之后带着不同的情绪重新拿起(这样的情况不会在剧场中出现)。这一事实可能破坏连续活动的感觉,缓解陀思妥耶夫斯基作品所依赖的戏剧结构的紧张状态。

为了说明陀思妥耶夫斯基是如何解决其中某些问题的,我建议考察一下《群魔》中最后60小时里出现的情况。"那天晚上,出现了堪称离奇的事件,当天早上的事情造成了可怕的结果。直至今日,它对我来说都像一场噩梦。"小说叙事者告诉读者。(在这部小说中,读者看到的是一个个性化的叙事者,他感受并且回忆作品中出现的活动。这使戏剧性描述变得更复杂。)在开场白之后,出现了令人困惑的古怪事件。在这一过程中，陀思妥耶夫斯基始终保持着具有一定强度的噩梦氛围。他必须避开读者心理上出现的难以置信的感觉，必须在长达60页的文字中做到这一点，然而他却没有剧作家可以使用的形成幻觉的物质道具。

陀思妥耶夫斯基使用了两个外部事件，以便让读者在心理上做好准备，面对作品中将要出现的混乱场面。这两个事件是"文学中的四方舞"（literary quadrille），结束了州长的社交聚会，扑灭了在河边出现的火灾。这两个事件也是叙事不可或缺的组成部分，并具有象征意义。四方舞是思想上的无政府主义和对灵魂不敬的一种具象（可惜，我们已经忘记了 figura 这个古老词语带有的意义）；在这里，陀思妥耶夫斯基看到了即将出现的动荡的主要原因。火灾预示起义的来临，是对正常生活的勇猛性的神秘挑衅。当年，福楼拜在巴黎公社的纵火中看到中世纪被推迟的抽搐；陀思妥耶夫斯基以更敏锐的眼光，在这场火灾中看到大规模社会动荡的征兆——它试图摧毁旧的城市，从而发现具有正义的新城市。他将巴黎燃起的大火与具有强烈启示性的传统俄罗斯纵火主题联系起来。州长伦贝克赶到火灾现场，对满脸恐惧的随员大喊："这是肆意纵火，是虚无主义的行为！只要有东西烧起来，那就是虚无主义。"他的"疯狂性"让叙事者心中充满恐惧和怜悯；然而，这实际上是被夸大到歇斯底里程度的异常洞察力。伦贝克在谵妄的惊惶中大声叫喊，"这火烧在人们的心中，而不是在那些房顶上"，他的判断一点没错。这完全可以出现在《群魔》的题词之中。小说中的这些活动是灵魂解体过程中出现的情况。魔鬼已经进入灵魂，通过某种不被人注意的偶然行为，火星从人身上溅到房屋上面。

大火逐渐熄灭，有人发现，列比亚德金、他的妹妹玛丽亚和那个

第三章

老仆人被人杀死了（谋杀再次成为传递悲剧观的行为）。大量迹象显示，至少有一个地方的大火是人为的，旨在掩盖谋杀罪行。陀思妥耶夫斯基在情节空间的核心位置上使用火焰作为灯塔，将读者引导到斯塔夫罗金住所的一扇窗户前。这时，天色已经放亮，丽莎望着余烬中渐渐消退的红色火星，斯塔夫罗金走了过来。叙事者告诉读者，丽莎衣服上的几个扣子已被解开，但是对整个晚上出现的情况的描述却非常详细。陀思妥耶夫斯基的想象力非常含蓄，与 D. H. 劳伦斯的做法类似，对性爱行为观察入微，非常全面，他肯定知道这一点：为了唤起读者对性爱意义的想象，应该使用更令人信服的方式来传达，而不是对行为本身进行描写。只有当现实主义变为淫荡描绘时——如读者在左拉的许多作品中见到的情况——对性爱场面的直接描述才再次获得重要性。

184

那是一个灾难之夜，向丽莎揭示了斯塔夫罗金身上极其有害的非人性特征。陀思妥耶夫斯基并未说明他的性功能障碍的准确性质，结果给丽莎带来很大影响，使她对自己前一天纵身跳上斯塔夫罗金的马车的动机感到困惑。她嘲笑他这时表现出来的温文尔雅，嘲笑他对得体的着迷状态所做出的暗示。"这是斯塔夫罗金，大家所说的'吸血鬼斯塔夫罗金'……"这一奚落是把双刃剑；丽莎已被剥夺了活下去的意志。但是，她同时也看到了斯塔夫罗金内心的东西，知道某种令人震惊然而又荒唐可笑的秘密正在玷污并且腐蚀着他的心灵：

"我原来总是想象，你带我到某个地方。那里有一只巨大的恶蜘蛛，身体像人那么大。我们一辈子都会盯着它，提防它攻击我们。我们两人的爱情就会这样消耗殆尽。"

他们两人之间的对话用半音和片段方式写成，但是场景中弥漫着强烈的尖锐刺耳的声音。

这时，彼得·韦尔霍文斯基走了进来，斯塔夫罗金对他说："如果你亲耳听到了什么，丽莎，让我告诉你吧，该受指责的是我。"彼得试图消除斯塔夫罗金的内疚感，开始自言自语地说起来，以极为复杂的方式把谎言、危险的半真半假的陈述、带着恶意的预见混淆起来。正是他"无意之中"安排了谋杀场景。但是，大火烧得太早了。是不是他的某些奴仆笨手笨脚地出了差错？藏在彼得心中的一个隐秘信念冒了出来：

"不，这个民主小组由五个人组成，基础太差；我们需要的是一种强大的专制意志，如同一尊神像，矗立在某种十分重要的外部基础之上。"

彼得所做的是防止这尊神像自我毁灭。不可能让斯塔夫罗金把谋杀的事情一手揽下，但是他必须承担部分责任。因此，他和彼得之间的联系将会变得更为密切。这位神父对他的神灵至关重要（神灵是不是他编造出来的？），但是这个神灵必须保持外在的完整性。在小说最令人感到震惊的独白之一中，形成了这位虚无主义者对付斯塔夫罗金的策略，一件带有分开意图与意义双重性的精心杰作（tour de force）。彼得通过调整言辞，从道德层面转向无罪的法律现实：

"一个愚蠢的谣言很快蔓延开来。但是，你没有什么可害怕的。从法律的角度看，你没有什么问题，你在良心上也没有什么内疚可言。这是因为，你并不希望看到这样的结果，对吧？没有先兆，只有偶然……不过，我高兴地看到，你非常镇定……尽管你没有什么可被责备的，可结果却……你必须承认，这一切很好地解决了你所面对的困难：你一下子自由了，成为鳏夫，手里握着大把金钱，可以去娶年轻美貌的姑娘。她已是你的人了。偶然出现的事情可以带来非常巨大的变化，这一点你已经看到了，对吧？"

"你这是在威胁我吧？你这个蠢货。"

斯塔夫罗金的问题中包含着痛苦，这不是来自对敲诈的担心——他感到的威胁存在于彼得拥有力量，可以摧毁斯塔夫罗金残留的自我意识。这个人扬言要按照自己的肮脏形象来重塑神灵。斯塔夫罗金对正在侵蚀心灵的黑暗感到恐惧，对疯狂的隐喻感到恐惧，彼得脱口而出的回答直截了当地回应了他的恐惧："你是光明，是太阳……"

我本来打算长篇引用这部作品，但是觉得上面的引文已经可以清楚地说明自己的观点。对话在这里产生作用的方式与诗剧的相同。古希腊悲剧中有"交锋对白"，柏拉图的《斐多篇》(*Phaedo*)采用逻辑论证，莎士比亚戏剧擅长独白，新古典主义戏剧常常展现长篇攻击性演说，这些形式是最高层次的言辞策略，是话语的戏剧化表现形式。在这样的形式中，我们无法将实际的表达形式与意义的整体性分隔开来。也许，悲剧是对人类事务的最持久、最全面的陈述，这种陈述主要是通过修辞方式获得的。悲剧使用的修辞方式受到戏剧理念的制约，受到相关物质条件的制约。然而，在技术或者物质意义上，它们可能变为并不具有戏剧性的场景。这种情形出现在演说中，出现在柏拉图的对话中，出现在诗剧中。陀思妥耶夫斯基把戏剧语言转化为小说。这就是我们所说的陀思妥耶夫斯基式悲剧。

斯塔夫罗金告诉彼得："那天晚上，丽莎不知怎么的猜想到，我并不爱她……这一点其实她一直都知道。"这个伊阿古式的人物将这件事视为"非常破烂的东西"：

> 斯塔夫罗金突然笑了起来。
> "我笑的是我的猴子。"他立刻解释道。

这个说法以残酷的精确性对这两个男人进行了定位。彼得是斯塔夫罗金的肮脏伴侣，他"像猴子那样模仿"斯塔夫罗金，以便玷污或者破坏后者的自我形象（我们可以考虑一下狒狒在毕加索的著名艺术家和模特系列素描之中所起的作用）。彼得一直假装知道，那天晚上出现的事情是一场"完败"。这使他感到高兴。他的施虐狂——观察者的施虐狂——倾向存在于丽莎感到羞辱的基础上。斯塔夫罗金看起来性无能，这使他更易受到羞辱。但是，韦尔霍文斯基低估了他的神灵的软弱。斯塔夫罗金告诉了丽莎真相："我没有杀他们，而且我反对这样做。但是，我知道他们要被人杀掉，我没有出面制止行凶的人。"他承认了间接犯罪——这一母题在《卡拉马佐夫兄弟》中得到更为充分的探讨——使彼得感到愤怒。他转向自己的偶像，"嘴里语无伦次地咕哝着……冒出了白色的唾沫"。他掏出一把左轮手枪，但是没有动手杀他的"公爵"，狂怒中吐露出一个秘密："我是小丑，可是我不愿意你，我的另一半，也成为小丑。你明白我的意思吗？"在所有的角色中，只有斯塔夫罗金明白这一点。彼得的悲剧是任何一位按照自己的形象树立神灵的神父注定遭遇的厄运。这里出现了一笔戏剧性反讽——斯塔夫罗金不屑一顾地对他说:"你去见魔鬼吧……下地狱吧,下地狱吧。"但是,这个小丑把矛头指向丽莎。她的崇拜者马夫里基·尼古拉耶维奇当时正在花园里等候她,这使她免受奚落。她和他一起前往谋杀现场。

他们到达时发现,一大群人逗留在那里,正在七嘴八舌地议论斯塔夫罗金可能在罪案中起的作用。陀思妥耶夫斯基对现场的描述基于一个实际出现的动荡场面——现代俄国历史上第一次有组织的大罢工。丽莎受到攻击,当场毙命。小说叙事者评论说:"这一切完全出于偶然。男人们满嘴酒气,无法无天,受到邪恶感觉的驱动,然而并没有完全意识到自己的行为可能造成的后果。"但是,这一评论含糊其词,反而强化了读者心里的这一印象:丽莎希望自己在具有仪式性的赎罪行为中死去。三名男子因为斯塔夫罗金的不人道行为白白被人烧死,丽莎死亡的地点就在冒着浓烟的大火附近。

从那个令人痛苦的黎明一直到夜幕落下,彼得东奔西走,试图让大家相信,他在这些活动中所起的作用是高尚的。到了2点,斯塔夫罗金动身前往圣彼得堡的消息在小镇中不胫而走。5小时之后,彼得与阴谋团体中的基层组织成员见面。在此之前的两个夜晚,大家都没有睡觉。陀思妥耶夫斯基以令人钦佩的手法,暗示由此形成的理性混乱的状态。这个小镇中的罗伯斯庇尔式人物用尽恐吓手段,首先让难以制服的手下俯首听命,接着又让他们相信,必须谋杀沙托夫。但是,彼得内心空虚——斯塔夫罗金的离去摧毁了他冷酷、疯狂的逻辑的核心。彼得和一个手下一起离开,这一方式是他的心理状态的象征性意象。用肯尼思·伯克的话来说,从字面角度看,这是"态度之舞":

托尔斯泰或陀思妥耶夫斯基

彼得·斯捷潘诺维奇走在人行道中间,占据了整个路面,完全不管随行的利普金……他突然想起来:他最近曾在泥水中飞快行走,以便赶上斯塔夫罗金的脚步——斯塔夫罗金当时也像他现在这样,占据了整个人行道。当时的场景——浮现在他眼前,心中的怒火使他觉得窒息。

彼得的轻蔑举动让利普金非常恼怒,他脱口道出自己的感觉:"在俄罗斯,成千上万基层组织已经不复存在,只剩下我们这一个,根本谈不上形成什么网络。"但是,彼得的专制态度已经摧毁了二三流角色的意志,利普金只好灰溜溜地跟着,仿佛是一条愤怒的小狗。

这时,距离彼得离开只剩下36小时。在这个时段中,沙托夫被谋杀了,基里洛夫自杀了,斯塔夫罗金的儿子出生了,利亚穆辛干下了蠢事,革命团体分崩离析。《群魔》的这个章节包含了陀思妥耶夫斯基创作的某些最精彩的部分:彼得与基里洛夫的两次会面以后者噩梦般的死亡结束;沙托夫与玛丽亚重逢,孩子的出生唤醒了两人心中的爱情;刺杀案真的在夜晚的公园中发生;伪善的彼得向最令人生厌的谋杀犯——年轻的尔克尔——告别。在讨论陀思妥耶夫斯基小说的哥特因素时,在比较托尔斯泰与陀思妥耶夫斯基作品之中的上帝形象时,我将更详细地讨论这里提到的某些插曲。

在这里,我希望读者关注两个特征:一个是戏剧性控制,另一个是时间结构。它们使陀思妥耶夫斯基能够在不给读者造成理解混乱、不使读者产生不信任的情况下,推进小说的情节发展。在托尔斯泰的小说中,借助律动和正常生活坐标为人提供了传统的镜子;与之相比,陀思妥耶夫斯基缺乏这样的镜子,转而让混乱变成优点。小说中的狂热行为让角色内心的混乱结构在现实表面上显现出来。用叶芝的话来说,"中心无法维系","混乱被投射到世界上",这时,人们的体验出现各种形式,而陀思妥耶夫斯基式情节使这样的形式具体化。正如弗格森在《戏剧的理念》(The Idea of a Theater)一书中指出的,"当艺术家或者说任何别的人"发现,越来越难以"理解在自己周围实际出现的生活时",悲剧就会失灵。陀思妥耶夫斯基从这样的困境中找到了新的理解焦点。如果说生活没有意义,那么,传递混乱和荒诞的悲剧艺术风格就最接近现实主义。排斥偶然性和极端氛围的做法就是要将生活并不具有的那种和谐,将那种对带有或然性的事物的尊重引入生活中。因此,陀思妥耶夫斯基镇定自如地将不大可能的东西积累在离奇的情节之中。有的读者可能觉得奇怪的是,在沙托夫临死前夕,玛丽亚归来并且生下斯塔夫罗金的儿子。有的读者可能觉得不可思议的是,在受到彼得恐吓的那些帮凶中,竟然没有一个人背叛他,没有一个人道出他的秘密;基里洛夫竟然没有告诫沙托夫将要出现的情况。有的读者可能觉得难以置信的是,维尔金斯基和他的妻子——正是她给玛丽亚的孩子接的生——都意识到,彼得谎称沙托夫出现背叛行为,却没有出面制止犯罪行为。有的读者觉得难以接受的是,在得到"启迪"之后,在彼得告诉他计划之中的谋杀之后,基里洛夫还会选择自杀。

但是,我们确实能理解这些情节,这类似于接受《哈姆雷特》中出现的幽灵,接受《俄狄浦斯王》《麦克白》和《费德尔》中预言具有的约束力量,接受易卜生的《海达·高布乐》(Hedda Gabler)中环环相扣的偶然事件和碰巧发现。其原因在于,正如亚里士多德、赫伊津哈和弗洛伊德(在各不相同的语境中)所说的,戏剧是与游戏理念联系在一起的。与游戏类似，戏剧设定了自身的规则，而决定性的准则是内部一致性。这些规则的有效性只能在实践中加以检验。此外，游戏和戏剧都是对经验的人为限制；就此而言，它们将现实常规化和程式化。陀思妥耶夫斯基认为，他的"真实、深刻的现实主义做法"借助矛盾和强化手段，描绘了历史时代的真实意义和性质，他在这样做的过程中看到了即将出现的上帝的启示。

陀思妥耶夫斯基言简意赅地——记录了大混乱出现的时间：沙托夫大约在 7 点钟遭到谋杀；彼得大约在凌晨 1 点抵达基里洛夫家，主人在 2 点半左右自杀；彼得和尔克尔在 5 点 50 分到了火车站；10 分钟之后，那位虚无主义者进入头等车厢。用小说家的话来说，那天晚上"非常繁忙"。也许，现实中的事件有可能以这样的密度出现，但是概率却不会太高。然而，这一点无关紧要。致命性和运动感一直保持到最后——列车开动了，接着加速向前。

要全面考察陀思妥耶夫斯基小说的戏剧元素，就得研究一下《卡拉马佐夫兄弟》这部作品的结构。我们可以证明，这部小说的构思明确参考了《哈姆雷特》《李尔王》和席勒的《强盗》。在情节发展的某些环节，陀思妥耶夫斯基的文本是以前的戏剧所表现的主题的变体，例如，格鲁申卡叫喊，她要去修道院。这些部分在前人所做的陀思妥耶夫斯基研究中已经被提及，我在此从不同角度重新加以探讨，谈一谈关于宗教大法官的传奇。

哪一种戏剧观对陀思妥耶夫斯基的影响最为强烈？如果说他是"剧作家"，他也是属于某个流派、某个时代的剧作家。许多母题被人视为陀思妥耶夫斯基作品的主要特征，其中的一些其实是那时文学实践中的常见做法。在某种程度上，陀思妥耶夫斯基的"超现实主义"

源于他的个人经历。("我被人称作心理学家,"他在1881年说,"这种叫法是错误的。我仅仅是更高层面上的现实主义者而已。")在某种程度上,它是一种必需的媒介,陀思妥耶夫斯基用它来阐释上帝,阐释历史。但是,它同时也体现了我们中的许多人已经不再熟悉的一个重要文学传统。

在陀思妥耶夫斯基备受折磨的人生中,他经历了西伯利亚的苦难、癫痫发作的痛苦、个人经济状况的大起大落,这一切使他的小说含蓄地反映出现实世界的形象。在陀思妥耶夫斯基笔下,角色的爱情经历中有许多显得牵强附会和花哨的东西。但是,这些经历几乎以不加修饰的方式,表现了作者本人与玛丽亚·伊萨耶娃和波琳娜·苏斯洛娃的关系。小说中出现的事件带有经过升华和杜撰的痕迹,其实常常具有很强的自传特征:陀思妥耶夫斯基曾经面对行刑队,灵魂部分死亡,对人生有了许多睿哲之见,这些东西以虚构形式在他的作品中反复出现。或许,我们可以用另外一种方式加以理解:1846年1月,陀思妥耶夫斯基与著名美人谢尼亚文娜初次见面时,确实晕倒在维叶戈斯基斯的会客室中。甚至陀思妥耶夫斯基式对话——这显然是戏剧目的的展现——也与他的个人习惯相关,这类似于柯勒律治的风格和形而上学——根据赫兹里特的说法——与他的漫步习惯之间的关系。陀思妥耶夫斯基曾经追求过著名数学家索菲娅·科瓦列夫斯卡娅的妹妹。科瓦列夫斯卡娅记录了这位小说家与她妹妹见面时的情景:

"你昨天晚上在什么地方?"陀思妥耶夫斯基生气地问。

"在舞会上。"我妹妹漫不经心地回答。

"这么说,你跳舞了?"

"当然啦。"

"和你表兄?"

"和他,还和别的人。"

"跳舞让你很开心吧?"陀思妥耶夫斯基继续问道。

"没有别的事情可干,跳舞让人开心。"她回答说,继续缝补衣服。

陀思妥耶夫斯基默默地看着她,打量了一阵。

"你是一个浅薄、愚蠢的女人。"他突然说。[1]

这就是"他们两人之间大部分对话的风格"。在大多数情况下,这样的对话以陀思妥耶夫斯基怒气冲冲地离去而告终。

不过,尽管陀思妥耶夫斯基小说中的自传特征非常重要,我们在评价时却不能夸大其词。

小说家在1869年2月写给斯特拉霍夫的信中说:"我有自己的艺术观:大多数人视为离奇的、缺乏普遍性的东西,**我本人视为真实的内在实质。**"他还补充说:"我笔下的离奇'白痴'不正体现了这个最常见的真理?"陀思妥耶夫斯基是最极端的形而上学家。毫无疑问,个人经历证实并且强化了他对离奇事物的认识。但是,陀思妥耶夫斯基的创作方式非常有力,哲学观念根深蒂固,我们不能将它们与他的生活事实的有限范围混为一谈。否则,我们就会陷入弗洛伊德在研究《卡拉马佐夫兄弟》时提出的偏见。在弗洛伊德看来,弑父主题是一种客观现实,充满戏剧和意识形态内容,可以在个人心理困扰的隐性层面加以还原。叶芝

---

[1] 《索菲娅·科瓦列夫斯卡娅回忆录》("The Reminiscences of Sophie Kovalevsky"),引文见《费奥多尔·米哈伊洛维奇·陀思妥耶夫斯基的信函》(E. C. 梅恩译,伦敦,1914年)。

曾经问道:"我们怎样才能通过舞蹈了解舞者呢?"我们只能在某种程度上做到这一点,但是,舍此就不能提出理性的批评意见。

让我们暂且保留叶芝提出的这一意象。舞者将自己的具体个性带入舞蹈,没有两位舞者以完全相同的方式表演同一个舞蹈作品。但是,除了这种多样性之外,还有稳定的可以传达的舞蹈设计元素。在文学领域中,也存在类似于舞蹈设计的因素,它们包括由风格和约定俗成的手法构成的传统、具有时代特征的方式、渗透在具体作家所在的总体氛围之中的价值观。无论是陀思妥耶夫斯基信奉的末世论,还是他的个人生活史,都不能完全解释其文学创作的技巧特征。在18世纪60年代,在法国和英国出现了一个明确阐述的传统手法体系,它后来传向整个欧洲,最后到达俄罗斯文学的外部边界。假如脱离这个传统手法体系,脱离文学传统,陀思妥耶夫斯基的小说就不可能以我们看到的方式创作出来。《罪与罚》《白痴》《群魔》《少年》《卡拉马佐夫兄弟》以及他创作的主要短篇小说都继承了哥特传统。陀思妥耶夫斯基从该传统中派生出自己特有的场景,派生出自己世界的面貌和特色。发生在阁楼中和街道上的谋杀、贫苦大众的单纯质朴、贪得无厌的淫乱行为、充满神秘感的犯罪行为、富有魅力的影响力,这样的东西腐蚀了飘荡在城市黑夜之中的灵魂。但是,哥特元素全面渗透,很快进入现代媚俗艺术的传统手法之中,我们已经看不到它的特殊倾向,看不到它在决定19世纪文学氛围的过程中所起到的巨大作用。

我们发现,有些作品在主题和手法上都是哥特式的,例如,维克多·雨果的《冰岛的凶汉》(*Han d'Islande*,斯塔夫罗金将会访问冰岛)、巴尔扎克的《驴皮记》(*Peau de chagrin*)、狄更斯的《荒凉山庄》、勃朗特姐妹的小说、霍桑和爱伦·坡的短篇小说、席勒的《强盗》、普希金的《黑桃皇后》。我们知道，恐怖小说经过提炼，经过"心理学上的说明推论和研究"，在莫泊桑的艺术中，在亨利·詹姆斯和沃尔特·德拉梅尔的幽灵故事中展现活力。文学史家告诉我们，在形式悲剧衰落之后，情节剧征服了20世纪的剧场，后来又创造了电影、广播剧、流行小说的世界图景。T. S.艾略特在讨论威尔基·柯林斯和狄更斯的文章中提到了"戏剧之中的情节剧被电影之中的情节剧取而代之的现象"。在这两种情节剧中，哥特元素都起到了基础性作用。此外，我们知道，在情节剧中，有魔力的主人公身着斗篷；女仆在痛苦折磨与奇耻大辱之间挣扎；穷人拥有美德，富人用心歹毒；潮湿的陋巷中摇曳着灰暗的油灯；身居地下的男人在生死攸关的时刻从阴沟里爬出来；春药、宝石、催眠术、遗失的名贵小提琴。这样的宇宙学代表了让哥特方式适应工业化大都市环境的做法。

在形形色色的作品中，我们都可看到哥特式要素，例如，《雾都孤儿》、霍夫曼的小说、《七个尖角顶的宅第》、卡夫卡的《审判》（*The Trail*）等。只有专家们知道，人们如今在文学史的脚注之中、在博物馆里泛黄的节目单上见到的作品和作家曾是感性的典范，巴尔扎克、狄更斯和陀思妥耶夫斯基这样的作家曾经从中寻求指导。对这样的价值标准，我们现在已经完全失去了感觉——但是，巴尔扎克当年正是采用了这些价值标准，将司汤达的文学成就比作"修道士"刘易斯的建树，比作"安·拉德克利夫的封笔之作"，因而对《帕尔马修道院》中的一个片段大加赞赏。我们已经忘记，刘易斯和拉德克利夫夫人创作的"令人感到恐怖的言情作品"曾经拥有众多读者，并对19世纪欧洲人的鉴赏情趣产生了很大影响，其作用可能仅次于卢梭的《忏悔录》（*Les Confessions*）和歌德的《少年维特的烦恼》（*The Sorrows of Young*

Werther）。陀思妥耶夫斯基回忆说：在孩提时代，他"在漫长冬夜里，入睡之前会在床上聆听（那时他还不能阅读）父母朗读安·拉德克利夫的小说。他往往心醉神迷，恐惧万分，目瞪口呆，在梦中也会极度兴奋地乱喊乱叫"。我们只需想一想普希金的《杜布罗夫斯基》（Dubrovsky）的女主角，就会如实记录这一事实：在俄罗斯的亚洲边疆地区，《林中奇遇》（The Romance of the Forest）和《奥多芙的神秘》（The Mysteries of Udolpho）是家喻户晓的作品。圣-伯夫曾经认为，欧仁·苏在"想象力和写作水平"上能够与巴尔扎克媲美，他的《流浪的犹太人》（The Wondering Jew）和《巴黎的秘密》（Les Mysteres de Paris）被译成十几种语言，拥有成千上万的崇拜者，遍布整个欧洲，从马德里一直流传到圣彼得堡。如今，有谁会阅读他的作品呢？如今，有谁能够说出曾经让艾玛·包法利产生致命梦想的那些恐怖故事和言情作品呢？

然而，这些人擅长创作恐怖故事和巫术故事，研究和评述中世纪创作的古旧书籍。正是他们传播了素材，让柯勒律治写出了《古舟子咏》（The Ancient Mariner）和《克丽斯塔贝尔》（Christabel），让拜伦写出了《曼弗雷德》（Manfred），让雪莱写出了《倩契》，让维克多·雨果写出了《巴黎圣母院》。此外，今天文学产业中的领军人物以及历史小说和犯罪小说作家继承的正是贺拉斯·沃波尔、马修·格雷戈里·刘易斯、安·拉德克利夫和查尔斯·马图林（影响巨大的《流浪者梅尔莫斯》[Melmoth the Wanderer]的作者）的传统。甚至科幻小说这一体裁也源于雪莱夫人的《弗兰肯斯坦》包含的哥特式冲动，源于爱伦·坡的哥特式作品。

在哥特文学和情节剧的整个传统中，存在明显不同的感知形式。马里奥·普拉兹的《浪漫的痛苦》（The Romantic Agony）对其中的一种进行了研究。它源于萨德和18世纪的性爱论者，影响了福楼拜、怀尔德和丹农奇奥时代之前创作的大量文学作品和绘画作品。这种哥特主义见于济慈的《冷酷的妖女》和《奥托大帝》，见于福楼拜的《萨朗波》，见于波德莱尔的诗歌，见于普鲁斯特表达出来的更为忧郁的情绪，并且以曲解的形式见于卡夫卡的《在流放地》（*The Penal Colony*）。陀思妥耶夫斯基知道萨德的著作，知道诸如《哲学家泰利兹》（*Therese Philosophe*）这样的淫乱文学经典（在《白痴》和《群魔》的创作笔记中，他数次提到蒙蒂尼的这本书）。陀思妥耶夫斯基详细探索了在历史和技术意义上的"颓废"主题。他笔下的"骄傲女人"与《浪漫的痛苦》中提到的妖姬（femmes fatales）和吸血鬼形象存在相似之处。在陀思妥耶夫斯基对性犯罪的处理方式中，存在着施虐狂因素。但是，我们必须谨慎对待，甄别他对哥特传统手法的特殊处理方式，理解支撑这些情节剧技巧的陀思妥耶夫斯基的形而上学理念。如果这样做，我们就难以接受普拉兹提出的断言："从吉尔·德·雷到陀思妥耶夫斯基，罪恶的抛物线总是相同的。"

但是，在考察陀思妥耶夫斯基小说中的这些极端哥特形式之前，我希望简略地看一看19世纪情节剧中更"开放的"哥特元素。哥特风格始于18世纪，那时带有中世纪和田园特征。正如柯勒律治在1797年写给威廉·莱尔·鲍尔斯的一封信中所说，哥特风格一开始表现的是"地牢、古堡和濒临大海的荒凉宅第，描写洞穴、森林和异乎寻常的角色，描写令人恐惧的神秘部落……"但是，随着人们对最初那些奇异和古老东西的兴趣逐渐淡化，哥特场景出现了变化。19世纪读者和观众知道并且感到恐惧的东西是城市展现的具有侵蚀作用的蔓延姿态；在工业革命之后，城市中充满贫民窟和饥饿的人群，危机反复出

第三章

现,这种感觉尤其强烈。正是在城市里,从上帝恩赐的伊甸园中堕落的感觉显得最为绝望,堪称无可救药。巴尔扎克描写了夜巴黎;维多利亚时代的廉价惊险小说描写了"不祥的日落";海德先生浪迹爱丁堡;卡夫卡笔下的廉价公寓和迷宫般的街道驱使他作品中的角色 K 走向厄运——这些都与夜色笼罩下的巴比伦城中的意象非常相似。但是,在众多记述大都市阴森和野蛮面貌的作者中,陀思妥耶夫斯基占据了突出的位置。

赋予陀思妥耶夫斯基灵感的大师人数众多,形成了一个令人深感兴趣的群体。早在哥特文学繁荣之前,雷蒂夫·拉·布勒托纳已经意识到,日落之后的城市是现代社会的未知领域(terra incognita)。德·拉布雷东才华横溢,在作品中表达了愤怒和多样性,是一个常常被人忽略、难以评价的人物。在《巴黎的夜晚》(*Les Nuits de Paris*,1788 年)中,这种新神话的基本要素被一一罗列出来:下层社会、妓女、冰冷的阁楼、地下室里的臭气、窗户上的面孔——它们与富人豪宅中奢侈欢宴上的面孔形成鲜明的对立。与布莱克的观点非常类似,雷蒂夫在夜色笼罩下的大都市看到了在经济和司法领域中集中表现出来的不人道性。他看到了这个悖论:正是在豪宅遍布的城市里,穷人和被猎食的人"上无片瓦",其惨状超过了在其他任何地方。在雷蒂夫之后,出现了许多夜色中的游荡者,其中包括维克多·雨果和爱伦·坡,鸦片吸食者和夏洛克·福尔摩斯,出现了吉辛和左拉笔下的人物,出现了利奥波德·布卢姆和德·夏吕斯男爵。[1] 在陀思妥耶斯

---

[1] 鸦片吸食者指撰写了《一个鸦片吸食者的忏悔录》(又译为《瘾君子自白》)的托马斯·德·昆西,柯南·道尔在《福尔摩斯探案集》中对德·昆西有所指涉。利奥波德·布卢姆为《尤利西斯》的主角,德·夏吕斯男爵为《追忆逝水年华》中的角色。——编注

基的《圣彼得堡的白夜》(*White Nights of St.Petersburg*)的开头,我们可以看到雷蒂夫对作者的强烈影响。

首先,德·昆西是陀思妥耶夫斯基的前辈之一。德·昆西已经显示出,甚至在廉价公寓和工厂之中,诗人的目光也能感悟幻觉瞬间,形成狂热的灵视,其真实性不亚于在哥特式森林里、在浪漫主义寓言中的东方所发现的东西。他和波德莱尔携手努力,赋予城市意象一种强烈的陌生性——在针对尼尼微城和巴比伦王国的诅咒中,城市就曾有过这种陌生性。德米特里·格里戈洛维奇的回忆录告诉我们,《一个英国鸦片吸食者的忏悔录》(*Confessions of an English Opium Eater*)是陀思妥耶夫斯基年轻时最爱阅读的著作之一。这本书在他的早期作品中留下了痕迹,在《罪与罚》中留下了痕迹。在索尼娅这个角色背后,读者可以看到浪迹牛津街的"小安"的身影。

其次,巴尔扎克和狄更斯对陀思妥耶夫斯基的影响显而易见,范围广大,无须在此赘述。在1863年的作品《冬天里的夏日印象》(*Winter Notes on Summer Impressions*,苏联评论者特别喜欢的一本书)中,陀思妥耶夫斯基描绘了巴黎和伦敦,作者是根据《高老头》、《幻灭》(*Les Illusions perdues*)和《荒凉山庄》观察这两个城市的。

但是,正是在欧仁·苏的《巴黎的秘密》(1842—1843年)之中,城市哥特文学达到了巅峰状态。这部著作受到别林斯基的称赞,就像在整个欧洲,在俄罗斯也被人们争相阅读。在《童年·少年·青年》中,托尔斯泰也回忆了他是如何如饥似渴地阅读苏创作的这部非常具有影响力的赚钱作品的。陀思妥耶夫斯基了解《巴黎的秘密》和《流浪的犹太人》。他在1845年5月给弟弟的一封信中写道,苏"在范围上很受局限",但是使自己受益匪浅。对《少年》第一部中的若干片段——虽然有时候我们难以将戏仿与模仿区分开来——而言,这一说法尤其适当。19世纪小说的继承者把情节剧与慈善行为混合起来,欧仁·苏继承了这一特殊做法,并且将它提升到一个更深的心理层面。以下引文出自《巴黎的秘密》中著名的《苦难》一章,传达了这部作品的主要笔触:"两个女儿之中的第二个……备受折磨,奄奄一息,带着青灰色的可怜小脸靠在年仅5岁的姐姐的胸口上。"在马尔梅拉多夫的家里,在阿廖沙·卡拉马佐夫的小屋里,我们将会发现她奄奄一息的身影。此外,在陀思妥耶夫斯基的作品中,欧仁·苏表述的某些革命言论几乎被一字不差地照搬过来。例如,在《卡拉马佐夫兄弟》中,读者看到加以重述的这一论点:"无益的财富……没有什么东西能使它脱离无聊状态……没有什么东西能使它免受极度痛苦的谴责。"就题材和描述两个方面而言,在(《巴黎的秘密》中的)玛丽花与陀思妥耶夫斯基笔下缺乏勇气和胆量的女主角之间,在欧仁·苏对德哈维尔侯爵罹患的癫痫的描述与《白痴》中的婚姻困境之间,也存在诸多相似之处。

但是,陀思妥耶夫斯基继承的东西不仅给他提供具体的灵感,而且与他的整个小说创作生涯相关。他熟知并且直接继承了欧洲文学,在这方面超过同时代其他任何一位主要俄罗斯作家。假如他不了解狄更斯和巴尔扎克的作品,不了解欧仁·苏和乔治·桑的作品,我们难以想象陀思妥耶夫斯基可能会成为什么样的作家。这些作家为他奠定了不可或缺的基础,帮助他在作品中构思地狱般的城市;他从他们那里学习并完全掌握了情节剧的传统手法,随后在自己的创作活动中加以深化。《穷人》《罪与罚》《少年》《圣彼得堡的白夜》以及《被侮辱与被损害的人》构成一条脉络的组成部分,它始于雷蒂夫·拉·布勒托纳和勒萨日在《瘸腿魔鬼》(*Le Diable boiteux*,1707年)中考察的

托尔斯泰或陀思妥耶夫斯基

城市生活——在如今的美国贫民窟小说中,我们仍然可以看到这样的城市生活。

托尔斯泰在描写被大火烧毁的城市时最为得心应手。陀思妥耶夫斯基驾轻就熟,带着自己的目的,穿行于由廉价公寓、阁楼、铁路货场和触手状郊区组成的迷宫之中。在《被侮辱与被损害的人》的第一页,读者可以见到在这类作品中占主导地位的音符:"那一天,我一直在城里行走,寻找落脚之处。我浑身湿透……"当陀思妥耶夫斯基提到自然美景时,场景也具有城市特征:

> 我喜欢彼得堡 3 月的阳光……整个街道沐浴在灿烂的阳光中,突然绽放出灿烂的光辉。所有的房屋仿佛突然——可以这么说——闪闪发光。刹那间,它们夹着灰黄和淡绿的色调失去了令人沮丧的气氛。

在陀思妥耶夫斯基的小说中,很少见到景物描写。正如西蒙斯教授指出的,在《小英雄》(*The Little Hero*)中,读者见到的是一种独特、"明快的户外氛围"。非常重要的一点是,陀思妥耶夫斯基是在圣彼得堡被监禁期间创作这一作品的。梅列日科夫斯基提出,小说家没能描绘自然景色的原因在于他太喜欢自然了。这一观点缺乏说服力。非常简单的理由是,陀思妥耶夫斯基并未考虑田园风光。当他在《穷人》中从形式角度描写自然风光时,场景很快变为带着哥特式恐惧的东西:

> 对,我确实喜欢秋天的风光:晚秋,庄稼收获了,农活结束

了，人们开始在小屋中聚集，大家都等待着冬季的来临。在这种情况下，一切都变得神秘起来，天空阴云密布，仿佛蹙着眉头，在裸露的森林边缘，黄叶散落在地上，森林本身变为暗蓝色。尤其在黄昏时，潮湿的雾气蔓延开来，森林深处的大树冒着绿光，就像一个个巨人，就像奇形怪状的幻影……太可怕了！突然，我大吃一惊，不寒而栗，仿佛看到一个模样怪异的东西从大树空洞的黑暗中盯着人看……这时，一种奇怪的感觉向我袭来，仿佛听到有人在低声说："跑吧，快跑吧，小孩子。不要在外面待得太晚了。这里很快就会变成一个可怕的地方。跑吧，小孩子！快跑吧。"

"这里很快就会变成一个可怕的地方"，这个句子集中体现了哥特氛围和情节剧的技巧。请记住陀思妥耶夫斯基在这两个方面借鉴的元素，让我们转而讨论人们常说的他作品中的另外一个主导旋律：展现针对儿童的暴力行为。

七

人们曾经认为，19世纪小说——至少到左拉为止——避免涉及带有更多猥亵性质和病态内容的性爱经验。有论者将陀思妥耶夫斯基当作先驱加以引证，认为他揭示了弗洛伊德让人们充分意识到的下层社会受到压抑的"不自然"欲望。但是，有关事实却与之相反。我们发现，即使"高雅"小说的杰作也非常自由地处理变化多端的性主题，例如，巴尔扎克的《贝姨》(*La Cousine Bette*)和亨利·詹姆斯的《波士顿人》(The Bostonians)。司汤达的《阿尔芒丝》(Armance)和屠格涅夫的《罗亭》(Rudin)是表现性无能的悲剧；巴尔扎克塑造的伏脱冷几乎比普鲁斯特笔下的变态人（invertis）早了75年，梅尔维尔的《皮埃尔》对性爱的间接取向进行了特别有益的探索。

对"低俗"小说、哥特式黑色小说（romans noirs）和大量的连载恐怖小说、言情作品而言，这一点更为明显。施虐狂、心理变态、不自然的内疚感、乱伦、劫持和令人着迷的情节，这些都是老生常谈的母题。当巴尔扎克笔下的人物、小说家吕西安·德·吕邦波莱刚到巴黎时，书商给他的指令是，"按照拉德克利夫夫人的方式写东西"。这一指令当时被写进了文学规则。固定情节涉及饱受痛苦折磨的女仆、放肆不羁的压迫者、路灯下实施的暗杀、通过爱情实现的救赎，这些因素是志在成功的小说作者需要掌握的东西。如果作者有天才，可将它们用在《老古玩店》(The Old Curiosity Shop)和《金眼女郎》(La Fille aux yeux d'or)中；如果作者有创造力，可将它们用在《特里尔比》(Trilby)和《巴黎的秘密》中；如果作者只有技巧，可将它们用在多如牛毛的连载小说（romans feuilletons）中——这样的东西连目录学家如今也已忘记。正是因为我们已经忘记它们，陀思妥耶夫斯基作品之中某些反复出现的主题才给人留下独特和病态的印象。其实，他使用的情节——被人纯粹视为素材，视为可被略写的故事——完全依赖当时的文学传统和写作实践，其方式类似于对莎士比亚作品的依赖。

陀思妥耶夫斯基将个人的强迫性神经症用在这些情节之中，这种做法可能给人启迪，但是，它应该出现在作者知道公众了解的素材之后，而不是出现在那之前。

在许多作家的作品中，存在着一些意象或者情景类型，它们或以公开方式，或以掩盖方式，出现在他们的大多数作品中。例如，在拜伦的诗歌和戏剧中，它们就是对乱伦的暗示。正如我们已经熟知的，陀思妥耶夫斯基反复暗指，一个岁数较大的男子对一名年轻女孩或者妇女实施了性侵犯。如果要在他的所有作品中探寻这一主题，说明它在什么地方以隐蔽的象征形式出现，就得另外撰写一部著作。它出现在陀思妥耶夫斯基的第一部小说《穷人》中——失去父母的瓦尔瓦拉遭到贝科夫的迫害。它在《女房东》(*The Landlady*) 中有所暗示——缪林与卡捷琳娜之间的关系笼罩在一种神秘罪孽的阴影之下。在《圣诞树和婚礼》(*A Christmas Tree and a Wedding*) 中，它以透明的形式出现：一个老头看上了一个年仅11岁的小姑娘，提出在姑娘长到16岁时娶她为妻。类似母题还见于非常精彩的中篇小说《永恒的丈夫》。《涅朵奇卡·涅茨瓦诺娃》(*Netochka Nezvanova*) 这部小说以片段形式出版，作品中的女主角对她的酗酒的继父产生了不伦恋情。在《被侮辱与被损害的人》中，这一主题占据了主导地位：内利（类似狄更斯作品中的角色）莫名其妙地得到挽救，免遭暴力侵害；据说瓦尔科夫斯基曾经沉迷于"秘密的堕落行为"和"令人憎恨的神秘罪恶"。在《罪与罚》的草稿中，斯维德里盖洛夫忏悔说，他曾经侵犯年轻姑娘，言辞可怕，不断重复：

> 意外实施的强奸。他脱口而出，仿佛没有什么异乎寻常之处，仿佛在讲述关于莱斯勒尔的轶事。关于向儿童施暴的情景，令人发指……[讲到那个房客的事情，她的女儿被人强奸，后来淹死了。但是，并没有说是谁干的，后来才解释说，就是他。]
>
> 注意：他把她打死了……

托尔斯泰或陀思妥耶夫斯基

在后来确定的文稿中,这些细节进行了模糊化处理。斯维德里盖洛夫讲述了不那么严重的堕落行为,性侵犯主题被处理成卢仁对杜尼娅的追求,以及斯维德里盖洛夫对杜尼娅的引诱。正如我们已经看到的,在《白痴》中,娜斯塔霞与托茨基两人之间的最初关系是建筑在这一基础之上的:成熟恋人将年轻姑娘引入性堕落。在《一个伟大罪人的一生》中,这一母题占据了重要地位,该作品分为五个部分,构思于1868年年末,《群魔》和《卡拉马佐夫兄弟》是它的组成部分。在这部小说中,主人公折磨一个残疾姑娘,后来度过了充满残忍和变态行为的人生。斯塔夫罗金的"忏悔"体现了这些理念,是陀思妥耶夫斯基对施虐狂行为进行的最著名的艺术表现。但是,即便在进行了入木三分的描绘之后,这一母题依旧令他无法释怀。在《作家日记》中,针对儿童的暴力情节被一一罗列,得到了详细描述。在《少年》中,维尔西洛夫参与了秘密的不人道行为。在开始创作《卡拉马佐夫兄弟》之前,陀思妥耶夫斯基写了两篇纯粹的哥特故事:《噼噼啪啪》和《荒唐人的梦》(*The Dream of a Ridiculous Man*)。在濒临自杀的紧要关头,"荒唐人"想起了他对一个小女孩实施的肮脏行为。最后我们看到,这一主题在陀思妥耶夫斯基的最后一部小说中以分散形式表达出来。伊万·卡拉马佐夫宣布,针对儿童的兽性行为是对上帝的最大亵渎。作品暗示,格鲁申卡年轻时曾经被人强奸。丽莎·霍赫拉科娃告诉阿廖沙,她梦见一个小孩被钉在十字架上:"他在十字架上呻吟,我坐在他对面吃糖煮菠萝。我很喜欢吃糖煮菠萝。"(皮埃尔·路易斯的小说《阿佛洛狄忒》[*Aphrodite*]实际上描写了类似的场景。)此外,在卡佳访问德米特里·卡拉马佐夫的叙事中,性屈从和性强暴的理念也被含蓄地暗示出来:德米特里正在想办法,以便让卡佳的父亲免遭当众羞辱的厄运。

在陀思妥耶夫斯基活着时就有谣传说,在他的作品中反复出现的这一母题源于他自己生活中某种见不得人的疯狂行为。但是,没有任何具体证据支持这一说法。后来,心理学家们嗅到了气味。也许,他们的发现可能让我们了解这位小说家的人格,但是就其作品而言,诸如此类的发现基本上没有什么意义。陀思妥耶夫斯基的作品构成一种客观实在,它们受到技术和历史条件的限制。在探究作品深层次蕴意的过程中,我们有可能损伤表层;就作品具有形式性、成为公众读物这一点而言,艺术品是一种表面。在陀思妥耶夫斯基的小说中,关于性爱主题和针对儿童的性施虐文字表述明确,具有普遍意义;它得到一种深刻影响了陀思妥耶夫斯基的文学传统的支撑,这一点可以由文献记录加以充分证明。

陀思妥耶夫斯基将虐待儿童——特别是诱使儿童堕落——视为一种象征,它所影射的是彻头彻尾、无可救药的邪恶行为。在这样的行径中,他看到了不可宽恕的罪孽的化身——有的批评家将它称为"具体的共相"。折磨或者强暴儿童的行为是在人身上——在这里,上帝的形象最为清楚——亵渎上帝的形象。但是,更为令人恐惧的是,这种行径让人怀疑上帝的存在,或者严格地说,让人怀疑上帝是否保留了与其创造物之间的某种相似性。伊万·卡拉马佐夫非常清楚地表明了这一点:

> 一个天真无邪的小姑娘,甚至无法理解别人究竟对自己做了什么,幼小心灵却能忍受剧痛,在冰冷的黑暗中攥紧小拳头,心中没有怨恨,泪水默默地流淌,祈求敬爱、仁慈的上帝保护自

己,你能理解这是为什么吗?我不会说成年人遭受的苦痛,他们犯下原罪,活该倒霉,让魔鬼带走他们吧!可是,这些幼小的儿童……这些儿童已经遭受折磨,让那些人下地狱又有什么用呢?

长大成人的过程使人脱离上帝的恩宠,这是一种奇怪的教义;但是,陀思妥耶夫斯基的意思明白无误。如果排除可能存在的根深蒂固的个人心理问题,我们是无法充分理解他的意思的。与《俄瑞斯忒亚》类似,与莎士比亚后期创作的剧作中的"暴风雨"和"音乐"类似,与《失乐园》类似,或者以非常不同的方式与《安娜·卡列尼娜》类似,这里至关重要的是神义论(theodicy)的问题。托尔斯泰提出了这一应许:复仇是上帝的旨意;陀思妥耶夫斯基探索的问题是,"这些儿童已经遭受折磨",这样的复仇是否公平,是否具有意义呢?如果将陀思妥耶夫斯基提出的质疑归为某种无意识的赎罪仪式,我们就会贬低这一质疑让人产生的巨大恐惧感和怜悯。

其次,正如我已经提到的,针对儿童的犯罪实际上是弑父行为的象征性相似物。在这种双重性中,陀思妥耶夫斯基看到了19世纪60年代俄国出现的父子斗争的意象。与之类似,在《亨利四世》的第三场中,莎士比亚使用了相同的手法,以便传达玫瑰战争具有的自相残杀的整体性。

我们看到,陀思妥耶夫斯基选择残忍的性行为来具体表达自己的哲学观和道德观;在这样的过程中,他并未屈服于自己内心的怪异冲动。他的做法符合当时的文学主流。实际上,在他开始发表小说和故事时,通过金钱或者敲诈手段迫害儿童、诱奸妇女的情节在欧洲文学中就已比比皆是。在哥特文学发展之初,我们在《奥多芙的神秘》中已经看到这样的情节——德貌双佳的年轻妇女身陷地牢，遭到折磨。在哥特式场景中，出现了一些变化：在勃朗特姐妹创作的情节剧中，地牢变为荒凉庄园；在巴尔扎克的《德朗热公爵夫人》(*La Duchesse de Langeais*) 中，地牢变为秘密公寓套房。正如普拉兹指出的，残疾儿童和贫穷孤儿的寓言也广为传播。波德莱尔的《红发女丐》(*mendiante rousse*) 和《圣诞颂歌》(*Christmas Carol*) 中的小蒂姆是他们的远房表亲。早在陀思妥耶夫斯基之前，悬疑作品和悲怆作品的作者们已经探索了这一心理真实——残缺和无助可能形成堕落。在悲剧领域中，陀思妥耶夫斯基以艺术方式表现了这一洞见；如果我们试图寻找能够与之媲美的例子，只需看一看戈雅的蚀刻画和晚期创作的油画。

陀思妥耶夫斯基笔下遭到迫害的女仆——例如，瓦尔瓦拉、卡捷琳娜、杜尼娅、卡佳——常常形象丰满、惟妙惟肖，是这一老旧主题的表现形式。在《被侮辱与被损害的人》中，内利清楚地反映了狄更斯笔下人物的特征。当拉斯柯尔尼科夫保护索尼娅时，当（《巴黎的秘密》中的）罗多尔夫公爵出手救人时，在他们表现的情节中，普遍性已经成为仪式。即使在目的非常复杂、带有激进主义特征的作品中，陀思妥耶夫斯基也坚持了他所在时代使用的固定情景。老色鬼诱惑欠缺谨慎的姑娘，儿子被堕落行为败坏，有魔力的主角被魔鬼缠住，"堕落的妇女"拥有金子般的心灵——这些是情节剧目录中的传统角色。在作者富有想象力的笔下，他们成为《卡拉马佐夫兄弟》中的出场人物（dramatis personae）。有的人坚持认为，斯维德里盖洛夫和斯塔夫罗金的忏悔在文学中史无前例，肯定出自陀思妥耶夫斯基不加掩饰的灵魂深处。也许，他们没有读过巴尔扎克的《搅水女人》(*La*

Rabouilleuse），该书以直截了当的方式陈述了一个老男人对一名年仅12岁的姑娘的欲望。

同样的传统意识应该引导我们理解陀思妥耶夫斯基式主人公——在这些失败天使的身上，救赎记忆与地狱怨恨互相交织。他们的前辈包括弥尔顿笔下的撒旦、哥特小说和浪漫民谣中的狂热恋人、巴尔扎克作品中的拉斯蒂涅和马森这样的"强力男人"、普希金作品中的奥涅金、莱蒙托夫笔下的毕巧林。有趣的是，陀思妥耶夫斯基本人认为，《战争与和平》中的安德烈公爵代表了浪漫神话中的"黑色英雄"。

在初稿中，斯维德里盖洛夫的形象看来就像对拜伦或者维克多·雨果作品中的模仿：

> 注意：基本特征——斯维德里盖洛夫知道某些秘密暴行，他没有向任何人透露，而是用行动揭示出来。他的内心动荡不定，充满兽性，需要撕咬，需要以冷血方式杀戮。一头野兽。一头猛虎。

在《被侮辱与被损害的人》中，瓦尔科夫斯基这一形象标志着对哥特风格的一种深化。在这个人物身上，存在兽性与自暴自弃两者之间的激烈冲突。拜伦在曼弗雷德身上将这种冲突戏剧化，欧仁·苏在《流浪的犹太人》中也对此进行了戏剧化处理：

> 我曾是慈善家。怎么说呢，我曾经把一个农民用鞭子活活打死，是他妻子的原因……我那样干时自己正处于浪漫阶段。……

第三章

> 我现在甚至喜欢秘密，喜欢隐秘的罪恶，喜欢比较怪异、独一无二的做法，追求花样时甚至显得有些不择手段，哈哈！

哥特式恶棍常常发出狂野的笑声。

在一则简短的备忘录中，托马斯·洛夫尔·贝多斯谈到对哥特氛围的追求。我们发现，其中的一个表述完全适用于斯维德里盖洛夫、瓦尔科夫斯基、斯塔夫罗金和伊万·卡拉马佐夫：

> 他们的语言应该隐晦、深奥，带有背叛意味；有时候模仿坦诚，有时突然出现恶意攻击和亵渎讽刺；带有粗野的字眼。

罗果仁在很大程度上也是拜伦遗产的组成部分。拜伦是一个内心忧郁的青年，信奉激情至上的理念，甘愿牺牲一切，在崇拜和仇恨中毁灭他喜欢的东西。他的目光中带着有吸引力的美德；在圣彼得堡游荡的过程中，梅诗金脑海中总是出现这样一双眼睛。这是受人赞赏的哥特方式中的一种品质；甚至早在柯勒律治之前，拥有令人着迷的目光这种天赐品质——例如，古舟子那双闪闪发光的眼睛——已经成为《圣经》中的浪漫该隐的传统标志之一。

但是，毫无疑问，正是在斯塔夫罗金这个角色身上，我们看到了传统素材以最高超的技巧被陀思妥耶夫斯基加以利用。与他那一帮人类似，斯塔夫罗金也遭遇了流言蜚语，这将他与难以启齿的罪行联系起来。陀思妥耶夫斯基在此使用了一个非常奇特然而带有普遍性的母题。作品暗示，斯塔夫罗金曾经属于一个13人秘密团体，该团体从事恶魔似的纵欲活动。这类带有秘密性质的联想——通常是数字12或者 13——在陀思妥耶夫斯基的作品中反复出现。例如，在《被侮辱与被损害的人》中，阿廖沙狂热地提到一个"大约由 12 个人"组成的团体，那些人常常聚在一起讨论时事问题。这个理念带有宗教象征——耶稣和十二门徒——并且与俄罗斯的教会分裂传统有关，可能吸引了小说家的兴趣。但是，陀思妥耶夫斯基对这个主题的处理方式不应淡化其文学背景。在哥特小说中，恶魔的女巫集会和神秘联想比比皆是，它们从事黑色艺术，对政治事务和个人事务施加影响。克莱斯特的《海尔布隆的小凯蒂》(*Käthchen von Heilbronn*) 就是一个著名的例子。巴尔扎克创作了三本情节剧小说，描写这类从事秘密活动、提供互助的联盟的运作方式。它们被归在《十三人故事》(*Histore des Treize*) 这个标题之下，是将哥特式感性渗透到"高雅"小说结构之中的标志性作品。为了获得具有对比性、在本质上属于古典主义的视角，我们只需回忆一下《战争与和平》中对共济会的讽刺性处理就清楚了。

尽管在《群魔》的终稿里，斯塔夫罗金只被冠以"公爵"称号一次，这部作品的草稿却清楚地显示，他在陀思妥耶夫斯基的构思中是以公爵身份出现的。草稿表达的弦外之音和蕴含的意义非常微妙：这个兼有梅诗金和罗果仁的人格的角色是一位公爵，格鲁申卡将同样的称号用在阿廖沙·卡拉马佐夫头上。在陀思妥耶夫斯基看来，这个头衔带有具体的仪式价值和诗学价值，但是也许属于颇具个人性质的层面。在这三个角色身上，我们看到了潜在的救世主耶稣的品质。正如我在下一章中将要阐述的，斯塔夫罗金是一种工具，他实施上帝的恩典和惩罚。对玛丽亚来说，他在情节的某个发展环节上是具有公爵风范的救赎者，是猎鹰一样的侠义男子。但是，在这个意义层面上设想斯塔夫罗金的做法——而这一点正是我的论点的举证责任——不应阻碍我们意识到,这个角色身上存在从《大卫·科波菲尔》(*David Copperfield*)中的斯蒂尔福斯那里借鉴而来的品质,也不应阻碍我们设想,他这个头衔可能是对《巴黎的秘密》中的罗多尔夫公爵所用称号的一种间接借鉴。在莎士比亚使用李尔王之前,就有一位"莱尔王"。

陀思妥耶夫斯基绝对不会否认这一点:他从其他作家那里得到了灵感。在《卡拉马佐夫兄弟》中,参考拉德克利夫夫人的《奥多芙的神秘》就像一种致敬行为,它以讽刺和承认的方式出现,向一位时间间隔遥远却无可争辩的祖先致意。陀思妥耶夫斯基并不掩饰来自巴尔扎克、狄更斯和乔治·桑的影响,特别是这些作家的作品中那些最具感伤性与情节剧特征的因素。陀思妥耶夫斯基对席勒的《强盗》赞赏有加,不仅欣赏这位诗人的成熟作品,而且欣赏作品中包含的狂热和恐惧。据说,在陀思妥耶夫斯基的创作笔记(有的尚未正式出版)中,有许多对哥特式窗扉和塔楼的钢笔素描;我们从他妻子的回忆录中得知,他对情节剧的重大主题深感兴趣,其中包括中世纪天主教审判异教徒的宗教法庭。陀思妥耶夫斯基与爱伦·坡都具有哥特式想象力,这里提到的仅仅是其中的一个方面——我们不要忘了,正是陀思妥耶夫斯基和其他人一起,将爱伦·坡介绍给了俄罗斯读者。

长期以来,一直有人发现陀思妥耶夫斯基的感悟反映了特殊的同时代品质。当然,同时也一直有人对此深表遗憾。例如,在写给爱德华·加内特的信函中,康拉德谴责了这种经验意象,认为它是"动物园中的怪兽,是将自己敲为碎片的受到诅咒的灵魂"。亨利·詹姆斯告诉史蒂文森,他发现自己无法终结《罪与罚》的阅读。这位写出《化身博士》(*Dr.Jekyll and Mr.Hyde*)的作家回应说,是他——是史蒂文森自己——几乎已被陀思妥耶夫斯基的这部小说"终结"掉。D. H. 劳伦斯不喜欢陀思妥耶夫斯基的风格，这一点是众所周知的；他讨厌陀思妥耶夫斯基的小说给人带来的那种老鼠般吱吱尖叫的约束感。

其他人试图将陀思妥耶夫斯基与哥特传统之间的联系最小化。有一个论者回忆起普鲁斯特的《女囚》（*La Prisonniere*）中叙事者提出的评论：

> 陀思妥耶夫斯基的独特贡献在于，他可以表现一幢房屋具有的新的令人感到恐惧的美，他可以表现一个女人脸上的那种新的模糊的美。文学批评家指出，在陀思妥耶夫斯基与果戈理两人之间，存在着相似性；在陀思妥耶夫斯基与保罗·德·科克两人之间，存在着相似性。但是，这样的相似性没有什么意义，它们外在于这种神秘之美。

这些"相似性"就是人们通常认为的哥特传统和情节剧世界观具有的手法和看法。普鲁斯特在此提到了"神秘之美"，这四个字的意思看来是陀思妥耶夫斯基式现实的变形，它是通过人生的悲剧感来实现的。我认为，离开其中的一方，另一方都是不可能实现的。

陀思妥耶夫斯基提出的问题是：如何理解人类状况的现实，并且在一系列极端的具有界定作用的危机中将其具体表现出来？如何以悲剧方式——陀思妥耶夫斯基视为可以证实的唯一方式——将人的体验表达出来，并且使其依然处于现代城市生活的自然主义场景之内？他的读者已经养成接受悲剧的习惯和识别能力，这样的习惯已经充分扩散，曾被伊丽莎白时代的剧作家们依赖。陀思妥耶夫斯基无法依赖这样的东西，无法采用从前的悲剧诗人可以利用的历史场景和神话场景来表达他的全部意义，只得改造和利用现存的情节剧传统手法。显然，情节剧是反悲剧的；它的基本程式要求先有四幕明显的悲剧，第五幕表现挽救或救赎。这一样式具有很大的强制性。我们看到，在陀思妥耶夫斯基的两部杰作——《罪与罚》和《卡拉马佐夫兄弟》——中，情节在"上行节奏"中戛然而止，形成了情节剧特有的大团圆结局。与之相反，《白痴》和《群魔》的结尾展现出黄昏之中的凄凉和真实，展现出经过绝望之后获得的淡定和平静，这样的元素是悲剧特有的。

请看一看陀思妥耶夫斯基用来表达他的悲剧观的某些寓言、插曲和冲突吧：罗果仁的追求和几乎惨遭谋杀的结局、斯塔夫罗金与费季卡在经过暴风雨洗礼的大桥旁见面的场景、伊万·卡拉马佐夫与魔鬼之间的对话。这些场景都以自身的方式，脱离了理性主义或者完全世俗的传统手法的范围。但是，陀思妥耶夫斯基深受哥特小说作者和情节剧作家熏陶，感性中已经养成了反应。从这个角度看，作者描写这些场景都有各自的道理。如果从《荒凉山庄》或者《呼啸山庄》转向《罪与罚》，读者最初会体验到这种似曾相识的感觉；离开了这种感觉，作者与读者之间至关重要的融洽关系是无法建立起来的。

总而言之，陀思妥耶夫斯基接受了别林斯基的训诲：俄罗斯小说的重要责任是反映现实，要真实地描绘俄罗斯人在生活中面对的社会困境和哲学困境。但是，陀思妥耶夫斯基坚持认为，他作品中的现实主义自有特色，与冈察洛夫、屠格涅夫和托尔斯泰信奉的现实主义并不相同。在冈察洛夫和屠格涅夫的作品中，陀思妥耶夫斯基看到的仅仅是对表面或者典型事物的描绘，这两位作家并未深入当时混乱生活的本质性深度之中。另外，陀思妥耶夫斯基认为，托尔斯泰表达的现实主义是陈旧的,与当时人们经历的极度痛苦毫不相关。陀思妥耶夫斯基的现实主义——用他本人在《白痴》草稿中写下的短语来说——具有"悲剧式幻想"的特征。它将俄罗斯危机中的新生元素集中在戏剧瞬间和极端揭示之中,力图提供一幅全面、真实的图景。在很大程度上,陀思妥耶夫斯基实现这一集中表现的技巧来自相当陈旧、以歇斯底里方式表达情感的文学传统。但是,他以天才的方式利用了哥特传统和情节剧,明确地回答了歌德和黑格尔提出的问题:在后伏尔泰时代,是否可能创造或者表达体验的悲剧观?那时,市场、寺庙门廊、希腊戏剧和文艺复兴戏剧的城堡墙壁已经失去其现实性;在那样的世界中,作家是否能够奏响悲剧音符?

在埃尔辛诺的戏台上,在由大理石装饰、充满活力的空间中,拉辛剧作中的人物曾经演绎了他们的神圣命运;从那之后,只有陀思妥耶夫斯基笔下的城市最接近悲剧发生的场所和表演场地。里尔克在《马尔特·劳里茨·布里格手记》(*Die Aufzeichnungen des Malte Laurids Brigge*)中写道:

> 城市与我对抗,与我的生活对抗;它就像我没有通过的一场考试。城市发出的尖叫声,没完没了的尖叫声,打破了我心底的宁静,城市的可怕性把我赶向令人生厌的空间……

在巴尔扎克、狄更斯、霍夫曼和果戈理的作品中,曾经出现过城市的可怕性以及它发出的"尖叫声"(这使人想起爱德华·蒙克的著名画作)。陀思妥耶夫斯基在《被侮辱与被损害的人》开头说,这个场景"来自加瓦尔尼阐释的霍夫曼作品的某一页",以这种方式小心翼翼地向他借鉴的作品致谢。但是，他赋予"城市发出的尖叫声"更丰富的意义：在他的笔下，城市变为悲剧式的，而不仅仅是情节剧式的。如果我们将《荒凉山庄》或《艰难时世》与里尔克和卡夫卡——两位都是陀思妥耶夫斯基风格的明确追随者——的作品达到的效果进行比较，两者之间的差异清晰可见。

在陀思妥耶夫斯基的小说中，我们无法将"悲剧"与"幻想"分离开来。实际上，借助幻想，作家表现并且提升了悲剧仪式，使其高于当时的单调经验。有些时候，读者能够看到悲剧冲突是如何渗透并且最终改变情节剧的姿态的。但是，对陀思妥耶夫斯基来说，即使出现了改变，情节剧的姿态仍旧是一种基本媒介，其作用类似于古希腊剧作家眼里的传统神话，类似于早期莫扎特眼里的正歌剧（opera seria）。

在《群魔》中，基里洛夫之死这一片段很好地说明了哥特式幻想和恐怖情节是如何引导读者去体验悲剧效果的。这些假定带有非常明显的情节剧元素：彼得必须确保，基里洛夫在指控自己谋杀沙托夫的文件上签字之后自杀。但是，这位工程师的内心状态处于形而上学的狂喜与冷眼鄙视之间，可能不会这样干。梅菲斯特和他的模棱两可的浮士德都有武器。彼得非常精明，肯定意识到，如果他过分怂恿基里洛夫，他们的魔鬼交易就会以失败告终。在经过一番激烈对话之后，基里洛夫屈服于绝望的诱惑——他掏出左轮手枪，冲进隔壁房间，关上房门。从文学技巧的角度看，随后出现的情节完全比得上《厄舍府之倒塌》(The Fall of the House of Usher)的高潮阶段，比得上巴尔扎克的《驴皮记》中主人公的狂热死亡情景。熬过10分钟的痛苦期待之后，彼得抓住一支行将熄灭的蜡烛：

他什么声音也没有听到。他一把推开房门，把蜡烛高高地举起来：有什么东西大叫一声，向他冲来。他用尽全身力气，砰的一声关上房门，用身体死死地抵住。但是，所有的声音都渐渐消失，死亡般的寂静再次袭来。

彼得认为，他必须向这位不愿自杀的形而上学家摊牌，于是一只手推开房门，另一只握着左轮手枪。一个可怕的场景出现在他的面前：基里洛夫靠墙站立，一动不动，脸色苍白，令人害怕。彼得怒火中烧，觉得基里洛夫肯定还活着，心里只想当面挖苦这个人：

这时，出现的情形非常可怕，非常迅速，彼得·斯捷潘诺维奇后来也没有完全弄清楚究竟是怎么一回事。他还没有来得及伸出手来，基里洛夫突然倒下，脑袋撞翻了彼得·斯捷潘诺维奇手里抓着的蜡烛；烛台咣当一声落在地上，蜡烛熄灭了。与此同时，他觉得左手小指上一阵剧痛。他大叫一声，后来只记得自己当时不假思索地用尽全力，抡起手里的左轮手枪，照着基里洛夫的脑袋猛击三下——基里洛夫当时弯下身子，咬了他的手指。最后，他把手指从基里洛夫的嘴里拔出来，径直冲了出去，在黑暗之中跌跌绊绊地奔跑。可怕的叫声从房间里传来，紧紧跟在他的身后。

"直接，直接，直接，直接……"那声音叫了十次。但是，他不停地奔跑，刚刚进入门廊，便听到一下响亮的枪声。

咬人是一个不可思议的母题，可能来自《大卫·科波菲尔》。在《罪与罚》的初稿中，陀思妥耶夫斯基也为拉祖米辛这个角色设计了这一情节。在《群魔》中，咬人的情节出现了三次：斯塔夫罗金咬了州长的耳朵；一名年轻军官咬了他的上司；基里洛夫咬了彼得。最后一个例子让人感到特别恐惧。这名工程师似乎失去了人的意识，脑子里的理性已被冻结，变为自我毁灭的念头。死亡以动物的形象出现——"大叫一声"，使用野蛮的牙齿——已经控制了他。在人的声音爆发出来时，它是一个单词构成的叫喊，反复响了十次。基里洛夫的疯狂叫喊"直接"类似于李尔王嘴里重复五次的"绝不"。在李尔王的例子中，一个人的精神拒绝毁灭，紧紧抓住一个单词，仿佛占据了生命之门；在基里洛夫的例子中，这种重复接受黑暗。基里洛夫无法以自杀的方式来确认自由，所以在令人不齿的绝望中了结人生。这两种叫喊尽管出现在完全幻想的环境之中，但是依然以难以名状的方式打动了读者。

  彼得爬了回去，发现地上"血迹斑斑，脑浆四溅"。那支蜡烛流淌着蜡液，工程师死了，彼得手指流血、面如死灰。展现在读者面前的是典型的情节剧场景，类似于《雾都孤儿》中出现在窗口的费金的面孔，或者康拉德的《诺斯托罗莫》中令人畏惧的酷刑场面。但是，这些传统手法并不淡化或转移作品的悲剧目的；它们起到辅助作用。这个片段证实了亚里士多德在《诗学》中提出的一个特征："有的人使用引人注目的方式来创作，他们形成的不是恐惧感，而仅仅是怪异感，这样的人并不了解悲剧的目的。"陀思妥耶夫斯基创作的是"恐怖小说"，但这种恐怖是阐述后的恐惧感，乔伊斯曾经在《青年艺术家画像》(*A Portrait of the Artist as a Young Man*)中对此进行过定义："恐惧是这样的感受：它在人不断遭受苦难时抑止人的心灵，将其与秘密成因联系起来。"

托尔斯泰或陀思妥耶夫斯基

陀思妥耶夫斯基的"悲剧式幻想"现实主义以及他所用的哥特式手法将他的小说艺术观与托尔斯泰的区分开来。在托尔斯泰的作品中，尤其是在他晚年创作的故事中，存在着魔鬼信仰和挥之不去的心理困扰的因素，它们把叙事推到情节剧的边缘。在作者死后出版的一个题为《疯人日记》（*Memoirs of a Lunatic*）的片段中，我们发现了纯粹的恐惧效果：

> 生命与死亡之流汇合起来。一种未知的力量试图将我的灵魂撕为碎片，然而却无法得手。我再次走到通道中，去看那两个熟睡的人，我再次想要入睡。我的恐惧感总是相同的——时而红色，时而是白色的方块。

但是，这种暗示哥特主义将会进入超现实主义的基调在托尔斯泰的作品中非常罕见。从总体上看，这部小说的氛围给人正常、健康的感觉。清晰、明确的见解贯穿其中。这一视角类似于 D. H. 劳伦斯在《虹》（*The Rainbow*）中希望表达的意思，而且这种视角允许明显的差异性。劳伦斯是这样说的："创造之轮在基督时代依然转动。"如果不算《克莱采奏鸣曲》和《谢尔盖神父》（*Father Sergius*），我们可以说，托尔斯泰刻意回避了哥特传统特有的邪恶与变态这一母题。有时候，他实现这一点的代价是放弃了作品的丰富性。我们看一看《战争与和平》中的一个例子吧。在这部小说的最初草稿中，存在这个非常强烈的暗示：阿纳托利和海伦·库拉金两人之间有乱伦关系。但是，在写作过程中，托尔斯泰开始抹去这个主题的所有痕迹，在终稿中只剩下几处转弯抹角的影射。皮埃尔回首自己已经毁灭的婚姻，那时的情景历历在目:"阿纳托利常常向她借钱,常常亲吻她裸露的肩头。她没有给他钱,但是却任他亲吻自己的身体。"

托尔斯泰的"田园风格"显然与他对当时的情节剧所持的排斥态度相关。皮埃尔正是在冰冷、辽阔的天空下,正是在废墟之中,才觉得莫斯科是美丽的。列文一到莫斯科,便立刻赶到城市中已经结冰的池塘边——一个最接近乡村场景的去处。托尔斯泰对城市之中的痛苦感受至深,长期到贫民窟和济贫病房去体验生活。但是,他并未将这一意识与小说艺术的素材联系起来,这一点在其创作巅峰时期尤为明显。正如我在本书提到的,就史诗方式是否必然与田园风格背景相关这一问题而言,答案是非常复杂的。但是,若干批评家——例如,菲利普·拉夫——提出,对托尔斯泰与陀思妥耶夫斯基两人小说艺术的区分,尤其是在技巧和世界形象两个方面的区分,最终可在城市与乡村之间的永恒对比的层面上加以理解。

八

波焦利教授曾经说过,陀思妥耶夫斯基笔下的人物居住在"砖块和石灰构成的隐修院"里[1],其中最著名的是"地下室人"。地下室人的象征作用和地下室人的各种扮相表达的意义在许多批评著述中已被详细探讨。地下室人是外来者、叛乱者、无家可归者(l'estranger, l'homme revolte, der unbehauste Mencsch),是被遗弃的人,是局外人。

---

1 R. 波焦利,《卡夫卡与陀思妥耶夫斯基》("Kafka and Dostoyevsky",参见《卡夫卡问题》[*The Kafka Problem*],纽约,1946 年)。

在陀思妥耶夫斯基笔下,地下室人是最令人痛苦的形象。陀思妥耶夫斯基在《少年》的创作笔记中写道:

> 我自己展示了地下室人的悲惨状态、他经历的苦难、他的自我惩罚、他对理想的追求、他无法实现理想的现状。我自己揭示了这些悲惨的角色对其状态的致命性的清晰洞见,这种致命性非常强大,任何反抗都徒劳无益。

在城市具有的激烈力量的冲突情景中,地下室人饱受羞辱,听到了必不可少的评论,其具有讽刺意味的言辞毫无保留地凸显了传统带有的伪善。如果将他禁锢在雪利酒盒子之中,他发出的遭到抑制的低语将摧毁整幢房子。地下室人来自社会底层,拥有理智却没有权力,拥有欲望但缺乏实现欲望的途径。工业革命"教会"他阅读,让他有了最低限度的闲暇,但是资本与官僚沉瀣一气,大行其道,剥夺他的外套。他待在秘书的写字台前,唯唯诺诺,辛苦工作,一心梦想发财致富,晚上拖着疲惫的步子回家——华尔街上的巴特比,办公室中的约瑟夫·K. 就是这样的人。地下室人生活在马克思概括描述的无产阶级与真正的资产阶级之间痛苦的中间地带。果戈理描写了地下室人最终获得外套时的情景;阿卡基·阿卡基耶维奇·巴什马茨金的幽灵不仅困扰圣彼得堡的官员和守夜人,而且还会在欧洲和俄罗斯作家的想象力中占据一席之地,其影响甚至延伸到卡夫卡和加缪那个时代。

果戈理作品中的原型具有重要意义,陀思妥耶夫斯基的《地下室手记》不乏原创性,但是地下室人的形象源远流长,见于古代文学作品之中。如果我们将地下室人视为过去的否定精神(ewig verneinende

Geist），视为创作活动中的带有鄙视性质的荆棘，那么，地下室人非常古老，堪比《圣经》之中的人物该隐。实际上，他与最早的人亚当同在，其原因在于，人类堕落之后，每个人都有一个部分进入了地下状态。这种外貌，这种讥笑的语调，这种由可怜和傲慢混合而成的东西是陀思妥耶夫斯基的小说角色具有象征意义的特征；在荷马史诗《伊利亚特》中的瑟赛蒂兹身上，在古罗马讽刺诗和戏剧中的食客身上，在具有传奇色彩的第欧根尼身上，在琉善的《对话集》 Dialogues）中，我们都可以见到这样的元素。

在莎士比亚戏剧中，这类人物出现过两次，一个是《雅典的泰门》中的阿佩曼图斯，另一个是《特洛伊罗斯和克瑞西达》(Troilus and Cressida) 中的瑟赛蒂兹。对泰门的慷慨欢迎，那位"脾气暴躁的哲人"是这样回应的：

> 不；
> 你是不会让我受到欢迎的。
> 我来此是要你把我拒之门外。

与陀思妥耶夫斯基作品中的叙事者类似，阿佩曼图斯"看到"富人享用大鱼大肉，对被迫以此为食的行为大为愤怒。他珍视真相，即使真相伤人；他也秉持这种在讥讽中放大了的坦诚态度。在《永恒的丈夫》中，特鲁索斯基以瑟赛蒂兹式人物自居，引用了席勒的《凯旋日》(Das Siegesfest) 中的诗句：

> 帕特罗克洛斯长眠地下，

托尔斯泰或陀思妥耶夫斯基

瑟赛蒂兹乘船回家。

陀思妥耶夫斯基是否知道莎士比亚的这一剧作呢？尽管这很有可能，但是我们对此并不确定。在《特洛伊罗斯和克瑞西达》中出现的瑟赛蒂兹的独白，可以借助恰当方式出现在《地下室手记》的题词之中：

> 噢，瑟赛蒂兹！你已迷失在自己的怒火构成的迷宫中！大象埃阿斯是否也会这样呢？他会战胜我，我将抱怨他。噢，适合的满足感。假如不是这样，我就会战胜他，他会抱怨我。我将学习如何念咒以召唤魔鬼，让它们出现，但是我会看到自己带有恶意的诅咒形成的结果。

与瑟赛蒂兹类似，地下室人也不断自言自语。他内心的疏离感非常强烈，甚至在镜子中看到"它异性"。他与自恋的美少年那西索斯相反，谩骂神灵的创造，其原因恰恰在于，他不相信像自己这样可怜的东西竟然是根据上帝的形象创造出来的。他妒忌富人拥有的财富和权力，但是讽刺的言辞不能让他抵御冬天的严寒。于是，在他的地下室中，在"怒火构成的迷宫"中，他密谋策划着复仇。他会"让魔鬼出现"。到时候，那些骑在他头上作威作福的小官僚，那些让他满身溅上泥水的车夫，那些让他吃闭门羹的衣着华丽的男仆，那些窃笑他穿着褴褛马甲的贵妇，那些在黑灯瞎火的楼梯上埋伏以便收取租金的房东，统统都将匍匐在他具有征服力量的脚下。这就是拉斯蒂涅的梦想，这就是于连·索雷尔的梦想，这就是那些饥肠辘辘的秘书的梦想，这就是那些失去工作的私人教师的梦想。我们看到，这类来自外部世界的角色将目光投入19世纪小说的欢闹窗户内。

但是，地下室人是他的上司们不可或缺的东西。他让人在狂妄自大的时刻联想起道德观；他是讲真话的丑角，是让幻想破灭的知己。在堂吉诃德的仆人桑丘·潘沙身上，在那个甚至地狱中也不忘索要工资的唐璜的侍从莱波雷洛身上，在浮士德的助手瓦格纳身上，我们都可以看到地下室人的某些影子。这样的角色有时模仿主人，有时对抗主人，有时质疑主人，从而不断对自己进行定义。在《李尔王》的傻瓜这个角色身上，我们看到了这样的过程，它是悲剧的主要动力之一。借助新古典主义固有的得体性武器，地下室人成为受人尊重的弄臣，但是，他的主要功能得以保留下来：他揭露了种种高雅言辞掩盖的伪善，迫使冠冕堂皇的人物面对他们自己的真实瞬间（请考虑一下《费德尔》中的看护人角色）。例如，高乃依和拉辛作品中的密友们标示出一种进步，超越了"局外人"其实是分离的个人这一观点，从而让读者意识到，他是一种人格面具。

在中世纪道德剧对角色的外在描述中，我们看到了这一意识——在《每个人》(*Everyman*)的主角内心，在浮士德的内心，良知与恶念产生冲突。在文艺复兴和巴洛克时期表现性爱和哲理的诗歌中，"理性"与"激情"进行寓言式对话，也暗示了这一意识。但是，这两个观念是18世纪才提出来的：在个人内心存在若干相互冲突的人格；与具有融贯性和理性的外表相比，具有讽刺意味的、非理性的深层次气质更为真实。别尔嘉耶夫在研究陀思妥耶夫斯基的著作中写道，正是在这种情况下，"在人自己的灵魂深处出现了一道裂缝，上帝和天堂、魔鬼和地狱以新的形式被揭示出来"。正如黑格尔指出的，第一个"现代"

角色是在狄德罗的想象对话《拉摩的侄儿》(*Le Neveu de Rameau*) 中出现的拉摩的侄儿。而且，拉摩的侄儿这个角色是地下室人的直接祖先。

拉摩的侄儿集乐师、丑角、食客、哲学家等多个角色于一身，兼有骄傲自大与卑躬屈膝、精力旺盛与好吃懒做、玩世不恭与直言不讳这类互相矛盾的特征。他倾听自己内心的呼声，如同小提琴手聆听自己手中的乐器发出的音响。从外表看，他带有地下室人的典型特征：

> 我，一个身无分文的笨蛋，在暮色中回到阁楼，爬上简陋小床，身体蜷成一团躺下，然后盖上毯子。我的胸部下沉，呼吸困难，发出的声音带着一种孱弱的悲叹，似乎难以听见。但是，有钱人财大气粗，让公寓里发出回响，高视阔步，那样子让满街的人感到吃惊。

在象征主义的结构中，阁楼是经过颠倒的地下室。地下室，或者陀思妥耶夫斯基所说的紧挨着地板的空间，提供了更为强烈的意象。我们往往以分层方式来呈现灵魂，我们已经形成了习惯，用语言来示意：抗争力量和无理性的力量是"从下面"迸发出来的。

拉摩的侄儿具有的预言性表现在两个方面：其一是他的分离的自我意识，其二是宣扬被传统的文学手法伪装或者压抑的那种私密的真知灼见。他是现代意义上最早的忏悔者之一，在一个悠久传统中居于创始人的地位。在《地下室手记》中，这个传统被明确地加以利用。但是，陀思妥耶夫斯基坚持认为，他自己的前辈们——包括卢梭在内——的所作所为不够诚实，有的人用褴褛衣衫把自己包裹起来，没有谁真的赤裸见人。

根据尼扎尔所说的著名俏皮话，浪漫主义证明，贵族使用的语言并不必然等于语言拥有高贵性。地下室人的观点更加激进。他们宣称，仅仅关注公开行为和会客室——灵魂和房屋中的会客室——的文学是伪善的附属品。人的本性之中存在着许多黑暗面，超过理性主义心理学的想象。它们在心智进入深层的过程中凸显出来，这种异乎寻常的现象影响非常巨大，似乎使外部现实失去了实质性。J. M. 沙赛尼翁在1799年撰写了一部著作，标题就叫《想象力的大瀑布》(*Cataractes de l'imagination*)。沙赛尼翁宣称：

> 我认为，自我处于高于一切的位置。正是依靠自我，我度过了自己人生中的最美时光。这个"自我"处于孤立的状态，被坟墓包围；这个"自我"祈求上帝，足以让我在宇宙的废墟之中得到满足。

引文中的最后一个形象预示了唯我论可能达到的极端状态。它准确预示了陀思妥耶夫斯基作品中的叙事者提出的断言：

> 一个选择是行将毁灭的世界，一个选择是让我保留喝茶的自由。真的，假如要我在这两者之间做出选择，我告诉你，只要我可以继续喝茶，让宇宙见鬼去吧。

但是，尽管陀思妥耶夫斯基继承了狄德罗的衣钵，尽管他自己形成了个人的多面形象，尽管他已经大量使用了无意识的词语，地下室人这个角色依然经历了怪诞异常的过渡阶段。哥特文学的这个"替身"

体现了一种尝试，旨在表达新的心态，并且将其具体化。这个"替身"的一半体现了人的习惯性、理性和社会性的部分，另一半所体现的是邪恶、潜意识、与理性对抗、带有潜在犯罪倾向的东西。有时候，这个"替身"实际上在引申意义上表示两种隶属的但又各不相同的人以致命方式形成的共存状态。例如，我们在爱伦·坡和缪塞的小说中，在埃哈帕和费德拉这两个角色身上，在梅诗金和罗果仁这两个人物身上，都能见到这样的情形。有时候，"替身"融合成为一个角色，例如，变为化身博士或者道连·格雷。有时候，陀思妥耶夫斯基采用的是并不那么复杂的神话，例如，在《双重人格》中，在伊万·卡拉马佐夫与魔鬼的对话中，我们可以见到这样的情形。即便如此，他也堪称对精神分裂症有深入研究的作者之一。然而，正是在《地下室手记》之中，他以最明确的方式解决了这个问题：如何通过一个声音，对人的意识的多维混乱状态进行戏剧化处理？

我不会尝试从技巧和哲学层面对这部作品的复杂性进行探讨。假如陀思妥耶夫斯基没有写出其他作品，他也会作为构筑现代思想的大师级人物活在人们心中。众所周知，《地下室手记》分为两部分，第一部分主要是角色的独白，涉及自由意志与自然法两者之间的悖论。在他的巨著《陀思妥耶夫斯基哲学：系统论述》（*Die Philosophie Dostojewskis*）中，赖因哈德·劳特讨论了这部作品的认识论意义。首先，他认为，这部作品的许多论证意在反驳边沁和巴克尔鼓吹的带有功利主义和经验主义色彩的乐观论（陀思妥耶夫斯基在《卡拉马佐夫兄弟》的草稿中提到与巴克尔的分歧）。劳特还提出，对《地下室手记》的存在主义解读——例如，舍斯托夫的解读——是错误的，它们没有看到陀思妥耶夫斯基在字里行间表达的反讽，没有看到他的个人观点中包含的保守主义。

其次,在《地下室手记》中,还有大量文献涉及心理学和心理分析方面的材料。陀思妥耶夫斯基的全部"表面现象"都与存在主义的解读格格不入。此外,这一观点的说服力还来自如下事实:在《地下室手记》的创作过程中,作者承受了悲痛的情感动荡。

但是,即便我们承认,从形而上学和心理学的角度看,《地下室手记》具有明显的迷人之处,我们也不应忽略这一点:陀思妥耶夫斯基采用了流行的文学策略和传统手法,以便为他自己的特定目的服务。角色遭到活埋,角色进入洞穴、旋涡或者阴沟,妓女承担救赎的角色,诸如此类的手法在浪漫主义的情节剧中常常见到。叙事者"自身带有"的地下世界含有具体的文学寓意和历史寓意,并不必然是陀思妥耶夫斯基本人刻意而为的东西。实际上,陀思妥耶夫斯基在这部作品的简短序言性说明中提到,他在作品中描绘的角色"是这个时代特有的人物,该角色的性格"源于所有俄罗斯人共有的环境"。从这个角度看,整部作品可与陀思妥耶夫斯基创作的针对精神虚无主义的其他论战性作品归为一类。

在这部作品的第一部分结尾处,陀思妥耶夫斯基考虑了文学形式的问题。叙事者提议说,应该订立一本完全坦诚的手册:"我特别希望进行尝试,看一看是否能够**总是**让自我真的处于完全开放的状态,是否**总是**真的不怕面对任何真理。"这个句子使人想起卢梭的《忏悔录》的著名开篇段落。陀思妥耶夫斯基的叙事者及时评述说,海涅认为卢梭在说谎,"一定程度上出于特定的目的,一定程度上出于虚荣之心"。他接着补充说:"我觉得海涅的看法是正确的。"海涅在这个语境中出现,它说明了象征性想象力产生作用的方式:通过残酷的方式,让自己长期待在"床墓"(Matratzengruft)——这个单词的意思是埋葬病人的拱顶墓室——之中,海涅已经成为地下室人的原型。与蒙田、切利尼或者卢梭的做法相反,"尽管我写作的目的可能看来是让人阅读,但我这样做完全是出于自我炫示。我发现,这样写更容易一些。它全是纯粹的形式,是空洞的形式,我根本无法让读者接受这样的东西"。

这种虚构是通过一种传统手法表达出来的,爱伦·坡曾经使用这样的手法来达到类似的效果。作者要我们相信,一部本来并不打算发表的手稿以匿名方式被人"誊写出来"。

当然,这类声称私密的做法属于修辞层面的东西。但是,由此出现了一个引起争论的现实问题。随着无意识进入诗学,随着人们尝试刻画心理处于分裂状态的角色,古典的叙事方式和话语方式变为难以胜任的手段。陀思妥耶夫斯基认为,不充分的形式——例如,卢梭的《忏悔录》——造成了两难困境,从而引起了不充分的真实这个更为重要的两难困境。现代文学试图以各种方式来解决这个问题,例如,奥尼尔在《奇异的插曲》(Strange Interlude)中轮番采用"私人"语言与"公共"语言,乔伊斯和赫尔曼·布罗克以完美的方式使用了意识流,但是他们都未能完全解决这个问题。我们可以听到的无意识的语言往往很容易就被纳入自己的句法结构。也许,我们尚不知道如何去听人讲话。

陀思妥耶夫斯基在《地下室手记》中进行的实验体现在内容的广度上,而不是叙事形式的错位或者深化上。这里主要的展现方式依然是戏剧性的:通过将外部活动的发展过程压缩为一系列危机,陀思妥耶夫斯基让叙事者以几乎疯狂的坦诚方式讲述故事。在不那么重要的条件下,人们将这样的方式保留起来,用于表达自己秘而不宣的念头。

在《地下室手记》中，灵魂与无理性以极端方式相互碰撞，读者偶然听到真理发出的令人畏惧的声音，它不亚于但丁在地狱中偶然听到的声音。

这部作品的场景具有陀思妥耶夫斯基艺术的典型特征：它是位于圣彼得堡边缘的"一个破旧不堪的简陋房间"；"在我们这个星球上，这个城市最为抽象，人们的心理活动最为复杂"。作者笔下的天气也适合这样的场景：

> 今天，天空中落下的雪已经融化一半，肮脏，泛黄。昨天也下了雪，天气几乎每天都是这样。我觉得，正是潮湿的雪让我想起了一件事情，它在自己的思绪中萦回，让我无法排除。下面是我的忏悔，它和雨夹雪相适应。

下一个句子开启了作品的第二部分，它是这样写的：

> 那时，我只有24岁，生活索然无味，颠沛流离，非常孤独，几乎与野蛮人过的日子没有什么两样。

这使读者想起法国抒情诗人维庸，来自欧洲大都市地下世界的第一个重要的声音。在他的作品中，沉思随着昔日的雪（les neiges d'antan）出现，角色成年了（l'an de mon trentiesme aage）。维庸在几首诗歌中提到古老圣徒埃及的玛利亚的传奇，而这一传奇在《少年》中重现，难道不是奇妙的巧合吗？

《地下室手记》中的"我"反复说自己信奉的哲学是"在地下世界

生活40年形成的结果",是单独进行长达40年自我检视形成的结果。我们难以拒绝考虑以色列人在沙漠中徘徊40年形成的回声,难以拒绝考虑耶稣在荒野中度过40天所形成的回声。其原因在于,我们不可能以孤立的方式来阅读《地下室手记》,作品中的这些信件与陀思妥耶夫斯基创作的主要小说作品的象征价值和主题素材之间联系紧密。例如,作品中的那名妓女名叫丽莎。在最后一个场面中,她坐在地板上,泣不成声:

> 这时,她原原本本地知道了事情的真相。她知道我凌辱了她,知道(我该怎么说呢?)我的一时情欲仅仅出于报复心理,出于我心里的一种念头,目的是将她置于另外一种羞辱的境地之中……

这些文字是对《群魔》中丽莎与斯塔夫罗金之间关系的一种解释,预示了陀思妥耶夫斯基在《罪与罚》中处理拉斯柯尔尼科夫与索尼娅之间关系的方式。同理,在叙事者讲述的故事中,也不乏陀思妥耶夫斯基对原罪的象征性处理。当叙事者问丽莎,她为什么要离开父亲,到妓院里来卖笑,她的回答暗示了某种秘而不宣的丑事:"可是,假如家里的情况比这里**更糟糕**,我该怎么办呢?"这里的戏剧化处理方式非常精妙,可能涉及许多变数,堪与莎士比亚戏剧媲美;从无意识的层面看,地下室人对她的说法心领神会。他承认,如果他有女儿,"我对她的爱甚至应该超过对儿子的爱"。叙事者提到一名父亲:他亲吻女儿的双手和双腿,"把熟睡之中的她搂在怀中"。这里直接参照的看来可能是巴尔扎克的《高老头》。除此之外,还有父女之间的乱伦母题,这一母题以倩契的不伦之恋为伪装,曾经引起雪莱、司汤达、兰多、斯温伯恩、霍桑——甚至还有梅尔维尔——的极大兴趣。《地下室手记》叙事者的道白发人深省，他不愿意让自己的女儿嫁给他人：

> 见鬼，我心里涌起一阵莫名的妒忌。哼，她去亲吻另一个男人，去爱一个素不相识的陌生人，把我这个当父亲的晾在一旁？哪怕想到这一点，我心里也觉得难受！

于是，他最后的结论简直就是经典的弗洛伊德式观点："女儿所爱的男人通常是她父亲眼里最糟糕的男人。"

在《地下室手记》中，我们甚至发现"替身"神话的蛛丝马迹——在陀思妥耶夫斯基的灵魂观中，这是非常古老的东西。乖戾的阿波罗具有双重性，既是地下室人的用人，又是与他不可分割的影子：

> 我现在住的公寓是与其他人分开的，因此它是我的护套，是我的盒子，我可以钻进去，远离尘世。出于某种诡异的原因，阿波罗似乎总是我公寓的组成部分。在长达7年之久的时间里，我发现自己无法下决心让他离开自己。

然而，如果我们将《地下室手记》中的传统文学要素搁置一旁，并考虑它与陀思妥耶夫斯基其他作品的相似性，这一处理方式具有的深层次原创性就会一一凸显在读者面前，以前没有听到过的和弦也会以非常准确的方式萦回在读者耳际。在陀思妥耶夫斯基的作品中，没有哪一部像《地下室手记》这样，对20世纪的思想和文学创作技巧产生如此巨大的影响。

托尔斯泰或陀思妥耶夫斯基

陀思妥耶夫斯基对叙事者的刻画取得了极大成功,这在以前的文学作品中是无法找到先例的:

> 先生们(无论您是否愿意听我的意见),我希望告诉您,我自己为什么一直无法变成虫子。我严肃地向诸位宣布,我常常**希望**变成虫子,但是却未能如愿。

这个理念显然包含了卡夫卡的《变形记》(*Metamorphosis*)的萌芽,是整个叙事追求的东西。作品中的其他角色看着叙事者,"仿佛他是某种通常所见的苍蝇"。他将自己描述为"地球上最难闻……最丑恶的虫子"。这些说法本身并无新意。其实,陀思妥耶夫斯基所用的昆虫意象可以追溯到巴尔扎克的作品。[1] 创新并且使人不寒而栗的一点是,陀思妥耶夫斯基持续地利用这类意象,从而达到对人进行"非人化"和去人性处理的目的。《地下室手记》中的叙事者"蜷伏"在窝中,等候在"缝隙"中。这种动物性影响了意识。古老隐喻将人与蛆虫和有害动物联系起来,《李尔王》将人的死亡刻画为对苍蝇的大肆扑杀;陀思妥耶夫斯基将这些做法加以改造,使之变为心理现实,用以刻画心灵的实际状态。实际上,地下室人的悲剧在于他避开人世的做法。他企图强暴丽莎,结果却不得不面对自己性无能的残酷现实,这一情节凸显了他的逃避行为。最后,他清楚地看到了这一点:

---

[1] 陀思妥耶夫斯基所用意象的这一方面在 R. E. 马特洛的文章中得以详尽讨论,见《陀思妥耶夫斯基小说中反复出现的意象》("Recurrent Images in Dostoevskij",参见《哈佛大学斯拉夫研究》[*Harvard Slavic Studies*],第 III 卷,1957 年)。

第三章

我们最终对身为人类感到厌倦，对自己的真实血肉之躯感到厌倦。我们对身为人类感到羞耻，认为这超过了自己的尊严和底线。

如果说现代文学给我们的世界观贡献了一个主要元素的话，这一元素就是去人性化观念。

是什么原因形成了这一点呢？也许是生活的工业化过程，也许是工业化过程中难以名状、乏味的单一性对人的贬低。在《地下室手记》中，陀思妥耶夫斯基描写了"大批来去匆匆的工人和工匠（他们面容枯槁，几乎令人惨不忍睹）"。陀思妥耶夫斯基与恩格斯和左拉一样，早就意识到工厂劳动可能给个人品质带来毁灭性的损害，意识到智性在人的脸上留下的痕迹。但是，无论"对身为人类感到羞耻"这一观念源于何处，它在20世纪造成的影响都非常严重，大大超过了陀思妥耶夫斯基当初的预测。皮埃尔·加斯卡尔在他的寓言《野兽》(Les Bêtes)中告诉读者，动物王国是如何在集中营和毒气室里取代人的王国。詹姆斯·瑟伯以更严肃的方式展示了在皮肤的不完美掩饰之下，人的动物性是如何被激发出来的。其原因在于，我们了解到，昆虫这一意象自从《地下室手记》问世以来对人的影响越来越大——古代神话描写了半人半神的角色，而陀思妥耶夫斯基神话描写了半人半虫的角色。

《地下室手记》赋予非英雄观一种全新的决定性作用。马里奥·冈察洛夫说明，抛弃传统的英雄是维多利亚时代小说的一个主要潮流。果戈理和冈察洛夫通过刻画非英雄主角，创造出象征当时俄罗斯的人物。但是，陀思妥耶夫斯基的建树超过了他们两人。在他的作品中，叙事者不仅让读者感悟到堕落和自我憎恨，而且确实令人作呕。叙事者将自己的不齿经历视为"应得的惩罚",而且说这番话时还带着歇斯底里的恶意。请看一看果戈理创作的令人感到恐惧的《狂人日记》(*Diary of a Madman*),看一看屠格涅夫创作的《多余人日记》(*The Journal of a Superfluous Man*)吧。这两部作品描写的都不是英雄,但是,都通过优美的文笔和辛辣的讽刺让读者不禁心生怜悯之情。在托尔斯泰笔下,伊凡·伊里奇是一个自私自利、货真价实的庸人,最终被挥之不去的绝望感变得高尚。然而,在《地下室手记》中,陀思妥耶夫斯基用辛辣的笔触处理素材。这位"誊写员"在小说的后记里还说,这位"奇谈怪论者"的手记到这里还没写完,但这些东西没有什么保留价值。这部作品留给读者的是作者意在表达的虚无性。

就刻画"反英雄"而言,陀思妥耶夫斯基拥有众多信徒。如果将更古老的流浪汉小说传统增添到他的方式之中,你会看到纪德小说中刻画的那些有罪的忏悔者。加缪的《堕落》(*The Fall*)是明显模仿《地下室手记》的风格和结构的一个例子。在热内的小说中,表白和堕落的逻辑被推向极致,以排泄物的形式表现出来。

最后,《地下室手记》具有十分重要的意义,以非常清晰的方式对许多浪漫主义艺术表现出来的越来越强烈的纯粹理性提出了批判。在这部作品的许多场景中,叙事者奋起反抗自然法,这些片段已经成为20世纪形而上学思想的试金石:

> 天哪!**我**和自然法有什么关系,与算术有什么关系呢?我自己一直都不接受这些规律,不接受二乘以二等于四这个公式。当然,如果我没有必需的力气去这样做,我是不会用自己的脑袋去

撞击墙壁的；然而，我是不会仅仅因为撞上了墙壁，但又没有办法将它推倒而**接受**这面墙壁的。

《白鲸》中的亚哈曾经问道，"除了穿过墙壁这个方式之外"，人的意志怎样才能获得完全的自由？非欧几里得几何学和现代代数学提出了更深奥的遐想，其目的就是打破某些这样的公理壁垒。但是，在陀思妥耶夫斯基的作品中，叙事者的造反行为涉及各个方面：他以嘲笑的口吻抛弃了**专家学者**，抛弃了黑格尔哲学的唯心主义者，抛弃了那些信奉理性主义进步论的人，发表了脱离理性的独立宣言。早在存在主义出现很久之前，这个来自地下室的男人就宣布了荒诞事物具有的权威性。正是由于这一点，在现代形而上学的圣殿中，陀思妥耶夫斯基常常跻身于反对自由经验主义者的行列，与帕斯卡、布莱克、克尔凯郭尔和尼采齐名。

探讨陀思妥耶夫斯基辩证法的来源是一件令人兴奋的事情。孔多塞曾经主张，如果人们学会计算（calculemus），如果人们在牛顿力学理解的世界中掌握理性工具，大自然就会给予答案。针对这一观点，陀思妥耶夫斯基大声说"不"。他对斯宾塞哲学的进步信念说不，对克劳德·伯纳德（德米特里·卡拉马佐夫以非常愤怒的口吻提到这个天才人物）的理性生理学说不。我们可以发现，在地下室人对形式权威表现出来的轻蔑态度中，在他对意志的重要性表现出来的迷恋中，存在着卢梭主义的因素。卢梭曾经说，个人良心"以绝对正确的方式判断善恶，从而让人拥有与上帝类似的品质"；这部小说中的叙事者认为，他可以拒绝考虑自然法和传统逻辑的范畴。在这两者之间存在着复杂但不乏可靠的联系。然而，这些问题属于技术性更强的研究应该探讨的范围。

我们在此需要强调的是这一事实:《地下室手记》提供了非常有益的方法,帮助我们解决文学形式中的哲学内容这个问题。在启蒙运动的哲理故事(contes philosophiques)或者歌德的小说中,思辨部分是刻意外在于虚构的作品的。《地下室手记》与之不同,它将抽象理念与经过戏剧化处理的材料结合起来,或者用亚里士多德的术语来说,将"思想"与"情节"结合起来。从体裁角度看,无论是尼采的《查拉图斯特拉如是说》,还是克尔凯郭尔的神学寓言,都不能给人取得同样结果的印象。陀思妥耶夫斯基与他一直视为楷模的席勒共同努力,为我们提供了在文学力量与哲学力量之间取得创造性平衡的罕见例子。

实际上,《地下室手记》是陀思妥耶夫斯基文学创作的知识大全——即便我们承认,不能将这部作品中叙事者表达的观点与小说家所持的政治计划和官方东正教视为一体时也是如此。我们应该说,陀思妥耶夫斯基与托尔斯泰之间的对比在这部作品中达到了极致。托尔斯泰作品中的角色即使在蒙受羞辱时也保持着人的特征,使自己的人性在耻辱中得以深化,发出耀眼光芒。正如以赛亚·伯林所说,托尔斯泰"在不变的自然日光下"观察人。在他看来,在幻觉中将人变为动物这一做法与自己的信念格格不入。即便在表现非常残酷的场景时,托尔斯泰式悲观主义也得到了这一核心信念的修正:人们不应仅仅"忍受",用福克纳的名言来说,还应"战而胜之"。

托尔斯泰笔下的"非英雄"——例如,《克莱采奏鸣曲》的叙事者——在遭受痛苦的过程中表现出人性,表现出道德肯定性,这一点将他们与脾气暴躁、饱受受虐狂侵害的地下室人区分开来。这一差异以艺术化的方式,将莎士比亚笔下的阿佩曼图斯与堕落的泰门区分开来。即使在泰门受到仇恨和自嘲的困扰时,他给人的感觉是,"凄凉氛围"似乎依然是他的"喧闹的侍从"。

尽管托尔斯泰的哲学排斥学院派和唯心主义者,它在深层次上依然是理性主义的。他毕生努力寻找一种能够统一一切的原则,希望借助这样的原则,使观察到的经验的多维特殊性与自己对次序的认识结合起来。陀思妥耶夫斯基对荒诞的事物表示敬意,攻击日常生活中的重复性机制和定义;在托尔斯泰看来,这是乖戾、疯狂的做法。用维亚泽姆斯基的话来说,托尔斯泰是"否定论者"。但是,他的否定是大刀阔斧的行为,旨在为光明开辟一片空地。他对生活的描写是为了表现人文主义,是为了得到莫利·布卢姆的独白中那个最终的"肯定"。在1896年7月19日的日记中,托尔斯泰记录了一幅图画,在已经翻犁过的田野中有一簇牛蒡,其中的一个嫩芽依然活着:

> 带着泥土的黑色,但是仍旧活着,中间呈红色……它让我产生创作的冲动。它将生命坚持到了最后一刻,在一大片田野之中单独挣扎,以某种方式凸显了生命的力量。

《地下室手记》的叙事者通过自己的言行,道出了最终的"不"。当年,托尔斯泰曾对高尔基说,陀思妥耶夫斯基"应该研习孔子或者释迦牟尼的学说,那可能让他的心平静下来";如果那样,地下室人肯定会在自己窝里付之一笑。我们的时代赋予了他的嘲笑实质的意义。集中营的世界(univers concentrationnare)——死亡营的世界——以不容否认的方式,证实了陀思妥耶夫斯基对人带有的野蛮性的洞见,证实了他对人的性格倾向的洞见。无论单独出现还是成群结队,人往往将自己身上残留的人性余烬——熄灭。这个身居地下的叙事者是这样定义自己的同类的:"这种生物两足行走,心中没有感激之情可言。"托尔斯泰也意识到,不存在什么感激之情,只有他总是作为"人"来描写"动物"。

我们有时候会觉得,托尔斯泰是老派人物,这标志着对我们自己地位的亵渎。

第四章

> 有的人用艺术标准或者宗教标准来评价艺术品,有的人用宗教标准或者艺术标准来评价宗教,这两种做法最终会得到相同的东西,然而它是任何个人都无法实现的目的。
>
> T. S. 艾略特,《关于文化定义的刍议》
> (*Notes Towards the Definition of Culture*)

一

正如人类学家和艺术史家知道的,神话变为塑像,塑像产生新的神话。神话、信条和世界的意象进入语言,或者以大理石这种媒介表现出来;灵魂的内在运动——但丁所说的精神运动(moto spirital)——在艺术的形式中得以实现。但是,在实现的行为中,虚构的神话会改变或者重新创造。萨特曾经说过,小说技巧让人们回到形而上学体系,回到基本的体验哲学,他指出的仅仅是双重旋律中的一个方向。艺术家信奉的形而上学让我们考虑他在艺术中使用的技巧。

232 到此为止，我们主要探讨的正是技巧，一个是托尔斯泰小说中使用的史诗方式，另一个是陀思妥耶夫斯基小说中使用的戏剧元素。在最后一章中，我将研究这些外在形式背后的信念和神话。

但是，如果我们说"背后"，如果暗示小说可能是哲学理论的一种表象或者面具，我们就会将自己引入错误的境地。思想与表达一直处于相互作用的动态之中。我们可以用舞蹈这个很不恰当的形象（文艺复兴时期的论者在舞蹈中看到了创造的寓言，其原因正在于此）：舞者将对激情或者现实的沉思转变成用动作构成的语言——借助舞蹈设计，形而上学被转换成技巧。但是，在舞蹈的每个瞬间，肢体动作的形式和生动流畅的表现产生新的洞见，新的神话。愉悦产生于心智，进入身体的向上冲动之中，但是形式层面的风格——肢体动作的绝不重复的特殊性——本身就创造出神话和狂喜。赫兹里特曾经告诉人们，柯勒律治在构思作品时不停地从小道一侧转向另外一侧，华兹华斯在平直的道路上一边走，一边作诗。赫兹里特其实给我们讲述了一个寓言，说明形式与内容是如何不停地相互作用的。

神话是外形，作家试图通过意志或者欲望，或者在自己恐惧的影子之中，将这样的外形置于本来无法控制的混乱的经验之上。正如 I. A. 理查兹在《柯勒律治论想象力》（*Coleridge on Imagination*）中提醒我们的，神话并不是幻觉，而是：

> 人的整个灵魂的话语，就其本身而论，引起无穷无尽的沉思……如果没有神话，人就仅仅是没有灵魂的野蛮动物……是可能性构成的一种堆积体，既无次序，亦无目标。

这些神话（萨特使用的词是"形而上学"，德国批评界使用的是Weltanschauungen）可能属于不同的层面，例如，政治、哲学、心理学、经济、宗教。

例如，阿拉贡的小说和布莱希特的戏剧是通过想象性活动形成的马克思主义政治经济神话的表征。从马克思主义的角度看，他们两人的优点在于其明确性和忠实性——他们以这种明确性和忠实性重新展现了官方神话。与之类似，还有精英主义（élitisme）的神话（例如，蒙泰朗的小说和戏剧作品中的神话）。莱昂内尔·特里林的小说《途中》(The Middle of the Journey) 实现了一个自由主义神话。这种微妙寓言策略的组成部分存在于所使用的标题之中——我们回想起但丁的观点，应该记住这一说法：自由主义声称具有"中间地带"。

卢克莱修的《物性论》(De Rerum Natura)、蒲柏的《人论》(Essay on Man)、雪莱的《阿拉斯托》(Alastor) 是具体的形而上学在诗歌领域的体现，是通过诗歌形成的具体形而上学的再创作。在评价这类作品的过程中，我们详细讨论的不是原子论的具体优点，不是浪漫主义的新柏拉图主义的具体优点，而是抽象世界观赋予诗歌工具的特性。在托马斯·曼的早期小说和故事中，作者对叔本华哲学的处理要求读者做出类似的回应。

在现代艺术中，各种各样的心理学神话发挥了重要作用。我们研究"弗洛伊德心理分析"小说；有的诗人在节律中唤起潜意识的直接错位；画家试图在自己使用的媒质中，形象地表现扭曲变形的或者不加掩饰的心灵的象征世界。这个层面的神话并不是什么新的东西，在人们试图对灵魂的理解加以基本解释时，这样的东西便应运而生了。在伊丽莎白时代的戏剧中，"幽默"和天象影响的神话起到了重要作用。

本·约翰逊的《炼金术士》(The Alchemist)和韦伯斯特的《马尔菲公爵夫人》(The Duchess of Malfi)利用戏剧技巧,展示了人的意识的特殊意象。在莫里哀的喜剧中,在戈雅的"格言"中,不同的意象——替代性神话——以隐含的方式体现出来。

我们还应提到另外一个特征:有的神话在思想内容和象征形式这两个方面是个人的、独特的。布莱克和叶芝形成了非常复杂的、具有个人特性的神话体系。相比之下,有的著名神话是在漫长的历史时期中积累起来和编纂整理的,它们是诗人拥有的富于启迪的遗产。例如,但丁就是在中世纪拉丁文学的神话传统之内进行自己的创作活动的。

但是,无论神话系统具有多少传统特征,它都经过了变形处理:一是通过具体艺术家的神奇力量,二是借助具体艺术形式的材料和技巧。布莱希特被批评者说成是形式主义者,其原因恰恰在于,他的独特戏剧风格往往要么通过观众的笑声,质疑官方宣扬的无产阶级"寓意",要么通过观众的情绪,将这样的寓意进行自由化处理。根据马克思主义的戒律,艺术家应该始终不渝地准确宣传占据支配地位的神话;舞蹈的步法,或者至少说舞蹈的准确限度,在舞台上被标示出来。伟大艺术是否能够以这种方式蓬勃发展起来?这是一个大问题,因为真正的诗人总是要改变和创作神话。但丁表达的托马斯主义在许多明显的方面是但丁信奉的东西。托马斯式神话进入了但丁创作的诗歌,不过但丁使用的语言和他的诗歌创作实践使其出现了折射。就像特定起草人采用"特定方式"建构感知的形态,节律、三行诗节押韵法、英雄诗体、亚历山大诗体也让理性获得了特殊的轮廓。

在语言领域中,神话与表达技巧相互作用的最纯粹的例子见于柏拉图的对话之中。这些对话是心灵的诗歌,心灵在此时处于戏剧状态。

在《国家篇》(Republic)、《斐多篇》或者《会饮篇》中，辩证方法、论点的冲突和质疑相互作用，人际活动的戏剧性赋予它们探索的范围。哲学内容和戏剧实现方式不可分割。通过实现这种程度的统一性，柏拉图使形而上学非常接近音乐的统一性，因为在音乐中，内容与形式（神话与技巧）是同一的。

在一件艺术品中，可以同时实现若干个神话。《地下室手记》既是哲学层面上的神话，是奋起反抗实证主义的作品；也是心理学层面上的神话，是人进入灵魂的幽暗之处进行的探索。在《战争与和平》中，我们发现两种声音处于冲突之中：一种宣扬无法控制的非个人历史的神话；另一种带有荷马史诗式的节律，形成了一种古典的英雄式神话，崇尚个人勇气，崇尚改变事件进程的个人行为。

在托尔斯泰和陀思妥耶夫斯基的作品和生活中，处于核心位置的神话具有宗教性质。这两位小说家在他们的一生中一直与天使周旋，要求天使阐述关于上帝的表达清晰的神话，对上帝在人的命运之中所起的作用提出可以证实的论述。如果我的理解是正确的，他们在充满激情的探索过程中得到的答案互相矛盾、不可调和。托尔斯泰和陀思妥耶夫斯基信奉的形而上学截然对立，类似于帕斯卡提出的著名的死亡与太阳的永恒对立意象。其次，他们预示了不同目的的鲜明划分，而这一划分是20世纪出现的宗教冲突和准宗教冲突的根本原因。托尔斯泰和陀思妥耶夫斯基就世界，就人类的状况提出了迥然不同的解释，它们体现在小说家使用的不同方式之中，并且通过这样的方式表达出来。不可调和的神话体系表明形成了对比鲜明的艺术形式。

吕西安·戈德曼在他的重要著作《隐蔽的上帝》(Le Dieu Cache)中提出，在杨森式上帝意象与拉辛作品表达的悲剧观之间，具有持续的一致性。我在此不可能像他那样进行严格的论证。我找到的证据显示，在托尔斯泰信奉的神学与陀思妥耶夫斯基在小说中形成的世界意象之间，存在着令人困惑的相似性，这样的证据在本质上是试探性和初步的。依我所见，就陀思妥耶夫斯基的情况而言，我们找到的证据更为确定。即便如此，我们仍然必须以非常谨慎的方式，解释悲剧观与悲剧艺术之间的对应性。

从同时代的角度说，我们发现难以对宗教艺术提出充分的阐释。我们这个时代理所当然接受伪神学家表现出来的平庸但影响很大的宗教狂热，大量民众对预言家和兜售救赎教义者趋之若鹜，乐于听到他们提出的令人欣慰的无稽之谈。但是，我们在理智上对传统学说的某些不成熟方面持畏缩态度，对系统神学信奉的要求严格的上帝论持畏缩态度。正如基托教授所说：

> 无论是今天，还是过去几百年中，人们都没有与宗教文化，与宗教的思维习惯，与宗教的自然表达方式进行过直接的具有想象力的接触。
>
> 自伊丽莎白时代以来，人们可能对自己遇到的事情进行了反思。伊丽莎白时代与中世纪晚期一脉相承，这个时代的戏剧其实不是在两个层面上，而是在三个层面上进行表演的：以并列方式出现的苍天、大地和地狱。伊丽莎白时代的戏剧具有非常广泛的意义。但是，随后出现的理性时代与之完全脱节……[1]

---

1 H. D. F. 基托，《戏剧的形式与意义》(*Form and Meaning in Drama*，伦敦，1956 年)。

浪漫主义奋起反对这种疏离传统的做法。但是，19世纪没有回到对宗教的有机统一的领悟，而是形成了关于宗教与艺术关系的含混不清的——有时候完全错误的——理论。在理性时代之后，出现了一个新的时代，其中至少有一位诗人可以将真与美置于同样重要的地位。在《诗歌研究》(The Study of Poetry)中，马修·阿诺德提出的著名论断包含了当时出现的乱象的要点：

> 我们的宗教在这一事实中——在这一所谓的事实中——显现出来。宗教对这一事实注入了大量情感，现在这一事实却难以立足。但是，就诗歌而言，理念是至关重要的东西，其余的全是幻觉，神的幻觉。诗歌赋予理念情感；理念就是事实。如今，宗教最强大的部分是它的无意识诗歌。

不可避免的是，这种将理论与美学混为一谈的做法形成了19世纪末期出现的种种"艺术宗教"。瓦格纳将阿诺德的理论推到了极致，在论及宗教与艺术的著述中宣称，宗教象征对现代精神已经失去了吸引力，艺术家通过对古代宗教象征进行具有感性的再创作，进而拯救宗教。通过帕西法尔[1]的魔法，基督教的基本象征被传递给糊里糊涂的头脑，就会重新展示"自身的隐秘真理"。

阿诺德所说的"无意识诗歌"和瓦格纳所说的"理想展示"(ideale Darstellung)（这两种观点都是当时思想潮流的典型代表）与但丁和弥尔顿理解的宗教大相径庭。它们根本无助于形成关于协调一致的信仰

---

[1] 亚瑟王传奇中寻找圣杯的英雄人物。——译注

和灵智的结构。尽管帕西法尔影响巨大,剧院却并未变为圣殿。即使在拜罗伊特[1],古雅典舞台和中世纪舞台的神圣品格也无法重现出来。

在我们这个时代,有人试图重新与过去的真正的宗教文化建立"直接并具有想象力的接触"。弗雷泽和他的弟子们借助人类学,通过研究仪式证实了这个理念:戏剧源于神圣仪式——原始人认为,神圣仪式可以确保过去的一年获得重生。有的学者在研究莎士比亚的过程中,致力于探索"仪式形式",认为无论情节如何,仪式形式"如同古老传统中的幽灵,是戏剧中挥之不去的东西"。[2] 这类研究丰富了我们对古希腊戏剧和中世纪戏剧的理解,提出的思路有助于探索莎士比亚晚年创作的作品,解释其中令人困惑难解的某些东西。但是,人类学方法在范围和相关性这两个方面都带有局限性,对理解非戏剧体裁帮助不大,仅仅适用于在时间或风格上带有古老特征的戏剧作品。

宗教感性被逐出占据上风的理性主义和唯物主义的"科学哲学"的思维习惯,采取了转弯抹角的隐蔽形式。心理学和精神病学将宗教感性的足迹引导到了无意识的阈限。有的现代批评家以心理学探索为武器,进行深度解读,常常得出夸夸其谈的结论。但是,这类见解也仅仅适用于某些文学学派和文学传统。例如,梅尔维尔、卡夫卡和乔伊斯便是犹太神秘哲学的信奉者。他们的创作实践转向隐秘的意义;在这样的意义中,许多东西可被视为带有宗教性质。但是,在作品中,宗教感觉的结构力量,或者说神学材料是显性的,以传统语言表述出来。因此,用这种方式研究作品与"进行解码"——可以这么说——

---

[1] 拜罗伊特(Bayreuth)是德国巴伐利亚的一座城市,现在因为瓦格纳作品举办的拜罗伊特音乐节而闻名于世。——编注

[2] J. E. 哈里森,《古代艺术与仪式》(*Ancient Art and Ritual*,纽约,1913 年)。

的做法是错误的。

总而言之,心理学的黑色艺术和人类学使我们得以发现《荒原》中对生殖崇拜的暗指,发现福克纳的狩猎故事中的通行仪式(rites de passage)。但是,它们却无助于我们理解《失乐园》中的神学结构,也无助于我们理解《炼狱》(Purgatorio)第三十章中贝雅特丽齐借以接近但丁的那种光线的逐渐变化。其实,至关重要的是,尽管20世纪出现了对仪式的比较研究,出现了对心灵的剖析,人们却更难对宗教感性所具有的开放、自然的表达方式做出回应。从埃斯库罗斯到德莱顿,文学和智者的生活都围绕着理念进行,例如,神义论、天恩、天罚、预知以及自由意志悖论。对大多数当代受众来说,理念已经成为一种被神秘化的中性东西,成为僵死语言的遗物。

现代批评理论面对这种由混乱和无知构成的遗产时,形成了可被称为分离技术的东西。I. A. 理查兹在《实用批评》(Practical Criticism)中提出了非常重要的观点:"当人们的阅读处于良好状态时,有无信念这个问题从思想上说绝对不会出现。如果它出于作者或者读者的原因确实不幸出现了,我们就得暂时停止阅读,转而考虑天文学、神学、道德问题,从事与文学阅读迥然不同的活动。"

但是,我们实际上是否能够保持这种中立性呢?正如克林斯·布鲁克斯指出的,诗歌或小说绝不是独立存在的。当我们从外部领悟作品时,我们携带着由以前的信念构成的"行李"。阅读行为涉及我们的记忆和整个意识。T. S. 艾略特在评述但丁作品时承认,与不可知论者相比,天主教教徒可能更容易理解《神曲》。但是,他赞同理查兹的看法,也觉得这是"一个涉及知识或者无知的问题,与信念或者怀疑论无关"。我们是否能够将知识与信念分割开来呢?

托尔斯泰或陀思妥耶夫斯基

尽管马克思主义者与非马克思主义者可能对所读材料和辩证方式非常熟悉，但前者会以不同方式阅读布莱希特的剧作，与后者形成鲜明对比。知识是形成信念的准备过程，并且从信念中汲取力量。此外，真正具有价值中立性的头脑会对直接诉诸信念的那类文学持关闭状态。《斐多篇》或者《神曲》都不会让读者在阅读之后仍旧保持不偏不倚的中立状态。它们用自身带有的论点感染读者。我们应该追求的就是让自己的想象力尽量自由，从而用严谨的知识和大量的洞见，对各种各样的论点做出回应。

但是，我们所谈的艺术与宗教关系的这些问题是否与现代小说相关呢？

人们常常正确地指出，小说的世界观主要是世俗的。欧洲小说在18世纪崛起，与当时出现的宗教感觉的衰落密不可分。从那时开始，两样东西同时流行，一样是小说，另一样是用理性主义方式对现实进行的本质上属于社会性质的阐述。当年，拉普拉斯将自己关于天体力学的论文呈交拿破仑评述，并且告诉拿破仑，他在那篇文章中没有必要阐述"上帝的假说"。在摩尔·弗兰德斯和曼侬·莱斯科的世界中[1]，也没有必要阐述上帝的假说。巴尔扎克与沃尔特·司各特爵士一起为现代小说开辟出一个领域，将小说的主题定义为"社会历史、社会批判、对社会弊病的分析、对社会原理的探讨"。在这样做的过程中，巴尔扎克发现自己遗漏了重要的领域，于是反复做出努力，要将宗教和超然存在的体验带入《人间喜剧》。但是，他在非宗教领域取得的卓越

---

[1] 摩尔·弗兰德斯（Moll Flanders）是英国小说家丹尼尔·笛福的作品《摩尔·弗兰德斯》（*Moll Flanders*）的女主角。曼侬·莱斯科是法国作家安东尼·普列沃斯的小说《曼侬·莱斯科》（*Manon Lescaut*）的女主角，此书也被普契尼创作为同名歌剧。——编注

成就远远超过了在其他作品中进行的实验,例如,《耶稣显灵》(*Jésus-Christ en Flandre*)和《塞拉菲塔》(*Séraphita*)。

在华兹华斯创作的最华丽的十四行诗中,有一首说,世界于我们太过纷杂。巴尔扎克的追随者——福楼拜、亨利·詹姆斯、普鲁斯特——提出了截然相反的断言。他们宣称,世事是小说家取之不尽、用之不竭的源泉,而且人世生活的具体性和世俗性是小说艺术的母体。到了18世纪末,人们已经熟知神学价值和宗教语汇,这使得柯勒律治和乔治·艾略特这样的作家受益匪浅。但是,这样的知识后来从普通人的知识范围进入神学家和学者研究的禁区。其结果是,对宗教主题的探讨见于整个欧洲小说的重要传统,往往要么具有浪漫主义特征,例如,阿纳托尔·弗兰斯的《泰绮思》(*Thaïs*);要么具有社会和政治特征,例如,左拉的《罗马》(*Rome*)。另有两个例外是龚古尔兄弟创作的《热尔韦塞夫人》(*Madame Gervaisais*)以及汉弗莱·沃尔德创作的《罗伯特·埃尔斯密尔》(*Robert Elsmere*,这部作品使格莱斯顿觉得大为困惑)。正如安德烈·纪德所说,西方小说关注的是社会,描写的是社会之中的人际关系,"从不——或者说几乎从不——描写个人与自我、与上帝的关系"。[1]

240

托尔斯泰与陀思妥耶夫斯基的情况正好相反。他们两位都是宗教艺术家,类似于建造教堂的工匠,或者类似于将自己心目中的永恒形象画在西斯廷教堂里的米开朗琪罗。他们两位对上帝的理念非常着迷,把自己的生活视为通往圣城大马士革之路。上帝的思想以及上帝存在的神秘拥有令人炫目的约束力量,控制了他们的灵魂。他们表现出狂

---

[1] 安德烈·纪德,《陀思妥耶夫斯基》(巴黎,1923年)。

热、自豪的谦卑,觉得自己不是小说的创作者,而是先知,是预言家,是夜里的守望者。"他们两位寻求救赎,"别尔嘉耶夫写道,"这一点正是俄罗斯文学家的典型特征,他们寻求救赎……他们替世人受难。"[1]

托尔斯泰和陀思妥耶夫斯基的小说是富于启迪的片段。他们告诫我们,"审视自己吧",这与拉埃特斯向哈姆雷特的道白类似,目的是让我们灵魂深处的信念经受艰难的审判。当我们对托尔斯泰和陀思妥耶夫斯基的作品有了充分领悟(这是对理查兹所表达的意思的一种解释)时,有无信念这个问题不断浮现出来——不是通过他们或者我们犯下的"错误",而是借助他们作品具有的伟大性和我们自己的人性。

那么,我们应该如何阅读托尔斯泰和陀思妥耶夫斯基的作品呢?我们应该用阅读埃斯库罗斯或者但丁的方式阅读这两位俄罗斯大师的作品,而不是以阅读巴尔扎克,甚至不是以阅读亨利·詹姆斯作品的方式。弗格森对《金钵记》这部非常类似宗教小说的作品的结尾进行了评述,他写道:"玛吉没有可以让公爵信奉的上帝,詹姆斯也没有。"[2] 有两个因素构成了这两位俄罗斯大师的小说艺术的核心和基础,其一是对上帝的认识,其二是对上帝与灵魂的生命之间的使人畏惧的类似性的认识。《安娜·卡列尼娜》和《卡拉马佐夫兄弟》体现的宇宙观与古代戏剧和中世纪戏剧所展现的类似,既面向遭受天罚的危险,又面向得到天恩的眷顾。我们不能说,《欧也妮·葛朗台》《专使》或者《包法利夫人》的世界也展现了这样的宇宙观。这不是价值陈述,而是事实陈述。托尔斯泰和陀思妥耶夫斯基要求读者具有特定的感知

---

1 N. A. 别尔嘉耶夫,《陀思妥耶夫斯基的精神》(巴黎,1946年)。
2 弗朗西斯·弗格森,《重读〈金钵记〉》(参见《戏剧文学中的人的形象》[The Human Image in Dramatic Literature],纽约,1957年)。

习惯和理解形式——这样的东西在 17 世纪中叶之后已经淡出欧洲文学。陀思妥耶夫斯基还带来了另外一个问题:他的世界观沉浸在东正教的带有异端邪说的词汇和象征之中,大多数西方读者对他使用的基本素材知之甚少。

当代的一位论者说过,文学与宗教"具有迥然不同的权威,迥然不同的启迪",给人提供主要的"理论形式"和生命意象。[1] 也许可以说,它们为我们的死亡观提供了唯一经久不衰的焦点。在许多著名作品中,这些权威和启迪连接起来,成为一个整体,例如,在《俄瑞斯忒亚》和《神曲》,托尔斯泰和陀思妥耶夫斯基的小说中就是如此。它们的结合——通过两个主要的理性途径实现的对宇宙法则的理解——在中世纪初期被人崇尚,那时采用的方式是给维吉尔冠以圣人称号,囊括在教会认可的作家之列。正是在这位诗人的引导之下,我才得以继续进行探讨。

二

托尔斯泰的精神历程和托尔斯泰式基督教的发展过程常常被人误读。1879 年冬天,托尔斯泰以强有力的方式对文学大加抨击,这意味着他人生之中的两个重要阶段被彻底分离开来。其实,托尔斯泰晚年表达的大多数理念和信念出现在最初的著述中,他的道德活力早在创作生涯之初便已见端倪。正如舍斯托夫在评述《托尔斯泰与尼采》

---

1 R. P. 布莱克默,《精灵与愚痴之间》("Between the Numen and the Moha",参见《雄狮与蜂巢》,纽约,1955 年)。

（*Tolstoi und Nietzsche*）的文章中指出的，值得注意的事实不是早年托尔斯泰与晚年托尔斯泰之间看似存在的差异，而是托尔斯泰思想具有的统一性和因果联系性。

但是，把托尔斯泰的一生划分为三个阶段的做法也是错误的，其原因在于，托尔斯泰的文学创作受到不同时期的哲学和宗教活动的影响。我们不能将托尔斯泰身上的这两种力量分离开来；道德家气质和诗人气质共生共存，痛苦感受和创造活力水乳交融。在他的整个创作生涯中，宗教冲动与艺术冲动互相竞争，以便获得至上地位。这种斗争在《安娜·卡列尼娜》的创作过程中显得尤其突出。他突发奇想的精神有时偏向想象力的活动，有时顺从易卜生所说的"理想的主张"。人们得到的印象是，只有通过身体活动，只有在大量使用体力时，托尔斯泰才找到平静和平衡；只有在精疲力竭的情况下，托尔斯泰才能暂时平息在他头脑中进行的激烈辩论。

在《刺猬与狐狸》（*The Hedgehog and the Fox*）一书中，以赛亚·伯林是这样评价托尔斯泰的：

> 他的天才存在于对具体特性的感知之中，这是一种几乎无法言喻的个人品质，特定对象借助这样的品质凸显独特的侧面。但是，他渴望发现具有普遍性的解释原则，这就是感知的相似之处或者共同起源；或者说，在构成世界结构的那些看似互相排斥的碎片中，他渴望感知单一的目的或统一性。

对具体事物的整体感知是托尔斯泰小说艺术的典型特征，体现出他无与伦比的具体性。在他的小说中，世界的每个部分都是独特的，以具有个性的立体感展现在读者面前。但是，托尔斯泰同时带着强烈的愿望，试图获得对上帝之道的终极理解，获得对上帝之道的全面的有理有据的揭示。正是这种渴望驱使他投身具有论战和阐释性质的艰苦劳动。

在难得出现的情欲体验中，在对自然愉悦的回忆中，托尔斯泰让自己身上处于不断冲突状态的冲动平息下来。但是，他的天才具有的对立倾向带来难以忍受的紧张感。他开始在理性的黑暗中寻觅最终可以调和的观点。在《安娜·卡列尼娜》中，火车站台三次充当了展开重大情节的场景。这样的选择具有预示性——在阿斯塔波沃，托尔斯泰以模仿作者自己艺术的方式，结束了自己的生命。

想象现实与体验现实之间的这种巧合象征着托尔斯泰经历的逐渐变化过程的循环结构；在该结构中，为数不多的具有决定意义的母题和象征性行为反复出现。普鲁斯特在《阅读日》(*Journées de lecture*)中说：

> 总之，托尔斯泰似乎在看似无穷无尽的创作中重复自己的东西；他驾轻就熟的只有为数不多的几个主题，它们被作者更新，以不同方式出现，但是实际上是同样的……

其理由在于，托尔斯泰在文学创作中追求统一性，追求对整体意义的揭示，即便在他的直接感知被丰富多彩的生活吸引时，这样的追求依然是其创作活动的根基。

托尔斯泰的主要母题见诸其文学生涯之初。1847年1月，年仅19岁的托尔斯泰就为自己立下了行为准则，这显然预示了托尔斯泰后来所信奉的基督教的成熟戒律。在同一个月，他也开始写日记——这些日记见证了作者的自我严格要求与叛逆不羁的身体之间的对话。也是在那年冬季，他开始着手改善自己庄园之中农民的生活待遇。1849年，他在庄园里修建了一所学校，供农民子弟就读，将自己的教育理论付诸实践，这与他老年时从事的活动非常类似。1851年3月，他在日记中写道，莫斯科上流社会的生活让他非常反感；我们在字里行间看到，他在思想上受到"反复出现的内心斗争"的困扰。次年9月，托尔斯泰开始写作《一个地主的早晨》的初稿；该作品中的主人公与《复活》同名，这一事实非常贴切地说明了托尔斯泰为追求统一性所做出的不懈努力。聂赫留朵夫公爵出现于托尔斯泰文学创作生涯的起点和终点。在这两个位置上，聂赫留朵夫都身陷类似的宗教困境和道德困境之中。

1855年3月，托尔斯泰明确阐述了指导自己毕生言行的思想。他形成了一个"宏大理念"，这就是创立一种适合当时人类状况的新宗教。它依然是信奉耶稣的宗教，但是清除了教条主义和神秘主义的东西，所承诺的幸福不是出现在将来，而是出现在今生今世。这就是托尔斯泰的信条；他在1880年之后创作和出版的作品只不过是对这一信条的阐释而已。

甚至在创作其主要作品之前，托尔斯泰便已经有所考虑，决意完全摒弃所谓的纯文学。1865年11月，他表达了对"文学生活"，对滋养文学的生活环境所产生的发自内心深处的厌恶感。同月，他给瓦列里娅·阿尔谢尼耶娃（他认为自己已经与她订婚）写了一封信。我们在信中看到一条相当悲观然而又非常典型的托尔斯泰式戒律："不要对追求完美丧失信心。"

第四章

从1857年3月至1861年后半年，托尔斯泰为自己成熟的宗教计划和道德改革奠定了基础。1857年4月6日，托尔斯泰在巴黎看到了一个行刑过程。他带着无比愤慨的心情离开那个城市，他对生命的崇尚受到残酷的挑战。他得出的结论是："理想的社会应是无政府状态的社会。"他在给俄罗斯批评家博特金的信中写道：

> 在战争中，在高加索山区，我曾经目睹许多令人觉得恐怖的场景。但是，假如他们那时当着我的面，把活生生的人劈为几截，给人的恐惧感也不及我在这里见到的情景：年轻力壮、身体健康的人转瞬之间便死于非命，倒在人们发明出来的这种杀人机器之下……我意已决：从今以后，我不仅决不染指诸如此类的事情，而且在任何情况下也不会为任何形式的政府效力。

1859年10月，托尔斯泰告诉当时的著名改革者和时事评论员奇切林，他准备完全放弃文学。一年之后，他的弟弟去世，这似乎证实了他的决定。1861年，他与自己视为纯粹世俗艺术斗士的屠格涅夫激烈争吵，转而投身于对教育的系统研究。

在《忏悔录》中，这位小说家告诉我们，两件事情起到的至关重要的作用促成了他在宗教方面的觉醒：其一是目睹年轻人命丧断头台，其二是经历尼古拉·托尔斯泰的死亡。有意思的一点是，我们回想起来，两次类似的经历——公开行刑和胞弟之死——起到了催化作用，最终导致陀思妥耶夫斯基的"宗教皈依"。而且，《忏悔录》中的这个段落还让我们想起梅诗金公爵讲述的经历：在里昂，他亲眼看到一名囚徒被当众处死，在场者一个个目瞪口呆。托尔斯泰借助传统意象传达他内心深处的危机,然而这一意象要么可能反映他对自己在高加索山区生活的记忆,要么反映他对但丁作品的解读:"在寻觅生命问题的答案的过程中,我的经历与在森林中的迷路人非常类似。"但是,托尔斯泰没有进入地狱,也没有立刻转而求教于神学,而是动手积累资料,以便撰写"一本反映1805年那一段时间的著作"。那本书就是后来的《战争与和平》。

由此可见,我们可以这样说,托尔斯泰小说建筑在道德力量和宗教力量的基础之上,而这些力量至少有一部分是与文学相互对立的。在晚年托尔斯泰身上,我们看到了许多严厉的言行,例如:谴责纯文学;认为大多数艺术缺乏道德严肃性;对美的东西持怀疑态度等。其实,早在他动手创作其主要作品之前,它们就已经是托尔斯泰世界观的典型特征了。在《战争与和平》和《安娜·卡列尼娜》中,一种没有得到完全释放的想象力克服了关于艺术有效性的挥之不去的怀疑。随着对人生目的与真正意义的深入探索,这些怀疑的力量越来越强大。"这一观念别人无法理解,常常以隐秘的方式噬咬着他的心灵,"高尔基说,"这就是上帝观。"在《复活》中,这一观念熊熊燃烧,变为令人难以忍受的烈焰,几乎吞没小说的叙事结构。

托尔斯泰的悲剧在于,他将自己的文学天才视为堕落,视为背叛的动因。他原本决心在现实中发现单一的意义和完美的融贯性,但是《战争与和平》和《安娜·卡列尼娜》具有全面性和生命力,把这一现实形象打得粉碎。这两部作品将无序之美与作者对哲学根基的追求对立起来。例如,高尔基曾经将托尔斯泰视为一位老态龙钟、糊里糊涂的炼金术士:

第四章

> 这位老迈的魔术师站在我的面前,与世事格格不入,就像茫茫荒原上一个特立独行的旅行者,一心寻找迄今依旧不见踪迹、囊括一切的真理……

早在托尔斯泰的文学创作顶峰出现之前20年,托尔斯泰就已经踏上了穿越心灵荒原的旅程。然而,我们是否可以说,《战争与和平》和《安娜·卡列尼娜》实际上反映了托尔斯泰在形而上学层面感受到的极度痛苦呢?这两部作品是否代表了在19世纪小说中占主导地位的特殊观点呢?

托尔斯泰的作品带有某些突出的问题和说教成分,任何了解托尔斯泰的个人生活和心路历程的人都会对这些东西持宽容——也许过于宽容——的态度。从总体语境的角度看,托尔斯泰创作的小说和故事在基本道德和宗教辩证这两个方面起到了文学比喻和解释性神话的作用,反映了作者在漫长心路历程中经历的各个阶段。但是,如果我们暂不考虑《复活》,显而易见的一点是,宗教主题和宗教角色的行为在托尔斯泰的小说中仅仅占据次要地位。《战争与和平》和《安娜·卡列尼娜》是经验世界的形象,是关于人们的世俗生活的编年史。

我们只需对陀思妥耶夫斯基的情况稍加审视,就能看到两者之间的鲜明对比。在陀思妥耶夫斯基的小说中,许多元素以戏剧方式反映出宗教特征,其中包括形象和情景、角色名字和他们的语言习惯、作者所用的语言、行为体现的特性。陀思妥耶夫斯基描写了身处信仰危机或者否定危机之中的人物,笔下的角色常常通过否定的方式,非常有力地见证上帝带来的影响。"任何研究陀思妥耶夫斯基作品中的宗教因素的人很快就会发现,他所面对的其实是陀思妥耶夫斯基想象之中的整个世界。"[1]相比之下，我们无法就托尔斯泰的情况提出相同的看法。我们可以将《战争与和平》和《安娜·卡列尼娜》视为历史小说和社会小说的杰作，而对其哲学倾向和宗教倾向仅有非常模糊的认识。

对大多数批评家来说，托尔斯泰小说艺术的最杰出方面是它具有的富于感性的活力，是它刻画出来的反映军事、社会和农村生活的栩栩如生的形象。普鲁斯特看到了作者对自己孱弱之躯带来的痛苦进行的细致刻画，将托尔斯泰奉为"一位安详、从容的上帝式人物"。与他在歌德身上看到的品质类似，托马斯·曼在托尔斯泰身上也看到了受到自然青睐的品质，看到了一位居住在奥林匹斯山上的神灵，认为托尔斯泰拥有取之不尽、用之不竭的力量。在托马斯·曼看来，"托尔斯泰式史诗具有强大的感性力量"，在光亮和大风的作用中显示出古希腊式欢娱。正如我们已经看到的，具有宗教气质的俄罗斯批评家们提出了更具激进主义色彩的推论。例如，梅列日科夫斯基声称，托尔斯泰有"天生异教徒"的灵魂；别尔嘉耶夫提出，"在他漫长的人生中，托尔斯泰一直都在寻找上帝，这类似于异教徒现在对他的作品趋之若鹜的情形"。

我们不禁要问，托尔斯泰的传统形象是否真的准确？在创作《战争与和平》的异教徒、创作《复活》的基督教苦刑者与晚年的托尔斯泰这三个阶段之间，是否存在具有决定意义的中断呢（它可能出现在 1874 年至 1878 年那一时段）？依我所见，不存在这样的中断。托尔斯泰的生平以及与其精神生活相关的文字记录给人的印象是，这三个

---

1 罗马诺·瓜尔迪尼，《陀思妥耶夫斯基作品中的宗教形象》（*Religiöse Gestalten in Dostojewskijs Werk*，慕尼黑，1947 年）。

阶段之间存有潜在的统一性。我们假设，与福楼拜的作品相比，《战争与和平》和《安娜·卡列尼娜》在艺术上更接近荷马史诗；如果这一假设是正确的，那么，异教信仰这一看法并不出人意料。其实，正是荷马与托尔斯泰之间的相似之处让人想到形而上学的一个充满活力的部分。在托尔斯泰信奉的基督教中，特别是在托尔斯泰的上帝形象中，存在着异教徒的元素。如果说《伊利亚特》与《战争与和平》在形式方面（正如我们已经看到的）存在可比因素，那么，在这两部作品中占据支配地位的神话也是可比的。我认为，如果我们让自己的注意力保持敏感和开放状态，我们就能逐步意识到，托尔斯泰式异教信仰和基督教信仰并不是截然相反的东西，而是在一个思想家具有的激烈力量的冲突之中连续出现的相互关联的行为。《战争与和平》《安娜·卡列尼娜》以及作者创作生涯初期和中期出版的故事富于感性，达到了非常从容、淡定的效果；尽管如此，它们仍是托尔斯泰的祭祀神学的雏形，并且为后者的出现铺平了道路。这些作品形成了该神学试图加以诠释的世界意象。相反，托尔斯泰晚年提出的学说将作者本人在黄金时期著述中展示的前提加以推导，得出了愚蠢的结论。

当我们考虑从抽象思想到艺术体现、从文学形式到新的神话的变化时，我们往往将问题过分简单化。我们看到的是直线和直接的因果关系，其实，在这些东西中存在多样而复杂的图案。正是这个原因，高尔基——他自己就是一位创造形式的大师——提出的证言是非常宝贵的。他在评论托尔斯泰时写道：

> 没有谁像托尔斯泰这么复杂，引起如此多的争议，他在各个方面——没错，在各个方面——建树卓越。托尔斯泰在某种不可

思议的意义上建树卓越、涉猎广泛，我们对此无法用语言进行表述。他身上的某种东西使我向各位大声疾呼："请您看一看，我们这个地球上生活着一个多么奇妙的人物！"

毫无疑问，托尔斯泰身上带有相互矛盾的特征，然而这些特征又以奇特的方式统一起来，其核心部分是一个古老的两难困境：上帝是创造者，是形成主要神话的诗人；艺术家也是创造者。在这种情况下，两者之间的关系如何呢？

三

我在此并不打算系统地勾勒托尔斯泰神学的主要轮廓。托尔斯泰是一位论战者和时事评论家，相信明晰性和重复具有的优点。他是使用语言艺术的大师，深知如何通过简单的形象和生动的寓言来呈现复杂的理念，所表达的基本意思很少晦涩难懂。列宁和萧伯纳从托尔斯泰那里学到了某些使用激烈言辞的方式。我仅讨论托尔斯泰的哲学观点中与其小说密切相关的某些方面。

我们从前面讨论的内容得知，每一件成熟、完整的艺术品都蕴含着观念体系，即使一首短小的抒情诗也对两种现实——一种是诗歌本身，另一种是诗歌之外的现实（在一个花瓶划分出两个空间的意义上的）——领域提出具有界定性的陈述。但是，在大多数情况下，我们无法完全描述虚构神话与审美体现之间的连续性。我们猜想，我们领悟"字里行间的意思"（仿佛文学作品是银幕，而不是它必然充当的镜头）。或者说，我们根据自己对作者生平的了解，对作者所在时代的思想氛围的理解，提出自己的推测。这样的推测常常使我们以完全失败告终。例如，莎士比亚的艺术包含大量内容，他对关于人类状况的重大主题进行的说明既稳定又广泛适用。这意味着，他拥有具有深层次权威和阐述性的哲学。在文学领域提出的所有"生活批评"中，莎士比亚提出的见解可能最全面，最具有预见性。然而，如果我们试图从戏剧媒介的永恒流动性中找出形而上学的计划，我们得到的是由著名文字构成的廉价读物。除了漂亮的言辞之外，这样的东西与莎士比亚的作品几乎没有什么共同之处。莎士比亚具有特殊的思辨共性，这一点使浪漫主义者将自己与哈姆雷特相提并论。现在，我们往往研究《一报还一报》（*Measure for Measure*）中的公爵和《暴风雨》（*Tempest*）中的普洛斯彼罗，认为剧作家的哲学在这些角色身上得以宣扬，并且被赋予得到支撑的论点结构。例如，弗格森理所当然地提出，莎士比亚可能以维也纳公爵这个角色的面目出现在剧中，"同时从几个侧面展示他的伟大主题"。[1]但是，我们怎么可以说，在《一报还一报》中，莎士比亚不是安吉洛呢？歌德在1813年夏天撰写的一篇短文中写道："莎士比亚本性虔诚，拥有在宗教方面培育自己的内心世界的自由，这样的人根本无须参照任何具体的宗教信仰。"但是，这种说法也是揣测之言。有的学者认为，领悟莎士比亚对人生的阐释，领悟他的"临时信仰"的关键之处不在于普遍性，而是在于秘密的天主教教义。

此外，在有的作家的作品中，具体的哲学理念与文学艺术之间形成清楚的密切关系，这可以在实际文本中显示出来，但丁、布莱克和

---

[1] 弗朗西斯·弗格森，《一报还一报》（参见《戏剧文学中的人的形象》）。

托尔斯泰就在此列。在托尔斯泰的信件、草稿和日记中,我们可以看到一条明显的思路,从朦胧的感觉发展成为一座理论大厦。有时候,我们可以在托尔斯泰的小说结构中明显地看到这样的思路,抽象成分并未全部转为虚构的东西。在《复活》中,甚至在《战争与和平》中,道德命令和理论片段凸显出来,就像想象大地上出现的陨石。诸如此类的理念影响了作品的艺术品质。与之相反,在《安娜·卡列尼娜》中,两者融为一体:净化通过悲剧意识逐渐展开,最终获得天恩,这一过程通过作品表达的寓言准确地呈现出来。

在托尔斯泰的神学中,有四个核心主题:死亡、天国、耶稣其人、小说家自己与圣父的接触。有时候,读者可能无法确定托尔斯泰对这些问题做出的判断。在1884年至1889年,托尔斯泰的宗教信念在一定程度上出现了变化。此外,他根据具体读者的理解能力,以各种方式表达自己的意思。因此,别尔嘉耶夫才产生了这种感觉:托尔斯泰的神学常常使人觉得作家简直头脑简单。但是,在基本经典中,例如在《忏悔录》、《福音扼要》(The Gospel in Brief)、《我的信仰》(What I Believe)、《人生》(On Life)、《基督教学说》(The Christian Teaching)和相关日记中,托尔斯泰提出了逻辑严密的形而上学体系。正是这些要素促使高尔基对托尔斯泰提出了这样的判断:"毫无疑问,他的某些思想让他自己感到害怕。"

与戈雅和里尔克类似,托尔斯泰也关注死亡之谜。随着岁月的流逝,这样的关注逐步深化。与叶芝的情况类似,生命之火在托尔斯泰的作品中越烧越旺,到老年时达到了难以控制的程度。托尔斯泰的生活经历和思想变化过程在规模上颇具英雄特征,他的整个生命与道德悖论形成对抗。从根本上看,让他感到恐惧的并不是躯体上的折磨（他曾经投笔从戎，是非常勇敢的猎手）；让他深感绝望的是对这一念头的理性思考：人在一生中罹患疾病，遭遇暴力，面对时光的掠夺，最终难逃死亡厄运，必然要慢慢消失在"黑暗的口袋"之中——伊凡·伊里奇在弥留之际记录下了这一点。

我们知道，陀思妥耶夫斯基曾经坦承，即便"有人证明耶稣的存在并非真实"，他依然会坚守自己的信仰；托尔斯泰宣称："我热爱真理，超过了世间的任何东西。"他的真诚之心让他意识到，没有什么明确证据说明灵魂不灭，说明任何形式的意识会在人死之后存在下去。当安娜·卡列尼娜命丧车轮之下时，她的生命以无法挽回的方式沦入黑暗之手。与列文——这个角色常常手持镜子，面对小说家——类似，托尔斯泰受到人生荒诞性的困扰，几乎濒临自我毁灭的边缘。他在日记中探讨了自杀的可能性：

> 有少数人非常坚强，非常坚韧，可以采用自杀方式了结生命。他们理解自己遭遇的玩笑的愚蠢，觉得死去比活着好一些，发现停止生命是最佳选择，于是决定终止这一玩笑。自杀有许多方式：上吊，溺水，对着心脏刺一刀……

从这种绝望的沉思中，一个令人略感慰藉的神话浮现出来。托尔斯泰宣布，"上帝就是生命"，"理解上帝和生活下去是相同的东西"，逐步形成否认死亡这一现实的态度。他在1895年12月的一篇日记中写道：人"不生，不死，永远存在"。他甚至在心理上做好准备，要在死亡中发现一种可以确定的体验，将那种体验视为对生命力量的神圣化。在1898年5月写给托尔斯泰伯爵夫人的信中，他描述了初夏时在

托尔斯泰或陀思妥耶夫斯基

充满生机的森林中漫步时的心绪:

> 我当时思考了死亡——我常常进行这样的思考。非常清楚的一点是,死亡之门另外一侧的情况也是好的,也许只是方式不同罢了。我可以理解,犹太人为什么把天堂描绘成花园。

次月,夏季的阳光照亮了托尔斯泰的身心,他用与戏剧世界完全不同的文字,记录了自己最美好的理想之一:

> 死亡是从一种意识向另外一种意识的跨越,是从一个世界形象向另外一个世界形象的跨越,人仿佛从一个场景转向另外一个完全不同的场景……在跨越的那个瞬间,最真实的现实凸显在人面前,或者至少说,人感觉到这一点。

我认为,这一信念带着东方寂静主义的弦外之音,并未完全消除托尔斯泰内心的极度痛苦。但是,作为形而上学理念,这一说法否认时间,否认生死之间的可怕差异,让人更好地理解关于文学创作的神秘性。在文学虚构行为中,托尔斯泰看到了一种与上帝的创造行为类似的东西。最初只有语言——对上帝和文学家来说均是如此。在《战争与和平》和《安娜·卡列尼娜》中,人物从托尔斯泰的意识中产生出来,拥有自己的生命,体内携带着不朽的种子。安娜·卡列尼娜在小说描述的世界中死去;但是,每当我们阅读这部著作时,她又获得新的生命;甚至在我们掩卷之后,她会在我们的记忆中开始另外一次生命。在每个文学人物中,都有某种与永生火鸟类似的东西。通过这些生生不息的角色，托尔斯泰自己的存在获得了永恒的开端。因此，如果我们惊叹，他创造的角色具有很大的生命力量，他的小说具有形式方面的"非终结性"，我们应该记住，托尔斯泰意在征服死亡。在对他自己的文学作品大加抨击之后许久，托尔斯泰内心依然珍视这一秘而不宣的信念：它们是对人的必死性的一种挑战。他在1909年10月的一篇日记中坦露心迹：他"希望重新开始文学写作"，重拾最后制订的创作小说、故事和戏剧的计划，仿佛它们是长寿之符。

托尔斯泰孜孜不倦地进行尝试，旨在阻止走向死亡的灵魂，将它永远留在可触知的世界范围之内。他的天国观就直接来自这样的尝试。他有力地排斥天国位于"别处"这一理念，排斥超越生命本身才能到达天国这一理念。在西方思想中，许多理念都建筑在这种柏拉图式划分的基础之上：一边是五官感知的生命有限的影子世界，另一边是理念和绝对光明构成的"真实"与一成不变的王国。在西方诗学中，一个根深蒂固的信念是：艺术通过寓言和隐喻向人们揭示"真实"世界；在这样的世界中，人仅仅是一种堕落的或者支离破碎的形象。但丁升向天堂，见到光明的玫瑰：借助哲学、科学、诗歌和天恩形成的顿悟，从转瞬即逝的状态上升到真实状态。这是对作为整体的西方理智的一种模仿，很可能是我们拥有的一种最微妙、融贯性最强的品质。

在托尔斯泰的小说中，存在着一种"双重意识"；然而，这两种基本隐喻中的意识都属于今生今世。托尔斯泰并置的并不是世俗生活与死后出现的某种更真实的超验体验，而是出现在现实时间流动之中的今生今世的美好生活与悲惨生活。托尔斯泰的小说艺术是反柏拉图主义的，它崇尚这个世界拥有的"真实性"。它反复告诉我们，现在就必须在地球上建立天国；在这个王国中，只有现实赋予我们的生活才是真实的。在这个信念背后,是一位脚踏实地的改良者推出的旨在建造新耶路撒冷的计划,是在现实和文学想象创造活动之中的文学家心中隐藏的备受折磨的信仰。作为《战争与和平》和《安娜·卡列尼娜》的作者,托尔斯泰不愿将自己的作品"仅仅当作漂浮 / 在幽灵般事物范例之上的泡沫"。

托尔斯泰孜孜不倦地阐述这个启迪:没有证据说明另外一个世界的存在,人必须用自己的双手建立天国。他认为,耶稣的声音等同于"人类整个理性的意识",把耶稣的山顶布道简化为五项基本行为准则:

> 耶稣的教诲可以用这五项戒律表达出来,它们的实现将会建立天国。这个人间天堂就是所有人和平相处……耶稣精神的全部意义在于将天国——这就是和平——给予人们。

耶稣的教导的本质是什么呢?他教人们"不要做出愚蠢的举动"。在这个精彩回答中,我们听到了托尔斯泰信奉的基本经验主义和他表现的贵族的焦灼发出的共鸣。与之相反,陀思妥耶夫斯基心中的耶稣教导人们去做最愚蠢的举动。在陀思妥耶夫斯基的笔下,上帝眼里的睿智之举可能是世人眼里的白痴行为。

托尔斯泰不会与这样的"僵死教会"打交道:它认可生活之中的犯罪行为、愚蠢行为和不人道行为,指望来世给予正义。宣扬补偿的神义论要人们相信,在另外一个王国中,遭受痛苦的人和生活贫穷的人将会坐在上帝的右侧。在托尔斯泰看来,这一教义是具有欺骗性的残酷说法,有人刻意用它来为现存的社会制度服务。必须在此时此刻实现正义。托尔斯泰版的基督复临是人世之间出现的黄金时代,人们

届时将会彻底觉悟，服从理性道德观的约束。

Tolstoi's Excommunication
Hinaus mit ihm! Sein Kreuz ist viel zu groß für unsre Kirche!
"把他弄出来！他身上的十字架太大了，我们的教堂装不下！"

《约翰福音》不是告诉我们说，上帝的教导"在于要我们崇尚他给予的生命吗"？托尔斯泰具有的忧郁本能让他觉得，上帝不会给予其他任何东西。在艺术中，我们拥有的生活必须被表现为尽可能健全、完美的东西。

托尔斯泰证实，他的学说牢固地植根于《圣经》之中。以前的评注者要么歪曲，要么才智有限，误读了这些重要文本。本杰明·乔伊特在1859年谈到与评注相关的问题时曾说，"普世真理轻而易举地穿越时空之中的偶然事件"。托尔斯泰把这个信念推到了极度肯定的地步：

> 对《马太福音》第五章第17和18两节（它们语焉不详，曾经使我觉得不甚了了）的常见解释肯定不正确。在重新阅读的过程中……我惊讶地发现，它们表达的意思直截了当，非常清楚，

让我茅塞顿开。

256　　托尔斯泰提出的解决方法完全是教条式的："这段经文证实了我的设想，我对此确信无疑。"托尔斯泰对《圣经》包含的哲学和教义层面的模糊性采取了极不耐烦的排斥态度，这并不是性情使然的偶然做法，它说明了托尔斯泰与所有激进主义思潮和反对圣像崇拜运动之间的密切关系。在11世纪至16世纪后期，那些运动抨击官方教会，打出的旗号是伸张神的世纪末正义，在世上建立天国。那些造反之举以及宗教改革本身开始时都宣称，《圣经》的意义清楚明了，一般信众都可以理解。"内心的光明"并不认可经文研究制造出来的神秘性。

纵观历史，有关正义和理想国度的神话研究往往带有两种倾向。带有第一种倾向的人假定：人天生易犯错误；人际关系中总是存在一定程度的不公正现象和荒诞行为；一切权力机制必然带有不尽如人意之处，因此在人间建立乌托邦的尝试必然是危险的。带有第二种倾向的人断言，人是可以不断变得完美的；理性和意志将会战胜社会制度带有的不平等性；必须在人间建立上帝之城（Civitas Dei）；上帝的对人之道是超验的，是难以领悟的神话，从而借此扼杀被压迫阶级具有的革命本能。第一种倾向的追随者们包括被冠以经验主义者或者自由主义者称号的政治思想家和统治者，这样的人不相信最后的解决之道，认为历史现实与世事的不完美性是不可分割的。例如，其中有人往往相信，少数人具有激情和智慧，对不公平行为愤愤不平，表现出人道主义的思想；根据某种不可逃避的熵原理，他们强加在多数人头上的任何理想政府都会堕落，沦为可怕的混乱状态。与之相反，反对这种怀疑论和顺从态度的人包括柏拉图的《国家篇》的信徒、基督教的千年至福说信奉者、鼓吹第五君主国的空想家、孔德哲学信奉者——所有这些人都对带有无限性的不完美社会持仇视态度。这些人被人们生活之中流行的愚蠢言行和邪恶所困,愿意以带来大灾难的战争和狂热的自我否定为代价,致力于摧毁堕落的城堡,必要时甚至不惜奋战于"血海"(这是中世纪塔波尔教派让人时常想到的形象),以便建立新的"太阳之城"。

关于天国的神话在这种冲突中起到极为重要的作用。如果这种天国的存在超越人生,如果人们相信存在救赎审判,那么,他们就可能接受邪恶在世界上持久存在的说法。在这种情况下,人们可能觉得这一理念是可以接受的:现世生活并不是完美或者绝对正义的典型例子,并不代表道德价值占据了上风。根据这一观点,邪恶是人的自由带有的不可避免的附属品。但是,如果没有"来世",如果天国仅仅是人在苦难之中产生的幻想,那么,人们就应该竭尽全力清除世间的缺陷,用人间的砖头修建耶路撒冷。为了实现这一点,人们可能需要推翻现存的社会制度。为革命理想服务时,残酷行为、偏执行为、狂热行为、严苛行为,这些东西便可充当临时的美德。历史可能穿越世界末日善恶决斗的战场,承受长达数十年之久的政治恐怖。但是,政府最终将会消亡,人们将会在最初的伊甸园中再次醒来。

这是一个历史悠久的梦想,被中世纪的天启论者、再洗礼派教徒、亚当派教徒、喧嚣派教徒以及更为极端的清教主义的神权主义者所追寻。它在近代以新的面目出现,先后激励过圣西门主义的信徒、卡贝的追随者、带有无政府主义色彩的宗教极端分子。尽管千年至福说常常宣称它坚信《圣经》,认为自身体现了耶稣的真正福音,但传统教会在它的学说中发现了不共戴天的异端邪说。其原因在于,如果人们要在自己的有生之年得到完全的正义与和谐,给人安慰和救赎的上帝应

托尔斯泰或陀思妥耶夫斯基

该具有什么样的品格呢?是否上帝这个理念本身不是由肉体所受的苦难,或精神所受的痛苦形成的? 1525年,托马斯·闵采尔试图按照神示之城的方式来管理米尔豪森。路德以锐利、清晰的目光看出其中的问题,谴责了闵采尔进行的实验。他是这样评价闵采尔制定的宪法条款的:

> 它们试图实现人人平等,在世间建立耶稣的精神王国,建立一个外在的国王,这是不可能的。[1]

在托尔斯泰神学与陀思妥耶夫斯基神学的冲突中,在《复活》宣扬的希望与《群魔》表现的悲剧性预言的冲突中,许多东西都在路德的这一判断中得到暗示。"在世间建立耶稣的精神王国"正是托尔斯泰的主要目的。在《群魔》中,在《卡拉马佐夫兄弟》中,陀思妥耶夫斯基不仅坚持认为"这是不可能的",而且还强调,这样的尝试最终将会导致野蛮的政治统治,损害上帝这个理念。

在我们的时代中,这种冲突以极端的灾难性暴力爆发出来。国家社会主义要建立"千年"帝国,还有人鼓吹没有阶级、最终必然消亡的国家,它们就是古往今来对黄金时代追求之中的末世论形象和新的目标。[2] 末世论在这一点上是非宗教的:它源于对上帝的否认态度。但是,其基本看法是所有千年至福说运动和乌托邦运动共有的东西:人要么必须在地球上创造美好生活,要么必须屈从于苦难,度过存在于两个黑暗极端之间的混乱、不公正而且常常无法理解的人生。天国必

---

[1] 马丁·路德,《劝和平的12条》(*Ermahnung zum Frieden auf die zwölf Artikel*, 1525年)。
[2] 诺曼·科恩陈述了现代极权主义哲学与千年至福说传统之间的关系,参见《对黄金时代的追求》(*The Pursuit of the Millennium*, 伦敦, 1957年)。

须以人的国度的形式实现。这就是极权主义乌托邦的神学。它是否能够征服并不完美、各执己见的对手呢？这一点看来是我们这个深受影响的世纪无法避开的问题。提出这个问题的另一方式是追问：托尔斯泰或者陀思妥耶夫斯基是否就人的本性刻画了更真实的形象？是否就历史提出了更具有预言性的论述？

显而易见，托尔斯泰展望了一种人间天国；然而，我们却很难确定他实际所说的天国观念是什么。他常常提及的圣徒之间的顺序也是模棱两可的：

259

> 从摩西、以赛亚、孔子、古希腊人、释迦牟尼、苏格拉底，到后来的帕斯卡、斯宾诺莎、费希特、费尔巴哈以及所有那些常常不被注意、名不见经传的人，他们并不相信什么教义，而是真诚地思考生命的意义，并且阐述出来。

在哲学探索之初，托尔斯泰肯定相信，他心目中的美好生活形象是基督教信仰的一个必不可少的组成部分。但是，他的心智后来变得更加隐秘，有时候似乎害怕对正义和社会改良的狂热追求可能形成的终极逻辑。他写道，"共同幸福的愿望……就是我们所称的上帝"，在思想上已经更接近费尔巴哈和帕斯卡了。列宁将托尔斯泰称为"俄罗斯革命的一面镜子"；托尔斯泰在1905年11月看来已经接受了马克思主义的某些理论，相信起义即将到来，国家最终会"消亡"。但是，在所有这些方面，他思维清晰，苦苦思考，观念上却出现了许多难以调和的矛盾。即便在以非常猛烈的言辞大肆鼓吹人的完美性，鼓吹激进的乌托邦存在的基础时，他也不时看到长期困扰赫尔岑和陀思妥耶夫斯基的出现灾难的可能性。他在1898年8月的日记中写道：

> 即使出现马克思所预言的情况，那时将会出现的唯一可能性是专制制度继续存在下去。现在是资本家占据统治地位，但是到了那时，劳动人民的领导者将会控制国家。

如果对大量的复杂证据进行筛选，我们将会得到这样的印象：托尔斯泰与许多千年至福说信奉者类似，与认为随时将会出现大灾难的预言者类似，更加清楚地看到了改良的迫切性，更加清楚地看到了将会实现的终极理想。但是，他没有看到实现方式，没有看到过渡阶段的组织形式。在他提出的最有说服力的分析中，有一点变得清晰起来："理想的状态是无政府状态"，而不是暂时的神权统治。但是，他在这个根本问题上毫不动摇：天恩和正义的圣约必须在人世间通过理性的途径得到履行。

我强调托尔斯泰的形而上学理念的政治因素的原因在于，它们形象地表现了托尔斯泰与陀思妥耶夫斯基两人之间的基本对立性。此外，托尔斯泰信奉的末世论还与托尔斯泰小说的视角和技巧直接相关。托尔斯泰严厉批评艺术品反映超验现实这一观点。竞争必须在理性经验和历史经验的范围之内进行。这一点对哲学家和小说家而言都是正确的。地球是人们的唯一生存场所，有时候甚至是囚禁人们的唯一牢房。在1896年2月的一篇日记中，托尔斯泰构思了一篇令人毛骨悚然的寓言：

> 假如你脱离这里的环境，假如你杀死自己，那么你在那边也会遇到同样的环境。所以，根本无路可逃。假如可以记录下一个

第四章

自杀身亡者在今生走过的路程，假如可以记录下他在今生面临的与前生相同的要求，他会逐渐意识到，自己必须按照这些要求行事，那么，这会是很惬意的事情。

但是，在文学创作的过程中，托尔斯泰并不希望离开"这里的环境"。他喜欢这个理性的世界，喜欢这个世界拥有的无限多样性，喜欢事物展现的具体性。别尔嘉耶夫在谈到陀思妥耶夫斯基时曾经说，"没有谁像他这样，对经验世界不甚关注……他的艺术完全沉浸在精神世界的深邃现实之中"。[1] 与之相反，托尔斯泰的艺术沉浸在五官感觉的现实之中。没有谁像托尔斯泰那样，想象力非常世俗，以非常平静的方式保持了 D. H. 劳伦斯所说的"有血有肉的智慧"。托尔斯泰在捕狼或者砍伐白桦的过程中进行写作，对事物的"物质性"有具体实在的把握，这使其他小说作者的作品显得像幽灵一样，缺乏实感。

在《群魔》的写作笔记中，陀思妥耶夫斯基带着明显尖刻的语气写下了一个对话片段：

利普金：我们距离到达天国的时间并不太久。

涅恰耶夫： 对，天国就在 6 月出现。

在托尔斯泰的年历中，那一个月——或者说对那一个月的期待——凸显出来。在他的艺术以及宗教神话中，托尔斯泰赞美世界，赞美它的辉煌历史，赞美它即将来临的革命。他不相信，居住在这个

---

[1] N. A. 别尔嘉耶夫，《陀思妥耶夫斯基的精神》（巴黎，1946 年）。

世界上的人仅仅是虚无缥缈的影子。

另外，这个世界尽管充满愚蠢行为，充满邪恶，它依然可被理性理解。实际上，理性是现实的最高仲裁者。托尔斯泰问艾尔默·莫德："这些绅士并不理解，即便面对死亡，二乘以二依然等于四……这究竟是怎么一回事？"这里所说的"绅士"就是东正教的僧侣统治阶层的成员，他们试图要小说家重归正统。但是，从更重要的层面看，这个问题涉及的是陀思妥耶夫斯基提出的非理性的形而上学。《地下室手记》的叙事者问道："这些规律，二乘以二依然等于四这一公式，它们与我所接受的东西格格不入，我本人与自然规律有何关系？与算术有何关系？"在这个对立中，有许多至关重要的东西：不仅包括认识论、对历史的阐释、上帝的形象，而且还有小说观。我们无法将其中任何一项与其他单项分离开来。托尔斯泰小说与陀思妥耶夫斯基小说具有的境界和尊严正在于此。

托尔斯泰的想象天赋与哲学思辨水乳交融，这在他对耶稣其人和上帝神话的态度上体现得尤其明显。我们在此触及其创作生活的核心；在这里，作家的力量、神学家的信念和人的气质这三个因素密不可分。在俄罗斯文学的背景中，与耶稣和圣父相关的东西比比皆是。从《死魂灵》到《复活》，俄罗斯小说讲述一种文明的故事，其中最敏锐的思想家们进行了寻找救赎者这一极度痛苦的探索，并且常常生活在不信基督教的恐惧之中。在这一点上，托尔斯泰的地位可以精确定位，与陀思妥耶夫斯基形成鲜明对比。

在生命的最后日子里写下的笔记中，托尔斯泰评述说：

> 救世主并未从十字架上下来，因为他并不希望通过外部圣迹

形成的压力让人们皈依,而是希望借助信仰自由使人们相信上帝。

在这种拒绝行为中,在这种至高无上的自由中,托尔斯泰看到了影响人们心灵的混乱和盲目性的来源。有的人希望将上帝的沉默之谜放置在理性的笔直道路上,从而建立上帝的王国,耶稣以确定无疑的方式使这些人的任务复杂化了。假如耶稣展现救世主的光彩,人们的信仰在某种意义上可能被限制,但这也可能消除他们的疑虑,让他们摆脱魔鬼的诱惑。在托尔斯泰看来,从策略上看,耶稣就像这样一名君主:穿着褴褛衣裳,以不被人注意的方式到处游荡,听任自己的王国陷入混乱,以便认可那些目光敏锐甚至能够识破他的伪装的少数臣民。高尔基告诉我们:

> 当他提到耶稣时,那形象总是特别可怜,没有热情,语言中也没有情感,没有真正的火花。我觉得,他把耶稣视为头脑简单、值得怜悯的人。尽管他有时崇拜耶稣,但他几乎不爱耶稣。

如果某位先知宣称,天国并不属于这个世界,那么,他是不可能受到托尔斯泰青睐的。托尔斯泰这个人具有贵族气质,喜欢身体的力量,崇尚英雄主义,不喜欢耶稣那副缺乏勇气的可怜样。有的艺术史家指出,在威尼斯绘画(除了丁托列托这一例外情况)中,耶稣的形象缺乏生气,并不令人信服。他们将这一事实归为威尼斯具有的强烈的世俗气息,归为生活在这一种文化中的人们采取的拒绝态度:那里的人将海水变为大理石,相信世间的财富只不过是水上的浮渣,认为奴隶们来世应该有机会过上不同的生活,可以从道奇宫门前走过。在托尔斯泰的作品中，也有着类似的拒绝的态度，促使他接受他显然害怕的思想。他在《我的信仰》中坦承：

> 尽管这样说恐怕有些欠妥，但是我有时候觉得，假如耶稣的教导以及由此形成的教会学说根本不存在，如今自称基督徒的人可能对耶稣传达的真理会有更好的理解。这就是说，对生活中的美好事物会有更好的理解。

用更朴素的语言说，这意味着，假如耶稣并不存在，人们更容易理解托尔斯泰提出的理性行为准则，从而让天国更好地实现。耶稣以谦卑的方式表达自己的意思，不愿让自己在耀眼的光辉中显灵，这以无限的方式，让人间的事情变得更加困难。

7年之后，在回应神圣宗教会议宣布将他开除教籍的官方命令时，托尔斯泰公开陈述了他的信念：

> 我相信，耶稣这个人的教导以最清楚、最明了的方式表达了上帝的意志。如果将耶稣视为神，向他祈祷，我认为这是最严重的亵渎行为。

我们难以肯定，托尔斯泰私下是否会做出这样的让步。另外，托尔斯泰所说的"耶稣这个人的教导"是对福音的一种解读，它带有很突出的个人特征，常常显得随心所欲。

在记录下来的灵魂的激烈力量的冲突中，托尔斯泰与上帝之间关系的变化最吸引人，也最为崇高。在认真思考它的过程中，我们会受到这一理念的困扰：从规模上看，两者拥有的力量并不是无限悬殊的。这就是在若干伟大艺术家心里出现的念头。我曾经听到学习音乐的学生从贝多芬晚年的作品中推论出类似的冲突；米开朗琪罗的某些雕塑作品暗示，在上帝与具有神灵力量的人物之间，出现了使人畏惧的冲突。创作美第奇家族礼拜堂中的雕像，想象出哈姆雷特和福斯塔夫这样的角色，在失聪的状态下听到《庄严弥撒》(Missa Solemnis)，这样的行为就是以某种不能征服的凡人方式，像上帝那样宣布："要有光。"这就是与天使摔跤。在这样的竞争中，艺术家的某种东西被消耗或者损毁了。艺术本身带有雅各形象的象征——雅各一瘸一拐地逃离雅博河河岸，那场令人恐惧的摔跤赐福给他，使他受伤，令他深受启迪。或许这就是为什么我们觉得，在弥尔顿的失明状态中，在贝多芬的失聪状态中，在托尔斯泰走向死亡的最终心路历程上，存在着某种可怕但是恰当的正义。一个人究竟能够对创造有多大控制力，却依然毫发无损呢？正如里尔克在《杜伊诺哀歌》(*Duino Elegies*)第一首中宣布的，"神灵都是可怕的（Ein jeder Engel ist schrecklich）"。

托尔斯泰与上帝的对话类似于帕斯卡和克尔凯郭尔的对话，具有全部戏剧元素：危机、和解、出场、报警。托尔斯泰在1898年1月19日的日记中写道：

> 救救我吧，圣父。请您进入我的心灵。您已经在我心中。您已经是"我"。我的作品仅仅是为了凸显您。我刚才写下这一点，内心充满渴望。但是，我知道自己是谁。

这是一个令人觉得不可思议的恳求。托尔斯泰往往相信，自知使人直接认识上帝,一种陌生的光辉射入他的心灵。然而,在这个一半绝望一半欢欣的断言中,还存在怀疑和叛逆的倾向:"但是,我知道自己是谁。"托尔斯泰既无法接受上帝不在场这一情况,也无法接受上帝在自己之外独立存在。高尔基以带着敬畏的洞见,捕获到了这种分离的情绪:

> 在他让我阅读的这篇日记中,一句奇特的格言给我留下深刻印象:"上帝是我的渴望。"
>
> 在把日记本递给他时,我问他,这是什么意思?
>
> "一个不完善的想法。"他说着,瞟了一眼那一页日记,两眼紧眯,"我一定是希望说,上帝是我知道他的渴望……不,不是这个意思……"他笑了起来,把日记本卷成一个圆筒,放进他上衣的大口袋里。他与上帝之间的关系带有怀疑成分;有时候,这样的关系使我想起"身居一个兽穴中的两头熊"之间的关系。

在面对真理的过程中,托尔斯泰可能正是借助了这类具有叛逆性的隐秘形象,构思出了两者之间的关系。正如他在1896年5月的一篇日记中反复说的:"这个上帝被关在人们中间。"在他看来,只有以人的身份出现时,上帝的存在本身才是可能接受的。这种观念由文学创作的自我中心做法和精神傲慢(hauteur)——托尔斯泰心里充满君王的感觉——构成,将他引入形形色色的悖论之中。他在回忆1896年夏季的一次经历时写道:

> 我第一次明显地感觉到上帝;他存在,我存在于他的身上。

唯一存在的是这一点——我在他身上：在他身上，我就像无限事物之内的有限东西，在他身上，我也像他存在其中的有限生命。

正是看到这样的段落，研究托尔斯泰的人才将这位作家的思想与东方神智学和道家学说联系起来。但是大体上看，托尔斯泰着迷于理性，心怀获得清晰理解的渴望。他具有的伏尔泰式品质十分突出，所以他无法接受关于神的存在投下的斜长影子般的暗示。如果上帝存在，上帝就是"他者"，并不是人。上帝的真实性之谜折磨着托尔斯泰探寻一切的骄傲智性。"耶稣其人"可以步勒南和施特劳斯之后尘，被降低至人的高度。上帝是一个更令人敬畏的对手。或许正是这个原因，托尔斯泰提出了要求，认为天国应该在人世间实现。如果这一点得以实现，便可以诱惑上帝再次在天国花园中漫步。那么，托尔斯泰便可以在那里满怀渴望地等待上帝的出现。这样，两头大熊最后就会出现在相同的兽穴中。

但是，尽管1905年出现了革命风潮，而且甘地也在印度取得了进展——托尔斯泰非常关注此一事态的发展——天国在人世间却并未取得任何进展。在托尔斯泰的热切渴望面前，上帝自己似乎退却了。托尔斯泰最终放弃了家园，这一行为中包含对"糟糕生活"的具体、实在的抗议，包含他的疯狂灵魂踏上的一段更为隐秘的朝圣历程，旨在追求难以捉摸的神灵。但是，托尔斯泰究竟是猎手还是猎物呢？高尔基认为，托尔斯泰属于以下类型：

> 这类朝圣者：他们毕生手持拐杖，行走数千公里路程，从一座隐修院到另一座隐修院，完全无家可归，容不下世间的凡人和

俗事。这个世界不为他们存在，也不为上帝存在。他们出于习惯对着上帝祈祷，但是内心深处却憎恨上帝。他们暗中追问：上帝为什么驱赶他们在人世间长途跋涉，从海角走到天涯？

爱与恨交替出现，顿悟与怀疑交替出现，这使我们难以用任何严格的方式界定托尔斯泰的神学。我们可以通过耶稣其人，通过它对人所体现的上帝的封闭性反思，通过它的千年至福说计划，将托尔斯泰的神学与早期教会和中世纪教会的某些主要异端邪说联系起来。但是，真正的困难出现在更深层面上，只有极少数论者愿意严肃地考察这一点。在托尔斯泰的宗教中，他使用的主要术语意义飘忽不定，带有很大危险性："托尔斯泰刻意用'善良'取代上帝，但是'善良'转而被人间的兄弟之爱代替。实际上，这样一种信条既未排除无神论，也未排除整体的不相信态度。"[1]无可否认，这一看法是正确的。托尔斯泰使用的规定性构想是可以互换的，通过渐进平衡过程，我们看到一种没有上帝概念的神学。或者不如说，我们看到了一种宣扬凡人伟大的人类学——正是凡人按照自己的形象创造了上帝。上帝是人对自身本性的最高投射；上帝有时是一个有名无实的监护者，有时是一个反对者，充满奸狡，以出乎意料的方式进行报复。这样一种上帝观以及由此形成的上帝与人之间的激烈碰撞既不属于基督教，也不属于无神论。它们是非基督教的东西。

我认为，这种被赋予人性的神学决定了托尔斯泰形而上学体系的

---

[1] 列夫·舍斯托夫，《托尔斯泰与尼采》(*Tolstoi und Nietzsche*，N. 斯特拉瑟译，科隆，1923 年)。

总体特征。在很长时间里,托尔斯泰眼中的上帝形象无疑更接近传统基督教教义刻画的形象。但是,在托尔斯泰复杂、多变的头脑中,存在着某些陀思妥耶夫斯基所称的人格化的上帝的重要成分。一种类似的理念支配着荷马时代的世界。在特洛伊的城门前,人和神以平等和势均力敌的方式对垒。那些神灵是经过放大的人,有时行为勇敢,有时手段残忍,有时诡计多端,有时充满欲望。在神灵与凡人之间,我们看到从极端英雄主义到半人半神的梯次变化。在这里,人与神之间在性质上缺乏根本性的差异,这使我们可以看到某些原型神话:神灵青睐具有血肉之躯的女人,英雄被神灵化,赫拉克勒斯与死亡之间的较量,普罗米修斯和埃阿斯的反叛,在俄耳甫斯传奇中出现的音乐与物质性混乱之间的对话。然而最重要的一点是,这些神灵具有的人性表明,现实——人的经历中具有控制作用的核心——是自然界中固有的东西。神灵居住在奥林匹斯山上,但后者仅仅是一座高山,它受到魔鬼和巨人的攻击。从大地上的树林中间,在地上的潺潺流水中,传来了神灵的低声絮语。当我们谈到异教信仰的宇宙观时,这些就是我们所说的信仰传统之中的某些元素。

如果用更谨慎、更模糊的解释,托尔斯泰的小说艺术也隐含了这样的宇宙观。在托尔斯泰的作品中,上帝并不仅仅是社会乌托邦和理性乌托邦的一种隐喻性对应物。托尔斯泰通过对孤独或者爱情的某种隐蔽的亵渎,将上帝视为一种与作家类似的存在。依我所见,这是托尔斯泰哲学和思想的核心之谜,而这也是他最害怕的东西。在1891年12月11日写给剧作家和编辑 A. S. 苏沃林的信件中,契诃夫非常精辟地论述了托尔斯泰宏大叙事具有的异教信仰性质:"哦,那个托尔斯泰,那个托尔斯泰!他现在并不是普通的人,而是超人,是拥有朱庇特的本事的人。"在托尔斯泰眼里,上帝和人是可以相提并论的艺术工匠或者对手。无论这种异教信仰和真正的荷马式表述对托尔斯泰的优雅灵魂产生了什么样的影响,它们与托尔斯泰的小说创作天才都是不可分割的。

在本书的讨论中,我一直强调的就是这种天才。这种天才表现在它巨大的感知范围中,表现在它的巨大权威和容量中,表现在托尔斯泰的创作能力和人道主义中。但是,如果说艺术家神话在艺术的优点和技巧成就中起到直接作用,它也可能出现在艺术败笔或者不足之中。当我们看到反复出现的或者具有典型性的缺陷时,看到艺术处理方式不稳定或者艺术表现欠缺时,我们也可能发现与之对应的形而上学方面的缺点。例如,当代批评家在论及浪漫主义者时说,他们在诗歌技巧方面带有弱点,在语言使用方面不太准确,这两点直接表明了浪漫主义时期哲学思想的不连贯性。

在面对具体的叙事主题和具体的行为方式时,托尔斯泰的小说显示出清楚明白的欠妥之处,显示出失去力量的情形。在某些方面,他的作品模糊不清,描述缺乏明确性。我们在这样的例子中看到,叙事放大了素材的价值或者类型——托尔斯泰哲学对这样的东西要么持敌视态度,要么在处理时显得力不从心。十分重要的是,陀思妥耶夫斯基正是在这些方面显得出类拔萃。

四

我拟讨论选自《战争与和平》的三个段落。第一个是对安德烈公

第四章

爵在奥斯德立兹被打倒时那段著名描述：

"怎么回事？我摔倒了吗？我的两腿没有力量。"他想到这里，随即仰面倒在地上。他睁开眼睛，希望看一看那些法国士兵与炮手们的搏斗结果如何，看一看大炮是被缴获，还是被保留下来。但是，他什么也没有看到。他面对的只有天空，其他的什么也看不见——天高云淡，并不晴朗，但是非常恬静，灰色的云团缓慢飘过天际。"多么安静，平和，神圣，与我刚才退却时完全不同，"安德烈公爵心想，"那些云团在无边无际的恬静天空中悄悄飘移，这与刚才的情景大不一样！我们那时一边冲，一边呐喊，一边射击，炮手和满脸恐惧与愤怒的法国士兵展开争夺。我以前怎么从来没有注意到如此恬静的天空呢？现在终于看到了这么美丽的天空，真让人高兴。对，这一切都是虚荣所致，除了这无边无际的天空，其他的一切都是虚假的。除了天空，什么都没有。但是，即便它并不存在，除了这份宁静和平和之外，其他什么都不存在。谢天谢地！……"

第二个段落（摘自第八卷第22章）描述了皮埃尔的感觉：当时，他刚刚向娜塔莎保证，她值得人爱，人生前景非常美好：

天空一片晴朗，地上铺满白霜。从灯光昏暗的肮脏街道上，可以看到黑色房顶上星光点点的夜空。只有在抬头仰望时，皮埃尔才觉得，与自己灵魂深处刚才退想的东西相比，环境不再肮脏，不再那么令人觉得难堪。在阿尔巴特广场入口，一片繁星闪烁的黑色夜空映入他的眼帘。几乎就在它的中央，在佩尔奇斯顿卡大道上方，1812年出现的那颗巨大彗星的四周布满星星，放出耀眼光芒。它距离地球更近，所以凸显出来——据说，那颗彗星预示了种种灾难，预示了世界末日。然而，在皮埃尔看来，那颗拖曳着发光长尾巴的彗星并未引起什么恐惧感。恰恰相反，他心情欢快地凝视着光芒四射的彗星，热泪盈眶。它顺着自身的轨道旅行，以人们无法想象的速度，穿过漫无边际的太空，似乎突然在一个经过选择的位置上固定下来，就像一支穿过地面的箭，充满活力地拖着竖起的尾巴，在闪闪发光的星星中间绽放出耀眼白光。皮埃尔觉得，这颗彗星和他那颗生气勃勃地走向新生活、变得软化和振奋起来的心灵完全吻合。

最后，我希望引证第八卷中与皮埃尔被囚禁有关的一个段落：

露营地很大，似乎没有边际，本来回响着篝火燃烧的噼啪声，回荡着许多人发出的声音。这时，它安静下来，红色篝火慢慢变暗，渐渐熄灭。天空明亮，挂着一轮皓月。营地外面的森林和田野他刚才没有看见，这时在远方浮现出来。在更远处，在森林和田野的另外一侧，远方的亮光摇曳不定，广袤无边，让人向往。皮埃尔抬起头，仰望天空，看见了深处闪烁不停的星星。"这就是我，这就是我心里的一切，这就是我心里的东西。"皮埃尔心想，"他们捕捉到一切，然后放进用木板搭建的小屋里！"他笑了，走了进去，在同伴身边躺下。

第四章

　　这三个段落展示出,"这部小说与文学艺术领域中的其他作品类似,说明所谓的技巧形式或者写作形式获得最终目的的方式,是将生命感悟的瞬间在作者和读者面前呈现出来"。[1] 在这三个段落中,技巧形式就像一条巨大的运动曲线,从意识中心——让场景呈现出来的角色的眼睛——延伸出来,最后回到地上。这样的运动带有寓言的特征。它以自身的方式,传递了情节的价值和视觉的现实性。然而,它同时也是一种风格比喻,一种传达灵魂活动的手段。两个肢体动作互相作用:眼睛向上凝望,意识向下收集。这种双重性旨在形成托尔斯泰特有的奇想:这三个段落构成一个闭合的形象,最后回到起点,然而这个起点已被大大扩展了。眼睛向内审视时发现,广阔的外部空间已经进入灵魂。

　　这三个段落围绕着天地之间的一种分离状态进行表达。天空的辽阔性超越了倒下的公爵;在皮埃尔把脑袋偏靠在裘皮领子上时,天空让他的眼睛映射出"黑暗"和"星光",一轮皓月悬挂在天空中,把他的目光引向天空深处。托尔斯泰的世界带有托勒密天文学的神奇特征。天体围绕着地球旋转,反映出人的情感和命运。这个意象与中世纪宇宙学之中的不同,带着天体的预示和象征性投射。彗星就像一支穿过大地的箭,这个意象暗示了持续不断的欲望象征。地球肯定居于中心位置,月亮挂在地球上方,仿佛一盏灯,甚至远处的星星看来也是篝火映射出来的光亮。人在地球上占据至关重要的位置。整个图像被赋予了人性。彗星"充满活力地拖着竖起的尾巴",这一图像暗示在地上

---

[1] R. P. 布莱克默,《亨利·詹姆斯的松散的拖泥带水的怪物》(参见《雄狮与蜂巢》,纽约,1955年)。

飞奔而过的骏马。

这一主题乐章在到达"非常恬静的"天空之后,"广袤的夜色"或者"摇曳不定的"远方被带到了地上,仿佛一个人先撒开了大网,这时正在慢慢收网。辽阔的天空坠入安德烈公爵受到损伤的意识之中,他的身体位置几乎是埋葬地点,几乎是泥土之中的封闭点。同样的情况也见于第三个段落。"木板搭建的小屋"并不仅仅是关押皮埃尔的场所,它让人想起棺材的意象。这一隐含意义被皮埃尔的姿态强化——他在同伴的身边躺下来。在第二个段落中,收缩效应更丰富、间接:我们很快从彗星转向皮埃尔的"软化和振奋起来的心灵,它正生气勃勃地走向新生活"。柔软而且得到提升,就像经过翻耕的土地,获得新生的状态就像植根于泥土之中的植物。这些隐含的对比出现在天体运动与地上生命之间,出现在自然现象的不可控制的作用与经过人的作用的农业季节交替之间,显然是恰当的。在宏观世界中,彗星翘起了尾巴;在微观世界中,灵魂得到提升。接着,通过对价值的至关重要的转变,我们意识到,灵魂的宇宙更加辽阔。

在这里提到的每个例子中,自然现象推动正在观察的心智,使其获得某种形式的洞见或者启迪。天空以及在奥斯德立兹上空飘浮的灰色云团告诉安德烈公爵,一切都是虚荣;他麻木的五官感觉用《圣经》中《传道书》的声音叫喊起来。夜色美丽,它将皮埃尔从日常社会的琐碎和恶意中挽救出来。他的灵魂真的得到升华,到达了相信娜塔莎的天真性的高度。在彗星母题中存在着反讽。它没有向俄罗斯预示"种种灾难";尽管皮埃尔无法知道这一点,但这些灾难将会成为他的救赎之道。他刚刚告诉娜塔莎,如果他俩获得自由,他会把自己的爱奉献给她。当彗星在深邃的天空中逐渐消失之后,烟雾将会笼罩莫斯科的上空，皮埃尔注定会实现自己内心的冲动。于是，彗星带有神谕的古典模糊性，皮埃尔对彗星的解释既带有预言性，又是错误的。在最后一个段落中，森林和田野的影像不断延伸，地平线闪闪发光，这在皮埃尔心中唤起一种囊括一切的感觉。若干个意识的同心圆从他受到监禁的身体中发射出来。皮埃尔顿时被距离形成的神奇力量带入梦乡，就像《夜莺颂》(*Ode to a Nightingale*) 中的济慈，觉得自己的灵魂慢慢解体。那张大网拽着它后面的渔夫。然而，他这时产生了顿悟——"这就是我心里的一切"，并获得了快乐的断言，认为外部现实从自我意识中产生出来。

这一进程通过外部运动和解体的威胁到达了唯我论，完全是浪漫主义的东西。拜伦在《唐璜》(*Don Juan*) 中对此加以嘲笑：

让整个宇宙中充满自我中心的论调，

这是多么崇高的发现

一切全是理想——一切**全是我们自己**……

然而，在托尔斯泰的艺术中，这样的"发现"具有社会和伦理两个方面的蕴意。云团飘浮的天空非常恬静，夜晚寒冷而清朗，森林和田野展露出壮观的景象，这一切揭示了日常事务具有的肮脏的非现实性，显示了战争具有的残酷的愚蠢性，显示了社会常规具有的残酷的空洞性——正是社会常规让娜塔莎感到悲痛。它们带着富于戏剧性的新鲜感，宣示了两个古老的道德观念：其一，没有谁完全是别人的囚徒；其二，在入侵的征服者大军化为尘土之后，森林将会永远低声吟唱。在托尔斯泰的小说中，气候和物质场景构成的环境所起的作用既能反映人的行为，又能表达对这些行为的评论。这种效果类似于弗拉芒画家笔下的宁静田园风光——它们是画家刻画道德暴力或者痛苦的背景。

这三个例子充分展示了托尔斯泰具有的创作天才，展示了他的主要信念。但是，我们在此也有一种美中不足的感觉。当年，兰姆为韦伯斯特的《白魔》(*White Devil*)中的一首挽歌撰写了著名的评注，提出了这样的观点：

> 我从来没有见过与这首挽歌类似的作品，其中的小调让费尔南德想起了在暴风雨中溺水身亡的父亲。那首小调与水有关，给人湿漉漉的感觉；这首挽歌说的是尘世，反映的完全是世间的事情。这两首诗歌都表达了强烈的情感，这样的情感似乎化为它所沉思的成分。

《战争与和平》和《安娜·卡列尼娜》"说的是尘世，反映的完全是世间的事情"。这就是它们的力量所在，也是它们的不足之处。托尔斯泰注重物质意义上的事实，十分强调明确的感知与经验层面上的确定性，这构成了他的神话和美学的力量，也带来了一些缺陷。在托尔斯泰的道德观念中，存在某种令人扫兴、平淡乏味的东西——理想观点以急不可待的断定口气陈述出来。也许，这就是萧伯纳把托尔斯泰当作自己的预言家的原因。在这两位作家身上，我们看到了一种强硬的语言表达，看到了对迷茫心态所持的鄙夷态度。这说明了他们在明晰性和想象力这两个方面表现出来的缺陷。奥威尔也曾经评论说，托尔斯泰带有进行"精神恐吓"的倾向。

第四章

在以上引用的三个例子中，我们得到了这样一个看法：作品体现的态度踌躇不决，叙事缺乏某种自身应有的律动和准确性。当读者从行为描写转向内心独白时，就会看到这样的情况。在这里，内心独白每次都给人意犹未尽的印象。它很简略，发出不偏不倚的共鸣，仿佛第二个叙事者的声音正在侵扰。安德烈公爵的意识带有震惊的不确定性，他试图恢复自己已经突然崩溃的思想，托尔斯泰对这两点处理得非常漂亮。突然，叙事失去质感，变为对道德和哲学格言的抽象表述："对，这一切都是虚荣所致，除了这无边无际的天空，其他的一切都是虚假的。除了天空，什么都没有。"这里的焦点变化非常重要：它说明，托尔斯泰没有能力表达真正的迷失，没有能力让自己的写作风格为刻画精神层面出现的混乱状态服务。托尔斯泰的天才以无穷无尽的方式体现在文字层面上。在他那本《哈姆雷特》的页边空白处，他在"幽灵进场"这一舞台说明后画了一个问号。他对《李尔王》提出的批判与对安德烈公爵精神崩溃、陷入无意识状态的描写非常相似，如出一辙。当涉及不易采用清楚论述处理的片段或者心理状态时，他求助的方式往往要么是进行规避，要么是加以抽象。

看到彗星划过天际的场面，与娜塔莎见面后得到的直接印象，这两点在皮埃尔的心理上和他对世界的看法上引起了复杂的回应。皮埃尔在冲动中的求婚既显得慷慨，又具有预言性，已经对他的感情产生很大影响。但是，托尔斯泰仅仅以平淡乏味的语言断言，这个角色的灵魂"此时获得了新的生命"，这种做法几乎无助于读者理解这些变化的重大意义。请考虑一下但丁或者普鲁斯特是如何表达角色的内心冲突的。托尔斯泰本来完全能够在心理状态形成对意识的简单化处理之前，对这样的状态进行暗示。我们只消看一看这个著名例子就能说明这一点：安娜·卡列尼娜看到丈夫的耳朵时，心里突然涌起一阵厌恶感。但是，在许多情况下，托尔斯泰表达心理真实的方式要么是借助修辞层面的外部陈述，要么是人为地让角色心里产生一阵想法。这样做给人的印象是，作者为时过早地进行道德说教。灵魂获得新的生命，这个意象带有道德说教的概括性，没能以负责的方式表达潜在行为具有的微妙之处和复杂意义。作者信奉的形而上学理念流于肤浅，削弱了这一技巧的艺术表现力。

我们看到了托尔斯泰理解认识论的方式，看到了托尔斯泰处理感性感知问题的方式，所以能重构皮埃尔心中这一念头的产生过程："这就是我，这就是我心里的一切，这就是我心里的东西。"但是，在叙事语境（它本身起到决定作用）中，皮埃尔的这一念头带有生搬硬套的目的性，听起来像是陈词滥调。读者觉得，如此巨大的情感冲动应该形成更丰富的复杂性，表达它的语言应该具有说话者本人的个性特征。这一点也适用于对皮埃尔与普拉东·卡拉塔耶夫之间关系的处理方式：

但是，对皮埃尔来说，他总是想起当初那个夜晚得到的印象：对简单而真实的精神的一种深奥、丰满、永恒的拟人化。

这里的败笔发人深省。普拉东这个角色以及他对皮埃尔产生的影响是"陀思妥耶夫斯基式"人物的母题，它们尚未进入托尔斯泰的掌控范围。因此，读者在托尔斯泰作品中看到了一系列抽象称谓，看到了"拟人化"这一理念。在托尔斯泰看来，超越现实的东西，超出常规性的东西——潜意识或者神秘的东西——要么是非真实的，要么具有破坏性。当这样的因素必须出现在他的艺术之中时，托尔斯泰往往通过抽象或者概括的方式加以抵消。

　　这些缺陷并非仅仅——甚至可以说主要——是技巧有限带来的问题。它们与托尔斯泰信奉的哲学观念呈因果关系。当我们考察托尔斯泰小说观提出的主要异议之一时，我们就能清楚地看到这一点。人们常常说，托尔斯泰小说中的角色是作者自己的理念的化身，是作者本性的反映。它们是木偶，他了解并且完全控制着这些人物。读者在他的小说中见到的一切全都经过了托尔斯泰的眼睛的过滤。有的小说作者认为，这种全知全能的叙事违反了小说艺术的基本原则。我们可以把亨利·詹姆斯作为这类作者的最突出的例子。在《金钵记》序言中，亨利·詹姆斯记录了他的这一偏好：

　　　　我喜欢借助见证者或者叙述者的机会和感觉，处理自己所用的题材，"观察自己的故事"。这样的人尽管对题材很有兴趣，具有智性，但是在一定程度上是超脱的，有的严格说来并不置身其中。这样的人对故事的贡献主要体现在提出某些批评和解释。

　　詹姆斯式的"视角"暗示了一种特殊的小说观。在这一观念中，最高层面的优点是戏剧化，是作者让自己置身作品"之外"的能力。相比之下，托尔斯泰的叙事者是全知全能的，采用没有遮蔽、直接的方式讲述故事。而且，这并不是文学史上的偶然现象。在托尔斯泰创作《战争与和平》和《安娜·卡列尼娜》的那个年代，俄罗斯小说已经形成高度发展的风格，并展示了各种各样的迂回方式。托尔斯泰与他笔下角色之间的关系源于他和上帝之间的竞争，源于他所信奉的创作行为哲学。他采用与上帝类似的手段，将自己的生命气息灌入了小

276

说角色的口中。

于是,作品中出现了大量陈述,作品的叙述语气直接,这让人想起"原始"艺术中陈旧的自由手法。玻西·卢伯克——他自己是詹姆斯式间接方式的倡导者——写道:

> 与其他作家相比,托尔斯泰在描述街景或者教区的过程中,毫不犹豫地大量挥洒笔墨,展现他自己的世界。在勾勒人物时,日光似乎从字里行间涌出,很快包围他的角色。黑暗从他们的生命、生活境况和外部事务中消失,他们被置于光天化日之下。在托尔斯泰的整个小说中,场景中一直弥漫着我们随处可见的日常氛围。[1]

但是,这样做的代价相当巨大,在探索心灵深处时尤其如此。

在我们考察的这三个段落中,托尔斯泰从具体角色的外部世界转向内心世界;伴随每一内在运动,出现了强度减弱和一定程度的幼稚(naïveté)意识。托尔斯泰驾轻就熟地面对灵魂这个理念,这种做法中存在着某种令人深感不安的东西。他清楚地进入笔下人物的意识之内,他自己的声音从他们的嘴巴中冒出来。在托尔斯泰的心理上,"从那天开始,他换了一个人",这种童话故事式的夸张比喻所起的作用过于宽泛,完全没有批判意识。这要求我们承认,心理过程是简单的,具有开放性。从总体上看,我们承认这一点,因为托尔斯泰用环境方面的这种巨大性将角色封闭起来,以非常耐心和热情的方式详细展开他们的生活,我们相信他讲述的情况。

---

[1] 玻西·卢伯克,《小说的艺术》(*The Craft of Fiction*,纽约,1921年)。

但是，由此产生的某些洞见和深度与他笔下的丰满角色并不相配。一般说来，它们是戏剧效果。这类戏剧效果源于作家与角色之间的不透明边界，源于它们形成出人意料场面的潜能。在丰富的戏剧角色中，潜藏着没有预见到的可能性，存在着形成混乱的禀赋。托尔斯泰的全知全能是要付出一定代价的，他无法掌控无理性与最终紧张状态和混乱的自发性。与之相比，在《群魔》中，彼得·斯捷潘诺维奇·韦尔霍文斯基与斯塔夫罗金之间有一段对话：

"我是小丑，然而我并不希望你——我自己的另外一半——也是小丑。你明白我的意思吗？"

斯塔夫罗金并不理解这一点，尽管也许没有人理解这一点。例如，沙托夫听到斯塔夫罗金说，彼得·斯捷潘诺维奇拥有热情时，显得大吃一惊。

"去告诉魔鬼吧，明天我自己也许可能弄成什么东西。明天来吧。"

"是吗？是吗？"

"我怎么知道！……见鬼去吧。见鬼去吧。"他说着走出房间。

"也许，这是最好的结果。"彼得·斯捷潘诺维奇咕哝道，随手把左轮手枪藏起来。

这里形成的冲突强度会超出托尔斯泰的控制范围。一半无知与一半洞见相互作用，模糊的语义相互作用，形成了戏剧式的紧密性和突出的高音。陀思妥耶夫斯基给人的印象是：一名旁观者正在观察；与他希望给读者带来的感觉类似，事件的展开也让他困惑不解，深感震惊。陀思妥耶夫斯基一直与"后台"保持距离。与之相比，就托尔斯泰的情况而言，这种距离并不存在。他对自己作品的态度与某些神学家的这一态度类似：上帝以全知全能的态度，带着急切的爱意，看待自己创造的东西。

在安德烈公爵倒下的那一瞬间，托尔斯泰进入了他的内心。与之类似，托尔斯泰也和皮埃尔一起坐在雪橇中，待在营地里面。角色的话语只有在某种程度上产生于行为的环境之中。这一点让我们再次看到托尔斯泰批评论述中的主要问题——波焦利教授所说的进行道德说教的莫里哀和阿尔西斯特在托尔斯泰本性中的反映。

在托尔斯泰的艺术中，道德说教这一点受到的抨击最为严厉。用济慈的话来说，托尔斯泰写作的任何东西似乎都有一种针对读者的"具体构思"。创作行为与说教冲动不可分割，托尔斯泰小说采用的技巧形式清楚地复制了这种双重性。在托尔斯泰的文学创作能力发挥到最大限度时，它们会形成抽象的概括性或者理论片段。当叙事在力量或者抒情热情的推动下，本身有可能成为目的时，托尔斯泰对艺术所持的不信任态度便清楚地凸显出来。因此，托尔斯泰的小说常常出现的情形包括，基调突然中断，语气以失败告终，情感呈现下降趋势。托尔斯泰信奉的形而上学理念不是通过审美形式来实现的，而是对作品提出了自身的修辞要求。

在我们要讨论的例子中，也出现了这样的情况。这种下降转换非常微妙，托尔斯泰的想象力形成的压力持久存在，我们几乎没有注意到这种破裂。但是，这样的破裂出现在这样的场合中，出现在安德烈公爵的沉思中，出现在关于皮埃尔的灵魂的平淡乏味的评价中，出现在皮埃尔突然接受哲学信条的行为中——我们已经知道，这种哲学信条代表了托尔斯泰形而上学的一个流派。就这一点而言，上面引用的第三个段落给人启迪至深。外部的视觉运动受到抑制，突然被拉回皮埃尔的意识之中。他自叹道："这就是我，这就是我心里的一切，这就是我心里的东西。"作为认识论，这个陈述问题多多。它表达了关于感知与可感知世界之间关系的若干可能假设之一。但是，它是否产生于想象性语境呢？我认为并非如此，我的证据是，皮埃尔阐述的这个理念与该场景的总体氛围相悖，与场景旨在实现的抒情效果相悖。该效果隐藏在这一对比之中：一面是自然的平静与永恒，例如，恬静夜空之中的月亮、森林、田野以及广袤无垠的大地；另一面是人们实施的琐碎的残酷行径。然而，如果我们假设，自然仅仅是从个人感知中呈现的东西，这一对比便不复存在了。如果"一切"都在皮埃尔的内心之中，如果唯我论是对现实最合理的阐释，那么，那些法国人已经顺利地将"一切"放入"用木板搭建的小屋里"了。显性的哲学陈述与小说的叙事细节背道而驰，托尔斯泰牺牲了这一虚构片段的逻辑和特殊色彩，为他自己心智的思辨倾向服务。

我发现，可以对皮埃尔使用的语言进行更为细致的解读，可以将它阐释为模糊的万神论或者人与自然之间的卢梭式交流瞬间。但是，速度变化清楚明白，即便我们从一般意义上理解这个段落的结尾部分，叙事的声音看来也是托尔斯泰的，而不是皮埃尔的。

当神话在绘画、雕塑或者舞蹈艺术上实现时，思想得以转换，从语言变为相关的材料。实际的媒介经历了根本变化。但是，当神话以文学表达方式体现出来时，其基础媒介中的一部分保持不变。这提出了一个非常重要的问题：即便有的语言习惯和技巧更自然地适合想象话语和幻想话语，但有的语言习惯和技巧在历史上却适合形而上学话语。当诗歌或者小说表达具体的哲学观念时，该哲学的言说方式往往会侵蚀文学形式的纯洁性。于是，我们倾向于认为，在《神曲》或者《失乐园》的某些段落中，技术神学或者技术宇宙学的语言位于文学和文学直接性之上。当年，德·昆西区分了"知识的著述"与"力量的文学"，他所考虑的正是这种植入。每当一种显性的世界观在文学媒介中被人提出并加以陈述，每当活动的一种语言作用被解释为另外一种时，这类侵蚀就会出现。在托尔斯泰的作品中，它们以特别敏锐的方式显现出来。

从创作伊始，道德说教和对劝告性论点的偏好就在托尔斯泰小说中显露出来。他后来所写的东西说教性质大大减弱，比不上《一个地主的早晨》或者《卢塞恩》。托尔斯泰认为，严肃作家的创作目的不应仅仅是取悦读者，不应仅仅展示自己自由挥发的想象才华。不过，托尔斯泰自己的小说和故事给读者提供了十分丰富的内容。对于他的哲学思想，读者要么不甚了了，要么毫不在乎，这真是一个具有讽刺意味的奇特现象。托尔斯泰与公众之间在态度上大相径庭的一个著名例子源于这个问题：在《战争与和平》中，史料与哲学研究究竟占有多大比重？在写给著名文学批评家、曾任普希金著作编辑的安年科夫的一封广为流传的信件中，屠格涅夫对小说的这些部分提出了严厉批评，认为它们纯属"闹剧"。福楼拜对所谓的"哲学"不以为然，认为它是与小说创作性质完全相异的东西。大多数研究托尔斯泰小说的俄罗斯批评家——其中包括博特金和比留科夫——认为，《战争与和平》中的哲学章节有的可能非常可贵，有的可能毫无价值；不过，就小说自身的结构而言，它们全是生搬硬套的东西。但正如以赛亚·伯林所说：

第四章

　　这里肯定存在着悖论。托尔斯泰对历史与历史真实问题很有兴趣，几乎到了着迷的程度，这既表现在《战争与和平》创作开始之前，也表现在写作过程中。任何一个读过托尔斯泰的创作笔记和信件的人——实际上任何读过《战争与和平》这部小说的人——都不会怀疑这一点：一般说来，作者本人将它视为整个问题的核心，这部小说就是围绕着这一点展开的。

　　毋庸置疑，事实的确如此。在这部小说中，作者就历史理论提出了经过深思熟虑的朴素观点，它们要么使读者厌烦，要么给人外部强加的感觉。托尔斯泰（至少在创作过程中）认为，这些东西是该小说的中枢所在。另外，正如我前面提及的，历史思考仅是这部作品提出的哲学问题之一。同样值得关注的还有：作者对"美好生活"的追求，在皮埃尔和尼古拉·罗斯托夫的传奇中被加以戏剧化处理；作者收集材料、旨在形成婚姻哲学的尝试；作者提出的农业改良计划；作者毕生对国家性质的思考。

　　我们在前面讨论的三个段落中看到，哲学思考侵扰文学作品的律动，给文学作品带来了负面影响。在这种情况下，这样的做法为什么没有对这部小说整体上取得的成功形成更大障碍呢？这个问题的答案在于影响的程度，在于单个部分与整体结构之间的关系。《战争与和平》属于鸿篇巨制，形成了巨大的向前运动的力量，时间短暂的缺陷被整体的光彩掩盖，读者可以飞快浏览大量章节，例如，关于史料和战争谋略的论述，而不会担心自己偏离了作品主线。托尔斯泰可能觉得，这样的选择性阅读是对他的创作目的的当众侮辱，超过了对他的艺术的质疑。托尔斯泰晚年发表了关于自己小说的批评之辞，将《战争与和平》和《安娜·卡列尼娜》当作"不良艺术"的代表,这种做法和心态反映了他的这一意识:它们的创作背景与被人阅读的背景并不相同。从某种程度上说,作者在构思这两部作品时,深受怀疑带来的痛苦折磨,饱受人们的愚蠢行为和世事的不人道状态带来的困扰。但是,在作者眼里,这两部作品代表了过去的黄金时代,是对生命的美好品质的正面肯定。在这样的矛盾状态中,托尔斯泰可能是错的,带有的盲目性可能超过那些对该作品持批评态度的人。斯蒂芬·克兰在1896年2月写道:

> 依我所见,托尔斯泰旨在——我相信——美化自己。对任何人来说,这都是一个不切合实际的理想主义的任务。他不可能完全达到目的,但是,他取得的成功超乎他的想象。因此,在最接近成功的位置上,他可能显得相当盲目。这就是获得这种伟大付出的代价。[1]

《安娜·卡列尼娜》的完美性在于这一事实:文学形式抵抗着说教目的的需求,两者之间因而存在一种动态平衡和紧张的状态。在双重情节中,托尔斯泰希望表达的意图的双重性得以表达和组织。保罗的警句对安娜的故事起到导入和渲染作用,但是并不对它产生绝对控制。安娜的命运是悲剧性的,形成了许多价值并带来丰富的感性,这两种因素对托尔斯泰一贯遵守并试图在作品中戏剧化处理的道德准则提出

---

[1] 斯蒂芬·克兰,《致内利·克鲁斯的情书》(*Love Letters to Nellie Crouse*,H. 卡迪和 L. G. 韦尔斯编,西拉求斯大学出版社,1954 年)。

了挑战。托尔斯泰在作品中似乎祈求了两个神灵:一个是古代的父权制复仇之神,另一个是将受到损伤的精神具有的悲剧性坦诚置于最高位置的神灵。或者,我们可以用另外一个方式来说:通过他的自由处理方式,托尔斯泰笔下的这位女主角获得了罕见的自由,而托尔斯泰本人对她产生了迷恋之情。在托尔斯泰小说的全部主角中,几乎只有安娜一人得到自由发展,超越了小说家的控制和预知。托马斯·曼提出的这一断言是有道理的:《安娜·卡列尼娜》的创作冲动是道德方面的;社会为了自身目的,夺取了给上帝保留的复仇能力,托尔斯泰针对这样的社会提出了控诉。但是仅此一次,托尔斯泰自己的道德立场显得模糊不清,他对通奸的谴责与当时的社会评判相当接近。与剧院中的其他观众——尽管他们可能显得非常世俗,非常刻薄——类似,托尔斯泰也对安娜的行为感到震惊,对她尝试采取更自由的行为准则的做法感到震惊。在托尔斯泰表现出来的复杂性——例如,他缺乏在《复活》中提出的那种清楚明了的态度——中,存在着行使叙事自由的机会,存在着让作家占据支配地位的机会。在《安娜·卡列尼娜》中,托尔斯泰让自己的想象力占据了上风,而不是让理性(理性一直是更为危险的诱惑)出来干预。

但是,如果说与安娜直接相关的这些部分摆脱了说教的沉重负担,其原因也是在于,列文和吉娣的故事起到了避雷针作用,让道德说教的能量得到释放。因此,这部作品的平衡在很大程度上依赖于小说的双重情节结构。如果没有这种结构,托尔斯泰不可能用如此慷慨的笔墨,带着具有诗意的爱情正义感,刻画出安娜这个人物的形象。在一段时间里,托尔斯泰的天才包含的相互冲突的冲动在创作活动的平衡中得以维持。而从许多方面看,《安娜·卡列尼娜》标志着这一阶段的终结。正如我们已经看到的，托尔斯泰在创作这部作品的过程中经历了诸多困难。与他的时事评论能力相比，他身上的艺术家才华——使用小说技巧的才能——当时正在弱化。

在《安娜·卡列尼娜》问世之后，随着修辞技巧的提升，托尔斯泰的灵感中的道德和教育倾向逐步占据了支配地位。就在写完这部作品之后，托尔斯泰着手撰写教育学（paideia）和宗教理论方面言辞最为激烈的某些论文。当他后来重拾小说艺术时，他的想象力已经带有哲学思想的负面狂热。《伊凡·伊里奇之死》和《克莱采奏鸣曲》都是杰作，不过是局限在单一层面上的杰作。这两部作品的巨大张力不是源于想象力的洞见占据上风的状态，而是源于对想象力施加的限制。与博斯画作之中的侏儒形象类似，它们具有经过压缩的剧烈能量。《伊凡·伊里奇之死》可与《地下室手记》媲美，这部作品进入灵魂的黑暗角落，而不是带着令人苦闷的闲暇和准确性进入躯体的黑暗角落。它是一首诗歌，是让人最受折磨的诗歌之一，涉及躁动不安的肉体，展现肉体如何忍受痛苦和堕落，渗透站不住脚的理性原则，并且将其一一分解。从技巧方面看，《克莱采奏鸣曲》不太完美，因为明确表达的道德因素太多，到了叙事结构无法容纳的程度。这部作品以生动流畅的笔墨将道德意义强加给读者，但是没有赋予道德意义完整的想象形式。

托尔斯泰的艺术天分保持了自身的活力，处于一触即发的状态。1887年4月，在阅读了《帕尔马修道院》之后，托尔斯泰心里重新出现了创作重要小说的愿望。1889年3月，他具体提到按照《安娜·卡列尼娜》的套路创作一部"篇幅宏大、自由发挥的"小说的想法。后来，他着手写作《魔鬼》(*The Devil*)和《谢尔盖神父》——两部小说以严峻的寓言方式提出了对肉体的反思。直到1895年，在完成《安

第四章

娜·卡列尼娜》18年之后，托尔斯泰才重新启用鸿篇巨制的文本形式。

我们现在难以将《复活》视为普通意义上的小说。这部作品的创作始于1889年12月，但是，托尔斯泰却无法接受小说的理念，尤其是很长篇幅的小说理念。只有当托尔斯泰看到，有机会在小说中以通俗易懂、具有说服力的方式传达自己的宗教和社会改良计划时，他才说服自己开始写作。最后，还有一个原因在于，假如当初不是杜霍波尔教派（《复活》中的保皇派笃信该教派）的需要，托尔斯泰可能完不成这部著作。这部作品反映了那些情绪变化，也反映了清教主义艺术观。但是，作品中有许多写得精彩的地方，充分发挥了托尔斯泰恒常的力量。作者以具有宽广视野的构思和充满活力的文字讲述了囚徒东迁的过程，这一点超越了任何预先设定的目的。当托尔斯泰注意到实际场景和活动，而不是只描述愤怒的内在作用时，他表现出了无与伦比的艺术才华。

这一现象绝非偶然。在长篇小说中，甚至晚年的托尔斯泰也可以给自己一定程度的自由度。长篇小说得益于篇幅形成的重复性具体例子，使抽象观念获得生命色彩，大量的有血有肉的丰富细节，使其中的骨架——论点更为丰满。对比之下，短篇小说在时空上带有局限性。修辞元素无法吸收虚构的媒介。因此，说教母题、关于行为方面的虚构见于托尔斯泰晚年的作品，令人觉得压抑。《战争与和平》《安娜·卡列尼娜》和《复活》篇幅很长，这使托尔斯泰能够实现自己个人追求的统一理想。在这三部主要作品的想象图景中，既有真实刺猬活动的空间，也有真实狐狸觅食的空间（玛丽安娜·莫尔语）。

也许，我们在此触及了一个更为普遍的文学形式规律——必要篇幅律。当涉及复杂的哲学体系时，表达该体系的文学结构必须具有一定长度。相比之下，斯特林堡晚年的作品提示，剧作无法使高度浓缩的形式与形而上学见解的系统阐述保持一致，也就是无法与"论证过程"保持一致。在实际的舞台上——舞台与柏拉图式对话发生的理想场所不同——没有足够的时间和空间实现这一点。只有在长诗或者长篇小说中，作者才可能让"思想元素"扮演独立的角色。

在托尔斯泰的弟子和继承者托马斯·曼的作品中，史诗形式感与哲学概念两者非常突出，联系密切，堪与托尔斯泰本人的杰作媲美。与托尔斯泰相比，托马斯·曼表达了更复杂的形而上学理念，而且以更刻意的方式使用了神话。但是，在托马斯·曼对历史和宏大篇幅很有信心的使用中，托尔斯泰的范例起到了决定性作用。如果我们用一个古老的易受攻击的区分方式来说，这两位作家擅长理性思维，情感十分丰富。在《浮士德博士》(*Doktor Faustus*)中，托马斯·曼将历史神话、艺术哲学和具有罕见严肃性的想象寓言这三者有机地融为一体。在这部作品中，沉思完全产生于虚构的环境之中。相比之下，我们在具体例子中看到，托尔斯泰从文学到理论的过渡显得费力，在作品中留下了明显的痕迹。但是，托尔斯泰和托马斯·曼都在哲学艺术传统中占有一席之地，他们让人们重新理解了这一点：复杂的形而上学结构——体现人们关于天地信念的形式神话——是如何经过诠释，以文学真实的形式表达出来的。

五

286　　托尔斯泰具有预言家和宗教改良者的天才，但是正如别尔嘉耶夫所说，他不属于传统或者技术意义上的神学家的天才。他鄙视传统教会礼拜仪式中的繁文缛节，认为以形式和历史神圣性方式出现的神学争论是徒劳无益的吹毛求疵之举。与卢梭和尼采类似，托尔斯泰持有强烈的反对圣像崇拜的观念。因此，我们看到，无论身为艺术家，还是宗教思想的传播者，他持久关注社会行为的性质，关注如何建立简单的理性准则，以便为世间事务服务。在他眼里，基督教"既不是神圣的启示，也不是历史现象，而是一种让人们领悟人生真谛的教导"。用一位论者最近的话来说，托尔斯泰形成的福音"没有非理性，没有形而上学理念或神秘灵视，没有隐喻和象征，没有圣迹，有时候甚至没有寓言"。[1] 由此可见，托尔斯泰处理宗教材料的方式另辟蹊径，并未受到当时俄罗斯思想界中非常流行的反对圣像崇拜流派的影响。在以象征和神秘解释方式表达宗教观念的做法中，他看到一种刻意而为的蒙昧主义，看到神父和伪教师们的企图：旨在阻止民众掌握美好生活的不可反驳的质朴真理。托尔斯泰在《基督教学说》中写道，爱存在于每个人的内心之中，"就像被装在锅炉之中的蒸汽：蒸汽膨胀，推动活塞，形成推动力"。这是一个不可思议的明喻，非常缺乏想象力，平平淡淡，仿佛出自信仰复兴运动论的布道。我们无法想象，它竟然来自托尔斯泰的笔下。

对比之下，陀思妥耶夫斯基信奉的形而上学和神学构成了一个令人望而生畏的题目。即使他的小说数量更少一些，我们依然会将它们作为思想史上的创新之作来加以研读。以陀思妥耶夫斯基的激进神学

---

[1] R. 波焦利，《作为阿尔西斯特的托尔斯泰的画像》("A Portrait of Tolstoy as Alceste"，参见《凤凰与蜘蛛》[The Phoenix and the Spider]，哈佛，1957 年)。

为核心，在人们提出的评论和反对意见中，形成了内容复杂、不乏精彩之论的文献。它包括瓦西里·罗扎诺夫、列夫·舍斯托夫、弗拉基米尔·索洛维约夫、梅列日科夫斯基、维亚切斯拉夫·伊万诺夫、康斯坦丁·列昂季耶夫、别尔嘉耶夫等人的著述。从当代哲学——特别是存在主义哲学——的角度看，陀思妥耶夫斯基的作品跻身预言著述之列。别尔嘉耶夫认为，《卡拉马佐夫兄弟》的作者"既是伟大的艺术家、天才的辩证论者、伟大的俄罗斯形而上学大师，又是伟大的思想家和伟大的理想主义者"。这一表述值得我们特别注意，它凸显了艺术家作为神话的孕育者和阐释者的形象。别尔嘉耶夫继续写道："如果读者不愿意让自己进入浩瀚、奇特的观念宇宙，他是无法理解陀思妥耶夫斯基的。实际上，最好不要去碰陀思妥耶夫斯基的著作。"

下面我将讨论陀思妥耶夫斯基小说艺术的某些最引人注目的特征。与托尔斯泰不同，陀思妥耶夫斯基的形而上学是从小说本身获得成熟形式的。他撰写的那些带有揭露性质和论战性质的著述具有史料价值。但是，正是在小说中，陀思妥耶夫斯基的世界观以最有条理、最完整的方式陈述出来。在阅读《罪与罚》《白痴》《群魔》的过程中，特别是在阅读《卡拉马佐夫兄弟》的过程中，我们是无法将哲学阐释与文学感受区分开来的。神学家、小说研究者、文学批评家、哲学史家在同一个地方相聚。对每一个人来说，陀思妥耶夫斯基小说都提供了内容非常丰富的研究领域。

在《群魔》第三章中，基里洛夫对叙事者说：

> 我不知道别人的情况如何，我觉得无法像别人那样行事。每个人都在思考，然而心里想的却不一样。我觉得，我一生中思考

的只有一点。上帝折磨了我一辈子……

这些文字几乎与陀思妥耶夫斯基对自己的评价一模一样。1870年，在写给梅科夫的信件中，陀思妥耶夫斯基提到了写作《一个伟大罪人的一生》的计划，言简意赅地坦承："贯穿小说每个部分的基本理念是以有意识和无意识方式折磨了我一辈子的东西：这就是上帝存在的问题。"这种折磨出现在陀思妥耶夫斯基具有的天才的核心部分；他的世俗本能——故事讲述者的力量、天生的戏剧感、对政治的极大兴趣——全都深受头脑中宗教特质的影响，深受他的想象力具有的基本宗教特性的影响。我们可以肯定地说，只有很少的人在生命中以这样的方式思考上帝的问题，只有很少的人以如此具体的方式受到上帝在场的影响。围绕"上帝存在的问题"，陀思妥耶夫斯基的小说详细展开了特殊的视野和辩证思考。它们时而肯定地提出这一问题，时而否定地提出这一问题。上帝的问题是挥之不去的冲动，常常出现在陀思妥耶夫斯基带有启示性和极端民族主义的历史理论后面，它将最极端的道德区分变为必要的艺术，也给思想活动家提供了支点以及可供立足的传统。在《卡拉马佐夫兄弟》中，阿廖沙告诉伊万：

> 没错，在真正的俄罗斯人看来，上帝存在的问题，永生问题，或者像你所说的，被翻过面来的相同问题，当然是最重要的、占据首位的问题……

有时候，这位小说家的探索笔触甚至更为深入。他相信，就其本身而论，人从这两种状况中获得自己的唯一现实性：一种是上帝存在，

288

另一种是上帝被剥夺。"其原因在于，只有在自己是上帝的形象或者映象时，人才存在；只有上帝存在，人才存在。如果上帝不存在，让人把自己塑造成神，而不再是人，他自身的形象就会消亡。解决人的问题的唯一方式在于耶稣这个角色。"[1]

陀思妥耶夫斯基的世界具有其特殊结构：人经历的层面处于天堂与地狱之间的狭仄空间中，在耶稣与反基督徒之间的狭仄空间中。天罚和天恩的动因攻击人的精神，对爱情的攻击最具消耗力。用陀思妥耶夫斯基的话来说，人的救赎依赖人易受攻击的特点，依赖人所遭受的苦难和良知的呼喊，这样的东西驱使人以明确的态度面对上帝形成的两难困境。为了使自己笔下的角色更容易遭受伏击，小说家剥去了他们身上的障碍物。当上帝的影子落在他们前进的路上时，社会生活的常规或者世俗事务会减弱这一挑战的可怕强度。陀思妥耶夫斯基笔下的人物对此几乎无能为力，只能在最大程度上扮演自己的角色。我们很难看到他们睡觉或者用餐（当韦尔霍文斯基狼吞虎咽地吃下生牛排时，这一行为的独特性与他所用方式的象征残忍性一样，让我们感到震惊）。与悲剧中的人物类似，陀思妥耶夫斯基小说中的出场人物（dramatis personae）在最后审判的毫无掩饰的状态下采取行动。或者，正如瓜尔迪尼所说：在陀思妥耶夫斯基式场景中，到处都受到狭仄边缘的束缚，"边缘的另一侧站着上帝"。[2]

陀思妥耶夫斯基的小说标志着人在探索上帝存在的道路上经过的各个阶段。在这些作品中，作者精心展开并探讨了关于人类行为的深

---

[1] N. A. 别尔嘉耶夫，参见前面引用的著作。
[2] 罗马诺·瓜尔迪尼，参见前面引用的著作。

奥的激进哲学。陀思妥耶夫斯基笔下的英雄陶醉于理念之中，被语言的火焰吞噬。这并不是说，他们是寓言式类型或者寓言式化身。除了莎士比亚之外，没有哪位作家以如此充分的方式刻画出如此复杂的生命力量。这就是说，陀思妥耶夫斯基笔下的人物，例如，拉斯柯尔尼科夫、梅诗金、基里洛夫、维尔西洛夫、伊万·卡拉马佐夫等依赖思想为生；其他人依赖爱情或者仇恨。如果说其他人燃烧的是氧气，他们燃烧的就是理念。幻觉在陀思妥耶夫斯基的叙事中起着巨大的作用，其原因正在于此；在幻觉状态下，思维快速穿过人的机体，将自我与灵魂之间的对话具体化。

陀思妥耶夫斯基究竟是从哪些意识形态和宗教学说素材中获得具体感悟的？他以什么方式思考"上帝存在的问题"？

其实，陀思妥耶夫斯基采用的方式并不像西方读者想象的那么怪异、那么独特。在外国人看来，陀思妥耶夫斯基神话中有许多极具个人特性、自成一体的元素；其实，这些东西反映了话语者所在的时代和地域的特征。他作品的语境表现出很强的民族性，是以悠久的东正教和福音思想传统为背景的，而这一传统的主要部分可以追溯到15世纪。人们常常将陀思妥耶夫斯基与人类历史上为数不多的幻想家归为一类，例如，布莱克、克尔凯郭尔、尼采等，然而这仅仅是陀思妥耶夫斯基的一个方面。陀思妥耶夫斯基式场景具有丰富的历史特征，其世界观的重要元素源于叙利亚的圣以撒——斯乜尔加科夫与伊万·卡拉马佐夫最后一次见面时，前者的床边就摆放着叙利亚的圣以撒的著作。在陀思妥耶夫斯基式的严酷考验中，丘特切夫对耶稣的看法，对俄罗斯人担负的宗教使命的看法几乎没有什么改变。假如没有涅克拉索夫的诗歌《弗拉斯》（*Vlas*），陀思妥耶夫斯基不可能以如此细腻的直接笔触刻画出"怯懦者"的形象,刻画出理智受到摧残、精神得以净化、在各个地方低声传递上帝秘密的流浪汉的形象。假如巴枯宁没有宣布,"上帝存在,人是奴隶;如果人是自由的,上帝就不复存在",《群魔》中的基里洛夫阐述的辩证法有可能不那么中肯、犀利。无论我们从哪个角度探讨陀思妥耶夫斯基形而上学的基本主题,我们都能清楚地了解其起源的多样性和明晰性:伊万·卡拉马佐夫对上帝的控诉深化了别林斯基作品中的主题,并且使它变得更加崇高;丹尼列夫斯基的《俄罗斯与欧洲》(Russia and Europe)促成小说家形成沙皇扮演的神权主义救世主式角色的信念,让他理解被重新征服的拜占庭具有的精神意义;斯特拉霍夫的一篇文章让他形成一种令人感到恐怖的理念——经验可能具有循环性、可能不断反复出现。这样说并不是要质疑陀思妥耶夫斯基的创作天才具有的原创性,而是要证实这一点:就对陀思妥耶夫斯基小说的任何严肃解读而言,对东正教和民族背景的某种意识都是不可或缺的东西。

在陀思妥耶夫斯基的世界中,耶稣的形象具有举足轻重的地位。我们看到,托尔斯泰以赞许的口吻,引用柯勒律治针对那些认为"基督教教义胜过真理"的人提出的警告;陀思妥耶夫斯基的做法与之不同,他以自己的名义,假借作品中的角色之口强调,如果出现相互矛盾的情形,耶稣对他来说肯定比真理或者理性更加宝贵。他以充满激情的想象,详细刻画了上帝之子的形象,读者甚至可以将陀思妥耶夫斯基小说的主要部分当作对《新约》的一种解释。陀思妥耶夫斯基的耶稣观源于奥古斯丁提出的训诲,但是,与许多艺术家类似,他从本能上看是一名聂斯托利教派信徒,倾向于接受15世纪时强有力的异端邪说,将人与神圣救世主区分开来,希望面对和颂扬的正是耶稣其人。

第四章

与托尔斯泰的做法不同，陀思妥耶夫斯基对耶稣的神性深信不疑，那种神性通过展现出来的人性特征，以非常有力的方式打动他的灵魂，引起他的思考。

这里的问题是，如何将善良这一理念进行戏剧化处理，从而将其纯洁性展现出来呢？小说家解决这个古老问题所采用的技巧与信徒所持的信仰出现了巧合。陀思妥耶夫斯基试图在他对人物的描写中，加入带有耶稣的气质或者光辉的某种东西，这一点是非常值得我们注意的。它们是描述方面的尝试，让我们看到这一事实：艺术具有无限的可能性。在但丁作品提供的想象高潮中，我们也得到类似的启迪。陀思妥耶夫斯基曾经在瑞士西北部城市巴塞尔看到了霍尔拜因的画作《下了十字架的耶稣》，深受触动，在小说中对耶稣进行的充满想象力的处理受到了那幅画作的影响。在罗果仁的家里，挂着那幅名画的复制品：

> 我知道，基督教教会在很久之前就宣称：耶稣所受的苦难并不是象征层面的，而是现实中发生的事情；因此，钉在十字架上的耶稣的身体完全受到自然规律的支配。在这幅画作中，耶稣的模样让人看了觉得恐惧，脸颊遭受打击，充血肿胀，伤痕累累，两只眼睛微微睁开，流露出一种死气沉沉的目光。

292

在陀思妥耶夫斯基看来，对救世主的这种艺术表现已经超过了现实主义的范围。他把画作视为中世纪人所说的圣像，视为实际存在事物的一种"真实形式"。这幅油画以生动的方式提出了两个迫切需要回答的问题：耶稣是否真的既是上帝之子，又是人类之子？在这个

托尔斯泰或陀思妥耶夫斯基

把耶稣折磨至死的世界上,是否可能存在任何救赎呢?如果说,陀思妥耶夫斯基对这两个问题给予了肯定的回答,那么这种情况出现的前提是,他的精神经过了长期的渐变过程,接触了各种各样的令人痛苦的不信神灵的言行。我们看到,陀思妥耶夫斯基临终时承认,他自己的内心曾经历过"怀疑的地狱火焰",最终走到了上帝跟前。他做许多具有重要意义的研究,为刻画耶稣的形象勾勒了若干初稿:梅诗金公爵、《少年》中的马卡、阿廖沙·卡拉马佐夫。陀思妥耶夫斯基完成的唯一的耶稣形象是宗教大法官传奇中回归人间的耶稣,它使人想到耶稣的美丽和难以形容的优雅,但是耶稣没有开口说话。正如 D. H. 劳伦斯以反常方式所说的,这种沉默并不是默许的标志;它是艺术家的谦卑的一种寓言,让我们获得非常真实的洞见,从而理解语言必然带有的缺陷。

在梅诗金这个角色中,陀思妥耶夫斯基暗示了植根于俄罗斯民俗和东正教圣徒传中的耶稣观。陀思妥耶夫斯基在《作家日记》中特别提到:

> 这一观点代代相传,融化在人们的内心之中。也许,耶稣是俄罗斯人唯一钟爱的人,他们以自己的方式喜爱这个形象,达到了忍耐的极限。

我们可能误当白痴的正是这个四处流浪、深受迫害的人类之子的形象,这个受到儿童认可的秘密王子形象,这个神圣乞丐的形象,这个癫痫患者。在西伯利亚,在死亡之屋中,陀思妥耶夫斯基曾经见到耶稣;他的观念与罗马教廷的信条恰恰相反,认为耶稣将会终结时间本身,从而取消天罚的永恒性。耶稣不会以万物主宰(Pantokrator)的身份，而是以被侮辱与被损害的人具有的不能遏制的仁爱之心，去实现这一点。

正如在我前面已经说过的，梅诗金公爵是一个具有多重性格特征的角色，作者在刻画他的过程中借鉴了塞万提斯、普希金和狄更斯的手法。梅诗金性格怯懦，具有不同寻常的智慧，心地非常纯洁；这些都是耶稣具有的品格，它们在情节发展的过程中被一一展现出来。但是，读者在他身上几乎看不到血肉之躯的痕迹。读者从《白痴》中得到的形象略显苍白，带着相当病态的灰白色——在浪漫主义画家笔下的耶稣形象中，我们能看到这样的东西。阿廖沙·卡拉马佐夫这个人物更具可信度。陀思妥耶夫斯基在小说序言中说，对阿廖沙这个人物的处理让他遇到了技巧方面的困难。甚至在脱稿之后，陀思妥耶夫斯基依然难以确定，他是否成功地让这些品质在这个角色身上恰如其分地融合起来：纯洁与聪敏、天使的优雅与凡人的激情。如果读者将阿廖沙看作耶稣的象征，那么，陀思妥耶夫斯基当初表达的疑虑显然是有道理的。阿廖沙与梅诗金一样，起到了这一作用，不过却是出于截然相反的原因。阿廖沙身上具有太多人性特征，太多卡拉马佐夫的特征。但是，他依然不失为一个非常可信的难得例证，说明可以对善良这一品质进行戏剧化处理。阿廖沙信守耶稣提出的这一戒律："让死者掩埋死者，你们去传播天国的福音。"在这样做的过程中，阿廖沙慢慢了解了人们的状况，但是，陀思妥耶夫斯基（至少在实际完成的传说片段中）让读者相信，神秘的恩典与荣耀会继续环绕这个角色。在阿廖沙身上，"在他的一生中，行为可能有一次会完全使其灵感具体化"。[1]

---

[1] R. P. 布莱克默，《精灵与愚痴之间》(参见《雄狮与蜂巢》，纽约，1955年)。

但是，作者对这两个角色的构思非常精巧，也许正是因为这一点，梅诗金公爵和阿廖沙·卡拉马佐夫从根本上体现了关于耶稣的经典和传统的描述。依我所见，作者在创造斯塔夫罗金这个角色的过程中，揭示出某种更微妙、更根本、更令人难懂的东西。斯塔夫罗金这个人物处于陀思妥耶夫斯基世界的黑暗中心，所有的道路都通向他那里，其原因在于，两个因素以最紧密的方式统一起来：一个是作者的感性，另一个是"俄罗斯最伟大的形而上学家"提出的具有启示性的革命论点。在斯塔夫罗金身上，读者看到陀思妥耶夫斯基在小说技巧和神话创作两个方面进行的终极探索。但是，在我们讨论这一点之前，我们必须先对作为背景的辩证法做一概述。

陀思妥耶夫斯基信奉的神学以及他提出的人的科学是建立在绝对自由的公理之上的。人可以以自由的方式——以完全的、非常自由的方式——感知善恶，做出选择，付诸实施。三种外在力量——反基督者的这三种力量以三重诱惑的方式，呈现在耶稣面前——试图让人放弃自由：圣迹、传统教会（特别是罗马天主教）和国家。假如圣迹不是在心理、私密和内在意义上出现，假如耶稣从十字架上下来，假如佐西马的身体散发出甜蜜的气味，人对上帝的认可就不再是自由的。认可上帝的行为就会受到证据的影响，这与物质力量迫使奴隶顺从主人的情形没有什么两样。在上帝与单个灵魂的痛苦之间，教会人为要求赦罪的保证，以及神秘的仪式，从而剥夺了人的根本自由。受到上帝折磨的崇拜者所拥有的崇高性和孤独感就会因为神父的功能而被降低。以陀思妥耶夫斯基所说的自然一致性方式，罗马天主教和政治权力产生作用，通过许诺在人间实现千年至福，危及人获得救赎的可能性。在《群魔》中，希加洛夫提出了一个建立完美社会的计划，那样的社会由少数人管理，为被剥夺了灵魂的成千上万民众的物质幸福服务。那样的国家是可怕的，其原因不是在于它破坏（陀思妥耶夫斯基并不怎么关心的）公民权利，而是在于它把人变为心满意足的牲畜，通过填满人的肠胃来窒息人的灵魂。

陀思妥耶夫斯基带着不乏阴郁的洞见看到了这一点：物质需求与宗教信仰具有相似性。因此，他毕生论战，反对社会主义的"水晶宫"，抨击卢梭、巴贝夫、卡贝、圣西门、傅立叶、蒲鲁东和所有实证主义者，那些人相信世俗改良可以实现，鼓吹以牺牲博爱为代价获得的正义。因此，陀思妥耶夫斯基仇恨克劳德·伯纳德，因为后者提出的理性生理学看来会侵蚀精神拥有的隐秘性和有魔力的自主性。对托尔斯泰和其他社会激进主义者表达的这一信念，陀思妥耶夫斯基也深表厌恶：通过理性和实利主义启蒙，可以使人相互友爱。他认为，从心理学角度看，这一理念带有欺骗性。他在1876年12月写下的《作家日记》中提出，"如果不相信人的灵魂的不朽性，人们之间的博爱是不可思议的，不可理解的，而且**完全是不可能的**……我甚至可以妄加断言，对人的理智来说，**普世**博爱作为一个理念是最难理解的观念之一"。1864年4月，他在第一个妻子的遗体旁边，记录了他对耶稣的思考，认为人生在世不可能"'像爱自己一样去爱一切'，因为这一说法与人的个性发展规律格格不入"。

这个规律并不是永恒不变的。存在个人私下获得的天启，存在灵魂撕裂、变得圣洁的顿悟瞬间。那样的瞬间可能带有癫痫的一般倾向和外部症状，拉斯柯尔尼科夫这样的罪犯在这样的场合心里也会被普世博爱所震撼；阿廖沙在这样的场合会完全被天恩征服，摆脱怀疑带来的痛苦，匍匐在地，崇拜所有的人，崇拜一切有知觉的自然之物。

这类获得启迪的灵感一现的瞬间就是唯一真实的奇迹。陀思妥耶夫斯基把阿廖沙获得体验的叙事称为"加利利的迦拿"这样的奇迹——白水变成了葡萄酒；或者，对《战争与和平》中普拉东·卡拉塔耶夫的祈祷稍加解释，我们睡下时像一块石头，醒来时像新鲜面包。只有当人是自由的，只有当外在奇迹、教会信条或者乌托邦国家的物质财富都不能使人免于上帝的抨击时，这样的顿悟时刻才会出现。人的自由是人面对上帝时表现出来的脆弱性。任何剥夺人的自由的东西都注定会使人的灵魂变为盲目性的俘虏。

这一辩证思考带有心理层面的准确性，带有强烈的想象力，是陀思妥耶夫斯基的罪恶论的发端。假如没有罪恶，就没有自由选择的可能性，就没有可以促使人认识上帝的那种痛苦。别尔嘉耶夫深刻领会了陀思妥耶夫斯基表达的与此相关的意图，并表述了这一根本悖论：

> 罪恶的存在是上帝存在的一个证据。假如世界上只存在善良和正义，那么人们就不需要上帝了，因为世界本身就是上帝。罪恶在，故上帝在。这意味着，自由在，故上帝在。

如果选择上帝的自由就是获得意义，拒绝上帝的自由肯定也以同等的现实性存在于世。人只有通过作恶，通过体验罪恶，才能获得对自己的自由的成熟领悟。犯罪行为包含的极度自由以强烈但不乏真实的方式，让我们理解这两条道路之间的分歧：一条道路通向灵魂的复活，另一条导致道德自杀和精神自杀。只有在人有可能选择黑暗之路的情况下，崇拜上帝的朝圣之路才具有现实意义。正如基里洛夫以无情方式显示的，那些迷恋自由但是无法接受上帝存在的人肯定会走向自毁之路。对他们来说,世界是一种混乱的荒诞现实,是一场残酷的闹剧,非人的言行在此造成浩劫。只有这样的人才能带着对罪恶的认识活在这个世界上:他们在骨子里接受完全自由的这一悖论,接受耶稣和上帝全知全能这一信念。存在让他们感到恐惧的东西,那样的东西甚至超过酷刑,超过世间存在的极其不公正的现象。这就是上帝的冷漠态度,就是上帝从人间的终极撤离——希加洛夫或者托尔斯泰这样的人物在物质层面上使这一世界尽善尽美,人们用得到满足的牲畜的眼光在这里注视着人世。

陀思妥耶夫斯基笔下的男人与中世纪道德剧中的主人公类似,处于天恩的照料与罪恶的颠覆之间。在陀思妥耶夫斯基的宇宙学中,邪恶力量占有突出地位,但我们并不完全清楚他是如何看到这些力量的性质的。可以确定的一点是,他并不相信通常意义上的唯灵论。巫师们试图让他相信,人可以与死者进行有主观意志控制的交流,但是他将他们斥为骗子。他对心理现实的看法更微妙一些。陀思妥耶夫斯基对灵魂持多样化的看法,这允许偶然出现的碎片化。从托马斯主义的观点看,"幽灵"可能是人的精神的显现,精神这时起到纯粹能量的作用,将自身与理性——或者信仰——的融贯支配分离开来,以便凸显意识的不同方面之间的对话。人们是将随之形成的现象称为精神分裂症的,还是超自然的呢?迄今为止,这是所用术语的问题,而不是完全的知识问题。重要的是这种体验的强度和性质,是幽灵对人们的理解所造成的巨大影响。与亨利·詹姆斯在他的幽灵故事中采用的手法类似,陀思妥耶夫斯基让自己笔下的人物处于神秘能量的包围之中;种种力量被吸引到他们身上,在他们的附近发出光亮,伴随而来的能量从内部爆发出来,呈现出看得见、摸得着的形式。在对伊万·卡拉马佐夫与魔鬼的对话这类非自然东西的研究中，我们看到这两者之间的完美结合：一方是哥特主义的技巧，另一方是陀思妥耶夫斯基对不稳定的灵魂的虚构。

与之对应，在陀思妥耶夫斯基笔下，五官感知的平常世界与其他以潜在方式存在的世界之间没有什么确定的界线。正如梅列日科夫斯基所说：

> 在托尔斯泰看来，存在的只有生命与死亡之间的永恒对抗性；在陀思妥耶夫斯基看来，存在的只有它们的永恒统一性。前者以这个世界的目光从生命之屋内部审视死亡，后者以精神世界的眼光审视生命。对活着的人来说，后者立足的基础似乎就是死亡。[1]

对陀思妥耶夫斯基来说，世界的多样性是一个清楚明白的真理。他常常将经验层面的现实视为虚无缥缈、幻象丛生的东西：巨大的城市是令人难以捉摸的海市蜃楼，圣彼得堡上空的白夜证明了包围物质性的东西的幽灵式幻觉，实证主义者所说的具体事实或自然规律仅仅是由假定构成的一张张轻薄的网，它们笼罩在虚幻的深渊之上。从这一点看，陀思妥耶夫斯基的宇宙学是中世纪的，莎士比亚式的。但是，如果说他的继承者——例如，卡夫卡——在巫术和世事形成的困扰中看到心理诅咒的征候，陀思妥耶夫斯基自己则在邪恶世界中看到，人

---

[1] D. S. 梅列日科夫斯基，《托尔斯泰：生平与艺术，兼论陀思妥耶夫斯基》（伦敦，1902 年）。

第四章

与上帝之间存在一种特有的密切关系的标记。

人的精神带有肉体的外壳，完全沉浸在暂时的世俗生活之中，然而却保留了脆弱性，容易受到天恩的影响，容易受到死后打入地狱之害。赤贫者、孱弱者和癫痫患者拥有某些重要优势：他们有的在物质上一无所有，有的备受疾病发作的折磨，有的失去感知的整体性，这些状态将感觉的具有掩盖作用的保护层与正常的健康状态分割开来。梅诗金和基里洛夫都是癫痫患者，他们面对的上帝的问题具有特殊的直接性。但是，魔鬼式主张和诱惑就在每个人身边，人们受到影响，去尝试加利利的迦拿这样的奇迹。

与癫痫患者类似，在陀思妥耶夫斯基的神智学中，罪犯和无神论者也扮演了主要角色。他们站在自由限度的边沿，迈出的下一步肯定只有两个方向：走向上帝或者地狱深渊。他们不接受修剪工的赌注，因为它出自帕斯卡之手。帕斯卡曾经提议，无论人们是否相信上帝，他们都应该虔诚地生活；如果上帝存在，他们的虔诚将会得到永恒回报；如果上帝不存在，他们的生活也会变得得体且理性。陀思妥耶夫斯基笔下的主人公奋起反抗这种模棱两可的说法。在他们看来，上帝是否存在这个问题相当程度上关系到生活的意义。人们要么必须找到上帝，要么以确凿证据说明，上帝已经退出了创造过程，让人们——正如《少年》中的维尔西洛夫所说的——去面对被遗弃者感受的令人恐惧的自由。寻找上帝的历程很可能穿越黑夜王国和憎恨王国，这一理念反映在基督教教会的传奇和象征之中。甚至在拉丁传统中，小偷和妓女也占有被奉为神圣的地位。根据东正教的观点，他们的地位也非常接近核心位置。斯拉夫神学家们乐于看到关于耶稣的爱人之心的这一悖论：他并不嫌弃那些险遭天罚的可怜人。陀思妥耶夫斯基为这一教义增添了自己的劳役和救赎的经历。当那些长老向斯塔夫罗金和德米特里·卡拉马佐夫鞠躬时，他们向罪恶的神圣性，向地狱的诱惑表示先知者的敬意。这些诱惑具有很大的破坏性，上帝提出的质疑的力量与上帝表达的宽恕的无限性在它们之中同时显现出来。

但是，如果说人的自由提供了理解上帝的唯一途径，它也提供了产生悲剧的条件。人总是可能做出错误的选择，总是可能否认上帝。按照陀思妥耶夫斯基的定义，假如上帝存在这个问题不再占据人的灵魂，那么，这个世界就没有悲剧了。它可能是一个通过希加洛夫提出的"无限专制"公式建立起来的乌托邦社会。在这样的社会中，可以获得物质方面的"美好生活"。但是，在宗教大法官的剧场就不再上演悲剧了。"一旦人征服了大自然，"苏联首任教育部部长卢那察尔斯基曾经宣布，"宗教就会变为多余之物；那时，悲剧感就会从我们的生活中销声匿迹。"除了为数极少不可救药的疯子，人人都知道并且对此持肯定态度：二乘以二等于四；克劳德·伯纳德研究了心血管系统的核心；托尔斯泰伯爵在他的庄园里建立了模范学校。陀思妥耶夫斯基和他笔下的主要角色也许是最典型的精神病患者。他们奋起反抗人世之间的乌托邦，奋起反抗世俗改良的范式——那样的东西会将人的灵魂诱入在物质上得到满足并且舒舒服服的睡眠状态，从而把生命的悲剧意识驱逐出去。用孔德的话来说，托尔斯泰是"人性的仆人"；与之相比，陀思妥耶夫斯基对人道主义的信念持充满仇恨的不信任态度，决定与遭受痛苦的人、身体孱弱的人站在一起，有时候还与带有犯罪倾向、精神错乱的"上帝的仆人"站在一起。在两种屈从态度之间，占据上风的可能是巨大的仇恨心理。

六

  在陀思妥耶夫斯基的小说中，宗教思想和宗教体验以两种主要方式呈现出来：一种从本质上看是显性的，正统的；另一种是隐性的，带有异端邪说的特点。在显性方式中，我会把大量来自《圣经》的引文、神学辩证法和神学术语、基于现实的教会生活的情节元素、礼拜仪式母题，以及不可胜数的涉及《圣经》同源词的典故都涵括进去。这些要素赋予陀思妥耶夫斯基场景特有的形象。这些小说确实充满宗教内容，作者常常以相当原始的形式将它们表达出来。陀思妥耶夫斯基使用带有概括性和寓言性的名字来为自己笔下的角色命名。拉斯柯尔尼科夫的意思是"异端邪说者"，思想常常处在分裂状态之中；沙托夫的意思是"犹豫不决的人"；斯塔夫罗金这个名字带有表示"十字架"的希腊语单词；阿格拉雅的意思是"热情的人"。《卡拉马佐夫兄弟》构建的术语象征体系，其中有许多内容是陀思妥耶夫斯基从东正教圣历中得到的。阿廖沙同时是"帮助者"和"上帝的人"；伊万这个名字是根据第四福音书的福音传播者来命名的，他也陶醉于福音的神秘之中；在德米特里这个名字中，我们听到土地之神得墨忒尔的谐音，它使人回想起小说开头的来自使徒约翰的题词——"一粒麦子不落在地里死了，仍旧是一粒；若是死了，就结出许多子粒来"（nisi granum frumenti cadens in terram mortuum fuerit, ipsum solum manet）。费奥多尔·巴甫洛维奇这个名字也表示"上帝的礼物"。在试图阐明这个具有讽刺意味的悖论性提示的过程中，我们发现自己恰恰处于两者之间：一边是陀思妥耶夫斯基对象征手法的开放性使用，另一边是他更私密的非正统的神话。在"卡拉马佐夫"这个名字中，我们发现了鞑靼语中表示"黑色"

的单词。

与之类似,陀思妥耶夫斯基的女主角的名字也包含这类象征意义。索菲娅表示通过天恩获得思考,这个理念在东正教神学中非常重要。陀思妥耶夫斯基将这个名字与通过谦卑和苦难获得智慧的行为联系起来。因此,在《罪与罚》中,有索菲娅(索尼娅)·马尔梅拉多娃;在《群魔》中,有在各地售卖福音书的索菲娅·乌利京娜;以及《少年》中的索菲娅·多尔戈鲁基、阿廖沙虔诚的母亲索菲娅·卡拉马佐娃。《群魔》中的跛子玛丽亚·季莫费耶夫娜也许是陀思妥耶夫斯基的神来之笔中最纯洁的形象,这个名字包含整个基督论。名字表示人在救赎过程中所处的地位,内米洛维奇-丹琴科谈及1911年在莫斯科艺术剧院上演的《卡拉马佐夫兄弟》时,提到了陀思妥耶夫斯基小说的"神秘的奇观"。

这种神秘的奇观(在形而上学和技术两种意义上)最初是通过《圣经》展现出来的。在陀思妥耶夫斯基的作品中,《圣经》引文和《圣经》典故起到了举足轻重的作用,这类似于神话在古希腊戏剧构成过程中所起的作用。来自《圣经》的文字取之不尽、广为人知,长期以来体现在西方人和俄罗斯人的心灵结构之中,赋予陀思妥耶夫斯基的文学文本独有的特色。我们可以另外撰写著作,专门研究陀思妥耶夫斯基引用福音书和保罗书信的情况。正如瓜尔迪尼所说,小说家有时可以采用不准确的说法,例如,我们在《卡拉马佐夫兄弟》中可以看到,作者刻意混淆了对抽象罪恶的表述和《圣经》中撒旦的某些名称的个性化用法。但是,陀思妥耶夫斯基在大多数情况下都以严谨方式引用,表现出很强烈的戏剧感。就像一位镶嵌艺术大师将珠宝置入他的石块,陀思妥耶夫斯基并不害怕将《圣经》段落镶嵌在自己小说的叙事之中。这样的例子不胜枚举,其中最精彩的见于《罪与罚》和《群魔》中表现皈依和顿悟瞬间的文字。

索尼娅为拉斯柯尔尼科夫朗读《约翰福音》第十一章时是这样的:

> 她身体发热,浑身颤抖……她就要读到描写最伟大圣迹的那个故事,心里涌起一阵巨大的胜利感,声音洪亮,如同钟鸣,充满成功和快乐。《圣经》中的字句在她眼里翩翩起舞,她知道她这时不是在朗读,而是在背诵。"他既然让瞎子重见光明……"她读到最后一句时降低了声音,充满激情地再现持怀疑态度的犹太人言辞中的那种疑虑、责备和谴责——那些人后来拜倒在耶稣脚下,仿佛受到了雷击,哭泣着连连点头叹服……"他——他,也——受到蒙蔽,不相信这一点,他也会听到,他也会相信的,会的,肯定会的!很快就会的,很快。"这是她的梦呓,这样的期待使她非常兴奋,战栗不已。
>
> "耶稣又心里悲叹,来到坟墓前。那坟墓是个洞,有一块石头挡着。耶稣说:'你们把石头挪开。'那死人的姐姐马大对他说:'主啊,他现在必是臭了,因为他死了已经四天了。'"
>
> 她强调了四这个数字。

这里引用的《圣经》片段和叙事描述珠联璧合,堪称天衣无缝。拉撒路的故事所引起的回忆和信仰宣告,拉斯柯尔尼科夫将从精神坟墓中复活。索尼娅亲自将犹太人带着的怀疑的盲目性与主角的盲目状态联系起来,采用发人深省、催人泪下的模糊性,将死去的拉撒路的形象与遭到谋杀的利扎维塔的形象联系起来。拉斯柯尔尼科夫的精神复活预示了死者的最终复活。由此形成的并列想象见于每个细节之中。索尼娅的声音仿佛是每年宣告耶稣复活的教堂钟声。此外，小说中引用的拉撒路的故事证明了陀思妥耶夫斯基的奇迹观；在不用让自己相信这个故事的历史真实性（它在整体上与他所持的人类自由观矛盾）条件下，作者在这里暗示，这一《圣经》故事预示了反复出现的这种真实奇迹：每当罪人重新回到上帝的怀抱，这样的情况就会出现。

在《群魔》的最后一个片段中，作者采用了类似的结构原则，让《圣经》母题与小说主题融为一体。当斯捷潘·特罗菲莫维奇见到那位宣传福音的妇女时，他阅读《新约》的时间还不到30年，"至多只能回想起7年前阅读的勒南编写的《耶稣生平》（*Vie de Jésus*）中提到的某些段落"。但是，他现在无家可归，四处流浪，身患疾病；传递天恩的使者在路上的某个地方等候着他。最初，索菲娅·马特维耶夫娜阅读了山顶布道。接着，她随意翻开《圣经》，开始诵读《启示录》中的著名段落"老底嘉人教会的天使来了……"这一段落最精彩的文字是"你们却不知道自己是困苦、可怜、贫穷、瞎眼、赤身的"。这位老牌自由主义者宣布，"这一点……这一点也是写在书上的"。在濒临死亡时，他请求索菲娅给他朗读"关于猪的"段落。那是《路加福音》第八章的寓言。在这一寓言中，汇集了《群魔》的巨大力量和主题思想。它既是作品的题词，又是后记。在极端兴奋的明晰状态（这是典型的陀思妥耶夫斯基式状态）下，斯捷潘·特罗菲莫维奇根据俄罗斯体验，解释了这位福音传播者的意思。魔鬼将会与猪为伍：

> 他们就是我们，我们和那些人……彼得鲁莎和另外一个同伴（les autres avec lui）……也许，我是他们的头目，我们将会从岩石

上坠落,心里着魔,语无伦次,落入大海,我们会被淹死的……

这一段落暗示了陀思妥耶夫斯基的政治远见,暗示了他作品的戏剧特征,但是,其主要神话和总体形象都借鉴了《新约》。

我们可以说,陀思妥耶夫斯基违反了"游戏规则",通过使用《圣经》引文和《圣经》类比,放大自己小说的影响,并且将其神圣化了。其实,他凸显的是艺术失败的危险性。强有力的引文可能毁掉表达效果不强的文本。为了将《圣经》段落结合进文本,并且使它贴切,叙事构思本身必须保持强大的稳定性与崇高的品格。引文带有一连串共鸣,承载着以前出现的阐释和用途。这些因素会掩盖或者腐蚀小说家试图达到的效果,所以这种效果本身必须内在丰富,充满动力。由此可见,《群魔》能够承受所用的庄严题词,让路加的话语再次得以提及,通过作品中的具体使用,获得特殊的共鸣。

陀思妥耶夫斯基并不总是采用直接引用的方法。有时候,叙事借助其律动和调性,让读者获得《圣经》或者礼拜仪式方面的效果,这类似于我们所说的音乐和音指向全阶第五音的情形。A. L. 赞德在撰写的研究陀思妥耶夫斯基的重要著作中提供了若干例子。在这部作品中,有一章的标题是《加利利的迦拿》("Cana in Galilee"),以特殊方式表述了阿廖沙心醉神迷的状态,这些例子看来都会让读者想到对圣迹的经典定义。与之类似,玛丽亚·季莫费耶夫娜祈求"上帝的母亲,湿润的大地",这以非常接近的方式模仿了东正教礼拜仪式中圣餐礼准备过程中的第一首圣歌,使读者提出这一问题:作者是否旨在将这位跛子的语言当作一种诠释?

陀思妥耶夫斯基作品中的某些角色——例如,玛丽亚、马卡尔·伊万诺维奇、佐西马神父（在《卡拉马佐夫兄弟》的早期文稿中，他本人被称为马卡利）——所用的语言夹带着很多《圣经》用语和《圣经》典故。在理解这些用语和典故的过程中，读者面对许多宗教问题，这类似于阅读弥尔顿或者班扬作品中出现的情况。这一事实本身将陀思妥耶夫斯基的小说观与同时代欧洲作家的小说观区分开来。陀思妥耶夫斯基谙熟当时的宗教传统，谙熟其思维习惯和修辞习惯，依赖对《圣经》的神秘解释——诸如此类的解释在17世纪之后的西方文学中已经不再被使用了。在这样做的过程中，他扩展了小说艺术的潜能和资源，取得了超越前人的巨大成就，只有梅尔维尔可以与之比肩。陀思妥耶夫斯基的艺术明显具有马修·阿诺德所说的"高度严肃性"，触及传统上专为诗歌——特别是表达宗教情感的诗歌——保留的领域。无论是观察的深入性，还是从中体现的怜悯，没有哪位欧洲小说家的作品可以与之媲美。我们无法以任何确定的方式设想，在与《圣经》语言具有的消融一切的力量发生碰撞时，《包法利夫人》——甚至《鸽翼》(The Wings of the Dove)——的文字究竟会出现什么样的情景。陀思妥耶夫斯基使用的《圣经》引文在非常实在的意义上界定了他作品的感染力。

不过，这并不是说，他处理宗教主题的方式在灵感方面是自成一体的，或是俄罗斯独有的。与在其他方面的情况类似，我们可以看到欧洲传统的影响。佐西马这个角色主要是根据吉洪·扎东斯基这个现实人物塑造的，但是在很大程度上也借鉴了E. T. A.霍夫曼在《魔鬼的迷魂汤》(Die Elixiere des Teufels)中塑造的修道院院长莱昂纳杜斯，借鉴了乔治·桑的《斯匹里底翁》(Spiridion)中的佩尔·亚历克西。对佐西马与阿廖沙两人之间关系的处理借鉴了乔治·桑处理亚历克西与安杰尔关系的手法；狂热的苦行修道士安布鲁瓦兹是伏拉庞德神父的直接原型。乔治·桑提出的这些理念后来在《卡拉马佐夫兄弟》中成为最重要的东西：在强调人的自由的过程中，亚历克西发现了上帝存在的证据，认为自杀等同于灵魂在面对无神论的空白时的投降行为。亚历克西最后告诉安杰尔的话与佐西马对阿廖沙所说的一字不差："孩子，现在接受我的道别吧，做好准备，离开修道院，重新回到尘世中去。"但是，如果说《斯匹里底翁》仍然是一件古玩，一件被人忽略的哥特式幻想作品，那么，《卡拉马佐夫兄弟》则是世界文学宝库中关于信仰的杰作之一。

除了引自《圣经》的段落和借鉴宗教生活的母题之外，陀思妥耶夫斯基的小说还包括具有相当深度和权威性的附带讨论，它们涉及神学和对基督教整体的思辨。与托尔斯泰相比，陀思妥耶夫斯基可能在论战方面稍逊一筹，但是他却更擅长对素材的抽象处理。在解读亚里士多德的《诗学》的过程中，汉弗莱·豪斯曾经认为，"思想元素"表达了"个人内在的刻意诡辩"。在陀思妥耶夫斯基的小说中，这种诡辩得以外化，例如，在《群魔》中，角色对上帝是否存在这一问题进行了痛苦的争执；在《卡拉马佐夫兄弟》的开头，出现了关于教会与国家的争论。但是，陀思妥耶夫斯基的辩证法从未脱离戏剧情景：卡拉马佐夫一家的每个成员以一种概括的方式讨论种种可能的道德观时是在佐西马神父的牢房之中。

巴尔扎克知道如何处理场景的复杂性，亨利·詹姆斯和普鲁斯特热衷于表现感觉的复杂性；陀思妥耶夫斯基在两种复杂性的基础上增加了大量观念，并且在陈述和强制性冲动的极端条件下将它们表现出来，一一加以阐释，从而扩大了他所用媒介的范围。他从观念世界中形成一面镜子，用它来反映人的整体，反映那个时代的意识形态倾向。也许，有人会说，司汤达早就完成了这种扩大工作。但是，尽管司汤达确实扩大了小说艺术的范围，包括充分使用论据和哲学思考，但与陀思妥耶夫斯基相比，他对心智的描述缺乏自信，而且从大体上看还局限于理性层面。

到此为止，我已经讨论了陀思妥耶夫斯基的宗教信仰的更传统、更直接的表现。体现在叙事中的这种材料（带有寓意的名字、来自《圣经》的引文、涉及礼拜仪式的文字）是显性的，传统的。小说语境本身可以起到评论和强化作用，引文借助戏剧的情景获得新的弦外之音，而且可能围绕引文形成新的推论。可是，在我提供的例子中，原来的意义和在历史上形成的引申意义并未改变。我们可以采用传统方式，解释在梅诗金公爵身上体现出来的耶稣形象。正如柯勒律治在谈及幻想的工作方式时所说，创作素材是从"联想规律中获得的"。

但是，如果我们深入探究陀思妥耶夫斯基笔下的世界，我们会看到一种隐蔽的、具有个人特性和革命性的神话体系。这一体系拥有自身的言语习惯、形象结构以及经过再造的价值和事实。在这一想象的核心位置上，历史信念和传统象征要么被融为一体，要么经过改造，变为某种具有个人特性的激进因素。伊万诺夫以言简意赅的方式描述了这种变化：陀思妥耶夫斯基的艺术"从真实世界进入更为真实的世界"。表现技巧也随之出现了相应的变化；在"更为真实的"领域中，作者使用的主要手段是提出悖论，展现戏剧性反讽，形成带有异教意味的灰暗的模糊性。

这两个层面的表现并非在每个点上都可以区分。在《卡拉马佐夫兄弟》中，斯包尔加科夫带有这两个层面的特征。从外部构思上看，

第四章

作者反复将他与犹大联系起来（例如，他获得的金钱数量具有象征意义，在有了重大背叛行为之后上吊自杀）。但是，作为卡拉马佐夫的第四个并且是"真正"的儿子，斯乜尔加科夫在弑父神话也在作品的主要寓言中起到了作用，这样的作用只有通过内在参照框架才能被读者理解。在陀思妥耶夫斯基的具体——某种程度上是隐藏的——神话体系之外，诸如癫痫这类象征行为找不到对应物。正如柯勒律治在谈到诗歌想象力时所说的，就这一点而言，所有以前存在的素材都被作者分解和重构了。我们从具体例子可以清楚看到，在创作活动中，陀思妥耶夫斯基"从真实世界进入更为真实的世界"；因果逻辑似乎暂时中止，情节安排服从于神话逻辑。我在此想到的是这些对比点之间的差异：一点是在佐西马的牢房中进行的关于教会与国家的讨论，另一点是神父突然对德米特里表示的神秘敬意；一点是《罪与罚》中索尼娅的谦卑和浪漫的信仰，另一点是斯塔夫罗金的神圣的残疾新娘体现的带有纯粹天恩性质的末世论；一点是马卡尔·伊万诺维奇宣传的友爱福音，另一点是阿廖沙·卡拉马佐夫的感性的秘密工作方式。在《白痴》中，耶稣的形象属于"真实"的层面；读者借助《群魔》提供的不确定启迪，看到了基督复临过程中的上帝属于"更为真实"的层面。在示范这种终极现实的过程中，陀思妥耶夫斯基采用的方式类似于莎士比亚在后期作品之中的做法。他似乎拥有的悲剧启迪可能帮助读者超越悲剧；他将自己的目的集中在从核心神话的源泉得来的姿态和象征周围；他喜欢矛盾，喜欢把玩具有讽刺意味的自由，以便反思日常思维方式带有的沉重常规性。

但是，在探寻陀思妥耶夫斯基作品的核心意义的过程中，我们强烈地意识到批评的不足之处。象征材料具有很大的丰富性，我们必须防备它所带来的诱惑。用 I. A. 理查兹的话来说,"我们在此需要自由的眼和温柔的人"。玛丽亚·季莫费耶夫娜这个角色提出了批评策略方面引人入胜的问题,有的并未得到解决。她的姓氏包含关于纯洁白天鹅主题的典故,这一典故普遍见于俄罗斯异教宗派的民俗之中。她与《卡拉马佐夫兄弟》中的丽莎类似,也是身患残疾,而且生性愚笨,其严重程度超过了梅诗金公爵。令人觉得神奇的是,她身上同时具有母亲、处女和新娘这三者的特征。列比亚德金用哥萨克鞭子抽打她,她却实话实说,声称"他是我的男仆"。在她生活的女修道院中,一个老妇人"在赎罪苦行,目的是获得先知先觉"(陀思妥耶夫斯基希望读者明白,世界上存在睿智者罪)。这使她确信,上帝之母"是伟大母亲——湿润的大地"。玛丽亚珍视这样的保证之辞,它使她笼罩在奇特的庄严性之中。也许,布尔加科夫神父这样说是有道理的:这样的描述将圣母玛利亚与古代东方人的大地之母(Magna Mater)联系起来,使这个跛子成为一个先于耶稣的形象。但是,玛丽亚也使陀思妥耶夫斯基对《新约》的思考具体化,她看来成了一种真正的后历史天主教教义将会出现的预示——在这样的教义中,对滋养万物的大地的崇拜将会起到基本作用。这部作品显然传达了这些神学寓意,我们必须加以考虑。但是从整体上讲,玛丽亚·季莫费耶夫娜也是《群魔》中具体形象的组成部分。如果我们从外部象征的角度加以阐释,她会隐退到矛盾和朦胧之中。伊万诺夫认为,通过塑造跛子这个角色,陀思妥耶夫斯基试图显示:

> 人们之中的邪恶力量与耶稣对抗,意在控制人们意识之中的男权原则;在这些力量的控制之下,俄罗斯人灵魂之中的永恒女

性原则是如何遭受暴力和压迫的。他试图显示,尽管邪恶力量的诽谤无法触及上帝之母隐秘的内心深处(请考虑一下这个象征:在遭到谋杀的玛丽亚·季莫费耶夫娜家中,纯洁圣母的银质衣裳完好如初),邪恶力量在攻击俄罗斯人灵魂的过程中是如何给上帝之母带来伤害的(这一点见于亵渎圣母形象这一象征性插曲)。

这一评述才华横溢,不乏创新,但是它从真实的东西转向了不那么真实的东西。我们无法利用以前的神话体系或者辩证法体系,来准确阐释玛丽亚·季莫费耶夫娜这个角色包含的"意义"——它们存在于这部作品的首尾一致的整体之中。读者在此面对的正是广义的诗歌。

让我们看一看小说中最难理解然而又最为耀眼的段落之一。这个段落涉及玛丽亚对身为人母的梦想,涉及她对意识的秘密发展过程的回忆,涉及类似于"天使报喜"的情景:

"我记得,他有时候是个男孩,有时候却是个姑娘。他出生之后,我用细棉纱和花边把他包起来,系上粉红色的缎带,撒满鲜花,一切就绪之后,我对着他祈祷。我没有给他取名,带着他离开,穿过森林,心里感到害怕。最伤心的是,我生了孩子,却没有丈夫。"

"也许可以说,你曾经有过丈夫?"沙托夫小心翼翼地问。

"你这种想法真荒唐,沙图施卡。也许我有过,如果与没有一样,那有什么用处呢?对你来说,谜底很轻松,猜一猜吧。"她笑了笑。

"你把孩子带到哪里去了?"

"我抱着她到了湖边。"她说罢,叹了一口气。

沙托夫再次用肘部轻轻推了我一下。"假如你没有孩子,情况会怎么样?这一切仅仅是一场古怪梦魇吗?"

"你这个问题我很难回答,沙图施卡。"她喃喃道,似乎已在梦魇之中,脸上没有丝毫惊讶的神色,"我无法回答。也许,我没有孩子,你不过是好奇而已。我不会哭喊着离开他。不管怎样说,这不会是我梦中的情景……"她已热泪盈眶。

这完全就是诗歌,堪与奥菲丽亚的狂热梦幻诗歌媲美。依我所见,玛丽亚所说的"轻松谜底"正是《群魔》的核心问题。我们不可能通过罗列一份象征与小说之外意义的清单的方式,一一加以解释。这份参照术语表指向小说内部,涉及斯塔夫罗金的行为和他与跛子之间婚姻的谜团。在玛丽亚的幻想中,出现了两个因素:其一是纯洁受胎说的理念,其二是更古老的大地精灵的神话——用鲜花打扮婴儿,以某种净化和牺牲仪式抱着婴儿穿越森林。但是,玛丽亚的泪水是现实的,这种现实性让人感到痛苦;泪水将读者从梦幻世界里拉回来,引导读者进入小说情节展示的悲痛命运之中。

读者只能根据小说本身以及小说拥有的富于诗意的形式,才能理解玛丽亚·季莫费耶夫娜之谜。但是,《群魔》有许多版本,我们应该将哪一个视为权威版本呢?我们是否应将《斯塔夫罗金的忏悔》这一著名章节包括在内呢?我们有若干具体理由不这样做。在陀思妥耶夫斯基逝世之前,这部小说曾经多次刊印,卡特科夫(他曾经以连载方式刊登了这部作品)提出的反对意见不再占据上风。然而,小说家

第四章

本人从未将这一章放入正式出版的文本中。此外,斯塔夫罗金的许多叙事在《少年》中通过维尔西洛夫之口说出。陀思妥耶夫斯基是否在后来的作品中使用他视为《群魔》的必不可少的组成部分的材料呢?最后,正如科玛洛维奇指出的,"忏悔"中的斯塔夫罗金与我们所知的《群魔》这部小说中的斯塔夫罗金明显不同。前者是《一个伟大罪人的一生》中设想的主人公。那一宏大构思的蛛丝马迹见于两个主要组成部分之中,一个是《群魔》,另一个是《卡拉马佐夫兄弟》。但是,在写作过程中,这两部作品形成了各自的创作动力。我们在相关的创作笔记和草稿中看到,在这样的发展过程中,斯塔夫罗金这个人物应运而生。

有关斯塔夫罗金的研究卷帙浩繁。正如我在本书前面提到的,他代表了陀思妥耶夫斯基对具有拜伦特征的撒旦式主人公的一种别样思考。但是,这个角色内涵丰富,远远超越了这一点。他是一个极好的例子,说明宗教想象力是如何进入小说艺术的。与常常出现在陀思妥耶夫斯基笔下的其他许多角色类似,这个人物是作者借鉴了具体剧作的形象,在戏剧背景下引入这部小说的。斯塔夫罗金最初名叫"哈里王子",这样的称号也用于梅诗金和阿廖沙·卡拉马佐夫。在陀思妥耶夫斯基的神话体系中,这个头衔似乎带有灵智和救世主层面的寓意。但是,在小说中,具体的暗指使它的意义显现出来,陀思妥耶夫斯基这里暗指的是莎士比亚剧作中的哈尔王子[1]。斯塔夫罗金是以疯狂的威尔士公爵的形象出现在作品之中的。与莎剧中的原型类似,他浪迹于犯罪和堕落的下层社会,一直被假惺惺的寄生虫和恶棍包围。与哈尔

---

[1] 这里的哈尔王子(Prince Hal)指身为威尔士公爵时期的亨利五世。——编注

类似，在挚友和外人眼里他都是一个神秘角色。他们不知道的是这样的事情：

> ［当他］穿过
> 那些似乎要令他窒息的肮脏、丑陋的雾霭时，
> 他是否觉得不可思议？
>
> 或者说，他是否会永远
> 听任那些卑劣的致命乌云
> 压抑他的世界之美。

在斯塔夫罗金身上，存在着美，存在着一种隐晦的忠诚。在一篇研究陀思妥耶夫斯基的政治观点的论文中，欧文·豪这样写道："斯塔夫罗金是影响这些角色的混乱的源泉；他拥有这些东西，但是自己可以超越它们。"[1] 甚至在他早年搞的那些恶作剧中，也存在一种绝望的智慧，这让人想起莎士比亚笔下的另外一位公爵。一个愚昧的公民断言，他不可能让人牵着鼻子走。斯塔夫罗金抓住了他这句话的字面意义，以哑剧形式将这个陈旧说法阐释出来。这样的行为带有哈姆雷特的特征——哈姆雷特对语言的本质，对自己的敏锐机智深感兴趣。两者之间的相似之处被关于这一点的各种思考强化：在玩弄那些怪诞异常、显得残酷的把戏的过程中，斯塔夫罗金的头脑是否"处于正常状态"？

---

[1] 欧文·豪，《陀思妥耶夫斯基：救赎的政治》（"Dostoevsky: The Politics of Slvation"，参见《政治与小说》[Politics and the Novel]，纽约，1957 年）。

第四章

他被驱逐出城,开始漫长的旅程,他观看的地方很能说明问题。他去了具有灵智神秘性的传统国度埃及,去了救世主的最终所在地耶路撒冷。而且,他还去了冰岛,这使人想到,有的末世论说法认为,地狱里不是熊熊烈火,而是永恒冰冻。与丹麦王子和浮士德(伊万诺夫试图用这样的形象来定位斯塔夫罗金的身份)类似,斯塔夫罗金也在德国校园待了一段时间,但是内心的渴望和强烈期待让他回归俄国。

他突然出现时,恰逢瓦尔瓦拉·彼德洛芙娜家出现了大事,跛子——陀思妥耶夫斯基笔下一个不用理性思考,然而头脑不乏终极明晰性的角色——问道:"我……现在……是否可以在您面前跪下?"斯塔夫罗金表示婉拒。但是,作品强烈暗示,这一请求是自然而然的,斯塔夫罗金身上带有某种气质,它证明她这种屈从行为,证明这种原始的崇拜行为是有道理的。沙托夫作为陀思妥耶夫斯基观点的另外一个载体,证实了玛丽亚的行为。沙托夫告诉斯塔夫罗金:"我等待您很久了,内心一直想念您。"他问斯塔夫罗金:"您离开之后,我能亲吻您的脚印吗?"其他角色对"哈里王子"的态度也是异乎寻常的,每个人都有自己心目中的斯塔夫罗金形象,都渴望利用斯塔夫罗金的巨大力量,满足某种私下欲望或者献祭意图。但是,与神话中的宙斯类似,斯塔夫罗金会摧毁任何在激情或者礼仪上过于靠近自己的人。彼得·韦尔霍文斯基深知这一点,他的崇拜言行小心谨慎,变化莫测:

你为什么看着我?我需要你;没有你,我的生命毫无意义。没有你,我是一只苍蝇,一个封闭在瓶中的想法,就像没有发现美洲的哥伦布。

他的说法没错，然而哥伦布是新世界的发现者，也许甚至可以说是新世界的策划者。彼得直到最后也不得其解，自己是否"创造"了斯塔夫罗金这个人物。他对斯塔夫罗金说："你既自豪又漂亮，就像神灵。"不过令人觉得奇怪的是，这神灵却依赖人们的崇拜，即便人们在堕落之中或者带着贪婪之心跪倒在他面前时也是如此。现代存在主义常常提出的一个悖论是，"正是上帝才需要人"（Dieu a besoin des hommes），韦尔霍文斯基的狂乱动作是否让我们去思考这一悖论呢？

斯塔夫罗金这个人物的许多侧面证明圣灵显现这个理念是虚假的：他以某种悲剧和秘密的方式，在陀思妥耶夫斯基的最后神话中扮演上帝的角色。他身上带着假救世主的标记，披着反基督者的外衣出现在读者面前。韦尔霍文斯基概括说明了他的疯狂计划，声称要起义，以便建立千年至福王国，认为"在邻居中就有苦行派（Skoptsi）"。在韦尔霍文斯基看来，这两种做法之间具有相似性：苦行派进行狂欢崇拜；有人将斯塔夫罗金说成救世主式的皇太子。玛丽亚·季莫费耶夫娜在痛苦中得到启迪，否认斯塔夫罗金声称的他拥有真正皇家血统这一说法。他不是即将出现的天启式"神圣新郎"或者"猎鹰"，不是拜占庭圣像的神职救赎者。他是"猫头鹰，是冒名顶替者，是商店伙计"。她叫他格里戈里·奥特雷普耶夫——那个修道士曾经冒充伊万雷帝遭到谋杀的儿子德米特里。在俄罗斯和宗教思想中，冒牌沙皇常常出现；在《群魔》中，作者常常暗示斯塔夫罗金的身份就是冒牌沙皇。彼得处于矛盾的心理状态之中，带着一半敬意、一半嘲笑，将斯塔夫罗金称为皇太子伊万。玛丽亚·沙托娃的儿子出生时，她叫他伊万，因为他是斯塔夫罗金的孩子，是王国的秘密继承人。此外，与反基督者类似，斯塔夫罗金以一种危险的方式与真正的救世主相像；在他身上，黑暗的东西燃烧起来，发出耀眼的光亮。"你像他，非常像，也许你和他有亲缘关系。"跛子说。她虽是愚人，却独具慧眼，看到了斯塔夫罗金的本来面目：他戴着光鲜的假面具，他是黑夜之鸟，假装能像猎鹰那样翱翔云天。斯塔夫罗金最后以自杀告终。弗拉基米尔·索洛维约夫是熟知陀思妥耶夫斯基思想的人之一，认为斯塔夫罗金采取的这一最后行动最终证明了他的本性。他是犹大，是反基督者，掌控的魔鬼不计其数。他体现了陀思妥耶夫斯基对不成熟的基督复临的看法：在那样的情况下，假救世主将在东方出现，欺骗善良之心，让世界堕入混乱之中。

这一观点基于的有力证据既来自小说，也来自陀思妥耶夫斯基的哲学著述。但是，它留下了许多尚待解释的东西。斯塔夫罗金这个名字不仅包含了俄文中表示"犄角"的构词成分，而且还包含表示十字架的构词成分。陀思妥耶夫斯基坚信，"与其相信真理，毋宁信奉耶稣"；他是否通过假救世主之口宣扬了这一信条呢？斯塔夫罗金隐藏真相，但是显然与人类之子，与白痴有诸多相似之处；他被人大扇耳光，公开受辱，其原因何在呢？我们知道，陀思妥耶夫斯基将这样的苦难视为神圣性的一个外部标志。当我们考虑斯塔夫罗金与女人的关系时，我们面对的是如何确定核心意义这一两难困境，是全面理解这个人物的迫切需要。斯塔夫罗金在谈到跛子时告诉沙托夫："她根本没有生过孩子，根本不可能。玛丽亚·季莫费耶夫娜是处女。"然而，他却坚持认为她是他的新娘，正是她的死亡最终穿透了他的冷漠和放肆的内心。在斯塔夫罗金与玛丽亚·季莫费耶夫娜之间，配偶和纯洁这种双重神圣性占据了上风。"对你来说，这是轻松谜底，猜一猜吧。"玛丽亚说。也许，我们觉得谜底不乏离奇，带有亵渎意味，所以没有这样做。在斯塔夫罗金和丽莎·尼古拉耶芙娜邂逅时，贞操母题再次出现。"完全惨败，"韦尔霍文斯基说，"我根本不相信，你们在客厅里并排坐了一夜，讨论某种高雅的东西，浪费自己的宝贵时光。"在传统观念中，反基督者被描绘为贪婪情欲的化身，我们怎么可能让它与这里的斯塔夫罗金形象保持一致呢？斯塔夫罗金与梅诗金不同，并不是性无能者，而且在这个例子中涉及异性。所以，这个例子具有不可思议的神圣性。

玛丽亚·沙托娃怀了斯塔夫罗金的儿子，沙托夫带着欣喜若狂的谦卑之情接受了婴儿。这旨在要读者相信，《群魔》给予读者的未来希望全都系在这个孩子身上。但是，为什么会出现玛丽亚这个名字和父亲身份转移这个秘密呢？相关证据十分重要，环环紧扣，不可否认。耶稣诞生与斯塔夫罗金之子的出生相关，而且这种相关性并不是戏仿之作。沙托夫非常兴奋，迅速高涨的情感影响了基里洛夫，这两点作为真实的价值被传递给了读者。假如斯塔夫罗金仅仅是——或者主要是——假救世主，那么，伴随婴儿诞生出现的所有奇妙精神状态和激动情绪就会构成一场带有讥讽意味的闹剧。

斯塔夫罗金这个角色身上表现出来的矛盾之处令人困惑难解。他是"耶稣眼里的叛徒"，伊万诺夫说，但是"他对撒旦也无忠诚可言"。他在行动层面上——从最基本意义上看——处于人的道德观之外。在创造这个角色的过程中，陀思妥耶夫斯基可能屈服于一个古老的、令人绝望的疑惑之中。如果上帝是宇宙万物的创造者，那么，他同时也是罪恶的创造者。如果所有的天恩都包含在上帝的存在之中，那么，所有的不人道行为也包含在上帝的存在之中。在小说中，斯塔夫罗金并非一直是这一虚构神话的化身。但是，作品描述了他的行为，将玛丽亚·季莫费耶夫娜与玛丽亚·沙托娃进行了象征性定位，揭示了斯塔夫罗金与这一定位的相关性，从而排除了这一看法：他代表了纯粹恶意的计划，代表了对黑暗王子的直接刻画。在小说中的某些时候，斯塔夫罗金似乎向读者传递了对上帝的双重性的悲剧性认识。如果借用那些炼金术士的语言（这样的语言恰如其分地表达了神话和诗歌之间的内在关系），我们就可以看到，在斯塔夫罗金这个角色身上有一种代表上帝的符号，一种深奥的密码，它表达或者引起对上帝的特征的一种揭示。那些谴责和批评陀思妥耶夫斯基的人很快注意到，当伊万·卡拉马佐夫以狂热的方式叙述世界的恐怖行为和邪恶时，他自己的神义论——阿廖沙·卡拉马佐夫提出的自由形而上学——没能提供充分的回应。陀思妥耶夫斯基暗示，罪恶以及违背人类价值的做法与上帝的普遍性不可分割；我很想知道，在这种暗示中，在斯塔夫罗金这个角色身上，我们是否可以找到陀思妥耶夫斯基提供的终极回应，找到其意义的"更真实的"方面呢？

在文学领域中，很少有人像陀思妥耶夫斯基这样，让我们看到理解力的局限性。没有谁像陀思妥耶夫斯基这样，以令人信服的方式向我们展示，善与恶之间、神与鬼之间令人感到安慰的区分完全是人为的，应用范围非常有限。斯塔夫罗金代表了克尔凯郭尔的这一信念：道德范畴和宗教范畴可能并不完全相同；实际上，它们可能完全相异。在思考斯塔夫罗金这个角色的过程中，读者会逐步对陀思妥耶夫斯基的勇敢做法惊叹不已：小说家勇于将见解的恒常性引入思维的深渊之中；或者说引入一种能力，正如传奇所说，这种能力曾经促使但丁穿越地狱之火，任凭火焰熏黑他的皮肤。

对作者勇气的这些考验在作品的草稿中被记录了下来。"就公爵而言，"陀思妥耶夫斯基告诉自己，"一切都在考虑之中。"作者从一开始就看到，斯塔夫罗金可能与上帝的存在这个问题相关，正如草稿中的一个句子片段告诉我们的,"甚至可能达到推翻上帝的地步,到达取而代之的地步。" 在研究莎士比亚时,柯勒律治提出的这一观点对陀思妥耶夫斯基而言也是正确的:他具有"崇高的能力,伟大的头脑借助这样的能力,变为它沉思的对象"。这部小说的创作笔记显示了创作过程中出现的这种全神贯注的状态。我们在此可以看到,陀思妥耶夫斯基超越了最初的信念,形成了新的观念,碰撞出灵感的火花。这些草稿向我们详述了《群魔》的基本结构,详述了斯塔夫罗金是如何起到情节催化剂作用的。他揭露了沙托夫的宗教信仰的虚弱性,将基里洛夫驱赶到极端理性的状态中。他促使费季卡开始暗杀行动,唤醒了丽莎身上歇斯底里的情欲。他在韦尔霍文斯基的生命中起到关键的作用,与后者保持了千丝万缕的密切联系,我们有时无法确定,行动原则究竟在什么地方?

在刻画斯塔夫罗金与其他角色之间关系的过程中,陀思妥耶夫斯基回到了他的基本主题之一:变态的爱情引发了愚蠢的行为和邪恶。在上帝之爱遭到歪曲的场合,愚行和罪恶同时加剧。在这一点上,陀思妥耶夫斯基的思想反映了卡尔·古斯塔夫·卡鲁斯的《精神》(*Psyche*)。小说家可能接触了这部相当怪异但是才华横溢的论著,甚至有可能在服刑之前就已经阅读过。卡鲁斯提出,在不成熟的笃信宗教的行为与不成熟的性征之间,存在着相互作用(这样的作用我们可以称为"转移");这一见解在一定程度上预示了后来弗洛伊德理论的出现。在卡鲁斯所说的"不成熟的灵魂"中,宗教情感或者性爱激情爆发,这可能导致类似的堕落。在过度欲求——它可能源于病态,也可能源于客体化失当的情况——影响之下,心智可能屈服于突然出现的非理性仇恨。在这部小说中,韦尔霍文斯基的性格和行为以戏剧化的方式体现了这种有害的着迷状态。但是,在斯塔夫罗金身边的角色中,几乎所有人都受到了一定程度的影响。《群魔》被罪恶所笼罩,其中许多要么源于对爱情的亵渎行为,要么源于对爱情的变态心理。小说中的男男女女将自己拱手交给"哈里王子",但是这位王子既不尊重他们的奉献,也不进行回报。在王子的非人本性中,这种不进行回报的心态根深蒂固,进而导致混乱和仇恨。

斯塔夫罗金使人们灵魂枯竭,从而让魔鬼伺机进入;小说以极大的感染力和戏剧方式展现了这一点,例如,在维尔金斯基家里的聚会这一插曲。这里的场景类似于《圣经》中的最后晚餐,作者采用的处理方式介于讽刺剧与挽歌之间。彼得·韦尔霍文斯基暗示,有人将会密谋背叛,信徒之中有犹大式的角色。在场的人矢口否认,奋起抗议,斯塔夫罗金——他本人是皇太子——沉默无语。密谋者们把目光转向他,希望获得安慰,希望知道他自己究竟愿意承担多少责任:

"我没有必要回答诸位感兴趣的问题。"斯塔夫罗金咕哝道。

"不过,我们已经做出了妥协,你却不愿意。"几个人七嘴八舌地大声说。

"你们做出了妥协,这和我有什么关系呢?"斯塔夫罗金笑道,眼里闪过一道亮光。

"你说什么关系呢?你说呢?"有的人诘问。

许多人站立起来。

公爵离开了,假预言家跟在他身后,撇下可怜兮兮、精神空虚的使徒们。后来,韦尔霍文斯基试图制造事端,读者在这样的行为中看到一种几乎与基督徒同样古老的异教假设：犹大背叛了耶稣，其目的是让启示时刻早点到来。

在批评见解与富于诗意的解读之间存在着巨大的空白，这使读者对斯塔夫罗金的看法，对《群魔》的看法肯定难以摆脱以偏概全之嫌。与《哈姆雷特》或者《李尔王》类似，斯塔夫罗金这个人物十分丰满，读者无法提出详尽无遗的论述。在解读文学作品和神话时，没有什么一劳永逸的方法，读者所做的仅仅是使自己的回应具有更大的合理性和适度性。燕卜荪说：陀思妥耶夫斯基"以奇怪而明晰的方式"表达自己的思想。常常出现的情况是，这种明晰性存在于作品的奇特性之中。并非所有批评家都愿意承认这一点。《群魔》的主角具有神秘性，小说的形式层面复杂，这两点被认为是技巧方面的失败。"在这部作品中，陀思妥耶夫斯基深深地抛下了铁锚，结果他自己却无法将它拉起来。为了让自己的航船摆脱羁绊，他不得不砍断更多的缆绳。他只能在某种程度上赋予自己看到的东西以艺术形式……"[1] 这一观点见于雅克·里维埃撰写的文章《陀思妥耶夫斯基与深奥难解的意义》("Dostoevsky and the Unfathomable")。按照里维埃的说法，在陀思妥耶夫斯基塑造的每个角色的内心中都有"一个X"，一个不可减缩的未知数："我觉得难以相信的是，在有了足够直觉的情况下，作家可以让角色既有深度，又有逻辑一致性。"他的结论是，"真正的深度是经过探索的深度"。[2] 这一观点被浓缩成一句箴言，早在《芬尼根的守灵夜》（Finnegans Wake）问世之前就被提了出来，是针对俄罗斯小说的特点

---

1 V. 伊万诺夫,《自由与悲剧生活》(Freedom and the Tragic Life, 纽约, 1957 年)。
2 雅克·里维埃,《陀思妥耶夫斯基与深奥难解的意义》("De Dostoïevsky et de l'insondable", 参见《新研究》, 巴黎, 1922 年)。

且为欧洲小说提出的最有力的辩词。

但是,这一辩词的基础是片面之见。在经验世界和梦幻世界构成的巨大地图中,存在着深邃的鸿沟;人们身处其中,只能直接上升,根本无法进行探测。让我再次使用《神曲》的例子:在视觉的极限下,有人在失明状态下——而不是在进一步探索的过程中——发现光明。但是,《神曲》以及让里维埃得以建立他的逻辑原则的文学作品反映出不同的构想。两者之间的区别在于,宗教元素的存在或者缺失——我们需要从最宽泛的角色来理解"宗教"一词的意思。在缺失宗教元素的情况下,文学成就的某些方面会使人觉得,它们是可望而不可即的东西。我们可以对这些方面加以定义,采用的方式是借助古希腊和伊丽莎白时代的悲剧,以及严肃史诗的传统;而且依我所见,还可以借助托尔斯泰和陀思妥耶夫斯基的小说。就神话体系的范围和全面性而言,《战争与和平》《安娜·卡列尼娜》《白痴》《群魔》以及《卡拉马佐夫兄弟》达到了很高的境界。与之相比,欧洲小说在这方面显得稍逊一筹。

巴尔扎克、司汤达、福楼拜和亨利·詹姆斯实践的小说艺术对现实范围的中间部分产生影响。在这个范围两端之外的部分,还存在着很大的深度和高度。在普鲁斯特的作品中,我们看到了这一点:这个中间范围主要由社会层面构成,它可以借助详细考察的力量,构成对生活丰富多彩的成熟描绘。《追忆逝水年华》见证了对灵感突发的非宗教想象力的长篇记录,展现了世俗化世界观对生活非常复杂和全面的反映。技巧的具体性几乎弥补了形而上学的肤浅之见。但是,与托尔斯泰或者陀思妥耶夫斯基的作品相比,《追忆逝水年华》这部小说最终将自身定位在比较狭仄的范围之内。这里有一个很能说明问题的例子：普鲁斯特采用带有侮辱性的简略方式，将最高尚的角色罗贝尔·德·圣卢（人们在一幢老宅的地板上发现了他的军功十字勋章）逐出场景。普鲁斯特作品中的角色与艾玛·包法利类似，在悲惨时刻委曲求全，矮人一等，似乎天花板太低了。相比之下，陀思妥耶夫斯基笔下的德米特里·卡拉马佐夫即便穿着肮脏的袜子（这是暗示卑微的苛刻象征），也会昂首挺立在读者面前，这使读者不禁想到，人是上帝按照自己的形象创造出来的。

在"后俄罗斯时代"，三位顶尖小说家——D. H. 劳伦斯、托马斯·曼和詹姆斯·乔伊斯——扩展了小说的优秀传统，他们的发展方向正是宗教神话或者超验神话。劳伦斯进行的尝试最终展示了新巫术的残忍性；托马斯·曼和乔伊斯都没有获得陀思妥耶夫斯基作品具有的那种完整的启示。这些看法都无关紧要，重要的事实在于他们所做实验具有的性质。具体来说，《尤利西斯》以非常确定的方式提出了对世界的新的系统看法，这在弥尔顿以来的欧洲文人中独树一帜——在弥尔顿的作品中，起到支配作用的正是宗教神话。布莱克默在《奇迹迭出之年》(*Anni Mirabiles*) 中写道：

> 斯蒂芬是路西法的形象，一个自暴自弃的人，一个决不妥协的人。布卢姆是耶稣（或者正如本书所说，是"另一个人"），而且——根据定义——是陌生人，面对世事变迁时见风使舵。

当然还有其他因素，然而以上提到的这些因素从各个方面扩大了小说的范围。

乔伊斯执着地探索自己的心路历程，试图建立文明圣城

（ecclesia）。在我们看来，这样的尝试在某种程度上以失败告终。陀思妥耶夫斯基植根于具有权威性和指导性的信念，托尔斯泰的异教信仰独树一帜，自我陶醉，然而却不乏理性。就此而言，20世纪的欧洲小说和美国小说无法借鉴这样的信念和信仰。在19世纪的俄罗斯，宗教热情和文学想象同时迸发出来，祈祷和文学呈互相影响的辩证关系，形成了特殊的历史环境。机遇和天才结合，造就了希腊悲剧和伊丽莎白时代的戏剧。与之类似，俄罗斯小说的传统也植根于特定的历史契机之中。

七

托尔斯泰和陀思妥耶夫斯基的作品是文学领域中涉及信念问题的重要典范，它们给读者的心灵带来巨大影响，涉及的价值观以非常明显的方式，与我们所在时代的政治形成密切关系，我们根本无法在纯粹的文学层面上对其做出回应。它们在读者中引起强烈并常常互相排斥的响应。托尔斯泰和陀思妥耶夫斯基的作品不仅被人阅读，而且两位大师还受人崇拜。世界各地的人们络绎不绝前往亚斯纳亚·波良纳庄园朝拜，寻求启迪，希望得到某种神谕式救赎福音。大多数访客——里尔克是一个明显例外——追寻的是宗教改良人士和预言家，而不是托尔斯泰本人似乎加以否认的小说家。但是，这两者其实是不可分割的。通过本质的统一性，或者根据他自己对天才的定义，新福音的阐述者和甘地的导师就是《战争与和平》和《安娜·卡列尼娜》的作者。有些人自封为"托尔斯泰的拥趸"，相比之下，也有陀思妥耶

托尔斯泰或陀思妥耶夫斯基

夫斯基的信徒笃信陀思妥耶夫斯基的生命观。约瑟夫·戈培尔创作了一部稀奇古怪但不乏天赋的小说《迈克尔》(Michael)。在该作品中,有一名俄罗斯学生说:"我们的父亲笃信上帝,我们笃信陀思妥耶夫斯基。"[1] 他的这一说法得到别尔嘉耶夫、纪德和加缪的佐证——他们都说,陀思妥耶夫斯基在自己的生活以及提高觉悟的过程中起到重要的作用。与之类似,高尔基说,托尔斯泰的存在这一简单事实使其他人得以从事文学创作;存在主义的形而上学家以及某些死亡营幸存者公开表白,他们头脑中的陀思妥耶夫斯基形象和作品片段帮助他们清晰地思考,并熬过那些艰难的日子。信念是灵魂的最高行为,所以需要与之相称的对象。一个人是否可以说,自己"笃信福楼拜"呢?

梅列日科夫斯基可能是最早将托尔斯泰与陀思妥耶夫斯基进行对比研究的人。在他看来,两人在世界观上的矛盾似乎是一种令人感到悲痛的评论,揭示了俄罗斯人在良知上表现出来的四分五裂的状态。他希望托尔斯泰和陀思妥耶夫斯基会把他们的力量汇集起来:

> 一些俄罗斯人——肯定为数不多——急切希望,两位大师的新宗教理念将会实现。他们相信,如果托尔斯泰和陀思妥耶夫斯基的思想融合起来,人们将会发现引领和复兴俄罗斯文学的象征。[2]

看来,两位小说家都不大可能容忍这个期望。两人之间的一个共

---

[1] 约瑟夫·戈培尔,《迈克尔》(慕尼黑,1929年)。我对这部著作的关注受到了拉特格斯大学的西德尼·拉特纳教授的启发。
[2] D. S. 梅列日科夫斯基,参见前面引用的著作。

同点是，他们都谨慎地——有时带着压抑心态——承认对方具有的天才。两人的伟大性具有不同的一般倾向，其存在形式也各不相同，这以无法挽回的方式使他们处于互相对立的状态。

　　托尔斯泰和陀思妥耶夫斯基从未见过面，或者用更准确、更明白的话来说，尽管两位都意识到，他们在一个时期中常常参加同一个文学圈子的活动，但是都确信并没有见过面。其实，两人的传记和涉及宗教见解的历史著作表明，他们曾多次在许多场合几乎擦肩而过：两人都与彼得拉舍夫斯基那一帮人打过交道——陀思妥耶夫斯基在1849年，托尔斯泰在1851年；死刑、弟弟之死、西欧的城市生活情况都给他们留下了烙印，在他们的信念形成过程中起到相当重要的作用；两人都热衷于赌博；两人都多次探访位于奥普汀的著名隐修院；两人都对19世纪70年代的民粹主义运动深感兴趣，并且为米哈伊洛夫斯基主编的刊物撰稿；两人都有希望他们见面的共同朋友。就已知情况而言，他们没有见过面。也许，两位大师都担心，见面有可能因为脾气不合以不欢而散告终，或者更痛苦的是，有可能以交流全面失败而告终（乔伊斯与普鲁斯特的短暂会面就是这样的结果）。

　　托尔斯泰在听到陀思妥耶夫斯基逝世的消息之后不久，给斯特拉霍夫写了一封信：

> 我从来没有见过这个人，没有任何直接联系；但是，听到他去世的消息之后，我突然意识到，他是我最宝贵、最亲爱、最需要的人。我从来没有想过将自己与他进行比较。他写的所有东西（我的意思仅仅是优秀、真实的东西）给我留下了深刻印象，他写得越多，我越喜欢。他的艺术成就和智性可能引起我的妒忌之心，

但是，来自内心的作品给我带来的只有快乐。我一直把他视为朋友，总觉得某个时候肯定会与他见面。突然之间，我在报纸上看到他的死讯，顿时觉得不知所措。后来，我意识到，自己非常看重他，不禁失声痛哭——我甚至现在也在哭泣。就在他去世前几天，我带着情感和愉悦，拜读了他的《被侮辱与被损害的人》。

在写这封信件时，托尔斯泰仍旧处于陀思妥耶夫斯基逝世造成的震撼中，肯定说的是肺腑之言。但是，宣称他总觉得某个时候肯定会与陀思妥耶夫斯基见面，这种说法要么是自欺之辞，要么是客套之语。这使人不禁想起，威尔第与瓦格纳两人也有类似的命运，一直没能谋面。坊间的一个说法是，威尔第到了瓦格纳在威尼斯的府邸，本想实现两人之间的初次见面，不料瓦格纳突然逝世——无论作为一个人，还是作为音乐家，他都没能去成。

这封信寥寥数语，但是揭示了托尔斯泰的真实感情。他将陀思妥耶夫斯基小说中的什么东西视为"优秀、真实的东西"呢？他与屠格涅夫一样，倾向于将《死屋手记》视为陀思妥耶夫斯基的最佳作品。他认为，这是一部"文笔精彩、富于启迪的著作"；这一点毫无疑问，然而，它并不代表陀思妥耶夫斯基的成熟创作方式，也不代表陀思妥耶夫斯基主要作为小说家表现出来的最高水准。它是陀思妥耶夫斯基作品中最符合托尔斯泰鉴赏情趣的东西。在《被侮辱与被损害的人》中，托尔斯泰最感兴趣的是基督教有关怜悯的元素——狄更斯式情绪具有的品质。陀思妥耶夫斯基的主要作品使他心生反感。高尔基特别提到，托尔斯泰说这番话时"吞吞吐吐，勉勉强强，闪烁其词"。在信件的某些部分，根深蒂固的对抗性在显示不公正态度的瞬间爆发出来：

> 陀思妥耶夫斯基对事物持毫无理由的怀疑态度，雄心勃勃，对人严厉，命运不济。不可思议的是，竟然有这么多人阅读他的作品。这让我百思不得其解。他创作了白痴、青少年、拉斯柯尔尼科夫以及诸如此类的角色，他们并不真实，读这样的东西令人痛苦，毫无用处。所有这一切更为简单、更易理解。人们不读列斯科夫这样真正有价值的作家，这种现象令人深感遗憾……[1]

高尔基认为，托尔斯泰提出了这个怪诞异常的说法：在陀思妥耶夫斯基的血液中，"存在着某种犹太人的东西"。为了展现圣哲罗姆提出的分裂世界的形象之一，似乎古雅典（理性之城、怀疑之城，而且还是世俗能量自由作用的愉悦之城）已经与耶路撒冷的超验末世论形成对抗。

与之类似，陀思妥耶夫斯基对托尔斯泰的态度也是模棱两可，非常复杂。他在《作家日记》中承认，"毋庸置疑，列夫·托尔斯泰伯爵是各个阶层的俄罗斯公众最喜欢的作家"。他要自己的读者相信，《安娜·卡列尼娜》——他对该书表达的政治观念持非常不满的态度——是一部杰作，是西欧文学可望而不可即的东西。但是，每当想到托尔斯泰拥有的优裕写作环境，陀思妥耶夫斯基就深感恼怒。甚至在他的文学生涯之初，在他从塞米巴拉金斯克回来时，陀思妥耶夫斯基就觉

---

[1] 托尔斯泰致高尔基的信，参见高尔基，《回忆托尔斯泰、契诃夫和安德烈耶夫》（凯瑟琳·曼斯菲尔德、S.S.科特利安斯基和莱昂纳多·伍尔夫译，伦敦，1934年）。

得，托尔斯泰从文学期刊得到的报酬显得太高。他在1879年写给侄女的一封信中感叹道：

你知道吗，我绝对明白这一点：假如我能够像屠格涅夫、冈察洛夫和托尔斯泰那样，花上两三年时间去写那本书，我就可能写出一本传世之作，让人们再过100年之后依然挂在嘴边！

在陀思妥耶夫斯基看来，托尔斯泰拥有的那份闲暇、那笔财富使他能够专心写作，但是，这些东西也使他的作品带有特殊的风格和品质。他把托尔斯泰的作品称为"地主文学"，在1871年5月写给斯特拉霍夫的信中说：

那种文学表达了它必须说出的一切（列夫·托尔斯泰的情况尤其如此）。它已经讲出最后的意思，无须进行更多研究。

在1877年7月和8月写下的《作家日记》中，陀思妥耶夫斯基认为，托尔斯泰所写的许多东西"不过是很久之前的历史情景而已"。他反复强调说，普希金开创并且完善了历史体裁，托尔斯泰写的东西根本无法与普希金的作品相提并论。在陀思妥耶夫斯基的美学中，这一比较蕴含了其全部价值和理想：普希金是俄罗斯民族的诗人和预言家，是俄罗斯命运的化身；相比之下，屠格涅夫和托尔斯泰（正如他在《一个伟大罪人的一生》的一则创作笔记中说的）总是带有性质相异的因素。

在他的小说和论战著述中，陀思妥耶夫斯基几次提到托尔斯泰和他的思想。在巴尔干战争期间，陀思妥耶夫斯基的泛斯拉夫主义言论和救世期望表现出歇斯底里的意味。他在《作家日记》中写道："现在有谣传说，成批的俄罗斯军官在战场上遭到杀害——愿上帝保佑俄罗斯志愿者获得胜利！你们是可爱的人！"在陀思妥耶夫斯基看来，托尔斯泰在《安娜·卡列尼娜》最后一部中谴责战争的言论证明了作者的"背叛"行为，证明了作者以玩世不恭的态度脱离了"全俄罗斯人的伟大事业"。在列文这个角色中，陀思妥耶夫斯基看到了托尔斯泰的真实代言人，也在列文身上看到了对"神圣土地"的热爱，这样的情感与他自己的非常相似。让陀思妥耶夫斯基深感震惊的是这一事实：这种热爱居然与民族主义割裂开来。亚斯纳亚·波良纳被弄成一个封闭的世界；通过列文的庄园这个形象，托尔斯泰大肆鼓吹私人生活的好处，把它置于公共生活之上。陀思妥耶夫斯基向往君士坦丁堡被重新征服的日子，认为托尔斯泰这种苦心经营自家花园的做法是一种背叛行为。在《作家日记》中，他对《安娜·卡列尼娜》大加批判，结束时的语言带着谴责的意味："有的人——《安娜·卡列尼娜》的作者就是一例——号称社会的导师，我们的导师，我们只不过是他们的小学生。那么，他们教了我们什么呢？"

但是，两人之间的争吵不仅表现在政治方面，还有涉及更深层次的东西。陀思妥耶夫斯基对理智的结构具有不可思议的睿智之见，他在托尔斯泰身上发现了卢梭信徒的影子。陀思妥耶夫斯基的目光超越了托尔斯泰宣称的普世之爱，以预言家的洞见看到了这三者的结合：其一，鼓吹社会完美性的信条；其二，建筑在理性或者个人感觉首要性基础之上的神学；其三，将悖论感和悲剧感从人们生活中排除出去的欲求。早在托尔斯泰的其他同代人之前，也许早在托尔斯泰本人之前，陀思妥耶夫斯基就以朦胧的方式提出了托尔斯泰思想可能形成的东西：一种没有耶稣的基督教。在托尔斯泰的人道主义中，陀思妥耶夫斯基似乎看到了居于核心地位的卢梭式自我论。"对人类的爱，"他在《少年》中说，"应被理解为对你在自己灵魂中创造出来的那些人的爱。"陀思妥耶夫斯基相信东正教的信条，被信仰的神秘性和悲剧性所吸引，他在托尔斯泰身上看到了自己的主要反对者。

但是，陀思妥耶夫斯基是非常伟大的小说家，他以极大的激情对人进行探索，不可能不被托尔斯泰的天赋所吸引。我们只有从某种相互抵触的冲动的角度，才能解释陀思妥耶夫斯基小说中对托尔斯泰的非常奇怪的影射。长期以来，批评家们已经指出，"白痴"的名字——列夫·尼古拉耶维奇·梅诗金——模仿了列夫·尼古拉耶维奇·托尔斯泰伯爵的名字。此外，梅诗金和托尔斯泰两人都认为，他们的名字源于古老家系。两个名字的相似之处可能显示，在陀思妥耶夫斯基的头脑中，出现过一个暗中存在、也许属于无意识层面的思辨过程。他是否想说，托尔斯泰的耶稣观与梅诗金本人的命运类似，通过某种见解方面的固有缺陷或者遭到滥用的人性，注定难逃无所作为的厄运？或许，陀思妥耶夫斯基是否要表明，如果没有教会的支撑结构，个人的圣人言行是一种自我放纵，命中注定会以灾难性结果告终？我们不得而知，但是这种回声很难说是偶然现象；我们能看到，它掩盖着由想象力形成的秘密坦露。

在伊万·卡拉马佐夫与魔鬼的对话中，出现了一个不那么神秘的暗指，它以细腻笔触对托尔斯泰进行了讽刺。这位"绅士"试图说服伊万，他说的话全是真的：

第四章

> 听我说，在梦幻中，特别是在梦魇中——无论这种梦是由消化不良，还是别的什么原因引起的——人有时候产生这类艺术灵视，看到这类复杂和真实的现实性，看到这类活动，甚至许许多多的活动。它们构造这样的情节，展现出人意料的细节，既有最高贵的东西，也有袖口上的最后一个链扣这样的琐碎事物。我可以赌咒发誓，列夫·托尔斯泰从来没有胡编乱造……这个主题完全是一个谜。实际上，有一位政治家私下向我坦承，他的所有理念都是在睡梦中出现的。怎么说呢，眼下的情形就是如此，尽管我说的是你的幻觉，然而，与梦魇中的情况类似，我说的是原创的东西，它们以前从来没有进入过你的头脑。

这部小说中的魔鬼旁征博引，不仅提到《圣经》，而且还提到托尔斯泰的著作。在此，陀思妥耶夫斯基无疑以话中有话的方式暗示，托尔斯泰小说中规模宏大、充满细节的现实主义往往让读者产生幻觉，与《卡拉马佐夫兄弟》展现的幽灵世界没有什么两样。

R. 孚勒普-密勒说，陀思妥耶夫斯基本来计划创作一部"反托尔斯泰小说"。如果真有其事，我们没有看到任何痕迹。而且，没有任何沃尔特·萨维奇·兰多式人物创作出这两位小说家之间的想象性对话。然而，我很想知道，是否存在事实上可被视为这种想象性对话的片段呢？在陀思妥耶夫斯基的艺术和神话结构中，宗教大法官传奇具有非常重要的地位，与《李尔王》和《暴风雨》在莎士比亚作品之中的地位不相上下。从文学和意图两个方面看，这个传奇非常复杂，涉及许多层面，我们可以用有益的方式从许多视角加以解读，发现许多意义层面。陀思妥耶夫斯基借助这个传奇，提出了他的思想的最终尺度，其形式和形而上学方面的重要因素可能产生于针对托尔斯泰的某种具有攻击性的思考过程中。我在此建议，把宗教大法官的传奇视为一种寓言，它标示了陀思妥耶夫斯基与托尔斯泰两人之间的正面对抗。我这样做旨在提示一个既非教条，亦非带有持久不变偏重的构思。我提出了一个批评虚构，一个幻想空间，我们可以借此重新引导自己的想象力，去解读最著名然而又最令人困惑的文学作品之一。

这个传奇出现在伊万与阿廖沙·卡拉马佐夫的争执中，是一个登峰造极的舞台，是涉及终极危机和结果的片段。就在讲述他所称的"诗歌"之前，伊万承认了自己反叛上帝的行为。他无法接受施加于儿童的兽性行为。如果上帝存在，并且听任儿童以毫无意义的非人方式遭到杀戮和变成残疾，那么，他要么心地恶毒，要么无力阻止。最终神义论的理念——救赎性正义的理念——根本无法与"那个遭到折磨的儿童的眼泪"相提并论。那个儿童"在屋外的厕所中，用稚嫩的拳头敲击自己的胸膛，两眼流淌着没有得到救赎而产生的眼泪，向'亲爱的仁慈上帝'虔诚祈祷"。接着，伊万最终放弃了：

> 和谐需要极高的代价；进入这种状态需要付出这么多，超出了我们力所能及的程度。所以，我赶快退还了我的那张门票。如果我是一个诚实的人，我肯定会尽快退还。我就是这样做的。这并不是说，我不接受上帝，阿廖沙，我只不过怀着尊敬之心，把门票退还给了上帝。

伊万的这一说明在很大程度上效仿了别林斯基攻击黑格尔主义者的做法。在给博特金的一封著名信件中，别林斯基写道：

第四章

就你在哲学上的庸俗而言,我有幸在此向你直言:如果我碰巧达到了进化阶梯的顶端,我就会要求,为了因环境和历史成为烈士的所有人,为了遭到偶然事件之害、遭到迷信行为之害、遭到宗教法庭之害、遭到菲利普二世之害的所有人,必须给我做出解释……否则,我将立刻从显赫的地位上纵身跳下。如果没有人首先让我确知每个兄弟的情况,我不想接受给我的那份幸福……据说,不和谐的声音是实现和声的条件。从音乐爱好者的角度看,这一说法可能是令人愉快的、有益的,然而对任何一个命中注定扮演不和谐角色的人来说,这一说法的愉悦性和有益性都会大打折扣。

这一传奇的萌芽就在上面的段落中,它将对神义论的一般批判与宗教法庭的具体主题联系起来。

但是,记忆之网已经向许多方面撒开。被退还的"门票"这一母题指向席勒创作的最深奥的寓言之一——《死了心》(Resignation)。在这首诗中,发言者讲述了自己是如何以青春和爱情为代价,误信这一无用承诺:生活中将要出现和谐与理解。接着,发言者控告永恒欺骗了自己。没有哪个从死亡归来的人能够证明,在另外一个世界中,存在着对人生遭受的痛苦和不平等命运的公正补偿。一个全知全能的声音回答了他提出的控诉。人们被赋予希望或者幸福(Genuss),但是不能同时拥有这两种东西。如果进行选择、希望得到对超验正义的某种神示的人,将会在希望的过程中得到补偿。除此之外,不应提出更多的要求。我在此仅仅引用与陀思妥耶夫斯基的文本直接相关的诗行:

在你的桥面上，魅影仅仅将我包围，
哦，令人生厌的永恒！
我一生没有经历过幸福时光——
收回这封所谓的幸福授权书吧——
信封完好如初——你看吧！

黑色的面纱蒙蔽了你的眼睛，
听一听我的怨语，判官；
在我们的生活轨道上，流行着一种使人快乐的信仰，
你是地上的主宰，你是衡量善恶的天平，
你的名字叫回报者。

人们说，你让犯罪者感到恐惧，
让行善者得到快乐；
你可以揭露扭曲的心地，
你可以揭开人们命运的谜底，
计算和分配苦难。

（Da steh' ich schon auf deiner finstern Brücke,
　　Furchtbare Ewigkeit.
Empfange meinen Vollmachtbrief zum Glücke!
Ich bring' ihn unerbrochen dir zurücke,
　　Ich weiß nichts von Glückseligkeit.

Vor deinem Thron erheb' ich meine Klage,

第四章

Verhüllte Richterin.

Auf jenem Stern ging eine frohe Sage,
Du thronest hier mit des Gerichtes Waage
Und nennest dich Vergelterin.

Hier, spricht man, warten Schrecken auf den Bösen
Und Freuden auf den Redlichen.
Des Herzens Krümmen werdest du entblößen,
Der Vorsicht Rätsel werdest du mir lösen
Und Rechnung halten mit dem Leidenden.）

伊万·卡拉马佐夫和诗歌的发言者都得到一张"门票",一份幸福授权书(Vollmachtbrief zum Glücke),但是他俩都不愿意付出代价。世界非常黑暗,超过了他们可以默从的程度。

利文斯通·洛斯所说的陀思妥耶夫斯基记忆的"勾连原子"将两个成分联系起来:一个是席勒这首诗歌,另一个是别林斯基提到的菲利普二世的主题。下一步几乎是显而易见的:席勒的《唐·卡洛斯》(*Don Carlos*)进入想象的过程,占据中心地位。伊万·卡拉马佐夫所说的宗教大法官正是在《唐·卡洛斯》中首次亮相的。舞台指令与传奇中对他的描述几乎如出一辙:

> 宗教大法官年逾90岁,双目失明,拄着拐杖,由两个多明我修会教士搀扶上来。他穿过人群,所有的达官贵人都跪倒在他面前……他给他们赐福。

但是,席勒的剧本给陀思妥耶夫斯基提供的并非只有宗教大法官的身体形象。与传奇中的做法类似,《唐·卡洛斯》涉及自由与唯一权力之间的辩证关系,把少数人——《群魔》中的希加洛夫描绘的形影相吊的专制者——杀人成性的特征暴露在怜悯和自由的诱惑之下。人们具有获得自由的可能性,人们的情感具有自发作用的可能性,这两点暂时颠覆了菲利普二世,把一阵眩晕感引入菲利普二世自我否定的严苛独裁统治之中。陀思妥耶夫斯基的文本回顾了这场审判,以及国王与波萨侯爵之间、国王与宗教大法官之间形成鲜明对比的对话。席勒作品中的某些母题几乎被原封不动地移植到伊万的诗歌之中。在解释他心血来潮的仁慈之举时,菲利普是这样对待这位侯爵的:"我盯着他的眼睛。"同样的情形也出现在大法官与耶稣之间——这位神父盯着耶稣的眼睛,后来让他平安离开。

这一传奇得益于别林斯基、席勒的大力传播,得益于普希金的大力传播——我们后面将会论及这一点。但是,它具有的特殊力量和品质直接源于虚构语境。这一事实有时候被人忽视,其原因有二:第一,伊万的叙事以某种经过升华并且颇为原始古老的风格表达出来,其目的似乎是将它与小说中的其他文字分隔开来;第二,它本身就是广为人知的传奇。但是,它是卡拉马佐夫兄弟之间对话的一个必不可少的组成部分,它的许多意义与其戏剧目的密不可分。伊万问阿廖沙,在这个世界上,是否有人可以宽恕折磨全然无助的孩童的人?阿廖沙回答说:

有。他可以宽恕一切,慈爱无边,他心地纯洁,把自己的鲜血献给了所有的人。他是教会的根基,有人已经忘记了他。他们正是向他大声祈祷:"主啊,你就是正义,我们看到了你指明的方向!"

但是,伊万没有忘记上帝,他接着讲述了耶稣去塞维利亚的故事。阿廖沙听了宗教大法官的独白之后说:"你的诗歌是在赞美耶稣,而不是责备他——这与你的本意并不一样。"但是,阿廖沙误解了伊万表达的悲剧观。这个传奇的本意根本不是要攻击耶稣,它是伊万控诉上帝的最高象征和主要载体。阿廖沙过了一阵才反应过来。"'你不信上帝。'他对伊万说,这时的话语中充满悲伤。"这就是问题的关键所在。伊万内心深处笃信耶稣,然而却无法让自己思路明晰的灵魂相信上帝。我们难以想象,还有谁能够以更精妙的方式,表达更令人感到痛苦的非基督教言论。

但是,我想建议的是更为有限的解读,暂不考虑这个传奇与《卡拉马佐夫兄弟》这一作品整体之间的关系。借助批评的巧妙方法,我把伊万的寓言视为托尔斯泰与陀思妥耶夫斯基两人之间的一种想象性接触,视为两人的不同世界观之间的一种交锋——这则寓言以很有天赋的构思和修辞方式表达出来,反映了两人思想的十分重要的方面。宗教大法官的诗歌语言精练,以激进的方式展现了不同信念之间的敌意;在其他场合,这样的矛盾被传播过程或者谨慎争论所压制。正是在这个片段中,我们可以非常清楚地看到别尔嘉耶夫所说的两位小说家之间的"难以调和的观点冲突",看到两种"根本不同的存在观"之间的对抗。在这部作品的草稿中,陀思妥耶夫斯基通过严苛的自我审视,清晰表达了在他的神话体系中占据核心位置的理念和质疑。在小说创作领域中,以如此精妙的方式"构思"的篇章十分罕见,堪称凤毛麟角。这一过程的迷人之处在于作家对细节的艺术处理。

下面，让我们看看小说创作笔记中最早的一段文字：

> 把他们的头统统砍下
>
> 大法官：在"那地方"，我们有什么需要呢？我们比你们更有人性。我们热爱人世——席勒为快乐放歌，还有大马士革的圣约翰。快乐的代价？需要流多少血，受多少折磨，堕落到什么地步，面对何种残忍［才能得到快乐］？没有谁说过这个问题。哦，耶稣受难是一个令人生厌的说法。
>
> 大法官：神灵就像商人，我比上帝更爱世人。

这里是真正的头脑作坊，人出现奇思妙想，使用神秘的直觉语言，作家可以用语言重构的只是其中一部分。这个片段中的第一个句子并不完整，它说的是前面一连串句子，涉及专制和希加洛夫对专制乌托邦的喜爱。罗马皇帝卡利古拉曾经表达了臭名昭彰的愿望：所有的臣民应该共有一根脖子，以便他一斧杀掉所有人。它是否指这段逸事呢？也许，我们在这个句子中看到了对前面笔记片段的暗指——陀思妥耶夫斯基在那段笔记中写下了逝去的王储路易十七的名字，并且加了下划线。接下来的一点比较容易理解，意思也明白一些。我们完全可以将大法官在此使用的语言概括为托尔斯泰式的。他的形而上学并不需要超验现实——不需要"那地方"，它在非宗教的物质世界的范围之内产生作用。在不完美和人性这两个意义上，他比耶稣"更有人性"。与耶稣相比，他以更真实的方式，受到使用理性、形成秩序和保持社会稳定的愿望的驱动。因此，这里出现了托尔斯泰提出的断言——"我们热爱人世"。如果需要,必须通过苦行或者暴力,在人间建立真正的幸福王国。

在笔记的其余几行中,陀思妥耶夫斯基突然转向了充满个人特征的联想、支离破碎的指涉关系。首先,我们被引向席勒的《欢乐颂》(*An die Freude*)。如果我们回顾这首诗歌,就会注意到,有若干诗行都与伊万信奉的哲学有关,其中的第六段特别明显:

> 万民啊!请勇敢地容忍!
> 为了更好的世界容忍!
> 在那边上界的天庭,
> 伟大的神将会酬报我们。

> (Duldet mutig, Millionen!
> Duldet für die beßre Welt!
> Droben überm Sternenzelt
> Wird ein großer Gott belohnen.)

从本质上讲,这是唯心主义的神义论:为了实现更好的世界,让我们容忍吧。即使我们失败,上帝也会奖赏我们做出的努力。这首《欢乐颂》以我们无法阐明的方式,让陀思妥耶夫斯基想到了大马士革的圣约翰——他的《正统信仰阐详》(*De fide orthodoxa*)在东正教教会的教义历史上起到了重要的作用。但是,看来更合理的解释是,席勒这首诗使小说家想到了大马士革的圣约翰创作的最著名的颂歌之一。在《逾越节颂歌》(*In Dominicam Pascha*)中,这位教会长老赞美激情的快乐悖论，赞美上帝通过死亡这一残酷的行为给所有人的赐福。

> 复活之日：让我们感到欣喜吧，所有的人；
> 上帝的羔羊，羔羊。
> 耶稣带领我们高唱哈利路亚，
> 从死亡中复活，从人世到天国。[1]

> (Resurrection dies: splendescamus, populi;
> Pascha Domini, Pascha.
> E morte enim ad vitam, et ex terra ad coelum,
> Christus nos traduxit, victoriam canentes.)

于是，两个记忆集束——如果我们用非常粗俗的形象来说明——在陀思妥耶夫斯基的心灵中处于相邻的位置：一个是席勒对人类进步和最终和谐状态感到的快乐，另一个是大马士革的圣约翰对耶稣的救赎性牺牲行为的赞美。在接下来的那个显然并不完整的句子中，陀思妥耶夫斯基对这两个想法进行了反思。成千上万的人是否必须受难（dulden），以便实现某种未知且也许虚无缥缈的补偿？这就是伊万·卡拉马佐夫提出的质疑的核心。"哦，耶稣受难是一个令人生厌的说法。"这是针对谁的呢？创作笔记告诉我们，陀思妥耶夫斯基那时可能并不知道。它可能是这种人提出的论点：他们怀疑耶稣永生这一教

---

[1] 关于陀思妥耶夫斯基对大马士革的圣约翰的暗指的讨论，我得到都柏林大学的约翰·J.奥马拉教授的帮助，在此谨致谢意。

义，怀疑上帝会宽恕将自己的独子折磨至死的世人的意愿。但是，耶稣受难也是阿廖沙提供的主要证据，他借此说明，耶稣通过自我牺牲，使一切怜悯之举都有实现的可能。这段创作笔记的结尾神秘难解，我们弄不明白"神灵就像商人"究竟是什么意思，究竟指什么。但是，大法官声称，他比上帝更爱世人，这一说法具有的力量和标示的方向非常明确。在具体的语境中，这一断言将被放大；大法官为世人辩护，对抗天恩的暴力和悖论，为世人在面对遥远或者无法理解的神灵时采取的行为之道辩护。这则笔记非常简略，语焉不详，说明头脑在思考自身神秘工作方式时处于迷茫之中，预示了大法官传奇的主要构思。

这则笔记后面是一系列简短的备忘录，包括句子片段、对话片段、部分引文。我们在这些文字中可以看到，陀思妥耶夫斯基越来越熟悉相关素材，以精湛的手法处理他希望表达的主题。有时候，他的思维跳跃幅度太大，形成的文字并未一一包括在小说的最终文本之中。在草稿中，伊万明确表示他站在大法官一边，"其原因在于，大法官更爱世人"。在《卡拉马佐夫兄弟》中，存在着模棱两可、具有讽刺意味的表述：

> 阿廖沙，这是一派胡言。一个没有头脑的学生写下的毫无意义的诗歌，他根本连两行诗歌都写不出来。你干吗这么认真呢？

大法官的辩证思考最初与希加洛夫的思想非常接近，与《群魔》所讽刺的那种奉行平等主义的社会主义非常接近。"我们得等候很久，才能建立王国。"创作笔记中那个没有名字的说话者坦承：

成群的知了将会从土里钻出来,大声指摘我们是奴役者,我们奸淫处女。但是,那些可怜的生灵将会屈服。它们最后将会屈服,其中的佼佼者将会加入我们的行列,明白我们受苦是为了获得力量——但是,那些该死的东西其实并不知道我们承受的重担,不知道我们在学习,我们在受苦受难。

在创作笔记中,在他迟疑不决的想象力与表露出来的思想确定性进行的长篇话语中,我们看到了陀思妥耶夫斯基最真实的预言家身影。在塑造大法官这个形象的过程中,陀思妥耶夫斯基借鉴了希加洛夫对孤独寡头的看法,借鉴了《唐·卡洛斯》中的神父这个角色,以及别林斯基笔下"热爱世人"的让-保尔·马拉。在陀思妥耶夫斯基表达自己构思的过程中,我们看到了托尔斯泰式的理智态度和感觉形式:以面面俱到的独裁者方式热爱人类;在自认为拥有确定无疑的知识时,表现出带着理性的傲慢态度;在字里行间流露出禁欲论倾向;孤独感占据了统治地位。伊万描述了"那个遭人谴责、执着地爱着人类的老头",这一不可思议的方式具有预言性。陀思妥耶夫斯基逝世很久之后,托尔斯泰才到了大法官的年龄,但是,这一传奇带有的预先告诫在很大程度上已经实现。托尔斯泰暮年时在精神上非常孤独。

在这些创作前写下的笔记中,头脑——可以这么说——已经让笔头做好了准备,陀思妥耶夫斯基随即展开了长篇论证。就这一点而言,创作草稿同样很能说明问题。与小说相比,草稿中的大法官以更公开的方式表达自己的观点,这使我们能够把握后来被诗歌的抒情性所掩盖的思想内容。大法官谴责耶稣抛弃人类的做法,这让人类面对自由,但也让他们心生怀疑:

第四章

> 最初，人们为了活命，把淡定视为最重要的东西，孜孜不倦地追求……你的做法恰恰相反，宣称生命就是反抗，永远抛弃了淡定。你不是给人具体、直截了当的原则，而是夺走了这一切。
>
> 此外，第二个观点，人类本性的第二个秘密是以这一必要性为基础的：形成对善恶的共同认识，使其适合所有的人。那个能够给予教导的人，能够指引的人，才是真正的先知。

在《卡拉马佐夫兄弟》中，同样的指责以更具有诗意的方式表达出来：

> 请注意，你不是要提供坚实的基础，让良知永远追求淡定，而是选择超乎寻常、晦涩模糊、令人困惑的东西……

正如我们所知的，这是托尔斯泰针对《新约》提出的基本控诉；从不同的判断范围看，这也是对陀思妥耶夫斯基小说提出的主要批判。高尔基以机敏的言辞指出，托尔斯泰精心安排了自己的福音版本，"以便使人们忘记耶稣这个形象之中的矛盾之处"。他试图用完全彻底、毫不动摇的常识取代"超乎寻常、晦涩模糊、令人困惑的东西"。与大法官类似，他也无法接受耶稣的教导中包含的悖论和令人迷惑不解的东西。托尔斯泰和陀思妥耶夫斯基笔下的神父都是理智力量的狂热信徒，都认为理性具有力量，可以让人清楚地理解耶稣在寓言中表达的模棱两可的东西。"最重要的东西存在于思想之中，"托尔斯泰在1899年6月的日记中写道，"思想是一切言行的开端。思想是可以定向的。因此，实现完美的主要任务是进行思考。"陀思妥耶夫斯基的观点与之恰恰相反。他将虚无主义定义为"思想方面的奴性。无政府主义者是思想的走狗"。正如纪德所言，在陀思妥耶夫斯基的心理上，"与爱对立的东西主要不是恨，而是大脑的沉思"。[1]

在这部作品的草稿中，大法官以令人恐惧的语言，讲述了人的灵魂陷入怀疑之手时将会出现的情形：

> 人生的秘密并非仅仅为了生活……而且是为了某种确定的目标而生活。如果没有人生目标的确定信念，人就不会接受生活，宁愿毁灭自己，而不是苟活在世……

这正是托尔斯泰在《忏悔录》中见证的状况："我无法活下去，我害怕死亡，所以只得玩弄伎俩，避免自杀。"

人们深受怀疑和形而上学层面的极度痛苦的折磨，其原因在于，耶稣赋予人们选择善恶的自由，在于知识之树已被抛弃，无人守望，处于危险的状态。这就是大法官传奇的核心主题。大法官谴责说，耶稣以悲剧的方式过高估计了人的水准，过高估计了人承受自由意志的能力。人选择没有理性的被奴役的镇定状态。在《我是荒原上自由的播种者》（"Behold a Sower Went Forth to Sow"，1823 年）中，普希金预示了伊万·卡拉马佐夫阐述的许多辩证观点：

> 在荒原中播撒自由的种子，
> 我在晨星出现之前漫步；

---

[1] 安德烈·纪德，参见前面引用的著作。

第四章

> 在卑屈的犁头留下伤痕之处，
> 父母纯洁、无邪的手指
> 播下生殖力强大的种子；
> 哦，徒劳、悲惨的播种人
> 我那时知道什么是迷失的劳作……
> 心情平静的民族，自由地生活吧，
> 对颁发荣誉的号角完全无动于衷！
> 人们是否应该留心自由的祈愿？
> 他们的命运是被杀戮，被剥夺，
> 绵羊般温顺的祖辈背负过的枷锁
> 是他们继承的遗产。[1]

大法官由此得出了结论：在拥有圣迹、权威和食品的基础上，人们可以在地球上建立完美管理的王国；只有实现了这一点之后，人们才能懂得什么是幸福。老神父满怀热情的预言详细阐述了《群魔》中希加洛夫提出的理念和绝对国家的神话：

> 他们生性孱弱，在这种情况下，我们将给予他们安定、简单的幸福……我们将向他们说明，他们是弱势者，仅仅是可怜的儿童；然而，儿童感到的快乐是最甜美的东西……在我们的面前，他们会感到惊异，充满敬畏，会为我们的力量和聪明感到骄傲——我们有能力征服如此众多的对手……没错，我们会让他们

---

[1] 请参见芭贝特·多伊奇的英译本。

干活；然而，我们也会让他们闲暇之余的生活像儿童游戏一样丰富多彩，唱儿童歌曲，跳儿童舞蹈……我们掌握他们的一切秘密。我们将根据他们的顺服程度，决定他们是否可以与妻子和情人共同生活，是否可以生儿育女。他们会高高兴兴地服从我们的指挥。他们会将内心深处最痛苦的秘密告诉我们，我们会一一加以解答。其原因在于，这样做可以免除他们目前在自由选择过程中忍受的巨大焦虑和痛苦。除了10万领导者之外，所有的人——无数的人——都会感到幸福。

了解近代史的人会觉得，自己很难不带感情地阅读《卡拉马佐夫兄弟》中的这一段落。它验证了作者具有的近乎邪恶的预见天赋。它用准确的语言概括了我们这个时代特有的灾难。以前的人打开《圣经》、维吉尔或者莎士比亚的作品，以便找到富于经验的警句；与之类似，在阅读陀思妥耶夫斯基的作品的过程中，我们这个时代的人可能获得人生启迪。但是，我们不要误解这首"一个没有头脑的学生写下的毫无意义的诗歌"蕴含的意义。它确实以不可思议的预感，提前揭示了20世纪出现的极权主义统治的种种倒行逆施：对人实施思想控制；精英统治阶层掌控湮灭人性的救赎力量；在纽伦堡和莫斯科体育馆中，让民众在类似音乐舞蹈的仪式上表现出狂热的愉悦；让个人生活完全服从公众生活。与《1984》——它可被视为一种后记——类似，大法官的看法也影射了隐藏在工业化民主国家使用的语言和外部形式之下的拒绝自由的言行。而且，它还影射了大众文化带有的庸俗性，影射了将骗术和口号抬高到真正思想的严格性之上的做法，影射了人们要求领导人和魔法师将自己的理智从自由的荒野中引导出来的渴望——这样的渴望在西方社会中也明目张胆地表现出来。"他们会将内心深处最痛苦的秘密告诉我们"——这里的"我们"可能是秘密警察,也可能是精神病医师。在这两种十分相似的剥夺公民财产和公民权利的行为中,陀思妥耶夫斯基都会分辨出有损人的尊严的因素。

然而,我们是否可以用合理的方式,将陀思妥耶夫斯基与托尔斯泰见面这一寓言延伸到这个文本呢?这样做并不完全合适。托尔斯泰的信徒可能说明,他们的主人具有的乌托邦愿望建立在非暴力基础之上,建立在理想国之内保持完全一致的基础之上。这一说法没错,但是它并非必然与大法官的期望形成对比。大法官提出的预言的本质在于:人们会自愿地服从管理者,理性王国也是和平王国。托尔斯泰的信徒可能说,在他们的经典中找不到任何要将人划分为统治者和被统治者的论述。从狭义上看,他们的观点是正确的。不过,如果低估托尔斯泰骨子里固有的贵族血统,就误读了他的天才,误读了他具有的气质。托尔斯泰是带着高高在上的目光施爱于人的。一方面,他大谈人们在上帝面前是平等的,大谈常识具有普遍性;另一方面,他认为自己是导师,拥有高人一等的特权和责任。他与大法官类似,在家长式统治中看到了一种理想的关系模式。在托尔斯泰身上,我们根本看不到可用陀思妥耶夫斯基的"谦卑"概念加以解释的东西。在他表现出来的精明经验论中,托尔斯泰肯定知道,只有少数精选出来的志同道合者才会接受他所阐述的纯粹的理性伦理。

我们所谈的问题在很大程度上取决于我们对托尔斯泰思想体系中对耶稣的理解。耶稣的"整个"教导在于"将天国——这就是说和平——给予人类";耶稣劝诫人们,"不要做愚蠢的事情"。这样的形象并不是大法官不能容忍的。陀思妥耶夫斯基思想体系中的耶稣——

年迈的神父先是威胁说要焚烧然后永远清除的形象——正是托尔斯泰竭力希望从他所说的新基督教中消除的人物：一个神秘难解、自相矛盾的超验角色。

最后，还有在伊凡·卡拉马佐夫的诗歌和托尔斯泰的形而上学体系中出现的上帝问题。人们普遍认为，宗教大法官是无神论者，但是我们看到的证据却语焉不详。在草稿中，存在着一个思想精辟的段落：

> 欧几里得几何。这就是我接受上帝的原因，而且它是永恒存在的古老上帝，人们无法解决他［或者理解他］。就让他成为善良的上帝吧。这样更令人觉得可耻。

这段话看来示意，说话人——伊万或者宗教——愿意接受某种不起作用、无法理解的神灵的存在，哪怕仅仅因为这种存在会使世界的状况变得更令人困惑不解，出人意料。或者说，这个段落所说的可能是斯塔夫罗金的谜团，是这个使人觉得恐怖的疑惑："永恒存在的古老上帝"是邪恶的上帝。宗教大法官在小说中相信"睿智的精神，相信可怕的死亡和毁灭精神"，这一说法证实了上述可能性。于是，我们便可理解这个短语的讽刺意义——"就让他成为善良的上帝吧"。毫无疑问，这两种态度与托尔斯泰的神学毫无相似之处。不过，我们可以说，宗教大法官和晚年的托尔斯泰都与各自心中的上帝形象形成神秘的竞争。他们都试图建立乌托邦式王国，而上帝在这样的国度中是很少露面的，或者说是一位不受欢迎的客人。他们以不同方式示范了陀思妥耶夫斯基提出的基本论点之一：人道主义的社会主义——不可避免地——是无神论的序曲。

请允许我重复一遍：对宗教大法官传奇的这一解读是批评领域中出现的一种时髦玩意儿，是以隐喻方式使用批评的一种尝试，不能将它强加于整个文本。在托尔斯泰的思想中，有的方面可以用公正的方式与宗教大法官的理论进行比较——它们在陀思妥耶夫斯基可能并不知道的著述和私下推测中表达出来。在很大程度上，它们属于托尔斯泰形而上学体系中晚年形成的更为晦涩难懂的倾向。此外，在以上这个想象性对话中，我们看到的只有争论中的一方的观点。陀思妥耶夫斯基的观点集中在耶稣的沉默之中：它不是用语言表述出来的，而是体现一个动作中——耶稣给予宗教大法官的亲吻。耶稣拒绝参与决斗，这形成了具有戏剧性的母题，非常庄严，不乏策略。但是，从哲学角度看，这一做法带有某种刻意规避的色彩。这首诗歌体现了片面性，这使陀思妥耶夫斯基在东正教教会和宫廷中的支持者们深感不安。然而，无人回应宗教大法官的说法，这一事实似乎让他的论点获得了无法回应的力量。陀思妥耶夫斯基许诺说，在小说后面的情节中，阿廖沙或者佐西马神父将会明确反驳伊万鼓吹的异端邪说。两位角色是否真的做到了这一点呢？这看来是一个毫无实际意义的问题。

但是，一旦我们认可这些事实，将宗教大法官传奇视为一种寓言，认为它揭示了托尔斯泰与陀思妥耶夫斯基碰面时出现的情形，那么，这一阐释的确保留了某种适当性。杰弗里·凯恩斯爵士希望人们注意出现在布莱克与弗朗西斯·培根两人之间的一场非常类似的对话。在培根的文章《谈真理》（"On Truth"）的页边空白上，布莱克——像陀思妥耶夫斯基可能做的那样——写下了一行字："理性的真理不是耶稣的真理，而是派拉特的真理。"那篇文章的结尾谈到了伊万·卡拉马佐夫寓言的主题，认为"有人预言，当耶稣复临时，他在人世上将找不到信仰"。布莱克反唇相讥："培根终结了信仰。"[1]这样的交锋出现在不同时间或者不同头脑中，具有概括性和清晰性。它们通过强调对比和对立，表明了在我们的哲学传统和宗教传统中反复出现的矛盾。

要么是出于预测，要么是出于巧合，宗教大法官传奇的结尾以不可思议的方式预示了托尔斯泰的生命历程。在伊万眼里，宗教大法官是一位老者，"他把自己的整个生命都浪费在荒漠中，然而这却不能动摇他自己对人类的挚爱"。高尔基曾经说，托尔斯泰是"寻找上帝的人，不是为了他自己，而是为了人类，他希望上帝可以让人生活在所选择的荒漠的宁静之中"。高尔基说这番话时，心里想到的也可能是伊万描绘的这个形象。伊万告诉读者，宗教大法官"在荒漠中依赖草根度日，以狂热的方式竭力压抑自己的身体需要，希望让自己获得自由，变得完美"。这一说法恰如其分地概括了托尔斯泰的晚年状态。

八

托尔斯泰与陀思妥耶夫斯基之间的对立因素并未随着两人的逝世消失。实际上，后来出现的事情凸显了这些因素，并且赋予它们戏剧色彩。两人生活的时代似乎特别有利于伟大艺术的创作；在这样的时代中，文明或者传统文化已经处于衰落的边缘。"在这种情况下，文明具有的活力与这样的历史条件发生碰撞——它们已经不再适合文明的发展，但是一个阶段中在精神创造领域却依然完整无缺，结出了最

---

[1] 参见杰弗里·凯恩斯1957年3月8日在《泰晤士报文学增刊》(*The Times Literary Supplement*)上发表的署名文章。

后的果实,而文学具有的自由性利用了社会约束和精神特质的衰败过程。"[1]宗教大法官向耶稣预言,人的国度即将到来。在不到40年时间里,托尔斯泰希望的某些东西和陀思妥耶夫斯基担心的大多数东西变为现实。希加洛夫在《群魔》中预言的末世论专制制度——孤独的理想主义的统治——就被强加在了俄罗斯人头上。

在那些人刚刚获得权力、社会能量得以释放的初期,陀思妥耶夫斯基以及他的作品受到了尊重。列宁认为,《群魔》"虽然使人反感,但是不乏卓越之处",卢那察尔斯基将陀思妥耶夫斯基说成"最吸引人"的俄罗斯小说家。1920—1921年,官方和文学批评界以颂扬之辞纪念了陀思妥耶夫斯基的百年诞辰。[2]然而,随着以激进形式出现的希加洛夫主义大行其道,陀思妥耶夫斯基逐渐被视为危险的敌人,被视为颠覆行为和异端邪说的炮制者。新的宗教大法官谴责陀思妥耶夫斯基是神秘论者,是反动派,他的病态头脑具有文学想象力的罕见天赋,然而至关重要的问题是,他缺乏历史洞见。那些人可以容忍描述沙皇时期压迫的《死屋手记》,容忍反映前马克思社会"内在矛盾"如何毁掉一位革命知识分子的《罪与罚》。但是,对陀思妥耶夫斯基的主要作品,对《白痴》《群魔》和《卡拉马佐夫兄弟》,斯大林时期的当权者的态度与宗教大法官对基督的态度如出一辙:"滚吧,不要再露面了……从此之后不要再来了,永远不要来!" 1918年7月,列宁下令为托尔斯泰和陀思妥耶夫斯基树立雕像。到了1932年,伊利亚·爱伦堡的《走出混乱》(*Out of Chaos*)的主人公不得不承认,只有陀思妥

---

[1] 雅克·马里顿,《艺术和诗歌中的创作直觉》(*Creative Intuition in Art and Poetry*,纽约,1953年)。
[2] 参见欧文·豪,参见前面引用的著作。

345　耶夫斯基讲出了关于人民的真理。但是，这是活着的人无法接受的真理。"可以告诉奄奄一息的人这样的真理，就像从前给予垂死者的仪式。人如果想在餐桌边坐下吃饭，就必须忘记它。人如果想生儿育女，首先就必须把它从家里弄走……如果想建立国家，就必须禁止提那个名字。"

　　与之相反，托尔斯泰的地位非常稳固，在革命圣殿中被人朝拜，类似卢梭在罗伯斯庇尔的理性殿堂中享有的神圣地位。列宁认为，托尔斯泰是最伟大的小说家。在马克思主义批评者笔下，这位桀骜不驯的贵族，这位曾被高尔基以充满感情的敬畏之心描写过其傲慢态度的人物摇身一变，成为无产阶级民族主义的宣传者。根据列宁的说法，在托尔斯泰身上，俄国革命找到了真实的镜子。对比之下，陀思妥耶夫斯基这位受到伤害和贬低的文学家，这位被人谴责的激进派，这位西伯利亚流放生涯的幸存者，这位在经济上和在社会中遭到贬黜的人，死后却被逐出了"无产阶级的祖国"。托尔斯泰以贵族的方式记录了上流社会和乡村富人的生活，提倡前工业化社会的家长式统治，却在新时代城市中被人给予自由。这个发人深省的悖论提示，尽管我们对伊万·卡拉马佐夫的诗歌的阐释不尽如人意，而且是隐喻性的，然而却不乏历史相关性。那些马克思主义者在托尔斯泰作品中找到的正是陀思妥耶夫斯基在宗教大法官身上发现的特征：笃信人们可以通过物质手段获得进步，排斥神秘体验，几乎以排除上帝的方式关注现实世界的问题。另外，他们对陀思妥耶夫斯基作品的理解类似于宗教大法官对基督的认识，认为在他身上看到了永恒的"捣乱者"，看到了自由和悲剧的传播者；这样的角色认为，个人灵魂的复活十分重要，超过了整个社会的物质进步。

第四章

马克思主义文学批评——以带有选择性的方式——连篇累牍地研究托尔斯泰的创作天才；对陀思妥耶夫斯基的大多数作品，要么加以谴责，要么采取视而不见的态度。格奥尔格·卢卡奇就是一个恰当的例子。他出版了大量关于托尔斯泰的论述，无论讨论《战争与和平》还是《安娜·卡列尼娜》，他的文学批评能力都充满活力、得心应手。但是，在他卷帙浩繁的批评见解中，陀思妥耶夫斯基仅仅偶尔被提到。在其早期著作《小说理论》中，卢卡奇在最后一段才提到陀思妥耶夫斯基的名字。不过，该书突然用含糊其词的文字告诉读者，陀思妥耶夫斯基的小说不在卢卡奇研究的19世纪问题的范围之内。1943年，他总算写出了一篇论及《卡拉马佐夫兄弟》的作者的文章。颇能说明问题的一点是，卢卡奇引用了勃朗宁的诗句作为自己的座右铭："我希望证明自己的灵魂！"但是，那篇文章表现出犹豫不决的态度，讨论非常肤浅，没有多少值得称道的东西。

情况很难朝着相反方向发展。陀思妥耶夫斯基的著作体现了对马克思主义革命者信奉的世界观的全盘否定。此外，它们包含马克思主义者——如果他相信辩证唯物主义最终会取得胜利——必然会加以排斥的预言。根据陀思妥耶夫斯基的观点，希加洛夫式的人物和宗教大法官式的人物可能在人间王国暂时取得统治地位。但是，他们的统治本身带有致命缺陷，是不人道的，注定会以混乱和自相残杀告终。在感觉敏锐、信念坚定的马克思主义者看来，《群魔》肯定就像一幅预测灾难的算命天宫图。

在斯大林时期，苏联的审查制度就是根据这一观点操作的。在为时不长的反斯大林年代中，出现了对陀思妥耶夫斯基的重新评价，陀思妥耶夫斯基研究也重回正轨。但是，显而易见的情形是，即便带有自由化倾向的无产阶级和非宗教的专政制度也不可能让太多人阅读并且思考梅诗金公爵的奇遇、希加洛夫和韦尔霍文斯基的寓言，以及《卡拉马佐夫兄弟》中那些表现"支持与反对"的章节。于是，陀思妥耶夫斯基的作品再次成为来自地下的声音。

在苏联之外，情况从整体上看正好相反。陀思妥耶夫斯基以犀利的目光剖析了当代思想的结构，这是托尔斯泰没有达到的境界。陀思妥耶夫斯基是运用现代感悟能力的主要大师之一。在现代小说的心理中，在第二次世界大战以来出现的关于荒诞性和悲剧性自由的形而上学思考中，在思辨神学中，我们都可以看到陀思妥耶夫斯基的品质。车轮转了一整圈，重新回到起点。当年，沃居埃把"塞西亚人"当作住在遥远地方的野蛮人介绍给欧洲读者，现在，这一形象已经成为我们生活中的预言家和历史学家。也许，其原因在于，野蛮行径已经在人们身边出现了。

因此，即使在他们去世之后，这两位小说家仍以对立的姿态出现在人们的面前。托尔斯泰是史诗传统的最佳继承人，陀思妥耶夫斯基是莎士比亚之后最具有戏剧大师气质的艺术家。托尔斯泰醉心于理性和事实；陀思妥耶夫斯基对理性主义持蔑视的态度，对悖论情有独钟。托尔斯泰是眷念土地的作家，反映了乡村场景和田园氛围；陀思妥耶夫斯基是典型的公民，是在语言领域中建筑现代大都市的大师。托尔斯泰渴求真理，这样的过度追求甚至不惜毁灭自己和身边的人；陀思妥耶夫斯基对真理的敌视态度甚至超过了对基督的敌视，怀疑实现绝对理解的可能性，宁愿让自己站在神秘一边。用柯勒律治的话来说，托尔斯泰"一直行走在上层生活的道路上"；陀思妥耶夫斯基进入非自然的迷宫之中，进入灵魂的地窖和泥潭之中。托尔斯泰就像一位巨人，矗立在看得见、摸得着的地球上，唤起真实、有形的东西，表现可以感知的具体经验的整体；陀思妥耶夫斯基总是处在幽灵之物形成的幻觉边缘，总是容易受魔力入侵的攻击，所探索的东西最终可能被证明仅仅是由梦魇支撑起来的薄纱而已。托尔斯泰体现了健康和奥林匹斯山神灵具有的生命活力，陀思妥耶夫斯基集中了疾病和着魔状态形成的能量。托尔斯泰从历史和时间的长河的角度观察人的命运，陀思妥耶夫斯基从同时代人和戏剧瞬间的充满活力的静止状态审视人的命运；托尔斯泰死后享受了俄罗斯历史上的首例公民葬礼，陀思妥耶夫斯基以东正教的肃穆仪式，安息在圣彼得堡的亚历山大·涅夫斯基修道院墓地；托尔斯泰跻身质疑上帝的人士的行列，陀思妥耶夫斯基是上帝的杰出信徒。

据说，在阿斯塔波沃车站站长的家里，托尔斯泰在床头摆放了两本书——《卡拉马佐夫兄弟》和蒙田的《随笔集》(*Essais*)。看来，他已经做出选择，要在他的伟大对手和与自己能够神交的作家的陪伴下离开人世。他对后者的选择是非常恰当的——蒙田是崇尚生活与生活整体的诗人，而不是像托尔斯泰那样理解生活奥秘的诗人。假如托尔斯泰在将自己狂热的天才转为淡定的过程中，翻到了《随笔集》第二部中著名的第十二章，他也许会发现对自己、对陀思妥耶夫斯基都非常贴切的评价：

这是鼓舞人心的伟大奇迹之作。

(C'est un grand ouvrier de miracles que l'esprit humain...)

参考文献

除了以下文献之外,本书引用的托尔斯泰的小说、文章和剧本均出自路易斯和艾尔默·莫德翻译的百年版本:

Anna Karenina, trans. by Constance Garnett(Modern Library edtion); *The Christian Teaching*, trans. By Vladimir Chetkov(New York, 1898); *The Private Diary of Leo Tolstoy 1853–1857*, trans. By Louise and Aylmer Maude(London, 1927); *The Journal of Leo Tolstoi, 1895–1899*, trans. By Rose Strunsky(New York, 1917); *The Letters of Tolstoy and His Cousin Countess Alexandra Tolstoy*, trans. by L. Islavin(London, 1929); *Tolstoi's Love Letters*, trans. by S. S. Koteliansky and Virgina Woolf(London, 1823); *Lettres inédites de L. Tolstoy à Botkine*, trans. by J. W. Bienstock(in Vol.66 of Les œuvres libre, Paris, n.d.); *New Light on Tolstoy, Literary Fragments, Letters and Reminiscences Not Previously Published*, edited by R. Fülöp-Miller(New York, 1931)。

《安娜·卡列尼娜》和《复活》的创作笔记和草稿均引自亨利·蒙古尔特、S. 吕诺和E. 博的译作,刊登在Bibliotheque de al Pléiade(Paris 1951)上。我还参考了亨利·蒙古尔特翻译的《战争与和平》,参考了皮埃尔·帕斯卡所写的序言,参见Pléiade collection(Paris, 1944)。

参考文献

除了以下文献之外,本书所引陀思妥耶夫斯基的小说和故事出自康斯坦斯·加内特的译本(London, 1912—1920):

Poor Folk and *The Gambler*, trans.by C. J. Hogarth(Everyman's Library);*Letters from the Underworld, The Gentle Maiden*, and *The Landlady*, trans. by C. J. Hogarth(Everyman's Library);*The Diary of a Writer*, trans. by Boris Brasol(New York, 1954);*Letters of Fyodo Michailovitch Dostoevsky*, trans.by E. C. Mayne(London, 1914);*Letters and Reminiscences*, trans.by S. S. Koteliansky and J. Middleton Murry(New York, 1923);*The Letters of Dostoyevsky to His Wife*, trans. by E. Hill and D. Mudie(London, 1930)。

陀思妥耶夫斯基的小说创作笔记和草稿均引自 Bibliothèque de al Pléiade 刊登的以下法语译文:

Les Frères Karamazov, Les Carnets de Frères Karamazov, Niétotchka Niezvanov, trans.by Mongault, L. Désormonts, B. de Schloezer, and S. Luneu(Paris, 1952);*L'Idiot, Les Carnets de L'Idiot, Humiliés et offensés*, trans.by A. Mousset, B. de Schloezer, and S. Luneu(Paris, 1953);*Crime et châtiment, Souvenirs de la maison des morts*, trans. by D. Ergaz, V. Pozner, B. de Schloezer, and S. Luneu(Paris, 1955);*L'Adolescent, Les Nuits blanches, LeJoueur, Les Sous-sol, L'Eternel Mari*, trans.by Pierre Pascal, B. de Schloezer, and S. Luneu(Paris, 1956)。

其他注释和片段引自 *Der Unbekannte Dostojewskis*, ed. by R. Fülöp-Miller and F. Eckstein(Munich, 1926),以及 W. Komarovitch:*Die Urgestalt der Brüder Karamasoff, Dostojewskis Quellen, Entwürfe und Fragmente*(Munich, 1928)。

以下文献仅仅包括本书引用或者作为直接来源的著述，并不涉及古典文本或者标准文本的具体版本信息：

Charles Andler: "Nietzsche et Dostoïevsky" (in *Melanges Baldensperge*, Paris, 1930).

Vladimit Astrov: "Dostoievsky on Edgar Allan Poe" (*American Literature*, XIV, 1942).

N. A. Berdiaev: *Les Sources et le sens du communisme russe* (trans. by A. Nerville, Paris, 1951).

____: *L'Esprit de Dostoievski* (trans. by A. Nerville, Paris, 1946).

Isaiah Berlin: *The Hedgehog and the Fox* (New York, 1953).

____: *Historical Inevitability* (Oxford, 1954).

Rachel Bespaloff: *De l'Iliade* (New York, 1943).

Marius Bewley: *The Complex Fate* (New York, 1954).

R. P. Blackmur: *The Double Agent* (New York, 1935).

____: *Language as Gesture* (New York, 1952).

____: *The Lion and the Honeycomb* (New York, 1955).

____: *Anni Mirabiles, 1921-1925* (Washington, 1956).

N. von Bubnoff, ed.: *Russische Religionsphilosophen: Dokumente* (Heidelberg, 1956).

Jakob Burckhardt: *Weltgeschichtliche Betrachtungen* (Gesammelte Werke, IV, Basel, 1956).

Kenneth Burke: *The Philosophy of Literary Form* (New York, 1957).

E. H. Carr: *Dostoevsky (1821-1881)* (New York, 1931).

C. G. Carus: *Psyche* (Jena, 1926).

J.-M. Chassaignon: *Cataractes de l'imagination* (Paris, 1799).

参考文献

V. Chertkov: *The Last Days of Tolstoy* (trans. by N. A. Duddington, London, 1922).

H. Cady and L. G. Wells, ed: *Stephen Crane's Love Letters to Nellie Crouse* (Syracuse Univertity Press, 1954).

N. Cohn: *The Pursuit of the Millennium* (London, 1957).

R. Curle: *Characters of Dostoevsky* (London, 1950).

D. Čyževškyi: "Schiller und 'Die Brüder Karamazov'" (*Zeitschrift für Slavisch Philologie*, VI, 1929).

Ilya Ehrenburg: *Out of Chaos* (trans. by A. Bakshy, New York, 1934).

T. S. Eliot: *Selected Essays, 1917-1932* (New York, 1932).

―――: *Notes Towards the Definition of Culture* (New York, 1949).

Francis Fergusson: *The Idea of a Theater* (Princeton Univertity Press, 1949).

―――: *The Human Image in Dramatic Literature* (New York, 1957).

Gustave Flaubert: *Correspondance de* (Paris, 1926-1933).

E. M. Forster: *Aspects of the Novel* (New York, 1950).

Sigmund Freud: "Dostoevsky and Parricide" (in preface to the translation of *Stavrogin's Confession* by Virginia Woolf and S. S. Koteliansky, New York, 1947).

D. Gerhardt: *Gogol' und Dostojecskij in ihrem künstlerischen Verhaltnis* (Leipzig, 1941).

Gabriel Germain: *Genèese de l'Odyssée* (Paris, 1954).

Andre Gide: *Dostoïevsky* (Paris, 1923).

Michael Ginsburg: "Koni and His Contemporaries" (*Indiana Slavic Studies*, I, 1956).

Joseph Goebbels: *Michael* (Munich, 1929).

Lucien Goldmann: *Le Dieu caché* (Paris, 1955).

Maxim Gorky: *Reminiscences of Tolstoy, Chekhov and Andreev* (trans. by Katherine Mansfield, S. S. Koteliansky, and Leonard Woolf, London, 1934).

Romano Guardini: *Religiöse Gestalten in Dostojewskis Werk* (Munich, 1947).

J. E. Harrison: *Ancient Art and Ritual* (New York, 1913).

F. W. J. Hemmings: *The Russian Novel in France, 1884-1914* (Oxford, 1950).

Alexander Herzen: *From the Other Shore* and *The Russian People and Socialism* (ed. by Isaiah Berlin, New York, 1956).

Humpyry House: *Aristotle's Poetics* (London, 1956).

Irving Howe: *Politics and the Novel* (New York, 1957).

V. Ivanov: *Freedom and the Tragic Life: A Study in Dostoevsky* (trans. by N. Cameron, New York, 1952).

Henry James: *Hawthorne* (New York, 1880).

____: *Notes on Novelists, with Some Other Notes* (New York, 1914).

____: *The Letters of Henry James* (ed. by P. Lubbock New York, 1920).

____: *The Note Books of Henry James* (ed. by F. O. Matthiessen and K. B. Murdock, Oxford, 1947).

____: *The Art of the Novel* (ed. by R. P. Blackmur, New York, 1948).

____: *The Art of Fiction and Other Essays*（ed. by M. Roberts, Oxford, 1948）.

Georges Jarbinet: *Les Mystères de Paris d'Eugène Sue*（Paris, 1932）.

John Keats: *The Letters of John Keats*（ed. by M. B. Forman, Oxford, 1947）.

H. D. F. Kitto: *Form and Meaning in Drama*（London, 1956）.

G. Wilson Knight: *Shakespeare and Tolstoy*（Oxford, 1934）.

Hans Kohn: *Pan-Slavism: Its History and Ideology*（University of Notre Dame Press, 1953）.

Reinhard Lauth: *Die Philosophie Dostojewskis*（Munich, 1950）.

D. H. Lawrence: *Studies in Classic American Literature*（New York, 1923）.

____: *The Letters of D. H. Lawrence*（with an introduction by Aldous Huxley, New York, 1932）.

The Letters of T. E. Lawrence（ed. by David Garnett, New York, 1939）.

F. R. Leavis: *The Great Traditon*（New York, 1954）.

____: *D. H. Lawrence: Novelist*（New York, 1956）.

T. S. Lindstorm: *Tolstoï en France (1886–1910)*（Paris, 1952）

H. de Lubac: *Le Drame de l'humanisme athée*（Paris, 954）.

Percy Lubbock: *The Craft of Fiction*（New York, 1921）.

Geroge Lukacs: *Die Theoris des Romans*（Berlin, 1920）

____: *Balzac und der französische Realismus*（Berlin, 1952）

____: *Deutsche Realisten des 19. Jahrhunderts*（Berlin, 1952）.

____: *Der russische Realimus in der Weltliteratur* (Berlin, 1952) .

____: *Der Historische Roman* (Berlin, 1955) .

____: *Goethe und seine Zeit* (Berlin, 1955) .

J. Madaule: *Le Christinaisme de Dostoïevski* (Paris, 1939) .

Thomas Mann: *Adel des Geistes* (Stockholm, 1945) .

____: *Neue Studien* (Stockholm, 1948) .

____: *Nachlese* (Stockholm, 1956) .

Jacques Maritain: *Creative Intuition in Art and Poetry* (New York, 1953) .

R. E. Matlaw: "Recurrent Images in Dostoevskij" (*Harvard Slavic Studies*, Ⅲ, 1957) .

Aylmer Maude: *The Life of Tolstoy* (Oxford, 1930) .

D. S. Merezhkovsky: *Tolstoi as Man and Artist, with an Essay on Dostoïevski* (London, 1902) .

H. Muchnic: *Dostoevsky's English Reputation (1881-1936)* (Northamapton, Mass, 1939) .

J. Middleton Murry: *Dostoevsky* (New York, 1916) .

George Orwell: "Lear, Tolstoy, and the Fool" (*Polemic*, Ⅶ, London, 1947) .

Denys Page: *The Homeric Odyssey* (Oxford, 1955) .

C. E. Passage: *Dostoevski the Adapter: A Study in Dostoevski's Use of the Tales of Hoffmann* (University of North Carolina Press, 1954) .

Gilbert Phelps: *The Russian Novel in English Fiction* (London, 1956) .

参考文献

R. Poggioli: "Kafka and Dostoyevsky" (*The Kafka Problem*, New York, 1946).

———: *The Phoenix and the Spider* (Harvard, 1957).

Tikhon Polner: *Tolstoy and His Wife* (trans. by N. Wreden, New York, 1943).

John Cowper Powys: *Dostoievsky* (London, 1946).

Mario Praz: *The Romantic Agony* (Oxford, 1951).

Marcel Proust: *Contre Sainte-Beuve and Journées de Lecture* (Paris, 1954).

I. A. Richards: *Practical Criticism* (New York, 1950).

———: *Coleridge on Imagination* (New York, 1950).

Jacques Riviere: *Nouvells Etudes* (Paris, 1922).

Romian Rolland: *Vie de Tolstoï* (Paris, 1921).

———: *Mémoires et fragments du journal* (Paris, 1956).

Boris Sapir: *Dostojewsky und Tolstoi über Probleme des Rechts* (Tübingen, 1932).

Jean-Paul Satre: "A Propos Le bruit et la fureur, La temporalité chez Faulkner" (*Situations*, I, Paris, 1947).

———: "Qu'est-ce que la littérature?" (*Situations*, II, Paris, 1948).

Leon Shestov: *All Things Are Possible* (trans. by S. S. Koteliansky, New York, 1928).

George Bernard Shaw: *The Works of George Bernard Shaw* (London, 1930–1938).

———: *Tolstoi and Nietzsche* (trans. by N. Strasser, Cologne, 1923).

———: *Les Révélations de la mort, Dostoievski-Tolstoi* (trans. by Boris de Schloezer, Paris, 1923) .

　　———: *Dostojewski and Nietzsche* (trans. by. R. von Walter, Cologne, 1924) .

　　———: *Athenes et Jerusalem* (Paris, 1938) .

　　E. J. Simmons: *Dostoevski: The Making of a Novelist* (New York, 1940) .

　　E. J. Simmons: *Leo Tolstoy* (Boston, 1946) .

　　E. A. Soloviev: *Dostoievsky: His Life and Literary Activity* (trans. by C. J. Hogarth, New York, 1916) .

　　André Suarès: *Tolstoi* (Paris, 1899) .

　　Allen Tate: "The Hovering Fly" (*The Man of Letters in the Modern World*, New York, 1955) .

　　The Tolstoy Home, Diaries of Tatiana Sukhotin-Tolstoy (trans. by A. Brown, Columbia University Press, 1951) .

　　Alexandra Tolstoy: *Tolstoy: A Life of My Father* (trans. by E. R. Hapgood, New York, 1953) .

　　Ilya Tolstoy: *Reminiscences of Tolstoy* (trans. by G. Calderon, New York, 1914) .

　　Leon L. Tolstoy: *The Truth about My Father* (London, 1924) .

　　Lionel Trilling: *The Liberal Imagination* (New York, 1950) .

　　———: *The Opposing Self* (New York, 1955) .

　　Henri Troyat: *Dostoïevski: l'homme et son œuvre* (Paris, 1940) .

　　L. B. Turkevich: *Cervantes in Russia* (Princeton University Press, 1950) .

　　J. Van Der Eng: *Dostoevoskij romancier* (Gravenhage, 1957) .

E. M. M. de Vogue: *Le Roman russe*(Paris, 1886).

Simone Weil: "L'Iliade ou le Poeme de la force"(under the pseudonym of Emile Novin, *Cahiers du sud*, Marseilles, 1940).

Edmund Wilson: "Dickens: The Two Scrooges"(*Eight Essays*, New York, 1954).

Virginia Woolf: "Modern Fiction"(*The Common Reader*, New York, 1925).

A. Yarmolinsky: *Dostoevsky: A Life*(New York, 1934).

L. A. Zander: *Dostoevsky*(trans. by N. Duddington, London, 1948).

Emile Zola: *Lea Romanciers naturalistes*(*Œuvres complètes*, XV, Paris, 1927-1929).

――: *Le Roman expérimental*(*Œuvres complètes*, XLVI, Paris, 1927-1929).

索 引

（条目后数字为原书页码，即本书边码）

本书从性质上看并不侧重生平，——罗列关于托尔斯泰或者陀思妥耶夫斯基的术语会使本索引不便使用，因此，有关姓氏的参考信息仅限于其著述。

Adamites 亚当派 257
Adams，Henry 亨利·亚当斯 31
Aeschylus 埃斯库罗斯 5，9，43，238，241
 Agamemnon《阿伽门农》157
 Eumenides《欧墨尼德斯》149
 Oresteia《俄瑞斯忒亚》142，203，241
Anabaptists 再洗礼派教徒 257
Annenkov，Pavel V. 帕维尔·V. 安年科夫 280
Antichrist 反基督者 262，288，294，313，314，315
Aragon，Louis 路易·阿拉贡 232-233
Aristarchus 阿里斯塔克斯 113
Aristotle 亚里士多德 149，189
 Poetics《诗学》124，149，213，306
Arnorld，Matthew 马修·阿诺德 4，8，21，31，35，45，48-49，52，54，55，56，57，58，71，122，237，305；对阿诺德的引用在 49，52
 The Study of Poetry《诗歌研究》236
Arsenyeva，Valeria 瓦列里娅·阿尔谢尼耶娃 244
Auerbach，Erich 埃里希·奥尔巴赫
 Mimesis《摹仿论》94
Augie，Emile 埃米尔·奥吉耶 38，135
Augustine，St. 圣奥古斯丁 291
Austen，Jane 简·奥斯丁 21，23，40，63
 Pride and Prejudice《傲慢与偏见》102
Austerlitz 奥斯特利茨 23，25，78

Babeuf，François-Emile 弗朗索瓦-埃米尔·巴伯夫 295
Bacon，Francis 弗朗西斯·培根 343
Bakunin，Mikhail A. 米哈伊尔·A. 巴枯宁 290
Balzac，Honoré de 奥诺雷·德·巴尔扎

克 13，19，20-21，24，25，27，30，35，37，40，43，48，53，98，109，127，135，153，154，179，194，196，197，198，205，208，211，225，239，240，241，306，319；引用：21，103，133，239

Eugénie Grandet《欧也妮·葛朗台》50-51，137，241

Histore des Treize《十三人故事》207

La Comédie humaine《人间喜剧》13，20，24，53，239

La Cousine Bette《贝姨》200

La Duchesse de Langeais《德朗热公爵夫人》204

La Fille aux yeux d'or《金眼女郎》200

La Rabouilleuse《搅水女人》205

Le Père Goriot《高老头》29，197，224

Les Illusions perdues《幻灭》197

Jésus-Christ en Flandre《耶稣显灵》239

Peau de chagrin《驴皮记》193，212

Physiologie du mariage《婚姻生理学》97

Séraphita《塞拉菲塔》239

Vautrin《伏脱冷》200

Baudelaire, Charles 夏尔·波德莱尔 25，30，53，136，195，197，204

Beaumarchais, Pierre-Augustin Caron de 皮埃尔-奥古斯丁·卡隆·德·博马舍 129

Beddoes, Thomas Lovell 托马斯·洛弗尔·贝多斯 206

Beethoven, Ludwig van 路德维希·凡·贝多芬 108，114，133，263，264

Belinsky, Vissarion Grigorievich 维萨里昂·格里戈里耶维奇·别林斯基 43，197，210，290，331，332，336；引用：329

Bentham, Jeremy 耶利米·边沁 220

Berdiaev, N. A. N. A. 别尔嘉耶夫 141，251，286，287，322，333

L'Esprit de Dostoievski《陀思妥耶夫斯基的精神》10，11，218，240，247，260，287，296

Les Sources et le sens du communisme russe《俄罗斯共产主义的观念和来源》41，44

Bergson, Henri 亨利·伯格森 37

Berlin, Isaiah 以赛亚·柏林 81，106-107，228，280

The Hedgehog and the Fox《刺猬与狐狸》242-243

Berlioz, Louis-Hector 路易-艾克托耳·柏辽兹 23

Bernard, Claude 克劳德·伯纳德 227-228，295，299

Bers, S. A. S. A. 别尔斯

Reminiscences《回忆录》71-72

Bewley, Marius 马里厄斯·比利 173

Bible《圣经》58-59，255-256，291，300-305，306，308，337，340

Biryukov, P. I. P. I. 比留科夫 280

Bizet, Georges 乔治·比才 8

Blackmur, R. P. R. P. 布莱克默 44, 58, 148

 Anni Mirabiles《奇迹迭出之年》320

 The Lion and the Honeycomb《雄狮与蜂巢》5-6, 69, 180, 241, 270, 293

Blake, William 威廉·布莱克 196, 227, 233, 250, 290, 343

Bonapartism 波拿巴主义 24

Bosch, Hieronymus 耶罗尼米斯·博斯 283

Botkin, V. P. V. P. 博特金 245, 280, 329

Bourget, Charles-Joseph-Paul 夏尔－约瑟夫－保罗·布尔热 55

Bowles, William Lisle 威廉·莱尔·鲍尔斯 195

Bradley, Andrew Cecil 安德鲁·塞西尔·布拉德利 58

Brasillach, Robert 罗贝尔·布拉西亚 139

Brecht, Bertolt 贝托尔特·布莱希特 131, 232-233, 234, 239

Broch, Hermann 赫尔曼·布洛赫 222

Brontë, Emily 艾米莉·勃朗特 20

 Wuthering Heights《呼啸山庄》12, 209

Brontës (Charlotte, Emily and Anne) 勃朗特三姐妹（夏洛特、艾米莉、安妮）34, 193, 204

Brooks, Cleanth 克林斯·布鲁克斯 238

Browning, Robert 罗伯特·勃朗宁 135, 346

Bruegel, Pieter the Elder 老彼得·勃鲁盖尔 82

Brunst case 布伦斯特案 146

Büchner, Georg 格奥尔格·毕希纳 135

Buckle, Henry Thomas 亨利·托马斯·巴克尔 220

Buddha/-ism 释迦牟尼／佛教 84, 229, 259

Bulgakov, Sergei N. 谢尔盖·N. 布尔加科夫 308

Bunyan, John 约翰·班扬 304

 Pilgrim's Progress《天路历程》95

Burckhardt, Jacob 雅各布·布克哈特

 Weltgeschichtliche Betrachtungen《世界历史沉思录》19

Burke, Kenneth 肯尼思·伯克

 The Philosophy of Literary Form《文学形式的哲学》141, 188

Byron, George Gordon, Baron 乔治·戈登·拜伦男爵 23, 135, 138, 201, 205, 206, 311

 Don Juan《唐璜》272

 Manfred《曼弗雷德》194, 205

Cabet, Etienne 埃蒂耶纳·卡贝 257, 295

Caligula (Gaius Caesar), Roman emperor 卡利古拉（盖乌斯·凯撒），罗马皇帝 333

Camus, Albert 阿尔伯特·加缪 216, 322

The Fall《堕落》227

Carroll, Lewis 刘易斯·卡罗尔

   Alice in Wonderland《爱丽丝漫游奇境记》20

Carus, Carl Gustav 卡尔·古斯塔夫·卡鲁斯

   Psyche《精神》317

Castelvetro, Lodovico 洛多维科·卡斯特尔维屈罗 149

Cellini, Benvenuto 本韦努托·切利尼 221

Cervantes Saavedra, Miguel 米格尔·塞万提斯·萨维德拉 13, 19, 56, 172, 181, 293

   Don Quixote《堂吉诃德》19, 95

Cézanne, Paul 保罗·塞尚 3, 22

Chaadeav, P. Y. P. Y. 恰达耶夫 43

Chassaignon, J-M. J-M. 沙赛尼翁

   Cataractes de l'imagination《想象力的大瀑布》219

Chaucer, Geoffrey 杰弗里·乔叟 71

Chekhov, Anton Pavlovich 安东·巴甫洛维奇·契诃夫 5, 133; 引用: 267

Chicherin, Boris N. 鲍里斯·N. 契切林 245

Christ 基督（耶稣）61, 126, 152, 153, 157, 161, 172, 173, 179, 180, 207, 223, 244, 251, 254, 257, 258, 261-263, 265, 266, 288, 290-296, 299, 302, 306, 308, 309, 314, 315, 318, 320, 326, 327, 332, 334, 335, 337, 338, 341-347

Civil War, American 南北战争 40

Cohn, Norman 诺曼·科恩

   The Pursuit of the Millennium《对黄金时代的追求》258

Coleridge, Samual Taylor 塞缪尔·泰勒·柯勒律治 75, 121, 134, 191, 206, 232, 240, 181, 195, 291, 306-307, 316-317, 347

   Christabel《克丽斯塔贝尔》194

   The Ancient Mariner《古舟子咏》194

Colet, Louise 路易丝·科莱 52

Collings, Ernest 欧内斯特·柯林斯 7

Columbus, Christopher 克里斯托弗·哥伦布 313

Commune 公社 40, 144, 183

Communism 共产主义 258

Comte, Auguste 奥古斯特·孔德 256

Condorcet, Marie-Jean-Antoine-Nicolas de Caritat, Marquis de 孔多塞（马里·让-安托万·尼古拉·德·卡里塔，孔多塞侯爵）227

Confucius 孔子 84, 229, 259

Conrad, Joseph 约瑟夫·康拉德 30, 40, 57, 70, 125; 引用: 208

   Nostromo《诺斯托罗莫》57, 213

   The Secret Agent《间谍》40

   Under Western Eyes《在西方的注视下》40

Cooper, James Fenimore 詹姆斯·费尼莫尔·库柏

Gleanings in Europe《欧洲拾零》32

Corncille, Pierre 皮埃尔·高乃依 138, 139-140, 218

Cinna《辛纳》138

Horace《贺拉斯》139

Le Cid《熙德》138, 139

Crane, Stephen 斯蒂芬·克兰 281-282

The Red Badge of Courage《红色英勇勋章》40

Custine, Astolphe, Marquis de 阿斯托尔夫·屈斯蒂纳侯爵 31

Cuvier, G., Baron G. 居维叶男爵 20

Dana, Richard Henry 理查德·亨利·达纳 34

Danilevsky, Nicholay 尼古拉·丹尼列夫斯基

Russia and Europe《俄罗斯与欧洲》290

D'Annunzio, Gabriele 加布里埃莱·邓南遮 195

Dante, Alighieri 阿利吉耶里·但丁 50, 10, 44, 71, 104, 114, 126, 222, 231, 233, 234, 237, 239, 241, 245, 250, 253, 274, 291, 316

The Divine Comedy《神曲》95, 114, 124, 148, 238, 239, 241, 279, 319

Danton, Georges-Jacques 乔治-雅克·丹东 23

Daudet, Alphonse 阿尔封斯·都德 39

Decembrists 十二月党人 112

Defoe, Daniel 丹尼尔·笛福 18, 20, 54

Robinson Crusoe《鲁滨孙漂流记》19

De la Mare, Walter 沃尔特·德拉梅尔 193

De Quincey, Thomas 托马斯·德·昆西 23, 121, 196-197, 280

Confessions of an English Opium Eater《一个英国鸦片吸食者的忏悔录》，又名《瘾君子自白》197

Deutsch, Babette 芭贝特·多伊奇 339

Dickens, Charles 查尔斯·狄更斯 19, 20, 21, 25, 30, 34, 37, 40, 43, 97, 98, 135, 140, 157, 159, 194, 197, 198, 208, 211, 293, 324

Bleak House《荒凉山庄》25, 29, 102, 193, 197, 209, 211

Christmas Carol《圣诞颂歌》204

David Copperfield《大卫·科波菲尔》207, 212

Hard Times《艰难时世》53, 211

The Old Curiosity Shop《老古玩店》200

Oliver Twist《雾都孤儿》159, 193, 213

Tale of Two Cities《双城记》24

Diderot, Denis 丹尼斯·狄德罗 218, 220

Le Neveu de Rameau《拉摩的侄儿》218, 219

Dimitri Ivanovich, son of Ivan the Terrible

索 引

德米特里·伊万诺维奇,伊万雷帝之子 313

Diogenes《第欧根尼》216

Dos Passos, John 约翰·多斯·帕索斯 13

Dostoevsky, Fyodor Mikhailovich 费奥多尔·米哈伊洛维奇·陀思妥耶夫斯基

A Christmas Tree and a Wedding《圣诞树和婚礼》201

Bobok《噼噼啪啪》163, 202

Boris Godunov《鲍里斯·戈东诺夫》136-137

Crime and Punishment《罪与罚》8, 24, 41, 56-57, 93, 128, 136, 140, 141, 143, 148, 150, 152, 179, 192, 197, 198, 201-202, 208, 209-210, 212, 223, 287, 301, 302, 307, 344

Goliadkin《双重人格》151, 220

The Insulted and Injured《被侮辱与被损害的人》171, 198, 201, 204, 205, 206, 211, 323, 324

Letters from the Underworld《地下室手记》12, 147, 216, 217, 219, 220-230, 235, 261, 283

Mary Stuart《玛丽·斯图尔特》136-137

Netochka Nezvanova《涅朵奇卡·涅茨瓦诺娃》201

Poor Folk《穷人》137, 148, 198, 199, 201

Raw Youth《少年》155, 180, 192, 197, 198, 202, 215, 223, 292, 299, 301, 304, 310, 327

The Brothers Karamazov《卡拉马佐夫兄弟》7, 8, 9, 10, 12, 31, 32, 41, 42, 44, 56, 133, 136, 137, 139-140, 141, 145-146, 148, 151, 152, 160, 171, 172, 179, 187, 190, 192, 198, 202, 203, 205, 207, 209, 220, 241, 258, 287, 288, 293, 300, 301, 304, 305, 306, 307, 308, 311, 319, 327-343, 344, 346, 348

The Diary of a Writer《作家日记》146, 202, 292, 295, 325, 326

The Dream of a Ridiculous Man《荒唐人的梦》202

The Eternal Husband《永恒的丈夫》171, 201, 216

The Gambler《赌徒》139, 163

The House of the Dead《死屋手记》106, 140, 145, 324, 344

The Idiot《白痴》8, 11, 12, 14, 17, 41, 56, 133, 136, 141, 143, 148, 151-169, 171-182, 192, 195, 198, 202, 209, 210, 287, 293, 308, 319, 327, 344

The Landlady《女房东》201

The Life of a Great Sinner《一个伟大罪人的一生》144, 202, 288, 311, 326

The Little Hero《小英雄》199

The Possessed《群魔》8，10，11，12，14，17，41，42，59，133，136，137，141，144-145，147，148，151，152，160，163，170，171，179，182-190，192，195，202，207，209，211-213，223，258，261，277，287，290，294，301，302，303，304，306，308-19，331，336，339，344，346

White Nights of St.Petersburg《圣彼得堡的白夜》196，198

Winter Notes on Summer Impressions《冬天里的夏日印象》197

Doukhobors 杜霍波尔教派 14-15，284

Dryden, John 约翰·德莱顿 238

Dumas, Alexandre, fils 小仲马 38，49，135

Dumas, Alexandre, pere 大仲马 98

Du Maurier, George 乔治·杜穆里埃

Trilby《特里尔比》200

Ehrenburg, Ilya 伊利亚·爱伦堡

Out of Chaos《走出混乱》344-345

Eliot, George 乔治·艾略特 21，240

Middlemarch《米德尔马契》44

Eliot, Thomas Stearns 托马斯·斯特恩斯·艾略特 32，182；引用：44，193，239

Four Quartets《四个四重奏》32

Notes Towards the Definition of Culture《关于文化定义的刍议》231

The Waste Land《荒原》4，238

Empson, William 威廉·燕卜荪 96，318

Engels, Friedrich 弗里德里希·恩格斯 226

Euclid 欧几里得 341

Euripides 欧里庇得斯 9

The Suppliants《请愿的妇女》149

The Trojan Women《特洛亚妇女》77

Faulkner, William 威廉·福克纳 6，21，55，57，228，238

Fedorov, Nicholai 尼古拉·费奥多罗夫 15，43

Fergusson, Francis 弗朗西斯·弗格森 9

The Human Image in Dramatic Literature《戏剧文学中的人的形象》241，250

The Idea of a Theater《戏剧的理念》189

Fet, Afanasy A. A. 阿法纳西·费特 107，127

Feuerbach, Ludwig 路德维希·费尔巴哈 259

Fichte, Johann Gottlieb 约翰·戈特利布·费希特 259

Fielding, Henry 亨利·菲尔丁 28-29，54

Tom Jones《汤姆·琼斯》29

Flaubert, Gustave 居斯塔夫·福楼拜 18，19，22，26，30，34，36，37，39，40，43，48-54，55，57，58，66，67，69，70，97，98，127，181，

183，195，240，248，280，319，322；引用：52

Bouvard et Pecuchet《布瓦尔和佩库歇》26，98

La Tentation de saint Antoine《圣安东的诱惑》26，54

Madame Bovary《包法利夫人》8，19，26，48-54，56，57，59，64，65-66，67，68，71，102，105，126，241，305

Salammbô《萨朗波》26，54，195

Trois Contes《三故事》54

Forster, E. M. E. M. 福斯特 15

Aspects of the Novel《小说面面观》7，113

Fourier, François Marie Charles 弗朗索瓦·马里耶·夏尔·傅立叶 295

France, Anatole 阿纳托尔·法朗士

Les Dieux ont soif《诸神渴了》24

Thaïs《泰绮思》240

Frazer, Sir James George 詹姆士·乔治·弗雷泽爵士 237

Freemasonry 共济会 90，207

French Revolution 法国大革命 22，24，25

Freud, Sigmund 西格蒙德·弗洛伊德 16，189，192，200，317

Fülöp-Miller, René 勒内·孚勒普-密勒 328

Galsworthy, John 约翰·高尔斯华绥 55，127

Gandhi, Mohandas Karamchand 莫汉达斯·卡拉姆昌德·甘地 265，321

Garnett, Constance 康斯坦斯·加内特 168

Garnett, Edward 爱德华·加内特 17，208

Gascar, Pierre 皮埃尔·加斯卡尔

Les Bêtes《野兽》226

Gavarni, Paul（Sulpice-Guillaume Chevalier）保罗·加瓦尔尼（叙尔皮斯-纪尧姆·舍瓦利耶）50，211

Genet, Jean 让·热内 227

Germain, Gabriel 加布里埃尔·热尔曼 114

Gibbon, Edward 爱德华·吉本 22

Gibian, George 乔治·吉比安

Tolstoy and Shakespeare《托尔斯泰与莎士比亚》116

Gide, André 安德烈·纪德 30，44，55-56，227，322

Dostoïevsky《陀思妥耶夫斯基》55；引用：140，240，338

Gissing, George 乔治·吉辛 196

Gladstone, William Ewart 威廉·尤尔特·格莱斯顿 240

Glanvill, Joseph 约瑟夫·格兰维尔 35

Goebbels, Joseph 约瑟夫·戈培尔

Michael《迈克尔》322

Goethe, Johann Wolfgang von 约翰·沃尔夫冈·冯·歌德 16，21-22，23，126，

127，135，147，210，228，247；引用：3，148，250

Faust《浮士德》9，22，103

The Sorrows of Young Werther《少年维特的烦恼》194

Gogol, Nikolai 尼古拉·果戈理 18，32，33，37，39，42，127，128，208，211，216，226

Dead Souls《死魂灵》41，106，262

Diary of a Madman《狂人日记》226

The Cloak《外套》33，152，216

The Inspector General《钦差大臣》147

Goldmann, Lucien 吕西安·戈德曼

Le Dieu Cache《隐藏的上帝》235

Goncharov, Ivan Alexandrovich 伊万·亚历山德罗维奇·冈察洛夫 42，210，226，325

Oblomov《奥勃洛莫夫》41

Goncourt, Jules and Edmond de 龚古尔兄弟（朱尔和埃德蒙）29，30，52

Madame Gervaisais《热尔韦塞夫人》240

Gorky, Maxim 马克西姆·高尔基 14，18，68，71，125，127，159，229，322，345

Reminiscences of Tolstoy, Chekhov, and Andreev《回忆托尔斯泰、契诃夫和安德烈耶夫》125，246，248，251，262，264-265，266，324，337，343

Gothicism 哥特主义 192-214，220，297，311

José de Goya y Lucientes, Francisco 弗朗西斯科·何塞·德·戈雅-卢西恩特斯 204，233，251

Greene, Graham 格雷厄姆·格林 55

Grigorovich, Dmitri 德米特里·格里戈洛维奇 197

Guardini, Romano 罗马诺·瓜尔迪尼 301

Religiöse Gestalten in Dostojewskijs Werk《陀思妥耶夫斯基作品中的宗教形象》247，289

Gyp（Comtesse de Martel de Janville）吉普（德·马泰尔·让维尔伯爵夫人）38

Hanska, Evelina 埃维莉娜·汉斯卡 133

Hardy, Thomas 托马斯·哈代

The Dynasts《列王》124

Harrison, Jane E. 简·E.哈里森

Ancient Art and Ritual《古代艺术与仪式》237

Hauptmann, Gerhart 格哈特·霍普特曼 18，31，33，35-36，38，39，40，193，224

Hawthorne, Nathaniel 纳撒尼尔·霍桑 18，31，33，35-36，38，39，40，193，224

The House of the Seven Gables《七个尖角顶的宅第》36，193

The Marble Faun《玉石人像》32，35

索 引

The Scarlet Letter《红字》36，38

Hazlitt, William 威廉·赫兹里特 21，22，23，134，191，232

Hebbel, Friedrich 弗里德里希·黑贝尔 181

Hegel, Georg Wilhelm Friedrich 格奥尔格·威廉·弗里德里希·黑格尔 51，124，147，210，218

Heine, Heinrich 海因里希·海涅 25，221

Hemmings, F. W. J. F. W. J. 赫明斯
　The Russian Novel in France, 1884-1914《俄罗斯小说在法国：1884-1914》55

Henty, George Alfred 乔治·阿尔弗雷德·亨蒂 39

Heraclitus 赫拉克利特 102

Herzen, Alexander Ivanovich 亚历山大·伊万诺维奇·赫尔岑 32，43，259

Hoffmann, Ernst Theodor Amadeus 恩斯特·特奥多尔·阿马多伊斯·霍夫曼 20，138，151，193，211
　Die Elixiere des Teufels《魔鬼的迷魂汤》305

Hofmannsthal, Hugo von 胡戈·冯·霍夫曼斯塔尔 71

Hogarth, William 威廉·贺加斯 97

Holbein, Hans 汉斯·霍尔拜因 291

Hölderlin, Friedrich 弗里德里希·荷尔德林
　Der Tod des Empedokles《恩培多克勒之死》124

Homer 荷马 4，5，7，9，19，47，51，64，66，71-83，84，94，113，115-116，123，124-125，126，131-132，138，154，216，248，267
　Iliad《伊利亚特》5，7，46，47，51，71，72，75-76，77-81，94，113，114-115，123，124，148，248
　Odyssey《奥德赛》72，79，83，94-95，113-115，123，124，148

House, Humphrey 汉弗莱·豪斯
　Aristotle's Poetics《亚里士多德的〈诗学〉》149，306

Housman, A. E. A. E. 豪斯曼 45-6

Howe, Irving 欧文·豪
　Politics and the Novel《政治与小说》344；引用：311-112

Howells, William Dean 威廉·迪安·豪威尔斯 38
　Venetian Life《威尼斯生活》38

Hugo, Victor 雨果，维克多 124，126，134，196，205
　Han d'Islande《冰岛的凶汉》193
　Hernani《欧那尼》135
　Les Burgraves《老顽固》135
　Les Miserables《悲惨世界》126
　Notre-Dame de Paris《巴黎圣母院》126，194

Huizinga, Johan 约翰·赫伊津哈 189

Hume, David 大卫·休谟 121

Ibsen, Henrik 亨里克·易卜生 58, 127, 133, 135, 242
　Hedda Gabler《海达·高布乐》189
Ilinsky, fellow inmate of Dostoevsky 伊林斯基, 陀思妥耶夫斯基的服刑难友 145
Inquisition 宗教法庭 208, 329
Isaac the Syrian, St. 叙利亚的圣以撒 290
Isaiah 以赛亚 259
Issaieva, Maria 玛丽亚·伊萨耶娃 191
Ivan IV the Terrible, czar of Russia 伊凡四世, 俄国沙皇 313
Ivanov, I. I. I. I. 伊万诺夫 144
Ivanov, Vyacheslav 维亚切斯拉夫·伊万诺夫 24, 133, 287, 307
　Freedom and the Tragic Life《自由与悲剧生活》309, 315, 318-319

James, Henry 亨利·詹姆斯 13-14, 30, 32, 33, 35-39, 40, 49, 52, 53, 56, 57, 65, 69, 98, 125, 135, 141, 147, 179, 182, 193, 208, 240, 241, 275-276, 297, 306, 319; 引用: 5, 31, 36, 49
　Notes on Novelists《小说杂记及其他》28, 53, 54
　The Ambassadors《专使》8, 32, 56, 59, 105, 135, 241
　The Awkward Age《未成熟的少年时代》135
　The Bostonians《波士顿人》200
　The Golden Bowl《金钵记》40, 59, 173-174, 177-178, 241, 275
　The Portrait of a Lady《一位女士的画像》85
　The Princess Casamassima《卡萨玛西玛公主》40
　The Tragic Muse《悲剧缪斯神》49
　The Wings of the Dove《鸽翼》305
Janáček, Leoš 莱奥什·雅纳切克
　From the House of the Dead《死屋手记》141
Jansenism 杨森主义 235
Jeremiáš, Otakar 奥塔卡·耶雷米亚什
　The Brothers Karamazov《卡拉马佐夫兄弟》141
Jerome, St.（Eusebius Hieronymus）圣哲罗姆（尤希比乌斯·希罗尼莫斯）324
Jodelle, Étienne 艾蒂安·若代勒 138, 139
　Cléopâtre captive《被俘的克里奥佩特拉》138, 139
John Damascene, St. 大马士革的圣约翰 333, 334-335
　De fide orthodoxa《正统信仰阐详》334
　In Dominican Pascha《逾越节颂歌》334-335
Johnson, Samuel 塞缪尔·约翰逊
　Preface to Shakespeare《莎士比亚戏剧集序言》149-150

Johnson, Ben 本·约翰逊 11
　　The Alchemist《炼金术士》233
Jowett, Benjamin 本杰明·乔伊特 255
Joyce, James 詹姆斯·乔伊斯 17, 29, 31, 34, 57, 104, 222, 237-238, 320, 323
　　A Portrait of the Artist as a Young Man《青年艺术家画像》213
　　Exiles《流亡者》127
　　Finnegans Wake《芬尼根的守灵夜》319
　　Ulysses《尤利西斯》9, 13, 57, 97, 150, 320-321

Kafka, Franz 弗朗茨·卡夫卡 29, 57, 196, 211, 216, 237-238, 298
　　Metamorphosis《变形记》225
　　The Castle《城堡》29
　　The Penal Colony《在流放地》195
　　The Trial《审判》193
Kalmykov case 卡尔米可夫案 143
Kant, Immanuel 伊曼努尔·康德 22
Karakozov, terrorist 卡拉科佐夫,恐怖主义者 144
Katkov, Mikhail N. 米哈伊尔·N. 卡特科夫 103, 144, 180, 310
Keats, John 约翰·济慈 115, 134, 179, 278; 引用: 134
　　La Belle Dame sans Merci《冷酷的妖女》83, 195
　　The Eve of St.Agnes《圣亚尼节前夕》83
　　Ode to a Nithtingale《夜莺颂》272
　　Otho the Great《奥托大帝》134, 195
Keynes, Sir Geoffrey 杰弗里·凯恩斯爵士 343
Kierkegaard, Søren 索伦·克尔凯郭尔 44, 227, 228, 264, 290, 316
　　Either/Or《非此即彼》44
Kireyevsky, Ivan 伊万·基列耶夫斯基 43; 引用: 32-33
Kitto, H. D. F. H. D. F. 基托
　　Form and Meaning in Drama《戏剧的形式与意义》236
Kleist, Heinrich von 海因里希·冯·克莱斯特 39, 134
　　Käthchen von Heilbronn《海尔布隆的小凯蒂》207
Knight, G. Wilson G. 威尔逊·奈特
　　"Shakespeare and Tolstoy"《莎士比亚与托尔斯泰》116, 121
Kock, Paul de 保罗·德·科克 208
Komarovitch, W. W. 科玛洛维奇 310
Kony, A. F. A. F. 孔尼 98, 146
Kovalevskaya, Sophia 索菲娅·科瓦列夫斯卡娅 191
Kroneberg case 克罗贝内格案 146

La Fayette, Marie Madeleine, Comtesse de 玛丽·玛德莱娜·拉法耶特伯爵夫人
　　La Princesse de Clèves《克莱芙王妃》

13

Lamb, Charles 查尔斯·兰姆 134, 273

Landor, Walter Savage 沃尔特·萨维奇·兰多 224, 328

Laplace, Pierre-Simon, Marquis de 皮埃尔-西蒙·拉普拉斯侯爵 239

Larbaud, Valery 瓦莱里·拉尔博 30

Lattimore, Richmond 里士满·拉铁摩尔 72

Lauth, Reinhard 赖因哈德·劳特

 Die Philosophie Dostojewskis《陀思妥耶夫斯基哲学：系统论述》220

Lawrence, David Herbert 大卫·赫伯特·劳伦斯 34, 57, 62, 179, 184, 208, 260, 292, 320; 引用：7, 29-30, 38, 40

 Sons and Lovers《儿子与情人》126

 The Rainbow《虹》214

 The White Peacock《白孔雀》91

Lawrence, Thomas Edward 托马斯·爱德华·劳伦斯 94, 114; 引用：15, 17-18

Leavis, F. R. F. R. 利维斯 21, 141

Lenin, Vladimir 弗拉基米尔·列宁 43, 249, 259, 344, 345

Leonardo da Vinci 莱昂纳多·达·芬奇 11

Leontiev, Konstantin 康斯坦丁·列昂季耶夫 43, 287

Lermontov, Mikhail 米哈伊尔·莱蒙托夫 14, 34, 205

Le Sage, Alain-René 阿兰-勒内·勒萨日

 Le Diable boiteux《瘸腿魔鬼》198

Leskov, Nikolai S. 尼古拉·S. 列斯科夫 324

Lessing, Gotthold Ephraim 戈特霍尔德·埃弗拉伊姆·莱辛 51, 134

Le Vasseur, Abbe 阿贝·勒瓦瑟 45

Levin, Harry 哈里·列文 31, 40

Lewis, Matthew Gregory (Monk) 马修·格雷戈里·刘易斯（修道士）194

Lindstrom, T. S. T. S. 林德斯特洛姆

 Tolstoï en France, 1886-1910《托尔斯泰在法国：1886—1910年》55

Lockhart, John Gibson 约翰·吉布森·洛克哈特

 Adam Blair《亚当·布莱尔》38

Lomunov, K. N. K. N. 罗穆洛夫 127

Longinus, Dionysius Cassius 狄奥尼修斯·卡修斯·朗吉努斯 8, 17

Louis XVII, titular king of France 路易十七，有名无实的法国国王 333

Louÿs, Pierre 皮埃尔·路易斯

 Aphrodite《阿佛洛狄特》202

Lowes, John Livingston 约翰·利文斯通·洛斯 331

Lubbock, Percy 玻西·卢伯克 31

 The Craft of Fiction《小说的艺术》276

Lucan Marcus Annaeus Lucanus 琉善（或译为路吉阿诺斯）216

Lucretius (Titus Lucretius Carus) 卢克莱

修（提图斯·卢克莱修·卡鲁斯）

De Rerum Natura《物性论》233

Lukács, György 格奥尔格·卢卡奇 27, 51, 346

Die Theorie des Romans《小说理论》346; 引用: 87, 113, 124, 154

Lunacharsky, Anatoly V. 阿纳托利·V.卢那察尔斯基 344, 299

Luneau, S. S. 吕诺 168

Luther, Martin 马丁·路德 258

Lytton, Edward Bulwer, Baron 爱德华·布尔沃－利顿男爵 330

Macready, William Charles 威廉·查尔斯·麦克雷迪 135

Maykov, Apollon Nikolayevich 阿波隆·尼古拉耶维奇·梅科夫 42, 287

Malherbe, Francois de 弗朗索瓦·德·马莱伯 138

Malraux, André 安德烈·马尔罗

The Voices of Silence《沉默的声音》7

Mann, Thomas 托马斯·曼 16, 29, 44, 56, 59, 94, 233, 247, 282, 285, 320

Doktor Faustus《浮士德博士》285

The Magic Mountain《魔山》104

Neue Studien《新研究》17, 140

Manzoni, Alessandro 亚历山德罗·曼佐尼 149

Lettre a M. C.——sur l'unité de temps et de lieu dans la tragédie《致 M. C. 的信函——悲剧中时间与地点的统一》149

Marat, Jean-Paul 让－保尔·马拉 336

Maritain, Jacques 雅克·马里顿

Creative Intuition in Art and Poetry《艺术和诗歌中的创作直觉》75, 344

Marlowe, Christopher 克里斯托弗·马洛 11

Marx, Karl 卡尔·马克思 26, 37, 216, 259

Marxism 马克思主义 6, 9, 28, 128, 233, 234, 239, 259, 345, 346

Mary, Virgin 圣母玛利亚 308, 309

Matlaw, R. E. R. E. 马特洛 225

Maturin, Charles 查尔斯·马图林 194

Melmoth the Wanderer《流浪者梅尔莫斯》194

Maude, Aylmer 艾尔默·莫德 129, 261

Maupassant, Guy de 居伊·德·莫泊桑 49-50, 193

Mazurin, murderer 玛祖林, 谋杀者 143

Melville, Herman 赫尔曼·梅尔维尔 18, 31, 33, 34, 38, 39, 40, 136, 224, 237-238, 304

Moby Dick《白鲸》13, 17, 30, 31, 46, 95, 136

Pierre《皮埃尔》174, 200

Merezhkovsky, D. S. D. S. 梅列日科夫斯基 83, 199, 247, 287

Tolstoi as Man and Artist, with an Essay

on Dostoïevski《托尔斯泰：生平与艺术，兼论陀思妥耶夫斯基》12，17，43，47，126，164，169，297-298，322

Mérimée, Prosper 普罗斯佩·梅里美 30

Michelangelo Buonarroti 博纳罗蒂·米开朗琪罗 11，173，240，263

Mikhaylovsky, Nikolay K. 尼古拉·K. 米哈伊洛夫斯基 323

Milton, John 约翰·弥尔顿 5，9，20，43，125，205，237，264，304，320
  Paradise Lost《失乐园》5，95，203，238，279
  Paradise Regained《复乐园》95

Mirsky, D. S. D. S. 米尔斯基 113

Molière (Jean-Baptiste Poquelin) 莫里哀（让-巴蒂斯特·波克林）127，128，129，233，278
  Le Malade Imaginaire《无病呻吟》129
  Le Misanthrope《愤世嫉俗》120

Montaigne, Michel Eyquem, Seigneur de 米歇尔·埃康·塞尼厄·德·蒙田 221
  Essais《随笔集》348

Montesquieu, Charles de Secondat 夏尔·德·塞孔达·孟德斯鸠 22

Montherlant, Henry de 亨利·德·蒙泰朗 233

Montigny, Louis-Gabriel 路易-加布里埃尔·蒙蒂尼
  Therese Philosophe《哲学家泰利兹》195

Moore, George 乔治·莫尔
  Evelyn Innes《伊夫琳·英尼斯》55

Moore, Marianne 玛丽安娜·莫尔 285

Moses 摩西 259

Mousset, A. A. 穆塞 168

Mozart, Wolfgang Amadeus 沃尔夫冈·阿马德乌斯·莫扎特 83，211
  Don Giovanni《唐璜》83
  The Marriage of Figaro《费加罗的婚礼》83

Munch, Edvard 爱德华·蒙克 211

Müntzer, Thomas 托马斯·闵采尔 257-258

Musset, Alfred de 阿尔弗雷德·德·缪塞 135，220
  La Confession d'un enfant du siècle《一个世纪儿的忏悔》25
  Rolla《罗拉》78

Napoleon I, emperor of the French 拿破仑一世，法国皇帝 20，22，23，24，25，239

National Socialism 国家社会主义 258

Nechayev, Sergei 谢尔盖·涅恰耶夫 43，144

Nekrasov, Nikolay Alexeyevich 尼古拉·阿列克谢耶维奇·涅克拉索夫 290

Nemirovich-Danchenko, Vladimir 弗拉基米尔·内米罗维奇-丹琴科 301

Neo Platonism 新柏拉图主义 233

Nestorians 聂斯托利教教徒 291

索 引

Newton, Sir Isaac 伊萨克·牛顿爵士 227
Nietzsche, Friedrich 弗里德里希·尼采 8, 16, 17, 38, 128, 136, 179, 227, 286, 290
  Thus Spake Zarathustra《查拉图斯特拉如是说》17, 228
Nisard, Désiré 德西雷·尼扎尔 219

O'Connell, Daniel 丹尼尔·欧康诺 20
O'Meara, John J. 约翰·J. 奥马拉 335
O'Neill, Eugene 尤金·奥尼尔
  Strange Interlude《奇异的插曲》222
Ony, Rosalie 罗莎莉·奥尼 98
Orwell, George 乔治·奥威尔 116, 121, 273; 引用: 131
Ostrovsky, Alexander N. 亚历山大·N. 奥斯特洛夫斯基 129
Otrepyev, Grigory 格里戈里·奥特雷普耶夫 313

Page, Denys 德尼斯·佩奇
  The Homeric Odyssey《荷马式奥德赛》113
Pan-Slavism 泛斯拉夫主义 326
Pascal, Blaise 布莱兹·帕斯卡 227, 235, 259, 264, 298
Pascal, Pierre 皮埃尔·帕斯卡 105-106
Peninsular War 伊比利亚半岛战争 23
Peter I the Great, czar of Russia 彼得一世大帝, 俄国沙皇 112
Petrashevsky, M. B. Butashevich M. B. 布塔舍维奇 - 彼得拉舍夫斯基 180, 323
Phelps, Gilbert 吉尔伯特·费尔普斯
  The Russian Novel in English Fiction《英国小说中的俄罗斯影响》55
Philip II, king of Spain 菲利普二世, 西班牙国王 329, 331
Philippe, Charles-Louis 夏尔 - 路易·菲利普 55
Filippov, T. I. T. I. 菲利波夫 145
Picasso, Pablo 巴勃罗·毕加索 186
Pirogova, Anna Stepanova 安娜·斯捷潘诺娃·皮罗戈娃 48
Pisarev, Dmitry Ivanovich 德米特里·伊万诺维奇·皮萨列夫 43
Plato 柏拉图 8, 11, 234, 285
  Phaedo《斐多篇》186, 234, 239
  Symposion《会饮篇》61, 234
  Republic《国家篇》234, 256
Poe, Edgar Allan 埃德加·爱伦·坡 13, 20, 33, 35, 38, 40, 193, 195, 196, 208, 220, 222
  Ligeia《丽姬娅》35
  The Fall of the House of Usher《厄舍府之倒塌》211
  The Narrative of Arthur Gordon Pym《阿瑟·戈登·皮姆历险记》34
Poggioli, R. R. 波焦利 278
  The Kafka Problem《卡夫卡问题》215
  The Phoenix and the Spider《凤凰与蜘蛛》286
Pope, Alexander 亚历山大·蒲柏 78

Essay on Man《人论》233

Pound, Ezra 埃兹拉·庞德 32

   Cantos《诗章》4

   How to Read《阅读方法》57

Powys, John Cowper 约翰·考珀·波伊斯 44

   Dostoievsky《陀思妥耶夫斯基》16

Praz, Mario 马里奥·普拉兹 204,226

   The Romantic Agony《浪漫的痛苦》195

Prokofiev, Sergei 谢尔盖·普罗科菲耶夫

   The Gambler《赌徒》141

Proudhon, Pierre-Joseph 皮埃尔-约瑟夫·蒲鲁东 295

Proust, Marcel 马塞尔·普鲁斯特 13,17,20,40,57,65,70,101,179,181,195,200,208-209,240,247,274,306,323

   A la recherche du temps perdu《追忆逝水年华》13,320

   Albertine disparue《女逃亡者》101-102

   La Prisoniere《女囚》208

   Journées de lecture《阅读日》243

Puritans 清教徒 257

Pushkin, Alexander 亚历山大·普希金 14,33,34,35,127,205,280,293,325-326,332

   Boris Godunov《鲍里斯·戈东诺夫》137

   Bronze Horseman《青铜骑士》35

   Dubrovsky《杜布罗夫斯基》194

   "Behold a Sower Went Forth to Sow"《我是荒原上自由的播种者》338-339

   Tales of Belkin《别尔金小说集》59

   The Prophet《先知》143

   The Queen of Spades《黑桃皇后》163,193

Racine, Jean-Baptiste 让-巴蒂斯特·拉辛 5,55,138-139,170,210,218,235;引用: 45

   Andromaque《安德洛玛刻》138

   Iphigénie en Aulide《伊菲姬尼在奥利德》138

   Phèdre《费德尔》5,118,133,138-139,189,218

Radcliffe, Ann 安·拉德克利夫 194,200

   The Mysteries of Udolpho《奥多芙的神秘》194,204,207-208

   The Romance of the Forest《林中奇遇》194

Radishchev, Alexander N. 亚历山大·N.拉季舍夫 42

Rahv, Philip 菲利普·拉夫 214-15

Rais, Gilles de 吉尔·德·雷 195

Ranters 喊叫派教徒 257

Ratner, Sidney 西德尼·拉特纳 322

Reformation 宗教改革运动 256

Rembrandt van Rijn 伦勃朗·范·赖恩

130

Renan, Joseph Ernest 约瑟夫·欧内斯特·勒南 265

 Vie de Jésus《耶稣生平》303

Restif de la Bretonne, Nicolas Edme 尼古拉·埃德姆·雷蒂夫，或称雷蒂夫·拉·布勒托纳 196, 198

 Les Nuits de Paris《巴黎的夜晚》196

Richards, I. A. I. A. 理查兹 239, 241, 308

 Coleridge on Imagination《柯勒律治论想象力》232

 Practical Criticism《实用批评》238

Richardson, Samuel 塞缪尔·理查逊

 Clarissa《克拉丽莎》13

Rilke, Rainer Maria 莱纳·马利亚·里尔克 211, 251, 321

 Die Aufzeichnungen des Malte Laurids Brigge《马尔特·劳里茨·布里格手记》210

 Duino Elegies《杜伊诺哀歌》264

Rivière, Jacques 雅克·里维埃

 Nouvelles Etudes《新研究》319

Robespierre, Maximilien François-Marie-Isidore de 马克西米利安·弗朗索瓦-马里-伊西多·德·罗伯斯庇尔 23, 345

Rod, Édouard 爱德华·罗德 55

Rolland, Romain 罗曼·罗兰

 Mémoires et fragments du journal《回忆和日记片段》48, 76

Romains, Jules 朱尔·罗曼 13

Ronsard, Pierre 皮埃尔·龙萨 138

Rothschild, James de 詹姆斯·德·罗斯柴尔德 180

Rousseau, Jean-Jacques 让-雅克·卢梭 84, 219, 228, 286, 295, 326, 345

 Les Confessions《忏悔录》194, 221, 222

 Lettre a M. D'Alembert sur les spectacles《致达朗贝尔论演剧的信》120

Rozanov, Vasily 瓦西里·罗扎诺夫 287

Russo Turkish War 俄土战争 102, 104

Sade, Donatien Alphonse Francois, Marquis de 唐纳蒂安·阿尔丰斯·弗朗索瓦·德·萨德侯爵 195

Sainte Beuve, Charles-Augustin 夏尔-奥古斯丁·圣伯夫 58, 194

Saint-Simon, Claude Henri de Rouvroy, Comte de 圣西门伯爵克洛德-亨利·德·鲁弗鲁瓦 257, 295

Sand, George 乔治·桑 31, 40, 198, 208

 Spiridion《斯匹里底翁》305

Sartre, Jean-Paul 让-保罗·萨特 231, 232

 Situations《境况》6, 53-54, 181

Schelling, Friedrich Wilhelm Joseph von 弗里德里希·威廉·约瑟夫·冯·谢林 121

Schiller, Johann Christoph 约翰·克里斯

托弗·席勒 3，75，121，137，139，147，228，332，333，335
An die Freude《欢乐颂》334
Das Siegesfest《凯旋日》216
Demetrius《德米特里厄斯》137
Die Räuber《强盗》140，190，193，208
Don Carlos《唐·卡洛斯》331，336
Maria Stuart《玛丽亚·斯图尔特》137
Resignation《死了心》329-331
The Glove《手套》167
Über naive und sentimentalische Dichtung《论天真的诗与感伤的诗》74
Schlözer, B. de B. 德·施策勒 168
Schopenhauer, Arthur 阿图尔·叔本华 233
Schubert, Franz Peter 弗朗茨·彼得·舒伯特 133
Scott, Sir Walter 沃尔特·司各特爵士 21，239
Seneca, Lucius Annaeus 吕齐乌斯·安努斯·塞涅卡 114，138，139
Seniavina, famous beauty 谢尼亚文娜，著名美女 191
Shakespeare, William 威廉·莎士比亚 5，7，8，9，11，19，55，64，71，72，115-116，119-123，125，126，127，131-139，146，150，169-170，181，186，200，203，207，216，223-224，229，237，249-250，289，298，308，311，312，317，340，347
Hamlet《哈姆雷特》140，142，182，189，190，274，312
Henry IV《亨利四世》96-97，232
Henry VI《亨利六世》204
King Lear《李尔王》5，7，9，29，96，120-121，133，171，190，213，217，225，274，328
Macbeth《麦克白》20，39，142，189
Measure for Measure《一报还一报》250
Tempest《暴风雨》250，328
Troilus and Cressida《特洛伊罗斯和克瑞西达》216-217
Twelfth Night《第十二夜》129
Shaw, George Bernard 乔治·萧伯纳 55，127，128，129，249，273；引用：127，129
Quintessence of Ibsenism《易卜生主义精华》58
Shelly, Mary Godwin 玛丽·戈德温·雪莱
Frankenstein《弗兰肯斯坦》20，195
Shelly, Percy Bysshe 玻西·比希·雪莱 36，224
Alastor《阿拉斯托》233
Cenci《倩契》135，194
Defense of Poetry《诗辩》134
Shestov, Lev 列夫·舍斯托夫 141，220，242，287

Tolstoi und Nietzsche《托尔斯泰与尼采》242，266

Simmons，Ernest J. 欧内斯特·J. 西蒙斯 199

Snow，C. P. C. P. 斯诺 57

Socrates 苏格拉底 84，259

Solovyov，Vladimir 弗拉基米尔·索洛维约夫 43，287，314

Sophocles 索福克勒斯 9，134
  Antigone《安提戈涅》5，39
  Oedipus at Colonus《俄狄浦斯在科罗诺斯》149
  Oedipus Rex《俄狄浦斯王》122，142，146，151，189

Spencer，Herbert 赫伯特·斯宾塞 227

Spinoza，Baruch 巴鲁赫·斯宾诺莎 259

Steegmuller，Francis 弗朗西斯·斯蒂格穆勒 50

Stendhal（Henri Beyle）司汤达（亨利·贝尔）23，24，25，27，37，224，306，319；引用：104
  Armance《阿尔芒丝》200
  Charterhouse of Parma《帕尔马修道院》24，44，194，284
  The Red and the Black《红与黑》24，142

Sterne，Laurence 劳伦斯·斯特恩
  Sentimental Journey《感伤之旅》89

Stevenson，Robert Louis 罗伯特·路易斯·史蒂文森 208
  Dr. Jekyll and Mr. Hyde《化身博士》208
  Markheim《马克海姆》55

Strakhov，Nikolay N. 尼古拉·N. 斯特拉霍夫 59，95-96，97，142，192，290，323，325；引用：95

Strauss，David Friedrich 大卫·弗里德里希·施特劳斯 265

Strindberg，August 奥古斯特·斯特林堡 129，285

Suarès，André 安德烈·苏亚雷斯 141

Sue，Eugène 欧仁·苏 98，159，194，197-198
  Les Mysteres de Pairs《巴黎的秘密》194，197，198，200，205，207
  The Wandering Jew《流浪的犹太人》194，197，205

Sumarokov，Alexander 亚历山大·苏马罗科夫
  Demetrius the Pretender《觊觎者德米特里厄斯》137

Suslova，Polina 波琳娜·苏斯洛娃 191

Suvorin，A. S. A. S. 苏沃林 267

Swinburne，Algernon Charles 阿尔杰农·查尔斯·斯温伯恩 224

Synge，John Millington 约翰·米林顿·辛格 128

Taborites 塔波尔教派 257

Taoism 道教 265

Tate，Allen 艾伦·泰特 143，169
  The Man of Letters in the Modern World《现代世界的作家》156-157

Thackeray, William Makepeace 威廉·梅克比斯·萨克雷 37, 125
  Vanity Fair《名利场》39, 111
Thomism 托马斯主义 75, 234
Thurber, James 詹姆斯·瑟伯 226
Tintoretto 丁托列托 262
Tyutchev, Fyodor 费奥多尔·丘特切夫 290
Tkachev, P. N. P. N. 特卡乔夫 43
Tocqueville, Alexis de 亚力克西·德·托克维尔 31
Tolstoy, Count Lev Nikolayevich 列夫·尼古拉耶维奇·托尔斯泰伯爵
  A Morning of a Landed Proprietor《一个地主的早晨》92, 244, 280
  After the Ball《舞会以后》85
  Anna Karenina《安娜·卡列尼娜》8, 9, 10, 11, 12, 31, 41, 42, 44, 46, 47, 48-49, 52, 54-71, 83, 91, 95-98, 99, 102-105, 110, 111-112, 117, 119, 123, 131, 203, 241, 242, 243, 246, 247, 248, 250, 253, 273, 276, 281, 282-283, 284, 285, 319, 321, 325, 326, 346
  Childhood, Boyhood and Youth《童年·少年·青年》46, 71, 72-73, 76-77, 84-85, 120, 197
  Confession《忏悔录》105, 245, 251, 338
  Cossacks《哥萨克》47, 71, 81, 89-90
  Father Sergius《谢尔盖神父》214, 284
  How Much Land Does a Man Need?《一个人需要多少土地》34
  Lucerne《卢塞恩》92, 280
  Memoirs of a Lunatic《疯人日记》213-214
  On Life《人生》251
  Recollections《回忆录》109-110
  Resurrection《复活》8, 10, 12, 15, 41, 42, 59, 70, 92-93, 98, 105, 146, 244, 246, 247, 248, 250, 258, 262, 282, 284, 285
  Shakespeare and the Drama《莎士比亚与戏剧》116, 119-123, 130-132
  Snowstorm《暴风雪》34
  Tales from the Caucasus《高加索故事》34, 81
  The Christian Teaching《基督教学说》251, 286
  The Death of Ivan Ilych《伊凡·伊里奇之死》12, 47, 81, 226, 251, 283
  The Devil《魔鬼》284
  The Fruits of Enlightenment《启蒙的果实》128-129
  The Gospel in Brief《福音挹要》251
  The Kreutzer Sonata《克莱采奏鸣曲》93, 125, 214, 228, 283
  The Light That Shines in Darkness《照亮黑暗的灯光》129-130

The Living Corpse《行尸走肉》127，129

The Power of Darkness《黑暗的力量》87，127-128

The Slavery of Our Times《我们时代的奴隶制》105

Two Hussars《两个骠骑兵》145

Varenka, a Tale for Children《瓦伦卡：儿童故事》116-117

War and Peace《战争与和平》7，8，9，10，12，15，18，25，30，40，41，46，47，49，50，55，62，69，70，71，80-81，83，85-87，89，90-91，95，98-101，105-115，117-119，123，124，131，143，205，207，214，235，245，246，247，248，250，253，254，268-275，276，278-281，284-285，295，319，321，346

What I Believe《我的信仰》251，263

What Is Art?《什么是艺术？》56，121

What Then Must We Do?《我们应该做什么？》93

Tolstoy, Nikolay 尼古拉·托尔斯泰 245

Tolstaya, Sophia 索菲娅·托尔斯泰娅 252

Trediakovsky, Vasily K. 瓦西里·K. 特列季亚科夫斯基 138

Trepov, Fyodor 费奥多尔·特列波夫 145

Trilling, Lionel 莱昂内尔·特里林

The Liberal Imagination《自由主义的想象》153

The Middle of the Journey《途中》233

The Opposing Self《对立的自我》26-27

Trojan War 特洛伊战争 79，82

Trollope, Anthony 安东尼·特罗洛普 20，37

Troyat, Henri 亨利·特罗亚

Dostoevsky《陀思妥耶夫斯基》172

Turgenev, Ivan 伊凡·屠格涅夫 14，30，32，38，39，42，43，53，142，145，210，245，280，324，325，326

Fathers and Sons《父与子》13，41

On the Eve《前夜》41

Rudin《罗亭》200

The Journal of a Superfluous Man《多余人日记》226

Umetskaya, Olga 奥尔迦·乌梅茨卡娅 180

Valéry, Paul 保罗·瓦莱里 53

Valmy 瓦尔米 23

Verdi, Giuseppe 朱塞佩·威尔第 324

Vigny, Alfred Victor, Comte de 阿尔弗雷德-维克托·德·维尼伯爵 134

Villon, François 弗朗索瓦·维庸 223

Virgil（Publius Vergilius Maro）维吉尔（普布利乌斯·维吉利乌斯·马罗）19，340

Vogüé, Eugène-Melchior, vicomte de

德·沃居埃（尤金－梅尔基奥尔子爵）30，54-55，347

Voltaire（François-Marie Arouet）伏尔泰（弗朗索瓦－马里－阿鲁埃）265

Vyazemsky, Peter A. 彼得·A. 维亚泽姆斯基 229

Wagner, Richard 理夏德·瓦格纳 8, 134, 324
  Die Meistersinger von Nürnberg《纽伦堡的名歌手》129
  Parsifal《帕西法尔》237
  Religion and Art《宗教与艺术》236-237
  Tristan und Isolde《特里斯坦与伊索尔德》133

Walpole, Horace 贺拉斯·沃波尔 194

Walpole, Hugh 休·沃波尔 55, 115

Ward, Mrs Humphry 汉弗莱·沃尔德夫人
  Robert Elsmere《罗伯特·埃尔斯密尔》240

Waterloo 滑铁卢 23, 39

Webster, John 约翰·韦伯斯特 11, 136
  The Duchess of Malfi《马尔菲公爵夫人》78, 233
  White Devil《白魔》273

Weil, Simone 西蒙娜·韦伊 77

Wilde, Oscar 奥斯卡·王尔德 195

Wilson, Edmund 埃德蒙·威尔逊 25
  Eight Essays《文学八论》26

Wolfe, Thomas 托马斯·沃尔夫 13

Woolf, Virginia 弗吉尼亚·伍尔夫
  The Common Reader《普通读者》18

Wordsworth, William 威廉·华兹华斯 23, 27, 232, 240
  The Prelude《序曲》23

World War, First 第一次世界大战 39, 347

Yeats, William Butler 威廉·巴特勒·叶芝 5, 189, 192, 233, 251
  Lapis Lazuli《宝石》77

Zadonsky, Tikhon 吉洪·扎东斯基 305

Zander, A. L. A. L. 赞德 304

Zasulich, Vera 维拉·查苏利奇 145

Zola, Emile 埃米尔·左拉 13, 19, 20, 23, 27-28, 29, 48, 52, 127-128, 184, 196, 200, 226；引用：23-24, 27
  Nana《娜娜》39, 104
  Pot-Bouille《家常事》28
  Rome《罗马》240

Zon, von, murdered man 冯·佐恩，被害人 145

Zweig, Stefan 斯特凡·茨威格 141